DAS ERBE DER TEMPELRITTER

Thomas R. P. Mielke, 1940 als Sohn eines Brasilienpastors in Detmold geboren, lebt in Berlin. Nach der Ausbildung zum Fluglotsen und dem Besuch der Werbeakademie Hamburg arbeitete er drei Jahrzehnte als Kreativdirektor in internationalen Werbeagenturen. Neben Krimis und preisgekrönter Science-Fiction schrieb er historische Bestseller wie »Gilgamesch« und »Attila«. Seine Romane erreichen sechsstellige Auflagen und wurden in mehrere Sprachen übersetzt, darunter Spanisch, Russisch, Türkisch und Arabisch. Im Emons Verlag erschienen »Colonia – Roman einer Stadt«, »Karl Martell – Roman eines ›Königs‹«, »Jakob der Reiche – Roman eines Bankiers« und »Karl der Große – Der Roman seines Lebens«. 2016 erschien hier auch die zusammen mit Astrid Ann Jabusch erarbeitete und mit dem Deutschen Fantasy Preis ausgezeichnete Jubiläumsversion des vor fünfhundert Jahren erstmals gedruckten Mittelalter-Versepos »Orlando Furioso – Der rasende Roland«.

Dieses Buch ist ein Roman. Die Handlung ist frei erfunden, wenngleich in das historische Umfeld eingebettet. Einige Personen, Orte, Ereignisse und Schreibweisen sind historisch belegt, andere sind es nicht oder im heutigen Verständnis gezeichnet.

THOMAS R.P. MIELKE

DAS ERBE DER TEMPELRITTER

DER ROMAN DER PÄPSTE VON AVIGNON

emons:

Bibliografische Information der Deutschen Nationalbibliothek
Die Deutsche Nationalbibliothek verzeichnet diese Publikation in der Deutschen Nationalbibliografie; detaillierte bibliografische Daten sind im Internet über http://dnb.d-nb.de abrufbar.

MIX
Papier aus verantwortungsvollen Quellen
FSC® C083411
FSC
www.fsc.org

Umschlagmotiv: akg-images/ISRAEL SILVESTRE, shutterstock.com/chen, iStockphoto.com/javarman3
Umschlaggestaltung: Nina Schäfer
Gestaltung Innenteil: César Satz & Grafik GmbH, Köln
Recherchen und Mitarbeit: Astrid Ann Jabusch, Swenja Karsten
Lektorat: Christina Kuhn
Druck und Bindung: CPI – Clausen & Bosse, Leck
Printed in Germany 2017
ISBN 978-3-7408-0012-3
Der Roman der Päpste von Avignon
Vollständig überarbeitete Neuausgabe der »Avignon-Trilogie«

Prolog

Es war nur eine Handvoll frommer Ritter, die sich nach dem ersten Kreuzzug zum Schutz der Pilger auf den Straßen des Heiligen Landes zusammenschloss. Sie lebten keusch und in Armut auf dem Tempelberg.

Zwei Jahrhunderte später besaßen die Tempelritter riesige Ländereien und ein sagenhaftes Vermögen. Doch dann gingen Jerusalem und Akkor, ihre letzte christliche Festung in Palästina, verloren.

Der bei den Tempelrittern hoch verschuldete König Phillip der Schöne von Frankreich ließ über Nacht Tausende von Templern in Frankreich verhaften und wegen Ketzerei anklagen. Ihre Güter wurden beschlagnahmt. Doch die wahren Schätze der Tempelritter blieben verschwunden.

Denn über ihr geheimes Wissen und Erbe wachten längst die Päpste in Avignon.

1314

Flucht aus Paris

Die Stimme in ihm wurde laut: »Das ist dein Lohn, Bertrand ... die Strafe Gottes für den wahnwitzigen Versuch, den Papst und die Welt durch ein Wunder zu retten!«

Wütende Wellen schlugen über die Uferböschung des Flusses. Sie griffen nach dem jungen, vollkommen erschöpften Reiter und seinem Pferd. Unmittelbar vor einer quer über die Straße gestürzten Zypresse war alles zu Ende.

Er hätte auf dem westlichen Ufer der Rhône bleiben sollen, auch wenn es dort keine alten Römerstraßen gab. Kurz nach Lyon hatte er sich aus Frankreich auf die östliche Flussseite geflüchtet – in das Gebiet des Heiligen Römischen Reiches.

Obwohl Papst Clemens V. jahrelang gekämpft, verhandelt und gedroht hatte, war er schließlich doch noch unter dem Druck Frankreichs zusammengebrochen. Wider besseres Wissen und gegen seinen Glauben an die Gnade des Allmächtigen hatte er nachgegeben und damit auch die letzten Templer im Reich des Franzosenkönigs Philipps des Schönen dem Untergang geweiht.

»Zu spät! Alles zu spät!«, schrie Bertrand erbost.

Der umgestürzte Baum versperrte ihm das letzte Stück der Straße nach Avignon. Aber der verzweifelte junge Mann wollte weiter. Er allein konnte verhindern, dass nach dem schrecklichen Untergang der Templer auch noch die heilige römische Kirche samt dem Papst in die gierigen Klauen des Franzosenkönigs geriet.

Er riss sein sich aufbäumendes Pferd nach links, dann wieder nach rechts. Umsonst. Es gab keinen Ausweg aus der Falle. Einige Pfeilschussweiten flussabwärts konnte er durch Gischt und Regenschauer über dem breiten Fluss bereits die Brücke von Avignon und die Silhouette der Stadt am weißen Kalkfelsen sehen. Genau genommen hätten ihm seine Verfolger nicht mehr gefährlich werden können, denn hier bei Sorgues gehörten die Ufer und das Land nicht mehr zu Frankreich, sondern zum *Comtat Venaissin*.

Die Kurie hatte sich in diesen Teil des Kirchenstaates zwischen

Avignon und den Alpen zurückgezogen. Frankreichs früherer König Philipp der Kühne hatte den Päpsten in Rom dieses Gebiet vor vier Jahrzehnten endgültig für ihre Hilfe bei den grausamen Albigenserkriegen geschenkt.

Für einen endlosen Augenblick zweifelte der junge Reiter an seinem Vorhaben. Handelte es sich bei dem Plan, Avignon zu erreichen, um den Papst zu retten, tatsächlich nur um Übermut und Wahnwitz?

»Geh nach Avignon, falls der letzte Großmeister der Templer einst brennen sollte«, hatte ihm sein Lehrer, der große Meister Eckhart, schon vor Jahresfrist aufgetragen. »Und füge dort die geheimen Botschaften der Zeichen in drei verschiedenen Steinen wieder zu einem Ganzen zusammen. Das erste Zeichen im Stein stammt vom Vater, das zweite wird vom Sohn bewahrt, und das dritte hat seine Kraft aus dem Heiligen Geist! Nur wenn du schneller bist als der Tod und die Dämonen aus der Unterwelt, kannst du das Geheimnis der *Armen Ritter Christi vom Tempel Salomons zu Jerusalem* retten.«

Doch dann, vor zwei Wochen, war Großmeister Jacques de Molay in Paris auf dem Scheiterhaufen gestorben. Bertrand und eine vielköpfige Menge hatten zugesehen, wie Molay und der Präzeptor der Normandie dafür bestraft wurden, dass sie dem König von Frankreich trotz jahrelanger Folter und Kerkerhaft nicht verraten hatten, wo ihr legendärer Schatz verborgen war. Noch als die Flammen an seinen Beinen hochschlugen, hatte der unbeugsame Großmeister den Fluch ausgerufen, laut dem ihm der Papst und der König von Frankreich schon bald ins Jenseits folgen sollten.

Paris war aufgewühlt nach dieser Hinrichtung. Jeder misstraute jedem. Bertrand hatte mehrere Tage gebraucht, um sich ein Pferd und einige Münzen zu beschaffen. Als es ihm schließlich gelang, Paris zu verlassen, besaß er weder einen Brief mit Siegel noch ein Dokument, das ihm eine Audienz ermöglichte, nicht einmal eine Vorstellung davon, warum die Exzellenzen der Kurie einem neunzehnjährigen Studenten aus Paris glauben oder gar helfen sollten.

Und was erwartete ihn in Avignon? Hatten die Reinen, die *Katharer* und *Albigenser*, nicht viel größere und höhere Bergfestungen gehabt und dennoch alles im Feuer der mörderischen Kreuzzüge von Frankreichs Königen mit den Päpsten als Verbündeten verloren?

Jetzt schien es so, als habe ganz allein der Franzosenkönig gewonnen, dem nicht nur zweitausend Templer, sondern auch die Päpste Bonifatius VIII. und Benedikt XI. zum Opfer gefallen waren.

Der Zeitpunkt für den Endkampf zwischen weltlichen Herrschern und der römisch-katholischen Kirche hätte nicht günstiger gewählt werden können. Heinrich VII., der Kaiser des Heiligen Römischen Reiches, war kurz nach seiner Krönung in Rom am bösen Mückenfieber gestorben. Hatte Philipp der Schöne, der doch in Wahrheit wie eine alte, hässliche Eule aussah, nicht selbst Mitglied des Templerordens und sogar ihr Großmeister werden wollen? Wohnte und lebte er nicht längst im Turm der Templer mitten in Paris, in dessen Mauern er noch immer Hinweise auf die Geldverstecke vermutete? Und drängte es ihn nicht seit Jahren nach der Kaiserkrone Europas, wenn schon nicht für sich selbst, dann wenigstens für seinen jüngeren Bruder oder seinen Sohn?

Bertrand blickte sich nach seinen Verfolgern um. Da standen sie, kaum fünfzig Schritt flussaufwärts. Ein Dicker und ein Hagerer, auf ihren Pferden nach vorn gebeugt, in ihren klatschnassen dunklen Mänteln über den schwarz-weißen Dominikanerkutten. Dominikaner hatten normalerweise immer und überall zu Fuß zu gehen. Genau genommen durften sie sich nicht einmal von Ochsenkarren oder auf dem Muli einer fahrenden Gauklergruppe mitnehmen lassen. Diese aber gehörten zur *Inquisition*. Sie verfolgten und bewachten ihn seit Paris, blieben zurück, wenn er nicht wusste, wohin er abbiegen sollte, und holten auf, wenn er zu fliehen versuchte.

Sie hatten in Auxerre und Chalons-sur-Saône und in der Löwenstadt Lyon in denselben Herbergen übernachtet, ohne ein Wort mit ihm zu reden. Er kannte sie nicht, aber sie waren wie Schäferhunde für ein einziges schwarzes Schaf. Tag und Nacht, Stunde um Stunde waren sie so dicht hinter ihm, dass er nicht entkommen konnte.

Undeutlich und nur wie einen schemenhaften Dämon sah er

für einen Augenblick auch wieder den dritten seiner Verfolger. Er war stets hinter den beiden anderen geblieben und nie so dicht an sie herangekommen, dass er mehr wurde als eine Vermutung. Mehrere Male hatte Bertrand gedacht, der Verhüllte sei ein Spion des Königs, dann wieder war er ihm wie ein anonymer *Pénitent gris*, ein Grauer Büßer, mit Augenschlitzen in der Kapuze oder wie der unerbittliche Sensenmann selbst vorgekommen.

Und jetzt hing Bertrand auf seinem nassen, in Todesangst ausschlagenden Pferd, das immer wieder von überspülten Steinplatten abrutschte, und kam nicht weiter. Hier, wo der lehmbraune, im eisigen Frühjahrssturm aufgepeitschte Fluss die alte Römerstraße überspült hatte, musste er sich doch noch den Hunden des Herrn stellen.

Aber er wollte das nicht. Er musste zum Heiligen Vater nach Avignon – zu seinem Vater.

»Drei Zeichen im Stein!«, stieß er hervor. »Welche Zeichen? Welche Steine? Ich kenne nur einen einzigen.«

Er presste die Rechte gegen die Brust und drückte gegen den Ring, den er an einer feinen, aber sehr starken Damaszenerkette auf der nackten Haut trug. Es war der alte Bischofsring seines Vaters. Der Amethyst trug eingraviert eines der drei Zeichen, die er zusammenfügen sollte.

Über ihm rauschte es, und durch die kalten Regenschauer über dem Fluss zeigte sich ein Lichtschein über dem dunklen Band der Flussbrücke von Avignon – genau dort, wo die Kapelle des heiligen Nikolaus am zweiten Brückenpfeiler wie ein Nest aus Stein angemauert war. Es war, als wollte ihm der Lichtschein ein Zeichen geben.

»Mich fangt ihr nicht!«, schrie Bertrand.

Er presste seine Schenkel fester um den Leib des Pferdes und zwang es hart zur Seite. Mit einem gewaltigen Sprung stürzten sich Ross und Reiter in die reißenden Wasser.

Flussabwärts ging es zur selben Zeit ebenfalls wild zu. Hier versperrten Hunderte Männer, Frauen und Kinder den Weg zurück nach Avignon. Sie stammten aus Frankreich und Spanien, Syrien und Afrika, Griechenland, Bayern und Köln sowie aus allen nordischen Königreichen.

Einige beteten laut, andere fluchten in ihren Sprachen, und manche schlugen auch rücksichtslos aufeinander ein. Sie flohen von der großen Insel Barthelasse zwischen den beiden Armen des geteilten Flusses. Hier war noch am Vormittag ein großer Auftrieb von Pilgern zum Osterfest gewesen, die nicht mehr in den viel zu kleinen und überfüllten Herbergen der Stadt untergekommen waren. Wer Rang und Einfluss, eine violette Soutane oder gefüllte Geldkatzen besaß, konnte noch immer ein Nachtlager, Brot und Wein in der Stadt bekommen, aber die meisten Menschen von der Insel besaßen nichts davon.

Der Beginn der Karwoche bedeutete für die christlichen Pilger eigentlich Buße und Einkehr, Fasten und Stille. Dennoch war bei den Lagerplätzen zwischen bunten Zelten und einfachen Holzhütten hinter den schützenden Büschen und Bäumen auf der Insel eine Art unerlaubter Markt entstanden. Seit der Papst in Avignon residierte, wurde zu den hohen kirchlichen Festen im Niemandsland der beiden Flussarme zwischen dem Heiligen Römischen Reich und dem Königreich der Franken von Jahr zu Jahr ausschweifender getanzt und gefeiert, gehurt und gesoffen. Jüdische und arabische Händler aus Spanien und Nordafrika hatten längst entdeckt, dass in diesen Tagen mit geweihtem Öl, geschnitzten Heiligen aus Pfirsichkernen, winzigen Splittern vom Kreuz Jesu Christi und aus Schottland eingeführten Jakobsmuscheln mehr zu verdienen war als mit den üblichen Kräutern, Teppichen und Schmucksachen. Und wenn trotz des Verbots und der Fastengesetze auch bei Regen Musik erklang, dann tanzten Pilger, fliegende Händler und allerlei Weibsvolk nicht nur auf den Wiesen und Lichtungen, sondern auch unter den Brückenbögen.

»Sur le pont d'Avignon …«

So lange, bis die unerwartet hohe Flutwelle die Ufer der Insel überschwemmt hatte.

»Sie sinkt! Die Insel sinkt!«, schrie irgendjemand. Mochte es Scherz oder echte Angst gewesen sein – im dichten Regen war längst nichts mehr zu erkennen.

»Rettet euch in die Stadt des Papstes!«

»Auf zum Felsen in der Not … auf zum Heiligen Vater!«

An Stufen und Rampen zur Brücke hinauf waren Tränen und

Blut geflossen, einige Unvorsichtige waren auch in den Fluss gestürzt. Inzwischen drängte alles rücksichtslos in eine Richtung auf der nur fünf Schritt breiten, endlos wirkenden Brücke mit ihren zweiundzwanzig Bogen. Und dann ging es nicht weiter, kaum einen Steinwurf von der Torbefestigung mit dem ummauerten Sammelplatz zwischen Brücke und Stadtmauer entfernt. Stimmen schallten durcheinander.

»Was ist da vorn?«

»Macht das Tor auf!«

Die Aufregung wurde immer größer. In den fast hundert Jahren seit ihrer wundersamen Errichtung war die Brücke über die Rhône immer wieder durch Stürme und Hochwasser beschädigt und oft nur notdürftig repariert worden. Hatte der Papst nicht gerade erst umfangreiche Ausbesserungen veranlasst? Doch nun brachen an einigen Stellen bereits wieder Steine aus frischen Mörtelfugen und stürzten in den reißenden Fluss.

Immer mehr völlig durchnässte Menschen, Karren und Tragtiere drängten nach. Sie riefen und schrien in ebenso vielen Sprachen wie an den anderen Tagen in den Gassen der Altstadt. Am lautesten waren hier wie dort die kräftigen Tagelöhner von den vielen Baustellen.

Die Fensterluken in den beiden Tortürmen am hohen Flussufer vor dem Stadtfelsen blieben geschlossen. Über die Mauer hinweg waren die bunten Fensterscheiben im oberen Stockwerk des alten Bischofspalastes vor der Felsenkathedrale zu erkennen. Das gelb-rot gestreifte Banner von Papst Clemens V. an der Wand über einem Balkon zur Rhône hin ließ sich an diesem Tag nicht erkennen. Doch dann ließen Sturm und Regen für einen kurzen Augenblick nach. Sofort öffnete sich eines der Palastfenster. Ein vielstimmiger Aufschrei, halb Ehrfurcht, halb Hoffnung und Protest, flog über den gurgelnden, schäumenden Fluss und stieg von der Brücke bis zu den Schatten an den Balkonfenstern auf.

Aber es war nicht der Heilige Vater, der die Bedrohten auf der Brücke segnen wollte. Stattdessen erkannte man die beiden wichtigsten Kardinäle des Heiligen Stuhls. Die Angehörigen der Kurie traten nicht fromm und demütig auf, sondern wie Feldherren in der nie endenden Schlacht zwischen Gut und Böse.

Zuerst erschien der hochgewachsene und mächtige Kardinal Arnaud d'Aux auf dem Balkon. Der neunundvierzig Jahre alte Kämmerer und Bischof von Poitiers trug keine Kopfbedeckung. Sein wildes schwarzes Haar flatterte ebenso im Sturm wie seine blutrote Soutane. Er hatte Clemens V. bereits als *vicarius* gedient, als dieser noch Erzbischof von Bordeaux gewesen war.

Dann trat ein ebenso eindrucksvoller, aber breiter und südländisch freundlich wirkender Kardinal mit langen weißgrauen Haaren neben ihn. Niccolò da Prato gehörte zu den geheimnisvollsten und zugleich einflussreichsten Männern der heiligen römischen Kirche. Er war der Vorsitzende des Kardinalskollegs gewesen, das den ahnungslosen Erzbischof von Bordeaux gegen den Widerstand italienischer Kardinäle wie Napoleone Orsini und Giacomo Colonna, genannt Sciarra, zum *Pontifex maximus* gewählt hatte. Er war es auch, der Seine Heiligkeit bei all den Fragen beriet, die den Vatikan, St. Peter und den Lateranpalast in Rom betrafen.

Plötzlich wurde es ein wenig heller um den Balkon. Es war, als würden sich die wilden, kreischenden Dämonen des Mistrals nicht an die beiden Kirchenmänner heranwagen, sondern nur empört aufjaulend um sie herumfegen. Nicht einmal die Haare und Soutanen der beiden Kardinäle wehten noch im Sturm.

Jetzt riefen immer mehr Menschen auf der Brücke nach dem Papst. »Hilf, Papa ... Heiliger Vater! Hilf!«

Mehr war im Lärm und Geschrei nicht zu verstehen. Aber der Papst kam nicht zu seinen Kardinälen auf den Balkon – wie schon seit Wochen nicht mehr. Und viele der Gläubigen auf der Brücke fürchteten, dass die Gerüchte um den schlechten Gesundheitszustand von Papst Clemens zutrafen.

Am Ende der schreienden Menge auf der Brücke kämpfte sich ein wackliger zweirädriger Wagen mit mehrfach geflickten Speichenrädern voran. Er wurde von einem kläglichen Maultier gezogen, dessen Rippen und Rückgrat sich deutlich durch das Fell abzeichneten. Der Karren war viel zu schwer beladen und an der hölzernen Achse ausgeschlagen. Sobald das Maultier stehen blieb und nicht weiterziehen konnte, schnellte die wie eine Turnierlanze mit roten und gelben Bändern umwickelte

Deichsel nach oben und hob das schreiende Zugtier etwas vom Kopfsteinpflaster der Brücke an.

Dann hantierte jedes Mal ein barfüßiges, etwa siebzehn Jahre altes Mädchen schnell und geübt mit dem Seilzeug, mit dem das Maultier am Wagen angeschirrt war. Sie trug ein ärmelloses, fast bodenlanges ausgewaschenes Leinenkleid. In der Nässe des Regens schien es, als hätte es seine kornblumenblaue *Waid*färbung wie frisch von den Färbern in der Rue des Teintures zurückbekommen. Sie bewegte sich wie eine der jungen Artistinnen, die zur Belustigung von Pilgern und Händlern auf der Flussinsel Bergziegen und junge Schweine über Leitern auf Balken und quer gespannte Netze aus Seilen klettern ließen und dann ins Volk riefen, dass ihre Tiere pfeifen würden, wenn sie ganz oben angekommen seien.

»Hört und seht her, Leute!«, hieß es dann zur allgemeinen Belustigung. »Mein Schwein pfeift und will auf einem Seil tanzen, wenn es die richtigen Münzen von euch riecht.«

Auch wenn noch niemals jemand ein tanzendes Schwein gesehen hatte, strömten immer wieder genügend lachende Menschen zusammen, die einfach glauben wollten, was ihnen vorerzählt wurde.

So jedenfalls war es eine ganze Woche über gewesen. Sie hatten ihre Ausrüstung mit dem Karren bis zum Hauptgeschäft am Ostersonntag bei befreundeten Gauklern auf der Insel lassen wollen. Doch dann war am frühen Morgen die Warnung vor einem Unwetter durch die Gassen des Judenviertels von Avignon gelaufen. Wie viele andere aus dem *Carrière* waren sie hinausgestürzt und über die lange Brücke gelaufen, um im plötzlich einsetzenden Frühlingssturm zu retten, was auf der Insel der verbotenen Vergnügungen inmitten der Rhône noch zu retten war.

Miriam sang leise vor sich hin, während sie vor Enttäuschung und Anstrengung weinte. Wieder und wieder rutschten ihre nackten Füße über die Steine. Neben ihr wurde unwilliges Geschimpfe laut. Sie wollte nicht weinen, nicht aufgeben und nicht ihr langes kastanienfarbenes Haar um die Finger wickeln, wie sie es immer dann tat, wenn sie sich unsicher fühlte.

Sie drehte sich um und warf einen flehentlichen Blick zurück zum Wagen. Vorn vor der im Regen glänzenden Ladung aus bunt bemalten Brettern und traurigen Vorhängen hockte vollkommen regungslos eine in sich zusammengesunkene Gestalt mit aufgeweichten und schlammverschmierten Stiefeln. Sie hatte einen schmutzigen Kittel und einen trichterförmigen schmutzig gelben Hut so weit über den Kopf gezogen, dass vom Gesicht kaum mehr zu sehen war als bei den grauen Büßermönchen durch die Augenschlitze ihrer finsteren Kapuzen. Aber der Alte auf dem Wagen war keiner der Pénitents gris. Die meisten der drängelnden Menschen auf der Brücke hätten nicht gewusst, wer er war, doch die Bewohner von Avignon kannten ihn als den ehemaligen, vom Schicksal geschlagenen Rabbi Eliah von Carpentras.

Miriam presste die Lippen zusammen. Sie zog allein an den Seilen und bezwang mit aller Kraft das störrische Maultier. Als Strenggläubiger enthielt sich der Großvater am Sabbat jeglicher Tätigkeit. In all seiner Versunkenheit ließ er zu, dass Miriam und auch das Maultier sich abquälten. Sie wusste, dass er nicht schlief, sondern aus den Worten des Alten Testaments das Chaos um sie herum in Licht und Luft, Erde und Wasser, Tiere und Menschen zu trennen versuchte. Er sann in letzter Zeit oft über die Harmonie des Weltalls nach und darüber, warum das ewige Gesetz Gottes auf dieser Erde so wenig galt.

Eliah genoss einen besonderen Ruf im Comtat Venaissin. Seine Familie hatte schon immer in Avignon und Carpentras gewohnt, kaum zwanzig Meilen nordöstlich in Richtung der Alpen. Es hieß sogar, dass sie von jenen ersten Flüchtlingen aus der Familie des Herrn abstammte, die nach der Zerstörung Jerusalems bis in die römische Provinz an der Mündung der Rhône gekommen waren. Zudem galt der ehemalige Rabbi auch manchen Christen als achtbarer Mann. Schließlich war er es gewesen, der den Heiligen Vater bei seiner Krönung in Lyon aus tödlicher Gefahr gerettet und dabei seinen eigenen Sohn geopfert hatte.

Miriam war damals, bei den schrecklichen Ereignissen im November anno 1305, erst neun Jahre alt gewesen. Inzwischen wanderte der Papst nicht mehr von einer Diözese in die nächste, sondern hatte die Kurie im ehemaligen Bischofspalais von

Avignon um sich versammelt. Doch die Stadt in der Rhônebiegung würde kein zweites Rom werden. Im Gegenteil – fast alle eingesessenen Bürger der Stadt und des Umlandes hatten mehr Nachteile als Vorteile durch den Heiligen Stuhl und die Kurie. Häuser und Mieten waren nahezu unerschwinglich teuer geworden, Fisch, Fleisch und Gemüse kaum noch bezahlbar.

Der eisige Regen über dem Fluss und der Brücke wurde erneut heftiger. Niemand half dem Mädchen und dem alten Mann auf dem Karren. Jeder drängte voran und versuchte, so schnell wie möglich zurück in die Stadt zu kommen.

Nicht einmal die kleine, wie ein steinernes Bienennest am zweiten Brückenpfeiler klebende Kapelle konnte die verstörten Menschen trösten. Obwohl einige der Menschen Weihrauch rochen, blieb die schwere Eichentür zur Brücke hin verschlossen, und auch die Fensterläden öffneten sich nicht. Angst breitete sich auf der schmalen Brückenstraße aus. Noch hielt der steinerne Übergang inmitten der dröhnenden Wassermassen des Flusses. Aber wie lange noch?

Auf der Brücke

Die reißenden Wasser der Rhône waren eiskalt. Bertrand schrie vor Schmerz und Zorn auf. Sofort fuhren neue Blitze und Donner aus den Gewitterwolken in den Regennebel um ihn herum. Er konnte kaum noch die Insel Barthelasse sehen, die von hier aus die Rhône bis nach Avignon in zwei Flüsse teilte. Mit aller Kraft versuchte er, sich und sein Pferd über Wasser zu halten.

Zu lange schon und zu dicht waren die gnadenlosen Hunde des Herrn hinter ihm her. Vielleicht war es doch ein Fehler gewesen, dass er bei seinem Aufbruch im Kloster von St. Jacques in Paris gesagt hatte, er wolle Meister Eckhart nach Straßburg folgen, um sich bei ihm um die *Beginen*häuser zu kümmern. Der große Lehrer war schon mehrfach nach Paris berufen worden. Dann aber musste er den Allerobersten der Dominikaner doch noch zu ketzerisch geworden sein. Sein Ordensgeneral Berengar von Landora hatte ihm vor einigen Monaten trotz aller Verdienste das Lehramt entzogen und ihn zur Aufsicht über Seelenheil, Keuschheit und Frömmigkeit für mehrere Dutzend Nonnenklöster und Beginenhäuser im Süden Deutschlands nach Straßburg geschickt.

Und plötzlich sah er in all dem Wasser wie eine böse Vision wieder den Scheiterhaufen mit dem brennenden und alle Großen verfluchenden Großmeister der Templer.

Tempelritter!

Es gab sie nicht mehr. Jedenfalls nicht in Frankreich. Sie hatten den Sturz der letzten Festung auf der Insel Ruad in Palästina vor gut zwanzig Jahren nicht überstanden, waren für das klägliche Ende der Kreuzzüge verantwortlich gemacht, der Sodomie und Ketzerei angeklagt worden. Aber das alles waren nur vorgeschobene Gründe für Verhaftung, Folter und Hinrichtung. Und nichts davon gehörte zum wahren Geheimnis ihres Untergangs. Auch nicht die bösen Gerüchte von Alchemie oder Teufelsanbetung.

Wer von den Tempelrittern im letzten Augenblick noch entkommen konnte, war nach Schottland, Portugal oder bis in die

Marienburg des Deutschen Ritterordens an der Ostsee geflohen. Die letzten Anführer saßen seit Jahren in Paris im Kerker. Und wenn Papst Clemens V. nicht half, würden auch sie schon bald öffentlich verbrannt werden!

Harte Wellen schlugen eine Peitsche der Büßermönche auf Bertrands Kopf.

»Die Strafe Gottes!«, keuchte und schluckte er. Gleichzeitig kam Zorn in ihm hoch. Wieder der alte Zorn. Erneut wehrte er sich gegen den abfälligen Hohn, als Fehltritt des Erzbischofs von Bordeaux dazustehen ... als »Bertrand, der Bastard«, wie er vor vielen Jahren bei seinem Eintritt ins Kloster am Nordrand der Pyrenäen verspottet worden war.

Den »Bastard« hatte er inzwischen überwunden. Unter den Studenten von Paris waren nicht wenige gewesen, die statt einer ehrenvollen Herkunft über genügend Beutel mit *Floren* und anderen Münzen verfügten, um jedes Lästermaul zu stopfen.

Auch er hatte nie Not gelitten in seinem bisherigen Leben, niemals gehungert und nicht unter Schmutz, Schwären und schrecklichen Krankheiten gelitten. Er war weder verstoßen noch geächtet, verfolgt oder gefoltert worden. Im Gegenteil: Seit er denken konnte, hatte ihn seine Herkunft mütterlicher- und väterlicherseits ebenso geschützt wie die Gnade des gütigen Gottes und die Schwingen seiner persönlichen Schutzengel. Nur selten hatte sich das Rad der Fortuna zu seinen Ungunsten bewegt. Er war nie ganz oben gewesen, aber auch niemals ganz unten, sondern ganz in der Mitte zwischen vielen anderen.

Oh nein! Er war keine besondere Frucht unter Gottes Schöpfungen, keine erlesene Blüte des Geistes, kein Ritter der Tafelrunde, auch nicht der Letzte der Templer. Er gehörte durch keinen Schwur und keine gotteslästerliche Weihe zu den unseligen Ordensbrüdern wie viele Männer aus seiner eigenen Verwandtschaft, von denen jetzt die meisten tot, zu erbärmlichen Krüppeln gefoltert oder dem Wahnsinn anheimgefallen waren.

Dennoch wussten oder vermuteten zumindest seine Verfolger, dass er wahrscheinlich der einzige Eingeweihte war, der vom Geheimnis der drei Zeichen im Stein wusste und bisher kein einziges Mal von der Inquisition peinlich befragt worden war.

Drei Jahre lang hatte er völlig frei in Paris studiert, im Kloster von St. Jacques, unmittelbar an der Straße nach Orléans, und in den Häusern der Magister und großen Professoren der Sorbonne. Er hatte sich bei ihren Vorlesungen ebenso ungehindert bewegt wie in den Kirchen und in den schlimmen Gassen mit den Tavernen und ihrem Hurenvolk. Und all die Jahre hatte er nicht einmal geahnt, was er wirklich wusste.

Ein Zweig schlug ihm über das Gesicht, dann wurde er zusammen mit seinem Pferd vom Fluss wieder fortgerissen. Er tauchte ein in die schlammigen Fluten, kam wieder hoch, rang verzweifelt nach Luft und schoss durch Wirbel und weiße Gischtberge.

Die beiden Kirchenfürsten in ihren knöchellangen roten Gewändern, die in Italien spöttisch nach der Unterwäsche *Sottana* genannt wurden, standen wie Erzengel auf dem Balkon im oberen Stockwerk des Bischofspalais von Avignon. Lakaien hatten die Türflügel hinter ihnen mit geschwungenen, schon rostigen eisernen Lochbändern gegen ein Zuschlagen an der Mauer gesichert. Die oberen Hälften der Türen bestanden aus geölter Leinwand, und nur die unteren waren mit buntem, halb durchsichtigem Glas ausgefüllt.

Obwohl vom Balkon am alten Bischofspalais von Avignon über die Stadtmauer hinweg die gesamte Rhône, die Brücke und sogar das Treiben auf der großen Flussinsel überblickt werden konnten, hatten die früheren Oberhirten der Diözese vieles verkommen lassen. Solange sich kein Papst um die Exklave gekümmert hatte, war die Grafschaft von verschworenen Nachkommen der Ketzer und von ebenso vertriebenen Juden als schützendes Niemandsland zwischen dem Königreich der Franken und dem deutschen Imperium genutzt worden.

»Philipp der Schöne hat erkannt, wie wichtig ein guter Blick auf die Brücke ist«, rief der Bischof von Poitiers und deutete auf den schemenhaft sichtbaren mächtigen Wachturm, den der König von Frankreich jenseits der Insel im Fluss am anderen Ufer errichtet hatte.

»Wir wissen es auch, sonst stünden wir beide nicht hier«, gab Niccolò da Prato zurück. »Was glaubst du, warum der Heilige

Vater den alten Bischof von Avignon zum Kardinal von Porto gemacht und damit fortgeschickt hat?«

Sie wussten beide, dass der alte Palast der strategisch günstigste Aussichtspunkt außer den Wachen oben auf dem *Rocher des Domes*, dem Felsvorsprung am Rhôneufer, und an den Tortürmen zur Brücke war.

Nach seiner Wahl zum Papst und den Stationen in Poitiers, Toulouse und Carpentras hätten die Kurienkardinäle auch Montpellier mit der berühmten medizinischen Universität oder Arles mit seinen prächtigen Palästen, den römischen Bauten hoch über der Rhône und der viel größeren Kathedrale zur Stadt des neuen Pontifex wählen können. Nur wenige Eingeweihte wussten, warum sie ausgerechnet Avignon vorgezogen hatten.

Die meisten ahnten nicht einmal, wie krank der Heilige Vater wirklich war. Trotz seiner Schmerzen, aller Rückschläge und der schrecklichen Opfer unter den Templern träumte Clemens noch immer von einer Erneuerung der Kirche. Er wollte umkehren auf der schrecklichen Straße der Kämpfe um die geistliche und weltliche Macht. Und er betete nachts, wenn er sich allein glaubte, laut um Vergebung für die Irrwege der Kreuzzüge, die verheerenden Vernichtungskriege gegen Katharer, Albigenser und Waldenser, den Verlust Jerusalems und die Mörder seiner grausam zu Tode gekommenen Vorgänger Coelestin, Bonifatius VIII. und Benedikt XI.

Zusammen mit einem erneuten heftigen Regenguss kam eine Flutwelle von Norden her die Rhône herab. Sie trieb Tierkadaver und ausgerissene Bäume, halb vollgelaufene Boote und Häuserwände vor sich her, die wie verlorene Archen nach langer Irrfahrt aussahen. Das Volk auf der Brücke sah das herannahende Unheil und schrie immer lauter.

Kardinal d'Aux zog Niccolò da Prato vom Balkon ins Innere des Hauses zurück. Der Audienzsaal im ersten Stock des Palastes war groß genug für den Bischof von Avignon gewesen. Für einen Stellvertreter Gottes auf Erden wirkte er klein und provinziell.

Die zwei Würdenträger ließen sich Tücher über die Köpfe legen und die Haare trocknen. »Noch genießt nicht einmal der Heilige Vater und Nachfolger des Apostels Petrus besondere Rechte gegen das Wüten aus den Himmelsgewölben. Selbst wenn wir beide vorhin in dem Licht für das Volk schon wie verkündende Erzengel ausgesehen haben.«

»Was meinst du damit?«

»Alles, was wir bisher für den Papst und den Heiligen Stuhl bewirkt haben, kann selbst mit größtem Wohlwollen des Himmels kaum als segensreich betrachtet werden. In den acht Jahren seit seiner Wahl haben wir Clemens ein Kainsmal nach dem anderen auf die Stirn geschrieben. Und die Verleumdungen um seine kränkliche Nachgiebigkeit und seinen Nepotismus nehmen Tag für Tag zu.«

»Ja, du hast recht«, sagte da Prato mit einem tiefen Seufzer. Er zog sich einen der hohen Polsterstühle vom großen Tisch im hinteren Teil des Saales zur Seite, setzte sich und streckte seine nassen Füße aus. Die Schuhe waren nicht mehr zu gebrauchen. Er nickte, als ein Diener vor ihm niederkniete, um sie ihm auszuziehen. »In Rom heißt es neuerdings, dass er nur durch eine angebliche Geheimabsprache mit dem König von Frankreich in einem Forst bei Bordeaux zum Papst gewählt wurde.«

»Nichts als Verleumdung! Philipp der Schöne und sein mörderischer Großsiegelbewahrer Guillaume de Nogaret haben Clemens von Anfang an durch die gefälschte *Bulle* in Misskredit bei den Gläubigen gebracht.«

»Wenn es nicht Sünde wäre, könnte man fast schon dem Allmächtigen danken, dass Nogaret, dieser Intrigant und Mörder von mindestens zwei Päpsten, endlich tot ist!«

Kardinal d'Aux winkte einem weiteren Diener und ließ sich warmen, mit Pfeffer, Zimt und Nelken gewürzten, verdünnten Rotwein bringen. Dann setzte er sich ebenfalls auf einen Stuhl und streifte ohne Hilfe eines Dieners seine Stiefelchen ab.

»Seine Helfershelfer und Nachfolger sind längst wieder unterwegs!«, sagte er nach einem geschlürften Schluck Wein. »Es ist wie immer eine verdammte Frage der Wahrheit und der Macht. Es geht um Zeichen, ausschließlich um Zeichen und Symbole! Was fragt das Volk denn ebenso wie viele Astrologen und Berater in den Fürstenhäusern? Es fragt: ›Wurde dieser Papst bei der Krönung in Lyon nicht fast von einer umstürzenden Mauer erschlagen? Stimmt es nicht, dass sich Verwandte von ihm schon einen Tag später im Streit um reiche Pfründe gegenseitig umbrachten? Hat er nicht allen Verbrechen gegen die Templer ohnmächtig zugesehen?‹ Und was am schlimmsten klingt: ›Ist er nicht längst dabei, Rom nach tausenddreihundert Jahren als Hauptstadt des Christentums aufzugeben?‹«

»Er ist noch immer Bischof von Rom und damit auch der erste von allen Bischöfen«, stellte Kardinal da Prato fest. Er gab dem Lakaien die Tücher zurück und ließ sich sein langes weißgraues Haar so kämmen, dass es auf beiden Seiten seines markanten Kopfes bis auf die durchfeuchtete Soutane fiel.

»Aber nur noch so lange, wie er und wir dem König von Frankreich widerstehen können – Philipp dem Schönen und den Dominikanern mit ihrer gefährlichen Inquisition.«

Es war, als würde er um viele Jahre zurückgeschleudert, so weit zurück, bis er an eine Hand fassen konnte, die ihn ganz fest hielt, als sie zusammen jenes Kloster an der Nordseite der Pyrenäen betraten, in das sein Vater ebenfalls als Junge eingetreten und in dem er zum Priester geweiht worden war.

Es war die Hand, die noch immer den Ring mit dem fliederfarbenen, halb durchsichtigen Edelstein trug, obwohl sie inzwischen als einzige von allen Bischöfen der heiligen römischen Kirche den anderen, den Ring des Fischers, tragen durfte. Der neue Papstring sei noch nicht fertig, hatte ihm sein Vater geantwortet, als er danach fragte.

»Wie wird er aussehen? Ganz anders als ein Bischofsring?«

»Du bist sehr wissbegierig, mein Sohn«, hatte der gerade erst gewählte, aber noch nicht gekrönte Papst gesagt. »Aber ich will dir ein Geheimnis anvertrauen, wenn du schwörst, dass du es niemals im Leben einem anderen verrätst, selbst im Beichtstuhl oder unter der Folter nicht.«

»Ich schwöre!«, hatte er sofort geantwortet.

»Du musst schwören und dann vergessen, was ich dir jetzt anvertraue«, sagte sein Vater. Ohne weitere Erklärungen hatte er ihn in einen abgedunkelten Raum mit brennenden Bienenwachskerzen auf einem kleinen Altar geführt. Von einer goldenen Schale neben einer großen, aufgeschlagenen Bibel stiegen betörende Düfte von ganz besonderem Weihrauch auf.

»Knie nieder, mein Sohn!«

Es war wie beim Abendmahl, aber der neue Papst sprach lateinische Worte, die Bertrand bisher in keiner Liturgie und bei keinem Kirchgang gehört hatte. Fast schien es ihm, als würde sein Vater, der Papst, nicht in lateinischer Sprache reden, sondern in der alten *Langue d'oc*, in der auch seine Mutter hin und wieder die Lieder der Troubadoure sang.

»Mysteria celebranda«, sagte der neue Pontifex dann und legte ihm eine Oblate als Leib des Herrn in den Mund. *»Hoc est enim corpus meum.«*

Anschließend reichte er ihm den goldenen Weinkelch. »Und nun höre, was ich nur dir sage, trink das Blut des Herrn und vergiss.«

Der Zehnjährige zögerte. Er kannte die lateinischen Sätze für die Verwandlung von Brot und Wein in den Leib und das Blut Christi nicht gut genug, aber er fühlte, wie heiße und kalte Schauder über seinen Nacken und seinen Rücken bis in seine Schenkel fuhren. Es stimmte nicht. Irgendetwas stimmte nicht.

»Es ist das Zeichen des Kreuzes im Herzen, das viele bereits verleugnen«, sagte sein Vater fast schon verschwörerisch. »Die Tempelherren ebenso wie Priester, Bischöfe und Kardinäle, wie Mönche und Nonnen, Äbte, Äbtissinnen und auch die Baumeister der Kathedralen. Sie alle sind gottlos geworden und damit die wahren Ketzer.«

Er richtete sich auf, nahm den goldenen Kelch und trank selbst einen großen Schluck Wein. »Das Kreuz im Herzen ist die Gravur im Edelstein meines Bischofsrings«, sagte er nochmals. »Und es wird auch die verborgene Gravur sein, die mich in meinem hohen Amt begleiten soll – entweder in meinem neuen Ring des Fischers oder im großen Rubin der päpstlichen Tiara. Und nun vergiss, bis du und ich das Zeichen aller Wahrheit und des Glaubens wieder brauchen.«

»Wann wird das sein, Vater?«

»Es kann sehr lange dauern, sogar viele Jahre. Aber irgendwann wirst du etwas über die drei Zeichen in drei Steinen hören. Dann ist der Augenblick gekommen, an dem du alles hinter dir zurücklassen und dann zu mir kommen willst, aber es könnte ebenso gut geschehen, dass ich dann nicht mehr bin oder ein anderer Eingeweihter dich noch mehr anzieht.«

»Gibt es denn außer dir noch andere?«

»Ich hoffe es, mein Sohn! Ich hoffe es von ganzem Herzen und möchte es auch glauben, aber ich weiß es nicht!«

Noch ein weiterer Kardinal beobachtete an diesem Dienstag die überfüllte Brücke. Er stand ein Stockwerk unter dem Audienzsaal des Bischofspalasts und wartete seit geraumer Zeit auf den Kommandanten der Palastwache.

Pierre Godin war ebenso wie Arnaud d'Aux erst vor anderthalb Jahren beim Konzil von Vienne Kardinal geworden. Dennoch hatte er als Dominikaner sofort die Aufsicht über den gesamten Papstpalast erhalten, der nach kanonischem Recht noch immer dem Bischof von Avignon gehörte. Gleich zu Beginn seines Amtes hatten ihn einige Angehörige der *famiglia*, wie der päpstliche Hofstaat im Gegensatz zur jeweiligen *familia* der Kardinäle genannt wurde, mit der spöttischen Bezeichnung »Meister des Palastes« bedacht. Sie hatten nicht ahnen können, wie schnell Kardinal Godin diesen Titel in ein gnadenloses Regiment im Sinne des Franzosenkönigs umsetzte.

Godin war Franzose, aber er vertrug sich mit dem Italiener Niccolò da Prato wesentlich besser als mit seinem ständigen Widersacher Arnaud d'Aux aus Aquitanien. Inzwischen gab es auch unter den Priestern und Nonnen, den Torwachen und Bediensteten im Palais nur noch einen einzigen Untergebenen, der sich gelegentlich Widerspruch oder gar Ungehorsam erlaubte.

Auf diesen Mann wartete Godin, während er finsteren Gedanken nachhing. Er verstand nicht, wo der Ritter blieb, dem die gesamte Palaiswache und die Männer am Brückentor unterstanden. Die Sicherheit an allen anderen Toren gehörte in die Verantwortung der Stadt. Nur das massive Brückentor stand so dicht am päpstlichen Palais, dass es Kardinal Godin und Ritter Utz von Falkenhenn gleich nach dem Einzug des Papstes in der Stadt besetzt und für die Kurie vereinnahmt hatten.

Kardinal Godin war verstimmt. Mehr noch – er war derartig aufgebracht über die Unfähigkeit der Wachmannschaft, dass er bereits mit dem Gedanken spielte, den eitlen und wegen Saufhändeln und Zuträgerei für die Habsburger aus seinen Bergen geflohenen Ritter von Falkenhenn zu exkommunizieren und alle Beteiligten ohne den Sold der letzten Monate zu entlassen. Aber das war nicht ganz ungefährlich, denn in einigen Gebieten der Schweiz rottete sich inzwischen immer mehr Gesindel und aus Kriegsdiensten entlassenes Volk zusammen. Es hieß sogar, dass sie alle fremden Herren und ihre Soldaten aus den Bergen vertreiben und sich selbst zu einem freien Volk von Brüdern erklären wollten. Das alles konnte so gefährlich werden wie damals, als Katharer und Albigenser christlicher und brüderlicher leben wollten als die heilige römische Kirche und der satt gewordene Klerus.

Pierre Godin ärgerte sich so sehr, dass rote Flecken auf seinem fleischigen Gesicht erschienen. Wie hatte es geschehen können, dass ein ganzer Trupp von Schweizer Söldnern mit ihren Eisenhelmen und drohenden Hellebarden einen jungen, halb nackten und geschorenen Juden vor dem Palais entwischen ließ? Sie hatten ihn bereits vor zwei Wochen schon einmal entkommen lassen, als sie ihn aus den Zellen des Dominikanerklosters holen und in den Keller seines eigenen neuen Palais bringen sollten.

Er brauchte diesen schlecht beleumundeten Enkel von Eliah und durfte ihn auf keinen Fall entkommen lassen. Der Jude Seder Ben Ariel hatte Dinge bei den Dominikanern und in den Kellern seines neuen Palastes gesehen und gehört, die nicht für fremde Augen und Ohren bestimmt waren. Schon deshalb musste er unbedingt wieder eingefangen werden.

Der Amethyst

Ein Fest, ein Fest … sie würden ein großes Fest für seinen Eintritt ins Kloster von Comminges feiern. Ein Fest für den illegitimen Sohn des neuen Papstes.

Am nächsten Tag hatte sein Vater ihm ernsthaft und manchmal lächelnd auf alle Fragen geantwortet, die Bertrand schon lange in sich trug.

Bertrand erfuhr, dass sein Vater ebenfalls in diesem Kloster am Nordrand der Pyrenäen, kaum eine Meile vom Ufer der oberen Garonne entfernt, seine ersten Weihen erhalten hatte, dass er anschließend in Poitiers und Bologna kanonisches Recht studiert hatte und dass er ein Jahr vor Bertrands Geburt sogar Bischof der Gegend zwischen den Pyrenäen und Toulouse geworden war. Anschließend war er zum Bischof von Poitiers, später dann zum Erzbischof von Bordeaux aufgestiegen.

Genau genommen hatte Bertrand ihn bisher nur von ferne gesehen, wenn seine Mutter Catharina de Comminges ihn auf ihren sogenannten Wallfahrten zu seinem Vater mitgenommen hatte. Als Erklärung für dessen Zurückhaltung hatte sie einmal angegeben, dass die Vergangenheit ihrer eigenen Familie nicht förderlich für ihn sei, es habe in ihr zu viele Ketzer gegeben. Erst jetzt, als frisch gewählter Papst, konnte er mehr für die Angehörigen beider Familien tun.

Als Erstes brachte er seinen Sohn persönlich zum Ort des eigenen Anfangs. Der Zehnjährige war noch zu jung, um die Worte und Andeutungen zu verstehen, die sein Vater unterwegs mit seinen Begleitern auf ihren Pferden wechselte. Einer der stattlichsten von ihnen hieß Arnaud d'Aux. Er war bereits Beichtvater der englischen Königin Isabella de France gewesen, der Tochter von Philipp dem Schönen. Die Männer hatten von ihr und dem schwächlichen englischen König Edward II. gesprochen, dem als Erbe der Eleonore von Aquitanien und Richard Plantagenets die ganze Region von Bordeaux und Aquitanien als Lehen zustand.

Bertrand de Comminges, der junge Blondschopf, in dessen

Adern wie bei seinem Vater Raymond Bertrand de Goth noch das germanische Blut der Westgoten floss, hörte auf dem Weg in Richtung Pyrenäen mehr, als er je hören durfte.

Auf eigenartige Weise hing alles mit der Familie seiner Mutter zusammen – damit, dass sie mit den Katharern und Albigensern verschworen war, und damit, dass sein Vater gleich fünf seiner eigenen Verwandten zu neuen Kardinälen ernennen wollte. Schon deshalb konnte nicht stimmen, was der Knabe auch schon gehört hatte: Sein Vater war kein ängstlicher Speichellecker des Königs von Frankreich!

Im Gegenteil!

Bertrand war stolz auf seinen Vater, den neuen Pontifex maximus. Er hatte sich immer gewünscht, nicht den Namen der Mutter, sondern den jener Familie zu tragen, die zu den Nachkommen des legendären germanischen Königreichs von Toulouse gehörte. Auch von ihnen waren viele bei den päpstlichen Kreuzzügen gegen die Ketzer, die Katharer und Reinen bei der Eroberung ihrer Bergdörfer wie Minerve und Burgen wie Montségur hingerichtet, auf Scheiterhaufen verbrannt oder in Städten wie Béziers einfach erschlagen und ausgerottet worden.

Für viele musste es wie Hohn erscheinen, dass nur zwei Generationen später die letzten Nachkommen der grausam Verfolgten viele der Bischöfe, Kardinäle und jetzt auch einen Papst stellten.

Der kleine Bertrand fasste den Finger, dann die Hand seines Vaters fester, richtete sich beim Gehen auf und machte größere Schritte. Er wusste, dass all die Männer in ihren schlichten Kutten am Ende des Kreuzgangs nur von einem einzigen Gedanken beseelt waren: Sie wollten zeigen, dass sie den neuen Oberhirten zutiefst verehrten. Gleichzeitig kamen sie Bertrand wie Bettler vor, die nichts anderes ersehnten, als ihm die Hand des Vaters wegzunehmen, um sie dann einer nach dem anderen mit ihren feuchten Lippen zu berühren. Er wusste, dass sie den Siegelring des neuen Papstes berühren wollten – auch wenn es noch immer der Ring ihres ehemaligen Bischofs war.

Clemens V. trug ihn noch nicht, den neuen Fischerring, denn dazu hatte die Zeit nicht gereicht, seit ihn die Kardinäle wenige Wochen zuvor im fernen Perugia zum Papst gewählt hatten –

ihn, einen Erzbischof aus der Gascogne, die nicht einmal dem König der Franzosen, sondern Edward von England gehörte. Benedikt XI., der Dominikaner und Papst vor ihm, war, schon wenige Monate nachdem er den Ring des Fischers erhalten hatte, vergiftet worden. Und seinen Vorgänger, den starken Bonifatius VIII., hatten Bischöfe des Königs von Frankreich mit dreihundert Bewaffneten im italienischen Anagni südlich von Rom überfallen und so übel zugerichtet, dass er kurz darauf starb.

Bertrand stolperte bei dem Gedanken daran, dass unter den Männern mit den Kutten bereits ein Mörder mit einem Dolch auf ihn und seinen Vater warten könnte. Unwillkürlich griff er die große Hand des Vaters fester. Und dann geschah das Missgeschick, das ihn fortan mit einer Mischung aus Häme und Respekt begleiten sollte: Der Bischofsring mit dem großen fliederfarbenen Amethyst glitt vom Mittelfinger des neu gewählten Papstes. Der Zehnjährige hielt ihn fest und fuhr mit seinem eigenen kleinen Mittelfinger hinein, denn um alles in der Welt wollte er verhindern, dass der kostbare Ring zu Boden fiel.

Papst Clemens V. merkte nichts davon. Er ging weiter, löste seine Hand aus der seines Sohnes und streckte, wie schon so oft, die rechte Hand mit schlaff herabhängenden Fingern nach vorn. Der Abt, der Prior und die ersten zwei, drei Mönche des Grammontenserklosters setzten für den Kniefall einen Fuß vor und streckten ebenfalls eine Hand aus. Sie suchten nach dem Ring an der Hand des neuen Pontifex. Doch da war nichts – kein neuer Papstring und nicht einmal mehr der Amethyst des Bischofs.

Für einen langen, heißen Augenblick wurde alles still. Und plötzlich streckte der zehnjährige Sohn von Raymond Bertrand de Goth ebenfalls den Arm aus. Er kannte den Namen des fliederfarbenen Steins nicht, der Bescheidenheit und Demut beim Oberhirten einer Diözese symbolisieren sollte.

»Hier ist der Stein mit einem Zeichen!«, rief er unerschrocken. »Ihr müsst ihn küssen, und damit ihr's wisst: Ich bin der Sohn des Papstes.«

Im selben Augenblick stieß der Abt vor Schreck die Schale

mit geweihtem Wasser von einer Säule im engen Kreuzgang. Das Wasser schwappte über Bertrands Kopf. Er prustete und schluckte und hielt den Ring mit dem gravierten Bischofsstein so fest, als wolle er ihn nie wieder hergeben.

Kardinal Godin wollte wie üblich in den Audienzsaal im oberen Stockwerk des Palais gehen. Zu seinem Missfallen liefen überall im weiten Treppenhaus, auf den Fluren und vor den geöffneten Türen der oberen Räume Priester und Nonnen, Bedienstete und Vertreter der Stadt herum. Es ging im Palais des Heiligen Vaters wieder einmal wie in einem Bienenstock zu.

Godin hatte bereits die Hand ausgestreckt, um den Türvorhang zu einem Nebengemach aufzuziehen, als er eher aus Neugier als aus Vorsicht mitten in seiner Bewegung innehielt. Er neigte sich vor und lauschte der Stimme des Mannes, der schon seit Jahren eng mit dem Heiligen Vater verbunden war.

»Du weißt ebenso gut wie ich, dass es nie um die absolute, die jungfräuliche Wahrheit geht«, sagte Kardinal d'Aux im anderen Raum, »sondern stets um die Vereinbarung darüber, welche von vielen denkbaren Wahrheiten die sinnvollste ist.«

»*Cui bono?* Sinnvoll für wen?«

Das war Kardinal Niccolò da Prato, der dem deutschen Kaiser Heinrich VII. anstelle des Papstes in Rom die Krone aufgesetzt hatte. Godin lächelte kaum merklich. Er wusste nur zu gut, dass da Prato Verbindungen pflegte, die nicht nur zum Generalmagister der Dominikaner in Paris, sondern auch nach Rom, Straßburg und bis zu den deutschen Königen reichten. D'Aux dagegen war hervorragend über alles unterrichtet, was in Aquitanien und dem Süden von Frankreich sowie im Königreich England und bei den noch immer aufsässigen Schotten geschah. Diesmal jedoch schien es nicht um weltliche Herrscher zu gehen, sondern um den Mann, der einmal der mächtigste und reichste Herr einer Ordensgemeinschaft gewesen war.

Kardinal Godin hielt unwillkürlich die Luft an, um kein Wort der beiden anderen zu verpassen.

»Du weißt so gut wie ich, dass Jacques de Molay mit seinem widerspenstigen Geist auch seine früheren Geständnisse widerrufen hat«, sagte d'Aux. »Weder Berengar de Landora als

Generalmagister der Dominikaner noch Meister Eckhart als dessen Gegenspieler haben Molay retten können. Wie uneinsichtig er tatsächlich war, beweisen auch seine letzten Worte auf dem Scheiterhaufen.«

»Mir schnürt sich heute noch der Leib zusammen, wenn ich an diese Worte denke«, stimmte da Prato zu. »›Wir sterben unschuldig‹, hat er noch in den Flammen gerufen, ›aber im Himmel gibt es einen Richterstuhl, vor dem die Schwachen nie erfolglos Berufung einlegen. Vor diesen Richterstuhl entbiete ich den Papst binnen vierzig Tagen, und Euch, Philipp, erwarte ich in einem Jahr.‹«

»Das rief er doch nur, weil er glaubte, er könne sich noch im allerletzten Augenblick vor den Flammen schützen. Aber anders als seine Geständnisse konnte er diese Prophezeiung nicht mehr widerrufen.«

»Genug davon! Ich halte nichts von Flüchen, von teuflischem Afterglauben und von Gerüchten wie dem um jenen Ring, den Clemens nach seiner Wahl zum Papst an seinen Sohn vererbt hat.«

»Verliehen«, korrigierte Niccolò da Prato. »Vergiss nicht, dass kein Papst, der immer auch Bischof von Rom ist, seinen Bischofsring an einen anderen weitergeben soll – auch dann nicht, wenn er in seiner neuen Würde den Petrusring tragen darf.«

»Tatsache ist aber, dass ihm der Großmeister der Templer genau diesen Ring geschenkt hat, als er Bischof von Comminges wurde und noch Bertrand de Goth hieß!«

Die Stimme von d'Aux kam Godin ungewöhnlich laut vor. Er wunderte sich, denn es klang ganz so, als hätte der engste Vertraute Seiner Heiligkeit bereits vor Sonnenuntergang einen Becher Wein zu viel getrunken.

»Gibt es einen Grund, warum du diesen Namen betonst?«

Godin hielt die Luft an. Er beugte sich, so weit es ging, vor. Doch da eilte der Mann, den er die ganze Zeit gesucht hatte, über die breite Treppe nach oben. Godin knirschte mit den Zähnen. Er konnte nur hoffen, dass ihn der Anführer der päpstlichen Wache nicht bemerkte.

Er schwamm, sah keine Mönche mehr, keine Mauern – aber auch kein Ufer und keine Bäume. Alles um ihn herum war eins. Neben ihm prustete das Pferd mit weit aufgerissenem Maul und großen Zähnen. Und dann tauchte eine riesige, gleichmäßig gebaute Mauer aus hell leuchtenden Brückenbögen mitten im Wasser auf. Die wilden Fluten spritzten schon fast bis an die oberen Biegungen. Er sah die steinernen Bollwerke, die wie bei einem Schiffsbug die Fluten und hohen Wasser teilen sollten. Sie waren fast völlig überspült. Er spürte, wie ihm das Pferd durch einen Strudel weggerissen wurde. Der zweite, nein, dritte Bogen kam auf ihn zu. Und dann sah er die zweistöckige Kapelle an einem fast überfluteten Brückenpfeiler.

Die kleine Kirche ragte wie eine Festung über die Brücke hinaus. Es war, als würde er mit hoher Geschwindigkeit auf die Eingangspforte zum Paradies zutreiben. Und dann prallte sein entkräfteter Körper direkt neben der Kirchenmauer im Wasser gegen die Brücke von Avignon. Unwillkürlich griff er mit einer Hand nach einem Ring.

Es war kein Bischofsring und nicht der Fischerring des Papstes, sondern eine schmiedeeiserne Klammer, wie sie auch die Brücken in Paris für die Fackeln besaßen. Gleich darauf sah er das Gesicht eines Mädchens zwischen dem steinernen Geländer und der Kapelle auf der Brücke. Es war, als öffnete sich in diesem Augenblick für sie und ihn der Himmel.

Die Wolken rissen tatsächlich auf. Für einen winzigen Moment der Ewigkeit zeigte ein schmaler Sonnenstrahl vom Firmament auf das kleine Gotteshaus an der umtosten Brücke über die Rhône. Die Eichentür öffnete sich, dann streckte ein junger Priester mit flammend rotem Haarschopf den Kopf ins Freie. Auch oben im Palais des Papstes sah eine Gestalt in roter Soutane mit an, was nun geschah.

»Warum heißt man wohl *de Goth* in einer Gegend, in der die Westgoten vor sieben Jahrhunderten das erste germanische Königreich auf römischem Boden errichten durften?«

»Das *Tolosanische Königreich.*«

»Genau das meine ich«, sagte Kardinal d'Aux leise und verschwörerisch. »Das Königreich von Toulouse … mit dem verschollenen Schatz seines Königs Alarich, der zu einem großen Teil aus dem stammte, was vom Imperium Romanum in tausend Jahren aus aller Welt zusammengetragen wurde, und angeblich mit dem gestorbenen König im Fluss Busento vergraben sein soll.«

»Man hat mehrfach vergeblich nach diesem Schatz im Fluss gesucht.«

»Ebenso vergeblich wie nach dem Ordensarchiv und den zwölf Pferdewagen mit Silbermünzen aus dem Schatz der Templer, die der Großmeister mitbrachte, als Clemens ihn zu Beratungen über einen neuen Kreuzzug aus Zypern zurückrief!«

Kardinal da Prato runzelte die Stirn. »Du meinst doch nicht, dass die Berichte und Vermutungen über die beiden Schätze miteinander zu tun haben?«

»Doch, Niccolò! Genau das meine ich!«, sagte d'Aux beschwörend. »Denn es gibt noch eine weitere Verbindung.«

»Und die wäre?«

»Kathedralen«, sagte Kardinal d'Aux. »Gotische Kathedralen! Geplant und begonnen in der gleichen Zeit, in der unser Orden der Armen Ritter Christi vom Tempel Salomons zu Jerusalem entstand.«

»Das ist nicht neu, obwohl wir uns geeinigt haben, dass erst Abt Suger von St. Denis als der Begründer der neuen gotischen Bauweise gilt.«

»Wieder nur eine Frage der vereinbarten Wahrheit«, sagte d'Aux verächtlich. »Er hat nur umsetzen lassen, was lange vor ihm bekannt war. Mehr als fünfhundert Jahre lang bekannt – seit den christlichen Westgoten, ihrem krausen Barbarenschmuck, den wir heute an jedem Fialtürmchen unserer gotischen Kathedralen sehen. Und wenn du mich fragst, geht alles noch viel weiter zurück ... bis zu König Salomon oder sogar zum legendären König Nimrod nach Babylon, der so hoch bauen wollte, dass er die Sterne am Firmament berühren und Götter von ihren Thronen stürzen konnte.«

»Ich kenne all diese gefährlichen Gedanken ebenso gut wie du«, sagte da Prato. »Aber was haben Clemens und sein kleiner Bastard Bertrand mit alldem zu tun?«

Arnaud d'Aux lachte fast schon vergnügt. »Jedes Geheimnis

erhält eine Erinnerung. Und zumeist ist ein Schlüssel erforderlich, um das Verborgene zu öffnen. Das kann ein Zeichen sein wie das Kreuz, ein Duft wie Weihrauch, eine Gebetsformel oder eine geweihte Hostie.«

Die beiden mächtigsten Männer der Kurie sahen sich in die Augen. Sie kannten und vertrauten einander. Aber sie wussten auch um die Gefahren, durch die ihr Glaube in mystische und dämonische Sphären abgleiten konnte.

»Ich verstehe«, sagte da Prato schließlich. »Es kann auch ein Mensch sein, der noch nicht weiß, was in ihm steckt.«

»Und du meinst, dieser Mensch wird nach Avignon kommen?«, fragte d'Aux fast schon zu laut. Da Prato hob nur die Schultern. Er legte einen Finger auf die Lippen, aber das konnte Kardinal Godin hinter dem Vorhang im Nebenzimmer nicht sehen.

Miriam sah, wie der Kopf eines Pferdes unter ihr in den Fluten der Rhône auftauchte. Gleich darauf sah sie ein Gesicht unter einem Büschel weizenblonder Haare – ganz so wie bei einer nach der Ernte auf dem Feld vergessenen und vom Gewitterregen weggespülten Garbe. Totes Vieh und auch menschliche Körper, die den Fluss hinabtrieben, kamen häufiger vor. Sie selbst aber hatte noch nie einen schwimmenden Leichnam gesehen – und erst recht keinen, der ein so blasses und junges Gesicht hatte wie derjenige, der jetzt zusammen mit dem Pferdekopf gegen den Brückenbogen prallte.

Ihr eigenes Zugtier am Karren stand gerade still. Ohne groß nachzudenken, warf sie das Seil über den Rand der Brückenmauer. Sie wusste nicht, was sie sich davon erhoffte. Doch dann geschah das Wunder.

Wie ein großer Vorhang aus Sonnenlicht und weißen Federn wischte ein Engelsflügel vor ihr an der Brücke entlang. Fast schien es, als würden die Spitzen der Flügelfedern das Seil ihres Karrens aufnehmen und um die Handgelenke des jungen Mannes knoten, der sich wie zufällig am Fackelring festklammerte.

Im selben Moment wurde das Pferd neben ihm unter die Brücke gespült und verschwand. Miriam wurde plötzlich ganz ruhig. Niemand sagte ihr, was sie tun musste. Sie blickte auf die

Leine, die Arme und den Kopf im Wasser, dann warf sie sich herum und stieß gegen das Maultier. Weiter vorn rückten die Wartenden einige Schritte vor.

Erneut hielt das Maultier an. Und wie ein Kran riss die bänderumwickelte Deichsel alles nach oben. Der Mann aus dem Fluss rutschte am steinernen Geländer hoch und stürzte gleich darauf neben den Füßen des Mädchens zu Boden. Sie konnte sich nicht bücken, musste den Wagen mit dem Großvater und dem Maultier festhalten. Entsetzt sah sie, wie das linke der großen Karrenräder genau auf den Kopf des gerade erst geretteten Unbekannten zurollte.

Und plötzlich kam Hilfe! Eine hagere Gestalt mit kurzem Kittel sprang todesmutig auf dem nördlichen Geländer bis zur kleinen Kapelle am zweiten Brückenpfeiler. Im Gegensatz zu allen anderen auf der Brücke bewegte sie sich von Avignon weg, in Richtung auf das französische Ufer der Rhône zu.

Die Erscheinung mit dem flatternden Umhang der Grauen Büßer hatte die Kapuze übergezogen, in der es nur zwei schmale Augenschlitze gab. Irgendwo über dem schäumenden Fluss trudelten ein paar Pfeile aus den Tortürmen wirkungslos in die Wellen.

Erst an der Kapelle über dem zweiten Brückenpfeiler schien das Ende gekommen. Die Gestalt schwankte. Ihre Büßerkapuze flatterte über die nackten, geschundenen und zerschlagenen Schultern zurück, dann balancierte sie unmittelbar vor Miriam und ihrem Wagen und setzte zum Sprung auf die Brückenstraße an. Miriam schrie so laut wie nie zuvor in ihrem Leben. Das Seil zum Zaumzeug des Maultiers glitt ihr aus den Händen.

Im selben Augenblick stürmte der Priester der kleinen Kapelle vor. Es schien fast so, als habe er nur auf den flüchtigen Gefangenen aus der Stadt gewartet. Geduckt und mit flammend roten Haaren sprang er zwischen Miriam, den Burschen mit dem Büßergewand und den Bewegungslosen auf den Pflastersteinen.

Miriam stieß so hart mit dem Büßer zusammen, dass sie sich unwillkürlich aneinander festklammerten, ehe sie gemeinsam zu Boden stürzten. Dennoch hatte sie erkannt, wer aus der Stadt fliehen wollte. Es war ihr Bruder, ihr sieben Jahre älterer Bruder.

Sie hatte ihn fast ein Jahr lang nicht gesehen. Als Junge hatte er die allerbeste Ausbildung in der *Schul*, der Synagoge von Carpentras, und bei seinem Großvater erhalten. Als ihr Vater in Lyon verunglückte, hatte der älteste der Geschwister seine Studien abgebrochen und war verstört davongelaufen. Erst Jahre später tauchte er wieder auf. Er hatte inzwischen einige Sprachen gelernt und konnte neben Hebräisch und Provenzalisch auch noch Lateinisch, Spanisch und Französisch lesen, schreiben und sprechen. Dazu verstand er etwas Englisch, Deutsch und Arabisch.

Sie und der Großvater hatten ihn nie darauf angesprochen, und er selbst hatte auch nie gesagt, wo er gewesen war. Doch trotz aller Fähigkeiten und Begabungen hatte er sich immer wieder großspurig über alle Anweisungen des Großvaters, ihrer Religion und der Tradition ihres Volkes in der Diaspora hinweggesetzt.

Ganz nach Lust und Gelegenheit hatte er sich als Schiffsknecht auf der Rhône, als Abschreiber von Dokumenten für begüterte Studenten oder als Handelsgehilfe in *Fondacos*, den italienischen Handelshäusern an den Küsten des Mittelmeers, durchgeschlagen. Als sie zuletzt von ihm gehört hatte, sollte er als Schmuggler von Kriegsgerät und Waffen für verschiedene Auftraggeber unterwegs gewesen sein. Er war längst kein aus dem Nest gefallener Vogel mehr, sondern eine kluge diebische Elster, die sich ohne jede Achtung vor irgendwelchen Regeln alles nahm, was sie bekommen konnte.

Eigentlich hieß er Seraphim, doch seit dem unbegreiflichen Unglück bei der Krönung von Papst Clemens V. hatte er den alten Namen nicht mehr benutzt. Weil sie den Tod seines Vaters Ariel nicht verhindert hatten, wollte er nicht mehr mit den sechsflügligen Wächterengeln in Verbindung gebracht werden. Und da er olivhäutig wie ein Pirat von den Küsten Arabiens war, eine kräftige Nase und dunkles Lockenhaar hatte, nannte er sich selbst von da an *Seder* Ben Ariel, was bei ihm spöttisch und zugleich geheimnisvoll so viel wie »Vielfalt der Fragen« bedeuten sollte – ganz wie die Vielfalt der symbolischen Speisen, aus denen beim Passahfest zur christlichen Osterzeit die Ordnung aller Dinge gebildet wurde. Als Miriam noch klein war, hatten sie oft Seder gespielt, weil dabei alle kindlichen Fragen erlaubt waren: Warum essen wir ungesäuertes Brot? Was ist das Geheimnis der bitteren Kräuter? Warum lehnen wir uns wie einst die Römer beim Essen links an?

All das schoss ihr durch den Kopf, während der Priester sich bückte und den Körper des Fremden im letzten Moment vor dem tödlichen Rad wegzog. Gleichzeitig hielt Seder die Glieder

der eisernen Kette zwischen seinen Handgelenken mit einem Aufschrei vor das Karrenrad. Eines der Kettenglieder zerbrach. Miriams Bruder lachte nur und ließ seine kräftigen Zähne sehen.

»Mal etwas anderes als Katzen, Hunde und Vögel mit gebrochenen Flügeln, wie du sie sonst immer aufgesammelt hast!«, rief er ihr zu.

Sie war zu erschöpft für eine Antwort. Für einen kurzen Augenblick ließen Sturm und Regen nach. Er sah sie an, dann packte er den Blonden zusammen mit dem Priester und wuchtete ihn quer über die zusammengelegten Bretter ihrer Verkaufsbude. Wie zufällig rutschte dabei eine goldene Kette mit Schmuckstein vom Hals des fast Ertrunkenen. Miriam streckte die Hände aus. Die Kette riss, und der Stein glitt ihr aus den Fingern. Sie achtete kaum darauf, sondern starrte ihren Bruder an.

»Warum bist du hier?«, rief sie durch das Tosen des Flusses unter ihnen. »Und wohin wolltest du?«

»Ich habe den Knaben hier seit Paris beschattet!«, rief er laut und immer wieder nach Luft schnappend zurück. »Doch dann ist dieser Dummkopf oben bei Sorgues mit seinem Pferd in den Fluss gesprungen! Seine Verfolger … Dominikaner … hätten mich fast erwischt. Aber nicht mit Seder Ben Ariel! Ich habe mir eine graue Kutte beschafft und in einem Stall selbst Büßerketten angelegt. Alles in der Hoffnung, diesen Burschen vor den anderen hier an der Brücke aufzufischen.«

»Warum … warum wollten sie dich einfangen?«, rief Miriam.

»Wenn du es ganz genau wissen willst, dann hilf mir jetzt. Ich muss in die Stadt zurück und einem der Rotkittel berichten!« Er deutete auf den ohnmächtigen jungen Mann zwischen den Brettern auf dem Karren. »Am besten, du versteckst ihn und mich zusammen. Sag bei den Wachen einfach, dass es Eliah schlecht geht, dann lassen sie dich durch.«

»Ich verstehe kein Wort von deinen Lügen und aufgeblasenen Geschichten!«, rief sie. »Du hast dich nicht ein Jota verändert, seit du fortgegangen bist.«

»Oh doch, geliebte Schwester!«, lachte er. »Ich bin Kurier der ehrenwertesten Kardinäle … Beschützer der Unschuldigen und Streiter für Gott den Allmächtigen.«

Seder sprang mit nackten Füßen in die Speichen eines Rades,

ließ sich auf die Bretter fallen, kippte überflüssiges Regenwasser aus den Stoffbahnen über dem halb ertrunkenen jungen Mann und hüllte sich mit ihm zusammen wie ein Bündel Teppiche in die nassen Stoffe ein.

Der rothaarige Priester und Miriam sahen sich an. Kalter Regen peitschte über ihre Gesichter, doch es war, als würden sie sich gegenseitig ein klein bisschen für die Güte Gottes bedanken wollen.

Hinter dem Vorhang des Audienzsaals verschluckte sich Kardinal Godin fast vor Erregung.

Endlich!

Endlich hatte er von den beiden wichtigsten Beratern des Heiligen Vaters die Bestätigung jenes ungeheuerlichen Verdachts, der schon seit vielen Jahren zu den erbitterten Kämpfen, zum gewaltsamen Tod mehrerer Päpste, zur Flucht der Kurie nach Avignon und letztlich auch zum Untergang der Tempelritter geführt hatte.

Sie gaben untereinander zu, dass sie selbst Ketzer waren! Sie sprachen von uralter Magie und Zauberei, von geheimen Botschaften in den Köpfen, von Wahrsagerei und von verschlüsselten Zeichen in Steinen. Godin konnte kaum fassen, was er hinter dem Vorhang versteckt hörte. Genau das war es, was er und Berengar von Landora, der Generalmagister der Dominikaner, lange schon vermutet hatten. Doch wenn zutraf, was die beiden anderen Kardinäle besprachen, dann knarrte und ächzte bereits ein Uhrwerk für den letzten Schlag, der nicht mehr aufzuhalten war. Dann nämlich teilten der Heilige Vater und sein Sohn ein Wissen, das unweigerlich verloren ging, wenn einer von beiden seinen Teil mit ins Grab nahm.

Godin bemühte sich, so leise wie möglich zu atmen. Obwohl er am ganzen Körper zitterte und ihm der Schweiß über die Stirn lief, zwang er sich, weiter den beiden anderen Kardinälen zu lauschen.

»Ich kenne eigentlich nur einen Menschen, der nach dem Feuertod der letzten großen Templer den Schlüssel für das geheime Wissen in sich tragen könnte«, sagte Kardinal d'Aux nach einer langen Pause.

»Du meinst, dass der Heilige Vater neulich im Fieberschlaf mehrmals ›Bertrand, mein Sohn‹ murmelte?«

»Genau das meine ich … und dann den Fluch des Großmeisters. Ich denke, dass zwischen seinem Tod, dem Fluch und dem Sohn des Papstes eine Verbindung bestehen könnte.«

»Kennst du ihn?«, fragte Kardinal da Prato.

»Nein, niemand hier kennt ihn. Selbst Seine Heiligkeit hat seinen Sohn nur ein einziges Mal gesehen … damals, als er ihn von seiner Mutter abholte und in das Kloster der Grammontenser von Comminges brachte. Seither hat sich genau genommen niemand mehr für den Knaben interessiert, bis ich eher zufällig hörte, dass er bei Meister Eckhart in Paris studiert hat.«

»Eckhart ist schon fast ein Jahr in Straßburg. Ich weiß nicht, was er dort noch mit Molay oder dem Sohn des Papstes in Paris zu tun haben könnte.«

»Ich bin sicher, dass Meister Eckhart ihm eingetrichtert hat, dass er zu seinem Vater gehen soll, falls mit dem Großmeister etwas passiert.«

»Und nicht nur du hast das geahnt«, flüsterte Kardinal Pierre Godin hinter dem Vorhang im Nebenraum. Er fühlte sich bestärkt und zufrieden wie schon lange nicht mehr.

»Mir war klar, dass Bertrand de Comminges auch von anderen überwacht wird. Doch selbst wenn die besten Hunde des Herrn ihn hierher verfolgen, werden die Dominikaner eine Begegnung mit seinem Vater verhindern.«

»Du meinst, sie werden ihn einfangen und umbringen?«

»Im Gegenteil! Sie wollen doch, dass er redet, und wir werden genau aufpassen, was sie erreichen.«

»Bist du von allen guten Geistern verlassen?«, fragte da Prato entsetzt. »Du kannst doch keine Dominikaner auf den Sohn des Heiligen Vaters loslassen! Was ist, wenn das Großmeister Berengar oder auch unser Dominikanerkardinal erfahren?«

»Hätte ich Grammontenser oder Hospitaliter zu seinem Schutz einsetzen sollen?«, fragte d'Aux spöttisch. »Fußkranke Pilger oder gar auffällig gerüstete Ritter mit Helmbusch, Schwert und rot-gelb gestreiftem päpstlichen Wappenschild? Nein, Niccolò! Als ich von Molays Feuertod erfuhr, habe ich sofort einen sehr fähigen und sehr rücksichtslosen jungen Juden mit einigen

Brieftauben aus Carpentras nach Paris geschickt. Gift bekämpft man am besten mit Gift, Feuer mit Feuer und scharfe Hunde mit noch schärferen! Und eine der Tauben ist bereits zurückgekommen. Der Sohn des Heiligen Vaters befindet sich auf dem Weg hierher.«

»Wissen die Wachen an den Toren Bescheid?«

»Nicht eine einzige«, antwortete Kardinal d'Aux. »Niemand in Avignon soll wissen, wen ich erwarte. Nicht einmal Seine Heiligkeit selbst.«

»Oh, das wird Ärger geben!«, sagte da Prato sofort. »Die schwarzen, grauen und weißen Büßer liegen auf allen Straßen im Streit mit den Mönchen der Inquisition, weil sie sich weigern, ihre Gesichter unter den spitzen Kapuzen zu zeigen.«

Kardinal d'Aux lachte. »Sei unbesorgt. Ich kenne das Spiel mit falschen Kostümierungen aus meiner Zeit in London und weiß, wie weit ich damit gehen darf. Außerdem hielten sich selbst unter uns Kardinälen schon immer Kuckuckseier auf, die nicht einmal zu Priestern geweiht waren.«

Unter ihm knarrte es wie in einem schwankenden Boot. Ihm wurde schlecht. Er wollte die Augen öffnen, aber der Fluss und der Schlag beim Aufprall an der Brücke hatten seine Augen wie mit Töpferlehm verklebt. Er erbrach sich. Ein Schwall von schwarzer Bittergalle und übel schmeckendem Flusswasser ergoss sich über seine Hände, die er vor seinen Mund gepresst hielt.

Es regnete noch immer. Donner und Blitze wie diese kamen ihm wie die neuen, schrecklichen Berichte vom Fegefeuer vor, mit denen die Menschen überall noch mehr an ihre Sündhaftigkeit erinnert wurden. Er selbst wusste längst nicht mehr, wovor er floh und was er eigentlich in der Stadt der Engelsbrücke suchte. Ja, er erinnerte sich auch daran, dass die Brücke von Avignon von einem Erzengel und einem gottesfürchtigen Hirten erbaut worden war. Aber was hatte das mit ihm und den Dominikanern zu tun, die seit Paris hinter ihm her waren?

Nur dass er holpernd und nicht auf seinem Pferd über eine lärmende Straße fuhr, das war ihm so bewusst wie in einem klaren Traum. Er fühlte, wie ihm sämtliche Knochen wehtaten, und sah, wie rote Funken vor seinen Augen tanzten. Laute Stimmen wie von Wachen klangen auf. Dann eine helle, angenehme Mädchenstimme. Die dunkle, feuchte Höhle rumpelte weiter. Es schien bergauf zu gehen, denn er rutschte langsam nach hinten. Und dann berührte er einen Arm, eine Hand und eine Art Ring.

Ein schriller Schreck fuhr ihm durch alle Glieder. Das war kein Eisenring an einem Brückenpfeiler – aber auch kein Ring des Bischofs oder gar des Papstes! Mit klammen Fingern tastete er weiter.

Kettenglieder!

Aber nicht um seine eigenen Arme, seine Beine, sondern um die eines anderen.

Oben im Bischofspalais sehnte ein anderer sich nach der Gnade Gottes. Die Augenblicke mehrten sich, in denen Clemens V. lieber wieder Kardinal, Erzbischof von Bordeaux, Bischof von Comminges oder ganz einfach der Grammontensermönch Bertrand de Goth gewesen wäre. Er wusste längst, dass er keine Kraft mehr hatte. Wofür oder wogegen sollte er noch kämpfen? Und wozu kniend beten, wenn er allein nicht mehr aufstehen konnte?

Er hob die Hände und wartete, dass der einzige Mensch, dem er voll und ganz vertraute, hinter ihn trat und ihn mit großer Kraftanstrengung vom Boden aufhob.

Seit er im Sommer nach monatelanger Erholung in Carpentras nach Avignon zurückgekehrt war, hatte er sogar darauf verzichtet, sich in der Sänfte zur Kathedrale oder zu einer der Prozessionen bringen zu lassen. Seither hielt er sich zumeist im Schlafraum im oberen Stockwerk des Bischofspalais auf.

Neben dem breiten Himmelbett enthielt das eher bescheidene Gemach als einziger Raum im ganzen Haus einen Kamin. Kardinal Jacques Duèse hatte ihn von Steinmetzen aus seiner Heimatstadt Cahors setzen lassen, als er noch Bischof von Avignon war. Es hieß, dass er in seinem Alter von fast siebzig Jahren oft fröstelte, weil er zu lange als Kanzler der Könige Karl und danach Robert von Anjou an deren hitzigem Hof in Neapel gelebt hatte.

Obwohl es nach dem julianischen Kalender bereits Frühling war, loderte ein kleines Feuer im Kamin. Da ihm auch das nicht reichte, hatte der Papst zur weißen Soutane auch noch sein erzbischöfliches *Pallium* wie ein Tuch gegen Erkältung um den kurzen, stämmigen Hals gelegt. Eigentlich war das drei Finger breite weiße Schulterband aus ungefärbter Lammwolle mit den gestickten schwarzen Seidenkreuzen für besondere liturgische Anlässe gedacht, doch Clemens glaubte fest daran, dass ihn sein Pallium auch vor Ansteckungen und Intrigen schützte. Als eine weitere Merkwürdigkeit hatte sich Clemens angewöhnt, auf Schuhe oder Stiefel zu verzichten und seine Füße so oft wie möglich mit dicken Strümpfen aus Schafwolle zu wärmen.

»Willst du ins Bett zurück?«, fragte Arnaud d'Aux. Clemens schreckte wie aus dem Halbschlaf auf.

»Nein, bring mich zu meinem Sessel am Fenster.«

Der Kardinal tat, wie Clemens wünschte. Er ließ ihn so in die Polster sinken, dass er auf den Fluss hinausblicken konnte. Dann tupfte er dem Heiligen Vater die Schweißtropfen von Stirn und Nasenflügeln.

Sein schwerer, steif gewordener Körper schmerzte den Papst an vielen Stellen, und in seinem Leib rumorte es schlimmer als bei den hitzigen Disputen, nach denen er beim Konzil in Vienne vor genau zwei Jahren und in seiner Bulle *Vox in excelso* den Untergang des Templerordens besiegelt hatte.

Aber er hatte sich nicht unterworfen – auch wenn die Anhänger Philipps des Schönen diese Unwahrheit überall verbreiteten. Es hatte auch keinen richterlichen Beschluss gegen die Templer gegeben. Im Gegenteil: Sie waren freigesprochen worden. Schon dadurch setzte sich der König bei jedem weiteren Schritt gegen Angehörige des Ordens selbst ins Unrecht.

Freispruch durch das zuständige Gericht und Auflösung durch den Heiligen Stuhl – damit hätten alle ihr Gesicht wahren können. Aber das war nicht geschehen, denn eine der Bedingungen aus dem stillschweigenden Übereinkommen zwischen den geistlichen und weltlichen Herrschern konnte nicht erfüllt werden. Philipp der Schöne erhielt keine Schätze. Sie waren einfach nicht vorhanden – weder im Turm der Templer in Paris, der als reichste Schatzkammer der Welt gegolten hatte, noch in den aufgelösten *Komtureien*, in den Schatzkästen der Templerburgen, den Verwaltungen oder auf den Schiffen.

Es gab sie einfach nicht, jene legendären Säcke voller Floren und anderer Goldmünzen, geschweige denn Wechsel auf Verrechnungseinheiten wie die großen *Tournois*.

Aber nicht nur der Schatz der Templer, auch ihr viel beschworenes Geheimnis war einfach nicht auszumachen. Niemand schien es zu kennen, und keiner vermochte zu sagen, um was es sich dabei eigentlich gehandelt hatte.

Dennoch gab es noch immer Wissende.

Auch Papst Clemens V. hatte zu den Eingeweihten gehört, als er noch Bertrand de Goth hieß und Erzbischof von Bordeaux gewesen war. Jetzt aber war er vergesslich und müde geworden … viel zu müde für weitere Intrigen und Erinnerungen, die er nicht haben durfte. Es wurde Zeit, dass er seine sterbliche Hülle verlassen und seine Seele ganz in Gottes Hand legen konnte.

Der rote Kaplan

Eliah von Carpentras war keineswegs so alt und gebrechlich, wie er sich manchmal gab. Er hockte auf seinem alten Karren, starrte auf den Schwanz des Maultiers und bewegte sich kaum. Niemand, der ihn so sah, hätte vermuten können, dass er einmal Rabbiner in Carpentras gewesen war und weit mehr als ein Haus in der Rue Jacob im Judenviertel von Avignon besaß. Dennoch hatte er sich von Anfang an so unauffällig und bescheiden wie irgend möglich in Avignon benommen.

Er hatte das Haus im Carrière nicht zufällig erworben. Schon als sich abzeichnete, dass Clemens V. mit seinem Hofstaat für eine Weile nach Avignon ziehen würde, hatten die Ältesten der jüdischen Gemeinden im Comtat Venaissin und einige erfolgreiche Geldwechsler aus benachbarten Städten wie Montpellier, Arles und Marseille beschlossen, das Carrière gegen alle Spekulanten, Aufkäufer der Kurie, Notare der Stadt und des fernen Grafen der Provence zu schützen.

Jüdische Familien, die schon länger in Avignon lebten, sollten auch weiter dort wohnen, wo sie ihre Häuser in der Stadt hatten. Wer aber neu eingewiesen und vermittelt wurde, durfte nur noch im Carrière siedeln, mieten oder mit einem günstigen Kredit der Synagogen bauen. Auf diese Weise war das Judenviertel viel schneller organisiert und auf die Kurie samt allen Mitziehenden vorbereitet als die übrige Stadt. Dort hatte auch fünf Jahre nach dem Einzug des Heiligen Stuhls mancher Händler und Zunftmeister noch nicht begriffen, was eigentlich geschah.

Viele von ihnen glaubten noch immer, dass die kleine ummauerte Stadt am Kalkfelsen der Rhônebiegung nach wie vor ein beschaulicher, vergnügter und nicht sonderlich aufregender Platz war. Mehr als tausend Jahre seit den ersten Römern hatte ein steter Durchzug von Kriegern, Schiffern, Händlern und Gesindel die Stadt geduldig gemacht. Diesmal jedoch kam zu viel auf einmal.

Nur in einem Punkt waren sich alle einig, die schon vor dem Einzug des Papstes und der Kurie in Avignon gelebt hatten:

Mochten die neu Hinzugezogenen und die Schmeißfliegen des Heiligen Stuhls wie Eroberer auftrumpfen und sich in der Stadt oft genug wie eine ungeordnete, schamlos wütende Armee verhalten – gegen die wahren Eckpfeiler der Stadt kamen sie nicht an. Nicht gegen die Gastfreundschaft, die in der Umgebung noch immer durch die drei Zedernbäume als Versprechen für Wasser, Verpflegung und Übernachtung ohne jedes Entgelt symbolisiert wurde. Nicht gegen die in Jahrhunderten geschulte Geduld der Menschen. Und nicht gegen den Stolz, dessen älteste Wurzeln noch von den keltischen Ahnen stammten.

Manch einer der provenzalischen Stammbäume reichte bis zu den Römern und Hellenen, den Flüchtlingen aus Palästina und den sesshaft gewordenen Kriegern Allahs aus den großen Sarazenenkriegen zurück. Es gab viele Familien, in denen das Leid und die Kraft aus langer Verfolgung zur heiligen Tradition gehörten. Auch die Überlebenden der Katharer und Albigenser gehörten dazu.

Doch einmal im Jahr, wenn das Frühlingshochwasser kam, drängten die Pilger von allen Seiten in die Stadt. Sie wollten zum Fest der Auferstehung in der Nähe des Papstes sein.

Seit aber die Kurie und viel neues Volk in ihrem Anhang wie die sieben Plagen in Ägypten über Avignon hergefallen waren, war die Insel der gerade noch geduldeten Vergnügungen beinahe über Nacht umgeschlagen in eine Hölle unerlaubter Sünden mit harschen Grobheiten und Betrug beim Spiel, Schlägereien um jede Schöne und einem babylonischen Kauderwelsch der Sprachen und der Laute.

Eliah und seine Enkelin erlebten das alles bereits zum fünften Mal mit. Doch nie zuvor war das Hochwasser so gefährlich und die Flucht der Pilger von der Insel so dramatisch gewesen. Der eisige Sturmwind aus dem Norden kam, wann er wollte. Nach den uralten Bauernregeln dauerte er drei, sechs oder neun Tage, und alle beteten, dass nach drei Tagen Schluss sein würde.

Diesmal hatte alles nur einen Tag und eine Nacht gedauert. Und doch war der Fluss wilder und höher angestiegen als in vielen Jahren zuvor. Eliah hatte bemerkt, dass in den Jahren, in denen der kalte Passah-Mistral sich nicht lange genug austoben konnte, das giftige Mutterkorn im Getreide üppiger wucherte als sonst. Das bedeutete aller Erfahrung nach, dass man wieder die Juden verantwortlich machen und mehr erschlagen an den Straßenrändern finden würde. Man musste vorsichtig sein in den nächsten Monaten – besonders dann, wenn sich auch noch der Fluch des verbrannten Großmeisters der Templer erfüllte und entweder der Papst oder der König von Frankreich starben.

Noch war die Zeit für Clemens V. nicht gekommen. Er hatte eine halbe Stunde geschlafen. In dieser Zeit waren Bedienstete im Kaminzimmer gewesen, hatten die Kissen des Bettes aufgeschüttelt und etwas warmen Würzwein gebracht. Die Wolken rissen auf, und die Sonne des späten Nachmittags schien dem Papst wärmend ins Gesicht. Clemens öffnete die Augen. Er sah hinunter auf den strudelnden Fluss und erkannte noch immer dicht an dicht gedrängt viel Volk im Gegenlicht.

Zusammen mit dem Kardinal beugte er sich etwas zur Seite, und dann sahen beide, dass tatsächlich einer der großen Torflügel am Brückenbollwerk geschlossen und der andere nur halb geöffnet war. Wagen und Karren wurden von den durchnässten und gestikulierenden Wachen immer nur einzeln in die Stadt gelassen.

»Ich fürchte, ich weiß, was das bedeutet und wer das verursacht hat«, sagte der Heilige Vater, nachdem die Dienstboten das Kaminzimmer verlassen und die Tür geschlossen hatten. »Kardinal Godin wütet inzwischen, als sei er als Meister des Palastes nicht nur für meine Sicherheit verantwortlich, sondern zugleich mein Gefängniswärter und der Inquisitor von Avignon.«

»Er ist nun mal Dominikaner und untersteht dem Befehl seines Ordensgenerals Berengar von Landora.«

»Der gerade erst den ehrenwerten Meister Eckhart von Hochheim aus Paris vertrieben und in die Wüste geschickt hat.«

»In eine Wüste mit fünfundachtzig Frauenklöstern«, verbesserte der Kardinal mit leichtem Schmunzeln. »Manch einem von unseren Brüdern wäre das wohl als Paradies vorgekommen.«

»Meister Eckhart ist über fünfzig Jahre alt.«

Der Kardinal hob nur die Schultern. Clemens ließ sich zurückfallen und schloss für einen Moment die Augen. Sein Freund und Berater musterte ihn mit einem langen, fast liebevollen Blick.

Nein, das war nicht mehr der kämpferische Erzbischof von Bordeaux, der gegen alle Widerstände Roms und die Gier Philipps des Schönen den Heiligen Stuhl so lange verteidigt hatte.

Erst acht Jahre oder schon acht Jahrzehnte? Und wie viele schreckliche Demütigungen, Stunden der Scham und der Verzweiflung? Wie viel Niedertracht durch die Großen der Welt, Intrigen, Betrug und Verrat durch geweihte Diener der heiligen Kirche?

Niemand wusste besser als Kardinal Arnaud d'Aux, wie oft Clemens V. gezweifelt hatte, wie schwach er gewesen war, als es um die Aufgabe der edelsten Krieger des Kreuzes gegangen war. Aber es stimmte nicht, was alle Welt inzwischen glaubte und ihm vorwarf: Er hatte die Tempelherren und den gesamten Orden niemals verraten, verleugnet oder beschuldigt. Aber er hatte nicht entschieden genug für sie gekämpft, war weder ihrer Verhaftung noch ihrer Folterung und ihrer Vernichtung mit flammendem Zorn entgegengetreten, wie es noch Bonifatius VIII. bis zu seinem Tod gewagt hatte.

Und nun zogen sich die finsteren Wolken aus dem Norden ebenso über Avignon zusammen wie die Mistral-Unwetter.

Miriam führte das Maultier mit dem Karren am Bischofspalais vorbei über den total verwüsteten Platz, an dem seit einigen Jahren der Markt abgehalten wurde. Die Anordnung stammte noch vom alten Bischof Duèse. Sie war die Antwort darauf, dass am alten Markt vor dem Friedhof von Sankt Peter und Paul immer öfter die Schweine aus den schlichten Gattern ausgebrochen waren und dann die Gräber aufgewühlt hatten. Darüber hatten sich zwar nicht die Toten beschwert, aber die Weiber und Mädchen, die sich im Lorbeergebüsch ein paar Geldstücke hinzuverdienen wollten, wenn die Waren verkauft oder die meisten Männer in den Kneipen und Tavernen eingekehrt waren.

Miriam fuhr am Rocher des Domes vorbei wieder hangabwärts in Richtung Osten. Sie wollte möglichst schnell ins Carrière, das Judenviertel auf der anderen Seite des Felsens. Im Stadtteil Balance auf der Westseite des Felsens zum Flusshafen hin, wo seit der Römerzeit die jüdische Synagoge gestanden hatte, durften sie nicht mehr leben. Vor knapp hundert Jahren hatte hier ein Christenbischof sein Palais gebaut und ihnen dafür einen Platz auf der Ostseite zugewiesen.

Nur wenig später bog der Maultierkarren in eine schmale Gasse ein, an deren Ende noch die Überreste einer römischen Stadtmauer zu sehen waren. Sie fuhren mit knirschenden Wagenrädern durch die Rue Peyrollerie, die Straße der Kesselflicker, und an der Kirche Peter und Paul vorbei. Dann nahmen die engen Straßen der unteren Stadt und des jüdischen Viertels sie wieder auf.

Es schien, als wären die Häuser rings um die Synagoge durch die Unwetter und die immer wiederkehrende Plage des kalten Mistrals zu einem einzigen Häusergewirr zusammengebacken.

Jetzt aber nahmen in der gesamten Stadt die Bauleute und Händler ihre laute Arbeit wieder auf. Über den Lärm hinweg riefen sie sich über Straßen und Bauplätze zu, was sie gesehen, erlebt oder gerade erst gehört hatten.

Dem päpstlichen Hofstaat mit Dutzenden von Bediensteten waren Handwerker und Händler gefolgt – zumeist aus der Toskana und den Städten Oberitaliens. In den vergangenen vier Jahren hatte sich die zuvor eher verträumte Stadt in eine einzige, fast durchgehend italienisch geprägte Baustelle verwandelt. Ein Dutzend Kardinäle mit ihrem eigenen Hofstaat hatte sich die besten Häuser der Stadt angeeignet, und nicht immer war es bei den Käufen sonderlich christlich zugegangen.

Inzwischen platzte die Stadt aus allen Nähten, und viele neue Gebäude entstanden bereits vor der Stadtmauer und dem Flüsschen Sorgue, das wie der Graben eines großen Burgwalls die Stadt im Süden und Osten umschloss.

Miriam wusste von ihrem Großvater, dass der Kirche vor dem Umzug von Carpentras in den Bischofspalast nur eine Templer*kommende* und ein Haus der Hospitaliter innerhalb der Stadt gehört hatten. Jetzt planten und bauten vor der Stadtmauer im Osten die Augustiner und *Karmeliter*, im Süden die Franziskaner, im Westen zwischen Stadt und Fluss die Dominikaner größere Klöster. Schon war in der Stadt selbst kaum noch Platz für all die zugezogenen Handwerker, Bauleute und Tagelöhner, für Künstler und Vagabunden, Kleriker, Händler und Diebe.

»Die Juden waren wieder die Letzten«, sagte der Heilige Vater mit einem tiefen Seufzer. Er hatte noch etwas im Kaminzimmer geschlafen. Und nun, nach einem Schälchen Cassoulet, wie es in seiner Heimat aus Bohnen, Entenfleisch und Knoblauchwurst zubereitet wurde, und einem zweiten Becher mit heißem Würzwein fühlte er sich besser.

Genau genommen war noch immer Fastenzeit, aber die Medici des Heiligen Vaters hatten nach Einblick in ihre astrologischen Kreise und Tabellen beschlossen, dass die Gesundheit des Heiligen Vaters wichtiger sei als allzu starre Fastenregeln.

Die Bediensteten hatten eines der beiden großen Fenster etwas geöffnet und mit einer Schnur festgebunden. Draußen wehte es noch, aber es stürmte nicht mehr so stark. Aus eigener Kraft goss Clemens sich aus einer Kanne mit arabischen Verzierungen und dicken Edelsteinen in zwei der bereitstehenden, ebenfalls kostbaren Becher Wein aus dem eigenen Gut nördlich der Stadt ein. Krug und Becher waren ihm von Marco Ambrogio, einem seiner wichtigsten italienischen Händler in der Stadt, geschenkt worden. Nur wenige Eingeweihte wussten, dass der erst dreißigjährige Kaufmann bei seinen ausgedehnten Reisen hin und wieder auch in geheimer Mission des Papstes unterwegs war. Er reichte einen der gefüllten Becher an Arnaud d'Aux.

»Noch nicht herausragend«, sagte er, »aber in ein paar Jahren wird dieser Wein des Bischofs von Avignon zu den Kostbarkeiten der Grafschaft zählen.«

»Ein Châteauneuf-du-Pape«, sagte der Kardinal mit einem nachsichtigen Lächeln. »Obwohl der Wein des Bischofs oder Kardinals eigentlich nach der Burg heißen müsste, die unser etwas verschwenderischer Jacques Duèse in den Weinbergen an der Durance begonnen hat.«

Sie tranken einen Schluck, während die Nacht den Tag ablöste. Einige Lakaien brachten schweigend Leuchter mit duftenden gelben Bienenwachskerzen. Sofort verbreitete sich ein angenehmes Licht im Wohnraum des Papstes.

»Das halbe Comtat Venaissin besteht inzwischen aus Juden«, sagte Arnaud d'Aux mit einem nachdenklichen Seufzer. »Nun ja, vielleicht noch nicht das halbe, aber man spricht inzwischen schon von den *Juifs du pape* – den Juden des Papstes –, wenn es um die Vertriebenen aus Frankreich geht, die hier wieder Freunde, Verwandte und eine neue Heimat finden.«

»Vielleicht ein kleines Stück vom Paradies und vom Gelobten Land, das ihnen erst die Römer, dann die Mamelucken, schließlich die Kreuzritter und jetzt die Sarazenen immer wieder vorenthalten haben.«

»Willst du Avignon tatsächlich zum neuen Rom oder gleich zu einem himmlischen Jerusalem für die Henker des Herrn machen?«, fragte der Kardinal missbilligend. Er war der Einzige unter den Purpurträgern, der so mit dem Heiligen Vater reden konnte. Sie kannten sich schon aus der Kinderzeit, seit sich die verzweigte Verwandtschaft der de Goths zu Familienfesten auf dem Land der Gascogne traf. Clemens blickte den Neffen lange an.

Arnaud, der inzwischen auch schon fast fünfzigjährige Bischof von Poitiers, hatte sich als Botschafter des Heiligen Stuhls in Paris und in England bewährt und sich bei König Edward II. und dessen Ehefrau Isabella de France so viel Vertrauen erworben, dass beide ihn zu ihrem Beichtvater ernannt hatten. Arnaud war erst seit einem Jahr Kardinal. Dennoch hatte er als Vorsitzender im Prozess gegen die Templer ihren Freispruch erreicht. Seitdem sahen Philipp der Schöne und die Nachfolger von Guillaume de Nogaret in ihm einen noch größeren Feind als im kränkelnden Papst.

»Auch wenn es dem König von Frankreich und einigen meiner Kardinäle nicht gefällt, sage ich, dass wir gerade jetzt mehr Juden brauchen«, sagte der Papst. »Die Familie unseres Erlösers ist nach der Flucht aus Palästina hier in der Provence gestrandet. Juden und Araber haben das Land mehr als wir Christen geprägt. Und wenn das Heilige Land für uns ebenso verloren ist wie das unheilige Rom, dann können von hier … aus dieser Stadt, dieser Grafschaft der Weltuntergang, die Apokalypse und der Sieg Satans verhindert werden!«

In der Rue Jacob

Der Karren erreichte das Haus, in dem Miriam mit ihrem Großvater wohnte. Sie ließ das Maultier anhalten und schloss die eine kleine Pforte im Hoftor auf. Behände stieg sie über den fast kniehohen hölzernen Rahmen, der streunende Hunde und Katzen, aber auch Geister und Dämonen aus der Tiefe abhalten sollte. Innen im geräumigen, aber bereits dunklen Hof lief sie sofort auf die Tür des Hauses zu, das nun seit vier Jahren ihr Zuhause war. Sie eilte durch die schmale, mit Steinplatten gepflasterte Diele in die Küche und entzündete eine Öllampe mit einem Schirm an der Glut im großen Herd.

Sie dachte daran, wie bedächtig es in der Stadt zugegangen war, als sie und einige andere im März des christlichen Jahres 1309 mit gebührendem Abstand hinter dem Gefolge von Papst Clemens V. von Carpentras aus bis nach Avignon gezogen waren. Damals war sie dreizehn Jahre alt gewesen, und ihre nackten Füße hatten schon nach der halben Strecke geblutet. Auf dem fast zwanzig Meilen langen steinigen Weg hatte sie viel geweint. Sie hatte nicht verstanden, warum ihr Großvater ausgerechnet dem obersten Priester der Christen folgte, bei dessen Krönung in Lyon ihr eigener Vater und einige andere umgekommen waren.

Ohne besondere Hast ging sie wieder über den Hof und hängte die Lampe an einen Haken der inneren Hausmauer. Dann sah sie hinaus. Nach links, zur östlichen Stadt hin, konnte sie die Mauern der Synagoge auf dem Place Jérusalem erkennen. Dort war niemand auf der Rue Jacob zu sehen. In der Richtung, aus der sie gekommen war, schöpften im Schein von Fackeln einige Frauen und Männer Wasser aus einem vollgelaufenen Keller. Es waren Juden aus dem Norden Europas, die wohl geglaubt hatten, dass es in dem sonst so milde anmutenden Klima der Provence keine verheerenden Stürme und Unwetter wie bei ihnen geben könne.

Eliahs Haus in der Mitte der Rue Jacob hatte keinerlei Fensteröffnungen in Richtung Norden, woher oft mehrmals im Jahr der kalte Mistral kam. Zur Straße hin befanden sich erst in der oberen Etage fünf Fensteröffnungen. Zwei davon gehörten zum Arbeitsraum des Großvaters, zwei weitere zum Raum der leichteren Waren und Muster, die der Großvater nicht nur bewachte, sondern auch schnell für Besucher und Gäste zur Hand haben wollte. Hinter dem letzten Fenster lebte sie selbst. Genau genommen stand der kleine Raum dahinter ihrem älteren Bruder zu. Da Seder sich aber nur wenige Tage im Jahr gezeigt hatte, war sie mit ihm und dem Großvater übereingekommen, dass Seder zwar alle Rechte am Raum zur Straße hin behielt, sie selbst jedoch dort wohnen durfte, solange er damit einverstanden war. Als Gegenleistung zahlte sie ihrem Bruder einmal im Jahr eine Münze als Abgeltung.

Sie öffnete die eisernen Riegel des Hoftors. Von außen konnte niemand sehen, dass die Bohlen auf der Innenseite mit schwerem Rüstungsblech und quer gelegten Eisenketten verstärkt waren.

Hinter der glatten Hauswand aus mächtigen, sorgsam verfugten Feldsteinen befand sich ein großer Wohn- und Versammlungsraum, der nur auf der anderen Seite Fenster, einen eigenen Eingang und eine Küche mit Vorratskammer und einem Kellergewölbe für Wein und gewisse Waren besaß, die nicht herumliegen oder von anderen gesehen werden sollten.

Miriam führte das Maultier mit dem Karren in den Hof, nahm ihm das Zaumzeug ab und ging einmal um es herum, um zu sehen, ob es sich im hastigen Aufbruch und bei all dem Gedränge verletzt hatte. Dann führte sie es in seinen kleinen Stall neben einem Schuppen mit schrägem Dach an der Rückwand des Hofes. Nur zwei Schritte vor der Stalltür stand ein Pfahl mit Klettersprossen und einem leeren hölzernen Taubenhaus an der Spitze. Die Brieftauben, auf die Eliah stets stolz gewesen war, waren erst vor Kurzem in einer bewölkten Nacht Opfer von Dieben geworden.

Bis auf ein paar kleine Schrammen, die schon wieder verschorft waren, konnte sie im schwachen Licht der Öllampe keine Verletzungen an ihrem Maultier entdecken. Sie steckte einige Möhren aus der ersten Ernte in eine hölzerne Krippe und füllte den leeren Wassertrog. Als sie sich wieder dem Karren und seiner Ladung zuwandte, bemerkte sie, dass das Hoftor noch offen stand.

Sie musste all ihre Kraft aufwenden, um die schweren Torflügel wieder zu schließen. Erst als auch die kleine Pforte mit einem schmatzenden Geräusch zugeschlagen und verriegelt war, bewegte sich etwas auf dem schräg stehenden Karren.

»Du hast dir sehr viel Zeit gelassen«, tadelte der Großvater. »Was für ein schrecklicher Tag für einen alten Mann!«

Sie kannte das schon und überhörte die Klage, denn gleich darauf straffte sich der Körper des Dreiundsechzigjährigen. Mit erstaunlich kraftvollen Bewegungen schälte er sich aus den Tüchern und Ziegenfellen.

»Sieh zu, dass du für den da und deinen Bruder heiße Brühe beschaffst«, sagte er dann. »Seder und ich bringen ihn erst einmal ins Kellerbad, um ihn zu reinigen. Wenigstens äußerlich, denn an seine Seele komme ich nicht heran. Ich möchte nur wissen, was ihr euch dabei gedacht habt!«

»Ich habe nur getan, was selbstverständlich war.«

»Das habe ich gesehen!«, unterbrach er. »Ein Dutzend andere auf der Brücke ebenfalls. Wenn mich nicht alles täuscht, sogar der Papst oben an den Fenstern vom Palais und sein Wächter, der Kardinal d'Aux.«

Sie blickte zum Wagen. »Hätten wir den denn dort unter der Brücke ertrinken lassen sollen?«

Ihr Großvater winkte ab. »Das Pferd hätte uns sicher mehr eingebracht als dieser spacke *Goy*, der noch nichts ist und bestenfalls wie einer dieser weichlichen Studenten aussieht.«

»Woher willst du das wissen?«

»Ach was! Los, komm schon, sonst ersticken er und dein meschuggener Bruder noch im Gestank in dem Karren! Ich möchte schwören, dass wir schon bald Besuch bekommen werden. Bis dahin muss hier alles nach Knoblauch und Lavendel duften.«

Noch roch es in Eliahs Hof so streng wie in der Straße der Färber am Flüsschen Sorgue direkt vor der Stadtmauer. Das Unwetter hatte auch in der Rue Jacob die Abtritte und Gossen in den schmalen Lücken zwischen den einzelnen Häusern aufgewühlt. Eliah schnäuzte sich über den Handrücken hinweg. Mit einem schnellen Blick überprüfte er die Ladung auf dem Karren. Dann wickelte er seinen Enkel aus den Tüchern.

»Wo warst du eigentlich die ganze Zeit?«, fragte Eliah streng.

Er hatte Seder seit Monaten nicht mehr gesehen. »Bist du verletzt?«

»Nur Schmerzen von den Büßerketten. Und ich war in einem verdammten Folterkeller der Dominikaner.«

»Ein halbes Jahr lang? Hier in Avignon?«, fragte Eliah ärgerlich. »Das glaubst du doch selbst nicht!«

»Sie haben mich zuerst in ihrem Kloster vor der Stadtmauer festgehalten. Es wäre mir wegen einiger riskanter Geschäfte und ein wenig Eifersucht eines Kardinals wahrscheinlich schlecht ergangen, wenn ich nicht auf allerhöchsten Befehl herausgeholt und in die Katakomben im Rocher des Domes gebracht worden wäre. Es hieß, ich würde freikommen, wenn ich heimlich deine Brieftauben organisiere und nach Paris bringe.«

»Warum heimlich? Warum konntest du mich nicht ganz einfach fragen?«

»Weil das, was ich tun sollte, niemand wissen durfte – nicht einmal du! Aber ich beschaffe dir neue Täubchen, sobald ich die Gelegenheit dazu habe.«

»Was sind das für geheime Geschäfte, aus denen du nicht einmal einen Vogel bezahlen kannst?«, schnaubte Eliah erbost. »Habe ich dich dafür jahrelang unterwiesen? Und hast du nichts Besseres bei den Christen gelernt? Außerdem waren die Höhlen im Rocher des Domes keine Katakomben von Christen. Das sagt man nur in Avignon. In Wahrheit gehen die Gänge und Aushöhlungen bis in die Zeit der Menschen vor der Sintflut zurück.«

»In die Zeit Abrahams und Noahs?«, spottete Seder. »Dann müssten hier auch Spuren der Arche oder der Überlebenden der Sintflut zu finden sein!«

Eliah starrte ihn an, ohne zu antworten. Was wusste denn sein weit herumgekommener Enkel in seiner ganzen Überheblichkeit von den Geheimnissen des Landes? Von seiner Vergangenheit, ja, von den Höhlen an der Dordogne, in denen Männer, die er kannte und denen er vertrauen konnte, Zeichnungen gesehen hatten – Bilder von fliegenden Himmelsstieren und schrecklich zottigen Orks mit riesenhaften Ohren und Stoßzähnen, die wie die Tuben und die Kriegshörner der römischen Legionen aufgebogen waren?

Nichts wusste Seder! Absolut nichts! Ihm missfiel seit Jahren, was sein kluger, skrupellos gewordener Enkel tat, aber er konnte ihn andererseits auch verstehen. »Ich will nicht wissen, wen du bestohlen und belogen oder um sein Hab und Gut gebracht hast. Ich will nur eines wissen: Hast du bei deiner Flucht jemanden erschlagen, geschwängert oder am Sabbat Blut berührt?«

»Nein.«

»Dann fass mit an! Der Knabe hier muss trockengelegt werden!«

»Wäre das nicht eher etwas für Miriam?«, grinste Seder. »Sie ist im Alter, in dem ein Weib das lernen sollte.«

Eliah warf ihm nur einen einzigen flammenden Blick zu.

»Schon gut, schon gut!«, wehrte Seder ab. Wortlos ergriffen die beiden den Fremden und trugen ihn über den Hof bis in die Küche. Es dauerte eine Weile, dann hatte Eliah trotz seiner Last eine versteckte Tür zum Keller hinter einem hölzernen Regal geöffnet.

Seit er in Avignon lebte, hatte er sich angewöhnt, in der Öffentlichkeit weißhaarig, alt und betulich aufzutreten. Niemand außer den Freunden und Angehörigen der Familie musste erfahren, dass sein weißes Haar nur eine Perücke, sein eingefallen wirkendes Gesicht nur gespielt und seine zittrigen Bewegungen Theater waren. Es war nicht gut, wenn andere erkannten, wie viel Gesundheit, Kraft und Energie noch immer in dem alten Juden steckten.

»Los jetzt, lass ihn hinunter!«, befahl er. »Und du wäschst dich ebenfalls und bleibst bei ihm, bis ich dich wieder nach oben hole.«

»Was? Ohne Licht und frische Luft da unten? Ich war lange genug in Gefängnislöchern.«

»Du weißt, wo die Tür ist«, sagte Eliah hart. »Aber du wirst nicht weit kommen heute Nacht. Sie passen auf, und sie suchen dich! Die Dominikaner ebenso wie die Stadtwachen.«

»Aber ich habe nichts getan!«, stieß Seder beschwörend hervor.

Gemeinsam schleppten sie den blonden Fremden über die dunkle Kellertreppe hinunter. Sie legten ihn in der Finsternis ab, dann ging Seder kettenschlagend wieder nach oben und holte eine Laterne aus Terrakotta mit einem rußenden Kerzenstummel. Erst jetzt wurde sichtbar, wie eigenartig der Kellerraum geformt war. Die Schatten der beiden Männer glitten über die gewölbte Decke. An einer der Schmalseiten des Raumes befand sich ein in den Fels gehauener Altar mit einem Leuchter und einer geschlossenen Thorarolle. Genau gegenüber begann ein kaum einen Schritt breiter Gang. Nach drei, vier Schritten versperrte eine mit Eisenbändern beschlagene, oben abgerundete Tür den weiteren Weg.

Sie trugen den blonden Fremden an alten Schemeln und Waschgerätschaften vorbei bis zu einer hölzernen Liege neben einem quadratischen Loch im Boden. Ein eisernes Geländer führte an einer Seite hinab. Als Seder mit der Laterne in die Öffnung leuchtete, wurden Stufen im Stein bis in eine klare schwarze Wasserfläche sichtbar – fließendes Wasser, das trotz des Unwetters und der schmutzigen Strudel auf den Straßen draußen nicht von oben, sondern sauber aus einer kleinen Öffnung in der Wand kam.

»Wasch dich und dann ihn!«, befahl der Großvater. Er wartete nicht auf Zustimmung oder Widerspruch. »Wir bringen ihn in das Schlafzimmer deiner Eltern, wenn du fertig bist.«

Er erwachte davon, dass es in der Dunkelheit nach Brot roch – nach Brot und Rosmarin, Knoblauch und Lavendel. Ein wohliges Gefühl überkam ihn in den glatten, warmen Laken, obwohl sich alles bis tief unter seine Haut an Wasser zu erinnern schien – eiskaltes, ungeheuer klares und ins Fleisch schneidendes Wasser.

Er stöhnte auf und wälzte sich herum. Das Zittern seiner Glieder kam nicht von der Kälte des Wassers. Es waren die Erinnerungen an Vorstufen zur Hölle, die seinen nackten Körper züchtigten wie einen armen Sünder, dem mehr als eine Buße auferlegt war.

»Was tust du hier?«, flüsterten seine Lippen. »Und wo bist du eigentlich?«

Er tastete mit beiden Händen das Laken links und rechts von seinem Körper ab, streckte die nackten Beine aus und bewegte vorsichtig den Kopf. Er spürte ein Brennen an der Stirn und ein dumpfes Kissen an seinem Kopf. All seine Glieder fühlten sich bleischwer an. Gleichzeitig schwebte er und konnte sich an nichts mehr erinnern – ganz so wie in der Kathedrale von Notre-Dame, wenn er und andere Studenten sich in manchen Nächten den Spaß gemacht hatten, zu viel betäubenden Weihrauch in der Sakristei abzubrennen.

Und plötzlich fürchtete er sich so sehr vor dem Unbekannten, den unsichtbaren Dämonen einer fremden Nacht, dass er am liebsten aufgesprungen wäre und laut geschrien hätte. Dann aber fiel er in einen tiefen, fiebrigen Schlaf zurück.

Die Glocken läuteten bereits in aller Frühe, als sei nichts gewesen. Sie riefen nicht zur Frühmesse in die Kirchen von Avignon, sondern waren ein lärmendes Dankgebet nach dem überstandenen Frühjahrsunwetter.

Der Tag begann warm, voller Blütenduft und schon fast schwül. Überall in der Stadt dampfte es von den letzten Regenschauern der Nacht. In den abwärts führenden Straßen und Gassen rund um den Rocher des Domes plätscherten kleine Bäche über Pflaster und Rinnenränder, von denen einige urplötzlich an Kreuzungen oder direkt vor Häusern wieder im Erdboden verschwanden. An anderen Stellen sprudelten kalkweiße Wasserfontänen wie aus Bergquellen. Nach und nach erwachte das Leben nach der Unwetternacht in den Häusern und Höfen von Avignon.

Nur in der Rue Jacob blieb alles ruhig. Die Bewohner der Häuser im Carrière hatten gelernt, dass sie sich zu keiner anderen Zeit mehr zurückhalten mussten als in der letzten Fastenwoche der Christen. Zumindest bis zum Mittagsgeläut war es daher sicherer, wenn sie sich nicht auf den Straßen zeigten.

Miriam war schon früh aufgewacht. Sie lauschte wie sonst auch für einige Minuten mit geschlossenen Augen den Geräuschen von draußen. Dann aber erinnerte sie sich an ihren Fang aus dem Fluss. Sie lächelte, reckte sich und holte tief Luft. Ob er schon wach war?

Mit Schwung stand sie auf. Wie auch an anderen Tagen schürte sie zuerst das Feuer und rückte den Topf für den Morgenbrei zurecht. Anschließend kümmerte sie sich um die Tiere und die Sauberkeit in den unteren Räumen des Hauses. Erst dann ging sie mit einer Öllampe in den Keller und wusch sich neben dem Becken der ehemaligen *Mikwe*. Wie stets achtete sie darauf, dass nichts von ihrem Waschwasser in das Becken lief.

Wieder oben, kochte sie den Gerstenbrei fertig und untersuchte nach der alten Vorschrift einige getrocknete Feigen darauf, ob sie Würmer oder Insekten enthielten. Dann nämlich wären sie »nach der Zucht des Vaters und dem Gebot der Mutter« unrein gewesen. Gleich darauf hörte sie Schritte auf der Treppe.

»Er schläft noch«, sagte Eliah, als er herunterkam. Er ging zum Hausaltar und blieb für einige Zeit vor ihm stehen. Dann setzte er sich an den großen Tisch. »Du solltest ihm eine Schale mit Fleischbrühe heiß machen.«

»Ich habe kein Fleisch gekocht in den Tagen, an denen wir auf der Insel im Fluss gehandelt und als Gaukler gearbeitet haben.«

»Dann gib mir vom süßen Brot, das noch vom letzten Sabbat übrig ist, und für deinen Bruder ungesäuertes Brot«, sagte Eliah und deutete nach oben. »Und mach für ihn – weil er als Christ das nicht essen soll – einen gebackenen Apfel mit einer guten Füllung aus Mandeln, Honig und ein wenig Mohnsaft gegen seine Schmerzen. Er hat sich hart gestoßen, als er gegen die Brücke prallte.«

»Darf ich zu ihm?«

Sie wusste nicht, warum sie so ausdrücklich fragte. Der Großvater schien keine Bedenken zu haben.

»Nimm Ringelblumensalbe mit«, sagte er und löffelte über den Napf gebeugt seinen Brei. »Ich sehe zu, dass ich die restlichen Ketten von den Gliedmaßen deines missratenen Bruders schlagen kann.«

Er stand auf, nahm sich einen irdenen Krug aus der Küche und stieg in den Weinkeller hinab. Wer irgendetwas im Keller des Hauses in der Rue Jacob suchte, würde sehr guten Wein finden und an einer Stelle auch etwas altes Mauerwerk. Schon seit Urzeiten gab es im Kreidefelsen und in der Altstadt unterirdische Gänge. Kelten und Römer hatten an ihnen gebaut, dann Flüchtlinge aus Palästina, in der Stadt eingeschlossene Sarazenen und schließlich Gruppen von Ketzern, die sich vor knapp hundert Jahren aus dem Languedoc im Comtat Venaissin gerettet hatten. Viele der Gänge waren inzwischen eingestürzt, aber noch immer diente das Labyrinth verschiedensten Menschen als Zuflucht und Verbindung zwischen verschiedenen Vierteln der Altstadt.

Miriam hörte, wie es unten im Keller mehrmals kurz klopfte. Als der Bratapfel zu duften begann, kam der Großvater wieder aus dem Keller.

»Die Büßerketten sind ab«, sagte er. »Aber er sitzt in der Falle und darf heute nicht mehr auf die Straße.«

Er stellte den gefüllten Weinkrug ab und stieg die Treppe hinauf. Seine Enkelin nahm die Schale mit dem noch heißen Honigapfel und folgte ihm vorsichtig. Eliah hatte die Tür zu seinem Wohnraum offen gelassen. Er schaute aus dem Fenster und verbarg sich hinter einem herabhängenden Wandteppich.

»Ich habe es geahnt«, sagte er nur. »Und nicht einmal die Schellen haben uns gewarnt. Der Sturm hat sie beschädigt.«

Jedes Mal wenn Fremde im Auftrag des päpstlichen Hofes oder der Stadtoberen in die Rue Jacob oder eine andere Gasse des Carrière kamen, setzten sich winzige Glöckchen in den Höfen und Kellern wie die Schellen im Netz von Vogelfängern in Bewegung. In solchen Momenten der Gefahr erfüllte ein leises, schon fast himmlisches Klirren und Klingen das Judenviertel. Je nach der Art, wie kleinere oder größere Glöckchen aus Eisenblech, Kupfer oder Glas bewegt wurden, konnten die Eingeweihten erkennen, welche Warnung durch die Altstadt lief.

»Wer ist es?«, fragte sie in seinen Arbeitsraum hinein.

»Das übelste von allen Unglücken!«, schnaubte ihr Großvater. »Dominikaner, begleitet von einem extrascharfen Hund aus dem Palast des Papstes.«

»Von Kardinal d'Aux?«, fragte sie verwundert.

»Der wäre eher eine gute Nachricht«, antwortete Eliah. »Nein, diesmal haben die Dominikaner gleich ihren Meister des Palasts mitgebracht.«

»Kardinal Pierre Godin kommt allein ins Carrière?«

»Nein, nicht allein, sondern mit Dominikanern, einem halben Dutzend Bütteln, drei schwer bewaffneten Rittern, Dienern, Waffenknechten und einem Schwarm von Kindern hinter sich.«

Miriam hatte keine Angst vor dem klerikalen Auftrieb, obwohl sich plötzlich unsäglicher Zorn mit Trauer in ihr mischte. Gegen ihren Willen schossen ihr Tränen aus den Augen. Sie wollte nicht, dass der Großvater sie weinen sah, und wandte sich schnell um.

Mord und Attentat

Mit zwei, drei Schritten erreichte sie das Schlafzimmer, in dem ihre Eltern niemals eine Nacht verbracht hatten. Es war von Anfang an vollständig eingerichtet worden und doch leer geblieben.

Sie ging auf den schlafenden jungen Mann zu. Für einen langen Augenblick blieb sie neben dem großen Bett stehen. Der Fremde hatte keine sichtbaren Verletzungen. Nur eine verschrammte rot und blau schimmernde Beule verunzierte seine hohe Stirn unter kindlich gelocktem Blondhaar. Er hatte die vollen Lippen unter einer leicht schiefen Nase geöffnet. Sie bewegten sich, als ob sie sprechen oder schmecken wollten, während er schwer atmete.

Miriam betrachtete das Gesicht des Fremden und spürte, wie ihre Trauer durch ein ganz neues Gefühl verdrängt wurde. Es schien ihr wie der erste Sonnentag im Frühling. Sein helles Haar, ja selbst die glitzernden Bartstoppeln ließen den Fremden aus dem Fluss wie einen Engel aussehen. Nur der hellblond bis über beide Mundwinkel reichende Schnurrbart passte so gar nicht zu ihrer Vorstellung. Sie hatte jedenfalls noch nie gehört, dass Engel Bärte trugen – nicht einmal die Engel der bärtigen Stammväter, die wie Samson mit vollem Haar gesegnet waren.

Sie trat noch einen Schritt näher und beugte sich über sein Gesicht.

»Ja, Vater«, flüsterte er. »Es geht um das Kreuz im Herzen … in Avignon.«

Sie lauschte noch eine Weile, konnte aber nichts mehr verstehen. Mit ihren Fingerspitzen strich sie dem schönen Fremden ganz leicht über die Bartstoppeln auf seinen Wangen und berührte mit dem Zeigefinger seine Lippen. Ohne dass es ihr selbst bewusst wurde, stellte sie die Schale mit dem Apfel auf eine kleine Nachtkonsole ab.

Sie legte ihre Hand auf seinen Arm und spürte eine eigenartige, fast schon brennende Wärme, die sie wie eine unsichtbare Kraft an ihm festhielt. Ihr Herz begann wild zu schlagen, als sie mit der flachen Hand über seine Schulter und dann über seine straffe Brust strich. Sie wagte kaum, seine kleinen nussbraunen Brustwarzen zu berühren.

Langsam sank sie auf den Rand des Lagers und streckte ihre Beine aus. Sie beugte sich noch weiter über ihn. Mit einem weiten Bogen strich sie über den blonden Flaum in der Mitte seiner Brust, dann tiefer bis zum sanften und verlockend etwas eingesunkenen Tal seines Leibes zwischen den Horizonten seiner Rippenpaare. Sein Bauchnabel war schön geformt wie eine weiße Rose in einem kleinen Brunnen. Sie blickte auf das Leinentuch, mit dem seine Hüften und Beine zugedeckt waren.

Für einen endlos langen verträumten und zugleich ängstlichen Augenblick fühlte sie eine große Neugier und Verlockung in sich. Sie wusste, was sich unter dem dünnen Laken versteckt hielt. Oft genug war sie in Orange und anderen Städten an der Rhône an alten Römerstatuen vorbeigegangen. Einige trugen lederne Harnische und Hüftröcke zu wohlgeformten Marmorbeinen, andere, die manchmal sogar griechische Athleten darstellten, waren völlig nackt. Aber irgendetwas stimmte hier nicht. Der junge Fremde im Bett ihrer Eltern hatte kein kleines Gemächt wie manche Standbilder von Legionären. Was sich unter dem Tuch abzeichnete, deutete in ihrer Vorstellung eher auf einen griechischen Phallus hin, der von aller Erdenschwere befreit und wie mit unsichtbaren Engelsflügeln aufgestiegen war.

Sie hatte sich schon oft gefragt, warum bei Tagelöhnern und betrunkenen Söldnern unter ihren kurzen Kitteln immer nur hängende Gemächte zu sehen waren. Sie passten überhaupt nicht zu den kunstvollen Abbildungen auf antiken Vasen. Für einen kurzen Moment bedauerte sie, keine griechische Hetäre zu sein. Die Götter der Antike und die Weiber im Alten Testament hatten in ihrem Alter mehr gesehen als sie in ihrer strengen Zucht durch den Großvater Eliah.

Sie hob das Leinentuch an. Atemlos blickte sie auf den Phallus, der hoch aufgerichtet im Licht der Sonne glänzte. Sie biss sich auf die Lippen, schüttelte den Kopf und konnte doch nicht wegsehen. Im selben Augenblick spürte sie, wie sie von seinem Arm ganz vorsichtig umfangen wurde. Sie wollte schon erschrecken, aber er lächelte sie mit geschlossenen Augen an.

Sein Arm zog sie an seine Seite. Sie lag bereits halb neben ihm, als seine Lippen die ihren berührten. Heiß und nach edlen Salben duftend streichelten sie einander wie die Flügel von Schmetterlingen, Elfen oder verliebten Nymphen. Die Lippen sagten alles, auch als sie stürmischer und fester küssten, sich öffneten, nicht mehr voneinander lassen wollten und beide Körper beben ließen. Sie küssten und umschlangen sich, als gäbe es nichts anderes mehr in einer dunklen Welt.

Plötzlich erwachte sie wieder aus ihrer Leidenschaft. Sie drückte ihn zurück, schüttelte schon fast verärgert ihren Kopf und richtete sich wieder auf. Wie konnte sie den völlig fremden Mann küssen, wenn unten vor dem Haus bereits der Meister des Palastes mit Bewaffneten und schwarz-weiß gewandeten Dominikanern aufzog? Das Blut hämmerte und dröhnte in ihren Schläfen, am Hals und an den Schenkeln. Alles um sie herum drehte sich, als sie aufstand und zu den beiden Fenstern eilte, die ihr Großvater geöffnet hatte, um Sonnenlicht und erste Frühlingswärme in den Raum zu lassen.

Die Fenster befanden sich auf der rückwärtigen Seite des Hauses. Über den Schuppen und zwei einstöckige Häuser mit gewölbten gelblich roten Dachziegeln konnte sie über die tiefer liegenden Dächer der halben Altstadt hinwegsehen. Das junge Mädchen holte tief Luft, bis sie ganz langsam ruhiger wurde. Aber immer noch schluckte sie und zitterte am ganzen Körper. Sie merkte plötzlich, dass sie zwar zum Fenster hinaussah, in ihren Gedanken aber in die entgegengesetzte Richtung und zum Bett zurückschaute. Verwirrt holte sie tief Luft und ballte die Hände zu Fäusten.

»Nein!«, stieß sie hervor, um ihre Gedanken und Gefühle wieder zu zähmen. Sie wollte das nicht. Was auch passierte, sie würde sich niemals in einen Christen verlieben! Auch dann nicht, wenn er ein himmlischer Bote oder sogar ein blond gelockter Erzengel war, der mit einer geheimnisvollen Botschaft in die Stadt des Papstes gekommen war. Zu viel wusste sie von dem, was ihrem Volk in den vergangenen Jahrhunderten an Erniedrigung geschehen war. Und zu viel war ihr selbst widerfahren und hatte ihr nur Tränen und Härte im Herzen eingebracht.

Auch jetzt, über acht Jahre später, gab es noch keine Antwort darauf, ob die tragischen Zwischenfälle bei der Krönung von Papst Clemens V. nur ein Unglück mit mehreren Toten oder ein von seinen Feinden geplanter und beinahe erfolgreich durchgeführter Anschlag auf das neue Oberhaupt der Kirche gewesen war. Sie war bereits dreimal mit ihrem Großvater an jener Stelle in Lyon gewesen, an der eine Mauer aus Ziegeln und Marmorsäulen just in dem Moment eingestürzt und auf die Straße gekippt war, als der gerade erst gekrönte Papst in feierlichem Ornat und mit der edelsteingeschmückten Tiara auf einem Prozessionspferd *dort* entlangritt. Er war vom Pferd gestürzt, und ein großer Rubin als der wertvollste aller Edelsteine in seiner Dreifachkrone war anschließend nicht mehr aufzufinden gewesen.

Mehrere Männer aus seiner Begleitung waren von Steinbrocken erschlagen worden. Aber auch harmlose und unbeteiligte Zuschauer wie ihr Vater waren umgekommen, deren einziges Vergehen ihre Neugierde gewesen war. Ihr älterer Bruder war damals mit einigen Schrammen davongekommen. So erzählten es alle, und Miriam hatte die Geschichte so lange geglaubt, bis sie Seder eines Nachts, als er sich allein glaubte, dabei beobachtet hatte, wie er ein Kästchen aus Rosenholz mit goldenen Schnallen öffnete.

Das Kästchen hatte mehrere große, sehr wertvoll wirkende Edelsteine enthalten. Einer davon sah durch den schmalen Türspalt wie jener seit dem Unglück vermisste Rubin aus der Papstkrone aus, der andere hatte sie an den fliederfarbenen Ring eines Bischofs erinnert.

Sie wusste nicht genau, ob sie ihrem Bruder eine derart verwerfliche Tat wie ein Attentat auf den Papst zutrauen konnte. Seder mochte ein Dieb und ein listiger Ränkeschmied sein, aber er war kein Mörder. Sie liebte ihn, obwohl sie nahezu alles schrecklich fand, was er sagte oder tat.

Unten im Erdgeschoss wartete Eliah auf den erbarmungslosesten von allen Kardinälen, die er inzwischen kennengelernt hatte. Nicht auszudenken, wenn dieser Mann eines Tages der Nachfolger von Clemens V. werden sollte!

Für Eliah war der Meister des Palastes ein Herodes und Pontius Pilatus zugleich. Bei all seiner Verbindlichkeit und seinem überkorrekten Auftreten schätzte Pierre Godin die scharfe, verletzende Form des Humors, über den im Grunde nur er selbst und seine Lakaien lachen konnten. Dann gab er sich jovial und menschenfreundlich, aber er wusste nicht, was Herzensgüte und Vergebung, Nachsicht und wirklicher Humor bedeuteten. Eliah hatte oft genug miterlebt, wie nach Jahren mit sehr viel Arbeit und guten Geschäften aus heiterstem Himmel der Zorn Jehovas oder die Willkür eines Kardinals wie Pierre Godin herabfahren und auf einen Schlag alles zerstören konnte. Dann nützten ihm und anderen Juden weder Schutzbriefe noch bischöfliche oder königliche Edikte.

Alle Welt erregte sich inzwischen über den angeblichen Justizirrtum und die Foltergeständnisse nach der Verhaftung von zweitausend Tempelrittern. Sie wurden dafür bedauert, dass sie zuerst zu reich und dann über Nacht arm geworden waren, dass sie nach Schottland und Deutschland, Portugal und Masuren fliehen mussten. Doch kaum jemand sprach darüber, dass zur selben Zeit mehr als hunderttausend Juden ohne irgendein Gerichtsverfahren, ohne Beistand und ohne den geringsten Anspruch auf irgendein Menschenrecht vom König des Frankenreiches verjagt wurden.

Mehr als tausend Jahre nach der ersten Vertreibung aus Jerusalem befanden sich die Juden in der Diaspora erneut auf der Flucht. Die meisten stammten aus dem Languedoc, der Grafschaft Toulouse und den ehemaligen Hochburgen der Katharer und Albigenser in den Schwarzen Bergen. Ihr einziges Verbrechen war, dass sie jahrzehntelang der Toleranz der Reinen und Rechtgläubigen zwischen dem muselmanischen Spanien und dem christlichen Königreich der Franken im Norden mehr vertraut hatten als ihren eigenen Erfahrungen aus den vergangenen Jahrhunderten. Sie wurden nach den Kreuzzügen vom Papst in Rom und von Philipp dem Schönen noch nachträglich in einen Topf mit den angeblichen Gotteslästerern und Ketzern geworfen und als die großen Feinde der durch Gott gegebenen christlichen Ordnung angesehen.

Nur ganz wenige Orte boten ihnen eine neue Zuflucht. Seltsamerweise gehörten das Comtat Venaissin und die Stadt Avignon unter Papst Clemens V. dazu. Hier hatten Philipp der Schöne und seine grausamen Häscher keinen Zutritt. Fast schien es so, als würde sich der neue Papst ganz bewusst gegen die Vertreibung der Juden durch den skrupellosen König von Frankreich stellen.

Noch vor der Messe in der Kathedrale besuchte Kardinal d'Aux erneut den Heiligen Vater im Kaminzimmer. Sie beteten zusammen, während der Papst im Bett liegen blieb.

»Wer übernimmt heute die heilige Messe in meiner Kirche?«

»Niccolò.«

»Das ist gut«, sagte Clemens. »Ich möchte nicht, dass sich Pierre Godin zu weit nach vorn drängt, wenn es mir schlecht geht.«

»Du siehst heute viel besser aus als gestern.«

»Es geht mir ganz und gar nicht gut!«, protestierte der Heilige Vater. »Siehst du nicht, wie sehr ich leide und mich empöre gegen die Ungerechtigkeit, die mir und uns allen widerfährt?«

»Willst du tatsächlich ein schwaches Opferlamm sein? Ein Papst, der nach außen hin Kirche und Orden verrät, der Rom und seinen Bischofssitz aufgibt und an der Grenze Frankreichs als schwächster Gegner eines hochfahrenden Königs von Frankreich gilt?«

»Das denken ohnehin fast alle über mich.«

»Niemand, der die Tatsachen kennt und bezeugen kann, dass du stets gegen Philipp und für die Templer warst.«

»Tatsache ist, dass ich weitaus mehr Juden als Templer retten konnte«, gab Clemens V. zurück. »Tatsache ist auch, dass Philipp jenseits des Flusses inzwischen machen kann, was er will. Auf Englands ersten König Edward konnte ich mich verlassen, aber Edward II. ist ein schwacher Lüstling, der dem großen Herrscher in Paris nichts entgegensetzen kann. Und was den deutschen Kaiser Heinrich VII. anbetraf ...« Er zögerte, lächelte kurz und schüttelte dann den Kopf. »Wie du weißt, hatte ich Heinrichs Gesandten bereits vor fünf Jahren versprochen, dass ich ihm zu Mariä Lichtmess des Jahres 1312 persönlich die Kaiserkrone aufsetzen werde – und zwar in Rom.«

»Ja, doch nicht du hast ihn dann im Vatikan gekrönt, sondern dein Kardinal da Prato. Dabei wäre Heinrichs Besuch in Rom eine hervorragende Gelegenheit für dich gewesen, den deutschen Herrscher für dich einzunehmen und seine Differenzen mit König Robert von Neapel zu schlichten. Jetzt ist Heinrich tot, und eine Rückkehr nach Rom kommt für uns in der nächsten Zeit nicht in Frage.«

»Ich weiß«, sagte Clemens und seufzte tief. »Ich habe in den vergangenen Wochen schon daran gedacht, nach Bordeaux zurückzukehren. Ich will dort sterben und nicht in dieser Grenzstadt hier oder im mörderischen Rom.«

»Wenn wir Avignon aufgeben, gerätst du endgültig in Gefangenschaft des Königs von Frankreich«, protestierte d'Aux sofort.

»Und Rom bleibt ein Schlangennest«, seufzte der Papst. »Doch statt offener Diskussion beschwert sich alle Welt darüber, dass ich vertrauenswürdige Neffen und keine dekadenten Zweitgeborenen aus irgendwelchen römischen Familien zu meinen Kardinälen gemacht habe.«

»Das war ganz sicher sinnvoll«, sagte Kardinal d'Aux, »aber vielleicht nicht immer klug. Inzwischen besteht die Hälfte von unseren zwei Dutzend Kardinälen aus unseren Verwandten.«

»Scheinheiligkeit!«, schnaubte der Papst. »Vorwürfe der Vetternwirtschaft gehören seit Jahrtausenden selbst für aufrichtige Fürsten zu den klebrigsten und übelst riechenden Gerüchten.«

Sie wusste nicht, wie lange sie schon traurig in der strahlenden Frühlingssonne stand. Noch immer stiegen die Bodennebel in den durchnässten Hügeln und Weinbergen auf. Immer wenn sie die Nebel über den Hügeln sah, klang ein altes Lied wieder in ihr auf, das ihre Mutter oft gesungen hatte, als sie noch Kinder waren. Ganz leise, um den schönen fremden Mann nicht zu stören, summte Miriam die Melodie jenes Troubadours, der als »Mönch aus Montaudon« bekannt geworden war. Selbst größte Klosterzucht und sein härenes Hemd hatten das Feuer seines ritterlichen Bluts nicht dämpfen können. Da er Waffen nicht mehr führen durfte, stritt er mit Gesang und scharf geschliffenen Versen. Er beschimpfte sogar Gott, weil er die Farben auf der Erde zuließ, mit denen sich die Frauen die Fältchen und die kleinen Spuren ihres Alters verdecken und wegschminken konnten.

»Wenn Gott gewollt hätte, dass wir nicht altern, hätte er allen

Frauen unvergängliches Wangenrot und ein faltenloses Gesicht bis zum Tod verliehen«, sang Miriam leise die Begründung des Troubadours, um gleich darauf mit dem Gegenargument zu antworten, bei dem ihre Mutter stets die Brauen hochgezogen und gelächelt hatte: »Doch wenn Gott gewollt hätte, dass sich Mägdelein und Weib nicht verschönern dürfen, hätte er sicherlich all die vielen schönen Farben und Düfte von der Erde verbannt. Die Veilchen von Narbonne ebenso wie den Lavendelduft.«

Sie konnte nicht verhindern, dass ihr, jedes Mal wenn ihr das Lied des falschen Troubadours durch den Kopf ging, Tränen über die Wangen rannen. Vielleicht lag es daran, dass dieses alte Lied niemals im nördlichen Französisch von Paris, der *Langue d'oïl*, gesungen wurde, sondern in der Sprache, mit der sie selbst vor ihrer Flucht aus Okzitanien, dem Land des Südens, aufgewachsen war – der Sprache ihrer Kindheit, der melodisch schönen *Langue d'oc.*

Es war die Sprache der Troubadoure von Okzitanien, der Minne und der edlen Ritter, die ihre Dienste und ihr Leben der Dame ihres Herzens schenkten. Aber es war ebenfalls die Sprache des großen Widerstandes gegen Prunk, Völlerei und Unzucht, der Gesang der Aufrichtigen und Reinen. Sie waren von Päpsten und Königen als gefährliche Ketzer und Gotteslästerer jahrzehntelang bekämpft, verfolgt, auf ihren Fluchtburgen wie Montségur ausgehungert und in unbeugsamen Städten wie Béziers oder Minerve zu Tausenden ermordet oder in die mörderischen Opferfeuer getrieben worden.

Und dann, als es offiziell keine Katharer und Albigenser zwischen Toulouse und Septimanien mehr gab, hatten sich die Gnadenlosesten das geraubte Land, Grafschaften, Kirchenschätze und schließlich auch noch das Hab und Gut der Juden geteilt, ehe auch jene fast hundert Jahre nach dem Beginn des großen Mordens aus dem Languedoc ebenso vertrieben worden waren wie Juden aus dem Frankenreich, die niemals etwas mit den Katharerkriegen zu tun gehabt hatten.

Sie holte noch einmal tief Luft, dann drehte sie sich um. Im selben Augenblick durchfuhr sie ein wohliges Gefühl, schmerzhaft und warm zugleich.

Er lag mit nacktem Oberkörper und halb zurückgeschlagenem

Laken über den schmalen Hüften im Bett. Lichtfunken spielten in seinen blonden Engelslocken wie in einem Heiligenschein, seine Lippen waren halb geöffnet, und seine hellblauen Augen strahlten sie mit so wunderbaren Lachfalten in den Winkeln an, dass sie sich selbst plötzlich hilflos und nackt fühlte.

Oh mein Gott, hilf mir!, dachte sie nur noch, dann musste sie sich am Fensterbrett abstützen.

Nach dem Tod des Vaters beim Unglück von Lyon hatte Miriams Mutter noch zwei Jahre in Carpentras gelebt und war dann gestorben. Auch ihre drei Geschwister, zwei Jungen und ein Mädchen, die zwischen Seder und ihr geboren worden waren, lebten nicht mehr. Einer der beiden Jungen hatte sich mit achtzehn Jahren beim Sturz von der Schweineleiter auf der Flussinsel das Genick gebrochen, der andere war beim Schwimmen in den Strudeln der Durance ertrunken. Rachel, die Schwester, war erst im vergangenen Jahr ein Opfer des vergleichsweise sicheren Lebens in der Grafschaft Venaissin geworden. Während sich in anderen Gegenden jüdische Mädchen und Frauen nach den Regeln der Talmudschulen und dem deutschen »Buch der Frommen« des legendären Rabbi Juda Ben Samuel he-Chasid in Trier und Regensburg sogar als Nonnen verkleiden durften, wenn sie befürchten mussten, auf gefährlichen Wegen vergewaltigt zu werden, war das bisher in der päpstlichen Grafschaft nicht nötig gewesen.

Rachel war gerade achtzehn Jahre alt geworden, als sie ohne Arg auf dem Weg von Carpentras nach Avignon in eine Gesandtschaft des Bischofs von Bremen geraten und so grausam vergewaltigt worden war, dass sie schon halb tot war, als man sie endlich in die Rue Jacob brachte. Auch sehr viel Geld von Eliah und einige der besten, an der Universität von Montpellier ausgebildeten Ärzte hatten nichts mehr ausrichten können. Sowohl der Rabbi als auch die Abordnung der gewählten Würdenträger aus der Judenstraße hatten am päpstlichen Hof vorgesprochen und eine Untersuchung des Verbrechens erreichen können. Aber kein Anwalt und kein Kardinal waren bereit gewesen, Anklage gegen die Deutschen zu erheben.

»Wir haben das Judenmädchen beim Hostienfrevel ertappt«, behauptete ihr Anführer. »Mindestens fünf von uns haben gesehen, wie sie in einer Waldlichtung geweihte Hostien durchstochen hat, um zu erkunden, ob das Blut des Herrn aus ihnen fließt.«

Noch nie zuvor war eine derartige Verleumdung in der Provence oder in Avignon erhoben worden. Nach einem langen Gespräch mit Vertretern der Juden in Carpentras und Avignon hatte der Papst entschieden, dass nichts geschehen sollte. Außer den unmittelbar Beteiligten wusste nur Miriam, dass das Verbrechen an ihrer älteren Schwester nicht verfolgt und öffentlich verurteilt werden sollte, um keine Nachahmer aufzuwiegeln.

»Je schärfer wir die Missetaten gegen euch beklagen, umso verlockender wird es für Unbelehrbare und Fanatiker des Glaubens, dem nachzueifern, was verdammt sein sollte.«

Mit diesem abschließenden Urteil der kirchlichen Richter war der Vorgang beendet. Eher beiläufig hatte die Apostolische Kammer auch noch versprochen, dass zwei Jahre lang kein Haus der Juden in Avignon, Carpentras und der Grafschaft enteignet oder unter Druck gekauft werden sollte.

Miriam warf noch einen Blick auf den schönen Fremden, dann lief sie aus dem Zimmer.

INQUISITION

Kardinal d'Aux bemerkte schon während der Messe im Dom, dass einer der Bischöfe fehlte. In einer überschaubaren Stadt wie Avignon mit weniger als siebentausend Einwohnern und nur einer Brücke über den Fluss ließ sich nicht sehr viel lange geheim halten. Erst recht nicht, wenn sich in einem der höchstgelegenen Gebäude das alte Bischofspalais befand, von dem aus argwöhnische Augen nahezu alles innerhalb der Mauern, auf der Brücke und über den Fluss hinweg beobachten konnten. Was auch geschah – es geschah fast immer öffentlich.

Kardinal d'Aux hatte in einer einfachen schwarzen Soutane eine halbe Stunde in einem Beichtstuhl der Kathedrale gesessen und zugehört, was an Stimmen und Gesprächen vor dem Holzschnitzwerk vorbeiwanderte. Der hohe Kirchenraum war überfüllt wie eine gestrandete Arche. Dicht an dicht standen die Menschen, um ihrem Schöpfer dafür zu danken, dass bei allen Schäden und allem Unglück nicht noch mehr Vieh ertrunken, nicht noch mehr Weinstöcke aus dem Boden gespült und nicht noch mehr Vorräte verdorben waren.

Stürme und Hochwasser gehörten zur Côte du Rhône in der Grafschaft Venaissin wie der frische Lavendelduft im Sommer und die fröhlichen Stunden auf der Insel Barthelasse.

Kardinal Arnaud d'Aux trug inzwischen seinen prachtvollsten Ornat: eine Soutane aus rotem Stoff mit der symbolischen Reihe von dreiunddreißig Knöpfen an der Vorderseite, ein rotes *Zingulum* mit Quasten zum Binden, dazu ein rotes römisches *Kollar* als steife Kragenleiste, rote Strümpfe, die rote *Mozzetta*, einen roten *Pileolus* aus Seidenmoiré und ein *Rochett* aus weißem Leinen. Sein Habit wurde durch ein handtellergroßes silbernes Brustkreuz mit Karneolen, Turmalinen und einem bohnengroßen Rubin in der Mitte ergänzt. Er trug den Bischofsring mit seinem Amethyst und einen Hirtenstab, in dessen Krümmung an der Oberseite die Lazarusszene aus dem Neuen Testament in Elfenbein eingeschnitzt war.

Im Gegensatz zu vielen anderen Priestern, Bischöfen und

Kardinälen ging der knapp Fünfzigjährige aufrecht und stolz. Er wollte einfach nicht wie ein zur Messfeier geneigter Priester auftreten, sondern eher wie ein Feldherr vor einer großen Schlacht. Bei aller Demut musste die Kirche nach seiner Ansicht viel mehr kämpfen und Stärke zeigen. Viele Jahre lang war das auch die feste Überzeugung des Heiligen Vaters und die von Kardinal da Prato gewesen.

Seit aber Clemens krank war, stand er mit da Prato fast allein. Im anderen Lager rüsteten sich die Orsinis und Colonnas samt ihren Anhängern längst wieder zu einer neuen Schlacht um die Tiara.

Entgegen seinen Gewohnheiten kam Kaplan Mel Comyn zu spät an der Kathedrale an. Er hatte nicht mit so vielen Besuchern gerechnet. Bei gutem Wetter las Mel Comyn selbst als Kaplan der kleinen Kapelle von St. Nicolas auf der Brücke die Messe. Nach dem Unwetter musste die kleine Kirche zunächst geschlossen bleiben. Wieder waren Geländersteine und Bodenplatten aus der gerade erst reparierten Brücke herausgebrochen. Er sah, wie Kardinal d'Aux zur Sakristei kam, kleidete sich sehr schnell um und ging ebenfalls in den Kirchenraum. Es war so eng, dass niemandem das Durcheinander in den vorgeschriebenen Wegen und Abläufen der Messe auffiel.

»Wo ist Godin?«, flüsterte Kardinal d'Aux dicht vor dem Altar dem auffällig rothaarigen Chorherrn zu.

»Zusammen mit dem Ritter Falkenhenn und zwei Mönchen im Carrière«, antwortete der Kaplan. Er schwenkte eine dichte Weihrauchwolke aus einem Räucherkessel. Arnaud d'Aux hatte den jungen Schotten aus London mitgebracht. Mel Comyn war von seiner adligen Familie zur Ausbildung bei den dortigen Templern geschickt worden – nur wenige Monate bevor sein Vetter John Comyn in der Greyfriars-Kirche in Dumfries von Robert the Bruce im Streit um den Anspruch auf die Krone Schottlands erstochen worden war. Zuvor hatte John Comyn zusammen mit Bruce und dem aufständischen Braveheart William Wallace gegen den englischen König Edward I. gekämpft und einmal sogar gesiegt. Kaplan Mel Comyn mochte die Engländer nicht, doch Robert the Bruce war als König der Schotten unerträglich. So stand er wie alle anderen treu zum Heiligen Stuhl.

Der Mord in der schottischen Kirche hätte zu einer stärkeren Unterstützung Englands durch den Vatikan führen können, wenn nicht – ja, wenn nicht der König von Frankreich zugleich den Orden der Templer über Nacht ausgelöscht hätte.

Nichts blieb danach, wie es war. Mel Comyn gehörte seit sieben Jahren zur *famiglia* des Kardinals – jener Gruppe von Auserwählten, die jeder Würdenträger der heiligen römischen Kirche wie eine echte Familie um sich versammelte. Er hatte inzwischen die höheren Weihen empfangen, doch der Mord von Greyfriars konnte nicht ungesühnt bleiben, und Kaplan Mel Comyn stand wie seine leiblichen Verwandten noch immer in schottischer Blutfehde gegen Robert the Bruce.

Es war dieses Geheimnis, das drei Männer der Kurie miteinander verband – den Kardinal als ehemaligen Beichtvater des englischen Königshauses, Kaplan Comyn als ehemaligen Templerschüler und Rächer der wahren schottischen Helden sowie Papst Clemens V., der von alledem wusste.

Das engelsgleiche Mädchen hatte kaum das sonnenhelle Zimmer verlassen, als ein neues Geräusch Bertrand zusammenfahren ließ. Er kam sich immer noch wie in einem Traum vor. Er wollte sehen, was unten auf der Straße, im Hof und im Haus geschah, als ihm jemand eine Hand auf die nackte Schulter legte.

»Nein, sag jetzt nichts!«

Er wollte sich schon räuspern, aber die Stimme wurde von selbst leiser: »Ich bin es, dein Begleiter aus den nassen, stinkenden Stoffbahnen auf dem Maultierkarren meines Großvaters Eliah.«

»Was geht hier vor?«, fragte Bertrand. »Und was ist eigentlich passiert?«

Seder ließ seine Schultern los und warf sich neben ihn auf das zerwühlte Lager. Sein Gesicht und sein Körper glichen einer abgemagerten römischen Marmorstatue, nur etwas dunkler, olivfarbener und mit kurzen schwarzen Haaren auf Brust und Unterarmen, den Wangen und am Kopf.

Sehr seltsam, dachte Bertrand, warum trug er die Haare so kurz, als wären sie erst vor ein paar Tagen abrasiert worden?

»Gefängnislöcher«, kam sofort die Antwort, obwohl Bertrand nichts gefragt hatte. »Ich bin übrigens Seder Ben Ariel, der letzte Enkel des ehrenwerten Juden Eliah von Carpentras. Und ein Waise, seit die Mauer bei der Krönung eures Papstes in Lyon eingestürzt ist und meinen Vater nebst ein paar Christen erschlagen hat.«

»Das tut mir leid. Mein Name ist … Bertrand von Comminges. Ich glaube, ich war Student bei Meister Eckhart an der Sorbonne in Paris.«

»Meinst du den Eckhart von Hochheim aus Thüringen?«, fragte der junge Jude.

»Du kennst ihn?«

»Nein, aber Avignon hat sehr große Ohren. Und wenn ich nicht irre, ist Meister Eckhart inzwischen zu Fuß in Süddeutschland unterwegs.«

Bertrand verlor vor lauter Kopfschmerzen fast das Bewusstsein. Er wusste nur noch, dass er den anderen von sich selbst ablenken musste. Zu tief steckte die Furcht vor den Verfolgern und dem schrecklichen Fluss noch in ihm.

»Hast du eben Avignon gesagt?«, fragte er mühsam. »Und was willst du mit ›großen Ohren‹ andeuten?«

»Was stört dich daran?«, fragte Seder zurück und lachte.

Bertrand ließ sich von der Fröhlichkeit Seders nicht anstecken. Die beiden jungen Männer hätten unterschiedlicher nicht sein können. Obwohl er aus der Nähe besehen nicht sehr kräftig wirkte, strotzte Seder nur so vor Tatendrang und Lust am Leben. Bertrand fühlte sich allein schon durch die Ausstrahlung von Rücksichtslosigkeit und Stärke des anderen bedroht. Er kam sich fast wie eine Jungfrau vor, als er keusch und verschämt das dünne Laken höher zog. Auch er glühte innerlich, und seine hellen Augen sprühten Feuer. Aber es war eine andere, ihm ganz unbekannte Kraft, mit der er noch nicht umgehen konnte. Sie war so unerwartet und überraschend in ihm ausgebrochen, dass ihn die Wogen seiner Gefühle noch mehr überschwemmten als die Fluten der Rhône.

»Die Brücke … wie bin ich auf die Brücke gekommen?«

»Du bist an einem Pferd hängend gegen sie geprallt, und wir haben dich herausgezogen.« Seder grinste ein bisschen. »Mit

Hilfe eines schottischen Priesters vor seiner Kapelle übrigens und die ganze Zeit natürlich bestens von mir überwacht.«

Bertrand schüttelte ungläubig den Kopf.

»Meine Ketten auf der Brücke waren nur Lug und Trug«, sagte Seder mit einem breiten Grinsen. »Ich habe sie erst kurz zuvor wieder angelegt, um einige der Kardinäle hier zu täuschen. Sie sollten glauben, dass ich mich hier in der Nähe versteckt gehalten habe. Es war nämlich kein Zufall, dass ich vor ein paar Wochen aus den Kerkern von Kardinal Godin entkommen und heimlich nach Paris gereist bin. Kardinal d'Aux wollte, dass ich einen Brief im Kloster von St. Jacques abgebe und dann dem Studenten folge, der angibt, dass er sich zu einer Reise zu Meister Eckhart aufmacht.«

Bertrand hob den Kopf. »Dann war der Brief an mich gar nicht von Meister Eckhart, und du wusstest von Anfang an, wer ich bin.«

»Wusste ich nicht!«, widersprach Seder Ben Ariel. »Weder das eine noch das andere. Der Brief lag versiegelt in einem zweiten an den Abt des Klosters, und dich habe ich stets nur aus sicherer Entfernung gesehen. Ich habe mich vielmehr nach den beiden Dominikanern gerichtet, die dich beschattet haben.«

Trotz aller Prahlerei und Offenheit Seder Ben Ariels entging Bertrand nicht, dass der kein Wort darüber sagte, warum er eingekerkert und geschoren worden war.

»Und nun bist du mit einer Beichte an der Reihe«, sagte Seder schließlich. »Warum hast du Narr dich in den Fluss gestürzt? Bestand denn irgendeine Gefahr, nachdem die beiden Mönche dich tagelang mit gebührendem Abstand verfolgt haben?«

Bertrand holte tief Luft. In seinem Kopf drehte sich alles. Und plötzlich sagte er: »Eigentlich habe ich nur ein Problem.«

»Kannst du darüber reden?«

Bertrand schürzte die Lippen. Er sah den anderen prüfend an, dann sagte er: »Ich bin ein Bastard und der Sohn des Papstes.«

Seder Ben Ariel riss die Augen auf. Theatralisch wie auf einer Vagantenbühne öffnete er beide Arme, dann stolperte er, wie durch gespielte Ehrfurcht aus dem Tritt gebracht, so weit zurück, bis er mit Kopf und Rücken an die Wand schlug. »Und das muss mir passieren!«, stieß er so übertrieben hervor, dass

Bertrand von einem Augenblick auf den anderen misstrauisch aufsah. »Ein Bastard unseres Papstes! Weiß irgendjemand davon? Weiß er selbst, dass du hier bist? Oder andere, dass du kommen wolltest?«

Bertrand strich sich über sein Haar. Dann sagte er: »Du wusstest es, oder?«

Die beiden ungleichen jungen Männer blickten sich an.

»Nein«, antwortete Seder schließlich. »Ich wusste nur, dass irgendjemand hier in Avignon einem anderen einen Strich durch die Rechnung machen wollte.« Er zögerte und musterte noch einmal den jungen Mann, der sich als Sohn von Clemens V. ausgab. »Du bist nicht unverschämt genug, um dir eine derartige Lüge auszudenken«, entschied er schließlich. »Also vertraue ich dir, wenn auch mit größter Vorsicht. Tatsache ist, dass mich Kardinal Arnaud d'Aux, der Kämmerer des Papstes, aus einem Kerker der Dominikaner hier in Avignon geholt hat, was, wie du sicherlich gehört hast, nicht ganz einfach ist.«

»Du warst im Kerker? Als Jude oder Ketzer?«

Seder platzte laut los. Er prustete, schlug sich auf die Schenkel und hielt sich gleich darauf den Mund zu. »Du bringst mich noch derart zum Lachen, dass wir uns beide hier verraten! Für Juden braucht man keinen Grund, um sie zu erschlagen oder einzusperren! Und Ketzer? Ja, das bin ich auch, weil ich nicht daran glaube, dass euer Jesus göttlicher war als derselbe Mann, der bei uns als der Prophet Joshua anerkannt wird und von dem wir Juden der Provence auch ein wenig abstammen.«

»Du meinst …«

»Josef von Arimathia, Maria Magdalena, den Gral, die Merowinger und die ganzen anderen Überlieferungen. Aber das alles war nicht der Grund dafür, dass ich im Kerker saß.«

»Sondern?«

Seder Ben Ariel hob die Schultern. »Weiß man's? Vielleicht ein eifersüchtiger Ehemann, vielleicht ein Bischof oder Kardinal, dem ich in die Geschäfte gespuckt habe. Es gibt so viele Dinge, die andere nicht mögen.«

»Du wirst noch immer verfolgt?«

»Die Stadt wird in den nächsten Tagen ziemlich voll sein. Trotzdem halte ich es für sinnvoll, wenn weder du noch ich

Klerikern über den Weg laufen. Also werden wir Kirchenmäuse spielen – arm, nackt und nie zu fangen!«

»Was hast du vor?«

»Mich interessiert, was wirklich dein Problem ist, du schöner Mönch und Bastard eures Heiligen Vaters.« Er spitzte seine Lippen und schmatzte ihm einen Kuss zu. Bertrand presste die Zähne zusammen. Allmählich wurde ihm Seders Frechheit zu viel.

»Ich bin kein Mönch, sondern Student an der Sorbonne in Paris.«

»Das stört mich weniger als deine Höflichkeit und ausgesprochen lästige gute Erziehung. Wach doch mal auf, Mann! Wenn sie dich einfangen, scheren sie dich ebenso wie alle anderen. Du bist ein Goldstück, edler Bertrand von Comminges oder auch de Goth. Ein ungeschliffener Diamant, der in den richtigen Händen ein Vermögen wert sein kann.«

»Ich verstehe kein Wort. Du sprichst in Rätseln.«

»Du kommst nicht einmal an den ersten Wachen am Papstpalais vorbei, wenn du behauptest, ein Sohn von Clemens V. zu sein! Sie hängen dich, zerreißen dich auf der Streckbank, mästen dich mit Jauche und treiben Splitter unter deine Fingernägel ... so lange, bis du nur noch wimmerst oder herausschreist, dass du ein kleiner, gotteslästerlicher Lügner, ein Hostienpiker, Brunnenvergifter und widerlicher Teufel bist, der sich mit Blut von gerade erst getauften Kindern labt.«

»Du machst mir keine Angst! Du nicht!«

»Ich nicht«, echote Seder. »Ich glaube dir ja, aber hast du ein Schreiben, einen Bürgen, ein Muttermal oder irgendetwas anderes, das dich bei einer peinlichen Befragung retten könnte?«

Godin erlaubte nur den beiden Dominikanermönchen, ihn in den Hof zu begleiten. Der jüngere trug die Psalter und das Gebetbuch des Kardinals in einer mit Heiligenfiguren bestickten Leinentasche. Der ältere hatte sich einen abgeschabten flachen Kasten aus Pinienholz an einem gewebten Band mit provenzalischen Mustern über die Schulter gehängt. Die übrigen Begleiter mussten auf der Straße zurückbleiben.

Eliah wusste nur zu gut, wie mächtig Kardinal Godin war.

»Du weißt, wen wir suchen?«, fragte der Meister des Palastes ohne Umschweife, nachdem er kurz in den Schuppen im Hof und in den kleinen Stall mit dem Maultier geblickt hatte und dann ohne besondere Aufforderung ins Haus gegangen war. Er deutete auf den älteren der beiden Mönche. »Dies übrigens ist Bruder Wulfram von unserer ehrwürdigen Ordenshochschule der Predigtbrüder in Köln ... zuletzt Schreiber bei Meister Eckhart in Paris, von dem du sicherlich gehört hast.«

Eliah neigte seinen Kopf zum Gruß. Er musste sich zwingen, seine Abneigung gegen die Mönche aus Paris nicht allzu deutlich zu zeigen. Noch nie zuvor hatte er einen Dominikaner oder irgendeinen anderen Kirchenmann gesehen, der mehr dem Bild vom feisten, weinseligen und dabei stets grinsenden Klosterbruder entsprach als dieser Wulfram. Der etwa Dreißigjährige strotzte von innerer Zufriedenheit und nur äußerlich vorgetragener Demut.

Eliah nahm die Eigenmächtigkeit des Kirchenfürsten in seinem Haus hin wie das Wetter. Schon das geringste Aufmucken gegen das unverschämte und selbstherrliche Benehmen des Kardinals wäre unklug gewesen und hätte nur die Atmosphäre verfinstert.

Sie setzten sich an den großen hölzernen Tisch in der Mitte des fensterlosen Raumes im Erdgeschoss. Obwohl weder der vergoldete siebenarmige Leuchter an der Stirnseite des Saals, der in jüdischer Tradition die sieben Tage der Schöpfung symbolisierte, noch die kleineren Öllampen an den Wänden angezündet worden waren, fiel genug Sonnenlicht durch die weit geöffnete Tür zum Hof. Trotz der schon fast sommerlichen Wärme trug der Kardinal noch immer die schwarze Wintersoutane mit rot eingefassten Knopflöchern, roten Knöpfen, dazu einen schwarzen ärmellosen Übermantel mit einem schmalen Hermelinkragen und die ebenfalls mit Hermelinpelz verzierte Kappe, die seine Ohren und die halbe Stirn verdeckte. Er hatte Stiefel aus weinrot gefärbtem Ziegenleder an und trug bestickte Wollhandschuhe mit vergoldeten Kappen an Daumen und Zeigefinger.

Miriam brachte einfache Pokale mit gutem Wein und stellte sie wie eine gehorsame Dienstmagd zuerst dem Kardinal, dann ihrem Großvater und schließlich den beiden Mönchen hin. Der jüngere der Mönche starrte sie mit verhaltener Begehrlichkeit an, während der ältere die Augen schloss und genüsslich schnupperte, als sie mit dem Geruch von frisch gebackenem Brot und Bratapfel mit Honig in ihrem Kleid an ihnen vorbeiging.

»Ich bin kein Esel, und ich habe auch nur ein altes Maultier«, sagte Eliah und nippte erst an seinem besten Wein, nachdem Kardinal Pierre Godin aus seinem Glas gekostet hatte.

»Nicht schlecht«, sagte er und schnalzte ein paarmal mit der Zunge. »Woher kommt der Tropfen? Etwa aus eurer Judenhochburg Carpentras?«

»Nein, aus der Hauptstadt Eurer Grafschaft«, antwortete Eliah. »Dieser Wein wächst in den Hügeln vor den Brunnen von Pernes. Es gibt genügend Wald dort, der die Reben vor dem Mistral schützt.«

Der Kardinal trank genüsslich den halben Becher leer. »Ich will ganz offen mit dir sein, Eliah«, sagte er dann. »Wir haben uns bisher recht gut verstanden. Ich will auch nicht darüber richten, dass du in deinem Haus gelegentlich zu Feiern einlädst, für die nach eurem Brauch und unserer Zustimmung eigentlich die neue Synagoge am Place Jérusalem vorgesehen ist. Ich spreche nicht von diesem Raum hier oder von der zweiten Mikwe in deinem Keller. Ich will nur wissen, wo er ist … und ob er eine Kette trug … vielleicht sogar mit einem Ring daran …«

»Ich habe nichts von einem Ring gesehen, nur eine Halskette, die Ihr gern haben könnt, wenn sie Euch mehr als ihren Wert in Gold bedeutet …«

Godin lächelte kühl. »Du bist ein kluger Mann, Eliah! Doch wo ist die Gestalt, die ihr auf deinem Wagen gestern Abend hierhergebracht habt?«

Über die Dächer

»Du hast mich gewaschen? Nackt gewaschen?«

»Was stört dich daran? Du siehst gut aus und kannst stolz auf deinen Körper sein.«

»Er wird ebenso wie meine Seele und mein Verstand eines Tages dem Gekreuzigten geweiht.«

»Oh nein! Nur das nicht in diesem Haus und meines *Tateleben* Bett! Es darf nicht wahr sein, dass ich einen Klosterbruder … einen Priester … in unserer Mikwe gewaschen habe!«

Bertrand schüttelte verständnislos den Kopf. »Ich bin kein Priester«, sagte er beruhigend. »Jedenfalls noch kein richtiger mit den großen Weihen. Ich habe nur im Kloster von Comminges die allerersten der niederen Weihen erhalten. Das bedeutet überhaupt nichts, weißt du.«

»Dein Wort in Gottes Ohr«, meinte Seder mit einem schweren Seufzer und stand auf. Er ging durch den Sonnenschein am Fenster hin und her, reckte sich, rollte den Kopf nach allen Seiten und schwenke seine Arme wie der Meister einer musikalischen *Kumpaney*. »Da wir nun aber beide trotz des Unwetters gesehen wurden, sind die Päpstlichen jetzt wie zur großen Inquisition angerückt.«

Bertrand legte seine Stirn in Falten, presste die Lippen zusammen und versuchte nachzudenken. Erinnerungsfetzen wirbelten ihm durch den Kopf. Er spürte klopfende Schmerzen in der Stirn.

Seder lachte, ging bis zu einem Alkoven in der Seitenwand, in dem verschiedene Kleidungsstücke hingen, und prüfte eines nach dem anderen. »Jetzt werden wir uns beide erst einmal in saubere Kittel hüllen und so durch die Stadt schlendern, wie es sich für zwei Gesellen von einem Bauplatz am Sonntag nach der Messe schickt.«

»Du als Jude?«

»Das bin ich, und das bleibe ich, aber zumeist bin ich gerade das, was mir am meisten nützt. Ich habe nie den dummen, unbequemen Spitzhut getragen und auch den Kreis aus gelbem

Stoff an der linken Schulter nicht. Nicht jeder von uns Juden ist als Märtyrer und Opferlamm geboren.«

»Du musst dich nicht erregen«, beschwichtigte Bertrand. Er nahm einen mit Walnussschalen rotbraun gefärbten Kittel, den Seder ihm hinhielt, und einen einfach ausgewebten Stoffgürtel. Sie kleideten sich an, dann blickten sie gemeinsam in den Hof hinunter. Die Tür zum Maultierstall war halb geöffnet, ebenso der Schuppen an der Rückseite des Hofs.

Die Sonne stand schon schräg am klaren, fast wolkenlosen Himmel, und von den Weinbergen stiegen keine Morgennebel mehr auf. Irgendwo bellte ein Hund. Ein paar Kinder lärmten in den Nebenstraßen des Carrière, und Frauen schimpften mit ihren hellen Stimmen in den Höfen, während sie mit den Töpfen in den Küchen klapperten. Es roch nach Knoblauch, Kräutern und gesottenem Fisch, der in den meisten Häusern der Stadt keine Seltenheit in der letzten Fastenwoche war.

»Hörst du?«, fragte Seder, hob eine Hand und bedeutete ihm, einen Moment zu warten. Dann schlich er sich auf nackten Sohlen aus dem Schlafgemach in den Flur der oberen Etage. Bertrand sah, dass er durch einen weiteren Raum bis zu den Fenstern auf der anderen Seite des Hauses ging und hinaussah. Gleich darauf kam er zurück. »Wie ich befürchtet habe!«, flüsterte er. »Wir müssen fort, und das so schnell wie möglich!«

»Man munkelt, dass ein Reiter lebend aus dem Fluss geborgen werden konnte«, berichtete Kardinal d'Aux dem Heiligen Vater. »Und dass vielleicht zwei gestern Abend noch im Kloster vor der Stadt angekommene Dominikaner aus Paris etwas damit zu tun haben.«

»Wer sagt das?«

»Kaplan Comyn, unser Schotte«, antwortete der Kardinal. »Er spricht zwar schlecht Französisch, aber er ist ein großer Freund der Langue d'oc und kennt sehr viele Lieder der alten Troubadoure.«

»Was hat das eine mit dem anderen zu tun?«

»Jeder von uns braucht seine kleinen Geheimnisse«, sagte der Kardinal und lächelte. Es war nicht wichtig, und den Papst beschäftigten ganz andere Gedanken, trotzdem plauderte d'Aux mit leichten Worten weiter: »Genau genommen sind wir Gascogner ja ebenso als Fremde hier wie die Dominikaner aus dem Norden Frankreichs, die zugezogenen Italiener und die vielen anderen, die früher in der Ewigen Stadt Rom und jetzt hier von Nektar und Ambrosia des Heiligen Stuhls schlecken wollen.«

»Gibt es denn keine anderen mehr?«, fragte der Papst, ohne sich umzudrehen. »Gläubige Christen, die sich um das Seelenheil und nicht um ihre Wänste sorgen?«

»Doch, der Kaplan Comyn ist ein derart geradliniger und aufrichtiger Mann. Lass mich erklären, was ich meine.«

Clemens V. nickte abwesend und blickte weiter auf die stille Brücke über den Fluss hinaus. Sie war gesperrt, weil direkt hinter der Kapelle über dem zweiten Brückenpfeiler ein Stück der Straße ausgebrochen war. Nur einige Pilger, Boten und Schadensbeschauer mit bunten Ärmeln und verwegenen Hüten bewegten sich mit großer Vorsicht an der unzerstörten Seite in beide Richtungen.

»Mein kleiner Sohn Bertrand«, sagte der Papst. »Ich würde sehr gern wissen, was aus ihm geworden ist.«

Der Kardinal hielt unwillkürlich die Luft an. Er saß am großen Tisch in der Mitte des Raumes und war damit beschäftigt, kleine bunte Strohblumen aus einem Kästchen zwischen die Seiten seines alten Breviers zu legen. Als er aufsah, entdeckte er ein versonnenes, beinahe wehmütiges Lächeln im sonst sehr krank wirkenden Gesicht des Papstes.

»Ich denke oft daran, was wohl aus uns allen, den Templern, der noblen Dame Catharina de Comminges und meinem Sohn geworden wäre, wenn sich die Italiener im Konklave von Perugia durchgesetzt hätten, um einen anderen zu wählen. Meinst du, ein Sciarra Colonna oder Napoleone Orsini als Nachfolger von Benedikt XI. hätte den Untergang der Templer eher verhindern können als ich?«

»Sie waren exkommuniziert und bei Philipp dem Schönen untergekrochen.«

»Ich weiß, aber ich frage mich dennoch, wann ich meinen größten Fehler gemacht habe. Kann es sein, dass dieser unselige Gedanke an einen neuen Kreuzzug nicht nur mich und die

Könige zu sehr beschäftigt hat, sondern auch den Großmeister der Templer?«

»Es wird nie wieder einen Kreuzzug nach Jerusalem geben«, sagte der Kardinal. »Eher ziehen die Nachfolger der Templer mit dem Deutschen Ritterorden in den Osten oder als Christusorden von Portugal aus über die Meere. Die Zeit der Templer war einfach abgelaufen. Was sollten sie denn noch mit ihrer Insel Zypern, Tausenden von Schlössern und Ländereien, in denen zum Schluss alle einfachen Brüder wie Sklaven oder Fronknechte arbeiteten? Sie hatten nach dem Verlust von Akkon, der Bastion vor der Küste des Heiligen Landes, keine große Aufgabe mehr, keine Idee und kein heiliges Feuer.«

Papst Clemens V. drehte sich zu ihm um und sah ihm direkt in die Augen. »Seit wann weißt du, dass mein Sohn Bertrand in der Stadt ist?«

»Ich weiß nichts dergleichen.«

»Arnaud! Mein lieber Bruder in Christo! Wie lange kennen und vertrauen wir uns schon? Und wie lange warst du mein Stellvertreter? Als wir gehört haben, dass der unglückliche Jacques de Molay den Feuertod gestorben ist, und dann von seinem Fluch gegen uns erfuhren, hast du doch selbst den nichtsnutzigen Enkel vom ehrenwerten alten Juden Eliah mit einem gefälschten Brief von Meister Eckhart und Brieftauben nach Paris geschickt. Du hast sogar dafür gesorgt, dass Eliahs Enkel aus dem Kerker von Godin entkommen konnte. Und sollte dein Kurier nicht eine Brieftaube auffliegen lassen, sobald mein Sohn Bertrand in Paris aufbricht?«

»Keine von diesen Tauben ist hier angekommen«, schnaubte der Kardinal. »Doch woher … woher weißt du?«

»Es leben viele Menschen in unseren Familien, mein geliebter Sohn und Bruder. Hunderte, wenn ich das richtig einschätze. Unser Hofstaat ist noch immer offener als Königsburgen oder die Klöster irgendwelcher Orden. Ich habe mir erlaubt, gelegentlich bei deinem Freund, dem Schottenkaplan Mel Comyn, zu beichten. Als Dank für meine Huld hat er mir mancherlei erzählt.«

»Das war mir schon bekannt«, sagte Kardinal d'Aux. Er bemühte sich, seine Verwunderung zu verbergen. »Aber ich war in London Beichtvater und verstehe ein ganz anderes Englisch als du aus unseren Jahren in Bordeaux«, sagte der Kardinal. »Und der Kaplan könnte auch irgendetwas missverstanden haben, was Küchenmädchen auf dem Markt oder die Juden reden, die in den letzten Jahren vor den Franzosen über die Rhône zu uns geflohen sind. Unser Kaplan in der Kapelle auf der Brücke ist manchmal auch ein Hitzkopf … ein schwarzes Schaf, für das ich beten muss.«

Erneut huschte ein Hauch von Spott über das Gesicht des Papstes. Sein Kämmerer fühlte sich plötzlich nicht mehr wohl in seiner Haut. Er hatte schon seit Monaten nicht mehr damit gerechnet, dass Clemens V. noch einmal scharfsinnige Gedanken haben würde.

»Du nimmst den schottischen Kaplan in deine Gebete auf?«

»Er hat mir gebeichtet, dass Robert the Bruce, der Schottenkönig, ein elendiger Kirchenmörder ist. Und er trägt deswegen einen Zorn in sich, der keinen Freispruch, kein *›ego te absolvo‹* kennt.«

Bertrand und Seder waren barfuß über die steinernen Treppenstufen bis in den Hof geschlichen. Weder die frühen Besucher im Carrière noch Eliah oder Miriam hatten irgendetwas bemerkt. Draußen im Hof hatten sie sich dicht an der Hauswand gehalten. Das Tor zur Straße stand offen, und vor ihm schritten Bewaffnete langsam auf und ab.

»Nur gut, dass keine Brieftauben mehr da sind«, flüsterte Seder und zeigte grinsend auf den mannshohen Pfahl mit dem hölzernen Taubenhaus an der Spitze. »Sie hätten Lärm gemacht und uns verraten, wenn wir über den Hof zum Schuppen dort laufen.«

»Du meinst tatsächlich, dass der Kardinal euer Haus durchsuchen lässt?«, fragte Bertrand noch immer ungläubig. »Er hat doch nicht das geringste Recht dazu.«

»Du bist ein Traumtänzer, Bertrand von Comminges«, seufzte Seder. »Wo hast du bloß zeit deiner neunzehn Lenze gelebt? In einem Kloster der Grammontenser irgendwo vor den Pyrenäen, ja, das weiß ich. Und bei den Brüdern von St. Jacques in Paris, auch das ist mir bekannt. Aber seid ihr Studenten der Sorbonne niemals zu den Weibern am Seineufer gegangen? Habt ihr nicht mit drallen Dienstmägden, den feinsinnigen Seidennäherinnen oder den Hutmacherinnen gejubelt, wenn irgendwelche armen Schweine oder richtig gemeingefährliche Vaganten, Vogelfreie oder Mordbuben auf dem Scheiterhaufen brennen mussten?«

»Ich habe nur zwei derartige Hinrichtungen gesehen«, antwortete Bertrand. »Einmal gleich nach meiner Ankunft in Paris. Damals, zu Pfingsten vor vier Jahren, war es die unbelehrbare Marguerite Porète.«

»Ich habe auch von ihr gehört. Hat sie nicht in einem Buch über die einfache Seele geschrieben, dass sich das Frauenvolk auch eigene Wege zu Gott suchen dürfe?«

Bertrand blickte den anderen erstaunt und zugleich prüfend an. Dann fragte er: »Woher weißt du das alles? Derartige Dinge gehen euch Juden doch nichts an.«

Seder Ben Ariel grinste nachsichtig und spöttisch zugleich. »Was glaubst du denn, was ich in den vergangenen Jahren alles gelernt habe? Ich war nicht nur Taubendieb und Herumtreiber, Tagelöhner und ungewaschener Knecht. Ich habe nämlich ebenso wie du einige Zeit in Schulen und an Universitäten gelebt, in alten Schriften gestöbert und die Ohren aufgesperrt.«

»Du hast studiert? Das glaube ich dir nicht!«

»Willst du hören, was ich an der Universität von Montpellier über die richtige Anwendung des Pelikans gelernt habe – jenes genialen, dort erfundenen Werkzeugs, mit dem faule Zähne leichter ausgehoben werden können?«

Bertrand schüttelte den Kopf und verzog sein Gesicht.

»Oder interessiert dich mehr, wie an der theologischen Fakultät der neuen Universität hier in Avignon das Wesen eines vollkommenen Dominikaners mit einer Rechenmaschine verglichen wird, wie sie die Italiener in ihren Handelshäusern verwenden?«

»Das habe ich schon einmal bei Meister Eckhart gehört«, sagte Bertrand. »Er meinte, dass sie früher einmal die besten Prediger waren, inzwischen aber längst zu Eiferern verkommen sind.«

»Ihr wart mit eurem Karren die Letzten im Gedränge auf der Brücke«, sagte Godin. »Dennoch müsstet ihr gesehen haben, warum das Tor gesperrt war und wie dann doch noch eine Gestalt über das steinerne Geländer an der Ostseite der Brücke lief.«

»Ich hatte meinen Kopf die ganze Zeit gesenkt und meinen Blick verdeckt«, sagte Eliah wahrheitsgemäß. »Der kalte Regen ist in meinem Alter –«

»Nicht mehr als eine höchst willkommene Erfrischung!«, unterbrach Godin und lachte schon fast wohlwollend. »Mach mir nichts vor, Eliah! Du kannst noch immer länger auf einem Bein stehen und dabei nackte Weiber stemmen als alle Heiligen auf ihren Säulen! Die Gestalt, nach der wir suchen, kam bis zur Kapelle am zweiten Brückenpfeiler. Dort hat deine Enkelin ihr und noch jemand anderem geholfen. Und beide waren zuvor nicht auf der Brücke.«

Eliah verzog sein Gesicht. »Ich würde euch selbstverständlich gern helfen«, sagte er. »Aber wie soll ich das verstehen, dass beide nicht auf der Brücke waren?«

Der Meister des Palastes drehte sich halb zur Seite, dann deutete er mit dem goldenen Zeigefinger wie mit einem *Thorazeigestock* auf Miriam. »Sie hat dem einen ebenso geholfen wie dem anderen«, sagte er so sanft wie bei einem reumütigen Gebet, »der mit Ketten gefesselten Gestalt ebenso wie dem aus dem Fluss Gefischten! Zwei sehr eigenartige Gestalten, die für die Sicherheit der Stadt zum Osterfest sehr gefährlich werden könnten!«

»Dann wisst Ihr also, wer sie waren?«

»Du solltest keine Ablenkungen versuchen, Eliah! Bei allem Verständnis für den Stachel in deinem Herzen bitte ich dich, dass du einsichtig bist.«

»Ihr meint, so einsichtig, dass Ihr Euch gezwungen sehen könntet, mir alle schriftlich und mündlich von Bischof Duèse und Papst Clemens gegebenen Sicherheiten für mich und andere Juden in Avignon zu widerrufen!«

Der Meister des Palastes hob beide Hände und öffnete sie wie zu einem Segen. »Und dann wäre da noch etwas«, meinte er und leckte sich über die Lippen. »Von diesem Wein würde die Apostolische Kammer gern ein Fass für das Abendmahl auf Kredit erwerben. Und für ein weiteres ist sicherlich noch Platz in den Kellergemächern unter meinem eigenen Palais am Felsen.«

»Zwei junge Männer für zwei Fässer alten Wein«, sagte Miriam ebenso erbost wie keck. Brauchten die Christen nicht einmal die Folter, um zu bekommen, was sie wollten? »Und was bekommen wir dafür?«, fragte sie dann. Der jüngere der beiden schwarzweiß gekleideten Mönche bekreuzigte sich vor Schreck über die Dreistigkeit des Mädchens. Godins linke Wange zuckte ein wenig.

»Sehr freundlich und einsichtig, schönes Kind«, sagte er dann und lächelte maliziös. »Da du meine bisher nur vage Vermutung bestätigst, wollen wir deine Aussage sogleich zu Protokoll nehmen.«

Der rundere der beiden Dominikaner bückte sich, klappte die Schnallen seines flachen Holzkastens auf und zauberte mehrere Bogen Kalbspergament, ein Tintenfass mit Korken und Tupftuch, einen Sandstreuer, einen Tiegel mit Ochsengalle und eine bekleckste Schatulle mit Gänsefedern und Spitzmesserchen auf den Tisch. Er rückte alles zurecht und begann.

»Ich, Miriam, Enkelin des ehrenwerten Juden Eliah von Carpentras …«, murmelte er und schrieb gleichzeitig auf den ersten Pergamentbogen. Eliah bewegte sich nicht. Wie erstarrt schien er in sich hineinzulauschen. Miriam war so voller Empörung, dass sie am liebsten zu ihm gelaufen wäre und ihn an den Schultern gerüttelt hätte. Doch der Großvater stand wie Lots Frau zu einer Salzsäule erstarrt.

Und dann verstand sie. Es war das winzige, kaum wahrnehmbare Meckern eines Zickleins, das ihrem Großvater angezeigt hatte, dass es im Haus und vielleicht sogar im Hof eine Bewegung gab, die vielleicht noch alles retten konnte.

»Sieh doch mal nach, was die Ziege wieder macht«, sagte er mit einem entschuldigenden Blick zu Kardinal Godin. Miriam zögerte keinen Augenblick. Ebenso wie ihr Großvater hatte sie den Ruf des Bruders erkannt.

Wahrheiten

Sie lagen auf dem Dach und schmiegten sich an die halbrunden Ziegel, die nach Art von Mönch und Nonne verlegt waren. Obwohl sie alles hören konnten, waren sie vom Hof aus nicht zu sehen.

Bertrand arbeitete noch immer an der Erkenntnis, dass er kaum zwei, drei Steinwürfe von seinem leiblichen und geistigen Vater entfernt nicht einen einzigen Menschen wusste, dem er sich anvertrauen konnte und der ihm glauben würde.

Bisher war der junge Jude neben ihm der Einzige in Avignon, der seine Identität kannte und ihm auch glaubte. Unter normalen Umständen wäre das nicht der Rede wert gewesen, aber nach dem, was Seder ihm vor Augen geführt hatte, hatte er einen riesengroßen Fehler gemacht: Er war erpressbar geworden, also musste er den Spieß umdrehen und ebenfalls mehr von dem anderen erfahren.

»Warum ... warum siehst du eigentlich wie ein geschorenes Schaf aus?«, fragte Bertrand mutig. »Und welche Sünden wirft man dir vor?«

»Welche Sünden mir vorgeworfen werden?« Seder Ben Ariel lachte trocken. »Schon fast so viele wie den Templern! Das Dumme daran ist nur, dass ich genau das getan habe, was man mir vorwirft.«

»Und was genau?«

»Zum Beispiel Leichendiebstahl. Dabei war das nicht mehr als der Handel mit Reliquien, oder sagen wir ... mit gekochten und erstklassig aufgehellten Skeletten.«

»Ich verstehe kein Wort«, stieß Bertrand halb entsetzt und halb empört hervor. Noch nie zuvor hatte er etwas derart Entsetzliches gehört. Er wusste, dass das alte Gesetz des unversehrten Leichnams längst nichts mehr galt und Reliquienhändler sogar Haare, Fingernägel und Brustwarzen von Heiligen oder Märtyrern mit der Beteuerung verkauften, das Heiligtum wirke auch noch in den allerkleinsten Partikeln.

»Mein bester Handel mit gebleichten Knochen erforderte

bei jedem Schritt andere Helfer. Dabei habe ich nichts anderes gemacht als Seine Exzellenz, der Kardinal Godin.«

Bertrand blickte ihn ungläubig an. »Du hast wirklich Leichen und Skelette gekocht?«

»Nein, Bertrand«, verbesserte Seder Ben Ariel. »Die richtigen Leichname von ehrenwerten Verstorbenen wurden nur entwendet und über Nacht vergraben. Ausschließlich auf dem Christenfriedhof östlich vom Rocher des Domes übrigens. Genau so, wie es auch Kardinal Godin mehr als einmal veranlasst hat.«

»Und was hast du dann gekocht?«

»Uralte Knochen ... Skelette aus den Katakomben hier im Berg.«

»Bei allen Heiligen, sag doch endlich, welche Verbrechen dann deine Seele quälen!«

»Mich quält nichts – nicht das Geringste quält mich, höchstens der Druck in meinen Hoden. Ich habe mich nur an das Dekret von Papst Bonifatius VIII. gehalten, der immer wieder streng verboten hat, dass man die Leichen von auf Reisen verstorbenen Edlen zerschneidet und kocht, um dann die gereinigten Knochen zur Bestattung an die Heimatorte zu verschicken.«

Bertrand schüttelte den Kopf. Doch langsam fing er an, das Unfassbare zu begreifen.

»Nach Avignon kommen nun mal mehr edle Pilger und Gesandte als in andere Städte«, erklärte Seder. »Und manche sterben eben, weil sie hier zu viel fressen, saufen, durch die halbe Stadt huren oder sich ... Gott sei auch diesen Seelen gnädig ... nach der Hitze draußen durch viel zu langes Knien auf den kalten Steinböden in Kirchen einfach den Tod wegholen. Er geht hier häufiger als anderswo umher, der Schnitter, der eines Tages jeden mäht.«

»Du weichst mir aus!«

»Keineswegs«, sagte Seder. »Ich sage nur, dass viele Edle um die Letzte Ölung hierherkommen. Was also soll seine oder ihre Begleitung in der Hitze tun, wenn es vom Papst verboten ist, den Leichnam freizukochen, damit er nicht verwest? Den Toten hier auf einem fremden Friedhof lassen? Oder die stinkenden sterblichen Überreste eines großen Namens gepökelt in einem

Heringsfass mitschleppen wie seinerzeit den vom Hitzschlag getroffenen Kaiser Barbarossa auf dem Weg nach Jerusalem?«

»Hast du etwa den Trauernden heimlich und gegen gute Münze fremde Knochen untergeschoben?«

»Die beste Lösung«, sagte Seder und hob die Schultern. »Sehr alte Knochen und bei den Färbern in der Rue des Teintures vor der Stadt mit Kalk und scharfem Pflanzensaft gebleicht wie frisch gekocht. Sie haben nie bemerkt, zu wem die Knochen wirklich gehört haben. Außerdem musste ich nie lügen, denn ich wusste es doch selbst nicht.«

»Deshalb also warst du eingekerkert«, sagte Bertrand mit einem tiefen Seufzer. Und wieder musste Seder ihn verbessern.

»Nein, deshalb nicht«, sagte er, »sondern weil ich den Reliquienvorrat von Kardinal Godin etwas verringert habe. Seit der Erzbischof von Köln vor einigen Jahrzehnten bei der Eroberung von Mailand gegen den Willen von Kaiser Barbarossa die Gebeine der Heiligen Drei Könige entführt und über die Rhône und den Rhein bis in den Kölner Dom gebracht hat, träumen die Bischöfe und Kardinäle mit eigener Kirche von berühmten Knochen – möglichst so alt, dass sie irgendeinem Heiligen zugeordnet werden können. Reliquien sind nun mal das Salz des Glaubens. Und davon hatte Kardinal Godin durch mich immer weniger.«

»Unfassbar!«, stöhnte Bertrand.

»Unfassbar, aber wahr!«, gab Seder zurück. »Nun aber wird es Zeit, von hier zu verschwinden. Ich fürchte nämlich, dass Ritter Falkenhenn das ganze Viertel sperren lässt. Dann kommen wir nicht einmal mehr über die Dächer weg.«

Wie am Tag zuvor hatte Clemens den Kämmerer in sein Schlaf- und Wohngemach im ersten Stock des früheren Bischofspalais von Avignon gebeten.

D'Aux sah, wie sich der Heilige Vater bemühte, allein aufzustehen. Er stand hinter ihm, half aber nicht. Etwas Bewegung musste sein, auch wenn sie schmerzte. Clemens schaffte es, wankte ein wenig und ging zur Tür des Audienzraums. Erst jetzt huschten zwei ältere Lakaien heran und öffneten die hohen Türen für den Heiligen Vater. Clemens lächelte ihnen zu und tätschelte dem jüngeren der beiden wohlwollend die Wange. Verwundert sah er, dass die gesamte Brücke wieder leer war. Nicht einmal Kinder oder Bettler waren zu sehen. Der Fluss glitzerte im Licht der Morgensonne wie mit Millionen silberner Fischchen angefüllt.

»Wenn ich den Sommer noch erlebe, möchte ich ihn nicht in Avignon verbringen«, sagte der Papst. »Schon in Bordeaux und in Lyon war mir manches in meinem Amt als Bischof viel zu grell. Und seit ich Papst bin, vermisse ich die Ruhe und den Einklang mit der Schöpfung.«

»Denkst du an Rom? Das soll dich nicht belasten. Rom ist ein Hurenhaus, in dem die Schwären mit dem Aussatz ringen. Was kümmert dich, ob sich die Parteien der Colonna und Orsini oder an anderen Orten die Welfen und die Ghibellinen gegenseitig an die Gurgel gehen?«

Papst Clemens V. ging nicht auf den Beschwichtigungsversuch seines langjährigen Freundes ein. »Ich denke auch an Kaiser Heinrichs Rückkehr aus Rom und seinen Tod noch in Italien im vergangenen Jahr. Das war eine noch viel größere Katastrophe.«

»Vor dem Stuhl des allerhöchsten Richters könnte man uns sogar vorwerfen, wir hätten zugelassen, dass Heinrich VII. zwar das Kapitol in Rom, aber nicht die Peterskirche und die Engelsburg einnehmen konnte«, seufzte Kardinal d'Aux.

»Glücklicherweise war unser Bruder da Prato einer der beiden Kardinäle, die Heinrich seit der Belagerung von Brescia bis nach Rom begleitet und dort zum Kaiser gekrönt haben.«

»Ja, Niccolò ist inzwischen fast die einzige Kraft, die uns noch vor Frankreichs König schützen kann, nachdem die letzten überlebenden Tempelritter bis nach Schottland, Portugal und an die Küsten des Baltikums vertrieben wurden.«

»Und so, wie jetzt die Dinge in Paris stehen, hätte niemand den unglücklichen Jacques de Molay vor dem Brennen retten können«, sagte Clemens traurig. »Dabei bin ich mir sicher, dass Philipps Scharfrichter uns damit ebenso bestrafen wollte wie ihn selbst.«

Während Eliah äußerlich scheinbar gelassen wartete, arbeiteten Herz und Hirn in ihm mit all der Kraft, zu der sie fähig waren.

Eliahs über sechs Jahrzehnte hin geübter Geist rief blitzschnell Dutzende von Plänen auf und verwarf sie gleich wieder. Es war, als wäre er der Kapellmeister eines großen Orchesters, der immer neu komponierte, während er gleichzeitig die vorgegebenen Noten las und den Einsatz aller Gedanken und damit seiner Möglichkeiten und Instrumente dirigierte.

Was wusste schon ein streng dressierter Fleischerhund wie Kardinal Godin von der *Kabbala*, der geheimen Überlieferung der Juden von Adam über die alten Patriarchen bis zu den Propheten? Nach Meinung von Eliah gehörten Kleriker wie er bestenfalls zu denjenigen, die dunkel ahnten, warum sie gegen die Katharer und danach gegen ihren eigenen kämpferischen Orden der Armen Ritter Christi vom Tempel Salomons zu Jerusalem vorgegangen waren.

»Er hatte einen Ring bei sich«, sagte Eliah so beiläufig, als würde er über einen schönen Sonnenuntergang berichten. Die beiden Mönche erstarrten, aber Kardinal Godin tat so, als hätte er nichts gehört. Eliah lächelte kaum merklich. Er blickte bis zur Decke hoch, dann sagte er: »Einen Ring mit einem Stein in Fliederfarbe. Ich bin mir nicht ganz sicher, aber es könnte ein Zauberstein … ein Amethyst gewesen sein.«

Der Meister des Palastes starrte ihn an. »Weißt du, was du da sagst? Ein Amethyst …«

»… bewahrt vor Eifersucht und Trunkenheit.«

»Er ist der Stein der Bischöfe!«

»Und gilt schon seit den Alten vor den Griechen als die direkteste Verbindung zu den Göttern und zum Kosmos.«

»Bei meiner Seele – wenn du nicht Jude wärst, müsste ich dich bei so viel Gotteslästerung sofort der Inquisition durch unsere Brüder überstellen!«

»Gewiss, das könntet Ihr, Eminenz. Dann würdet Ihr wahrscheinlich irgendein Geständnis aus meinem Mund quälen. Aber die Wahrheit … ein Geständnis wäre wieder nur das, was allein Eure Vorstellung davon befriedigt.«

»Und welche Wahrheit bietest du mir an?«

»Es hat gestürmt, als meine Enkelin einen Ertrinkenden aus dem Fluss gerettet hat.« Vollkommen ruhig nahm er den Weinkrug und goss erst Godin, dann sich selbst und zum Schluss den beiden Mönchen nach.

Godin griff nach dem Weinbecher, trank einen tiefen Schluck und verscheuchte mit der linken Hand die beiden Mönche aus Paris.

»Ihr dürft mal Wasser abschlagen im Hof!«

»Pisst mir mein Maultier nicht an«, warnte Eliah ahnungsvoll. »Es ist nicht jüdisch und kann nichts für das, was ihr am Karfreitag noch beklagen werdet!«

Die beiden Mönche bleckten ihre Zähne wie Zwillinge und verschwanden. Der Kardinal lauschte ihnen nach, dann kam er zur Sache: »Ich biete dir zwei Jahre ohne Abgaben an uns, keine Steuern und keine Zölle in der Grafschaft Venaissin.«

Eliah schnaubte leise. »Und wenn Ihr allen Juden in und um Avignon einen Ehrensold aus der Apostolischen Kammer gewährt – ich weiß nicht, wo der junge Mann aus dem Fluss und der Ring jetzt sind. Möglicherweise fällt mir irgendwann noch etwas ein, wenn Ihr mir sagt, warum der Unglückliche derart wichtig ist.«

»Er kennt Geheimnisse, die für den Fortbestand der Christenheit zwischen Paris und Rom entscheidend sein können«, seufzte der Dominikanerkardinal. »Aber ich weiß nicht einmal, ob er auch nur im Ansatz die Bedeutung dieses Wissens ahnt.«

»Ihr meint, wohin die schönen goldenen Floren aus dem Tempelturm in Paris gekommen sind? Der Schatz der Templer, den Euer Papst und Frankreichs König immer noch zu suchen scheinen?«

»Nein«, sagte Godin leise. »Was wir in Wahrheit suchen, ist wertvoller als der Stein der Weisen, kostbarer als eure rätselhaft verschollene Bundeslade, ja, mehr noch als der legendäre Heilige Gral der Ketzer und viel mehr als der Schlussstein, ohne den bis heute keine einzige der Kathedralen vollendet werden konnte.«

Für Seder war der Fluchtweg über die Dächer nichts Besonderes. Er benutzte ihn immer dann, wenn er ungesehen beim Großvater in Avignon auftauchen und ebenso wieder verschwinden wollte. Bertrand hingegen tat sich schwer, geschmeidig und fast unsichtbar wie eine Katze von First zu First zu fliehen. Erst im letzten Augenblick hatte Seder bemerkt, dass sie beide keine einzige Münze bei sich trugen. Nur deshalb ging er ein Risiko ein und rief seine Schwester nochmals mit dem Meckern eines Zickleins, wie sie es seit Kindertagen von ihm gewohnt war.

Als sie in den Hof kam, meckerte er nur noch einmal ganz leise. Sie blickte wie zufällig in die Runde und stockte nicht, als sie den blonden Schopf von Bertrand auf einem der flachen, mit halbrunden roten Ziegeln gedeckten Dächer liegen sah. Er hatte noch nicht so viel Übung wie ihr Bruder. Seder hob nur kurz den Arm und rieb Daumen und Zeigefinger, wie er es ihr schon als kleines Mädchen beigebracht hatte, wenn sie etwas Unerlaubtes für ihn tun sollte.

Sie schlenderte in die Küche zurück und löste einen Ziegelstein an der Rückseite des Herdes. Vorsichtig tastete sie nach ihren kleinen Schätzen, die sie dort verborgen hatte. Am Abend vorher hatte sie auch die Kette dazugelegt, die dem Fremden aus dem Fluss gehörte. Sie war zerrissen, als ihr Bruder und der rothaarige Priester ihn auf den Karren gewuchtet hatten. Schnell griff sie ihren Geldbeutel und holte ein paar kleine Münzen hervor. Sie ging wieder in den Hof und warf den Geldbeutel zum Dach des Nebenhauses hinauf. Wenigstens diesmal bedankte ihr Bruder sich, indem er einen Daumen hob, ehe er den Kopf zurückzog und verschwand.

Sie wartete und wagte kaum zu den Dächern zu sehen. Dennoch hoffte sie, dass nicht ihr Bruder, sondern der blonde junge Mann noch einmal in ihre Richtung sehen würde. Fast hatte sie schon aufgegeben, als sie ihn doch noch einmal sah. Er blickte sie so sehnsüchtig und voller Liebe an, dass sie am liebsten losgelaufen und zu ihm hinaufgestiegen wäre.

Spelunken am Fluss

»Hat man inzwischen etwas über die Wege unseres übereifrigen Kardinals Godin gehört?«, fragte der Papst am späten Nachmittag, ohne sich umzudrehen. Er saß in eine weiße Soutane gekleidet in seinem Lehnstuhl am Fenster, als der Kardinal eintrat. Es ging ihm immer ein wenig besser, wenn der Mistral nicht mehr blies.

»Mir wurde berichtet, dass er sich mit einigen Begleitern im Carrière aufgehalten hat«, begann d'Aux. »Er wollte wohl unseren Juden Eliah von Carpentras zusammen mit diesen beiden Brüdern aus Paris wegen der Ereignisse von gestern unten an der Brücke befragen. Soweit ich gehört habe, hat er Ritter Falkenhenn und die anderen Bewaffneten in ihre Unterkunft zurückgeschickt und ist zum Kloster der Dominikaner vor der Stadt gegangen.«

»Ein schöner Weg durch die Stadt«, sagte der Heilige Vater und schob seine rissig gewordenen Lippen vor. »Auch wir sind in den ersten Jahren oft am Fondaco der italienischen Händler vorbeigegangen. Die ehemalige Komturei der Templer war für uns immer eine Art Mahnmal.«

»Du kanntest sie bereits, als du noch Bischof warst«, sagte d'Aux und nickte.

»Ach, Arnaud ... schon als Priester«, sagte der Papst und lachte. »Um ganz genau zu sein, wusste ich schon als Kind, dass meine Familie mit den Templern zu tun hatte. Viele von meinen Vorfahren waren entweder Ordensbrüder oder von früheren Päpsten verfolgte Ketzer. Und manchmal waren sie auch beides gleichzeitig. Die Niederlassung der Tempelherren hier in Avignon war immer etwas Besonderes. Sie birgt noch heute einige Geheimnisse, die nur Eingeweihte kennen. Schließlich gingen von hier Unterstützungsaktionen für die widerspenstigen Reinen im Languedoc aus. Hier wurden auch Frachtzüge für eingeschlossene Katharer und Albigenser auf ihren Bergfestungen der Pyrenäen und in den lange Zeit unbezwingbaren Dörfern in den Schwarzen Bergen organisiert.«

»Aber auch das Böse ... die Kreuzzüge gegen die Albigenser und Katharer nahmen von hier aus ihren Anfang.«

»Ja, das verzeihen einige der Menschen im Süden dieses Landes dieser Stadt nie. Andererseits sind Avignon und die Grafschaft erneut zur rettenden Insel für viele Flüchtlinge geworden – auch für uns selbst, wie du wohl nicht bestreiten willst.«

Clemens brach ab und blickte versonnen aus dem Fenster. Dabei vertiefte sich eine Doppelfalte auf seiner Stirn mehr und mehr. »Ich möchte wirklich wissen, wozu ein Kardinal in der Karwoche Männer in Eisen und in Kettenhemden braucht, wenn er nur einen alten Juden befragen will, der bekanntlich gute Geschäfte mit uns macht«, meinte er schließlich.

»Mir gefällt auch nicht, wie er sich mehr und mehr auf eigenen Wegen bewegt«, stimmte d'Aux zu. »Natürlich weiß ich, dass er jedes Wort, das er hier aufschnappt, seinem Ordensgeneral Berengar nach Paris meldet. Ich weiß auch, dass er, Berengar und Philipp der Schöne gemeinsam Meister Eckhart von der Sorbonne vertrieben haben.«

»Vergiss nicht, dass wir ebenfalls daran mitgewirkt haben.«

»Aber erst auf nachdrückliches Bitten gewisser Dominikaner wie Berengar und Godin.«

»Und des Provinzialpriors der Dominikaner in Rom«, sagte Arnaud d'Aux. »Ich finde, wir vergessen manchmal viel zu leichtfertig, dass nicht nur Godin Dominikaner ist, sondern auch unser Freund und Berater Niccolò da Prato.«

»Und was bin ich?«, fragte der Papst fast schon belustigt. »Bin ich etwa der letzte der Templer? Oder habe ich bei unserem Umzug hier in unsere Grafschaft nicht immer wieder im Kloster der Dominikaner vor dem Agricola-Stadttor gewohnt?«

»Auch Meister Eckhart gehört zum Orden«, sagte d'Aux. »Aber ich schwöre, dass dieselbe Inquisition ihn über kurz oder lang wegen Ketzerei und Gotteslästerung vor Gericht stellen wird.«

»Dann wird er es sein, der uns nach dem Tod des Großmeisters der Templer eine letzte Warnung oder auch rettende Hinweise geben will«, sagte Papst Clemens V. und schloss für einen Moment die Augen. Er holte tief Luft durch die Nase und stöhnte plötzlich laut auf. Er griff sich an sein Herz, riss den Mund auf und rutschte zur Seite.

»Mein Sohn hat … meinen alten Bischofsring«, stieß er mühsam hervor. »Mit dem eingravierten Kreuz im Herzen. Und der Jude Eliah von Carpentras weiß, was bei meiner Krönung in Lyon geschehen ist … als sie mich umbringen wollten und die Mauer auf mich stürzte. Sein Sohn Ariel fand dabei den Tod … aber vielleicht fand er sterbend auch noch etwas anderes.«

»Du meinst doch nicht etwa …«

Der Papst schüttelte den Kopf. Er zeigte auf das Brevier in der linken Hand des Kardinals. »Meister Eckhart hat mich damals mit seinem Brevier in der Hand in Lyon gewarnt. ›Reite nicht auf einem Pferd zur Krönung wie die Tempelritter und die Fürsten dieser Welt‹, hat er mich ermahnt, ›selbst wenn du auf einem Esel reiten oder gleich das Kreuz tragen müsstest, würde dir kein Stein aus der Krone fallen.‹«

Kardinal Arnaud d'Aux blickte den Heiligen Vater lange an. »Der Rubin an der Spitze deiner dreifachen päpstlichen Krone ging damals verloren.«

»Ja«, sagte Clemens und nickte. »Auch er trug als Gravur das Kreuz im Herzen, allerdings mit etwas anderen Markierungen darüber als auf meinem ersten Bischofsring.«

Bertrand fühlte sich noch immer wie verprügelt durch den langen Ritt und die Schläge, die ihm der reißend wirbelnde Fluss versetzt hatte. Seder und er überquerten eine Nebenstraße und entdeckten in der Rue Jacob mehrere Bewaffnete. Einige sahen wie ungeschlachte Waffenknechte aus, aber drei von ihnen trugen Helme, Kettenhemden unter bestickten Waffenröcken mit dem rot und gelb gestreiften Wappen des Papstes, Beinschienen und breite Eisenschuhe mit Scharnieren an den Fersen.

»Das sieht ernster aus, als ich gedacht habe«, sagte Bertrand. »Einer von uns beiden muss denen da ziemlich wichtig sein.«

»Ich bin es nicht«, antwortete Seder sofort und schlenderte zur anderen Seite der schmalen Gasse. »Ich bin nur ein Betrüger und ein Dieb. Dafür macht sich kein Kardinal auf die roten Strümpfe und auch kein Schweizer Ritter Falkenhenn als Anführer der Schildwache für euren Papst.«

Er nahm Bertrand am Arm und führte ihn wie einen Blinden von einer Straßenkreuzung zur nächsten. Sie näherten sich der

Kirche kurz vor der westlichen Stadtmauer, die dem Bischof Agricola geweiht war, der vor fünfhundert Jahren für seine kraftvollen Predigten über die Stadt hinaus berühmt geworden war.

»Siehst du dort drüben … gegenüber von Agricolas Kirche, das ist die ehemalige Komturei der Templer«, erklärte Seder. »Eigentlich sollten Hospitaliter die Gebäude übernehmen, aber einige italienische Handelsherren weigern sich, die raffiniert erbauten Kammern, Lager und die Ställe zu verlassen. Sie haben kurz nach der Verhaftung der Templer überall in Frankreich mit den Oberen dieser Komturei einen Nutzungsvertrag abgeschlossen und notariell besiegeln lassen.«

»Aber das Eigentum der Templer soll doch den Johannitern übergeben werden«, sagte Bertrand.

»Den Johannitern, Hospitalitern oder Dominikanern … was macht das schon, wenn es um gute Handelsräume geht, die Frankreichs König ebenso gern hätte wie der Papst? Und solange sich die Notare um Klauseln und Verträge streiten, fließen hier die goldenen Floren in ganz andere Taschen.«

Sie erreichten die Stadtmauer und das Agricola-Tor nach Westen hin zum Fluss.

»Wo willst du hin?«, fragte Bertrand.

»Zu einem Ort, an dem man dich nicht suchen wird.«

Zuerst dachte Miriam, dass die beiden Mönche ihr nachgeschickt worden waren. Bertrand und Seder waren aber schon so lange fort, dass im Carrière keine Gefahr mehr für sie bestand. Als ihr das klar wurde, achtete sie nicht mehr auf die beiden Mönche. Sie waren klug genug, sich ihr nicht weiter zu nähern, als es erlaubt und unbedenklich war.

Doch dann erschien Kardinal Godin im Hauseingang. Der ehemalige Rabbi Eliah folgte ihm mit einem kleinen Abstand. Godin winkte den beiden Mönchen, dann ging er bis zum Tor und wartete. Wortlos gab Eliah den Eingang seines Anwesens frei. Sie gaben sich nicht die Hand, und weder der eine noch der andere neigte den Kopf zum Abschied.

Nur wenige Minuten später war die Pforte im Tor wieder geschlossen, und der Lärm der bewaffneten und gerüsteten

Begleiter des Kardinals verklang zwischen den Häusern und Gassen im Carrière. Großvater und Enkelin waren wieder allein. Sie ließ ihm eine Weile Zeit, lächelte ihm zu und wollte in die Küche gehen. Noch in der Eingangsdiele entschloss sie sich anders und ging die Stufen hinauf. Erneut blickte sie in das leere Schlafzimmer. Der große helle Raum wirkte so unbewohnt und aufgeräumt wie seit ihrem Einzug in Avignon. Nichts, nicht einmal eine Fußspur auf dem Boden oder eine Falte in den Linnen verriet, dass hier noch vor wenigen Stunden ein fast ertrunkener Student aus Paris geschlafen hatte.

Sie ging zum Fenster, sah in den Hof, dann zum Ziegenschuppen und über die ausgebleichten roten Ziegeldächer der Innenstadt hinweg. Die letzten Regenwolken hatten sich inzwischen nach Süden hin zum Meer verzogen, doch irgendetwas fehlte. Sie erkannte, was es war: Niemand tanzte oder sang an diesem Mittwochnachmittag. Und von der großen Insel klangen keine Musik und kein Gelächter über die Brücke und den Fluss.

In den vergangenen vier Jahren hatte sie mehr als einen Mistral miterlebt. Doch diesmal folgte dem großen, kalten Sturm eine lange Stille. Sie ging in Gedanken noch einmal den Weg über die Brücke und überlegte, wo sie den Anhänger von der zerrissenen Kette ihres blonden Engels verloren haben konnte. Wie viele Menschen waren inzwischen über die Brücke gegangen? War sie überhaupt noch gesperrt? Vielleicht konnte sie den Wachen am Brückentor sagen, dass sie etwas suchen wollte, das im Sturm verloren ging. Das war ja sogar die Wahrheit und würde vor Gott und sogar vor der Inquisition standhalten.

»Vor ein paar Jahren hätten wir uns in dieser Kleidung nicht hierherwagen dürfen«, sagte Seder zu Bertrand und lachte verschwörerisch. In ihren einfachen, aber sauberen Kitteln und aufgeplusterten Tuchkappen sahen sie wie arme junge Tagelöhner aus den vielen Baugruben aus. Bis auf ein paar rotwangige Mägde und ein paar Kinder hatte niemand sie beachtet. »Das alles hier war fest in der Hand des Hafenmeisters, und der bestimmte im Auftrag eines höheren Herrn, wer hier am Fluss in die Tavernen und die Schenken oder oben in der Stadt in beliebte Gasthäuser einkehren durfte. Nimm nur das Cheval blanc – kein Jude und kein Fuhrknecht, nicht einmal Handwerker, die Mitglieder der Zünfte waren, durften dort verkehren.«

»Und warum nicht?«

»Reserviert für Priester, ausgewählte Mönche und natürlich Pilger, denn die geben noch immer mehr aus als alle anderen Gäste.«

»Auch außerhalb der Stadt?«, fragte Bertrand verwundert. Seder lachte auf eine Art und Weise, die dem Studenten aus Paris erneut die Röte ins Gesicht trieb.

»Und ob, mein ahnungsloser Freund! Und ob! Ich kenne hier jede Gasse und jedes Haus. Und natürlich jede Kneipe die Rhône aufwärts bis Lyon und flussabwärts bis nach Arles und zur Küste bis nach Marseille.«

Bertrand hatte keine Mühe, dem schnell voranlaufenden Seder zu folgen. Sie mussten nur noch einmal das Flüsschen vor der Stadtmauer überqueren, das kurz vor dem Hafen nach links abbog und in die Rhône mündete. Nur wenige Schritte weiter blieben sie abrupt stehen. Erst jetzt sahen sie, wie groß die Schäden waren, die der Mistral und das Hochwasser an diesem Rhôneufer angerichtet hatten. Schon in Höhe der ersten beiden Häuser lagen Fässer und Kisten, Bänke und hölzerne Wände kreuz und quer übereinander. Die nächste Schenke nach zwei festen, aus Stein gebauten Lagerhäusern sah noch übler aus. Sie war zusammen mit ein paar anderen kleinen, alten Häusern direkt an die Stadtmauer gebaut. Einige der Häuser hatten ihre vorderen Wände verloren, bei anderen war das Dach eingestürzt. So ähnlich musste es hier nach den schrecklichen Belagerungen durch die ungläubigen Heiden aus Spanien und Arabien vor einem halben Jahrtausend ausgesehen haben.

Überall kletterten Männer, Frauen und sogar Kinder in den Trümmern herum und bargen mühsam Gegenstände, die kaum noch zu erkennen waren. Gleich darauf entdeckte Bertrand den halb im Schlamm steckenden Kadaver eines Pferdes. Das Maul des toten Tieres war weit aufgerissen, und zwischen seinen Zähnen klemmte noch die blanke eiserne Kandare an der Trense. Sie kam ihm eigenartig bekannt vor. Er schluckte unwillkürlich, dann presste er die Zähne zusammen und überwand die Übelkeit.

»Siehst du jetzt, wie viel *Massel* du gehabt hast?«, fragte Seder.

»Hier, zwischen all den Trümmern und dem angespülten Geröll, hättest auch du liegen können.«

Bertrand nickte. Genau in dem Moment, als er die großen toten Augen seines Pferdes sah, tasteten seine Finger nach der Kette und dem Ring auf seiner Brust. Er trug beides schon so lange, dass er bisher nicht den geringsten Gedanken darauf verschwendet hatte. Doch dann, im Angesicht von Tod und Verwüstung an diesem traumhaft schönen Mittwoch vor Ostern, fuhr ihm ein eisiger Schreck durch den Körper.

Die Kette mit dem Ring war nicht mehr da! Sämtliches Blut wich aus seinem Gesicht. Er hatte plötzlich das Gefühl, als wäre die wärmende Abendsonne ein Höllenofen, in dem er brennen sollte, und das Glitzern des Flusses kam ihm wie ein Eisfeld vor. Er musste den Ring wiederbekommen. Aber wie? Und wie weit konnte er Seder trauen? So ruhig wie möglich fragte er: »Bist du mit mir hierhergegangen, um mir die Zerstörung zu zeigen? Um mich zu warnen? Oder um meine Erinnerungen aufzuwecken?«

»Nein«, antwortete Seder. »Ich dachte nur, dass wir hier ungestört eine Weile bleiben könnten … so lange jedenfalls, bis die Dominikaner die Suche in der Stadt nach uns abgebrochen haben.« Er lief von den eingestürzten Häusern bis zum Wasser. Die Rhône rauschte noch immer gefährlich dicht an der Hafenmauer entlang. »Der ganze Hafenplatz muss überschwemmt gewesen sein«, rief er Bertrand zu.

»Und was jetzt? Suchst du nach einer anderen Taverne, oder wäre es nicht unsere Christenpflicht, den Leuten hier zu helfen?«

»Deine vielleicht, aber meine eher nicht«, antwortete Seder Ben Ariel abfällig. »Die besten Lagerhäuser hier am Hafen gehören dem Halsabschneider Marco Ambrogio aus Pisa, der auch die Komturei der Templer an sich gerissen hat. Selbst wenn diese hier in Trümmern liegen, hat dieser verdammte italienische Vampir noch genügend weitere in der ganzen Stadt.«

»Du magst ihn nicht?«

»Ambrogio ist der reichste Mann von Avignon und des ganzen Comtats Venaissin, wenn man von eurem Heiligen Vater mal absieht. So wie ich den Italiener kenne, macht er aus diesen

Trümmern und selbst mit Wasserleichen aus der Überschwemmung noch ein schmieriges Geschäft.«

»Du kennst ihn persönlich?«, fragte Bertrand.

»Ich war Gehilfe in seinem Fondaco. Er hat mir Betrug und schweren Diebstahl in seinem Handelshof vorgeworfen – und mich in den Kerker werfen lassen, nur weil er mich ein einziges Mal mit seinem geilen Weib Elena erwischt hat.«

»Du hast tatsächlich schon einmal mit der Ehefrau deines Dienstherrn –?«

»Was heißt hier einmal?«, lachte Seder und richtete sich stolz auf. »Nacht für Nacht, und wenn er wieder einmal in eigenen Geschäften oder im Auftrag von Kurienkardinälen unterwegs war, auch mehrmals. Aber das bringt mich auf eine Idee, die uns weiterhelfen kann.«

»Nein, hör auf damit!«, stieß Bertrand hervor. Plötzlich musste er wieder an Miriam denken.

Eliah von Carpentras stieg in den hinteren der beiden Kellerräume seines Hauses hinab. Unten zündete er einen in die Wand eingelassenen achtarmigen Leuchter an. Dann brachte er nacheinander drei verschlossene Truhen mit wertvollen jüdischen Altertümern nach unten. Er behandelte sie so behutsam, als wäre die verschollene Bundeslade darin. Er stellte die hölzernen Kisten in die Nischen neben der Mikwe und legte zuerst dunkelrote Brokattücher mit goldenen Stickereien, dann kleine Tefillinkästchen mit beschriebenen Pergamentstreifen und schließlich grobes Sackleinen über die Truhen.

Obwohl er einige Male die Stufen hinauf- und hinunterlief, schien ihn die Bewegung nicht anzustrengen. Erst als er fertig war und den Kellerzugang wieder verschlossen hatte, musste er ein wenig schnaufen und sich den Schweiß von der Stirn wischen. Er ging bis zum Altar, neigte den Kopf und betete so lange, bis er wieder völlig ruhig atmete.

Anschließend wusch er sich in der Küche die Hände, steckte ein sauberes Tuch ein, schlüpfte in seine kaftanartige Jacke und setzte den spitzen zitronengelben Judenhut auf, der wie ein umgedrehter Trichter mit einer Bommel an der Spitze aussah. Für einen Moment musste er gegen den Zorn über die beschämende

Kennzeichnung ankämpfen. Auch mehr als tausend Jahre der Vertreibung, Schmähung und Verleumdung hatten aus Männern wie ihm keine Opferlämmer gemacht, die alles, was ihnen durch Christen widerfuhr, klaglos erduldeten. Viele hatten sich immer wieder um ihres Glaubens willen unterworfen und geschwiegen, um zu überleben.

Eliah wusste genau, welches Risiko das Leben für einen Juden selbst in einer Gegend wie der Provence besaß. Nicht einmal der Schutz des Papstes konnte die Eiferer in ihren Büßerkutten von Willkür, erfundenen Beschuldigungen und mutwilligen Verteufelungen abhalten. Hauptsache, sie priesen dabei Gott den Allmächtigen.

Er verließ das Haus, ging über den Hof zum Stall seines Mulis und spannte es vor den Karren. Aus einem Seitenverschlag lud er getrockneten Fisch auf. Die Delikatesse von den Küsten Englands war eigentlich für den Haushalt des Heiligen Stuhls bestimmt, aber der Meister des Palastes hatte nach der abgebrochenen Vernehmung angedeutet, dass man im Dominikanerkloster draußen vor dem Tor Agricolas besorgt über den Mangel an Fisch nach den Überschwemmungen sei und dass Fleisch in der christlichen Fastenzeit nun einmal nicht in Frage komme.

Eliah ärgerte sich immer noch über die neuerliche Erpressung, aber er sah sie auch als das kleinere Übel an. Lieber verzichtete er auf seinen teuer eingekauften Stockfisch als auf Freiheit und Leben.

Obwohl andere Kaufleute erst am nächsten Werktag wieder aus der Stadt fahren durften, besaß er eine besondere Genehmigung vom Meister des Palastes. Sie war nicht billig, denn bei jeder dieser Fahrten stand Kardinal Godin und dem Prior der Dominikaner in Avignon jeweils ein Zehntel seines Gewinns zu. Ein weiteres Zehntel musste er an den Kämmerer des Papstes für die Liegenschaften des Heiligen Stuhls in Carpentras abführen und ein Zwanzigstel an das *Priorat* von Malaucène. Dort begann der steinige Weg hinauf zum Mont Ventoux. Papst Clemens hatte ihn in den letzten Jahren gern genommen, wenn er die Nähe des Himmels auf dem windigen Berg brauchte und ihm die Pflichten als Heiliger Vater ein wenig Zeit für Besinnung ließen.

Eliah öffnete das Hoftor. Noch ehe er mit dem Karren hindurch war, tauchte Miriam auf.

»Warte heute Nacht nicht auf mich«, rief er ihr zu. »Ich fahre den Fisch aus Britannien zu den Dominikanern. Dann will ich noch nach Carpentras. Dort sind spanische Eisenhelme eingetroffen, die ich mir ansehen möchte.«

»Ich werde hier alles geschlossen halten«, sagte sie.

»Ich weiß«, sagte er mit einem liebevollen Blick. »Du bist eine gute Tochter Zions und eine Enkelin, auf die ich stolz sein kann.«

»Du hast ja auch keine andere«, gab sie zurück. Es sollte wie ein Scherz, eine Abwehr seines Lobes klingen. Im selben Augenblick sah sie, wie seine Wangen zuckten.

»Entschuldige bitte«, sagte sie sofort. »Ich wollte dich mit meinen vorlauten Worten nicht verletzen.«

»Du hast ja recht«, sagte er und räusperte sich. »Man darf die Trauer der Vergangenheit nicht zum täglich Brot machen. Und falls dein Bruder Seder oder der andere wieder auftauchen – sag ihnen, dass sie unter keinen Umständen hier im Carrière bleiben dürfen! Schon das geringste Gerücht oder ein falsches Zeugnis kann uns allen im Viertel grausam schaden.«

ELENA

Die Stadttore wurden geschlossen. Erste Schatten senkten sich in die schmalen Gassen, als Seder und Bertrand endlich Bewegung hinter den bleigefassten Fenstern des neu erbauten Fachwerkhauses sahen, um das sie immer wieder herumgestrichen waren. Nichts hatte sich bisher hinter den teuren Glaskunstwerken bewegt. Das prächtige zweistöckige Gebäude lag zwischen dem Palais der Stadtverwaltung und der alten Römermauer. Der mit Lorbeer, Taxus und Pinien bewachsene Kreidefelsen stieg an dieser Stelle steil auf.

»Hier wohnen die edleren Herren und Betrüger von Avignon«, erklärte Seder. Er war mit Bertrand bis zum Friedhof am alten Markt gegangen. Sie hatten dort Männer und Frauen niederen Ranges gesehen, die mit Reifen und Stoffbällen spielten, zwischen den Gräbern tanzten oder auf den Grabplatten würfelten, Wein aus mitgebrachten Krügen tranken. Dazu Pärchen, die sich vollkommen unbeeindruckt von lüsternen Blicken in den Büschen vergnügten. Nur Elena von Pisa, die Gattin des Kaufmanns Marco Ambrogio, hatten sie nicht gefunden.

»Wie kannst du sicher sein, dass sie hier herumwandert?«, hatte Bertrand gefragt.

»Ich weiß eben, was sie begehrt, wenn ihr Gemahl auf Reisen ist«, hatte Seder mit einem schweren Seufzer geantwortet. »Und in den vergangenen Wochen musste sie leider auch auf mich verzichten.«

Gleich darauf wanderte ein Lichtschein im Inneren des Hauses hin und her. Seder zog Bertrand am Ärmel über das Kopfsteinpflaster bis unter die Fensterläden. Das große zweistöckige Fachwerkhaus passte nicht zu den anderen in der Straße, die eher wie römische Senatorenhäuser oder kleine Tempel aussahen. Seder gelangte bis zum frisch geölten hellbraunen Eingangsportal mit einem bronzenen Türklopfer, in den das Stadtwappen von Pisa eingegossen war.

Er griff zu und ließ den Schläger gegen die eingelassene Kupferplatte fallen. Bertrand wich entsetzt zurück. Der Lärm klang wie der Schlag der Glockenklöppel hoch oben in der Kathedrale. Nur wenig später öffnete sich ein kleines Glasfenster mit einer aufgemalten Muttergottes in einer Wandnische. Ein strahlendes Frauengesicht wurde hinter einem schrägen Eisengitter sichtbar.

»Kommt durch den Seiteneingang«, forderte eine rauchige Stimme sie auf, dann schlug die Klappe wieder zu. Bertrand spürte, wie sich seine Nackenhaare aufstellten. Stimmen wie diese ließen ihn an Hexen denken, die es in Neumondnächten mit bocksbeinigen Teufeln trieben. Genauso hatte er sich stets die Sünde und die Verführung vorgestellt.

»Jetzt dauert es noch eine Weile, bis sie sich angerichtet hat«, grinste Seder Ben Ariel.

Die Sonne stand bereits dicht über den Bergen auf der Westseite des Flusses. Dort, wo die Brücke die französische Uferseite berührte, lagen die Türme und Tormauern schon im Schatten. Noch einmal wurde im letzten Abendlicht sichtbar, wie hoch die Flutwelle an der Kapelle von St. Nicolas gereicht hatte. Das Wasser war inzwischen so weit gesunken, dass auch das untere Stockwerk der Kapelle wieder aus dem Fluss ragte. In der zeitlosen halben Stunde zwischen Tag und Traum legte sich ein violetter, fast unnatürlich heller Schatten über die Brücke, die Kirche und die Stadtmauer am Stadtufer.

Oben im Bischofspalais brannten viele Kerzen, und innen am Brückentor wollten die Wachen bereits die großen hölzernen Riegel vorlegen. Dennoch ließen sie noch ein paar Leute durch, zuerst einen schwarz gekleideten Kirchenmann, gleich darauf ein junges, barfüßiges Mädchen, das einige der Wachen in den Torräumen kannten. Einer der Schweizer hatte seinen Platz verlassen, war gegen eine kleine Münze für den Nachttrunk schnell ins Carrière gelaufen und hatte Miriam bis zum Stadttor an der Brücke begleitet.

Sie eilte die letzten Schritte auf die Brücke zu. Gleich darauf sah sie den schottischen Priester vor seiner winzigen, scheinbar an der Brücke klebenden Kirche. Kaplan Comyn trug keine Kopfbedeckung. Sein rotes Haar war deutlich zu erkennen, als er die Tür der Kapelle über dem Fluss aufschloss. Er musste ziemlich kräftig ziehen, bis er sie über den Schlammresten des

Unwetters vom Vortag öffnen konnte. Er betrat den Kirchenraum, der manchem Händler in der Stadt nicht einmal als Stall für seine Pferde ausgereicht hätte. Nur wenig später betrat auch das barfüßige Mädchen die Kapelle.

»Ich wusste, dass du kommen würdest«, sagte er mit seinem harten, rebellisch klingenden Akzent des Nordens. »Hat dich irgendjemand verfolgt? Oder gar angesprochen?«

»Nein, nur der Waffenknecht, der mich bis vor das Tor gebracht hat. Er wollte mit mir in seine Schweizer Berge fliehen und ein neues Paradies auf Erden gründen.«

»Wer will das nicht in all dem Elend hier!«, seufzte Mel Comyn. »Aber ich denke, dass sich da ein Widerstand zusammenbraut wie vor ein paar Jahren bei uns in Schottland unter Braveheart William Wallace und diesem dreimal verfluchten Mörderkönig Robert the Bruce.« Er setzte sich auf einen Mauervorsprung, unter dem noch immer etwas Schmutzwasser vom Fluss auf ausgetretenen Bodenplatten stand. »Wie geht es unserem Blondschopf? Hat er ernste Verletzungen?«

»Nein, bis auf eine große Beule am Kopf ist er glimpflich davongekommen«, sagte das Mädchen und sah sich in der dämmerigen, schon fast unheimlichen Kapelle um. Sie fürchtete plötzlich, zu erröteten, hoffte aber, dass er nichts bemerken würde. »Er ist nicht mehr bei uns in der Rue Jacob und nicht mehr im Carrière.«

»Ja, ich verstehe«, meinte der Schotte ohne Vorwurf. »Das ist die richtige Antwort für mich und andere, die uns hier belauschen könnten.« Er ging bis zum Altar und holte sich von einem ewigen Licht mit einer großen Kerze die Flamme. »Aber der andere, der über das Brückengeländer kam und uns geholfen hat – das war dein Bruder Seder, oder?«

»Mein Bruder Seder wurde schon vor Monaten vom Meister des Palastes festgenommen. Sie haben ihn einige Wochen zum peinlichen Verhör im Dominikanerkloster draußen vor der Stadt behalten. Er kam dann in das neue Palais von Kardinal Godin, aber dort ist er nicht mehr.«

»Ich möchte etwas mit dir tauschen«, sagte Kaplan Comyn und hob langsam seine rechte Hand. Er hielt sie wie ein Bischof, mit jener eigenartigen schlaffen Haltung, über die sich die junge

Jüdin schon oft gewundert hatte. Und plötzlich sah sie, was an der zerrissenen Kette im Ziegelloch an ihrem Herd in der Rue Jacob gefehlt hatte.

»Vermisst ihr diesen Ring?«, fragte der rothaarige Kaplan. Miriam hatte plötzlich das Gefühl, als sei sie in einen bösen Fluch geraten.

»Du musst der Dame viel bedeuten, wenn sie so lange braucht, um sich für dich zu schmücken«, meinte Bertrand und räusperte sich. Sie warteten schon eine volle Viertelstunde. Seder lachte nur und knuffte ihn mit einem freundschaftlichen Stoß in die Seite.

»Ihr Gatte will leider schon morgen, an eurem Jammerdonnerstag, zurückkommen«, sagte er. »Er ist inzwischen vier Wochen unterwegs. Zuerst wollte er Stoffe in Flandern ansehen und danach als besonderer Kurier von Kardinal d'Aux mit einem Brief des Papstes zum Erzbischof Heinrich II. von Virneburg nach Köln – und auf dem Rückweg vielleicht sogar zu Meister Eckhart in einem der Beginenklöster irgendwo bei Straßburg.«

Bertrand blickte den kahl geschorenen Juden mit völlig neuem Respekt an. »Und woher weißt gerade du das alles? Ich denke, du hast die vergangenen Monate in einem Kerker zugebracht.«

»Was ihr Gemahl weiß, weiß auch sie. Und wenn ich gut genug bin, weiß ich es ebenfalls.« Er grinste auf eine Art und Weise, die Bertrand nicht leiden konnte. »Es geht um die Wahl des neuen Königs für das Heilige Römische Reich. Die Bayern wollen, dass ihr König Ludwig im Oktober in Frankfurt gewählt wird. Dann ist da noch Friedrich von Österreich, für den sich einige der Kurfürsten bereits entschieden haben. Auch Wilhelm von Holland, Johann von Böhmen und einige andere Könige haben sich bereits beworben. Zu allem Übel will auch Philipp der Schöne von Frankreich, dass sein Sohn der neue römisch-deutsche König wird.«

»Und was hat das mit unserem Papst und dem Erzbischof von Köln zu tun?«

»Virneburg hat vor fünf Jahren dem Befehl von Clemens V. gehorcht und auf der Provinzialsynode durchgesetzt, dass auch am Rhein das Jahr am fünfundzwanzigsten Dezember beginnt und nicht mehr zu Ostern wie davor. Dadurch hat er das Wohlwollen des Papstes. Inzwischen verhandelt er mit dem König von Frankreich ebenso wie mit den anderen deutschen Kurfürsten, wen er in Frankfurt wählen und dann in Aachen krönen wird. Das Ganze ist ein riesiges Geschäft für alle. Aber der Erzbischof von Köln ist auch Avignon verpflichtet, seit Clemens V. ihn mit seiner Bulle *Ad nostram noviter* vor den Aufständischen in seiner Kölner Diözese gerettet hat.«

»Davon habe ich schon in Paris gehört«, sagte Bertrand. »Eine Verschwörung aus Kölner Prälaten, Mönchen und Advokaten soll sich gegen den Erzbischof erhoben haben. Angeblich soll der Papst hier von Avignon aus allen Gegnern des Erzbischofs die Exkommunikation angedroht haben, wenn sie nicht innerhalb von neun Tagen Buße tun und zu Kreuze kriechen.«

»Aber als Gegenleistung hat Clemens verlangt, dass sich der Erzbischof auf keinen Fall für den Sohn von Philipp IV. entscheiden und nur einen papst- und glaubenstreuen Bewerber um die römisch-deutsche Krone wählen darf.«

»Dann steht das alles jetzt auf Messers Schneide.«

»Nicht, wenn Marco Ambrogio Erfolg hat«, sagte Seder. »Er darf sogar mit dem Erzbischof über den Preis der Kölner für seine Zustimmung verhandeln, obwohl er selbst kein Prälat oder Bischof ist.«

»Woraus besteht der Preis?«

»Zumindest aus dem Dokument, das Ambrogio überbringen soll«, sagte Seder und schmunzelte. »Es geht dabei um die Befreiung vom Kreuzzugszehnten für den gesamten Kölner Klerus, dazu einige tausend Mark Silber über Mittelsmänner der Österreicher und dann noch eine sehr wichtige Zusage –«

»Ich glaube, dahinter rührt sich etwas«, flüsterte Bertrand und deutete auf die Tür. Seder nickte, ließ sich aber nicht beirren.

»... die Zusage nämlich, dass euer Hohepriester den neuen Kreuzzug zur Befreiung Jerusalems ablehnen wird, den Frankreichs König zusammen mit seinem Schwiegersohn Edward II. und seinem Sohn Philipp versprochen hat, falls Letzterer gewählt und als neuer römisch-deutscher Kaiser gekrönt würde.«

»Die Zeit der Kreuzzüge ist doch vorbei!«, sagte Bertrand

empört. »Und so blind kann niemand sein, dass er nicht sieht, welche Absicht dahintersteckt.«

»Du sagst es«, seufzte Seder. »England, Frankreich und das Imperium aus Deutschland und Italien – alles aufs Wunderbarste vereint in der Hand Philipps des Schönen, mit einem Papst, der dann nicht mehr zu sagen hätte als der schottische Kaplan auf der Brücke von Avignon.«

Hinter der Tür wurden Geräusche laut. Seder trat einen Schritt zur Seite.

»Und solange der große Kaufmann für die eigenen Taschen und den Papst unterwegs ist, führt die wunderbare Elena die Geschäfte im Fondaco der Italiener«, sagte er so klar und deutlich, dass sie ihn sogar hinter der geschlossenen Tür verstehen musste. »Ich werde sie wohl dazu überreden können, dass sich ein keuscher, noch sehr ahnungsloser Klosterschüler und Student von der Sorbonne für ein paar Tage dort verstecken kann. Ich selbst kann aber nicht hierbleiben, weil man mich zuallererst in ihren Armen suchen würde.«

»Nicht so laut!«, versuchte Bertrand ihn zu beschwichtigen. Doch Seder ließ sich nicht beirren.

»Der Fluss ist wieder ruhig«, sagte er. »Ich werde versuchen, mit einem Kahn hinüber bis nach Frankreich zu kommen.«

»Was hast du dann vor?«

»Ich werde mich nach Norden bis Paris durchschlagen«, antwortete Seder laut. Gleichzeitig beugte er sich zu Bertrand und flüsterte: »Genau das Gegenteil werde ich tun, aber falls jemand lauscht, soll er nur denken, dass ich nach Paris fliehe. Das ist hier bei den Kaufleuten aus Italien eine alte Regel: Immer das Gegenteil von dem behaupten, was man wirklich vorhat!« Dann rief er wieder deutlich hörbar: »Dort gibt es Männer auf der Île de la Cité, die dem Vermächtnis des verstorbenen Großsiegelbewahrers Guillaume de Nogaret noch treu sind. Aber es gibt auch Freunde, denen eine gute Idee für seine Befreiung aus dem Kerker ein paar schöne Florentiner Goldstücke wert ist.«

Zwei, drei Riegel rasselten auf der Innenseite der Haustür. Mit einem schnellen Ruck drehten sich die beiden jungen Männer um. Eine Laterne mit einer Wachskerze hinter klarem Butzenglas schien ihnen ins Gesicht.

»Schnell, kommt herein«, sagte die Stimme hinter der Laterne. Sie musste Elena von Pisa, dem Weib des großen Handelsherrn Marco Ambrogio, gehören. Sie sahen nicht, dass sich eine andere Gestalt aus einer Mauernische löste. Sie hatte die Kapuze mit den Augenschlitzen der Grauen Büßer auf dem Kopf und eilte durch das Halbdunkel der Gassen auf den Rocher des Domes zu.

»Warum bist du nicht gleich zu mir gekommen?«, tadelte Elena von Pisa Seder zwischen heißen Küssen immer wieder keuchend. »Ich habe dich die halbe Nacht … und den ganzen Tag … überall gesucht.«

»Weil Sturm und Mistral mich daran gehindert haben, mein schöner böser Engel. Kahl geschoren, wie ich war, und nur mit einem stinkenden, zerfetzten Kittel aus dem Kerker hätte mich doch jeder gleich erkannt.«

Er lachte und betrat mit ihr und Bertrand einen großen, prächtig ausgestatteten Wohnraum, der wie die Mischung aus dem Wohnhaus eines römischen Senators und einer privaten Kirche aussah. Überall vor den Wänden standen riesige Vasen zwischen geschnitzten und verzierten Liegen mit Dutzenden von bunten Seidenkissen. Auf dem Boden lagen Teppiche mehrfach übereinander, und von den Wänden hingen große Gobelins mit Szenen, die in leuchtenden Farben halb nackte Frauen vom Parnass, Isabella de France als Königin von England bei ihrem Einzug in Paris und andere Ereignisse darstellten.

Während Bertrand die vergoldeten Deckenbalken mit geschmiedeten Akanthusranken bestaunte, zog das wilde Weib des Kaufmanns Ambrogio ihren entbehrten Geliebten wie eine Verdurstende auf die schönste ihrer Liegen.

»Und um ein Haar hätte ich es ja über die Brücke bis nach Frankreich geschafft«, sprudelte es weiter aus Seder hervor. »Ich wollte eigentlich auf der anderen Flussseite weiter über Montpellier und Narbonne bis Spanien. Einmal nach Spanien bis Toledo … das ist der größte Traum in meinem jungen Leben.«

Er küsste sie und schnappte dann mit den Lippen vollkommen schamlos nach ihrem Ohrläppchen. Bertrand fürchtete, dass er tausend Tode sterben würde, wenn er weiter Augenzeuge derartiger Sünden sein musste.

»Du lügst, Seder Ben Ariel!«, gurrte sie. »Du lügst so schamlos, dass ich dich am liebsten samt deinen lasterhaften Lügengeschichten auffressen würde! Du wolltest nicht einen Herzschlag lang nach Frankreich, sondern so schnell wie möglich nur zu mir! Gib es zu, Seder! Du bist verrückt nach meinem Feigenmund.«

»Ich habe keine Lust, Freiwild für irgendeinen wild gewordenen Ritter wie den Kerl mit dem Namen Rindfleisch und seine Mörderbande zu werden. Die haben in Süddeutschland schon mehr als hundert Dörfer, in denen Juden lebten, zerstört, geplündert und schließlich abgebrannt.« Er wälzte sich mit dem Weib des Kaufmanns auf dem Lager, ganz so, als wollten seine immer frecher werdenden Hände an ihrem weißen Busen und zwischen ihren Schenkeln eine unzüchtige Liturgie feiern.

»Seder Ben Ariel hat nun mal keine Lust, sein geiles Fleisch vierteilen und rädern zu lassen. Jedenfalls so lange nicht, wie es den Damen landauf, landab noch zu Gefallen sein kann! Komm her, mein wildes Täubchen. Greif zu und zeige deinem Täuberich, dass dir sein aufgestellter Schwanz gefällt. Er ist beschnitten, aber gerade deshalb gut im Wuchs. Ich sage euch, Toledo ist zwar weit, aber für Juden, die nicht einmal hier in Sicherheit sind, bleibt Spanien als die letzte Zuflucht. Oh, du bist himmlisch, Signora Elena! Möge dein Gatte fern von uns noch möglichst lange einträgliche Geschäfte machen!«

Seder Ben Ariel lachte über seine eigenen Scherze. Er küsste das Weib in seinen Armen ausgiebig auf den Mund und vergrub den Kopf in ihren schwarzen Haaren, dann hob er seinen kahl geschorenen Schädel und drehte sich halb zu Bertrand um.

»Und dann liegt da auf einmal ein keuscher Jüngling auf der Brücke ... zu Füßen meiner Schwester! Sie hat ihn sich aus dem Fluss gefischt! Da steht der Karren meines Großvaters am Ende einer schreienden Menschenmenge auf der Brücke über dem Hochwasser, davor ein völlig kraftloses Maultier und dann auch noch meine Schwester Miriam.«

»Ist das jetzt wenigstens die Wahrheit?« Sie hob die Brauen und sah an Seder vorbei zu Bertrand.

»Na gut, es gab noch einen anderen Grund«, meinte Seder versöhnlich. Er schleckte an ihren Schläfen und Augenlidern entlang. Sie hatte die Augen geschlossen und öffnete suchend ihre bebenden Lippen. »Ich konnte ja nicht ahnen, dass hinter mir das Tor geschlossen wurde, anstatt es für das verängstige Volk von der Insel weiter zu öffnen. Sie waren hinter mir her, aber wer kommt denn schon auf so etwas?«

»Dominikaner«, sagte Bertrand aus schierer Verzweiflung. »Wenn die Hunde des Herrn einmal eine Spur aufgenommen haben, gehen sie über Leichen, selbst wenn der Himmel dabei einstürzt und der Rest der Welt im Chaos zu versinken droht.«

Zuckerwerk

Kardinal d'Aux kam mit drei sehr besorgt wirkenden Chorherren und einigen Mönchen der Hospitaliter vom Rathaus auf der anderen Seite vom Rocher des Domes zurück. Zwei der Mönche hatten in Montpellier und Paris Medizin studiert. Allerdings waren sie nicht in der Lage, die vielen Verletzungen chirurgisch zu behandeln, die das Hochwasser und das Gedränge auf der Brücke mit sich gebracht hatten. Auch die Beratung mit Apothekern, Ärzten und Barbieren der Stadt hatte keine befriedigenden Antworten ergeben. Es fehlten ganz einfach Hospitäler, genügend Behandlungsräume in den wenigen Klöstern und Nonnen – vor allem Chirurgen und Nonnen, die notfalls sogar Beginen, Jüdinnen oder Ketzerinnen aus dem Languedoc sein konnten.

Es war schon spät, und im Treppenhaus, auf den Fluren und hinter den geöffneten Türen des Palais war niemand zu sehen. Die meisten *famigliari* hatten sich bereits in ihre privaten Räume im Palais oder in der Stadt begeben. Einige waren auch ins Dominikanerkloster vor den Stadtmauern gegangen, um sich auf ihre Weise auf die kommenden schweren Stunden vorzubereiten.

»Ich gehe allein zu ihm«, sagte der Kardinal. »Ihr könnt euch einen freien Raum hier unten suchen und noch einmal die Pläne für die medizinische Versorgung der Pilger durchgehen.«

Er wartete keine Antwort ab, sondern stieg immer zwei Stufen auf einmal die linke der geschwungenen Doppeltreppen hinauf. Auch oben sah der Kardinal nur zwei Lakaien des Heiligen Stuhls vor dem Schlafzimmer des Papstes. An beiden Enden des langen Flurs, wo mehrere in Öl gemalte Porträts der Bischöfe von Avignon seit dem großen Agricola hingen, lehnten Bewaffnete in rot-gelben pludrigen Waffenröcken. Sie hatten die Waffengehänge abgelegt und ihre Hellebarden an die Wand gestellt.

D'Aux ließ sich von den Lakaien die hohe Doppeltür öffnen und trat in das Kaminzimmer. Sofort schlug ihm eine Hitzewelle entgegen. Holzscheite loderten im Kamin, und das Baldachinbett des Papstes war leer. Der Heilige Vater stand wieder einmal an einem der Fenster und blickte im abendlichen Gegenlicht auf die Brücke hinab.

»Siehst du die beiden Gestalten dort an der Kapelle?«, fragte Clemens sofort. »Wer mag das sein um diese Zeit?«

»Eine davon ist mein Kaplan Comyn«, antwortete der Kardinal. »Die andere könnte die Enkelin von unserem rüstigen Eliah von Carpentras sein.«

Clemens V. schob seine Unterlippe ein wenig vor. »Eliah von Carpentras«, murmelte er. »Jedes Mal wenn ich diesen Namen höre, fällt mir das schreckliche Unglück von meiner Krönung in Lyon wieder ein. Es war ein Zeichen, denke ich, und es ging um ein Zeichen im Stein.«

Kardinal Arnaud d'Aux sah nochmals auf die Brücke. So leer wie an diesem Abend hatte er sie noch nie gesehen. Auch auf der sonst an regenlosen Abenden durch Lichter zwischen den Bäumen erhellten Insel war alles dunkel.

»Heißt das etwa, der verloren gegangene Rubin in der päpstlichen Tiara war ebenfalls mit einem geheimen Hinweis markiert? Einem magischen Zeichen der Templer oder König Salomons?«

Der Papst antwortete nicht. Ohne auf die Lakaien zu achten, stand er auf. Er schlurfte vorsichtig an den Kamin. Die Scheite waren inzwischen zusammengefallen. Kardinal d'Aux trat neben ihn. Er wollte ihn abstützen, wenn er zu schwach werden sollte. Mit dem Kopf winkte er den Lakaien und deutete auf zwei der Sessel an der Seitenwand. Zu zweit hoben die Bediensteten nacheinander zwei Sessel bis vor das Feuer. Dann stellten sie einen kleinen Mahagoniklapptisch mit vergoldeten Metallkanten und kostbar gearbeiteten Scharnieren zwischen die Sessel. Der Reisetisch war ein Geschenk von Marco Ambrogio. Er hatte ihn aus einer arabischen Manufaktur in Spanien kommen lassen.

»Mir ist kalt«, sagte der Papst in die lange Stille hinein. »Ich weiß nicht mehr, was hier passiert. So Gott will, werden wir morgen, wie vorgesehen, noch einmal eine Audienz abhalten. Mir graut inzwischen davor. Viel lieber würde ich, falls es die Schmerzen zulassen, noch heute Abend Schach spielen. Ein Spiel nur oder auch zwei.«

»Soll ich dabei dein Gegner sein, oder möchtest du dich mit Niccolò da Prato messen?«

D'Aux sah den Pontifex mit zunehmender Sorge an. Er war alt geworden, seit er den Ring des Fischers trug – alt, krank und verbittert. Es kam immer häufiger vor, dass er sein Essen zurückschob, ohne es anzurühren. Er trank kaum noch Wein, verharrte bei Messen in langen Pausen der Besinnung, las bei wichtigen Dokumenten nur noch ein, zwei Zeilen und schob immer öfter Briefe und Schriftrollen mehrere Tage einfach zur Seite. Wie schon häufig in den vergangenen Wochen stützte er sich am Arm von d'Aux ab und bewegte sich mit kleinen, unsicheren Schritten auf eine Truhe neben dem Kamin zu.

Auch an diesem Abend holte der Papst eigenhändig ein kleines Schachspiel aus poliertem Ebenholz, Glasschmelze und Elfenbein aus einer Truhe am Rand seines Schlafzimmers. Er ging langsam zum Kamin zurück, ließ sich in einen der Sessel sinken und wollte selbst die Figuren aufstellen. In den vergangenen Monaten war es ihm manchmal recht schwergefallen, die hellen Figuren in der Kleidung von englischen und aquitanischen Rittern und Bauern und die dunklen Figuren mit französischer Tracht auf die richtigen Felder zu setzen.

An diesem Greindonnerstag ließ er sich von den Lakaien noch einen weiteren Kasten bringen. Er schob die ersten Figuren zur Seite. Einige fielen um, aber er stellte sie nicht wieder auf. Dann begann er noch einmal von vorn. Er ersetzte die englischen Ritter durch Tempelherren mit weißen Umhängen und roten Spitzkreuzen. Die Eckburgen der Aquitanier ersetzte er durch Türme, die wie der Tempel des Ordens in Paris aussahen. Als schwarze Figuren setzte er einen vollkommen golden eingekleideten König mit einem hässlichen Eulengesicht, dazu eine nach der Mode von Navarra gekleidete Königin. Als Springer galten Ritter aus dem Norden Frankreichs, als Läufer schwarz-weiß gekleidete Dominikaner. Gesichtslose Büßermönche in Kapuzen mit schmalen Augenschlitzen bildeten die erste Reihe.

»Ich spiele gern mit dir oder auch Niccolò«, sagte er, als er fertig war. »Nur Bruder Godin soll meine Schachfiguren nie wieder berühren. Er will stets eine etwas andere Aufstellung in der hinteren Reihe … einen Tausch zwischen den Springern und den Läufern. Außerdem versteht er das Spiel nur als eine

Art gegenseitiges Abschlachten. Auge um Auge, Zahn um Zahn, wie bei den Juden im Alten Testament!«

»Inquisition«, sagte Arnaud d'Aux.

Miriam starrte entgeistert auf den Ring mit dem fliederfarbenen Amethyst. Pater Comyn hielt ihn so an die Kerzenflamme, dass sie ihn deutlich erkennen konnte. Es dauerte lange, bis sie sich wieder gefangen hatte und auf das antworten konnte, wonach er sie gefragt hatte.

»Das habe ich noch nie gesehen. Was soll das sein? Etwa ein Bischofsring?«

»Genauso ist es ... dies ist der Ring des Papstes aus der Zeit, als er noch Bischof in Comminges und Erzbischof in Bordeaux war.«

»Wie kommt Ihr dazu? Und was habe ich damit zu tun?«

»Der Erzbischof von Bordeaux trug den Ring bis zu dem Tag, an dem er seinen zehnjährigen Sohn Bertrand de Comminges in jenes Kloster der Grammontensermönche vor den Pyrenäen brachte, in dem er selbst zum Priester geweiht worden war. Als neuer Papst hatte er inzwischen Anspruch auf den Ring des Fischers, nicht auf den Bischofsring. Ich sage dir das nur, weil du vielleicht mit den Gebräuchen unserer heiligen Kirche nicht recht vertraut sein dürftest.«

Der Kaplan stellte die Wachskerze auf ein staubiges Fensterbrett und ging bis zum Eingang der Kapelle. Draußen war bereits alles dunkel. Nur über der Stadt um den Kreidefelsen lag ein gelber Lichtschein in einer Glocke aus Dunst und Rauch von den Feuerstellen der Häuser. Ein wenig spiegelte sich der gelbe Schein im schwarzen Flusswasser. Zugleich hörte er flussabwärts Gelächter und Gesang aus den unzerstörten Schenken vor der Mauer. Als er zum anderen Ende der langen Brücke blickte, erkannte er auch noch einige Lichtpunkte auf dem Wachturm Philipps des Schönen und in den ersten Häusern auf der anderen Seite, die einige der Kardinäle inzwischen für sich umgebaut hatten.

Der Kaplan kehrte in die Kapelle zurück. Miriam spürte die eigenartige Erregung in Mel Comyns Stimme.

»Draußen ist alles friedlich«, sagte er und ließ erneut das warme Kerzenlicht im blassen Stein des Bischofsrings erglühen.

»Als dieser Ring damals im Kloster von Comminges verloren ging, wurde kein großes Aufheben davon gemacht. Der Abt, der Prior und einige der Tempelherren als Gäste beim Besuch des neuen Papstes meinten, dass Clemens diesen Ring seinem Sohn zur Erinnerung überlassen hatte.«

Er beugte den Kopf dicht an das Licht und betrachtete den Ring. »Zu diesem Zeitpunkt konnte niemand auch nur ahnen, dass Frankreichs König Philipp zwei Jahre später sämtliche Templer über Nacht verhaften lassen würde. Und niemand hätte damals für möglich gehalten, dass der Papst einige Jahre später ebendiesen Orden auflösen würde, obwohl den Armen Rittern Christi vom Tempel Salomons zu Jerusalem weder Ketzerei noch Betrug, Sodomie der Brüder untereinander oder Gotteslästerung nachgewiesen werden konnte.«

Er hielt den Ring etwas schräg. »Und hier kannst du es sehen«, sagte er dann. »Das geheimste aller magischen Templersymbole, dessen Zauberkraft noch aus der Zeit der Kabbala und des großen Judenkönigs Salomo stammen soll.«

»Salomon, du weiser König«, murmelte Miriam unwillkürlich in der alten Sprache der Provence.

»Dem die Geister untertänig«, sagte Kaplan Comyn im gleichen Tonfall. »Neben diesem Zeichen mit dem Kreuz im Herzen und der geheimen Nachricht in der Schrift der Templer gleich darüber gibt es noch zwei andere als Ergänzung. Sie gehören zusammen wie die Trinität Gottes als Vater, Sohn und Heiliger Geist, verstehst du?«

»Nein«, sagte Miriam, »und ich muss es auch nicht verstehen. Wir kennen nur den einen Gott und sollen keinen zweiten oder dritten neben ihm haben. Das steht schon in den Zehn Geboten!«

Der Kaplan seufzte und verdrehte seine Augen. »Ich will doch nicht um deine oder meine Religion streiten«, sagte er. »Aber die Templer waren Christen, Miriam! Sie haben nie an dem gezweifelt, was uns der Glaube und die Evangelien vorschreiben. Und wenn sie etwas sagen wollten, dann mit den Zeichen, die für ihr Fühlen und ihr Denken selbstverständlich waren. Ihr Juden habt doch auch sehr viele geheimnisvolle Rituale und Symbole, die für Außenstehende kaum zu deuten, geschweige denn zu verstehen sind.«

Sie sah ihn eine Weile prüfend an, dann nickte sie. »Nun gut, was ist mit den beiden anderen Zeichen?«

»Eines davon kannte ich bereits, bevor mich Kardinal Arnaud d'Aux mitnahm«, flüsterte der schottische Priester. »Ich war damals noch Schüler im Londoner Tempel der Tempelritter, und er wirkte bereits als Beichtvater von Isabella de France, der Tochter Philipps des Schönen und Königin von England. Damals habe ich das Zeichen zum ersten Mal in einem alten Buch gesehen.«

»Was habt Ihr gesehen?«, fragte Miriam sofort.

»Das Kreuz im Herzen … in einer Zeichnung vom Heiligen und gemeinsamen Geist, dargestellt am Beispiel der alten Templerkomturei von Avignon … an einem Wasserspeier über dem Tor zum Hof.«

»Habt Ihr Euch dieses Zeichen angesehen? Ich meine, hier in Avignon?«

Er schüttelte sofort den Kopf. »Es war bisher nicht möglich«, sagte er ausweichend. »Ich bin natürlich immer wieder am heutigen Fondaco der Italiener vorbeigegangen. Aber ich wollte mich nicht selbst verraten und zu auffällig nach dem Zeichen suchen. Inzwischen glaube ich, dass man es nur vom Hof her sehen kann.«

»Und das dritte Zeichen?«

»Es ging verloren«, sagte er und hob die Schultern. »Ich habe überall in den Städten an der Rhône entlang nachgeforscht. Du weißt ja besser als viele andere, dass unser Papst bei der Krönungsprozession in Lyon durch eine einstürzende Mauer vom Pferd geschleudert wurde. Der große Rubin, der dabei aus der Tiara herausgebrochen ist, wurde nie wiedergefunden. Und dein Vater … Gott sei seiner Seele gnädig.«

Sie sah ihn schweigend an. Nur ihre Mundwinkel zuckten.

Das Weib des Kaufmanns schien plötzlich wieder zu sich zu kommen. Sie löste sich aus Seders Umarmung und ging lachend an Bertrand vorbei zu einem nach Pinienöl duftenden Holztisch. Sie streifte dabei eine der Vasen mit einem zierlichen, wie aus winzigen farbigen Perlen gemalten Bild von fremdartigen Bäumen über verschlungenen Bächen und eigenartig runden Gesichtern mit mandelförmigen Augen und schwarzen Haarzöpfen.

»Oh«, rief sie lachend und blickte über die Schulter zurück. »Unser bestes Stück, das der Heilige Vater nicht haben wollte. Es stammt vom ersten Bischof, den Clemens vor ein paar Jahren für das ferne Land China … oder sollte ich sagen Cathay … ernannt hat.«

Bertrand erkannte sie kaum wieder. Das eben noch lüsterne und sündige Weib schwatzte so fröhlich und unbefangen wie ein junges Mädchen am Waschplatz. Sie errötete nicht, wenn sie ihn anblickte, und schien keinerlei Schuldgefühle über ihr unzüchtiges Verhalten zu empfinden.

»Um ein Haar wären wir auch auf die Prahlerei dieses Marco Polo reingefallen«, plauderte sie, während sie kandierte Mandeln aus einer Silberschale auf dem Tisch lutschte. »Glaubt ihr etwa, es stimmt alles, was sich dieser Lügner im Gefängnis von Genua ausgedacht hat? Mein Gemahl jedenfalls wollte tatsächlich einen Fondaco irgendwo dort bei den Mongolenreichen einrichten. Zum Glück haben wir dann nur eine Kiste mit weißen Trüffeln in Olivenöl auf die lange Reise zu den Schlitzäugigen geschickt. Vielleicht kann unser Bischof damit leichter als mit dem Wort Gottes einige der Heiden bekehren.«

Sie stellte eine Silberschale mit geschälten Nüssen, kleinen Mürbekuchen und Zuckerwerk auf die massive Platte des Holztischs mit geschnitzten Löwenköpfen an den Ecken. »Nehmt nur«, sagte die Schöne und blinzelte Bertrand zu. »Dieses Zuckerwerk hier ist wirklich köstlich. Wir haben genug davon und kennen die Kunst seiner Herstellung aus dem süßen Saft der aus Südasien stammenden Rohrpflanze – wenngleich die Kreuzfahrer stets ein Geheimnis darum gemacht haben.«

Seit seiner Kindheit im Haushalt seiner Mutter hatte Bertrand keine edel gekleidete Dame mehr so nah gesehen. Sie nestelte an ihrem schwarzen Haar, das in kleinen, unzüchtigen Löckchen unter ihrer eng anliegenden Kopfhaube aus gesteiftem grünen Damast hervorkam. Eine Schleppe aus feiner, ungestärkter Seide in der gleichen Farbe fiel wie künstliches Haar von der nach hinten ragenden Haube bis weit über ihre Schultern. Obwohl es noch nicht Mai war, hatte sie bereits die grüne Kleidung der Verliebtheit angelegt: den ärmellosen *Sucot*, an den die langen, hautengen Ärmel mit weit über die Hände herabhängenden

Stoffspitzen so angeknöpft waren, das sie durch die Teufelsfenster unter den Achseln sündhafte Blicke auf nackte Haut und dunkle Haare zuließen. Auch ihr Rock, die *Cotte*, lag so eng um die Kurven ihrer Hüften, dass jedermann sie für schlank und in ihrem frommen Wesen ganz nach innen gekehrt halten konnte.

Seder hob die Hände und machte plötzlich den Eindruck, als würde er wie ein Troubadour vor seiner Dame vor ihr auf die Knie fallen wollen.

Hoffentlich singt er jetzt nicht, dachte Bertrand besorgt. Zum ersten Mal, seit sie sich begegnet waren, fühlte er sich dem Älteren überlegen. Jetzt wusste er, wie es um die Stärke dieses Juden stand. Mochte er auch beschnitten sein – seiner Lendenkraft hatte das offensichtlich nicht geschadet. Er fragte sich, warum in aller Welt er wie die anderen Klosterbrüder von St. Jacques und die Studenten der Sorbonne fest davon überzeugt gewesen war, dass Juden nichts von menschlichen Gefühlen, Liebe oder Minnesang verstanden. Aber hatte es jemals einen Troubadour gegeben, der ein Jude war?

»Einer von euch kann heute Nacht hier schlafen«, sagte die Frau des abwesenden Kaufmanns zu Seder. Sie lächelte abwechselnd Seder und Bertrand zu. »Aber nicht beide«, sagte sie dann. Sie stand auf und ging auf Bertrand zu. Zwei Schritte vor ihm musterte sie ihn mit ihren großen dunklen Augen von oben bis unten.

»Komm nicht auf dumme Gedanken«, warnte Seder. »Der Kleine ist noch nicht einmal beschnitten.«

»Vielleicht hat er ganz andere Talente«, gurrte sie mit tiefer Stimme. »Mit Männern, die aus irgendeinem Kloster kommen, ist es manchmal wie mit knusprigen Kapaunen – man denkt, dass sie kastriert sind, aber sie schmecken nun mal köstlich.«

»Aber ich bin nicht …«, protestierte Bertrand. Im selben Augenblick brachen Elena und Seder in schallendes Gelächter aus.

»Ich lasse dir eine Kammer in unserem Warenlager anweisen«, sagte sie, noch immer prustend. Er hatte nie zuvor eine verheiratete Frau erlebt, die sich so heftig und ohne jede Scham über andere lustig machen konnte. »Dort bist du erst einmal sicher, und nach den Feiertagen sehen wir weiter, was wir aus dir machen können.«

Er spürte, wie ihm das Blut in den Kopf schoss. Jedes Wort, jede Geste dieses Teufelsweibes war zweideutig und machte ihn verlegen. Sie war so aufreizend, dass er sich nach Seders Schwester sehnte. Auch der Gedanke erregte ihn, aber auf eine völlig andere, sehr schöne und reine Art, wie sie die Troubadoure Aquitaniens immer besungen hatten.

»Mein schwarzer, in Spanien geborener Beschützer El Moro wird dich hinbringen. Er sagt nichts, aber sieht und hört jede Gefahr in dunklen Gassen, noch ehe sie entsteht.«

Graue Büsser

Später am Abend, als Schenken und Gasthäuser bereits geschlossen hatten, verließ Bertrand zusammen mit einem jungen Afrikaner namens El Moro das Haus von Marco Ambrogio. Elena und Seder waren sich einig gewesen, dass Bertrand am sichersten im Fondaco war – bei einem Mann namens Tonio Brazzi. Während das Eheweib des Händlers einen kurzen Brief schrieb, hatte Seder erzählt, was er über den Faktor wusste.

Antonio Brazzi sollte einer der besten Waffenschmiede gewesen sein – so lange jedenfalls, wie er sein Glück und Können nicht überspannt hatte. Zum Schluss war er nicht mehr Meister, sondern Händler von Kriegsausrüstungen gewesen – bis zu dem Tag, an dem er für eine Lieferung von dreihundert Passauer Schwertern mit dem kupfern eingelegten Zeichen des laufenden Wolfes auf den Klingen an Kaiser Heinrich VII. keine Bezahlung mehr erhalten hatte. Tonio Brazzi hätte sich erhängen oder in den Schuldturm von Mailand gehen können. Stattdessen hatte er sich selbst, sein Wissen und seine Schulden dem gerade erst dreißig Jahre alten Handelsherrn Marco Ambrogio aus Pisa überschrieben – jedoch nicht wie ein Sklave oder Leibeigener an einen Fronherrn, sondern als eine Art lebendes Pfand mit fest vereinbarten Zahlungen für das Abtragen der Schuld.

Elena hatte vergnügt wie ein Mädchen gelacht, als Seder erzählte, wie diese Schuld Stück um Stück aufgehoben wurde: Tonio Brazzi beschaffte sich auf seine Weise Geld, wenn seine Gewinnanteile im Fondaco in manchen Monaten nicht reichten. Er verkaufte sein Wissen und Neuigkeiten über Handelswege, Händler und Märkte an Eliah. Dafür erhielt er neben manchem Beutel mit goldenen Floren die eine oder andere Information vom Hof des Heiligen Vaters und bezahlte mit dem Lohn dafür Ambrogio. Auf diese Weise profitierten alle von der heimlichen Zusammenarbeit. Elena siegelte den Brief und gab ihn ihrem Leibwächter, dann blieb sie mit dem ungeduldig wartenden Seder allein zurück.

El Moro bewegte sich wie eine Raubkatze durch die finsteren Gassen von Avignon. Er hielt sich im harten Schlagschatten der Häuser, sorgsam darauf bedacht, nicht auf schlafende Hunde, flinke Ratten oder an den Nischen der Hauswände kauernde Bettler zu treten, die sich nur mit dem Schatten zudeckten. Fast noch mehr mussten sie sich vor erschöpften oder betrunkenen Osterpilgern in Acht nehmen, die in dieser Nacht kein Quartier mehr gefunden hatten und sich zusammen mit ihren wenigen Beuteln und Habseligkeiten aneinandergekauert hatten.

Der Himmel hatte sich wieder zugezogen. Nur nach Süden, zum Mittelmeer hin, blinkten so helle Sternfunken am südlichen Nachthimmel, wie sie Bertrand in Paris noch nie gesehen hatte. Es war kühl in dieser Nacht, dennoch erinnerten die Kälte und die nächtlichen Lichter am Himmel Bertrand an jene Jahre seiner Kindheit, in denen er in den Vorbergen der Pyrenäen gelebt hatte.

Sie passierten die Kirche von St. Peter, dann das Judenviertel und den Place Jérusalem mit der Synagoge. Gleich darauf erreichten sie die breite Straße zum Stadttor von Bischof Agricola. Zum ersten Mal zog El Moro einen langen Krummdolch aus dem Stoffgürtel unter seinem Umhang. Der schwarze Mann mit dem grauen Turban war kein Sklave der Ambrogios, sondern gut bezahlter Leibwächter für die Ehefrau des Händlers in den Zeiten seiner Abwesenheit.

»Die Grauen«, flüsterte er Bertrand zu. »Keine Nachtwächter der Stadt, sondern verdammte scheinheilige Büßer, die es hier schon in drei Sorten gibt.«

»Ich sehe nichts und höre nichts«, flüsterte Bertrand ebenso leise.

El Moro hob seinen Dolch und ließ das Licht der Sterne auf der krummen Schneide in Richtung auf das Stadttor blitzen. »Zwei Mann, dort vorn! Pénitents gris, das sind die Schlimmsten! Schneller und grausamer als die schwarzen oder die weißen Pénitents.«

»Jetzt sehe ich sie. Sie tragen Kutten und Kapuzen«, bestätigte Bertrand. »Wie schwebende Dämonen mit bösen Augenschlitzen.«

»Blutsauger, sage ich«, zischte El Moro. »Gescheiterte Existenzen, die kein Abt mehr haben will! Nicht besser als Bettler und Beginen, aber viel schlimmer als die Dominikaner. Sie verdingen sich jedem, der sie bezahlt. Und die dort stehen im Sold von Kardinal Godin. Sie bringen jeden, den sie nachts aufgreifen können, zur Wache des Heiligen Stuhls oder direkt in die Folterkeller seines neuen Hauses dort oben.«

»Und warum tun sie das?«

»Weil sie immer finden, was sie suchen! Über kurz oder lang werden sie auch dich aufspüren. Und dann holen sie Dinge aus deiner Erinnerung, die du längst vergessen hast.«

Bertrand fröstelte. Er spürte einen hässlichen Druck in der Magengegend. Sein ganzer Leib verkrampfte sich aus Furcht vor dem Unbekannten, den Dämonen der Finsternis, der Strafe Gottes und den Mördern, die überall – hinter jeder Hausecke, in jedem neuen Schatten – auf ihn warten und ihn zerreißen konnten.

Er sehnte sich heftig nach einem Bett in einem sicheren Haus und nach den zärtlich streichelnden Händen des Mädchens mit den langen kastanienbraunen Haaren. »Oh Jesus Christus«, betete er tonlos, »lass mich die Nacht überstehen und sie wiedersehen.«

Der Morgen war noch jung, als Miriam erwachte. Sofort erinnerte sie sich wieder an die Geschehnisse des vergangenen Abends. Sie wusste, dass die Zeit für sie sehr knapp war. Viele der Älteren, die etwas wissen konnten, würden bereits unterwegs sein. Nach dem Verbot für alle in und um Avignon, an Sonntagen zu reisen oder Waren zu bewegen, blieben den Juden nur fünf Tage in der Woche, denn auch am Sabbat durften sie nichts tun oder gar Geschäfte machen.

Schon deshalb würden bereits viele mit ihren Karren, Mulis oder Eseln aufgebrochen sein, um zu den Märkten nach Carpentras oder stromaufwärts nach Sorgue und Orange und stromabwärts nach Arles zu reisen. Sie hatte sich noch am Abend im Carrière ein wenig umgehört. Während in anderen Stadtvierteln bereits Nachtruhe herrschte, ermöglichten die engen Gassen im Judenviertel immer wieder Ausnahmen von den Verordnungen und kleine Übertretungen. Außerdem gab es Durchlässe und Mauern in den Höfen, die nur Eingeweihte kannten.

Miriam versorgte wie üblich die Tiere, dann wusch sie sich und kleidete sich wie ein Bauernmädchen mit einem ungefärbten Kittel und einem handgewebten Gürtel mit braunem Zickzackmuster und an der linken Seite bis zu den Knien herabhängenden Schlaufen für Schlüssel, Geldbeutel und ein kleines Messerchen.

Sie verschloss Haus und Hof, grüßte die Nachbarn in der Rue Jacob und eilte in die Rue Rouge. Sie wusste, woher diese abfallende Gasse ihren zunächst harmlos klingenden Namen hatte. Das Wort *Rouge* stand nicht für die Farbe der Rosen, nicht für flammende Herzen oder das Feuer liebender Lippen, sondern für die Ströme vom Blut der Erschlagenen.

Die grausamen Ereignisse in der kleinen Gasse lagen fast ein halbes Jahrtausend zurück. Und doch hatten sie etwas mit dem neuen Kampf der Mächtigen um Avignon zu tun. Denn hier hatte der fränkische Majordomus Karl Martell mit seinen Panzerreitern gegen die immer weiter vordringenden Anhänger Allahs gekämpft, sein Enkel Karl der Große sogar bis nach Spanien hinein. Und nur dort waren die Juden nicht zwischen die Mahlsteine der anderen Gläubigen, der Christen und Moslems, geraten.

Dämonen mit grauen Kapuzen und schmalen Augenschlitzen beugten sich über ihn, krallten in seine Brust, wollten ihn mit seiner Decke ersticken und dabei seinen Phallus abreißen. Bertrand schrie auf, stieß sie von sich und erwachte. Keuchend setzte er sich auf. Sein Blick ruckte durch das Halbdunkel eines fremden Raumes, und er versuchte, seine Gedanken zu ordnen.

Solange er im Kloster von St. Jacques gewohnt und an der Sorbonne studiert hatte, hatte er wie in einer einfachen, aber schützenden Vogelvoliere gelebt – in einem Freigehege, in dem er sich nicht um Kleidung oder Nahrung, nicht um die Ordnung seiner Tage oder die Inhalte sämtlicher Gebete kümmern musste. Er hatte Tag und Nacht einen festen Halt im Glauben an Jesus Christus und den Allmächtigen gehabt – auch mit der zunehmend quälender werdenden Angst vor dem Ende aller Tage, dem drohenden Weltuntergang und den Schrecken der damit hereinbrechenden Apokalypse.

Das große heilige Jahr, das der später ermordete Papst Bonifatius zu Beginn des neuen Jahrhunderts ausgerufen hatte, hatte nicht zum Weltuntergang geführt. Dafür aber zu einer Serie von Katastrophen, Missernten, Dürren und Hungersnöten, von Morden, Kriegen und dem Untergang ganzer Ritterorden und Dynastien.

Und dann die zweite *Babylonische Verbannung*! Warum eigentlich die zweite? Die erste hatte das Volk Moses nach der Zerstörung seines Tempels 586 vor Christi getroffen. Damals hatte der babylonische König Nebukadnezar die Juden ins Exil geführt, das erst nach siebzig Jahren in der Regierungszeit des Perserkönigs Kyros II. endete. Aber was hatte das mit den christlichen Päpsten zu tun? Oder hofften ganz bestimmte Kreise in Rom vielleicht darauf, dass die Kurie mindestens für siebzig Jahre der Stadt am Tiber fernblieb?

Bertrand wunderte sich über seine frevelhaften Gedanken. Erstaunt stellte er fest, dass er zum zweiten Mal nacheinander in einem Bett erwacht war, das er nicht kannte.

Draußen rumpelten hölzerne Fässer laut über gepflasterten Boden, Eisen schlug gegen Eisen, und am kleinen, halb geöffneten Fenster der Schlafkammer zog der Rauch von angebrannter Hafergrütze und scharf gerösteten Pinienkernen vorüber. Er hörte Geräusche von schweren Pferdewagen. Kräftige Männerstimmen riefen sich erste Morgengrüße im toskanischen und lombardischen Dialekt zu. Bertrand konnte nur ahnen, was sie sagten.

Er legte beide Handflächen zusammen und murmelte ein schnelles Dankgebet an den König der Christenheit und die gebenedeite Mutter Maria. Nur mit himmlischer Hilfe würde er seine Aufgabe lösen und bis zu seinem Vater vordringen können. Sein Herz schlug immer heftiger in neugieriger Erwartung. Er war in Avignon, ja, in Avignon … in der geheimnisvollen, sonnigen, nach allen Wohlgerüchen des Himmels und der Erde duftenden und vom Mistral gepeitschten Provence.

Er zog sich die Kleidung, die Hose und den halblangen Kittel über, die ihm El Moro zusammen mit ein paar Kleinigkeiten gebracht hatte, nachdem er ihn an den Faktor des Handelshauses übergeben hatte. Bertrand lächelte, ging zum Fenster und sah hinunter in den Hof der alten Komturei. Obwohl keine Templer und ihre Knechte mehr Hand anlegten und keine Ordensritter in Eisen und mit schwarzen Kreuzen auf weißen Schulterumhängen herumliefen, konnte er sich gut vorstellen, wie es hier noch vor wenigen Jahren zugegangen war.

»He, du da oben!«, rief plötzlich einer der Männer im Hof. »Glaubst du, die Arbeit kommt zu dir geflogen?«

Ein paar andere lachten.

»Er heißt Bertrand, wie der Heilige Vater vor seiner Wahl«, rief ein anderer. Er erkannte die Stimme. Sie gehörte Tonio Brazzi, dem schwergewichtigen Faktor von Ambrogios Fondaco in Avignon.

Noch in der Nacht, als er den Brief der Signora gelesen hatte, waren sie auf ihren Vorschlag hin übereingekommen, dass er nicht als Student aus Paris, sondern als entlassener Mönch aus der Grafschaft Toulouse gelten sollte.

»Los, komm schon und hol dir deine Schale Brei. Danach kannst du mich bei den Listen hier ablösen … du weißt, ich muss noch vor dem Mittagsläuten am Palais sein.«

Noch während er die breite Treppe im Haupthaus der Komturei hinunterlief, erinnerte sich Bertrand wieder daran, was er von Seder über den von Fortunas Rad gestraften Waffenschmied aus Mailand gehört hatte.

Er sah, dass Waffen auf einen vierrädrigen Wagen mit einer zerschrammten Lederplane verladen wurden – Dutzende von Turnierlanzen, deren dreifach gespreizte Spitzen von mehreren Handlangern mit Werg und Leinentüchern umwickelt wurden. Er hob die Brauen und wunderte sich ein wenig. Wenn ihn nicht alles täuschte, hatte der Heilige Vater erst unlängst jegliche Turnierkämpfe verboten. Doch dann nickte er und beeilte sich, nach unten zu kommen. Vielleicht war gerade das der Grund für einen geheimen und dadurch einträglichen Handel mit den an sich ungefährlichen Lanzen ohne scharfe Kampfspitze. Auf jeden Fall würden die kleine Kammer im ersten Stock des Haupthauses und die anderen Gebäude der ehemaligen Templerniederlassung in Avignon für eine Weile seine Heimat sein. So lange jedenfalls, bis er einen Weg fand, seinen Vater zu sprechen.

Gleich nach dem Morgengebet, der Laudes, trafen mehrere besonders gut gekleidete Besuchergruppen am Palais des Papstes ein. Sie mussten vor dem Eingangsportal warten, bis sie an der Reihe waren.

»Derartig kurzfristige Einladungen durch den Heiligen Stuhl wären in Rom undenkbar gewesen«, murrte der Vertreter des Erzbischofs von Köln. »Die Audienz war zwar für heute vorgesehen, aber ich durfte doch wohl annehmen, dass sie durch das Unwetter und das Hochwasser verschoben wird … aber nein, der Bote drängte geradezu auf mein Erscheinen, obwohl ich noch nicht mit meinem Morgenimbiss fertig war.«

»Ihr wollt sagen, mit dem ersten Kelch vom Roten«, unterbrach der Vertreter Englands und lachte höchst vergnügt über seinen eigenen Humor.

»Nicht einmal Arkaden und Kolonnaden, um sie im vertraulichen Gespräch zu durchschreiten«, meinte ein spanischer Grande, dessen Familie knapp ein Jahrzehnt zuvor eine prachtvolle Villa am Tiberufer nahe der Engelsburg errichtet hatte, die nun nicht mehr benötigt wurde.

»Ich weiche inzwischen immer häufiger auf Boote und den Fluss aus«, erklärte der Abgesandte Venedigs. »Wasser hat bekanntlich keine Balken. Aber für uns vom Canal Grande gilt das nicht.«

Die Abgesandten samt ihren Sekretären, Beratern und Notaren drängten sich über die enge Marmortreppe höher. Oben angekommen, mussten sie feststellen, dass kaum noch Platz für eine ordentliche Zusammenkunft beim Heiligen Vater vorhanden war.

»Eng wie in einer Schottenkirche bei der Königskrönung«, spottete der Abgesandte aus England überheblich.

»Oder bei einer Auktion von ägyptischen Senfkörnern in einem Fondaco Venedigs«, meinte der Vertreter der Lagunenstadt.

»Weiß denn einer der Herren, was geboten werden soll?«, mischte sich ein Dritter ein.

»Vermutlich wieder eines dieser Klagelieder über die Armut der heiligen katholischen Kirche und die Schlechtigkeit der Welt«, lästerte der Kölner. »Und wenn der Pontifex diesmal seinen Blick vom Himmel zurück auf die Erde neigt, wird er wohl versuchen, sich in den Streit um die deutsche Königskrone einzumischen. Wir werden sehen, ob er sich schließlich für Ludwig den Bayern oder Friedrich von Österreich entscheidet.«

»Das wird davon abhängen, was später seine Bischöfe als Kurfürsten für die Wahl eines deutschen Königs zum Kaiser des Heiligen Römischen Reiches empfehlen könnten«, meinte der Engländer. »Die lassen sich die Wahl doch längst in Gold und unverschämten Vorrechten vergüten.«

»Aber vielleicht springt der Pontifex auch über seinen Schatten und gibt Avignon endlich auf«, meinte einer der italienischen Bischöfe, der gerade beim Heiligen Stuhl zu Gast war. »Das würde viele kommende Entscheidungen für uns alle leichter machen.«

»Das Städtchen ist ja nett und die Umgebung ebenfalls«, bestätigte der Venezianer, »aber ich schrecke jedes Mal zusammen, wenn bei unserem Dogen päpstliche Abgesandte vorgestellt werden. Wir kennen berühmte Namen wie Jerusalem und Bagdad, Konstantinopel oder Damaskus. Doch wenn dann Avignon genannt wird, brennt das Mitleid vieler Blicke auf den Wangen und im Herzen. Avignon – das heißt bereits *Babylonische Gefangenschaft* für den Papst.«

»Ich jedenfalls werde mir auf der anderen Seite des Flusses einen Palazzo bauen lassen«, meinte der Spanier. »Das ist zwar französisches Territorium, aber hier in Avignon gibt es keinen Platz mehr für große Häuser mit Innenhöfen, wie wir es gewohnt sind. Und was man von den Einwohnern von Avignon noch kaufen kann, ist längst sündhaft teuer.«

»Nur gut, wenn man sich rechtzeitig mit preiswerten Abrisshäusern, günstigen Bauplätzen und Schuldscheinen von Hausbesitzern eingedeckt hat«, tuschelte Kardinal Godin, der die letzten Sätze der anderen mitbekommen hatte. Er ging am englischen und dann am spanischen Gesandten vorbei zum Heiligen Vater und den beiden anderen Kardinälen. »Man sollte uns Dominikaner fragen, wenn hier oder drüben in Villanova de Avignon Grundbesitz gekauft oder gepachtet werden soll.«

»Ach, daher weht der Wind!«, flüsterte der Engländer und lachte leise. »Exzellenz haben vorausgesehen, wie knapp der Platz hier wird, und beizeiten gehandelt.«

»Vorsorge«, gab der Meister des Palastes zurück. »Alles nur Vorsorge für die Bedürfnisse des Heiligen Stuhls.«

Die letzte Audienz

Hammer, Amboss, Blasebalg und Feuer hatten Tonio Brazzi in vielen Jahren zu einem Mann mit starken Muskeln und einem breiten Oberkörper werden lassen. Zu seiner besten Zeit musste er Schultern wie ein Ochse, Pranken wie ein Löwe und einen Brustkorb wie ein prächtiges Turnierpferd gehabt haben. Inzwischen hatte er außer seiner Kraft seinen Beruf und seinen stolzen Wohlstand verloren. Nur noch ein Rest seiner Ehre bewahrte ihn davor, gänzlich zu einem unförmigen und vom vielen Wein aufgeschwemmten Griesgram zu werden. Er hatte keine Heimat, kein Weib und keine Freunde mehr. Sein wildes schwarzes Haar ließ sich noch immer nicht bändigen, und sein von Funken des Schmiedefeuers wie von Pockennarben zerfurchtes Gesicht kannte kein Lachen, sondern bestenfalls gefährlich gebleckte Zahnreihen.

All diese Eigenheiten von Marco Ambrogios Faktor in Avignon hatten schon in der Nacht großen Eindruck auf Bertrand gemacht. Tonio Brazzi war nicht fromm und demütig, sondern laut und unverblümt.

Mit ungewöhnlich behutsamen Schritten kam der Faktor auf ihn zu. »Sieh an, das blonde Mönchlein aus Paris«, knurrte er spöttisch. »Hat irgendetwas verbockt und muss nun für einige Zeit in einer Schreibstube verschwinden.«

»Ich bin kein Mönch«, sagte Bertrand. »Außerdem habe ich nichts verbockt.«

»Weißt du was, mein schöner Erzengel – es geht mir glatt am Arsch vorbei, was mit dir los ist. Signora Elena will, dass wir dich hier bei uns verstecken, und das tun wir. Keinerlei Nachfrage, kein Kommentar, verstanden?«

Er stapfte bis an den schweren Wagen, der gerade beladen wurde, und sah, dass an einer Stelle die mehrfache Lanzenspitze unter der Umhüllung zu erkennen war. Ganz langsam neigte sich sein bulliger Kopf nach vorn, dann drehte er sich um und hob den kleinen Finger seiner linken Hand. Und dann lockte er die Burschen, die er mit dem Verpacken und Aufladen beauftragt hatte. Sie waren nicht älter als Bertrand. Mit verängstigten Gesichtern näherten sie sich dem kleinen Finger von Tonio Brazzi bis auf eine Handbreite. Der ehemalige Waffenschmied bewegte seinen kleinsten Finger wie eine tödliche Waffe vor ihren Nasen hin und her – ganz so, als könne er sich nicht entscheiden, wen er für schlechte Arbeit und die schlampige Verpackung bestrafen sollte.

»Einen Tag ohne Lohn«, stieß der linke der drei jungen Männer hervor.

»Drei Tage für mich«, steigerte der rechte schnell.

»Nein, nein, eine Woche«, sprudelte der mittlere hervor.

»Und warum?«, fragte Brazzi mit gefährlich milder Stimme.

»Weil selbst die dümmsten Wachen am Färbertor erkannt hätten, was auf dem Wagen ist … zu schnell umwickelt und die Spitzen zu schlecht gepolstert.«

»Sehr gut erkannt«, sagte er, dann stieß er zu. Sein kleiner Finger fuhr in ein Nasenloch des mittleren jungen Mannes und hob ihn fast aus seinen Schuhen. Ein durch Mark und Bein gehender Aufschrei gellte durch den Hof der alten Templerkomturei. Der junge Mann schlug beide Hände vor sein Gesicht, um seine blutende Nase gegen einen zweiten Fingerzeig des Faktors zu schützen.

»Sei froh und dankbar, dass du nicht bei den Hebräern arbeitest«, knurrte Tonio Brazzi. »Die haben in den Synagogen kleine Finger aus Silber oder Gold, mit denen sie in ihrer Thora lesen. Was glaubst du wohl, wie vergnüglich ich damit in deiner gottverfluchten Nase bohren könnte.«

Bertrand war entsetzt. Von derartigen Brutalitäten hatte er bisher nur gehört. Er zuckte zusammen, als der Verwalter des Fondaco wieder losbrüllte. Sicherlich hatte er recht, dass die Lanzen nicht gut genug verpackt waren. Er sah auch ein, dass nachlässige Arbeiter und Knechte auf irgendeine Weise bestraft werden mussten. Wer nicht hören wollte, musste fühlen. Das war bei Mönchen und Studenten auch nicht anders.

»Hast du etwas einzuwenden?«, fragte Ambrogio, ohne sich zu Bertrand umzudrehen. »Gefällt dir etwa die feine Mailänder Art meiner Erziehung nicht?«

»Doch, doch«, sagte Bertrand sicherheitshalber. Er zögerte

einen Augenblick, dann nahm er seinen Mut zusammen und sagte: »Ich verstehe nur nicht, warum Ihr gerade demjenigen blutige Schmerzen zugefügt habt, der sich selbst die höchste der Strafen zuerkannte.«

»Das hätte ihn vielleicht gerettet«, stimmte der Faktor zu und grinste. »Aber er wusste einfach viel zu gut, was sie falsch gemacht hatten! Dummheit muss bestraft werden, so lange, bis es sitzt! Aber wer wissentlich und mit klarem Verstand Fehler macht, begeht ein Verbrechen, denn er missachtet seine Gaben Gottes.«

Der ehemalige Waffenschmied hatte noch nicht ausgeredet, als ein heißer Strahl durch Bertrands Geist und Körper zuckte. Schlagartig erinnerte er sich wieder an seine Aufgabe: Nur wenn er seinen Ring wiederfand, konnte er seinen eigenen Vater vor der Krankheit retten, die ihn sonst bald umbringen würde.

»Iss deinen Brei!«, schreckte ihn die volle Stimme von Tonio Brazzi aus seinen rasenden Gedanken. Bertrand nickte verstört.

»Und dann hock dich hinter das Pult dort auf dem Terrassenvorsprung!«, rief der Faktor hinter ihm her. »Tinte, Feder und Löschsand liegen bereit. Du musst aufschreiben, ehe irgendetwas den Hof des Fondaco verlässt, und jedes Gut hereinlassen, ehe du aufschreibst. Hast du verstanden – genau verstanden, wie die Reihenfolge sein soll?«

»Bitte?«

»Ob du verstanden hast …«

Bertrand empfand plötzlich einen heftigen Widerstand gegen diesen Mann, der seine Leute wie Leibeigene behandelte. Aber vielleicht war Tonio Brazzis direkter und körperlich schmerzhafter Weg sogar aufrichtiger als die milden Blicke, mit denen ihm bisher in den Klöstern ständig seine Schuld und Sündigkeit vorgeworfen worden waren. Hier sollte er nicht beten oder beichten, sondern etwas tun, was sich vorzeigen ließ. Für ihn galt das ab sofort auch für den Bischofsring und die anderen Zeichen, die er finden musste. »Oh ja!«, rief er laut zurück. »Ich habe verstanden!«

»Und nur vor deinen Augen Gezähltes, wenn ich bitten darf!«, rief Brazzi. »Nichts auf Zuruf, ohne dass du bei Ehre und Gewissen Zeuge bist! Und kein einziger Tropfen Ochsengalle über bereits Geschriebenes. Fehler im Eintrag werden säuberlich durchgestrichen und korrigiert! Und nun fang an! Ich muss zur Audienz im Papstpalais.«

Bertrand schüttelte ungläubig den Kopf. Ein grober, ungehobelter, verschuldeter Waffenschmied zu einer Audienz! Noch nie zuvor hatte er etwas Unpassenderes gehört. Er griff nach der Schale mit dem kalt gewordenen Brei und einem hölzernen Löffel. Brazzi zeigte ihm seine Zähne, dann hob er seinen kleinen, immer noch blutigen Finger wie eine Warnung an seinen neuen Schützling.

Erst eine Stunde später trafen alle im Audienzraum an einem großen Tisch zusammen. Sie hatten Gebäck und Zuckerwerk vor sich stehen. Es stammte von den Meistern in Venedig und war mit einer Lieferung jüdischer Händler durch die Lombardei, um das unruhige Mailand herum und durch das Piemont ins Handelshaus von Marco Ambrogio in Avignon und von dort zur Kurie gelangt.

Der Heilige Vater hatte sich ankleiden lassen. Er trug die weiße Soutane und vollen Ornat. Nur statt der üblichen feinen weißen Strümpfe hatte er dicke Socken aus der ungefärbten Wolle der Schafe von den Hängen des Mont Ventoux an. Die meisten der Anwesenden wussten, wie schlecht es dem Pontifex ging und wie er unter den Schmerzen in seinen Nieren und seinem Gedärm litt.

Neben den Kardinälen d'Aux, da Prato und Godin hatte der Papst ein Dutzend Gesandte aus verschiedenen Ländern und einige Schreiber und Kartenzeichner aus dem Kloster der Dominikaner geladen. Die Vornehmen der Gäste redeten nicht über die Schäden, die ihre Häuser, Stallungen und Gärten in den vergangenen Stunden erlitten hatten. Nur die Kleriker, die nichts verloren hatten, beklagten, dass sogar Gebete nichts genutzt hätten.

»Und nun sollten wir uns trotz des Unwetters und des Hochwassers, das fast die Brücke von Avignon mit sich gerissen hätte, wieder um das Heil der Welt kümmern«, sagte der Papst mit sanfter Ironie, nachdem er alle Huldigungen und Grußworte hinter sich gebracht hatte. »Nach der Kaiserkrönung von Heinrich VII. und seinem Tod im vergangenen Jahr haben wir die Verantwortung für das vakante Imperium übernommen. Und wir haben Robert, unseren lieben König von Neapel und Herrscher der Provence, in seinen Absichten noch mehr als zuvor unterstützt. Wir haben im vergangenen Monat durch eine Bulle die Acht für nichtig erklärt, die der verstorbene Kaiser Heinrich VII. über Robert verhängt hat. Auch wenn sich Heinrich seinerzeit geweigert hat, seine Gelöbnisse an die Kirche als einen uns gegebenen Treueid anzuerkennen, haben wir bereits erklärt, dass der Schwur eines römischen Königs – und das war Heinrich ja ebenfalls – grundsätzlich wie ein Vasallen- oder Treueid gelten soll.«

Niemand im Audienzsaal wagte zu atmen. Auch wenn die Stimme des Papstes kaum noch die Kraft früherer Tage besaß, trafen seine Worte wie Schläge mit einem Zweihänder. Genau genommen beanspruchte Clemens V. die gleichen Rechte und Machtbefugnisse wie der schon legendäre Bonifatius VIII. mit seiner vor elf Jahren erlassenen Bulle *Unam sanctam*.

Viele der Anwesenden kannten den Wortlaut und das Bild von den zwei Schwertern, mit denen die Welt regiert wurde. Genau damit hatte Papst Bonifatius VIII. die weltliche Macht der Könige anerkannt. Und zugleich sein eigenes Schwert *pro Ecclesiam* – für die Kirche – dagegengestellt. Demnach konnten weltliche Herrscher ihre Macht nur *ab Ecclesia* – von der Kirche – erhalten. Und damit unterstanden alle Herrschenden dem Bischof von Rom.

»Daraus ergeben sich auch das Recht und die Befugnis«, fuhr der Papst fort, »dass wir selbst die Verwaltung des Reiches während der kaiserlichen Vakanz übernehmen. Wir haben demnach den frommen König Robert von Neapel zum Reichsvikar Italiens ernannt – und zwar unter der Bedingung, dass er zwei Monate nach der Bestätigung eines neuen Königs der Römer von diesem Vikariat zurückzutreten hat.«

Wieder blieb alles still. Jeder der Anwesenden überlegte schnell, welche Veränderungen und Möglichkeiten sich aus der festen Haltung des Papstes ergaben.

»Ist dabei berücksichtigt, dass der Widerstand unter den Anhängern des Reichs in Deutschland, Italien und ebenso in

Frankreich weiter zunehmen wird?«, fragte ein unbedeutender, aber vorlauter Abgesandter aus Hamburg. Er hatte schon seit Wochen vergeblich um eine Einladung zu einer Audienz beim Papst gebeten. Sein größter Fehler war, dass er den Meister des Palastes anfänglich mit Münzen für sein Wohlwollen bezahlen wollte, bei denen schon in Hamburg etwas zu viel Silber vom Rand weggeschnitzt worden war. Derartig schmähliche Betrugsversuche lagen zu deutlich unterhalb der üblichen Geldschneidereien. Schlimm genug, dass Peterspfennige und Ablassgelder noch viel zu oft nur als Falschmünze eingetrieben wurden.

»Wir werden stark genug sein, um neue Kämpfe um das Recht der Staaten und der Kirche zu ertragen«, antwortete Kardinal Niccolò da Prato anstelle des Heiligen Vaters.

»Nicht stark genug für den unglücklichen Kaiser Heinrich«, monierte jetzt auch der Spanier. »Oder scheiterte Eure Unterstützung etwa nicht an der Kraft und am Hass der reichen Stadt am Arno? Florenz als starke Anführerin des großen Guelfenbundes von der Lombardei bis nach Rom hat zuletzt Hand in Hand mit König Robert gegen den König von Rom und deutschen Kaiser gekämpft. Die Republik aus Juden, Wechslern, Kaufleuten und Tuchfabrikanten hat allen Anstrengungen des Kaisers nur gespottet, ohne dass hier aus Avignon irgendeine Rüge kam.«

»Es war nur noch beschämend, all dieses sinnlose Hin und Her Heinrichs VII., all diese unbedachten Belagerungen und die grässlichen Verwüstungen von Äckern und Burgen zu verfolgen«, klagte der Heilige Vater nach einem tiefen Seufzer. »Wir beteten darum, dass dieser Heinrich mit erhabenen Friedensträumen nach Italien ziehen würde. Doch aus dem Friedensfürsten wurde ein Zerstörer, der keine Schonung kannte. Das unglückliche Landvolk in den Ebenen des Po und in der Toskana verfluchte ihn auf den zerstörten Äckern vor verbrannten Ernten –«

»Ja, das ist richtig«, fiel einer der Zuhörer dem Heiligen Vater ungefragt ins Wort. Es war Tonio Brazzi. Empört wandten sich alle dem ungehobelten Kerl zu. Es kam immer wieder vor, dass der eine oder andere Ketzer Schmährufe oder Schlimmeres gegen den Heiligen Vater schleuderte – aber bisher noch nie im Palais des Heiligen Stuhls selbst, im Audienzsaal und in Anwesenheit der edelsten zur Kurie Abgesandten des gesamten Abendlandes.

Zur selben Zeit quälte sich Eliahs altes Maultier mit dem noch immer schwer beladenen Karren von Westen her durch das Stadttor, das nach dem Bischof Agricola benannt war. Die Wachen kannten ihn und ließen ihn gegen ein zweites Stück Stockfisch passieren. Das erste hatten sie bereits erhalten, als er hinausgefahren war.

Sofort stürzten ein paar Bettler und Weiber heran, die sich stets in der Nähe der Tore aufhielten, um Dumme und Ahnungslose in der neuen Stadt des Papstes abzufangen. Eliah warf auch ihnen ein Stück Stockfisch zu. Damit erkaufte er sich den Schutz der großen Diebe vor den kleinen. Er hätte auch das Stadttor an der Baustelle des Dominikanerklosters nehmen können, aber er hoffte, dass er seine teuren Fische ohne größere Verluste vielleicht doch noch im Fondaco von Marco Ambrogio loswurde.

Den Dominikanern waren sie kurz vor ihrem Osterfest zu teuer gewesen. Eliah hatte ihnen Nachlässe bis zur Schmerzgrenze geboten, aber selbst unter seinem eigenen Einkaufspreis fanden die getrockneten Fische keine Abnehmer. Der Grund dafür war so läppisch, dass Eliah nicht darauf gekommen war.

»Was willst du, guter Mann?«, hatte ihn der Bruder Küchenmeister bei den Dominikanern gefragt. »Trockene Fische, die auf dem Weg hierher den Staub des halben Abendlandes eingefangen haben? Und das, nachdem die Fastenzeit vorbei ist. Wie könnte dein Stockfisch gegen leckerste Gerichte von Schwein und Lamm, Rind und Hammel bestehen?«

»Ich verstehe eure Welt nicht«, hatte Eliah vergeblich protestiert. »Vor vier Wochen habt ihr mir ein Vermögen für meinen Trockenfisch geboten, und jetzt wollt ihr daraus nicht einmal mehr die Fischpaste *Brandade de morue* mit Knoblauch, Sahne und Olivenöl machen.«

Ente und Lamm

»Ich verfluche heute noch und vor allen diesen König und Kaiser des Heiligen Römischen Reiches!«

Alle blickten erschreckt auf. Während es hinten im Saal neugieriges Gedränge gab, drehten sich die Würdenträger am Tisch des Papstes mit tadelnden Blicken um. Ritter von Falkenhenn, der wie ein Denkmal in voller Rüstung hinter dem goldenen Sessel des Heiligen Vaters stand, griff nach seinem Schwert. Tonio Brazzi ließ sich nicht beirren. Er hatte sein bestes Gewand aus hellbraunem Samt mit blauem Seidenfutter und vergoldeten Spangen an Schultern und Gürtel angelegt.

»Als hochgeachteter Waffenschmied hätte ich in meiner geliebten und geschundenen Toskana ein größeres Vermögen sammeln können als hier in Avignon oder in Paris. Ich war in Florenz und habe gesehen, wie die Ufer des Arno sinnlos von Blut überschwemmt wurden. Mein Herz weint noch, wenn ich nur daran denke, wie fremdes Kriegsvolk den Garten der Toskana wie eine Wildschweinrotte umgepflügt hat.«

Papst Clemens winkte mit einer müden Handbewegung ab und übergab das Wort an Kardinal da Prato.

Der übernahm sofort. »Was willst du uns damit sagen?«, fragte er. »Sollen wir etwa Hunderte von überflüssigen Turnierlanzen, mit nutzlosen Wappen bemalte Schilde, festliche Pferdeschabracken und prahlerische Helmzier erwerben, die nach dem Turnierverbot überall nutzlos herumliegen?«

»Oder bieten uns die großen italienischen Händler Lanzen und Bogen, Schwerter und Rüstungen aus dem Nachlass des letzten Kaisers an?«, wollte der Meister des Palastes wissen.

»Vielleicht meint der zornige Mann, dass uns die Gläubigen nach dem Verlust von Rom, Akkon und Jerusalem hier auf dem Kreidefelsen von Avignon eine neue Festung für den Heiligen Stuhl bauen sollten«, sagte Kardinal d'Aux mit leisem Spott.

»Das hieße dann wohl, das Provisorium in ein dauerhaftes Asyl umzuwandeln«, stellte der Gesandte Venedigs fest.

»Jegliche Festung ist auf Sand gebaut, wenn es im Inneren und unter den Gläubigen keine Zuversicht und kein Gottvertrauen mehr gibt«, sagte der Papst.

»Also wollt Ihr nicht hierbleiben, sondern nach Rom zurückkehren?«, fragte der Gesandte des Königs von England unverblümt. Für einen Moment hielt jeder im überfüllten Audienzsaal den Atem an.

»Nein, nicht nach Rom, in diesen Sündenpfuhl«, sagte Papst Clemens V. mit großer Anstrengung. Seine Stimme klang brüchig und durch Schmerzen verzerrt. »Aber wir haben auch daran gedacht, nach Bordeaux zurückzukehren und dort unsere letzten Tage zu verbringen.«

»Und Avignon?«, fragte der Spanier gespannt. »Was würde dann aus Avignon und der Grafschaft Venaissin?«

»Wir könnten beides Philipp dem Schönen überantworten«, antwortete der Papst kaum hörbar. »Im Tausch gegen den Schutz des gesamten Kirchenstaats durch den König von Frankreich. Das ist es, was wir euch sagen wollen.«

»Geht es, mit allem Respekt, um beschlossene Tatsachen?«, wollte der Venezianer sofort wissen. »Oder nur um interessante Überlegungen?«

»Das hängt von Paris ab!«, sagte Kardinal d'Aux. Nichts in seinem markanten Gesicht verriet, was er wusste oder dachte.

»Und vom Ratschluss des Allmächtigen«, ergänzte Kardinal Niccolò da Prato äußerst sanft, aber bestimmt. Und plötzlich hatten einige der Versammelten das Gefühl, als wüssten die beiden wichtigsten Ratgeber des Heiligen Vaters längst, was Paris und der Himmel über der Provence beschlossen hatten.

»Nun?«, fragte der schottische Kaplan, als er nahe genug an Miriam heran war.

»Ich habe nur etwas über den Rubin aus der Tiara des Papstes erfahren können«, sagte sie schnell und ohne ihn direkt anzusehen. »Er ist seit dem Attentat auf den Papst bei seiner Krönung in Lyon verschwunden.«

»Das ist selbst in den abgelegensten Tavernen nichts Neues mehr«, sagte Mel Comyn enttäuscht. »Ich weiß auch, dass Ersatz beschafft wurde … ohne Markierung und ohne jedes eingravierte Zeichen.«

»Ja«, sagte sie nur. Vor ihr begannen zwei halbwüchsige Jungen damit, ihren Stand mit Hühnern und Enten abzubauen. Einer von ihnen weinte, und der andere trat mit verbissenem Zorn immer wieder gegen die Käfige. Sie schienen kaum etwas verkauft zu haben.

»Und weiter?«, drängte Comyn. Miriam sah sich besorgt um. Es war nicht gut, wenn sie allzu lange in der Nähe eines Priesters stand. Im Gedränge eines belebten Marktes wäre das nicht weiter aufgefallen, aber nach dem Unwetter befanden sich zu wenige Käufer zwischen den murrenden Ausstellern.

»Gebt mir die braune Stockente dort«, rief Miriam den Jungen zu. »Die mit dem schwarz-weißen Halsring.«

Sofort hielten beide in ihrer ungeliebten Arbeit inne und blickten erstaunt auf. Damit hatte keiner von beiden mehr gerechnet. Miriam fragte nicht einmal nach dem Preis, sondern warf ihnen einfach drei kleine Münzen zu.

Sie reichten ihr die Ente. Sie hatte einen glänzenden, schön geformten Schnabel sowie blanke Augen und stand gut im Fleisch. Sie flatterte kaum, als Miriam sie in ihren Korb setzte und zwei Weidenzweige so zusammenbog, dass sie nicht mehr wegfliegen konnte.

»Also, was ist?«, fragte der Kaplan ungeduldig. »Hast du nun etwas über den roten Stein gehört oder nicht?«

»Niemand von uns hat irgendetwas mit dem Anschlag auf Papst Clemens V. zu tun gehabt!«, stieß sie empört hervor. »Wir zerstechen keine Hostien, trinken kein Blut von getauften Kindern und vergiften keine Brunnen!« Sie presste den Weidenkorb mit der gekauften Ente wie zum Schutz gegen ihre Brust. »Das Gegenteil ist wahr!«, sagte sie in einer Mischung aus Zorn und Trauer. »Denn mein Vater war es, der Euren obersten Priester mit seinem eigenen Leib und Leben geschützt und dadurch gerettet hat! Ohne Ariel Ben Eliah wäre Bertrand de Goth damals von den Trümmern der einstürzenden Mauer erschlagen worden.«

»Dein Vater …«

»Nur ein blutroter Stein für sein Leben … ist das etwa zu viel?« Sie starrte ihn so verzweifelt an, dass er nicht antworten konnte. Gleich darauf sah sie, wie aus dem Palais des Papstes eine grellbunte Flut von mehr als zwei Dutzend geistlichen und weltlichen Würdenträgern quoll. Die Kardinäle trugen riesige purpurrote *Galeros* mit fünf Bändern und Quasten wie runde Wappenschilde auf dem Kopf, die Bischöfe fast ebenso große schwarze Hüte aus Glanzfilz mit ausladenden Krempen und vier grünen Quastenreihen zu ihren violetten Soutanen. Mit lauten Rufen wurden sie und die Kleriker genauso begrüßt wie die Abgesandten und Botschafter der verschiedenen Länder, Könige und Fürsten.

Erst jetzt verstand Miriam den Auflauf. Dort also hatten alle gewartet und ihr Tagewerk vernachlässigt. Fast so, als wäre ein zweiter Sonntagvormittag dem Osterfest gefolgt, standen die Menschen auf dem großen Platz zwischen dem Kreidefelsen, der Kathedrale am Rocher des Domes und dem ehemaligen Bischofspalais vor der Mauer am Rhôneufer. Wie bei einer großen Prozession bewegten sich Edle und Volk über den weiten Platz auf den Markt zu. Einheimische, Zugezogene und Hunderte von Pilgern, die ursprünglich auf der Insel im Fluss hausen sollten, bedrängten die Kleriker.

»Hier, nimm schnell!«, flüsterte Kaplan Mel Comyn dem Mädchen aus dem Carrière zu. »Es ist der Bischofsring mit dem Zeichen der Templer im Amethyst.« Er ging dicht an ihr vorbei. »Ich lasse ihn zu deiner Ente in den Korb fallen. Hüte ihn gut! Und ich will morgen mehr über den verschwundenen Rubin wissen.«

Noch ehe sie irgendetwas antworten konnte, tauchte er in der kreischenden Menge unter.

Einige hundert Schritte entfernt war Bertrand noch immer entsetzt über die brutale Art, mit der Tonio Brazzi seine Leute für ihr Versehen strafte. Er bemühte sich um eine ordentliche und gleichmäßige Handschrift, aber die Tinte im Fondaco war etwas dünner und nicht so rußhaltig, wie er es aus dem Kloster St. Jacques in Paris gewohnt war. Kein Buchstabe bekam die gleiche Schwarzfärbung wie der andere, aber dafür konnte er mit der dünneren Tinte viel schneller und länger schreiben als in Paris. Das war die erste Erkenntnis, die er in einem italienischen Handelshof gewann.

Die Lagerarbeiter im Fondaco hatten alle Lanzen wieder

ausgepackt und die gespreizten Turnierspitzen mit einem besseren Schutz versehen. Während Bertrand das mühsame Treiben mit seinen Blicken verfolgte, blätterte er wie zufällig in dem Folianten, in den er jede verpackte Lanze nach ihrer Länge in unterschiedliche Rubriken eintragen sollte.

Einige Tage zuvor waren Passauer Schwerter eingetroffen. Sechs Monate zuvor waren die gleichen Schwerter an einen Händler in Ingolstadt geliefert worden. Bertrand verstand nicht, welche Bewandtnis es mit dermaßen eigenartigen Käufen und Verkäufen haben konnte. Doch dann fielen ihm die Berichte von einer großen, schrecklichen Schlacht wieder ein, die sich zu Beginn des letzten Winters in Bayern zugetragen hatte.

Es war der Heilige Stuhl, an dem alle Fäden zusammenliefen! Was hier an Nachrichten und geheimen Mitteilungen von den Bischöfen und Legaten, den Ordensoberen oder auch von Pilgern und frommen Büßern eintraf, gelangte nach der Zerschlagung des Templerordens in ein neues, noch größeres Netz des Wissens außerhalb von Rom.

Bertrand erschrak. War das der eigentliche Grund für das Ende der Tempelherren gewesen? Aber was hatte das alles mit dem Bischofsring seines kranken Vaters zu tun?

Er kam nicht mehr zu einer Antwort. Zwei Knechte vom Fuhrpark des Handelshofs öffneten das Haupttor. Der alte Jude Eliah wirkte müde und kraftlos, als er mit seinem Maultierkarren in den Hof der alten Komturei rumpelte. Er lenkte den Karren bis in eine Ecke, dann holte er einen kleinen Getreidesack von der Ladung und hängte ihn seinem Zugtier so um den Hals, dass es fressen konnte. Erst als er sein Tier versorgt hatte, drehte er sich um und kam auf Bertrand zu. Sie sahen sich in die Augen, dann nickte der alte Jude.

»Ein guter Platz, Junge«, sagte er. »Und ein sicherer vor den Hunden des Herrn und den Grauen Büßern. Sie wagen sich nicht hierher.«

Bertrand lächelte unwillkürlich. Er hätte gern gewusst, woher Eliah seine Überzeugung nahm. Der Alte reckte den Kopf, sah sich kurz um und fragte dann: »Hast du hier übernachtet oder bei dem Weib des Händlers, an dem mein Enkel Seder zu unserer Schande einen Narren gefressen hat?«

»Ich bin heute Nacht hierhergebracht worden. Seder wird wohl noch bei ihr sein.«

»Und Brazzi?«, unterbrach Eliah. »Wo ist der Faktor?«

»Er wollte ins Palais und schien eine Einladung für eine Audienz zu haben.«

Eliah verzog sein Gesicht und spuckte aus. »Er kann es einfach nicht lassen! Erst der Kaiser und nun der Papst. Und wieder wird er sich sein Maul verbrennen und alles verlieren! Komm, sei ein guter Christ und gib mir einen Schluck von deinem Wein und etwas Wasser.«

Bertrand goss sauren Wein in seinen Krug nach, füllte aus einer Tonkanne kühles Wasser hinzu und schob den Krug dem alten Juden hin. Eliah war so durstig, dass er alles in einem Zug austrank.

»Und jetzt sieh nach, wann Tonio den letzten Fisch gekauft hat. Ich meine Stockfisch aus England. Und dann trag meinen Fisch als gekauft und an das Volk verteilt ein.«

»Ich fürchte, das darf ich nicht.« Bertrand hielt seine Hand schützend über das Buch. »Ich bin erst seit ein paar Stunden hier und kenne die Regeln noch nicht. Nur dass es wehtut, wenn ich einen Fehler mache, das habe ich bereits verstanden.«

»Die Audienz wird noch nicht beendet sein«, beruhigte ihn Eliah. »Und falls der Kraftprotz Brazzi dir Schwierigkeiten macht, verjage ich ihn mit seinem eigenen Schmiedehammer!«

Bertrand stutzte, dann lachte er. Er mochte den Großvater von Seder und Miriam. Seine eigenen Großeltern hatte er nie kennengelernt – weder die Aquitanier mütterlicherseits, die entfernt mit der Königin Eleonore und Richard Löwenherz verwandt waren, noch die de Goths vom germanischen Stamm.

»Wo ist eigentlich der Ring, den du an deiner Halskette getragen hast?«, fragte Eliah unvermittelt.

Bertrand war wie vom Donner gerührt. »Welchen … welchen Ring meint Ihr?«

»Den Bischofsring deines Vaters«, antwortete der alte Jude. »Mit einem fliederfarbenen geschliffenen Amethyst und einer Gravur wie jene dort.« Er deutete auf die Ecke des Haupthauses der ehemaligen Templerkomturei.

Bertrand sah hoch. Direkt über dem Torbogen zum Hof

entdeckte er einen vorspringenden Wasserspeier, wie sie an den neuen gotischen Kathedralen üblich waren. Doch dieser Wasserspeier zeigte keinen Drachen, keinen schrecklichen Dämon und keine Ausgeburt der Hölle, sondern ein Lamm … ein schlichtes Lamm mit blökend aufgerissenem Maul und großen, tumb blickenden Augen. Mit einem der Vorderläufe hielt das Lamm eine eiserne Stange, die zu einem ebenfalls aus Stein herausgemeißelten Wimpel über der Schulter führte.

»*Agnus Dei* … das Lamm Gottes.«

»Sieh schärfer hin!«

Bertrand kniff die Augen zusammen. Und dann erkannte er hinter dem Wasserspeier am glatten hellen Steinblock, der in die Hausecke eingelassen war, ein ungewöhnlich großes Steinmetzzeichen. Gleichzeitig zuckten Erinnerungen an ähnliche Bilder durch seinen Kopf. Wo hatte er das Lamm mit einem Herzen schon einmal gesehen … und wo das Zeichen des Herzens mit einem Kreuz in seiner Mitte …?

Er sah genauer hin, blinzelte gegen die Sonne und erschrak so tief wie nie zuvor in seinem Leben: Deutlich sichtbar erkannte er jetzt das Zeichen im Stein. Es war das gleiche wie auf dem Bischofsring seines Vaters.

Ein Trupp Waffenknechte verschiedener Herkunft kam mit abgenommenen Eisenhelmen und geschulterten Hellebarden langsam von Süden über die Hauptstraße zum großen Platz am Dom herauf. Es war die Ablösung der Wache am Palais des Papstes. Zugleich näherten sich von Westen her einige vermummte Pénitents gris. Die Grauen Büßer waren auf Abstand zu den bunt gekleideten Würdenträgern aus dem Palais bedacht, die sich nur langsam in die abzweigenden Straßen verteilten.

Miriam hatte plötzlich das Gefühl, als starrten die Augen hinter den schmalen Schlitzen in den Kapuzen ausgerechnet sie an. Ihre Finger tasteten unwillkürlich nach dem Ring in ihrem Flechtkorb mit der Ente, berührten den geschliffenen Stein. Ein scharfer Schmerz wie von der Spitze einer Spindel zuckte von den Fingern durch ihren ganzen Körper. Zackig verwebte Blitze flimmerten vor ihren Augen. Ihr Herz schlug bis zum Hals, als sie von schreienden Menschen am Rand des Marktes beinahe umgerissen wurde. Und dann waren auch schon die ersten der Pénitents gris bei ihr.

Miriam fürchtete sich wie nie zuvor in ihrem Leben. Im letzten Augenblick griff sie ganz nach dem Bischofsring. Der Schmerz verschwand. Sie drückte den breiten Schnabel der Ente auf und schob ihr den Ring tief in den Schlund. Die Ente quakte halb erstickt, dann schluckte sie und flatterte zugleich in wilder Panik.

Kräftige Hände schnellten aus den Seitenschlitzen der grauen Kutten. Sie packten das Mädchen von beiden Seiten an den Oberarmen. Die Grauen nutzten das Gedränge. Ganz so, als würden sie selbst mitgerissen, zogen und schoben sie Miriam auf ein Haus am Rocher des Domes zu. Miriam kannte es. Jeder in Avignon wusste, dass es Kardinal Godin gerade erst gekauft hatte.

Seder Ben Ariel hatte seine Schwester für eine Weile aus den Augen verloren. Er lief in die Rue Jacob, aber dort sah er sie auch nicht. Im Carrière befanden sich viele Menschen auf den Straßen. Seder fragte überall nach seiner Schwester. Einige hatten Miriam morgens gesehen, andere, als sie mit ihrem leeren Weidenkorb an ihnen vorbeigegangen war und wie üblich freundlich gegrüßt hatte.

»Sieh auf dem Markt nach«, empfahl ihm einer der Wechsler, der gerade etwas an den Gewichten und den flachen Schalen seiner Geldwaage nachstellte.

Vom Palais her näherte sich eine bunt zusammengewürfelte, kreischende Menge. Plötzlich sah Seder seine Schwester. Sofort kam Zorn in ihm auf, denn sie sprach mit dem rothaarigen Priester von der Kapelle auf der Brücke. Seder ballte seine Fäuste und wollte bereits losstürmen, als er die Schweizer Wachen und vor ihnen die Kapuzenbüßer sah. Beide Gruppen bewegten sich direkt auf die Stelle zu, an der Miriam mit dem Priester redete.

Noch nie zuvor hatte Seder gehört, dass die Pénitents anders als halb geduckt und unter Klagelauten durch die Gassen gingen. Gewöhnlich entschuldigten sie sich ständig, baten Gott und alle Kirchenfürsten, sie zu foltern und zu strafen. Jetzt aber schnitten sie sogar anderen den Weg ab, stießen Gaffende zur Seite und bewegten sich dabei immer schneller. Seder wusste nicht mehr, in welche Richtung er selbst weiterdrängen sollte.

Seder presste die Lippen zusammen und schüttelte den Kopf. Er verstand nicht recht, was hier geschah. Nur dass er seine Schwester nicht mehr erreichen konnte, zog ihm inzwischen das Gedärm zusammen. Er war nicht einmal mehr zehn Schritte von ihr entfernt, als die Grauen mit ihr im Haus verschwanden.

Der Meister des Palastes

Die gesamte Audienz war so abgelaufen, wie es die beiden Kardinäle geplant hatten. Dennoch bezweifelten die heimlichen Herrscher des Kirchenstaates, ob Papst Clemens V. noch großen Eindruck bei den Anwesenden gemacht hatte.

»Es kann uns gleichgültig sein, was die Abgesandten aus den nordischen Ländern denken«, sagte Kardinal da Prato in seinem Arbeitszimmer am hinteren Ende der oberen Etage und ließ sich von seinen Dienern umkleiden. Für den Nachmittag wollte er eine bequemere dunkle Soutane tragen. »Bis auf einige auf Rache sinnende ehemalige Tempelritter rund um die Marienburg am Baltischen Meer und ein paar Holzköpfe in Bayern werden wohl alle Bischöfe und Fürsten in den deutschen Landen erst einmal abwarten.«

»Ehe wir ein Konklave für die Wahl eines neuen Pontifex vorbereiten, müssen wir uns entscheiden, auf wen wir im Heiligen Römischen Reich setzen«, gab Kardinal d'Aux zu bedenken. Auch er legte Teile seiner strengen Bekleidung ab und ließ sich in einen der Sessel am Fenster fallen. »Entweder wir fördern Ludwig den Wittelsbacher, oder wir sehen zu, dass Friedrich aus dem Hause Habsburg der nächste deutsche Kaiser wird.«

»Dabei sind die beiden Vettern, Milchbrüder fast, zusammen aufgewachsen und am Hof in Wien erzogen«, meinte da Prato und ließ sich einen gläsernen Pokal mit gewürztem, aber immer noch ein wenig saurem Wein aus Kardinal Duèses Weinberg in Châteauneuf reichen.

»Und schlagen sich dennoch die Köpfe ein!«, seufzte Kardinal d'Aux. »Ich kenne noch nicht alle Einzelheiten, aber die Rivalität hat im vergangenen November zum wohl schlimmsten Gemetzel seit Langem geführt. Eine derartige Schlacht zwischen Verwandten mit Tausenden von Rittern, Bogenschützen und Fußkriegern wie die bei Gammelsdorf in unserer Diözese Freising hätte ich bestenfalls südlich der Alpen für möglich gehalten.«

»Vorsicht!«, warnte da Prato. »Ludwig der Bayer hat zwar das österreichische Heer besiegt, aber noch lange nicht die Krone erstritten. Außerdem sollten wir niemals Philipp den Schönen unterschätzen. Sobald er erfährt, dass der Heilige Vater Avignon aufgegeben hat, wird er seinen Bruder als Kaiser des Heiligen Römischen Reiches ins Spiel bringen. Und zwar gegen Ludwig von Bayern und Friedrich von Habsburg!«

»Kann dieser machtversessene Teufel denn nie Ruhe geben?«, stieß Arnaud d'Aux zornig hervor. »Er hat seine schmutzigen Finger bei jedem Gemetzel zwischen England und Schottland im Spiel, vernichtet die beste Organisation von Rittern, die es je gab, und schürt in Deutschland jetzt ebenso Bruderkriege wie in Italien.«

»Was glaubst du, wie unsere Brüder im Glauben übereinander herfallen werden, wenn Clemens nach Bordeaux zurückgeht? Ich jedenfalls werde wohl nicht dabei sein, sondern den Heiligen Vater um ein ruhiges Bistum in der Nähe von Rom bitten.«

»Ich gehe mit ihm«, sagte Arnaud d'Aux wieder gefasst. »Ich muss mit ihm gehen wie in all den Jahren, in denen ich ihm zur Seite stand.«

»Und beim nächsten Konzil? Wen werden wir Kardinäle als Nachfolger von Clemens wählen?«, fragte da Prato.

»Am besten keinen, der dieses schrecklich gewordene Pontifikat lange ertragen muss«, sagte d'Aux. »Es sei denn, er hieße Eckhart von Hochheim, doch der lässt sich nicht zum Kardinal machen. Außerdem hatte er zu enge Verbindungen zur Ketzerin Marguerite Porète und zu den Templern.«

»Dennoch der klügste Kopf, den Thüringen je hervorgebracht hat«, sagte da Prato. »Fast zu vergleichen mit Albertus Magnus und Thomas von Aquin.«

»Aber er bleibt ein ketzerischer, gefährlicher Geist, dieser Meister Eckhart … und einen anderen wüsste ich nicht.«

Kardinal da Prato nickte. »Dennoch werden sich weder unsere italienischen Brüder noch die Kardinäle, die auf Philipp bauen, auf einen Thüringer einigen können. Also bleibt alles offen, und schon das nächste Hochwasser kann Avignon wieder in die Vergessenheit zurückspülen.«

»Es sei denn, der Sohn des Heiligen Vaters kommt noch«, sagte Kardinal d'Aux nachdenklich. »Oder sie bringen ihn.«

Die Grauen stießen Miriam vor sich her bis in einen großen Raum. Einer von ihnen steckte den weiter oben an der Treppe schon entzündeten Kienspan in eine Wandhalterung, dann zog er weiter vorn an einer Kette eine kleine Eisenklappe in der hohen Decke auf, um etwas Luft aus einem Schacht hereinzulassen. Gleich darauf kam er zurück.

Die Kapuzenmänner sprachen kein Wort zu ihr. Sie zogen sich zurück, dann fiel die schwere Tür mit einem harten Geräusch hinter ihr zu. Ein Schlüssel drehte sich zweimal im Schloss, es knackte, und Riegel schoben sich auf der anderen Seite der Tür ins Mauerwerk.

Miriam brauchte eine Weile, bis sich ihre Augen an das Halbdunkel gewöhnt hatten. Erst langsam erkannte sie die wahre Größe des unterirdischen Gewölbes mit einer kreuzförmigen Gewölbedecke. Der Raum war fast so groß wie ihr Hof in der Rue Jacob. Er hatte keine Fenster, dafür an drei Seiten Türen mit großen Schlössern und schweren Eisenbeschlägen. An der vierten Seite befand sich ein kniehohes Podest.

In einer Ecke stand ein langes Streckbett. Direkt darüber hingen Ketten mit Handschellen an der Wand. Außer diesen Gegenständen und dem Podest mit einem Schemel mit ihrem Korb war das eigenartige Gewölbe vollkommen leer. Miriam empfand schreckliche Angst.

Alles, was in den letzten Tagen und Stunden geschehen war, hing auf geheimnisvolle Weise mit dem schönen jungen Mann zusammen, den das Hochwasser an der Brücke von Avignon angespült hatte. Was war mit ihm? Wer war er wirklich? Und welches Geheimnis trug Bertrand in sich?

Ein leises, schon fast vertrautes Quaken ließ sie zusammenfahren. Erst jetzt erinnerte sie sich an die Ente im Weidenkorb. War der Korb mit dem Tier absichtlich auf den Schemel gestellt worden? Sie sah sich suchend um. Vorsichtig ging sie an den kahlen Wänden entlang. Sie waren nicht gemauert und wiesen keinerlei Fugen auf. Erstaunt erkannte sie, dass der gesamte Raum nicht neu gebaut und auch nicht renoviert worden war. Im Gegenteil – die Wände sahen ebenso aus wie Eliahs Kellerräume im Carrière. Sie mussten irgendwann vor langer Zeit aus dem Fels geschlagen worden sein.

Miriam schluckte, dann eilte sie zum Weidenkorb mit der verstörten Ente zurück. Sie musste das Tier einfach herausnehmen und an ihre Brust schmiegen. Sie spürte, dass die Ente als kleiner, ängstlicher Vogel auch nicht besser dran war als sie selbst. Dann fiel ihr der Bischofsring mit dem Amethyst wieder ein.

Die Ente hatte ihn in sich … diesen geheimnisvollen Ring von Bertrand, der ihr vom Priester der Kapelle auf der Brücke für nur eine Nacht übergeben worden war. Vorsichtig strich sie mit ihren Fingern über den Kropf des Vogels. Der breite Schnabel wühlte ein wenig an Miriams Brust. Sie seufzte tief, denn diese Regungen kannte sie noch aus der Zeit, in der sie in Carpentras gelebt hatten.

»Enten fressen einfach alles«, hatte der Großvater ihr damals gesagt. »Sie sind die Schweine unter dem Geflügel.«

Und plötzlich fröstelte Miriam.

Es war bereits dunkel, als Eliahs letzter Enkel zusammen mit Elena von Pisa im Fondaco eintraf. Sie hatte ihn einfach in Kleider ihres dienstbaren Mohren gesteckt, sein Gesicht mit Holzkohle geschwärzt und ihm einen Turban aufgesetzt. Auch Bertrand hatte sich im ersten Augenblick täuschen lassen und ihn für El Moro gehalten.

Inzwischen hatte Seder den ungeliebten Turban abgenommen und sein Gesicht am Wassertrog in der Küche gereinigt. Brazzi ging herum und brachte jedem einen Becher mit unverdünntem roten Wein aus der Toskana.

»Dann muss ich also einen Boten nach Italien schicken«, seufzte Elena. Es klang nicht sonderlich überzeugt.

»Dann schickt auch gleich weitere zum Deutschen Ritterorden in der Marienburg und nach Lissabon zu den ehemaligen Templern dort«, meinte Eliah. Seit er in einem der Sessel saß, wirkte er keineswegs mehr gebrechlich und voll Dienstbarkeit. Er zeigte vielmehr, dass er dem ehemaligen Waffenschmied und der Geliebten seines Enkels mindestens ebenbürtig war. »Jede Nachricht über wichtige Veränderungen in Avignon dürfte zudem an vielen Orten einen Beutel mit guten Goldmünzen, wenn nicht sogar eine ganze Geldkatze wert sein! Ich denke da an Rom, Neapel und Florenz, aber auch an Bayern, London und Paris –«

»Ich verstehe überhaupt nichts mehr«, unterbrach Bertrand. »Ich weiß, wie unziemlich es ist, wenn ich vor Älteren so spreche, aber warum bin ich offensichtlich der Einzige, der nicht weiß, was in Avignon gespielt wird? Und was hat das alles mit mir oder der Jungfrau Miriam zu tun?«

Bertrand spürte, wie das Blut in seine Wangen schoss. Er wurde über und über rot – aber nicht mehr aus Scham, sondern aus Zorn über alle, die ihn nur wie ein Spielzeug oder kleines, ahnungsloses Haustier behandelten.

»Du weißt es nicht?«, fragte Elena spitz und kichernd. »Du weißt wirklich nicht, was für ein Schatz du bist, schöner Jüngling? Zu welcher der neun Engelsordnungen gehörst du eigentlich? Bist du Seraphim, ein Cherubim oder einfach ein Erzengel?«

Und plötzlich ahnte Bertrand, warum er seit Paris von Dominikanern verfolgt worden war. Sie und der Meister des Palastes hatten kein Interesse an ihm, sondern an allen, mit denen er in und um Avignon in Berührung kam.

Er hatte niemals den Großmeister der Templer oder den Präzeptor der Normandie in ihren Kerkern zu Gesicht bekommen. Er hatte Jacques de Molay nur als Zehnjähriger kurz gesehen – damals, als sein Vater ihn ins Kloster von Comminges gebracht hatte. Sollte diese flüchtige Begegnung, an die er sich kaum noch erinnern konnte, irgendetwas mit den späteren Ereignissen zu tun haben? Er fühlte eine eigenartige, dankbare Wärme in allen Gliedern. Und dann grinste Seder Ben Ariel ihn ebenso breit an wie sein Großvater. Im selben Augenblick glaubte Bertrand, dass die beiden seine Gedanken lesen konnten.

»Was wird mit Miriam?«, fragte er.

Eliah von Carpentras nickte ihm eher vorsichtig zu. Nur Seder zeigte Stärke: »Wir müssen Miriam heute Nacht noch aus dem Palais von Kardinal Godin holen. Und wenn es sein muss, auch aus seinem Bett!«

Miriam hatte Hunger, aber sie ekelte sich davor, im Haus des christlichen Hohepriesters etwas zu essen. In all den Stunden, in denen sie beobachtet hatte, wie der winzige Funken an der Wand immer weiter zum unteren Ende des Kienspans wanderte, hatte sich niemand um sie gekümmert.

Stunde um Stunde verging. Sie wusste nicht, wie viele es schon waren. Einmal, als die Ente zu unruhig schnatterte, hatte sie den Vogel aus dem Weidenkorb genommen und herumlaufen lassen. Die Ente hatte sich nicht einmal eine Ecke oder eines der kleinen Löcher an der hinteren Wand gesucht, sondern mitten auf das Podest gekotet. Miriam überlegte lange, ob sie alles wegwischen sollte, dann aber sagte sie sich, dass sie ihr Kleid nicht für Vogelscheiße zerreißen und beschmutzen wollte. Stattdessen hatte sie sich vor die kleinen Rattenlöcher unter der Lüftungsklappe an der Decke gehockt und ihr eigenes Wasser abfließen lassen.

Irgendwann schreckten sie Stimmen und scharrende Geräusche vor der Tür auf. Es war nur ein Küchenjunge, der ihr wortlos eine Holzschale mit Reis, etwas zerkochtem Gemüse und einem Holzlöffel auf den Hocker stellte. Ein stinkender bärtiger Bewaffneter ging dicht an ihr vorbei und setzte einen hölzernen Wassereimer genau dort ab, wo sie sich schon einmal hingehockt hatte. Auf dem Rückweg zur Tür streifte er mit einem fiesen Grinsen ihre Brust. Erst jetzt löste sich der Dritte der Gruppe aus dem Raum vor der Tür und kam herein. Der korpulente Mönch trug das schwarze und weiße Gewand der Dominikaner. Sie hatte ihn bereits in ihrem Haus gesehen.

»Ja, ja«, seufzte er und verdrehte theatralisch die Augen. »So trifft man Hexen wieder!« Er blieb mit seiner Lampe vor ihr stehen und blickte ihr lange prüfend ins Gesicht. »Ich habe draußen vor der Tür einen Tisch mit meinen Schreibgeräten vorbereitet«, sagte er mit weicher Stimme. »Und um die ganze Angelegenheit abzukürzen, frage ich dich, ob du gestehen willst. Wenn ja, dann brauchen wir gar nicht erst mit dem Verhör anzufangen.«

»Was wird mir vorgeworfen?«, fragte sie mühsam beherrscht.

»Sei nicht so frech!«, drohte er auf eine auffällig sanfte, aber sehr gefährliche Art. »Das erfährst du früh genug … kannst du vielleicht lesen oder schreiben?«

»Ja, ich kann beides, aber Hebräisch …«

»Kein Aquitanisch, Provenzalisch oder Französisch?«

»Nein, nicht einmal Latein!«

Er hob die Hand, als wolle er sie schlagen. Der Küchenjunge kicherte, und selbst der grobschlächtige Palastwächter hatte mitbekommen, dass sich das Judenmädchen nichts gefallen ließ. Der Inquisitor spuckte abfällig in eine Ecke. »Das wird dir noch sehr leidtun, spätestens am Karfreitag, wenn wir Gott, unseren Herrn, darum bitten, dass auch die Juden ihrer Verblendung und Finsternis entrissen werden.«

In diesem Augenblick trat ein purpurroter Schatten durch den Türbogen ins Licht der Laterne. Miriam wich unwillkürlich einen Schritt zurück. Sie riss die Hände hoch und schlug sich mit der linken Faust hart vor den Mund, um nicht aufzuschreien. Gleichzeitig stieß sie mit den Füßen den Weidenkorb um. Mit einem lauten und empörten Quaken flatterte die Ente bis in die Ecke mit dem Wassereimer.

Der Meister des Palastes riss die Augen auf, um im Halbdunkel mehr zu erkennen. Er legte seine weißen Hände mit einer Kette wie zum Gebet zusammen. »Wo ist der Bischofsring, Miriam von Carpentras? Und wo habt ihr den jungen Mann versteckt, der den Amethyst an dieser Kette um den Hals getragen hat?«

Die beiden Kirchenfürsten gingen gemessenen Schrittes über die Brücke von Avignon. Sie hatten keine Wachen und nicht einmal Laternen mitgenommen. Nur Kaplan Comyn folgte ihnen mit einigen Schritten Abstand. Seit sich der Schotte als verschwiegener Priester für die kleine Kapelle auf der Brücke und ausreichend für ihre Begleitung bewährt hatte, wählten Arnaud d'Aux und Niccolò da Prato mehrmals pro Woche die Brücke für einen abendlichen Spaziergang bis zur französischen Seite.

Der sternklare Abend tat ihnen auch diesmal gut. Überall blinkten wieder Lichter am Ufer, und über der ummauerten Stadt mit ihren Kirchen und Palais schimmerte gelbliches Licht fast wie ein Heiligenschein. Schräg darüber zeigte sich die Sichel des Mondes.

»Dort drüben bei den Franzosen hat wohl der Bauteufel ebenfalls einen neuen Acker gefunden«, spottete da Prato, während er mit seinem Schuh aus feinem roten Leder einen lose an der

Brüstung hängenden Feldstein ins Flusswasser drückte. »Unsere französischen Kardinäle, denen Avignon bereits zu eng ist, sind ganz wild darauf, im Schatten von Philipps Wehrtürmen Häuser mit großen Gärten, Stallungen und allem Luxus zu bauen.«

Kardinal da Prato fasste an die breite Krempe seines roten Quastenhuts und rückte ihn ein wenig gerader. »Wir sollten das Gegenteil tun und so schnell wie möglich Häuser und Grundstücke aus dem Besitz der Kurie verkaufen, solange sie noch einen Gegenwert erbringen. Wenn das erste Gerücht über einen Abschied des Heiligen Stuhls durch die Gassen von Avignon fliegt, stürzen sämtliche Preise ins Bodenlose!«

»Nicht nur die Preise«, sagte d'Aux nachdenklich. »Wenn wir Avignon jetzt aufgeben, zerstören wir nach dem Verlust von Rom und der Auflösung der Templer die gesamte Kirche.«

»Es gibt also nur noch einen Ausweg? Der Papst muss leben, und Molays unverantwortlicher Fluch darf unter keinen Umständen erfüllt werden!«

»Zu spät«, sagte Kardinal d'Aux. »Ich glaube nicht, dass wir noch etwas verhindern können.«

»Dann hilft nur noch ein Wunder«, sagte Niccolò da Prato.

Arnaud d'Aux lachte bitter. »Der Zweifel ist die erste Nahrung aller Todsünden«, seufzte er. »Dabei wissen wir beide ebenso wie der Heilige Vater, dass es keine andere Möglichkeit gab, als die Templer ganz bewusst ans Kreuz zu schlagen.«

»Du redest wie Pontius Pilatus!«

»Ich *bin* wie Pontius Pilatus!«, sagte d'Aux. »Hast du vergessen, dass ich genau wie er Vorsitzender eines Gerichts war, durch das Unschuldige verurteilt werden sollten? Wie oft hat Pontius Pilatus die Hohepriester, die Mitglieder des Hohen Rates und das Volk in Jerusalem zusammengerufen und ihnen gesagt, dass keiner der Anklagepunkte stichhaltig sei, und Jesus freigegeben.«

»Das bestreite ich nicht.«

»Nichts anderes haben Clemens und ich im Prozess gegen die Templer getan. Wir haben sie freigesprochen, weil kein einziger Anklagepunkt zu beweisen war. Freigesprochen, Niccolò ...«

»Nein, Arnaud! Ihr habt sie nicht freigesprochen, sondern dem König von Frankreich freie Hand gelassen. Und ihr wisst, dass ihr euch damit schuldig gemacht habt!«

Sie waren über die Brücke auf die große Insel gegangen und näherten sich jetzt dem anderen Brückenbollwerk, das wie eine kleine, aber mächtige Burg am Ufer wirkte.

»Den Nazarener haben weder das Recht noch die Richter umgebracht«, sagte Kardinal d'Aux nach einigen Schritten, die sie schweigend zurückgelegt hatten. »Auch im Prozess gegen die Templer in Vienne unter meinem Vorsitz und in Anwesenheit von König Philipp gab es einen klaren Freispruch, obwohl die Soldaten Frankreichs uns bedrohlich belagert haben. Und wie Pontius Pilatus war ich ohnmächtig gegen die weltlichen Geiferer wie Frankreichs Großsiegelbewahrer Guillaume de Nogaret und seinen König Philipp, die immer nur mehr Geld von ihnen und von uns erpressen wollen.«

Die ersten französischen Edelleute kamen vom Ende der Brücke auf sie zu, um vor ihnen auf die Knie zu fallen und ihre Ringe zu küssen. Da Prato achtete kaum auf sie. »Genau deshalb müssen wir uns als die Verteidiger des Glaubens neu formieren, wie es schon Karl Martell und sein Enkel Karl der Große nach den Verheerungen des Landes durch die Sarazenen unter den grünen Fahnen Allahs geschafft haben.«

»Wir haben aber keine Templer und keine andere Streitmacht mehr«, wandte d'Aux ein. Sie drehten sich um, gingen am wartenden schottischen Kaplan vorbei und schritten wieder auf Avignon zu. »Welch ein herrlicher Anblick! Aber im Ernst – Hospitaliter, Johanniter, Franziskaner, Dominikaner … mit welchen könnten wir gegen Paris und das Königsschloss in Fontainebleau anrennen?«

»Ja, du hast recht«, stimmte da Prato zu. »Die Deutschritter der Marienburg suchen sich eigene Aufgaben in Masuren und den slawischen Gebieten, Engländer und Schotten sind mit sich selbst beschäftigt, und Templer, die es bis nach Portugal geschafft haben, errichten dort mit dem alten Kreuzeszeichen einen neuen Christusorden, der nicht mehr in den Kampf reiten, sondern auf Schiffen fremde Länder jenseits der Meere missionieren will.«

»Wir aber haben immer noch die Archive der Tempelritter und das geheime Wissen der Uralten.«

»Wir haben gar nichts mehr«, widersprach da Prato. »Und selbst die letzten Schlüssel zur Weisheit Salomons und Israels sind in den letzten Jahren verloren gegangen. Es gibt den großen Rubin in der Tiara nicht mehr. Der Amethyst im Bischofsring von Bertrand de Goth liegt vermutlich irgendwo auf dem Grund der Rhône, und das Kreuz im Herzen, das dem Lamm Gottes zugeeignet war, ist bisher nirgendwo gefunden worden.«

Kerker und Komturei

Nach langen Abwägungen beschlossen Bertrand, Seder und Eliah, dass sie Miriam noch in der gleichen Nacht aus dem Palais von Kardinal Godin befreien wollten. Und dann machte Elena von Pisa einen höchst unsittlichen Vorschlag.

»Kardinal Godin hat schon lange ein Auge auf mich geworfen«, meinte sie. »Ich bin ganz sicher, dass er mich noch heute Nacht in seinem Schlafgemach empfangen würde, wenn ich an seine Tür klopfe.«

Bertrand starrte sie mit offenem Mund an. Tonio Brazzi lachte, aber Seder sprang auf und packte ihre Handgelenke. »Ein derartiges Lösegeld würde ich niemals akzeptieren!«

Eliah lief nach vorn geneigt von einer Seite des großen Raumes zur anderen, murmelte leise vor sich hin und rang die Hände. Und dann blieb er direkt unter dem Kronleuchter stehen, dessen dicke Kerzen bereits zur Hälfte hinuntergebrannt waren. »Ich muss es tun!«, stieß er hervor. »Wenn wir es ungesehen bis zu meinem Haus im Carrière schaffen, kann ich von dort aus vielleicht einen Weg zu Miriam finden, den ich selbst bisher nur ein einziges Mal gegangen bin.«

Die anderen blickten ihn fragend an.

»Seit der Zeit der ersten Christen aus Rom gibt es auch hier Höhlen und Katakomben im Inneren des Domfelsens. Einige von ihnen wurden während der Belagerung der Stadt durch die Sarazenen und später die Franken unter ihrem Majordomus Karl Martell von herabgefallenem Geröll befreit und weiter vorgetrieben. Andere wurden während der Kreuzzüge gegen die Katharer und Albigenser so versiegelt, dass niemand mehr diese Teile benutzen konnte. Ich kann nicht sagen, ob das Palais des Papstes noch an das Höhlensystem angeschlossen ist, aber eins weiß ich mit Sicherheit.«

Bertrand spürte, wie eine heiße Welle durch seinen ganzen Körper bis in die Fingerspitzen und Zehen lief.

»Es gibt einen unterirdischen Weg von meinem Haus bis zu den Kellergewölben im Palais von Kardinal Pierre Godin«, sagte

Eliah von Carpentras. »Allerdings kann es sein, dass er durch das Hochwasser überflutet ist.«

Für eine Ewigkeit blieb alles still im Refektorium der ehemaligen Templerkomturei. Sie sahen sich schweigend an.

»Ich kann sehr lange schwimmen«, sagte Bertrand dann.

Das Rascheln im rötlichen Dämmerlicht des steinernen Gefängnisses schreckte Miriam nicht mehr. Nur noch ein Funke an der Spitze des Kienspans an der Mauer über dem Podest glomm. Trotzdem sah sie die Ratten. Einige sahen nass aus, als wären sie hinter den Löchern zwischen dem Steinboden und der rückwärtigen Mauer geschwommen.

Sie hatte inzwischen jede Handbreit des Mauerwerks untersucht. Insgesamt gab es nur drei Öffnungen außer der Tür, durch die sie hereingebracht worden war: die kopfgroße Luke am Lüftungsschacht nach oben und zwei faustgroße Rattenlöcher. Aus einem der unteren Löcher wehte ein kühler Luftzug. Aus dem anderen roch es feucht und modrig.

Sie wusste nicht, wie viele Stunden seit dem Besuch von Kardinal Godin und seinen Begleitern vergangen waren. Um die Zeit des Wartens auszuhalten, war sie immer wieder an den Wänden der Gruft entlanggegangen. Am Anfang hatte sie ihre Schritte gezählt. Sie brauchte genau vierundzwanzig für einen Rundgang. Dann hatte sie sich vorgestellt, sie würde mit ihrer Ente im Weidenkorb immer quer durch die Stadt von einem Stadttor zum anderen gehen – zuerst von der Porte Agricole zur Porte Merhéron. Die Strecke von einer Schmalseite der Stadt zur anderen entsprach etwa dreißig Rundgängen an den Wänden ihres Kerkers. Für den Weg vom Brückentor im Nordwesten quer durch die längere Ausdehnung der Stadt bis zur Porte Imbert, hinter der die Straße der Färber begann, brauchte sie genau doppelt so viele Schritte. Das lag daran, dass die Stadt nicht rund oder eckig angelegt war, sondern eher wie ein Sack in der Biegung des Flusses oder wie eine längliche Trüffel.

Jedes Mal wenn sie einen der längeren Wege hinter sich gebracht hatte, setzte sie sich für kurze Zeit auf den Schemel. Sie hatte ihn auf die Streckbank gestellt und musste dafür hochsteigen. Trotzdem legte sie die Arme um den Korb mit der Ente und um ihre angezogenen Beine, wenn sie ein wenig ausruhen und schlafen wollte. Sie wachte erst wieder auf, wenn mehr als ein halbes Dutzend Ratten unter dem Schemel pfiffen und gegen die schräg stehenden Schemelbeine sprangen. Sie waren so geschickt, dass sie bis auf die Streckbank klettern konnten. Nur dort, wo das Sitzbrett des Schemels weit überstand, kamen sie nicht weiter. Aber sie rochen das vom Gehen erhitzte Mädchen und die verängstigt aufflatternde Ente.

Anders als viele junge Frauen in der Stadt, die nur Zicklein und Lämmer, Küken oder junge Welpen entzückend fanden, kam Miriam mit allen Tieren aus – selbst wenn es Spinnen oder Ratten, Asseln oder Kakerlaken waren. Sie respektierte das Leben in jeglicher Form, auch wenn sie darauf achtete, dass koscher gearbeitet wurde, wenn ein Tier zur Ernährung von Menschen sein Leben lassen musste. Sie würde niemals Fleisch von einem Tier annehmen, das *newela*, also verendet, oder *terefa*, zerrissen, war. Auch Fleisch mit Fettresten nahm sie nicht.

»Alles Fett ist für den Herrn«, stand im dritten Buch Mose. Sie hielt sich zumindest bei den Opfertieren daran, denn »wer Fett von Opfertieren oder das Blut von Vieh oder Vögeln isst, der sollte ausgerottet werden«.

Zum ersten Mal in dieser Nacht liefen Tränen über ihre Wangen. Gleichzeitig fühlte sie sich so verlassen wie nie zuvor, aber sie weinte nicht über ihr eigenes Schicksal, sondern darüber, wie ihre Schwester gestorben war – vergewaltigt von Christen, die Hostien aus Mehl und Wasser brachen und daran glaubten, das sie sich in das Fleisch eines Gottessohnes verwandelten. Und die roten Wein als Blut tranken … das Blut des Propheten aus Nazareth, den sie inzwischen Jesus Christus nannten.

Nur manchmal, wenn sie nicht weinen musste und nicht vor Erschöpfung auf dem Schemel einschlief, lächelte sie wie unter einem warmen Sonnenstrahl in den Weinbergen von Carpentras. Dann stellte sie sich vor, wie sie mit ihm, dem schönen blonden Mann, nackt im Gras saß und behutsam eine Weintraube für ihn pflückte.

»Schließ deine Augen«, sagte sie, »und nimm den Kopf zurück.«

Sie träumte, wie die Sonnenwärme seine Augenlider wärmte

und er mit halb geöffneten Lippen atmete. Sie beugte sich über ihn, und mit den Spitzen ihrer Brüste berührte sie die hellen Härchen auf seiner Brust. Sie hielt ihm die Weintraube vor die Lippen und lachte still, als er zubiss. Sie küsste ihn, und ihrer beider Lippen tranken den warmen, süßen Traubensaft, der noch nicht Wein geworden war.

Die Sterne über der Provence glitzerten wie Diamanten im gar nicht schwarzen, sondern tiefblauen Himmelsgewölbe. Die Nacht zum Karfreitag war angenehm und eher kühl, aber die Wände der Häuser und der Mauern strahlten auch nach Mitternacht noch Sonnenwärme des vergangenen Tages ab.

Inzwischen war Ruhe in den Gasthäusern und Schenken eingekehrt. Bertrand, Eliah, sein Enkel Seder und Tonio Brazzi bewegten sich vorsichtig durch die schlafende Stadt. Seder ging fünf Schritte vor seinem Großvater und Bertrand. Brazzi bildete die Nachhut. Elena von Pisa war im Fondaco zurückgeblieben. Sie sollte zur Terz, der dritten Stunde nach Sonnenaufgang, für eine Ablenkung vor dem Haupteingang von Kardinal Godins Palais sorgen.

Doch noch war es nicht so weit. Bertrand wunderte sich über die eigenartige, unwirkliche Stille. Selbst in den ruhigsten Nächten hatte es immer Unmengen von Geräuschen in Paris gegeben. Hier aber schien tatsächlich die ganze Stadt zu schlafen.

Die Männer setzten in weichen Filzschuhen einen Fuß vor den anderen. Sie hatten ihre eng anliegenden Beinkleider zusätzlich mit in Kastaniensaft gefärbten Leinenstreifen straff umwickelt. Über den Hosen trugen sie bis über die Gürtel fallende Hemden wie die Bauern am Mont Ventoux. Zusätzlich hatten alle vier dunkle Kapuzen der Pénitents gris mit hohen Spitzen und ausgefransten Augenschlitzen übergezogen. Sämtliche Kleider stammten aus den Vorräten des Fondaco.

Bei Tageslicht hätten die vier Männer einfach der Straße folgen können, die von den Hafenbuchten am Fluss im Westen am Kloster der Dominikaner vorbei und durch das Tor von Bischof Agricola ins Innere der Stadt führte. Die Kirche von Agricola lag nördlich davon, die ehemalige Komturei der Tempelritter südlich.

»Siehst du die Mauer dort?«, fragte Eliah und winkte Bertrand zu sich. »Stammt noch von den Römern. Und ist heute Nacht ein guter Schatten für uns.«

In Paris hatten Mönche und Studenten wie er niemals nach der Komplet, dem Gebet zur Nachtruhe, die schützenden Mauern der Häuser und Höfe verlassen. Der Gang durch Avignon in der eigenartigen Nacht kam ihm vor, als bewege er sich in einer völlig anderen, unheimlichen und dennoch aufregenden Traumwelt. Es fiel ihm schwer, all das, was er jetzt hörte, sah und empfand, als die eigentliche Wahrheit zu erkennen.

Und dann geschah es. Eisen krachte auf alte Mauersteine. Gedämpft aufschreiende Körper wirbelten durch die Nacht, und Säcke mit allerlei Metallgeschirr schepperten weit über Kopfsteinpflaster. Tonio Brazzi ließ seine Arme wie Schmiedehämmer wirbeln. Er fing einen langen, heimtückisch geworfenen Dolch kurz vor Bertrands Gesicht aus der Luft ab. Die tödliche Klinge hatte sich durch ein kurzes Aufblinken im Mondlicht verraten.

»Weiter!«, befahl Eliah sofort.

Sie stiegen schnell über zahlreiche Schatten, die schlafend oder betrunken an den Straßenrändern lagen. Es waren zu viele Menschen, die sich beim großen Unwetter von der Insel im Fluss in die Stadt gerettet hatten. Bertrand würgte und hustete und sehnte sich plötzlich nach dem himmlisch betäubenden Duft von Weihrauch.

Die nächste Begegnung mit dem Unbekannten hätte die vier Männer fast noch vor der Rue Jacob getroffen. Hinter einer Hofmauer stritten sich ein Mann und eine Frau. Gleich darauf schlug eine Fensterlade im oberen Stockwerk einer schon geschlossenen italienischen Trattoria auf. Ein gefülltes Nachtgeschirr flog über ihre Köpfe hinweg gegen die Fassade des gegenüberliegenden Hauses und zerbarst mit einer Wolke aus Gestank. Sie konnten gerade noch rechtzeitig zur Seite springen und loslaufen. Erst nach den letzten Schritten in den Hof von Eliahs Haus fühlten sie sich sicherer. Sie zogen ihre verschwitzten Kapuzen ab, lehnten sich gegen die Hauswand und verschnauften.

»Geht schon wieder«, keuchte Bertrand, ohne dass einer der anderen etwas gefragt hatte.

»Und jetzt hinab in unseren Felsen!«, befahl Eliah, dem selbst der schnelle Lauf zum Schluss kaum etwas ausgemacht hatte. »Wir müssen vor der Terz bei meiner Enkelin Miriam sein, denn danach ist bei allen Christen heute nur noch die Hölle los.«

Bertrand lachte trocken. »Seltsam, dass gerade Ihr das sagt.«

»Willst du etwas anderes hören?«, fragte Eliah. »Die ganze Fastenzeit und sämtliche Tage vor Ostern sind bei euch Christen doch nichts anderes als Klage und Gejammer über das Gerichtsurteil eines römischen Statthalters über einen jüdischen Aufrührer. Ein Fluch, mit dem ihr uns seit mehr als tausend Jahren leiden lasst.«

Es war noch dunkel, als Papst Clemens V. vom ersten Hahnenschrei erwachte. Er wollte sich in seinen Kissen aufrichten, schaffte es aber nicht. Auch für Gebete, die ihn von den Schmerzen auf seiner Haut, im Fleisch der Glieder und in sämtlichen Gelenken ablenken konnten, hatte er keine Kraft.

Ein zweiter Hahnenschrei. So schnell schon? Und so kläglich? Er war mit den Gedanken an die Ereignisse eingeschlafen, die sich vor langer, langer Zeit im Heiligen Land zugetragen hatten. Ja, eigentlich hätte er viel lieber in jener Zeit von Roms Kaiser Augustus und Herodes gelebt. Sie waren ihm viel näher als alle deutschen Kaiser des Heiligen Römischen Reiches oder die Könige von Neapel, Frankreich und England.

Er wusste, dass er nur noch kurze Zeit zu leben hatte – sehr kurze Zeit sogar. Im Osten zeigte sich das erste Licht des neuen Tages. Mit ihm begann das größte, traurigste und zugleich schönste Fest des ganzen Kirchenjahres. Wenn es vorbei war, wollte er Avignon verlassen, nach Bordeaux zurückkehren und vielleicht noch einmal seine Sammlung der Dekrete des Konzils von Vienne durchsehen. Sie und seine eigenen zusätzlichen Entscheidungen, die er zu vielen Rechtsfragen gefällt hatte, sollten sein Vermächtnis sein.

Urplötzlich war der Schmerz verschwunden. Im ersten Augenblick glaubte Bertrand de Goth bereits, dass er gestorben sei … sanft, ohne Aufschrei und ohne noch mehr Qualen. Einfach als Papst Clemens V. hinübergegangen über die Brücke von Avignon … oder über eine andere ins himmlische Jerusalem.

Er wagte kaum, ein Dankgebet zu flüstern. Glücklich wie lange nicht mehr schlief er wieder ein.

Nachdem Eliah dem ehemaligen Waffenschmied gezeigt hatte, welche der Felswände im Keller nicht aus massivem Stein bestand, übernahm Tonio Brazzi das Kommando. Er schickte Seder und Bertrand wieder nach oben.

»Holt mir die Deichsel vom Maultierkarren!«

Eliah protestierte mit erhobenen Händen. In seiner Aufregung vergaß er, dass der Italiener die alte Langue d'oc aus den Gebieten südlich der Loire nicht verstand. Wieder und wieder wollte Eliah ihm erklären, wo man neben der Mikwe stehen musste, um den Fels mit einem siebenarmigen Leuchter zu öffnen.

Als Bertrand und Seder die Deichsel an der Wand der steilen Treppen hinabließen, packte Brazzi mit einem abfälligen Schnalzlaut zu. Er nahm die Deichsel wie eine Lanze, stampfte bis zur gegenüberliegenden Wand, drehte sich um und rannte wie ein Ritter im Turnier, doch ohne starkes Pferd, mit der Deichsel gegen die Felswand.

Die Deichsel splitterte und brach. Ihre Stücke flogen durch den ganzen Raum und hinab ins Wasser der alten Mikwe. Das war das Schlimmste für Eliah von Carpentras. Er stürzte über die Steinstufen nach unten, hielt sich mit einer Hand fest und sammelte mit der anderen jedes einzelne Stück Holz aus dem dunklen klaren Wasser.

Während er vor sich hin schimpfte und auch Brazzi wütend mit dem Rest der Deichsel gegen die Wand schlug, griff Seder schnaubend nach dem Leuchter. Er stieß Brazzi zur Seite und rammte dann die sieben Arme so in die acht Ringe von Wandleuchtern, dass der linke Ring frei blieb. Brazzi hob seinen Deichselrest, als ob er zuschlagen wollte.

Mit großen Augen beobachtete Bertrand, wie Seder den Leuchter wie eine festgeklemmte Heugabel drehte. Jetzt kam auch Eliah mit einem Armvoll Holzsplitter wieder aus dem Wasserloch der Mikwe.

»Alles verunreinigt!«, fauchte er den massigen Waffenschmied an. »Du hast das Heiligste, was ich in diesem Keller habe, mit dem Schweiß des Maultiers und seinen Fellhaaren verunreinigt!«

»Was soll's?«, schimpfte Brazzi. »Du bist doch selbst nicht koscher!«

Bertrand kam sich vor wie in einem Tollhaus. Alles in seinem Kopf dröhnte und klingelte. Wie zum Teufel konnte jeder dieser erwachsenen, welterfahrenen Männer derartig widersinnig und ohne jedes Zusammenspiel seinen eigenen Kopf durchsetzen wollen? »Ich könnte es für euch tun«, sagte er. Sie hielten augenblicklich inne und starrten ihn ungläubig an.

»Du?«, fragte Seder. »Aber du weißt doch gar nicht –«

Bertrand ging an ihm vorbei. Mit sanftem Druck schob er Tonio Brazzi zur Seite, dann auch Seder und Eliah. Bertrand griff mit beiden Händen nach dem Leuchter. Er versetzte ihn so, dass jetzt der rechte Lampenring frei blieb.

»Nennt mir den Spruch«, sagte er zu Seder und Eliah. »Den Zauberspruch, wie lange und wie oft man nach links und rechts drehen muss.«

»Du kennst das Geheimnis der Zaubersprüche?«, fragte der ehemalige Waffenschmied verwundert. Ein Lächeln huschte über Bertrands Gesicht. Dann nickte er.

»Meister Eckhart in Paris war zwar kein Alchemist und auch kein Schmied«, sagte er, »aber ich weiß von ihm, dass Zaubersprüche, Gebete und Rituale viel genauer als andere Methoden zum Einteilen der Zeit sind. Sonnenuhren sind nachts und im Schatten wertlos. Wasseruhren tropfen immer langsamer, je weniger Wasser in einem Behälter übrig ist. Doch wenn du einen Zauberspruch oder einen Reim aufsagst, wird die Melodie und die Zeit, die du dafür brauchst, fest in dein Gedächtnis eingegraben.«

»So habe ich das noch nie gehört«, sagte Seder anerkennend. Wieder lächelte Bertrand. Jetzt endlich konnte er ihnen etwas beibringen, was sie noch nicht wussten.

»Probiert es aus«, sagte er. »Nennt mir den Zauberspruch, der die Wand hier vor uns öffnet. Ich drehe dabei den Leuchter und mit seinen Armen die Ringe für die Fackeln.«

»Es ist der Priestersegen, den Aaron im Namen Gottes über die Kinder Israels sprechen sollte.«

»Halt«, sagte Bertrand. »Ich kann kein Hebräisch.«

»Dann spreche ich die Formel aus dem vierten Buch Mose

mit den Worten und genau in der Zeit, wie beides auch für Christen gilt.«

»Ich bin so weit«, sagte Bertrand. Er erwartete gespannt ein verschlüsseltes Abrakadabra, doch dann hörte er von dem ehemaligen Rabbi Worte, die ihn wie eine Gotteslästerung erschreckten: »Der Herr segne und behüte dich.«

Zitternd drehte Bertrand genau bis zu dieser Atempause nach rechts. Er wusste nicht, ob er empört oder beschämt sein sollte. Doch dann verstand er: Natürlich war das Alte Testament kein Eigentum der Christen. Auch die Juden kannten und benutzten es.

»Der Herr lasse sein Angesicht leuchten über dir und sei dir gnädig.«

Diesmal hatte er den Leuchter nach links gedreht. Er stand jetzt etwas weiter nach links als zu Beginn. Aber durften Juden, denen Kirchen und fast jedes Handwerk verboten waren, Wort für Wort die gleichen Segen sprechen wie ein getaufter Christ?

»Der Herr erhebe sein Angesicht über dich und gebe dir Frieden.«

Mit der Drehung in der Länge des dritten Satzes standen die Leuchterarme beinahe wieder dort, wo sie beim ersten Teil des Segens gestanden hatten, aber nur beinahe.

»Und jetzt drücken«, sagte Eliah. Es war, als würden die Leuchterarme zusammen mit den Halterungen für die Lampen an der Wand ein verborgenes Kirchenuhrwerk wie in Augsburg oder Mailand in Betrieb setzen.

Brazzi stand mit vorgeschobener Unterlippe vor der langsam größer werdenden Öffnung in der Wand. Eliah von Carpentras wischte sich mit dem noch nassen Handrücken über den Mund, und Seder zwinkerte Bertrand zu.

»Jetzt sind es nicht einmal zweihundert Schritte bis zu den Kellerräumen unter dem neuen Palais von Kardinal Godin«, sagte er. »Doch wenn wir Pech haben, ist der Gang an einer Stelle noch überflutet vom letzten Hochwasser.«

»Ich sagte schon – ich kann schwimmen«, grinste Bertrand.

Die Wege des Herrn

Sie kamen nur hintereinander und halb gebückt in den engen, verwinkelten Gängen voran. Eliah hatte die Führung übernommen. Er trug eine Lampenschale mit drei kleinen Flammen. Hinter ihm gingen Bertrand und Seder. Auch sie trugen flache Öllampen. Tonio Brazzi hatte die meisten Schwierigkeiten.

»Ich hasse derartig enge Räume! Ich brauche Platz zum Schwingen meiner Arme.«

»Dann mach die Augen auf, du mutigster von allen welschen Schmieden«, knurrte Eliah beinahe schadenfroh und sprang einen Schritt zur Seite. Gleich darauf verbreiterte sich der Gang und mündete in eine tonnenartige Höhle. Sofort wurden die Öffnungen von drei weiteren Gängen sichtbar. Zwischen ihnen befanden sich in drei Etagen übereinander längliche Felsennischen.

»Sind das etwa Gräber aus der Zeit der Christenverfolgung?«, fragte Brazzi verwundert.

»Vielleicht«, antwortete Eliah. »Vielleicht auch von Juden, denn auch sie wurden verfolgt … besonders von euch Christen zur Osterzeit.«

»Wie geht es weiter?«, versuchte Bertrand abzulenken.

»Ich weiß nicht, was uns weiter vorn erwartet«, sagte Eliah. Er drehte sich zu seinem Enkel um. »Aber du wirst uns sicher gleich eine von deinen phantastischen Erklärungen anbieten.«

»Das Zeichen der beiden Wellen über dem rechten Gang dort zeigt an, dass er zum Fluss führt«, sagte Seder Ben Ariel. »Vermutlich steht dort das Wasser noch von der letzten Überschwemmung.«

Eliah nickte knapp. »Das wäre möglich.«

Bertrand hatte plötzlich das Gefühl, als wollte der ehemalige Rabbi nicht, dass Seder über ganz bestimmte, geheimnisvolle Dinge innerhalb des Felsens sprach. Stattdessen redete er selbst weiter: »Ich habe Zeichnungen von einer archimedischen Schraube in den alten Büchern über die geheime Zuflucht im Rocher des Domes gesehen. Es gab dort früher wohl ein

Hebewerk, mit dem steinerne Riegel in den Gängen durch das Gewicht und den Druck des Wassers verschoben werden konnten. Mehr aber –«

»Das Christus-Monogramm dort vorn ... über dem mittleren Gang«, unterbrach Seder. »Das kenne ich. Es zeigt den Weg zur Krypta unter der Kathedrale. Aber ich schwöre, dass ich aus diesem Gang nie etwas geholt habe.«

Eliah fuhr sich mit der Zunge über die Lippen, dann hob er kurz die Hände und gab auf. »Nun gut, du kennst die geheimen Wege hier. Dann weißt du auch, dass es dort rechts durch den Rocher des Domes bis zum alten Bischofspalais weitergeht.«

»Dann müsste der linke Gang der richtige für uns sein«, stellte Tonio Brazzi fest. »Wenn ich mir den Verlauf der Straßen und Gassen über uns vorstelle, könnte dieser Gang das neue Palais von Kardinal Godin berühren.«

»Nun, es sieht nicht so aus, als ob Bertrand schwimmen müsste«, grinste Seder. »Ich gehe voran. Bleibt ihr zurück, bis ich wie eine Ziege meckere. Doch wenn ich schreie, dann folgt mir nicht, sondern seht zu, dass ihr so schnell wie möglich wegkommt.«

Ohne auf eine Antwort zu warten, zündete er sich an der Lampe seines Großvaters seine eigene Öllampe an, duckte sich wieder und marschierte los. Gleich darauf war der schwankende Lichtschein im linken der Gänge verschwunden.

Die dicht verschleierte, mit einer Spitzhaube behütete Dame kam langsam aus der schräg abfallenden Rue Rouge. Schritt für Schritt wiegend näherte sie sich dem Ratspalais vor dem Rocher des Domes. Sie trug einen bis zu den Füßen reichenden Umhang ohne Ärmel aus azurblauem Brüsseler Tuch, von dem schon eine Elle ein Vermögen kostete. Der Mantel war am Rand mit Brokatstreifen und grau-weißem Wieselpelz besetzt. Er wurde vorn durch mehrere perlenbesetzte Spangen zusammengehalten. Darunter trug sie ein dunkelblaues, weich fallendes Samtgewand mit einem Ausschnitt, der eher den Töchtern der Freude in Paris angemessen war, und kleine Mailänder Stiefelchen aus hellem Ziegenleder.

Drei Schritte vor ihr bahnte sich ein Mohr mit einem blaugelben Seidenturban, einem ebenso leuchtenden Wams mit großen Perlenketten und weißen Pluderhosen den Weg. Er war nicht sonderlich groß oder kräftig, aber die Selbstverständlichkeit, mit der er innerhalb der Stadt und in der Fastenzeit ein Krummschwert in seinem doppelt handbreiten Gürtel aus grün gerafftem Ziegenleder trug, beeindruckte die frühen Gaffer und übernächtigt auf den Straßen und Plätzen herumlungernden Pilger mehr als die Palastwachen mit ihren zugelassenen Hellebarden.

Hinter ihr stampften zwei finstere Burschen aus den Bergen im Norden der Toskana durch die Morgenkühle. Mit ihren Halbhelmen und vor der Brust gekreuzten Wehrgehängen wirkten sie wie schlecht entlohnte Söldner. Sie gehörten zu den Waffenknechten des Fondaco von Marco Ambrogio. Durch eine Anordnung von Kardinal Godin durften Männer wie sie in der Stadt nur Knüppel und keine metallenen Waffen tragen.

Der Mohr erreichte die Rathaustreppe. Wie verabredet sprang er einige Stufen hinauf und blieb dann ruckartig stehen. Das Weib des Kaufmanns ging an ihm vorbei bis zur ersten Treppenplattform. Die beiden Toskaner mit ihren Knüppeln folgten ihr bis zu einer Stelle, an der sie fast mit den Wächtern des Rates zusammenstießen.

Elena von Pisa und ihre Begleiter warteten, bis der Stundenzeiger genau waagerecht stand. Drei Glockenschläge. Die dritte Stunde nach Sonnenaufgang.

»Los, macht uns Platz!«, befahl der Mohr.

Die beiden Toskaner griffen sich zwei der Wächter vor dem Rathaus. Die Jungen wehrten sich, wollten schreien, aber gehorchten. Gemeinsam und mit zusätzlichen Eisenhelmen zog die eigenartige Prozession einige Schritte weiter. Doch nicht das ehemalige Palais des Bischofs von Avignon war ihr Ziel, sondern das neue, hell im Morgenlicht erstrahlende Palais von Kardinal Pierre Godin. Der erste der Toskaner packte sich einen der beiden Jungen und hielt ihn mit einem Arm umschlungen. Im anderen hatte er einen der Helme. Der zweite Waffenknecht trommelte mit beiden Wurzelholzknütteln so wild auf den Helm ein, dass jedermann denken musste, die Helme auf den Köpfen der Wächter würden getroffen.

Es dauerte nur wenige Augenblicke, bis die unteren Fensterläden am Palais Godin aufflogen und wütende Schmährufe über die Straße schallten. Andere Fenster öffneten sich, Türen sprangen auf, und im Nu herrschte ein wildes Durcheinander vor dem Haus des Kardinals.

Elena von Pisa stand wie eine Kriegsgöttin inmitten der immer größer werdenden Menge. Sie genoss den Aufruhr ebenso wie die Aufmerksamkeit, die ihr von allen Seiten entgegengebracht wurde. Nichts war ihr lieber als ein Höchstmaß an Protest und Empörung. Denn nichts konnte die Menschen mehr ablenken als die Aufwallung ihrer eigenen Gefühle.

Und dann sah sie über die Köpfe der Menschen hinweg, wie sich oben ein lindgrüner Seidenvorhang an einem der hohen Fenster bewegte. Für einen Moment wurde dahinter eine rote Gestalt sichtbar. Sie trug einen kreisrunden Hut, dessen große und steife Krempe bis über die Schultern ragte.

Kardinal Godin sah sofort, dass der ganze Lärm nur von einer Handvoll Leuten veranstaltet wurde. Im selben Augenblick wurde ihm klar, was das verruchte Weib wirklich beabsichtigte. Die schwarze Schlange wollte ihn nicht herausfordern, sondern von irgendetwas ablenken! Ließ sie auf Eisenhelme schlagen, damit er und die Männer in seiner Umgebung nicht auf andere Schläge achteten?

Schläge im Rocher des Domes?

Godin drehte sich ruckartig um. Die beiden Mönche aus Paris fuhren unwillkürlich zusammen. Sie standen an der gegenüberliegenden Wand des großen Empfangssaals, in dem der Meister des Palastes auch seine Akten, Urkunden und Briefe las. Zwei seiner eigenen Schreibmönche standen zusammen mit einem Diakon und einem älteren, trotz des Lärms friedlich im Stehen schlafenden Kaplan ebenfalls vor der Wand und warteten. Vor der hohen geöffneten Doppeltür an der Seite wuselten weitere Priester, Mönche und Bedienstete herum.

Godin schickte alle mit einer Handbewegung fort. Nur den beiden Dominikanern aus Paris bedeutete er, dass sie bleiben sollten. »Was haltet ihr davon?«, fragte er, als sie allein waren.

»Da will Euch irgendjemand ärgern, Eminenz«, sagte der

dicke Mönch und kniff die Augen zusammen. »Und dafür muss es Gründe geben.«

»Die du nicht kennst, aber gern kennen würdest.«

»So ist es, Eminenz.«

»Dann kommt beide mit. Wir gehen nochmals in die Keller. Und diesmal wird das Mädchen uns verraten, wo ihr Bruder ist, oder sie fährt heute noch zur Hölle. Das verspreche ich euch! Und das gibt schöne weiße Knochen.«

Die beiden Mönche wagten nicht, sich gegenseitig anzusehen. Sie waren sich nicht sicher, ob die Worte des Kardinals als gottesfürchtig oder ketzerisch zu werten waren. Dennoch kam ihnen das, was Godin voller Schwung gesagt hatte, wie ein versehentliches Geständnis vor.

Es klang, als würden tausend Tote in den Tiefen der Katakomben kämpfen. Bertrand spürte, wie sein Mund trocken wurde. Gleichzeitig begann sein Herz zu rasen. »Mein Gott, was ist das?«

»Reiß dich zusammen«, forderte Eliah. »Du bist hier nicht im Fegefeuer und nicht im Vorhof irgendeiner Hölle.«

»Aber das Trommeln … so hart und hohl wie auf Totenschädeln!«

»Auf leeren Eisenhelmen.« Tonio Brazzi spuckte abfällig die Schalen eines Pinienkerns zur Seite. »Kommt! Das ist Elena von Pisa, dieses begnadete und verdammt gerissene Weib.«

Eliah nickte und stand auf. Er reckte sich und schwankte etwas dabei. Auch Bertrand musste seine Gliedmaßen wieder ausstrecken. Sie nahmen ihre Lampen, duckten sich und folgten dem linken Gang, den Seder vor ihnen genommen hatte.

Nach fünfzig Schritten traten sie in eine andere höhlenartige Erweiterung im Fels. Bertrand sah sofort, dass dieser Raum für Gottesdienste genutzt worden war. Wie lange war das her? Noch immer warf ein aus dem Fels geschlagenes Kreuz im Licht der Öllampen lange Schatten in das Halbrund eines Altarraumes.

Der steinerne Altar war völlig leer – ohne Leuchter, ohne Kerzen. Nur ein violettes Altartuch verhüllte die deutlich zu erkennende Form eines Kreuzes. Bertrand entdeckte die weitere Altarausstattung in einer seitlichen Aushöhlung. Er sah sauber zusammengelegte Gewänder für denjenigen, der die Messe zelebrieren sollte, dazu Stola und Dalmatika für die Diakone, violette Bischofsgewänder, schwarze und weiße Ministrantenkleider, Leuchter, Kerzen und das Buch mit dem Text der Liturgie.

»Wir sind drin!«, krächzte Bertrand. »Entweder unter dem neuen Palais des Kardinals oder aber –«

»In einer frühen Höhlenkirche?«, fragte Brazzi nur mäßig interessiert. Bertrand ahnte, dass es nicht so war.

»Ich denke eher, dass hier Götzendienste stattfanden oder noch immer stattfinden.«

Im gleichen Augenblick klirrte es in der Tiefe des Felsens. Eine Ziege meckerte. Das vorsichtige Gemecker ging plötzlich in einen halb erstickten Schmerzensschrei über.

»Seder!«, stieß Eliah hervor. »Sie haben ihn gefasst!«

Clemens wachte mit einem tiefen Schrecken auf. Im ersten Augenblick war er überzeugt, dass er zum Armageddon erwachte, zum großen Weltenuntergang und zum Beginn des Jüngsten Tages. Die halbe Offenbarung Johannis lief vor ihm ab, flankiert von Ungeheuern und fauchenden Fabelwesen.

Es dauerte lange, bis er begriff, wie enttäuschend und diesseitig der wahre Grund für sein Erwachen war. Sie schlugen schon wieder auf Helme!

»Barbaren!«, stöhnte der Papst. Hatte er nicht gerade erst sinnlosen Waffenlärm und alle Turniere verboten?

Der unverschämte Lärm empörte ihn. Er lag noch immer so auf dem Rücken, wie er eingeschlafen war. Vorsichtig strich er über seine Hände. Sofort spürte er wieder Schmerzen in seinen vorspringenden Adern. Sobald das Osterfest vorüber war, musste er sich unbedingt Blutegel setzen lassen. Dann würde auch der Druck in seinem Kopf ein wenig abnehmen.

Er zog an dem Stoffstreifen mit kleinen eingewebten Heiligenikonen, der neben seinem Kopf vom Baldachin seines Bettes herabhing. Obwohl er mehrmals im Nebenraum klingelte, kam niemand, um nach seinen Wünschen zu fragen.

Clemens hasste die Sünde der eigenen Ungeduld. Seit er zum Priester geweiht worden war, hatte er stets versucht, milde und großmütig zu sein, aber die Welt belohnte diese Art von Nächstenliebe nicht. Er atmete erleichtert auf, als endlich sein Freund und Berater Arnaud d'Aux in das Kaminzimmer trat. Er brachte einige andere Priester, Ärzte aus Montpellier und Diener mit, die sich wie jeden Morgen um den Leib des Heiligen Vaters und um seine Gesundheit kümmern sollten.

Kardinal d'Aux beugte sich über den Papst, küsste ihm die Hände und legte sie dann sich selbst zur wortlosen Segnung auf den Kopf.

»Was für ein Tag!«, stöhnte der Papst. »Und welche Last, die in den nächsten Stunden noch auf uns liegt!«

Zum ersten Mal, seit er ihn kannte, vermisste Arnaud d'Aux die Hoffnung in den Worten des Papstes. Gleichzeitig sah er ein, dass der Heilige Vater an diesem Osterfest nicht mehr zelebrieren konnte. Er würde sterben, denn derjenige, der außer irgendwelchen versprengten oder geflohenen Templern vielleicht noch eines der geheimen Zeichen im Stein deuten konnte, blieb verschwunden. Auch wenn er selbst den Bischofsring mit dem Kreuz im Herzen oder den verlorenen Rubin aus der Tiara des Papstes in seinen Händen gehabt hätte, wären ihre Geheimnisse ihm verborgen geblieben.

Es gab nur einen, der als Sohn des ersten und dem Tode nahen Papstes in Avignon die Brücke finden konnte. Doch genau dieser war verschwunden.

D'Aux wusste, dass es noch ein drittes Zeichen im Stein gab, doch auch das half ihm nicht weiter. In ganz Avignon konnte wahrscheinlich nicht einmal der Papst selbst die Zeichen der Tempelherren entschlüsseln, aus denen Eingeweihte das geheimnisumwobene Baphomet-Symbol bilden konnten. Auch d'Aux wusste nur, dass die feinen Winkel und Dreiecke über dem legendären Kreuz im Herzen die uralten Formeln von König Salomon über Leben und Tod, Gott und die Welt, Heiltum und Gesundheit enthalten sollten, die noch auf König Gilgamesch von Sumer zurückgingen.

Nach der Legende sollten die Tempelritter sogar versucht haben, alle drei Zeichen zu einem einheitlichen Siegel zu verbinden – einer Art Stempel höchster Weisheit und Erkenntnis, nicht länger einzeln oder gemeinsam kalligraphisch dargestellt, sondern in der Natur gewachsen: als Samen, Fruchtkörper, fast so hirnähnlich geformt wie Walnüsse.

Die allerletzten Möglichkeiten für die Entschlüsselung der alten Weisheiten wären die Mystikerin Madame Porète oder Meister Eckhart gewesen. Die eine war von der Inquisition gnadenlos verbrannt, der andere aus Paris verbannt worden.

Nur deshalb war Kardinal d'Aux auf die Idee gekommen, den unehelichen Sohn des Papstes mit einem Auftrag, der angeblich von Meister Eckhart stammte, nach Avignon zu locken. Es hatte d'Aux nicht gestört, dass Kardinal Godin durch seine Lauscher im Bischofspalast davon erfuhr. Im Gegenteil – die Verfolgung und Überwachung von Bertrand de Comminges durch eifrige Dominikaner war ihm sogar recht gewesen. Allerdings hatte niemand damit gerechnet, dass der Mistral den Willen Gottes gegen alle irdischen Pläne der Kardinäle durchsetzte.

Der Sohn des Papstes mit seinem Bischofsring blieb verschwunden. Und nicht einmal der junge Jude, der direkt aus dem Dominikanerkerker von Avignon nach Paris entkommen war, um die gefälschte Anweisung von Meister Eckhart im Kloster von St. Jacques abzugeben, war bisher zurückgekehrt.

Im Folterkeller

Seder Ben Ariel erwachte, starrte nach oben und spürte, dass er am ganzen Körper gefesselt war. Eiserne Bänder umschlossen seine Gelenke und seine Brust, pressten seinen Kopf zusammen und waren kurz davor, seine Zehen abzureißen. Er musste nicht lange überlegen, um zu verstehen, was geschehen war. Noch während er zur Entwarnung für die anderen wie eine Ziege meckerte, musste ihn ein Schlag auf den Hinterkopf getroffen haben.

Und nun die Streckbank!

Nur eine winzige Bewegung der Pénitents an den hölzernen Griffen des Spannrades vor seinen Füßen würde reichen, um seine Zehen zu brechen, seine Kopfhaut lang zu ziehen und seine Knochen an den Gelenken knirschen zu lassen.

Er starrte nach oben. Das kreuzförmige Kellergewölbe schien sich zu drehen. Kapuzenmänner leuchteten ihm mit mehreren Öllampen gleichzeitig ins Gesicht. Wie in den vergangenen Wochen hatten sie ihn eingespannt wie einen Holzblock auf der Werkbank. Beim letzten Mal war er fast wahnsinnig geworden, ehe er schließlich zugab, dass er Leichen gestohlen hatte. Uralte Leichen … Leichen, die keinen Namen mehr trugen … Jahrhundertealte Skelette von irgendwelchen Römern, Franken und islamischen Eroberern.

Ja … auch ein paar nicht so alte. Keine Juden, denn das war nicht auf die Steintäfelchen eingemeißelt, die er sauber zu kleinen Mosaiksteinchen zerschlagen im Fluss verstreut hatte.

Ja … denn er hatte einen Raum gesehen, der wie eine Sakristei aussah.

Ja … auch Gänge mit dreifach übereinander in die Wände geschlagenen Gräberhöhlen …

Nein … er wusste nicht, ob Juden in der Grafschaft Venaissin in den Wochen nach dem 13. Oktober anno 1307 entkommene Templer versteckt hatten. Und er hatte zugegeben, vielleicht auch Schwerter, Helme und Kettenhemden gestohlen zu haben. Auch Schmuck und wertvolle Rüstungen … vielleicht sogar von Tempelrittern. Von Unglücklichen, die sich der Verhaftung durch König Philipp den Schönen vor sieben Jahren entziehen konnten, aber nicht mehr stark genug gewesen waren, nach Portugal, Schottland oder dem deutschen Osten zu fliehen. Aufrechte Männer, die etwas über das Kreuz im Herzen wussten.

Das Kreuz im Herzen!

Ein schrecklicher Gedanke zuckte durch sein Bewusstsein. Hatte er auch verraten, wo der große Rubin aus der päpstlichen Tiara war – der Edelstein, der ihm seit dem Attentat auf Clemens V. als Erbe seines Vaters galt?

Die Kapuzen beugten sich erneut über ihn. Ihre Köpfe warfen Schatten über die Verzierungen der Kirchensäulen an den Wänden. Und dann tauchte ein großer roter Kreis wie ein blutiger Heiligenschein über einem viel kleineren runden Gesicht über ihm auf.

Kardinal Pierre Godin. Seder wunderte sich, dass der Meister des Palastes auch in seinem Folterkeller einen großen Quastenhut trug.

»Seder Ben Ariel«, sagte Godin beinahe mitleidig. Hinter ihm klapperten Werkzeuge und Ketten. »Wie schön, dass du gekommen bist, um zu bereuen und deine Strafe zu empfangen. Doch ich will milde sein. Du darfst ohne Folter deine ungeheuerlichen Verbrechen vor mir und zwei ehrenwerten Zeugen bekennen.«

Seder presste die Lippen zusammen. Er konnte seinen Kopf keinen Fingerbreit bewegen. Trotzdem erkannte er aus den Augenwinkeln die beiden Dominikanermönche, die Bertrand seit Paris verfolgt hatten.

Nicht die erstbeste Antwort ist für einen Dominikaner richtig, dachte Seder, sondern das Ziel. Sie empfinden sogar das Wort »berechnend« nicht als Schmach, sondern als Anerkennung ihrer Geisteskraft und Überlegenheit.

Der riesige rote Kardinalshut über ihm kam näher.

Und wenn du noch überlegst und zusammenzählst, kennen sie bereits das Endergebnis, das sie haben wollen, dachte Seder weiter. Das ist das Geheimnis und die wahre Waffe der Inquisition! Sie geben sich gütig und lassen dich reden. Und Wort an Wort entsteht das Urteil, das niemals die Kirche, die Inquisition oder ein Richter herbeiführt, sondern immer du selbst.

Seder spürte, wie sich sein Widerstand auflöste.

Eminenz Godin lächelte ihm fast so gnädig zu, als hätte er und nicht der Papst den Namen Clemens, der Nachsichtige, angenommen. Zu beiden Seiten des Streckbetts standen Folterknechte, die sich als Graue Büßer vermummt hatten. Sie hatten lange Löffel mit heißem Öl in ihren Händen.

Seder dachte an die jüdische Familie von Jesus Christus, an Josef von Arimathia, Maria Magdalena und all die anderen, die in die Provence geflohen waren und deren Nachkommen jetzt den verfolgten Juden aus Frankreich und Deutschland heimlich Schutz in der Grafschaft des Papstes gewährten.

Seder Ben Ariel wusste genau, was er sagte: »Ich lasse … deine Knochen … kochen.«

Er spürte einen heißen, brennenden Schmerz in seinen Ohren und schrie auf wie ein Tier.

Zur gleichen Zeit bewegte sich westlich der Stadtmauer Kaplan Mel Comyn mit wehender Soutane und unsicher wirkenden Verrenkungen der Glieder auf die Brücke von Avignon zu.

Er hatte verschlafen. Erst der ungehörige Lärm hatte ihn aufgeschreckt. Nachdem er am Vorabend die Kardinäle bis zu ihren großen Häusern begleitet hatte, war er auf einige frisch geweihte schottische Priester unter den Osterpilgern gestoßen. Ganz so, wie er es von der provenzalischen Gastfreundschaft und aus der Tradition seiner Väter kannte, hatte er ihnen einige Kirchen und später auch noch gewisse Tavernen und Schenken gezeigt, vor denen sie sich als keusche Diener Gottes in Zukunft vorsehen sollten.

»Man kann die lässlichen Sünden und die teuflischen Fallen der Verführung nur dann bekämpfen, wenn man sie auch erkennt«, hatten sie gemeinsam beschlossen.

Seine Großzügigkeit, die auch köstlichen Hammelbraten für die schottischen Freunde und verschiedene Weinproben eingeschlossen hatte, strafte ihn jetzt mit jedem Schritt. Hätten die Morgennebel vom Fluss ihn nicht mit dem Mantel der Barmherzigkeit umhüllt, wäre selbst unter den weniger gebildeten Frühaufstehern und Pilgern am Fluss sein weit ausgreifendes, immer wieder mit beiden Armen gemildertes Schwanken aufgefallen. Kaplan Mel Comyn von der Kapelle St. Nicolas auf der Brücke von Avignon war noch immer sturzbetrunken.

»Voll sch…ottisch!«, stellte er jedes Mal nach einem neuen Schluckauf fest und taumelte zwei, drei Schritte weiter. »Ich kann nichts dafür … Eminenz … es war ein Wunder … wie bei der Hochzeit von Kanaan … das ganze Wasser war plötzlich Wein …«

Miriam sah, wie die Ente in Richtung der Rattenlöcher watschelte. Sie war plötzlich so unruhig geworden, dass sie nichts mehr in ihrem geflochtenen Weidenkorb hielt. Beinahe wütend hatte sie die Zweige zerhackt und war losgelaufen.

Erstaunt verfolgte Miriam den Weg der Ente. Sie schien nicht die geringste Angst vor Ratten zu haben und begann, an den beiden Löchern zwischen Fußboden und Wand zu schnäbeln. Es hörte sich wie ein genüssliches Schnattern in Matsch an. Im gleichen Augenblick bewegte sich ein Stück der Felswand – fast so, als würde es von Engelshand bewegt.

Miriam sprang sofort auf. Hinter der eingestürzten, wie Splitter in kleine Teile zerfallenen Mauer begann ein kaum wahrnehmbarer, in rötliches Licht getauchter Gang.

Sie überlegte kurz, dann eilte sie zurück und holte den hell aufglimmenden Kienspan von der Seitenwand an der Tür. Er war kaum länger als ihre Finger. Noch zögerte sie einen Moment und hielt die Luft an.

Sie schützte die Glut des Kienspans mit der hohlen Hand und ging bis zu der Stelle, an der die Mauer eingestürzt war. Jetzt sah sie auch die Wasserüberspülung und den keilförmigen Schwimmer, auf dem die falsche Mauer in einer glatten Rinne des Felsens verkeilt war.

Sie lief mit nackten Füßen über den feuchten, gefährlich glatten Felsboden. Die Glut des Kienspans wurde von der Luft angefacht. Es war, als würde sie mit ihrer hohlen Hand den Gang im Voraus ausleuchten. Und dann sah sie vor sich wieder die Ente. Watschelnd, mit den Flügeln schlagend und gelegentlich krächzend eilte der Vogel dem Lauf des Wassers auf dem Boden nach. Rechts und links öffneten sich Kammern und Seitengänge, leere Grüfte und dann auch mit Skeletten gefüllte Grabhöhlen.

Ohne groß nachzudenken, vertraute Miriam dem schnatternden und aufgeregten Tier. Die Ente schien genau zu wissen, wohin das Wasser floss. In ihrem Kropf steckte noch immer der Ring mit dem fliederfarbenen Amethyst. Und dann prallte Miriam gegen eine Gestalt, die plötzlich aus einer Seitenhöhlung auftauchte. Um ein Haar wäre ihr Kienspan mit dem Lichtfunken zu Boden gefallen. Gleichzeitig erkannte sie, mit wem sie zusammengeprallt war.

»Bertrand!«, stieß sie erschrocken und erfreut zugleich hervor.

»Miriam!«, antwortete er ebenso erleichtert.

Sie hielten Öllampe und Kienspan weit von sich und umarmten sich auf einer Seite, als hätten sie sich wie Orpheus und Eurydike nach langen Irrwegen in der Unterwelt gefunden.

Kaplan Mel Comyn bog um den letzten Trümmerhaufen vor der Stadtmauer. Einige Pilger hatten sich eine hölzerne Wand aufgestellt und schliefen noch im Schatten ihres Windschutzes. Comyn blickte über den Fluss hinweg zu den dicht bewaldeten Hügeln auf der anderen Seite. Dort war Frankreich, das Reich der Kapetinger, das jede Schwäche des Imperium Romanum und der Kirche nutzte, um sich Bissen für Bissen in seiner Kraft zu stärken. Der große Strom zog friedvoll unter den Brückenbogen hindurch zum Meer. Auf der Insel in seiner Mitte gab es schon wieder Leben. Einige, denen Avignon zu voll war, suchten bereits wieder nach abgetrockneten Plätzen unter den Brückenbogen, die wie Arkaden über die Insel führten.

Mel Comyn erreichte die Stufen für den Aufgang zum östlichen Brückenkopf. Oben standen nur zwei Bewaffnete am geschlossenen großen Tor. Einzig die Tür für Fußgänger war an diesem Morgen geöffnet. Die Wächter hatten ihre Hellebarden an das Mauerwerk gelehnt und ihre Topfhelme an Eisennägeln gleich daneben aufgehängt.

Als wollte er zur Insel Barthelasse hinübertanzen, hüpfte Kaplan Comyn in seiner langen schwarzen Soutane weiter auf seine winzige Kapelle am zweiten Brückenpfeiler zu.

Ein Schwarm von bunten Enten und aufgeschreckten Blesshühnern mit blauen Füßen flog über die Brücke von Avignon hinweg. Die letzte Ente zog es genau vor der Kapelle wieder tiefer. Sie landete jedoch nicht im Flusswasser, sondern auf dem steinernen Geländer. Gleich darauf flatterte sie auch noch auf die Straße. Erst als der Kaplan näher kam, erhob sie sich erneut und flog davon.

Comyn blinzelte ihr trübe nach und wollte schwankend weitergehen. Doch dann wurde sein Blick urplötzlich klar. Unmittelbar vor dem Eingang zur Kapelle sah er zwischen zwei Pflastersteinen einen fliederfarbenen Amethyst an einem Ring.

Es war verrückt – vollkommen absurd! Wenn er nicht selbst den Ring des Bischofs an die junge Jüdin weitergegeben hätte, dann … ja, dann würde er schwören, dass genau der gleiche Ring jetzt wieder vor ihm lag.

Die beiden anderen kamen nur zögernd aus der Tiefe des Berges näher. Erst als sie sahen, dass Bertrand und Miriam nicht von Mönchen oder Priestern umringt waren, hielten Eliah und Tonio Brazzi ihre eigenen Öllampen wieder vor sich und tasteten vorsichtig über den nassen Boden.

»Beim Allmächtigen«, stieß Tonio Brazzi kopfschüttelnd hervor. »Es geschehen noch Zeichen und Wunder in dieser elenden Welt. Zuerst dieser flatternde Dämon und nun zwei leibhaftig Auferstandene.«

»Flatternder Dämon?«, rief Miriam sofort. »Wo ist die Ente? Sie darf nicht entkommen.«

Die anderen antworteten nicht. Sie suchten keinen Schwimmvogel, sondern einen jungen Mann.

»Die Ente hat deinen Bischofsring im Kropf«, flüsterte Miriam Bertrand zu. Dann löste sie sich schweren Herzens aus der Umarmung.

Eliah legte ihr kurz und wie segnend seine Hand auf die Schulter. »Wo ist mein Seder?«

Miriam hob bedauernd die Schultern. Brazzi schob sich an ihnen vorbei. Er stiefelte den Gang entlang bis in den großen kreuzförmigen Raum, der Miriams Gefängnis gewesen war, ging dicht an den Wänden bis zu den Ecken, hielt seine Öllampe mal hoch über den Kopf und dann wieder tief bis an die Knie. Er stampfte über das Podest und klopfte vorsichtig die Tür ab. Die

Scharniere und breiten Eisenbeschläge schienen ihn ebenso zu interessieren wie die wuchtigen Verzierungen des Schlosses.

»Das schaffen wir«, sagte er nach kurzer Überlegung. »Ich brauche nur zwei Zangen und etwas Draht.«

»So etwas gibt es hier nicht«, sagte Miriam tadelnd.

»Seder!«, stöhnte Eliah. »Ich will Seder, denn wie soll ich zu meinem Gott beten, wenn ich meinen Enkel dem Zorn des Kardinals und seinen Spürhunden opfere?«

»Du bist nicht Abraham«, wandte Miriam ein, »und du musst ihn nicht opfern.«

Bertrand fiel auf, dass der alte Jude seine Enkelin nicht einmal rügte. »Lasst uns zurückgehen«, sagte er nur. Miriam lächelte, dann lief sie einige Schritte vor und griff nach dem leeren Weidenkorb, der die ganze Zeit unbeachtet auf dem Podest gestanden hatte.

Nacheinander verließen sie den eigenartig leeren Kellerraum. Nur wenig später erreichten sie den Altarraum mit der zersplitterten Wand. Im Licht der Öllampen erkannte Bertrand sofort eine Veränderung: Das violette Tuch über dem Kreuz fehlte, ebenso die Soutanen, die Kerzenhalter und alles andere, was vorher in den Nischen gelegen hatte. Und noch etwas war anders: Der Gang, aus dem sie ursprünglich gekommen waren, existierte nicht mehr. Er war durch eine Felswand verschlossen, die weder Schlösser noch Gelenke oder Ritzen hatte.

»Gefangen!«, stieß Bertrand beinahe erleichtert hervor. Es war nicht recht, was sie in den Katakomben taten. Nichts war im Reinen, seit er Paris verlassen hatte. Am liebsten wäre er bis ins Kloster St. Jacques zurückgeritten, hätte erneut saubere Leinenunterwäsche angezogen, eine schlichte Kutte übergestreift und dann beim Abt oder zumindest bei seinem Prior um Vergebung gebeten.

»Jetzt müssen wir doch noch die andere Tür nehmen«, meinte Tonio Brazzi.

»Oder diesen Hinweisen folgen.«

Miriam bückte sich und zeigte auf die Spuren der Ente im feuchten Boden. »Enten bleiben immer auf dem Weg, den sie einmal begonnen haben – gleichgültig, welche Hindernisse sich in ihren Weg stellen.«

Bertrand und Brazzi sahen Miriam verständnislos an. Nur ihr Großvater lächelte. »Der Weg zum Fluss«, sagte er und pfiff anerkennend durch die Zähne. »Und dann hinüber zur Insel … darauf hätte ich schon früher kommen können.«

»Mitten am Tag?«, fragte Brazzi misstrauisch. »Im schönsten Sonnenschein?«

»Wir können weder in die Rue Jacob noch in euer Fondaco zurück«, sagte Eliah bestimmt. »Wenn mein geliebter Enkel Seder in die Fänge vom Meister des Palastes geraten ist, suchen uns seine Schergen bereits in ganz Avignon. Außerdem achtet an diesem Tag niemand darauf, was am Fluss passiert. Vergesst nicht, dass bereits die Vorbereitungen für die große Stunde stattfinden.«

»Für welche Stunde?«, fragte Bertrand naiv.

»Der Herr lasse sein Antlitz leuchten über dir!«, antwortete Eliah kopfschüttelnd. »Was für ein christlicher Student bist du eigentlich, dass dir nicht einmal die Stunde der Kreuzigung am Karfreitag geläufig ist?«

»Also zum Fluss«, sagte Brazzi unbeeindruckt. »Und wie weiter?«

»Zur Insel, wie ich bereits sagte. Dort gibt es einige Gebäude, in denen wir den ganzen Sabbat über bis nach dem Passahfest sicher sein können.«

»Aber ein Fest nach unserem Glauben wird es in diesem Jahr kaum geben«, sagte Miriam traurig. Sie spürte, wie ihr Tränen in die Augen traten. Die langen Stunden im Verlies des Kardinals zeigten ihre Wirkung. Außerdem hatte sie die Ente mit Bertrands Amethyst entkommen lassen. Sie blickte zu Eliah. Aber sie wagte nicht, den Großvater in das einzuweihen, was Kaplan Comyn von ihr wollte.

Der Kaufmann aus Pisa

Kardinal da Prato bereitete sich auf die Feierlichkeiten am Nachmittag vor. Zusammen mit dem schwer kranken Clemens, seinen Ärzten und Kardinal d'Aux hatten sie beschlossen, dass er selbst sämtliche Osterzeremonien leiten sollte, die sonst dem Pontifex maximus zukamen.

Es war für alle ein äußerst schwerer Entschluss. Hunderte, wenn nicht gar Tausende von Pilgern und Besuchern in der Stadt erwarteten den Segen des Heiligen Vaters. Die meisten waren weit gereist und hatten große Entbehrungen auf sich genommen, um am Fest der Kreuzigung und der Auferstehung Christi teilzunehmen. Einige von ihnen hatten die Osterfeierlichkeiten in Avignon für den Rückweg von monatelangen Pilgerfahrten bis zum weit entfernten Santiago di Compostela vorgesehen. Sie trugen noch die große weiße Jakobsmuschel an Lederriemen um den Hals.

»Seine Heiligkeit wünscht von ganzem Herzen, dass du an seiner Stelle als schuldloser und reiner Hohepriester auftrittst«, sagte Arnaud d'Aux, nachdem er nach der Mittagsstunde noch einmal am Bett des Papstes gewesen war. »Er bittet dich, in den kommenden Stunden immer wieder an Johannes eins, Vers neunundzwanzig, zu denken.«

»Des anderen Tags sieht Johannes Jesum zu ihm kommen und spricht: Siehe, das ist Gottes Lamm, das der Welt Sünde trägt.«

»Wegträgt«, korrigierte Kardinal d'Aux. »Er möchte, dass du den Gläubigen trotz all dem Schrecklichen um uns herum Hoffnung gibst.«

»Aber das ist –«

»Die Botschaft«, sagte d'Aux immer noch freundlich. »Wir müssen uns wieder darauf besinnen, dass Christus der eigentliche Priester und Opferer ist, der mit unserer Hilfe als geweihte Priester Wein und Brot in seinen Leib und sein Blut verwandelt. Und er selbst ist es, der dann sagt: ›Das ist mein Leib, das ist mein Blut.‹ Er ist das Opferlamm, das die Fahne mit dem Kreuz trägt – das Agnus Dei.«

»Warum sagst du mir, was wir alle wissen?«

»Weil er mir aufgetragen hat, dir ebendas zu sagen.«

Die beiden Kardinäle sahen sich in die Augen.

»Es war nicht nötig«, sagte da Prato. »Ich habe nie bezweifelt, dass nicht das Abendmahl als solches, sondern die Wandlung des Brotes und des Weins das eigentliche Opfer ist. Doch ich verstehe, woran er uns erinnern will. Wir sollen in den letzten Tagen seines irdischen Daseins nicht an die Machtkämpfe danach denken.«

Er ging bis zum Fenster vor dem Balkon. Sein Blick strich über die Brücke von Avignon und die kleine Kapelle. Vom anderen Ende der vielen Brückenbogen näherten sich die letzten Pilger aus dem Königreich der Franken.

»Ich werde nach dem Ableben Seiner Heiligkeit nicht für die Wahl zum neuen Pontifex zur Verfügung stehen«, sagte da Prato abweisend. »Und weil ich bereits einen Kaiser in Rom gesalbt und gekrönt habe, bin ich gewissen Königen und Kurfürsten viel zu erfahren und zu stark.«

Zugleich entdeckte er, wie an einer anderen Stelle eine Gruppe von vier Personen über den Fluss ruderte. Ihr kleiner Nachen kam langsam auf Avignon zu. Er näherte sich der gleichen Stelle, an der die letzten der zweiundzwanzig Bogen den zweiten Flussarm überbrückten.

»Und du bist auch nicht wählbar für das Konklave aller Kardinäle«, sagte Kardinal da Prato, ohne sich umzudrehen. Es faszinierte ihn, wie sich aus zwei Zufälligkeiten eine wahrscheinlich auch ungewollte Begegnung an den Brückenbogen auf der Insel anbahnte. Konnte es wirklich Zufall sein, dass Reiter aus dem Königreich der Franken genau an der Brücke nach Avignon mit Menschen in einem kleinen Boot zusammentrafen, die sich ganz so benahmen, als hätten sie klammheimlich fliehen wollen?

»Ich weiß sehr wohl, was man über mich denkt«, sagte Kardinal d'Aux hinter da Prato. »Für die einen bleibe ich der Franzosenknecht, der den Vorsitz beim Prozess gegen die Templer hatte. Für die anderen bin ich der Versager, der sie zum Schluss von allen Vorwürfen und Anklagen freigesprochen hat.«

»Sie treffen sich«, sagte Kardinal da Prato und schnalzte mit der Zunge. »Wer hätte das gedacht – sie treffen sich genau am siebten Pfeiler … die einen oben und die anderen unten … ist das nun Zufall oder Absicht?«

»Ich verstehe nicht …«

Ohne sich umzudrehen, winkte da Prato ihn heran. »Die dort oben auf der Brücke kommen aus Frankreich, und die vier Gestalten unter dem Brückenbogen wollten mit einem kleinen Boot über die Rhône rudern. Sehr mutig in der Strömung, wenn man bedenkt, dass eine dieser vier Personen vermutlich ein Weib ist.«

»Wenn mich nicht alles täuscht, nähert sich auf der Brücke dort unser großer Handelsherr und mein geheimer Kurier, Marco Ambrogio«, sagte d'Aux. »Er könnte wichtige Nachrichten von Meister Eckhart aus Straßburg oder gar über den Sohn des Heiligen Vaters mitbringen.«

Eliah und Marco Ambrogio starrten sich überrascht an. Keiner von beiden hatte den anderen zu dieser Zeit an diesem Ort erwartet.

Eliah stand halb auf der Steintreppe, die von der Insel auf die Brücke führte. Noch ehe der Jude oder der Kaufmann irgendetwas sagen konnten, rettete Tonio Brazzi die Situation.

»Dem Himmel sei Dank!«, rief er seinem viel jüngeren Herrn zu. »Gerade noch rechtzeitig zur Nachmittagsfeier und zum Osterfest!«

Er schnaubte, schob Bertrand einfach zur Seite und verbeugte sich oben auf der Brücke vor dem Kaufmann aus Pisa. Marco Ambrogio saß stolz und mit vorgeschobener Unterlippe auf seinem staubigen und verschwitzten Pferd. Er trug sein rabenschwarzes Haar unter einer weichen, mit Fasanenfedern verzierten Samtkappe lang auf die Schultern fallend. Auch er und seine sechs Begleiter sahen schmutzig, erhitzt und erschöpft aus. Dennoch mussten sie Erfolg gehabt und gute Geschäfte gemacht haben. Sie kehrten wie Sieger aus einem langen Eroberungszug nach Avignon zurück.

»Wir hatten vor drei Tagen ein schreckliches Unwetter«, erklärte Tonio Brazzi.

»Wir auch«, sagte Ambrogio wegwerfend. »Noch vor Lyon. Und dann zwischen Orange und Sorgues hat das Wasser die halbe

Römerstraße weggerissen. Da kommt man nur über die Hügel und zu Pferd hindurch, nicht aber mit einem Wagen oder einer Sänfte.«

Bertrand hob die Brauen. Marco Ambrogio konnte nicht ahnen, wie aufschlussreich ihm diese Beobachtung war. Vielleicht erklärte sich dadurch auch, warum die Mönche, die ihn seit Paris verfolgt hatten, nicht mit dem nachfolgenden Seder Ben Ariel in Konflikt geraten waren. Allmählich fing er an, die Abläufe rund um seinen Ritt nach Avignon zu verstehen.

»Wollt Ihr mir sagen, Herr, wo Ihr auf die andere Flussseite gewechselt seid?«, fragte er höflich.

Ambrogio lachte trocken. »Südlich von Orange, beim Fährmann von Roquemaure. Wir wussten ja, dass wir hier über die Brücke wieder auf die deutsche Seite kommen.« Er legte seine Hand über die Augen und blickte über die lange Brücke hinweg bis zum Tor am Stadtfelsen. Dann wandte er sich wieder an seinen stämmigen Faktor. »Wie sieht es im Fondaco aus?«, bellte er ihn an. »Schäden durch das Unwetter? Einbrüche, irgendein Unglücksfall oder gelungene Verkäufe von Kommissionsware?«

»Weder ein Unglück noch Verluste«, berichtete Brazzi knapp. »Und die Geschäfte so, dass du zufrieden sein wirst.«

Vom Turm der Kathedrale jenseits des Flusses kamen zwei Glockenschläge und dann mit langen Abständen immer ein weiterer. Die Totenglocke.

»Auf dann zum Fondaco!«, befahl Marco Ambrogio.

»Wir können im Augenblick nicht ins Carrière zurück«, wandte Eliah ein. »Es wäre besser, wenn wir für einige Tage und Nächte auf der Insel im Fluss blieben, auch wenn es dort nicht sehr wohnlich sein dürfte.«

»Ihr werdet alle im Fondaco wohnen«, beschied ihn der Kaufmann. »Dort seid ihr sicher vor den Hunden des Herrn und Godins Schergen. Und Gastfreundschaft sollte man in der Provence nicht leichtfertig ablehnen, oder?«

Die vierzig Tage des Leidens Christi waren vorbei. Bei wunderbarem Sonnenschein zelebrierte Kardinal Niccolò da Prato den ganzen Nachmittag lang sämtliche Feiern, Gebete, Lesungen und Wechselgesänge für die Gläubigen in der Kathedrale und die mitfeiernde Menge der davor versammelten Pilger. Es war, als würde sich der ganze Rocher des Domes in einen Garten Gethsemane verwandeln und die Stadt in ein neues Jerusalem.

Als die großen Fürbitten an der Reihe waren, begab sich da Prato mit seinen Diakonen und Messdienern vor die Kathedrale. Der Kardinal trug noch immer Schwarz als Zeichen der Trauer. Als dann der Heilige Vater im vollen Ornat mit seiner dreifachen Krone auf den nur selten benutzten kleinen Balkon zur Stadt hin geleitet wurde, ging ein schmerzliches Raunen durch die versammelte Menge. Der Tod, der auch den Erlöser am Kreuz ereilt hatte, stand bereits deutlich sichtbar hinter dem Pontifex.

»Lasset uns auch beten für unseren Heiligsten Vater, Papst Clemens V.!«, rief Kardinal da Prato mit ausgebreiteten Armen zum päpstlichen Palais hin. »Auf dass ihn Gott unser Herr, der ihn zum erhabenen Oberhirtenamt erkoren hat, heil und unversehrt Seiner heiligen Kirche bewahre, damit Sein heiliges Wort regiere und das christliche Volk in Seinem Glauben zunehme. Amen.«

»Amen … Amen … Armen«, murmelten alle. Nur wenige bemerkten, dass der Kardinal die nächsten der vorgeschriebenen Fürbitten einfach ausließ. Er betete weder für Bischöfe und andere Kardinäle noch für Jungfrauen und Witwen, nicht für die Könige und Herrscher der Völker, die Ketzer und Abtrünnigen und nicht für die Einheit der Kirche. Erst als die Juden in den Fürbitten erwähnt werden sollten, hielt sich der Kardinal wieder an die Liturgie: »Lasset uns auch beten für die Juden, die wir ob der Verblendung dieses Volkes vor dich bringen. Möge Gott der Allmächtige den Schleier von ihrem Herzen wegnehmen, damit sie das Licht der Wahrheit erkennen und der Finsternis entrissen werden, indem auch sie unseren Herrn Jesus Christus am Kreuz in ihre Herzen aufnehmen. Amen.«

Seder hörte nicht, wie die Schlüssel sich im schweren Schloss drehten. Nichts dabei quietschte. Auch die eisenbeschlagenen Türen im Keller des neuen Palais von Kardinal Godin bewegten sich für ihn lautlos in ihren Angeln.

Er war taub geworden – von seinen eigenen Schmerzensschreien taub!

Aber nicht blind und ohne Verstand.

Zwei schweigende Knechte schlugen die Bolzen der Armfesseln mit Schnitthämmern auf, wie sie beim Schmieden von Rüstungen verwendet wurden. Er hörte kein Wort, als sie wieder gingen. Seder war zu erschöpft, um mehr zu empfinden als müde Verwunderung.

Junge und alte Menschen, Männer und Frauen stolperten wie ein Sturzbach aus Körpern in den Keller. Sie schlugen sich gegenseitig und brachen wie in Veitstänzen zusammen.

Seder wusste sofort, was geschehen war. Weit im Norden, gegen Köln und die Stadt Münster hin, sollte es bereits Gruppen von verblendeten Gläubigen geben, die ihr Heil darin suchten, dass sie sich selbst so lange quälten und geißelten, bis sie wie unkoscher abgestochene, überall blutende Schweine auch den letzten Rest ihres armseligen Daseins am Straßenrand aushauchten.

Er spürte, wie er in Panik geriet. Mit ein paar hilflos humpelnden Schritten wich er bis zur hinteren Wand aus. Er sah, dass er nicht zur Treppe gelangen würde, die im Vorraum nach oben führte. Und dann stand ihm wieder der schreckliche Tag vor Augen, an dem der Erzbischof von Bordeaux in Lyon zum Papst gekrönt worden war.

Die Mauer!

Es war die Mauer gewesen, die plötzlich nachgegeben hatte, als sich sein Vater mit ihm vor der kreischenden Menschenmenge in Sicherheit bringen wollte.

Der 14. November des christlichen Jahres 1305 war schön und wolkenlos gewesen. Trotzdem konnte Seder schwören, dass er einen Blitz in sehr viel Rauch gesehen und einen Donnerschlag gehört hatte, wie es ihm später einige Male bei den Pferdeerschreckern aufgefallen war, wenn sie das neue Teufelszeug aus Schwefel, Holzkohle und Salpeter in Tontöpfen auf der französischen Seite der Rhône ausprobierten.

Schon damals hatte Seder von seinem Großvater den Verdacht gehört, dass das Attentat von Lyon vom gleichen französischen Großsiegelbewahrer Guillaume de Nogaret angezettelt worden sein konnte wie zwei Jahre zuvor der Überfall auf Papst Bonifatius VIII. in Anagni bei Rom.

Das Unglück hatte nicht nur Geweihte und Gläubige, sondern auch Menschen getroffen, die eher zufällig in die Stadt am Zusammenfluss von Saône und Rhône gekommen waren. Und es hatte Ariel von Carpentras, seinen Tateleben, getroffen.

Seder ballte die Hände zu Fäusten. Und plötzlich erinnerte er sich wieder an den großen Rubin aus dem Spitzenknauf der päpstlichen Tiara. Er sah den hohen Priesterhut, den der Christenpapst nur bei Prozessionen trug. Gleichzeitig drängte es ihn, den Sohn des Papstes zu sehen. War das alles bereits achteinhalb Jahre her? Er wusste inzwischen, dass alles miteinander zusammenhing – das Zeichen in seinem Stein, das Zeichen in dem verlorenen Bischofsring und das Zeichen an der Skulptur des Opferlamms über dem Hoftor der Komturei.

Aber nur einer konnte vielleicht deuten, was mit den Zeichen geschehen musste, wie sie gesehen werden sollten und was sie bewirkten. Für Seder war klar, dass die drei Kreuze im Herzen und die anderen Linien darüber wie drei Schlüssel waren – drei Schlüssel zu uralten Botschaften, die er noch nicht verstand. Und plötzlich begriff Seder, warum er wirklich eingekerkert worden war.

Schutzhaft!

Der Meister des Palastes hatte ihn nicht wegen seiner Lügen und Vergehen, nicht wegen seines Glaubens oder irgendwelcher Sünden oder Laster festgesetzt. Es waren auch nicht die verwerflichen Geschäfte, sondern ganz allein Godins Vermutung um einen roten Stein, der dem Papst in Lyon aus der Krone gefallen war.

Seder blieb ruckartig stehen. Er hätte sich ohrfeigen können, dass er nicht längst darauf gekommen war. Auf keinen Fall durfte er die Schergen Godins wieder zu Eliah und Bertrand führen. Mit vorgestreckten Händen eilte er den gleichen Weg zurück, den er gerade gekommen war.

Ganz anders als am Karfreitag in Jerusalem leuchtete der Abendhimmel über Avignon in allen Farben der Soutanen und des Kirchenjahres: Rot und Grün wechselten sich ab mit Purpur, Weiß und Lila. Selbst bei den Pyrenäen, an der Garonne bei Bordeaux und in seinen Studienjahren in Italien hatte Clemens niemals derart eindrucksvolle Sonnenuntergänge gesehen. Es war der Mistral, der den Himmel für die Farben hoch über dem nun golden wirkenden Brückenbogen von Avignon polierte.

»Als wäre es nicht mehr die Welt, die wir alle kennen«, sagte der Heilige Vater voller Bewunderung und zugleich tiefer Demut vor dem Werk Gottes. Ihm war, als würde er selbst eintauchen in die geheimnisvolle Schwebe zwischen den letzten Augenblicken, die der Erlöser am Kreuz verbracht hatte, und der Osternacht.

Er spürte kaum, wer in sein Kaminzimmer kam und wer es wieder verließ. Stunde um Stunde saß er an den inzwischen dunkel gewordenen Fenstern. Drüben, auf der Insel Barthelasse, blinkten inzwischen wieder einige Lichter auf. An mehreren Stellen stiegen helle, vom Schein der Feuer beleuchtete Rauchfäden in den Nachthimmel. Auch auf dem Fluss bewegten sich wieder einige nächtliche Fischerboote mit ihren Hecklaternen.

Erst als Arnaud d'Aux sich einen der Lehnstühle neben ihn stellen ließ, blickte er auf.

»Sollen die Diener Licht machen oder das Holz im Kamin anzünden?«, fragte der Freund und Bruder.

»Nein«, antwortete Clemens. »Mir geht es gut, und ich möchte noch etwas über den Grenzfluss in das irdische Königreich Philipps des Schönen sehen.«

D'Aux respektierte den Wunsch des Heiligen Vaters. Er setzte sich neben ihn und schwieg. Auch ihm tat es gut, eine Weile auszuruhen und sich zu besinnen.

»Ich denke, ihr solltet mich doch nicht hier in Avignon oder in der Kathedrale von St. André in Bordeaux begraben«, sagte Clemens nach einer Weile. »Hier war ich Papst und in Bordeaux Erzbischof, aber ich brauche die Wärme einer *famiglia* um mich und keinen Lateranpalast, wenn du verstehst, was ich meine.«

»Das klingt jetzt aber sehr danach, als würdest du noch nach deinem Ableben eine Kirche für dich in deinem Geburtsort Villandraut vorsehen. Ich glaube nicht, dass du dir damit Freunde schaffst. Sie schreien doch schon überall, dass du der Papst bist, der zuerst an sich und seine vielen Familienangehörigen denkt.«

»Ach, die Verleumdung wird es doch immer geben«, meinte Clemens verzeihend. »Du weißt doch auch, wie schwer es ist, uns mit aufrichtigen Bischöfen und Kardinälen zu umgeben.«

Zum ersten Mal, seit der Papst krank war, sah Arnaud d'Aux wieder den Erzbischof und bodenständigen Priester Bertrand de Goth vor sich. In seinen misstrauischen Gedanken malte er sich aus, ob dieser Mann vielleicht sogar durch irgendwelches Teufelszeug heimtückisch krank gemacht worden war. Es wäre nicht das erste Mal gewesen …

Wie nie zuvor sehnte der Kardinal den Sohn des Papstes herbei. Wenn es ein Gift war, das den Körper des Pontifex verzehrte, konnte die Formel mit dem uralten Heilwissen der Templer vielleicht sein Leben noch verlängern und ihn gegen alle Machenschaften des Franzosenkönigs und Kardinal Godins beschützen.

Stille in Avignon

Später, als der Karfreitag trotz der vielen Menschen in der Stadt ohne Saufgelage und Musik zu Ende ging, legte sich eine schon unheimliche Stille der Nacht wie ein großes Leichentuch über die Häuser und die Gassen der Stadt.

Gleich nach ihrer Ankunft hatten sich Marco Ambrogio und Tonio Brazzi wortlos in die Schreibstube zurückgezogen. Kurz darauf war der Kaufmann aus Pisa wieder auf ein frisch gesatteltes Pferd gestiegen und allein zu seinem Haus geritten. Jeder andere wäre die wenigen hundert Schritte zu Fuß gegangen – nicht aber der große Handelsherr aus Pisa. Die anderen blieben enttäuscht und ohne neues Ziel im ehemaligen Refektorium der Komturei zurück.

Der alte Eliah hatte sich auf eines der Lager in einer Kemenate neben dem Saal zurückgezogen. Brazzi war noch einmal über den Hof gegangen, hatte nach den Tieren gesehen und wollte einen der Pferdeknechte im Auftrag von Eliah in die Rue Jacob schicken, damit auch dort die Tiere versorgt wurden.

Miriam hantierte in der offenen Küche. Nur Bertrand saß bewegungslos am großen Tisch und starrte schweigend auf die Feuerstelle. Das Holzkohlefeuer im Herd am Ende des Refektoriums strahlte im rötlichen Licht wie die Glut im Ofen eines Alchemisten. Obwohl die Bilder der letzten Tage in Bertrands Kopf ihn immer wieder ablenkten, fand er keine Antwort auf die Frage, wie er doch noch zu seinem Vater gelangen könnte.

»Das mit der Ente und deinem Ring tut mir sehr leid«, sagte Miriam, als sie mit einer großen Silberplatte zurückgekommen war und sich ebenfalls an den Tisch gesetzt hatte. Sie hatte etwas Essbares gefunden und wie zu einem Sedermahl zum Beginn des Passahfestes auf einer großen, schon etwas fleckigen Silberplatte angerichtet.

»Du konntest nichts dafür«, sagte Bertrand. »Schließlich war ich es, der den Ring schon auf der Brücke verloren hat.«

»Komm, iss etwas«, sagte sie. »Das jüdische Osterfest beginnt eigentlich erst übermorgen und dauert dann eine ganze Woche.«

»Was heißt das? Soll ich nun essen oder nicht?«

Für einen feierlichen Augenblick blieb alles still.

»Genau genommen dürften wir diese Sedermahlzeit mit den symbolischen Speisehäppchen noch nicht einnehmen«, sagte sie dann. »Aber es gibt hier ohnehin kein ungesäuertes Brot, deshalb müssen uns die Rettichstückchen, das Mus von getrockneten Äpfeln und die bitteren Kräuter genügen.«

Er seufzte tief, legte seine Hand auf ihre, beugte sich vor und berührte ihre Lippen sanft mit seinen.

»Bei uns … in meiner Religion … würden die Menschen jetzt nicht über eine Kreuzigung trauern, sondern den Vorabend des Sabbats feiern«, erklärte sie errötend. »Unser geheiligter Ruhetag beginnt schon eine Stunde vor dem Einbruch der Nacht. Bis dahin müssen das Haus sauber, alle Mahlzeiten gekocht und der Tisch gedeckt sein. Zudem haben wir ein Bad genommen und unsere beste Kleidung angelegt.«

»Und dann tut ihr einen ganzen Tag lang gar nichts?«, fragte Bertrand, obwohl er mit seinen Gedanken ganz woanders war. Sie schmiegte sich eng an ihn.

»Ist Denken, Träumen, Beten oder Singen und die Begegnung mit dem Heiligen und den verborgenen Geheimnissen denn nichts?«

»Es kann viel mehr als alles sein, was wir mit unseren Sinnen wahrnehmen«, sagte er. »Ich muss die ganze Zeit daran denken, dass ich eigentlich in Paris aufgebrochen bin, um hier für meinen leiblichen Vater einen Weg zu suchen, der ihn vor dem Tod rettet und vielleicht sogar wieder gesunden lässt.«

»Er ist sehr krank, wie es heißt.«

»Ja, aber ich wurde gerufen, weil der letzte Großmeister der Templer auf dem Scheiterhaufen einen Fluch über meinen Vater und den König von Frankreich ausgestoßen hat. Das ist die Strafe Gottes und etwas anderes als eine Krankheit, Miriam! Gegen Krankheiten helfen Blutegel, gestampfte Pulver oder Kräuter und Tinkturen, wie sie die Beginen herstellen.«

»Oder unsere Rituale seit mehr als zwei Jahrtausenden«, warf sie lächelnd ein.

Er nickte, ohne richtig zuzuhören. »Gegen Flüche oder Zaubersprüche hilft keine noch so starke Arznei! Derartige Gefahren kann man nur mit der Bibel oder magischen Zeichen bannen! Ich müsste sie nur finden!«

»Du meinst die drei Zeichen mit dem Kreuz im Herzen?«, fragte sie.

Er nickte.

»Eines davon hattest du im Stein des Bischofsrings, das zweite kennt mein Bruder.« Sie stockte, sah ihn lange an und sagte dann: »Es ist im großen Rubin aus der Tiara, die deinem Vater beim Attentat von Lyon vom Kopf gefallen war.«

»Hat Seder den Rubin?«

»Ja«, sagte sie nur.

Bertrand sah sich nach allen Seiten um, dann flüsterte er: »Und ich weiß jetzt auch, wo das dritte Zeichen ist.«

»Ein Kreuz im Herzen in einem Stein. Mit Dreiecken und Linien aus dem Templeralphabet darüber?«, fragte sie verwundert.

Er legte einen Finger auf ihre Lippen, dann sagte er sehr leise: »Das dritte Zeichen ist nicht in einem Edelstein verborgen. Du kannst es sehen, wenn du im Hof der Komturei stehst und zur Skulptur mit dem Lamm Gottes über dem Eingangstor aufblickst.«

Sie schwiegen beide und dachten lange über die verborgenen Dinge nach, wie es am Sabbat recht war.

»Das Zeichen des Vaters ist demnach im Rubin des Papstes«, sagte Bertrand schließlich, »das Zeichen des Sohnes hatte ich im Bischofsring, und das Zeichen des Heiligen Geistes betrifft die Ideale, wie sie der Templerorden einmal hatte. Ich kenne eigentlich nur einen Menschen, der Botschaften aus dem Templeralphabet lesen kann, und das ist Meister Eckhart.«

»Und dein Vater?«, fragte sie verwundert. »War dein Vater nicht ebenfalls sehr eng mit den Templern verbunden?«

»Das habe ich mich oft genug gefragt.«

Sie hob die Brauen, und ihre Augen glänzten voller Erwartung.

»Das Buch, für das die große Begine Marguerite Porète brennen musste und das auch Meister Eckhart kannte. Sie hat darin vieles von dem gesammelt und verschlüsselt oder erklärt, was bis auf eure heiligen Schriften, die Kabbala und die Apokryphen zurückgeht. Erkenntnisse, die in den vergangenen Jahrhunderten immer hartnäckiger verboten und getilgt wurden.«

»Du meinst, wenn man die Zeichen und das Buch zusammen liest …«

»Wenn ich Meister Eckhart richtig verstanden habe, geht es viel einfacher«, sagte Bertrand. »Dann nämlich muss man nur den Stein über die Seiten des Buches schieben, dessen Zeichen an der Kopfleiste vermerkt ist. Es ist der Schliff der beiden Steine, der die Buchstaben derart verspiegelt, dass sie einen anderen Sinn ergeben. Manchmal braucht man auch beide Steine, aber das hätte ich noch herausgefunden.«

»Und das Zeichen im Hof?«, fragte sie.

»Es ist das gleiche wie auf dem Buch der verurteilten Porète«, antwortete er. »Das Zeichen für den Geist, mit dem man sich ihr Werk vom ›Spiegel der einfachen Seelen‹ ansehen soll.«

»Ist es denn nicht mit ihr verbrannt worden?«, fragte sie erstaunt. »Ich meine dieses ketzerische Buch.«

»Es liegt, nach allem, was ich weiß, nicht beim Heiligen Stuhl, sondern im Palais von Kardinal Godin.«

Es war bereits Mittag, als Marco Ambrogio und Tonio Brazzi wiederkamen. Der Handelsherr aus Pisa war nicht sehr gut gelaunt. Trotzdem sprach er noch einmal mit Bertrand, als er ihn und Miriam im Hof des Fondaco antraf.

»Seid Ihr …« Ambrogio lachte wie über sein Versehen mit der falschen Anrede. »Bist du ein Kurier des Königs oder irgendeines Abtes in Paris?«

»Nein«, antwortete Miriam an seiner Stelle. »Eher das Gegenteil! Er ist der Sohn des Papstes und weiß bisher nicht, wie er zu einer Audienz beim Heiligen Vater kommen kann.«

Der Kaufmann aus Pisa erstarrte für einen Moment, aber nicht vor Respekt oder Bewunderung, sondern eher mit dem kalten, abschätzenden Blick einer Natter. Er bewegte seine vollen Lippen, als würde er die Qualität eines Schlucks Wein prüfen.

»Sohn … Seiner Heiligkeit … Clemens V. also?«, fragte er ganz langsam. Miriam und Brazzi nickten. Bertrand selbst blieb verhalten.

»Was ist so schwierig an einer Begegnung der beiden?«, fragte Ambrogio. »Ich bekomme jede gewünschte Audienz innerhalb eines Tages, selbst wenn der Heilige Vater im Fieber läge und mich nicht mehr erkennen könnte.«

»Bertrand will keine Befragungen durch den Meister des Palastes«, sagte Miriam furchtlos. »Keine endlosen Verhöre und möglicherweise die Kerkerhaft bis zur Anklage wegen Ketzerei und Gotteslästerung.«

»Es ist der Beweis, der mich behindert«, sagte Bertrand. »Ich kann nicht beweisen, wer ich bin.«

»Hättest du diesen Beweis gehabt, wenn du wie ein anständiger Christenmensch und nicht mit dem Hochwasser hier an der Brücke angekommen wärst?«

»Dann hätte ich mit Kardinal d'Aux gesprochen, wenn ich vorgelassen würde.«

»Auch dann brauchst du Beweise für deine Existenz.«

»Und genau die habe ich!«, rief Mel Comyn. Zusammen mit Eliah und Seder trat er unter dem Zeichen vom Lamm Gottes hindurch in den Hof des Fondaco. Mit einem Aufschrei lief Miriam auf Seder zu und fiel ihm um den Hals.

»Zwei Edelsteine«, sagte der Kaplan und öffnete ein Tuch in seiner Hand. »Einen im Bischofsring und einen aus der Tiara.«

Bertrand starrte auf die beiden Edelsteine. Den Amethyst, den er schon verloren geglaubt hatte, und jenen Rubin, der seit fast neun Jahren verschollen war. Der große Fluss an der Brücke von Avignon oder auch göttliche Fügung hatte sie buchstäblich jenen Menschen in die Hände gespült, die den Schlüssel zum Vermächtnis der Templer besaßen.

Zum ersten Mal, seit alle anderen ihn kannten, verlor auch Marco Ambrogio die Fassung.

»Wo ... wo zum Teufel hast du verdammter Jude den Rubin bisher versteckt?«, schnauzte er Seder an.

Der aber grinste nur bis an die Ohren, mit denen er noch immer nicht viel hörte. Da er aber ahnte, was er gefragt worden war, rief er so laut, wie es Schwerhörigen eigen ist, über den ganzen Hof: »Ich hatte diesen roten Rubin aus der Tiara eures Papstes im Bett deines Weibes versteckt! Da war er doch wohl sicher vor dir und dem Kardinal Godin, oder etwa nicht?«

Seder Ben Ariel genoss die Zornesröte in Ambrogios Gesicht und dazu die weit aufgerissenen Münder all der Knechte, Fuhrleute und Schreiber, die sich neugierig im Hof versammelt hatten.

Der sonst so großspurige Handelsherr aus Pisa zitterte am ganzen Körper. »Oh ja, das müsste reichen als Schlüssel zu den päpstlichen Gemächern«, keuchte er dann.

Der Kaufmann aus Pisa erhielt tatsächlich noch am gleichen Tag Zugang zu Kardinal d'Aux. Doch die Audienz blieb kurz und unerfreulich, denn Marco Ambrogio konnte nichts von Meister Eckhart berichten, was dem Heiligen Vater geholfen hätte. Stattdessen wurde Ambrogio mit dem Auftrag zum Fondaco zurückgeschickt, eine Sänfte zu beschaffen, mit der der todkranke Papst noch in der Osternacht und mit wenig Licht aus der Stadt gebracht werden konnte.

Überall in Avignon bereiteten sich die Gläubigen auf die Ostermesse zur Mitternacht vor. Zur gleichen Zeit stritten sich Ambrogio, Tonio Brazzi und Seder über die Frage der rechten Tarnung für die Sänfte.

»Wir könnten nützliche Verwirrung schaffen, indem wir unsere eigenen Knechte und so viele Juden, wie in der Stadt aufzutreiben sind, in Kutten der Büßer stecken und dann in der Stadt herumlaufen lassen«, sagte Brazzi schließlich zu Eliah und Seder. »Ich habe noch einige Dutzend aufgearbeiteter Kutten mit neu gesäumten Augenschlitzen im Speicher.«

»Wozu eigentlich eine Sänfte?«, meinte Eliah versöhnlich. »Zumindest für den ersten Teil des Weges könnte ich meinen Maultierkarren zur Verfügung stellen. Dem kranken Papst wird der Gestank nichts mehr ausmachen, wenn er nur gut gepolstert liegt.«

Die anderen sahen den pfiffigen alten Juden skeptisch an.

»Nur die Deichsel müsste erneuert werden«, sagte er, »die haben ein paar grobe Kerle mir zerbrochen.«

»Wir haben noch wunderschöne und stabile Turnierlanzen«, sagte Brazzi sofort. »Ich denke, dass wir damit einen rechten Ersatz hätten.«

»Aber der Papst hat gerade erst Turniere verboten!«, protestierte Mel Comyn. »Wenn er bei Tage sieht, womit er gezogen wird ...«

Brazzi winkte ab. »... sind wir längst aus Avignon und Villeneuve heraus, machen einen kleinen Umweg und lassen ihn dann nicht mehr fahren, sondern tragen.«

»Nun gut«, sagte Kaplan Comyn. »Aber was wird jetzt aus den Edelsteinen?«

»Ich denke, dass ich sie so schnell wie möglich meinem Vater geben muss«, sagte Bertrand bestimmt »Er selbst und Kardinal d'Aux sollen entscheiden, ob sie ihm helfen können und was sie im Buch der verbrannten Begine entschlüsseln mögen.«

Kardinal Godin wusste von alledem nichts. Er hatte Seder Ben Ariel aus seinen Kerkern freigelassen, um ihn wie einen menschlichen Spürhund zu benutzen. Er wollte den Rubin und zugleich den Amethyst vom Bastard des Papstes haben und hoffte, dass ihn der Jude zu beiden führte.

Doch dann war der Meister des Palastes ein Opfer seiner eigenen Perfektion und Intrigen geworden. Schneller, als er reagieren konnte, wimmelte es plötzlich zwischen seinem Palais und der Brücke über die Rhône von weißen, grauen und schwarzen Büßern in langen Kapuzenkutten mit Augenschlitzen. Zwei von ihnen bewegten sich bis zum Palais des Papstes. Sie gingen leichtfüßig, stolz und keineswegs bußfertig an Bewaffneten und einem misstrauisch blickenden Ritter Utz von Falkenhenn vorbei, der sich in voller Rüstung an der Eingangstreppe aufgestellt hatte und Kardinal Godin sofort berichten sollte, sobald ihm irgendetwas auffiel.

Noch ehe sich die Kathedrale am Rocher des Domes und die anderen Kirchen der Stadt langsam für die Messe in der Osternacht füllten, wurde die kleine Kapelle auf der Brücke von Avignon geschlossen. Zur gleichen Zeit wechselten mehrere gut gefüllte Geldkatzen ihre Besitzer, um die Wachen am Brückentor und einige andere zum Wegsehen zu bewegen.

Kurz darauf streiften Bertrand und Miriam ihre Kutten ab, küssten sich kurz und betraten wie vorher vereinbart zwei verschiedene Räume im oberen Stockwerk. Bertrand wählte das Kaminzimmer, Miriam den großen Audienzsaal. Und dann sah Bertrand zum ersten Mal nach neun Jahren seinen Vater wieder. Er saß in seiner weißen Soutane in den Kissen eines hohen Lehnstuhls am Kamin. Neben ihm stand ein Schachbrett mit Kreuzrittern als weiße Partei und schwarzen französischen Adligen.

Kardinal d'Aux trieb Ärzte, Diener und Priester mit einigen Handbewegungen aus dem Raum. Sie gingen am Vorhang vorbei, doch keiner sah nach, wer dahinter stand. Bertrand wartete lange, bis er sich ein Herz fasste und hinter dem Vorhang hervortrat.

»Komm nur«, sagte der Heilige Vater vollkommen ruhig. Er sah sehr schwach aus, doch seine Augen leuchteten freundlich. Kardinal d'Aux stand an der Seite des Schachbretts und lächelte kaum merklich. Bertrand wusste nicht, ob er sich wundern oder fliehen sollte. Er spürte die beiden Edelsteine im Tuch, das er in der Hand trug.

»Es sind nur zwei«, sagte er und streckte die Hand aus. »Das dritte Zeichen befindet sich an einer Wand in der Komturei der Templer.«

»Zu spät«, sagte Clemens. »Wir haben das richtige Buch nicht, das mit den Zeichen in den Steinen entschlüsselt werden kann. Dennoch danken wir dir für all die Mühen, die du auf dich genommen hast.«

Bertrand schlug das Tuch in seiner Hand auf und zeigte den Amethyst und den Rubin. Die Farben der Steine leuchteten im Kerzenlicht. Für einen Moment kam es allen so vor, als würde die Zeit stillstehen.

Flucht in der Osternacht

Erst kurz vor Mitternacht kamen Vater und Sohn noch einmal auf die Fragen zurück, die sie beide schon lange beschäftigten. D'Aux und Bertrand hatten den Heiligen Vater ohne fremde Hilfe wieder zu seinem Bett gebracht.

»Dann war der Untergang der Tempelritter überall in Frankreich von euch selbst geplant?«

»Gelobt, geplant und mit dem Organisationstalent, das wir in zwei Jahrhunderten erworben haben, so perfekt durchgeführt, wie es kein König und kein Herrscher dieser Welt vermocht hätte.«

Es war, als würde ein unsichtbarer Engelsflügel über den schwer kranken Mann auf dem Bett streichen. Alle Verkrampfung und Anspannung fielen von ihm ab. Er schien seine Schmerzen nicht mehr zu spüren.

»Schließ deine Augen, wenn du mich verstehen willst«, sagte er zu Bertrand, »und höre, was wir damals beschlossen haben – gemeinsam beschlossen ... zusammen mit dem Großmeister Jacques de Molay und den Auserwählten unter den Brüdern bei einer Zusammenkunft in der Komturei des Templerordens hier in Avignon.«

»Aber Molay ... es heißt, er war nie in Avignon!«, wandte Bertrand ein.

»Zweimal sogar«, beharrte Clemens nachsichtig. »Beim ersten Mal gleich nach meiner Wahl, als er mit seinen Pferdewagen voll Silber von seiner griechischen Insel kam. Sie waren als Anzahlung für einen neuen Kreuzzug nach Jerusalem gedacht. Ich hatte Molay aufgetragen, darüber nachzudenken, wie möglichst viele der Ritterorden nach dem Fall von Akkon vereint und sinnvoll eingesetzt werden könnten. Doch Molay lehnte alles ab und bestand auf der Rückeroberung des Heiligen Landes. Mit seinen Hirngespinsten hat er viele Herrscher verrückt gemacht, sogar den König von England und Philipp den Schönen. Und dann kam er mit seinem riesigen Silberschatz und glaubte wohl, dass er mich damit kaufen könnte.«

»Aber der Tempel, das Hauptquartier der Tempelritter in Paris, war leer, als Philipp der Schöne ihn nach der großen Verhaftungswelle aufbrechen ließ.«

»Das Silber war tatsächlich zuerst im Tempel an der Seine. Aber im Herbst des Jahres 1307 ging es zum zweiten Mal auf eine Reise – diesmal nicht mehr in Wagen, sondern in kleinen Booten und auf den Rücken vieler Pferde. Einige der Schiffe fuhren seineabwärts und versanken in Stürmen vor den Klippen von La Rochelle im Meer. Sie hätten Portugal und Spanien umrunden und dann an der Küste entlang bis zur Rhônemündung fahren sollen.«

»Und von dort aus flussaufwärts bis hierher?«

»Nimm einfach an, dass mit all dem Gold und Silber der Templer ein viel größerer Schatz erworben werden sollte«, sagte der Papst und lächelte. »Nimm diesen Hinweis als mein Vermächtnis und das Erbe der Tempelritter an. Denn was die Templer nicht bewahren durften, ist nicht verloren, sondern existiert noch immer an anderer Stelle und in anderer Form. Es ist das Wissen der gesamten Menschheit, Bertrand! Die Geheimnisse der Babylonier und Ägypter, der großen Griechen und der Weisen aus dem Morgenland. Und all dies ist aufgeschrieben, von Juden und Arabern in Spanien übersetzt und in diesen unchristlichen Ländern als anderer Schatz gehortet. Ich wollte alles mit dem Geld der Templer für den Heiligen Stuhl erwerben.« Er stockte, hüstelte und ließ sich dankbar von seinem Sohn den Schweiß von der Stirn wischen.

»Dort ist es anders als bei uns«, fuhr er schließlich fort, »wo viele Priester nicht schreiben und lesen können. Und wo es Ketzerei ist, wenn Madame Porète oder Meister Eckhart ihre Erkenntnisse in der Sprache des eigenen Volkes mitteilen.«

Sie schwiegen beide und hingen lange ihren Gedanken nach. Dann sagte Bertrand: »Nur eines möchte ich noch wissen: Sind diese Vorgänge und der verschwundene Schatz der Templer der Grund dafür, dass du niemals in Rom Papst sein wolltest, sondern Avignon gewählt hast?«

»Einer der Gründe, mein Sohn«, sagte der Papst und holte mühsam Luft. »Natürlich ging es auch um Politik, um die verderbliche Habgier des Franzosenkönigs, die Eifersucht des mörderischen römischen Adels und seiner Kardinäle und nicht zuletzt um meine eigene Schwäche. Aber ein weiterer, für mich besonders wichtiger Grund für Avignon als neuen Sitz des heiligen Apostolischen Stuhls liegt darin, dass der Rocher des Domes auch ein Kalvarienberg geworden ist … eine Schädelstätte für einige der letzten Tempelritter, die nicht verhaftet und gefoltert werden wollten. Sie gingen freiwillig aus diesem Leben – wie damals die *Juden von Masada.*«

»Was ist geschehen?«, fragte Bertrand. »Ich meine die Überraschungsaktion, bei der sämtliche Seneschalle des Königs verschlossene Schreiben mit dem Befehl zur Verhaftung aller Templer erhielten, dessen Siegel sie überall erst in der Nacht zum 13. November 1307 brechen durften?«

»Es gab keine Überraschungsaktion«, sagte der Papst ganz ruhig. »Das alles sind nur nachträgliche Verleumdungen gegen mich aus Rom. Die Wahrheit ist, dass Jacques de Molay mich selbst gebeten hatte, eine juristisch einwandfreie Untersuchung einzuleiten, um die Vorwürfe der Gotteslästerung, Ketzerei und Sodomie gegen den Orden auf diese Weise aus der Welt zu schaffen. Er wusste, dass ich selbst beide Rechte studiert habe und objektiv urteilen würde. Am 24. August 1307 habe ich deshalb König Philipp schriftlich mitgeteilt, dass ein Ermittlungsverfahren gegen den Orden eingeleitet sei.«

Er schnäuzte sich in ein kleines, schon etwas blutiges Seidentuch. Dann deutete er auf die Karaffe mit warmem Würzwein. »Schenk mir noch einmal nach, mein Sohn! Natürlich hatte ich mit Jacques de Molay vereinbart, dass er wichtige Bücher und Dokumente des Ordens, die nicht in fremde Hände fallen durften, an verschiedenen Plätzen sichern sollte. Und eines dieser Bücher war die erste Fassung eines Werkes über den ›Spiegel der einfachen Seelen‹, geschrieben von einer Frau, einer der klügsten Beginen überhaupt.«

»Es ist hier?«, fragte Bertrand erregt. »Das Buch, das ich bei Kardinal Godin vermutete, ist hier?«

»Das richtige Buch ist in Sicherheit – in Spanien«, sagte der Papst. »Du wirst es lesen können, wenn die Zeit gekommen ist. Godin hat nur eine gefälschte Kopie, die nichts von den Zeichen in den drei Steinen verrät.« Er nahm den Kelch mit warmem

Wein aus der Hand seines Sohnes, trank einen Schluck und lehnte sich nach Kraft suchend zurück.

»Ich habe alle gewarnt«, sagte er mit geschlossenen Augen. »Ich wusste, dass die Templer keine Zukunft mehr hatten, und bot ihnen deshalb an, dass sie sich mit den Johannitern vereinigen könnten. Doch Jacques de Molay lehnte ab – ebenso wie die anderen Oberen der Ordensprovinzen. In meinem alten Kloster der Grammontenser in Comminges wurde Tag und Nacht an Kopien eines Briefes gearbeitet, den ich an alle Komtureien, alle Schlösser und alle Klöster der Templer schicken ließ. In meinem Schreiben habe ich angeordnet, dass keinerlei Auskünfte den Orden betreffend gegeben werden durften. Das galt auch für die Inquisition, die schließlich mir und nicht dem König von Frankreich verpflichtet war. Doch dieser Brief war wahrscheinlich der größte Fehler meines Lebens ... viel schlimmer als meine spätere Bereitschaft, den Orden aufzulösen, um Philipps Anklage gegen meinen Vorgänger Bonifatius VIII. wegen Ketzerei aufzuheben.«

»Dieser Brief«, sagte Bertrand, »war dieser Brief der Grund dafür, dass so viele der Templer nicht geflohen sind, keinen Widerstand geleistet haben und sich unbesorgt abführen ließen?«

»Ja, mein Sohn, das war der Grund und mein Fehler. Die meisten konnten doch darauf vertrauen, dass ich auf ihrer Seite stand und die Inquisition keine falschen Geständnisse durch peinliche Befragung und Folter aus ihnen herauspressen würde. Anfänglich tat sie es auch nicht, denn die Verhaftungen erfolgten ja nicht durch Dominikaner, sondern durch Schergen des Königs. Wir Kirchenmänner erfuhren zunächst nicht einmal, was geschah. Und die Büttel Philipps hatten nicht das geringste Recht, einzelne Templer festzunehmen, denn jeder von ihnen unterstand ausschließlich meiner Obrigkeit.«

»Dann war alles nur ein Irrtum?«

»Nein, ganz und gar kein Irrtum!«, stieß der Papst hervor und bäumte sich in seinem letzten großen Zorn auf. »Ebenso wenig wie der Überfall auf Bonifatius VIII. und der Giftmord an seinem Nachfolger, Papst Benedikt XI. Ich sollte dann der Dritte in einer Reihe sein! Ein schreckliches Komplott, Intrige, Irrtum und Verrat!«

»Von König Philipp?«

»Und seinen mörderischen Beratern! Philipp war hoch verschuldet bei den Templern. Er war beleidigt, weil sie ihm nichts mehr geben und ihn auch nicht in den Orden aufnehmen wollten. Er hätte nie in einem offenen Krieg gegen die Templer gewinnen können. Für den Großmeister und für mich wäre es leicht gewesen, die im Kampf erfahrenen, gut bewaffneten Tempelritter zu einem Kreuzzug aufzurufen – zu einem Kreuzzug gegen den Antichrist und Moloch in Paris.«

»Ihr habt es nicht getan.«

»Nur deshalb, weil ich auf Recht und Gesetz in dieser Welt vertraut habe und weil ich die Ehre eines zu Unrecht der Ketzerei verdächtigten Papstes retten wollte.«

»Aber du hast doch selbst gegen Bonifatius den Prozess eröffnet«, wandte Bertrand ein. Er wollte endlich alles wissen – und zwar von dem Mann, der immer wieder in Paris an der Sorbonne für sein Verhalten geschmäht worden war.

»Du hast vollkommen recht«, sagte Clemens nachsichtig. »Ich habe Bonifatius wegen Häresie angeklagt. Ich habe auch seine Bulle *Clericis laicos* widerrufen und die Bulle *Unam sanctam* abgeschwächt. Aber vielmehr muss ich mir vorwerfen, dass ich vor drei Jahren mit der Bulle *Rex gloriae* auch noch die Verbrechen des Königs und seiner Räte gegen Bonifatius VIII. gutgeheißen und alle seit dem heiligen Jahr 1300 verhängten geistlichen Strafen aufgehoben habe.«

»Du hast die wegen des Überfalls von Anagni verurteilten Kardinäle wieder eingesetzt und Guillaume de Nogaret gegen eine kleine Bußzahlung vergeben«, stieß Bertrand immer noch empört hervor. »Warum nur? Warum so viel Schwäche?«

Plötzlich lächelte Clemens V. Er zuckte einige Male von den Schmerzen in seinem Leib, dann lächelte er wieder. »Es ist mir dadurch gelungen, dass Bonifatius, dieser große, aber auch gefährlich in die geheimen Lehren Salomons und der spanischen Araber abweichende Papst, niemals wegen Ketzerei verurteilt worden ist. Ich folge ihm in vielem, was er gedacht und getan hat. Und alles, was ich getan habe, war der Preis für seine Ehrenrettung!«

Er lehnte sich zurück und schloss die Augen. »Versprecht mir, dass ihr nichts tut, um mich an meiner Abreise zu hindern«, sagte er. »Ich will nicht mehr durch irgendwelche Quälerei der Ärzte in meinem kranken Blut geschröpft oder mit übler Jauche angefüllt werden.«

»Ich verspreche es«, sagte Bertrand.

»Wir ebenfalls«, stimmte Kardinal d'Aux zu.

»Ich sorge dafür, dass auch andere deinen Wunsch erfüllen«, sagte Kardinal da Prato. Sie wussten alle, wer damit gemeint war.

»Gebt Godin irgendein Bistum, das ihn reich macht«, sagte der Heilige Vater, »aber sorgt dafür, dass er nicht länger diese Stadt vergiftet.«

Kardinal d'Aux nickte, als er sah, wie der Papst lächelte. Es war nur noch ein letztes Aufwallen von Sorge und Verständnis.

Bertrand sah, wie die Lippen des Papstes bebten.

»Schon vor langer Zeit fassten die Templer den Entschluss, dass sie lieber ihren Orden auflösen wollten als ihre im Morgenland erworbenen Geheimnisse zu verraten und ihre irdischen Schätze an irgendeinen weltlichen Herrscher auszuliefern.«

»Aber, was ist mit –«

»Mit den angeblich zweitausend Templern, die nach dem 14. September 1307 durch den Haftbefehl Philipps in ganz Frankreich binnen weniger Tage eingekerkert und dann von der Inquisition angeklagt wurden? Nach diesen zu schwachen Brüdern fragst du?«

»Ja.«

»Sie wussten nichts«, antwortete der Papst. »Viele gehörten auch zu den heimlich von Philipp eingeschleusten Verrätern aus den Kreisen der Johanniter und Hospitaliter, der Dominikaner, Zisterzienser und Minoriten.« Der Papst schwieg sehr lange. »Es gab nur eine Brücke, über die ich gehen konnte«, sagte er schließlich mit einem stillen Lächeln.

Bertrand wusste plötzlich, was er meinte. Es war dieselbe Brücke, die ihm aus wilder Flut sein armes Leben gerettet hatte.

»Ja, mein geliebter Sohn – die Brücke eines Hirten, der ebenso wie ich mit Engelshilfe zum Pontifex geworden ist.«

»Ich möchte auch eine Brücke bauen«, sagte Bertrand. »Nicht über die Rhône und noch nicht ins himmlische Jerusalem, aber vielleicht eine Brücke zwischen den Menschen. Denn damit sollten wir anfangen, ehe wir nach dem Göttlichen streben.«

Er stand auf und ging bis zur Tür mit jenem Vorhang, hinter dem sich leicht jemand verbergen konnte, der etwas von den Geheimnissen des Heiligen Vaters erfahren wollte. Diesmal trat keine Lauscherin hinter dem Vorhang hervor. Zwar hatte sie alles gehört und auch einiges verstanden, doch darum ging es nicht. Sie kannte den jungen blonden Mann vor ihr noch nicht lange. Sie wusste nur, dass er aufrichtig fühlte.

Er streckte ihr seine Hand hin. Sie zögerte nur einen winzigen Augenblick, dann lächelte sie scheu, und ihre Augen strahlten. Sie legte ihre Hand in seine. Er hielt sie ebenso fest wie die seines Vaters vor langer Zeit. Dann führte er sie vor Papst Clemens V.

»Miriam, die Enkelin des Juden Eliah von Carpentras«, sagte er, und seine Stimme klang plötzlich rau und männlich. »Ich möchte sie zu meinem Eheweib nehmen.«

Der Papst sah sie lange und prüfend an. »Willst du Jude werden, oder habt ihr vereinbart, dass sie sich taufen lässt?«

»Das wissen wir noch nicht«, antworteten beide gleichzeitig. »Aber wir werden dich begleiten, solange du es erlaubst.«

Die Glocke der Kathedrale schlug zur Mitternachtsstunde.

»Christus ist auferstanden!«, sagte der Papst mit bebender Stimme. »Er ist wahrhaftig auferstanden! Ich danke ihm und Gott dem Allmächtigen für alles, auch wenn ich schwach war und seinen Ratschluss nicht immer ganz verstehen konnte.«

Er schloss die Augen. Die Schmerzen seines Leibes quälten ihn immer heftiger, doch sein Gesicht sah glücklich aus. »Findet die Antworten in den Schriften!«, sagte er. Dann fügte er fast beschwörend noch einen Satz hinzu, der jedem anderen ketzerisch erschienen wäre: »Es gibt nicht nur die Bibel, sondern auch Weisheit und Erkenntnis in Koran und Talmud und vielen anderen Büchern Spaniens und Arabiens.«

SEDISVAKANZ

Der Hofstaat des Heiligen Stuhls hielt sich an die Versprechen aus der Osternacht – auch als Bertrand drei Tage später zusammen mit Miriam und der Nachricht nach Avignon zurückkam, dass die Sänfte mit Papst Clemens V. nicht mehr nach Bordeaux unterwegs war.

Am gleichen Abend gingen der Sohn des Papstes und der Kardinal, der schon einen Kaiser gekrönt hatte, langsam über den schmalen Fußweg bis zur Spitze des Kalkberges, um den die Rhône einen Bogen machte. Von hier aus konnten sie die große Insel im Fluss überblicken. Die Wachtürme auf der französischen Seite wirkten vom Rocher des Domes aus noch mächtiger und bedrohlicher.

»Bereits in Villeneuve beichtete Clemens uns, dass sein geschwächter Körper es nicht mehr bis nach Bordeaux oder zur Kirche in Uzès schaffen würde«, berichtete Bertrand. »Ich wollte ihn hierher zurückbringen, aber er bestand auf der Erfüllung unseres Versprechens. Außer seinen alten Dienern und Ritter Utz von Falkenhenn mit seinen Bewaffneten sollte nur Kardinal d'Aux bei ihm bleiben. Er wollte auch, dass sofort Boten an all seine Verwandten ausgeschickt wurden, die von ihm während der acht Jahre seines Pontifikats zu Bischöfen und Kardinälen geweiht oder ernannt wurden.«

»Viele von ihnen leben schon nicht mehr«, sagte Niccolò da Prato.

»Das mag schon sein«, sagte Bertrand. »Aber diejenigen, die sich weiter gegen das korrupte Rom zur Wehr setzen wollen, sollen durchsetzen, dass auch das nächste Konklave nicht in Italien, sondern hier in Avignon oder noch besser in Carpentras abgehalten wird.«

Nicht einmal drei Wochen später, am 20. April 1314, starb Papst Clemens V. zu Roquemaure im Languedoc am rechten Rhôneufer. Seltsamerweise lag der kleine Ort etwas nördlich der Straßen nach Bordeaux – fast schon auf dem Weg nach Lyon und dann vielleicht nach Paris, Straßburg oder gar Köln.

Bis auf seine Verwandten und Vertrauten trauerte kaum jemand um den Mann, dem später nur noch Vetternwirtschaft und der Untergang des Templerordens vorgeworfen wurden. Wider besseres Wissen wurde behauptet, er sei durch Korruption auf den Heiligen Stuhl gekommen und er habe als Knecht des französischen Königs das Papsttum aus Rom, seinem geheiligten Sitz, in die französische Gefangenschaft geführt. Kein Wort wurde darüber verloren, dass Avignon und das Comtat Venaissin damals und noch viele Jahrhunderte lang zum Heiligen Römischen Reich Deutscher Nation gehörten.

Dreiundzwanzig Kardinäle fanden sich nur wenige Wochen später in Carpentras ein. Hier hatte Clemens länger Hof gehalten als in der Sommerhitze von Avignon. Und hier musste demnach auch das Konklave stattfinden. Vierzehn der Kardinäle zählten zum französischen Lager, die anderen zum italienischen. Die Gascogner aus der Verwandtschaft von Clemens verlangten einen gascognischen, die Franzosen einen französischen Papst, und die Italiener wollten ihre Beteiligung an der Wahl von Clemens in Perugia durch die Wahl eines Mannes wiedergutmachen, der das Papsttum wieder nach Rom führte.

Es kam zu einem erbitterten Streit, als auch noch der einflussreiche Dichter Dante die italienischen Kardinäle aufforderte, den Gascognern und Franzosen mit Einigkeit zu widerstehen und dem verwaisten Rom den Papst zurückzugeben.

Daraufhin überfielen die Verwandten von Clemens V. am 24. Juli 1314 das Konklave in Carpentras mit einem Haufen von Gascognern und warfen Feuer in die Stadt. Nur durch schnelle Flucht konnten die italienischen Kardinäle dem Tode entrinnen.

All das verzögerte die Wahl eines neuen Papstes zwei Jahre lang. König Philipp der Schöne erlebte sie nicht mehr. Er starb am 29. November 1314 bei der Jagd im Wald von Fontainebleau.

Erst am 7. August 1316 wurde schließlich Jacques Duèse, der ehemalige Bischof von Avignon und Kardinal von Porto, im Alter von zweiundsiebzig Jahren zum neuen Pontifex gewählt. Er war der schwächste von allen Kandidaten, ein kleiner, hässlich gewordener Greis. Aber der neue Papst mit dem Namen Johannes XXII. erwies sich achtzehn Jahre lang als gewandt in allen kirchlichen Geschäften, unbeugsam in der Verfolgung der weiblichen Spiritualität in den Klöstern und bei den Beginen. Deren langjährigen Aufseher Meister Eckhart ließ er durch Heinrich von Virneburg, den unnachsichtigen Erzbischof von Köln, schon bald als Ketzer anklagen und im Dominikanerkloster vor den Mauern von Avignon festsetzen.

Johannes XXII. zeigte wenig Interesse an geheimnisvollen Botschaften und Zeichen der Templer in gewissen Steinen. Am 14. März 1319 stimmte er mit der Bulle *Ad ea ex quibus* der Gründung des portugiesischen Christusordens zu. Er sollte das verbliebene Vermögen der Tempelritter erhalten, nicht aber das ursprüngliche blutrote Tatzenkreuz als Zeichen. Am liebsten wäre ihm ein gänzlich weißes Kreuz als Hinweis auf die Unschuld der Tempelritter gewesen.

Gleichzeitig nahm er ein altes Zeremoniell wieder auf, indem er jedes Jahr zur Hälfte der Fastenzeit, am Freudensonntag *Laetare*, eine kunstvoll geschmiedete, nach Moschus und Balsam duftende goldene Blume an ausgesuchte Männer verlieh.

Jahre später, als der deutsche Kaiser Ludwig von Bayern in Italien einfiel und von Papst Johannes XXII. exkommuniziert wurde, sollte sie dann Bertrand von Comminges für seine Verdienste als geheimer Vermittler des Heiligen Stuhls erhalten.

1328

Der Admiral

Das Jahr des Herrn 1328 und der schon lange befürchtete Weltuntergang begannen für Bertrand de Comminges auf hoher See. Die ganze Nacht hindurch hatte der Kaufmann aus Avignon auf der schweren Handelsgaleere dem jaulenden Sturm des Mistrals getrotzt, doch nun schäumten die rollenden Wogen und schienen sich endgültig rächen zu wollen. Brecher um Brecher klatschte über das Oberdeck.

Der Sturm hatte sie wenige Stunden nach dem Auslaufen des Schiffes aus dem Flusshafen von Pisa mit sich gerissen und nach kurzer Zeit den Hauptmast gebrochen. Sofort hatte der Schiffsführer seinem Bootsmann einen Befehl nach dem anderen zugerufen: »Zerschlagt den Mastfuß! Kappt alle Seile! Ruder einziehen ... und alle Luken schließen!«

Von da an schwankte das Schiff ohne Ruder und Zusatzsegel wie schweres Treibgut durch die Nacht. Drei der Seeleute hingen draußen am seitlichen Ruder der Galeere. Jedes Mal wenn der Sturm Atem holte, wagten sie, das schwere Steuer in die Strömung zu senken, um ihren Kurs nach Westen zu halten. Dann flogen heisere Rufe durch die Nacht, die Luken an den Seiten des Schiffes sprangen auf, und zwei Dutzend Ruder zogen das Schiff voran – so lange, bis die See erneut wild aufschäumte.

Der hochgewachsene Kaufmann aus Avignon steckte wie der in allen Stürmen und Untiefen erfahrene Admiral Rainier Grimaldi in einem an Armen und Beinen zugeschnürten Umhang aus geteertem Linnen, festgebunden im Hinterkastell. Bertrand war ein furchtloser Reisender, aber kein Seemann. Dennoch hatte er für den Transport seines kleinen, doch ungeheuer wertvollen Schatzes nicht den Landweg von Córdoba durch die wilden Pyrenäen nach Avignon gewählt. Um vielen der möglichen Gefahren zu entgehen, hatte er sich für einen riesigen Umweg von Spanien über das Meer bis in die neue Residenz der Päpste entschieden.

So hatte er sich für das vorletzte Teilstück der langen Reise einem ganz außergewöhnlichen Mann anvertraut, den andere

Kaufleute und Kapitäne wie Pest und Hölle gemeinsam fürchteten. Rainier Grimaldi galt als einer der besten Navigatoren und härtesten Seeräuber im gesamten westlichen Mittelmeer. Wenn der ehemalige Admiral Frankreichs kein Schiff nach Marseille und weiter bis zur Rhônemündung bringen konnte, wer dann im *Mare nostrum*? Für Männer wie ihn galt ein besonderes Gesetz der Ehre: Wer sie bezahlte, der konnte sich fester auf sie verlassen als auf irgendwelche Raubritter oder versoffenen Kriegsknechte an Land.

Die Grimaldis waren »Schwarze«, papsttreue Guelfen, und keine »weißen« Ghibellinen wie die kaisertreuen Spinolas in Genua oder die kaiserlichen Vikare der Sforzas und Este in Mailand oder Ferrara. Eine prall mit Münzen gefüllte Geldkatze im Haus seines ehemaligen Geschäftspartners Marco Ambrogio hatte Bertrand zu einem vertraulichen Abkommen mit dem Admiral verholfen. Ambrogio hatte schrecklich ausgesehen mit seiner vernarbten Gesichtshaut, die er sich bei einem Brandüberfall durch betrogene Kaufleute in Brügge zugezogen hatte. Aber der Grimaldi hatte ihn als Bürgen angenommen, obwohl Ambrogio nur noch eine Jahresrente vom Handelshaus de Comminges bezog und keinerlei Stimmrechte mehr besaß.

Für Bertrand war das Zusammentreffen mit dem Admiral ein Geschenk des Himmels. Mit seinen Fähigkeiten konnte es ihm gelingen, rechtzeitig vor dem Rosensonntag Laetare in Avignon zu sein. Jedoch mussten sie zuerst dem Sturm entkommen, um dann an Nizza, Cannes und den gefährlichen Inseln der Hyeren vorbei den immer noch sicheren Hafen der Kreuzritter, Aigues-Mortes, zu erreichen. Dort konnte er seine Fracht erneut umladen lassen und mit einem Flussboot in zwei Tagen an Arles vorbei die Brücke von Avignon erreichen.

Es kam inzwischen häufiger vor, dass Johannes XXII. die ganze Nacht hindurch keinen Schlaf finden konnte. Wenn es seine Gelenke erlaubten, betete der Vierundachtzigjährige in diesen Stunden auch auf den Knien. Wenn aber seine alten Knochen die Schmerzen nicht aushielten, ließ er sich vollständig ankleiden und setzte sich in einen Lehnstuhl, den sein Vorgänger Clemens V. nach Avignon mitgebracht hatte.

In dieser Januarnacht war der Mistral, dieser höllische Sturm durch das Rhônetal, so unvermittelt nach Osten abgebogen wie eine Horde wilder Nachtdämonen. Es war die Ruhe, die fühlbare, schmerzhafte Stille, die im Kopf des Heiligen Vaters weitertobte und ihn fast umbrachte.

Johannes XXII. konnte nicht einmal in den Heiligenlegenden oder jenen Büchern lesen, die er in all den Jahren selbst verboten hatte. Das hochgeschätzte Teufelswerk lagerte streng verschlossen in einer Truhe im Kaminzimmer neben dem Audienzsaal im alten Palast, in dem der Papst bereits als Bischof von Avignon gewohnt hatte. Er fühlte sich plötzlich ganz klein und als reuiger Sünder. Die ganze Zeit starrte er am reinen Licht der Bienenkerzen vorbei auf die Truhe, die niemand außer ihm öffnen durfte.

Schließlich quälte er sich aus seinem Sessel, wankte ein wenig und schlurfte dann mit vorsichtigen Schritten auf eine Schatulle über dem Feuer des Kamins zu. Er nestelte einen winzigen Schlüssel in Form eines Herzens mit einem Kreuz in der Mitte und gespreizt nach oben ragenden Dornen von einer Kette an seiner Brust. Der Schlüssel passte in das kleine Schloss der Schatulle. Er öffnete den gewölbten Deckel und nahm sein altes Bischofskreuz mit der Kette hoch. Wie viele Jahre und Jahrzehnte waren vergangen, seit er das Kreuz zum ersten Mal auf der Brust getragen hatte? Und war er damals nicht auch der Kanzler jenes Königs von Neapel gewesen, der auch der Graf der Provence war und eine der größten Bibliotheken mit arabischer Literatur im ganzen christlichen Abendland besaß?

Seine Hand zitterte leicht, als Johannes auf den Schlüssel in seinen Fingern blickte. Niemand in seinem alten Bischofspalast wusste, wie sich die Querbalken des Kreuzes schräg aufstellen und dann drehen ließen, um den Schlüssel für die große Truhe freizulegen.

Johannes hatte Truhe und Schlüssel als Geschenk vom Kaufmann de Comminges erhalten, der schon seit einigen Jahren in seinem Auftrag bestimmte Bücher beschaffte, die überall als Ketzerei und Teufelswerk verdammt wurden. Aber noch immer fehlte ihm das eine entscheidende Buch, nach dem er schon so lange suchte.

Nicht zum ersten Mal hatte er Bertrand de Comminges

nach Spanien geschickt, um dort die ursprüngliche Fassung des verbotenen Buches der im Jahr des Herrn 1310 in Paris verbrannten Ketzerin Marguerite Porète zu suchen. Das Buch war ein Werk mit geheimnisvollen und für die Kirche gefährlichen Andeutungen, das die Verfasserin »Spiegel der einfachen, vernichteten Seelen, die nur im Wunsch und in der Sehnsucht nach Liebe verharren« genannt hatte. Das von der Inquisition schärfstens verurteilte Lehrbuch der Liebesmystik beschrieb den Weg der Seele über sieben Stufen zur Vollkommenheit. Aber das eigentliche Geheimnis war die nur den Eingeweihten bekannte Quelle aus Arabien, die das Paradies als Rose darstellte.

Es war die sogenannte *Mi'raj-Episode*, in der berichtet wird, wie der islamische Prophet Mohammed von Jerusalem ins Paradies gelangt ist. Aus dieser Erzählung, der »Himmelfahrt« des Propheten Mohammed, hatte die Porète geschöpft. Die Begine war niemals in Spanien gewesen. Doch sie war von einem Lehrer beeinflusst worden, der mehr von letzten Geheimnissen wusste als jeder noch lebende Arme Ritter Christi vom Tempel Salomons zu Jerusalem.

Johannes XXII. spürte, wie eine ungewohnte Erregung von ihm Besitz ergriff. Bertrand de Comminges war ebenfalls Schüler von Meister Eckhart gewesen! Und er war auch derjenige, der die drei geheimen Zeichen im Stein gefunden und seinem Vater, Papst Clemens V., in seinen letzten Stunden offenbart hatte.

Mit seinem großen, hochgeklappten Bischofskreuz öffnete Johannes die Truhe. Er fürchtete sich vor dem Tag, an dem er zu schwach sein würde, um den Deckel anzuheben. In dieser Nacht nach dem Abzug des Sturms schaffte er es noch einmal. Seine Unterlippe bebte, als er den fliederfarbenen Bischofsring seines Vorgängers auf dem Heiligen Stuhl vor sich leuchten sah. Direkt daneben lag der zweite Stein mit eingravierten Zeichen des untergegangenen Templerordens. Zusammen mit dem dritten Zeichen am Eingang der alten Komturei in Avignon sollte sich das Original des Buches der Porète entschlüsseln lassen.

Johannes XXII. hatte keinen Blick für die Bücher, auf denen die Glasschale mit den beiden Edelsteinen lag. Obwohl die Knie ihn furchtbar schmerzten, sank er vor der Truhe nieder.

»Vergib mir, Herr«, flehte er zu Gott dem Allmächtigen,

»strafe mich wie den ärgsten Sünder unter der Sonne, aber verschone meinen Vertrauten Bertrand de Comminges und lass ihn mit dem schrecklichen Buch der Ketzerin Porète heil und gesund in Avignon eintreffen!«

Er zögerte einen Moment, dann fügte er ein Versprechen hinzu: »Und wenn er es tatsächlich schafft, will ich ihn am Sonntag Laetare mit der Goldenen Rose auszeichnen!«

Bertrand duckte sich vor einem Schwall Wasser, der ihm entgegenpeitschte. Die Welle brach über ihm und dem Admiral zusammen, als hätten es Meer und Sturm nur auf sie beide abgesehen. Sie merkten nicht einmal, dass zwei von den Ruderern durch die Luken mitgerissen wurden.

Bertrand rappelte sich auf. Er dachte an die vielen Monate der oft gefährlichen, aber vergeblichen Suche nach dem Porète-Buch. Auch mit der Hilfe seines bei Juden, Christen und Muslimen in gleichem Maß hoch angesehenen Schwagers Seder Ben Ariel hatte er es nirgends in Córdoba finden können. Inzwischen war er nicht mal mehr sicher, ob es sinnvoll war, die Geheimnisse der Ägypter, Babylonier und der Kabbala mit Hilfe des Buches zu entschlüsseln. Den Templern hatte ihr ganzes Wissen ebenso wenig wie ihr Gold und Silber genutzt. Wie sollten die Geheimnisse der Alten, die Zaubersprüche König Salomons und die hermetischen Formeln den Papst und die Kirche vor den Waffen und Kriegsknechten von gottlosen, machtgierigen Kaisern und Königen retten?

Die Welt stand am Rand des Untergangs, so viel war allen klar. Nie zuvor hatte es so viel Unglauben, Eigennutz und Mangel an Christlichkeit gegeben. Doch genau deshalb fühlte sich Bertrand verpflichtet, das Geheimnis der Templer zu finden und dem Pontifex maximus zu übergeben. Kein anderer Mensch war so nah an einem Durchbruch. Er hatte die Zeichen und konnte sie entschlüsseln. Was jetzt noch fehlte, war nur dieses eine Buch.

Die nächste Welle rollte heran. Sie sah aus, als würde es seine letzte sein. Vielleicht dachte er deshalb plötzlich über sich selbst und sein bisheriges Leben nach.

Er war mittlerweile dreiunddreißig Jahre alt, schlank, blond, seit zwölf Jahren verwitwet und höchst erfolgreich im Namen

Gottes und des Profits. Durch seine Almosen galt er als mildtätig, freundlich und angenehm in Gesellschaft, aber auch streng in den Regeln der Gilden bei Arbeit und Lohn, berechnend im Geschäft und verschlossen bei allem, was mit seiner Herkunft, den *Juden des Papstes* oder dem Vermächtnis der Templer zu tun hatte.

Seit sein Vater als Papst Clemens V. die kleine Stadt mit ihrer berühmten Brücke über die Rhône zum neuen Sitz des Heiligen Stuhls auserwählt hatte, waren ihre Mauern viel zu eng geworden. Allein zur Kurie gehörten inzwischen vierundzwanzig Kardinäle und mehr als fünfhundert direkt Besoldete, von allem weiteren Anhang gar nicht zu reden. Und wie der Honig die Wespen hatte der Heilige Stuhl Hunderte von Gläubigen und Betrügern, Handwerkern, Tagelöhnern, Händlern und Kriegsknechten, Gauklern und Pilgern angezogen.

Bertrand war erst nach dem Tod seines Vaters Kaufmann geworden. Er hatte geheiratet, doch drei Jahre lang – bis zum Tod seiner Ehefrau Miriam nach der Geburt ihres dritten Kindes – hatte er nicht einmal ohne Aufsicht die Handelsbücher ansehen dürfen.

Sein Schmerz über den Verlust seiner über alles geliebten Miriam war so groß gewesen, dass er seine Kinder bei Verwandten der Mutter gelassen hatte und selbst zu einem der schlimmsten Betrüger unter den Kaufleuten der Straße geworden war. Drei Jahre lang hatte er wie ein Fuhrknecht bei Hitze und Kälte, Regen und Schnee schroff und bewaffnet die Warenlieferungen Ambrogios durch halb Europa begleitet. Dabei hatte er oft genug erst bei Sonnenaufgang vor irgendeiner Messe Schimmel von Käse gekratzt, verdorbene Fische unter den frischen im Fass versteckt, Ellen mit verkürzten Einkerbungen für das Aufmaß von Tuchballen in den Ärmel gesteckt und die Gewichte von Münzwaagen ausgetauscht.

Er hatte gelernt, wie man lügt und betrügt, Zöllner und Wachen besticht, in Herbergen ohne Zeche davonkommt, anderen die Schuld an eigenen Fehlern zuschiebt, und war einige seltene Male aus einer Weiberschlafkammer vor dem tobenden Ehemann soeben noch davongekommen. Bertrand war – bis auf einige Prügel und den gelegentlichen Verlust eines Marktstandes, eines Fuhrwerks oder eines Vertrages sowie das kleinliche Besuchsverbot für ein paar Städte in Frankreich und Flandern – in all den Jahren gesund davongekommen, glimpflicher jedenfalls als sein Patron Ambrogio.

Als die Brandkatastrophe den Handelsherrn in Brügge traf, hatte die Gesellschaft kleine Betrügereien längst nicht mehr nötig. Dennoch führte das Unglück dazu, dass der schwer verletzte Ambrogio aufgeben musste und Bertrand de Comminges den Fondaco in Avignon früher als vorgesehen übernehmen konnte.

Inzwischen waren weitere vier Jahre vergangen, und er galt als einer der wenigen vertrauenswürdigen Männer von Papst Johannes XXII. Nur den entscheidenden Auftrag hatte er auch diesmal nicht erfüllt.

Noch während er nach dem Vermächtnis der ketzerischen Begine suchen ließ, hatte einer der besten arabischen Goldschmiede Córdobas eine anderthalb Spannen große Rose mit Blüte, Blättern und Stiel aus fünf Pfund Gold und Edelsteinen angefertigt. Es war eine jener Rosen, die jedes Jahr am Rosensonntag in der Privatkapelle des Papstes an einen Kämpfer des Glaubens verliehen wurden, der sich um die heilige römische Kirche besonders verdient gemacht hatte. Außer dem arabischen Goldschmiedemeister in Córdoba und Bertrands Schwager Seder Ben Ariel wusste nur er bisher, welche Geheimnisse neben ihrem Duft von Moschus und Balsam im Blütenkelch der ganz besonderen Rose verborgen waren.

Nach mehr als zweihundert Jahren entsprach diese Rose genau derjenigen, die das eigentliche Geheimnis in sich barg und die Papst Urban II. zu Beginn des ersten Kreuzzugs verschenkt hatte. Sämtliche Goldenen Rosen früherer Päpste waren nur mehr oder weniger gelungene Annäherungen an das eine, das magische arabische Original gewesen, das bis auf die Kabbala und das Wissen König Salomons zurückgehen sollte.

Dutzende von Wissenden hatten in den vergangenen zwei Jahrhunderten mit Hilfe von Zeichnungen, Beschwörungen und Gebeten wieder und wieder versucht, den besten Goldschmieden jenen Funken der Erleuchtung zu übermitteln, der aus der Goldenen Rose das Abbild des Paradieses machte. Aber die meisten dieser Rosen hatten nicht mehr viel mit dem ursprünglichen Geheimnis zu tun. Viele glaubten, dass die *materia* der Rose aus Gold, Balsam und Moschus die Dreieinigkeit aus der Macht, der Weisheit und der Liebe symbolisierte. Selbst Vater, Sohn und Heiliger Geist waren immer wieder mit der Goldenen Rose in Verbindung gebracht worden.

Dabei gab es sehr wohl eine Botschaft in Bertrands Rose, die nur von den Erben der Templer und wenigen Eingeweihten zu deuten war. Nur wenn es ihm gelang, seinen Schatz unversehrt bis nach Avignon zu bringen, konnte er anstelle des verschollenen Buches der verbrannten Ketzerin zu einer starken Waffe gegen den Antichrist werden.

Das Seeräubernest

Die Gefangene in der Felsenfestung steil über dem Hafen von Monaco stand am Fenster und genoss die kalte, hin und wieder von hochschäumender Gischt durchmischte Nachtluft. Die schwarzen Wolken über dem Meer mit ihren weiß zerfaserten Rändern zogen auf sie zu.

Catherine Grimaldi war auf der Burg geboren, in der sie jetzt als Gefangene der Spinolas aus Genua festgehalten wurde. Ihre Familie hatte ebenfalls zum Adel von Genua gehört und die Guelfen oder auch Welfen, wie sie im Norden genannt wurden, auf der Flucht vor den Ghibellinen aufgenommen. Genau das war den Grimaldis zum Verhängnis geworden.

Die hochgewachsene, in dicke schwarze Wolltücher gehüllte junge Frau holte tief Luft. Ihr Seufzer verlor sich im Brausen des Sturms und dem donnernden Krachen der Brecher gegen die Felsen unter der Festung. Sie strich sich die kalte Nässe der Nacht aus dem ovalen Gesicht. Ihr langes schwarzes Haar schimmerte im Widerschein des Kaminfeuers. Sie war froh, dass sie endlich wieder tief durchatmen konnte, ohne auf die ständigen Schmähungen und Drohungen jenes Mannes achten zu müssen, der seit fast zwei Jahren Herr der Grimaldi-Burg war.

Gherardo Spinola hatte sie einfach von ein paar groben Kerlen aus der anderen Stammburg der Grimaldis in Cagnes-sur-Mer zwischen Nizza und Cannes entführen und verschleiert nach Monaco bringen lassen. Die ganze Zeit über war sie zwar äußerlich gut behandelt worden, aber eine streng bewachte Gefangene gewesen. Sie konnte sich nur innerhalb der Felsenfestung frei bewegen. Es gab vom Felsplateau nur wenige Abstiege, die allerdings von Spinolas Leuten leicht zu bewachen waren. Über diese Wege war es, lange bevor Catherine geboren war, einigen ihrer Vorfahren gelungen, als Mönche verkleidet und bewaffnet in die Burg einzudringen und diese von den damaligen Besetzern für die Grimaldis zurückzuerobern. Die Großtat von 1297 war auch im Wappen der Familie verewigt worden – als zwei Mönche mit Schwertern.

Wie sehr wünschte sie sich, dass erneut mutige Männer über das Meer kamen, um vom Wasser her in die Höhlen der Festung einzudringen und sie zu befreien. Aber sie kamen nicht. Stattdessen waren immer wieder Adlige und Angehörige des Rates von Genua aufgetaucht, um sie wie eine edle, noch ungezähmte Stute zu betrachten. Mehr als ein Jahr lang hatte sie sich stolz und verächtlich geweigert, mit Signor Spinola oder den lüsternen Männern aus seinem Gefolge zu sprechen. Sie hatte weder mit den Augen geblinzelt noch einen Finger gerührt, wenn ihr etwas gereicht werden sollte. Dutzende von Tellern aus dem früheren Besitz ihrer Familie waren mit köstlichen Speisen auf dem Boden zerschellt, weil sie nicht zufasste. Viele Monate lang hatte sie sogar darauf verzichtet, mehr als das Notwendigste an Brot, Wein oder Obst und Käse zu sich zu nehmen. Und auch das hatte sie einen ganzen Sommer lang oft wieder von sich gegeben, um mit dem Erbrochenen auch ihren Abscheu loszuwerden.

»Nein!«, rief sie entschlossen und stark in den Sturm hinaus. »Ich denke nicht daran, mich zu beugen!«

Der Sturm spielte ein böses Spiel mit Bertrand, Grimaldi und seinen Leuten. Obwohl das Schiff ohne Hauptmast eigentlich manövrierunfähig war, setzte der Admiral alles auf eine Karte.

»Alle Luken mit ungeraden Nummern auf!«, rief er. Der Bootsmann pfiff trillernd wie die Schafhirten in den Bergen der Provence.

»Immer zwei Mann an ein Ruder!«, befahl der Admiral.

Bertrand bewunderte die Kaltblütigkeit des alten Piraten. Jeder andere hätte längst aufgegeben, doch dieser Mann beugte sich weder dem Meer noch dem Sturm. Und wieder beglückwünschte sich Bertrand, dass er auf diesen Mann und keinen anderen gesetzt hatte.

Aber er war auch gewarnt worden. Seit dem Ende der Kreuzzüge und dem Verlust Jerusalems vor gut vierzig Jahren sorgten weder die Johanniter noch andere seefahrende Orden für Sicherheit auf dem Wasser. Und trotz der zunehmenden Bewaffnung der Schiffe wurden Piraten und Korsaren mit ihren schnellen Seglern immer dreister. Kaum ein Schiff, das noch ohne Begegnung mit den Räubern der Meere zwischen Spanien und Italien, Frankreich und den Häfen im Norden Afrikas verkehren konnte. Was sich für die Eroberer nicht lohnte, wurde sofort ohne Federlesen der Tiefe des Meeres übergeben. Das galt für Schiffsladungen ebenso wie für ihre unglücklichen Besatzungen.

Der Admiral und Bertrand hatten alles versucht, um die Route geheim zu halten. Wie andere Kaufleute hatten sie vor ihrer Abfahrt in Pisa Münzen in den Hafenspelunken und in den Gassen des unsittlichen Gewerbes verteilt, Gerüchte über eine geplante Route nach Amalfi im Süden verbreiten lassen und vertrauenswürdige Schreiber in Pisa und Prato, Lucca und sogar in Florenz mit der üblichen Milde in Form von geweihten Heiligenbildern, einigen Ellen Samtstoff, ein paar Schinken aus der Romagna oder einem Fässchen Moscato bedacht. Wie geplant nahmen die falschen Nachrichten ihren Weg, und zum Schluss kamen die anfangs sorgsam in die Welt gesetzten Gerüchte der Wahrheit fast wieder zu nahe.

Der Admiral hatte für alle neugierigen Blicke sichtbar Weizen aus der Toskana in Pisa geladen, dazu mehrere Dutzend mannshohe, in Wachstuch gewickelte Stoffballen, die angeblich im Auftrag der *Arte della lana*, der Tuchmachergilde von Florenz, über das Meer, die Rhône und dann die Maas hinab bis nach Flandern gebracht werden sollten.

Bertrands eigene Beiladung fiel kaum ins Gewicht. Sie bestand aus einer Truhe mit Handgriffen an den Seiten, in der zwölf sorgsam geölte Schwerter mit Damaszenerklingen verpackt waren. Sie sollten ein Geschenk seines Schwagers Seder Ben Ariel und einiger anderer Kaufleute in Córdoba für den Papst sein. Dazu gehörten auch fünfmal zwölf Messer aus Toledo in verschiedenen Längen und Schliffen und mit kostbar verzierten Griffen für den päpstlichen Speisesaal. Darüber hinaus führte Bertrand nur noch einen mannshohen Ballen mit ungewaschener, gepresster Schafwolle mit sich.

Niemand im Hafen von Pisa war der Ballen aufgefallen, der alt und unansehnlich aussah, wie in Wind und Wetter vergessen. Und niemand ahnte, dass dieser eine, im Inneren mit Korkschichten, Schweinsblasen und mehreren geteerten Häuten gepolsterte Wollballen mehr wert war als die übrige Ladung samt der Galeere und allen Waffen an Bord.

Mel Comyn hatte Durst. Die Luft schmeckte noch immer salzig durch den großen Sturm, und der rothaarige schottische Monsignore brauchte einen großen Schluck seines teuflisch brennenden *Aqua vitae*, das er zusammen mit dem Messwein hinter dem Altar seiner Kirche verbarg. Comyn konnte das Destillat nach dem alten Rezept von St. Patrick nicht selbst brennen, sondern benötigte dafür die Kolben und Öfen in der Sakristei der Kathedrale von Fréjus.

Es hieß, dass der heilige Patrick dortselbst bei seiner Rückkehr aus dem Heiligen Land zum ersten Mal in Europa das alte arabische Rezept ausprobiert hatte, aus Palmblättern Arrak herzustellen. Patrick hatte sein Wissen nach Norden mitgenommen, aber in Fréjus hatten die Priester und Bischöfe über all die Jahre die Erinnerung an ihn wachgehalten und immer wieder probiert, mit den alten arabischen Apparaten jenes Wasser herzustellen, das schneller und heftiger berauschte als jeder Wein.

Mel Comyn, der vierundvierzigjährige Schotte, war schon vor ein paar Jahren in die Kirche der Festung von Monaco gekommen. Aber vor zehn Jahren war dort etwas Merkwürdiges geschehen: Der »Fuchs von Cahors«, wie Papst Johannes XXII. seit seiner Zeit als Bischof genannt wurde, hatte dem rothaarigen Schotten ein feierliches Schweigegelübde abgenommen und ihn an seine alte Bischofskirche nach Fréjus geschickt. Er sollte dort nur hin und wieder eines der Fischerboote, das dann nach Osten auslief, mit einigen Krügen Aqua vitae und versiegelten Nachrichten aus Avignon versorgen.

Zwei Jahre später war beim blutigen Wechsel der Burgherrschaft von Welfen zu Ghibellinen neben vielen anderen auch der bisherige Prediger über die Kante des Felsens ins Meer gestürzt worden. Aus Gründen, die nur Gherardo Spinola selbst kannte, hatte dieser nichts gegen den Schotten als geistlichen Nachfolger. Genau darauf hatte Comyn warten sollen – auf die Kirche, ihr altes Taufbecken und auf den alten, verwitterten Beichtstuhl.

Wie auch aus vielen anderen Beichtstühlen im christlichen Abendland konnte der Papst erfahren, welche gefährlichen

Sünden gegen die Kirche bereits begangen worden waren und welche gerade geplant wurden. Umso mehr war der Papst in Avignon daran interessiert, einen zuverlässigen Vertrauten inmitten der Bergfestung zu platzieren, die soeben von seinen Feinden erobert worden war. Denn dieser Beichtstuhl auf dem Felsen von Monaco besaß ein zusätzliches Geheimnis.

Die Kirche von St. Nicolas auf dem Felsen war nur wenig größer als die Kapelle für denselben heiligen Nicolas von der Brücke von Avignon. Nichts an dem Gotteshaus war besonders auffällig – nicht einmal die röhrenartigen Vertiefungen im Steinboden des Beichtstuhls. Als Comyn sie zum ersten Mal sah, hielt er sie für Wasserabflüsse. Er hatte sich daran gewöhnt, dass die neuen Herren der Felsenfestung ihn und seine Dienste kaum benötigten. Sie waren nicht exkommuniziert, aber als »Weiße« nicht mehr am Personal des Papstes in Avignon interessiert.

Mel Comyn entdeckte die geheime Horchverbindung zum Haupthaus wie der Lauscher an der Wand, der zufällig von seinen eigenen Missetaten hört. Er war nach einem guten Maß Aqua vitae in seinem Beichtstuhl eingeschlafen und erst wieder aufgewacht, als er seinen Namen vom steinernen Boden her vernahm.

»Und ich untersage dir, dass du noch einmal bei diesem Schotten Comyn beichtest!«, erklang die Stimme Spinolas so deutlich, als sei dieser nur ein paar Schritte entfernt. Zu Comyns größtem Erstaunen antwortete die Tochter des Admirals ebenso deutlich und schon fast aufsässig: »Verlangst du etwa, dass ich bei einem von euren exkommunizierten Bischöfen meine Sünden bekenne und um Absolution bitte?«

»Was hätte eine gut bewachte Jungfrau in dieser Felsenburg schon zu beichten?«, fragte Gherardo Spinola etwas anzüglich. Comyn saß weit nach vorn gebeugt in seinem Beichtstuhl und starrte im Halbdunkel auf seine Sandalen. Und dann verstand er, warum er dem Streit zuhören konnte, der weit entfernt im Haupthaus der Festung geführt wurde.

In den folgenden Wochen fand er nach und nach heraus, wie weitverzweigt das Lauschsystem war. Der Admiral oder schon seine Vorgänger hatten die Höhlungen im Berg genutzt und Röhren vom Beichtstuhl der Kirche bis in die Säle im Haupthaus der Festung aus dem Fels hauen lassen.

Das Lauschsystem war noch unvollendet, als die Grimaldis erneut die Burg verloren. Trotzdem reichten dem Schotten die beiden bestehenden Horchverbindungen im alten Beichtstuhl aus, um für den Heiligen Vater in Avignon so gut wie alles über die teuflischen Pläne der Genueser in ihrem Seeräubernest zu erfahren …

Es schien, als hätte der alte Grimaldi einen belebenden Trunk zu sich genommen. Er schnäuzte sich, leckte über seine geschwollenen, vom Salz aufgesprungenen Lippen und lachte. Gleich darauf trieb der Sturmwind die schwere Galeere noch mehr zur Seite. Bertrand sah die wenigen verbliebenen Ruderer. Sie kämpften darum, das Schiff voranzutreiben.

Gischt spritzte ihm ins Gesicht. Sie war wärmer als in den vergangenen Stunden. Viel wärmer sogar. Gleichzeitig hörte er vor sich ein Rauschen und Donnern wie von schweren und langen Wogen, wenn sie mit hoher Brandung gegen Felsen schlugen. Er lockerte seinen schon starr gewordenen Griff. Schwankend schleppte er sich Stück um Stück in Richtung der hinteren Laderäume. Vorsichtig ließ er sich über die zertrümmerte Stiege nach unten gleiten. Erschreckt erkannte er, wie hoch hier bereits das Wasser stand. Zwei, drei ertrunkene Körper und losgerissene Fässer trieben an ihm vorbei, stießen gegen seine Brust, drohten ihn einzuklemmen.

Seine Hände ergriffen die Schlaufen des Ballens, der so kostbar war, dass er mit seinem Leben für ihn eintreten würde. Im selben Augenblick hob sich der Rumpf der Galeere wie der Leib einer riesigen trächtigen Seekuh in der Brandungswoge. Für einen Moment schien das Schiff mit seiner Ladung und der gesamten Besatzung zu fliegen, dann krachte es hart gegen ein Hindernis, das nur ein Bollwerk aus Fels inmitten der schwarzen quirlenden See sein konnte.

Ein Schwall von Wasser und geborstenen Planken schoss an Bertrand vorbei. Er stieß seine Arme durch die Schlaufen an den Seiten des alten Wollballens, klammerte sich fest und stieß mit letzter Kraft ein lautes, verzweifeltes »Ave-Maria« aus.

Im selben Augenblick sah Bertrand die hohe Wand im Meer. Er starrte nach oben. Im ersten Licht des neuen Tages sah der riesige Felsen wie ein rosafarbener Altar mitten im Meer aus. Ein Altar mit einer Festungsmauer ganz oben. Er fasste fester in die Schlaufen des Wollballens. So schnell er konnte, schleppte er ihn nach oben.

Zurück am Oberdeck, stieß er mit dem alten Grimaldi zusammen. Der frühere Admiral des Königs umschlang ihn wie ein vergnügtes Kind mit beiden Armen.

»Geschafft!«, stieß er voller Kraft und Energie hervor. »Mein Felsen! Meine Festung! Jetzt befreien wir endlich meine Tochter!« Er lachte, bis Gischtfetzen ihm den Mund mit Wasser füllten. Bertrand sah ihn mit großen Augen an. »Wir erobern diese Festung mit deinen schönen Waffen für den Papst.« Er lachte nochmals und ließ ihn los.

Bertrand biss die Zähne zusammen. Oh ja, er hatte ihn reingelegt – dieser verdammte Seeräuber hatte ihn von Anfang an getäuscht! Und er, der sonst mit allen Wassern gewaschene Kaufmann aus Avignon, hatte nicht nur erstklassige Waffen an Bord gebracht, sondern auch noch für die heimtückische Sturmfahrt bezahlt!

Die ersten Männer warfen sich angeleint ins Wasser und schwammen auf die ausgewaschenen Stufen am Rande des Felsens zu. Direkt dahinter entdeckte Bertrand eine dunkle Höhlung. Die schwere Galeere krachte hart auf einen Felsvorsprung und hing wie ein hin- und herschaukelnder Riesenfisch an einem Dorn aus Stein. Entsetzt sah Bertrand, wie die Männer seine Waffentruhe wegschleppten. Sie brachen die Verschlüsse auf und schwangen sich nach Piratenart mit seinen Schwertern und Messern über die Reling der gekenterten Galeere.

»Falls unser Überfall nicht gelingt, tauschen wir dich gegen Catherine«, rief der Admiral Bertrand zu. Er lachte erneut. Es sah so aus, als würde er nach ihm greifen. Etwas schlug schwer in Bertrands Nacken. Er krallte sich in die Schlaufen seines Wollballens, dann trieben seine Gedanken fort. Er dachte an Miriam, seine drei Kinder und seine ersten Tage in Avignon. Und plötzlich erlebte er alles noch einmal.

Lavendeldragees

Er hörte, wie der alte Jude Eliah von Carpentras, dessen Enkelin Miriam und ihr fünf Jahre älterer Bruder Seder Ben Ariel miteinander stritten. Dann sah er sich selbst am Durchgang zur Küche in der Rue Jacob in Avignon, so jung, wie er vor vielen Jahren ausgesehen hatte.

»Auch wenn du zehnmal mit dem Sohn eines christlichen Papstes verheiratet bist«, stieß Eliah aus, »auch dann gilt noch immer unser altes Gesetz, dass Kinder im Glauben der Mutter erzogen werden und nicht in der Religion des Vaters.«

»Lass Miriam doch selbst entscheiden«, mischte sich Seder ein. »Eine Frau soll ihrem Ehemann folgen und nicht ihrem Großvater.«

»Meine Urenkel werden nicht getauft!«, verlangte Eliah laut und so bestimmt wie Moses mit den Steintafeln in den Armen. Bertrand lehnte eher hilflos am Durchgang zur Küche. Er hatte einen Arm um seine hochschwangere junge Frau gelegt.

»Zwei Jahre, in denen in Avignon und draußen in der Provence alles schlimmer als je zuvor geworden ist! Nach dem Tod deines Vaters, Bertrand, können sich eure zwei Dutzend Kardinäle einfach nicht auf einen Nachfolger für ihn einigen. Sie hocken schon fast zwei Jahre in Avignon und Carpentras zusammen. Aber sie schaffen dabei nur Unfrieden unter euren Gläubigen. Und was ist die Folge davon? Man schlägt schon wieder auf uns Juden ein!«

Eliah ging bis zum Altar mit dem siebenarmigen Leuchter. Nacheinander zündete er die einzelnen Kerzen an. Er drehte sich nicht um, als er sagte: »Die Franzosen wollen, dass einer der ihren zum Papst gewählt wird, die Orsinis und Colonnas aus den mächtigen römischen Familien ebenfalls. Die Knechte der Bischöfe aus der Gascogne und vielleicht auch noch Beauftragte der kaisertreuen Ghibellinen in Oberitalien schüren den Aufruhr gegen beide Parteien. Man hört bereits, dass in der Nacht brennende Fackeln und explodierende Pulvertöpfe in den Hof des Konklaves geworfen werden. Und für derartige

Tempelschänder und Pharisäer soll ich meine Urenkel hergeben?«

»Warum einigt ihr euch nicht in der Mitte«, schlug Seder vor. »Wenn die beiden Mädchen jüdisch bleiben, ist unser religiöses Erbe gewahrt. Und wenn Miriam einen Sohn gebiert, könnte er unbeschnitten bleiben, was ihm in Zeiten wie diesen vielleicht noch einmal das Leben retten kann.«

Eliah stutzte, dann schüttelte er energisch den Kopf. »Wenn du das willst, Seder, dann kann ein Sohn in Miriams Leib auch nicht meinen Namen tragen. Ein unbeschnittener Eliah de Comminges ist weder Fisch noch Fleisch, damit das klar ist.«

»Dann soll er doch einen jüdischen Namen aus dem Neuen Testament tragen«, sagte Seder und lachte. »Nennt Miriams Sohn meinetwegen Thomas oder Andreas, Marcus oder Lucas.«

Bertrand nahm seinen Arm von Miriam und trat einen Schritt vor. Er räusperte sich zweimal, dann sagte er fest: »Unser Sohn wird wie mit eurem Großvater vereinbart nach einem großen Propheten heißen. Aber nicht Eliah, sondern Jeremia. Und jetzt möchte ich nichts mehr darüber hören.«

Die anderen blickten ihn plötzlich verwundert an. Zum ersten Mal setzte der sonst so bescheidene und zurückhaltende Sohn des verstorbenen Papstes seinen Willen durch. Er spürte, wie Miriam neben ihm seine Hand suchte und drückte.

»Und nun werde ich Miriam bei euch lassen und wieder zu Marco Ambrogio gehen. Ich will endlich den Teilhabervertrag unterschreiben, den mir Ambrogio schon nach dem Tod meines Vaters angeboten hat. Guillelmus Gisberti, der neue junge Notar von Kardinal Godin, hat bereits alles vorbereitet.«

»Warum brauchst du einen derartigen Vertrag?«

»Weil immer mehr Italiener nach Avignon kommen. Selbst wenn sie einen Franzosen oder einen Kardinal aus der Gascogne zum neuen Papst wählen, wird man hier neue Baumeister für die Paläste der Prälaten und Gesandten, dazu Maler, Tuchfärber, Goldschmiede und viele andere Handwerker aus Italien benötigen. Ganz zu schweigen von den Geldwechslern, Bankiers und weiteren Handelshäusern, die sich hier ihren Teil des großen Kuchens aus Ablasshandel und anderen Abgaben für den Heiligen Stuhl holen wollen.«

»Du glaubst wirklich, dass euer nächster Papst in Avignon bleiben wird?«, fragte Seder skeptisch.

»Ich habe geahnt, dass sie dich abwerben«, seufzte Eliah und gab seinen Widerstand auf. »Nur Unglück in dieser Familie! Es gibt nur Unglück bei mir!«

Mit einem gewaltigen Brausen wie von flügelschlagenden Engeln blies er die Kerzen auf seinem siebenarmigen Leuchter aus. Im selben Augenblick wurde es dunkel im Wohnhaus an der Rue Jacob und in Bertrands Traum.

Am selben Morgen, an dem die bewaffnete Handelsgaleere mit Bertrand de Comminges im Sturm des Mistrals auf hohe Wogenkämme geschleudert und bis an den Felsen von Monaco geschmettert wurde, blühten im Norden des Heiligen Römischen Reiches längst die Bäume. In Bayern reifte Getreide, und in den Annalen des Königreichs Sachsen sollte später verzeichnet werden, dass man noch vor Beginn der Fastenzeit vor Ostern köstliche reife Weinbeeren zum Erzbischof Heinrich II. von Virneburg bei Köln geschickt habe.

Überall in Europa spielten die Wetterdämonen verrückt. Jenseits der Alpen drohten bereits ähnliche Hitzeperioden und Dürrezeiten wie in den vergangenen Jahren in Oberitalien und um Toulouse. Dagegen schien diesmal eine völlig ungewohnte Kälte das liebliche Land zwischen Alpen und Pyrenäen in ihre Krallen zu reißen.

Nichts stimmte mehr im großen kosmischen Gefüge. Auch in Catherine Grimaldi selbst war etwas zerstört worden. Sie war nicht stark genug gewesen, hatte nicht Nein gesagt, als Gherardo Spinola sie vor die Wahl gestellt hatte, ihm entweder bei seinen Plänen zu Willen zu sein oder ihren Vater durch den Schuss eines bayerischen Armbrustschützen aus einem Hinterhalt in Cagnes-sur-Mer zu verlieren.

Sie hatte lange gebraucht, um zu begreifen, wie ernst es der Signore meinte. Catherine war anno 1305 geboren, im Jahr nach dem großen Sieg ihres Vaters, in dem seine französischen Galeeren die Flotte der Flamen bei Zieriksee vernichtet hatten. Damals hatte ihn Philipp der Schöne in seinem Überschwang mit dem arabischen Titel *amir albahr* oder auch »Admiral von Frankreich«

ausgezeichnet, was so viel wie »König des Meeres« bedeutete. Als Beute des Sieges war für Rainier Grimaldi so viel abgefallen, dass er zu seiner Festung auf dem Felsen von Monaco auch noch die Burg und das Gefängnis hoch über Cagnes-sur-Mer bauen konnte. Auch hier hatte Catherine einige Jahre gelebt, während aus dem nicht mehr benötigten Admiral des verstorbenen Königs einer der härtesten Seeräuber des westlichen Mittelmeers wurde.

In dieser stürmischen Nacht gut zweiundzwanzig Jahre nach ihrer Geburt stand Catherine Grimaldi allein am Fenster ihrer heimatlichen Burg und beklagte sich bei den pfeifenden Ausläufern des Sturms wie bei einer Horde böser Dämonen, indem sie in die Nacht hinausrief: »Könnt selbst ihr mir nicht helfen? Verhöhnt mich die Hölle ebenso wie der Himmel und die Welt, weil ich nicht wie ein verwöhntes Schlossfräulein aufgewachsen bin? Ist es des Teufels, dass ich besser reiten kann als viele der Ritter in den Heeren der Großen? Muss ich beichten und sühnen, nur weil ich mit Pfeil und Bogen mehr als einmal Wild bei der Jagd niedergestreckt habe? Darf ich nie mehr allein und ohne Begleitschutz durch meine geliebten Wälder der Provence reiten? Was sage ich der Laute, die ein Liebeslied von mir erwartet? Und wie dumm muss ich mich stellen, wenn mich die tölpelhaften Gesänge von Verehrern langweilen, statt mein Herz zu erreichen?«

Sie presste die Lippen zusammen und schluchzte trotzig auf. »Ihr habt euch alle geirrt!«, gab sie dem Sturm mit auf den Weg nach Genua. »Eine Catherine Grimaldi ist nicht so leicht einzuschüchtern!«

Ihr Schweigen gegenüber Signore Gherardo Spinola hatte sie wie einen Turm der Verteidigung um sich herum aufgebaut. Sie war in seiner Gewalt, aber er konnte ihren Widerstand nicht brechen, ohne sein Pfand für weitere Erpressungen zu beschädigen. Und er wusste es ebenso wie sie.

Catherine dachte an den Priester, der ihr schon mehrmals die Beichte abgenommen hatte. Sie atmete tief durch. Schon der Gedanke an die Beichte schenkte ihr wieder Hoffnung und vertrieb die schweren Wolken, die sich wochenlang über ihr Gemüt gelegt hatten.

Einige hundert Meilen westlich war vom Mistral nicht mehr viel zu spüren. Es war ein schöner Morgen in Avignon. Im alten Bischofspalast, der schon seit fast zwei Jahrzehnten den Vatikan in Rom ersetzte, hatte der Heilige Vater wie üblich noch in seiner Nachtgewandung fast eine halbe Stunde auf den Knien gelegen und gebetet.

Nachdem Johannes XXII. von seinen Vertrauten wortlos und fast schon mit Anbetung aufgehoben, gewaschen und gekämmt worden war, salbten sie seine schmerzenden Gelenke ein. Anschließend kleideten sie ihn mit weißem Unterzeug aus Seide und schottischer Wolle und halfen ihm in die weiße Soutane. Noch immer schweigend, führten sie ihn zu einem großen Tisch zwischen seinem Himmelbett und den Fenstern.

Die Kammerherren verließen den Raum. Gleich darauf brachten Lakaien in Livree abgedeckte Silberplatten aus dem neu erbauten Küchenturm neben dem Palais. Obwohl die Fastenzeit bereits begonnen hatte, beschränkte sich der Heilige Vater nicht auf etwas angewärmten Wein mit Nelken und Zimtblüten, sondern erwartete all das, was er auch sonst nach der Prim besonders gern zu sich nahm.

Die Köstlichkeiten bestanden aus einem Schälchen lauwarmer Hafergrütze, wie sie in Paris verachtet, aber in London sogar von den Königen Englands geschätzt wurde. Dazu hatten die Köche eine hübsch dekorierte Mischung von getrockneten Datteln, Feigen und kandierten Damaszener Pflaumen ausgesucht, garniert mit vergoldeten Pistazienplätzchen. Ein besonderes Verlangen des Papstes waren *drageae* mit einem leichten Lavendelduft, wie sie ein blutjunger Pillendreher im Jahr des Herrn 1310 ihm zu Ehren erfunden hatte, als er zum Bischof der Diözese Avignon gewählt worden war.

All das war fast achtzehn Jahre her. Aus dem Bischof war inzwischen ein Kardial und nur wenig später Johannes XXII. geworden. Er saß am Fenster seines alten Bischofspalastes und blickte durch die mit kleinen, durchsichtigen und pastellfarbenen Rautenscheiben in Bleischnüren verglasten Fenster. Er liebte den Ausblick auf die gewaltige Brücke mit ihren Bogenpfeilern, die der Allmächtige mit Hilfe von Engeln und des einfachen Hirten Bénézet erbaut hatte.

Zugleich genoss er die kleine Sünde der duftenden Lavendeldragees. Jedes Mal wenn er sie lutschte, erinnerte er sich daran, welche Freiheiten und welche Macht er am Ende seines langen Lebens gewonnen hatte. Gewiss, seine Familie im kleinen lothringischen Ort Cahors gehörte zu den geachteten Bürgern, aber er selbst hatte niemals eine Universität von innen gesehen. Alles, was er von Grammatik und Rhetorik, Theologie, Astronomie und den anderen Wissenschaften wusste, hatte er bei den Dominikanern gelernt. Und nur durch sie war ihm sein erstaunlicher Aufstieg gelungen.

Er lächelte beinahe spitzbübisch, als er daran dachte, wie sehr er die deutschen Könige bereits erbost hatte. Noch krönte der Papst sie zu Kaisern, und solange dieses Prinzip erhalten blieb, stand der Krönende immer eine Stufe höher als der Gekrönte. Aber die Fürsten jenseits der Alpen ärgerten ihn auch. In Deutschland hatten sie inzwischen sogar zwei Könige – einen Wittelsbacher aus Bayern und einen Habsburger aus Wien. Sie waren zusammen aufgewachsen und hatten sich danach mörderische Schlachten geliefert. Der Münchner hatte den Wiener gefangen gesetzt und dann wieder zum Mitregenten ernannt.

Johannes XXII. stand auf der Seite Friedrichs des Schönen. Er konnte den gotteslästerlichen anderen nicht leiden. Mehrfach hatte er ihn zu ermahnen versucht und schließlich exkommuniziert. Aber die Sache spitzte sich immer weiter zu, Ludwig marschierte auf Rom zu, und nicht einmal seine Verbündeten im Süden Italiens konnten ihn aufhalten. Das war schlimmer als jede Überschwemmung der Rhône oder die Schäden, die der Mistral anrichtete.

Noch einmal neigte sich Johannes XXII. über seine drageae wie über geweihte Hostien. Er zog die Nase kraus, um sich am Duft des Lavendelzuckers zu laben. Nur noch in Grasse, in der Nähe seines alten Bistums Fréjus, gab es ähnlich köstliche Gerüche. Sie stammten von den Mairosen, die hier seit alter Zeit gesammelt und zu Parfüm gepresst wurden. Seit er in Avignon regierte, wurde nur Rosenöl aus Grasse dafür verwendet, dem Moschus in den Goldenen Rosen lieblich zu begegnen – jenem besonderen Geschenk, das die höchste irdische Auszeichnung darstellte, die er als Heiliger Vater auch an Laien vergeben konnte, die sich als Kämpfer des Glaubens um die heilige römische Kirche verdient gemacht hatten. Bald war es wieder so weit: Am vierten Fastensonntag Laetare wurde die Goldene Rose verliehen.

Es klopfte zaghaft an der doppelten Eingangstür zum Schlafsaal. Gleich darauf erklang hinter dem Papst ein leises Hüsteln.

»Bist du es, Raymond?«, fragte Johannes, ohne sich umzudrehen. »Du kannst eintreten, aber nur, wenn du uns diesmal unsere Lavendeldragees lässt.«

»Die Ärzte sagen, dass sie sehr schädlich sind, weil sie die Süße Eures Blutes noch mehr verstärken.«

»Sie sollen erst einmal so alt werden wie wir, lieber Sohn«, sagte der Papst und drehte sich zum Erzbischof von Toulouse um. Anders als sein Vorgänger hatte sich Johannes XXII. von Anfang an entschieden, selbst Verwandten und Vertrauten gegenüber auf der ehrfurchtsvollsten Form der Anrede zu bestehen. Er selbst wollte im Pluralis Majestatis angesprochen werden, aber er duzte weiterhin und ohne irgendeine Ausnahme alle, die mit ihm sprachen.

Jean-Raymond de Comminges war erst beim Konzil im Dezember mit einigen anderen zum Kardinal ernannt worden. Noch als Erzbischof von Toulouse war er der vorangegangene Ehrenträger der Goldenen Rose gewesen – so wie vor ihm edelste Kämpfer der Christenheit, die noch lebten und nicht selig- oder gar heiliggesprochen werden konnten.

Bei der Auszeichnung von Jean-Raymond de Comminges hatte der »Fuchs von Cahors« gleich mehrere Hintergedanken verfolgt. Zum einen war Jean-Raymond ein Onkel mütterlicherseits von Bertrand de Comminges, und zum anderen ging es dem Papst wie schon oft um die doppelte Wahrheit. Er hatte im Laufe seines außergewöhnlich langen Lebens gelernt, sich niemals auf eine einzige Auskunft, eine Meinung oder nur einen Beweis zu verlassen.

Bertrand stöhnte auf. Er besaß kein Zeitgefühl mehr und konnte auch nicht sagen, wie lange er ohne Besinnung gewesen war oder geschlafen und geträumt hatte. Für einen schrecklich langen Augenblick vermischte sich alles in seiner Erinnerung.

Irgendjemand war gestorben. Der alte Eliah etwa? Seder? Miriam? Oder die Männer, mit denen er in den Sturm geraten war?

»Wo … wo sind … die anderen?«

Seine Stimme klang wie ein Reibeisen auf altem Harnischeisen. Es war, als müsste er mit jedem Atemzug und jedem Wort erst einmal Rost und sehr alte Verkrustungen aus seinem Rachen schaben.

Die Männer um ihn herum antworteten nicht. Sie ließen nicht einmal erkennen, ob sie ihn überhaupt gehört hatten. Noch immer benommen und mit dem salzig-bitteren Geschmack des Meeres im Hals, ließ er geschehen, was mit ihm gemacht wurde. Italienisch anmutende Diener badeten ihn in einem hölzernen Zuber mit nach Lavendel und Zitronen duftendem Wasser. Anschließend trockneten sie ihn mit weichen, angewärmten Leinentüchern ab.

»Wo … bin ich?«, fragte er immer wieder.

Sie pflegten seine Wunden mit Salbe von Ringelblumen, banden flache Kräuterkissen auf und schwiegen. Danach kleideten sie ihn nach Art der Kaufleute in der Seerepublik Genua und frisierten sein halblanges blondes Haar wie bei einem Weibsbild in einer Hafenkaschemme.

»Die Galeere? Die Ruderer? Der Admiral Grimaldi?«

Sie antworteten ihm nicht.

Er spürte, wie sein Kopf zu dröhnen begann. Er wollte schreien, aber er war noch zu schwach dafür. Es störte ihn, dass er keine Antworten auf seine Fragen bekam. Einfache, klare Fragen, die sofort und ohne Umschweife beantwortet werden mussten. So war es Brauch, und so verlangte er es von allen, die mit ihm zu tun hatten.

Er seufzte tief auf, ballte noch einmal die Hände zu Fäusten und schlief ein.

Rettung im Fels

Ohne auf die Erlaubnis des Heiligen Vaters zu warten, betrat Petrus de Ozia, der jüngste Bruder des Papstes, den Raum. Der knapp Fünfzigjährige war in den vergangenen Jahren nicht nur zum Ritter, sondern auch zum Vizegrafen der Provence aufgestiegen.

»Nimm ein Lavendeldragee«, sagte der Papst, »oder auch zwei, wenn es unbedingt sein muss. Aber verschone uns an diesem schönen Tag mit jeder Klage oder Bitte. Wir wollen beten und nichts mehr von den Sünden der verderbten Welt erfahren!«

Petrus de Ozia sah seinen Bruder an, schob fast schon vergnügt seine Unterlippe vor und nickte dem entsetzt in einer Ecke stehenden Erzbischof von Toulouse zu. »Schlechte Laune heute«, sagte er dann. »Und die arme Welt muss wieder dafür leiden.«

Johannes XXII. hob die linke Hand mit dem großen Ring des Fischers. Doch Petrus von Ozia dachte nicht daran, sich zum Kuss auf die Knie zu beugen. Wie viele andere Kirchenmänner und Adlige glaubte er, dass der inzwischen vierundachtzigjährige Papst längst vergreist sei.

»Haben unsere Priester, Vikare und Diakone an der Riviera schon von den Schäden berichtet?«, fragte der Heilige Vater stattdessen hellwach.

»Der furchtbare Mistral hat viele Opfer gekostet«, warf Kardinal Jean-Raymond de Comminges ein. Der Bruder des Papstes brachte ihn mit einer kurzen Handbewegung zum Verstummen. Er selbst war weder Kleriker noch Angehöriger des Heiligen Stuhls. Stattdessen hatte der »Fuchs von Cahors« ihn zum heimlichen Herrn über alle ritterlichen und weltlichen Hofhaltungen in und um Avignon gemacht.

»Ich weiß nicht, was unsere frommen Soutaneträger in diesem Palast berichtet haben«, sagte Petrus ein wenig abfällig. »Aber von den Gauklern höre ich von zerstörten Dörfern und Flüchtlingszügen. Der Pöbel kämpft um Käse und um Brot. Die Fischer an der Küste sollen sich bereits mit entlaufenen Kriegsknechten zusammengetan haben, um ihre Boote und ihre schlechten Fänge zu verteidigen. In den reißenden Wassern der Durance und an einigen Strecken der Rhône treibt sehr viel totes Vieh. Die Hungernden haben bereits Kadaver aus dem Wasser geholt.«

Johannes XXII. nahm vorsichtig ein Dragee, führte es aber nur bis an seine Lippen. Er dachte an den Mann, den er bei allem Chaos mehr als jeden anderen erwartete. Besorgt legte er das Lutschbonbon wieder ab. Mit einer knappen Handbewegung winkte er den Kardinal und den Vizegrafen näher zu sich. Sie traten vor, Johannes XXII. horchte eine Weile mit geneigtem Kopf auf die Geräusche vom Flur und den benachbarten Räumen her. Er lebte lange genug in seinem alten Bischofspalast, um jedes noch so leise Geräusch mit guten Ohren zu erkennen. Wie üblich gab es auch an diesem Morgen unsichtbare Lauscher.

»Wir versprechen den Ablass eines vollen Monats«, sagte er laut und vernehmlich, »genau gesagt alle Pfennige, Denare und Oboli aus meinem Bistum Rom demjenigen, der uns noch vor dem Rosensonntag einen gewissen Kaufmann aus Avignon mit dem gottgefälligen Anteil seiner Waren lebend in die Stadt bringt.«

Als Bertrand erwachte, hielt er für einen Moment die Luft an. Mit den Fingern beginnend, bewegte er langsam all seine Muskeln. Er fühlte sich zwar noch schwach, aber gesund. Als hätten andere nur darauf gewartet, bewegte sich ein Vorhang an der Schmalseite des Raumes. Bertrand erblickte zwei Männer.

»Na, dann Anker auf!«, sagte der ältere der beiden. Er pfiff leise und trillernd wie Piraten und die Schafhirten der Provence. Im selben Augenblick erkannte Bertrand ihn als Bootsmann der Galeere wieder, dazu einen der Matrosen, die bis zuletzt am Seitensteuer gehangen hatten. Dummerweise konnte er keinen der Männer fragen, ob beim Schiffbruch vielleicht ein Ballen aus Merinowolle mit einer silbernen Kassette darin aufgefischt und gerettet worden war. Noch viel weniger konnte er sie nach der Goldenen Rose aushorchen.

»Ohne die letzte Teufelswelle hätten wir diesen Felsen und die Grimaldi-Burg blind und mit links erobert«, prahlte der Matrose. Er trug eine hellrot glänzende Verletzung schräg über seiner Nasenwurzel.

Der Ältere begann, einige saubere Lappen um Bertrands linkes Knie zu wickeln. »Du wärst jämmerlich ersoffen, wenn der Admiral dich nicht mit einem Schlag ruhiggestellt und zusammen mit deinem lächerlichen Schwimmbeutel aus Kork und Fettwolle bis zum Felsen gezogen hätte.«

»Das tröstet mich«, sagte Bertrand lapidar.

Der Bootsmann nahm ein schwarzes Tuch von einer Truhe an der Wand. »Wir sollen dich nach oben führen. Mit verbundenen Augen, damit du später keinen von den geheimen Wegen durch den Berg verraten kannst.«

»Keinerlei Folter also«, meinte Bertrand sarkastisch, aber auch erleichtert. »Ich hatte schon mit Zwickzangen auf Streckbänken und ekelhaften Einläufen gerechnet.«

»Das kann dir auch noch zuteilwerden«, seufzte der Bootsmann. »Wir sind hier ebenso Gefangene wie du.«

»Und warum führt ihr mich nach oben und nicht ganz andere Wachen?«

Der Bootsmann lachte rau. »Die Schlappschwänze aus Genua fürchten sich vor irgendwelchen Fallen, Nagelbänken und Fallgittern … sogar vor blutrünstigen Dämonen, die es hier unten geben soll. Immerhin haben wir uns ziemlich lange verdammt gut geschlagen.«

»Mit meinen Schwertern, meinen Messern«, knurrte Bertrand.

»Ja, du hast recht«, sagte der Bootsmann. »Ohne diese guten Waffen hätte keiner von uns überlebt. Auch Admiral Grimaldi nicht.«

»Dann sind wir quitt«, sagte der Kaufmann aus Avignon.

Monsignore Mel Comyn konnte sich nur schweren Herzens vom berauschenden Anblick lösen, der ihn an die Berge und Meeresbuchten seiner schottischen Heimat erinnerte. Dort gab es zwar keine Olivenbäume wie jenseits des Hafens auf den unbewohnten Berghängen, aber die Schafe sahen ebenso friedlich aus wie hier an der Riviera.

Er saß auf einem Holzbrett an der Mauer, mit der die Plattform auf dem steil abfallenden Felsen zum Hafen hin geschützt wurde. Vorsichtig zog er eine gewachste, nicht enden wollende Schnur nach oben und legte sie um einen Unterarm. Er hatte die Schnur mit einem kleinen Stein am Vorabend hinabgelassen. Jetzt verhieß das viel größere Gewicht am Ende der Schnur einen ganz besonderen Genuss.

»Ochay«, stieß er genüsslich hervor, als er endlich den Tonkrug in Empfang nehmen konnte. Er stellte den versiegelten Krug neben der Mauer in den Schatten und wickelte die Schnur zu einem großen Knäuel auf. Die ganze Zeit beobachtete er aus den Augenwinkeln das lang gestreckte Haupthaus der Festung. Es lag wie ein Riegel zum Land hin quer über dem fast siebenhundert Schritt ins Meer hinausreichenden Felsen. Es schien, als hätte sich die Aufregung nach den schrecklichen Ereignissen im Mistral wieder gelegt. Die Toten von der Galeere waren in Leinentücher eingewickelt, dann weit aufs Meer hinausgebracht und in seinem Beisein ohne große Worte der Tiefe übergeben worden. Vom Schiff selbst war nichts mehr zu sehen. Zwei Tage lang hatten Knechte aus der Burg alles losgebrochen, was noch brauchbar war, und diese Reste mit Booten bis an Land gezogen.

Mel Comyn nahm seine sauber aufgewickelte Schnur und den Krug aus dem Schatten. Mit einem Blick hatte er gesehen, dass der Siegellack über der Seide am Ausguss des Kruges nicht abgesplittert war. Es wäre auch zu schade gewesen, wenn der Verschluss des Kruges nicht gehalten hätte – nicht nur, weil Aqua vitae mit Meerwasser verdünnt noch fürchterlicher schmeckte, sondern weil dann wahrscheinlich auch die Nachricht beschädigt worden wäre, die er wie jedes Mal bei seinem Fischzug vom Heiligen Vater über den Faktor Antonio Brazzi und den Vertrauten des Papstes in Fréjus erhalten hatte.

Diesmal jedoch war ihm nicht wichtig, was er aus Avignon an Anweisungen erhielt. Er würde sich den kleinen, unauffälligen Seidenfetzen im Siegellack später ansehen. Wichtiger war ihm, dass sein eigener Bericht über die Ereignisse um die Felsenfestung so schnell wie möglich nach Avignon gebracht wurde.

»Wir werden dich jetzt über einen langen Weg nach oben bringen«, sagte der Bootsmann. »Wir helfen dir, falls deine Kräfte schwächer werden.«

Sie richteten ihn auf und führten ihn über einen engen Aufgang mit in den Fels gehauenen Stufen immer höher. Nach einer endlosen, immer mühsamer werdenden Folge von unregelmäßigen Stufen hämmerte das Blut in Bertrands Kopf und Ohren. Er keuchte so schwer, dass es ihm fast die Brust zerriss. Zu jedem weiteren Schritt musste er sich mit aller Kraft und ganzem Willen zwingen.

Bertrand überlegte, wo er schon einmal ähnlich wundersame Pfade in einem Berg gesehen hatte. Er brauchte lange, bis seine Erinnerung ihn nicht mehr im Stich ließ.

Avignon! Der Rocher des Domes! Auch dieser Fels barg unterirdische Höhlen. Und dann war alles wieder so wie damals.

Bertrand spürte, wie plötzlich Tränen über seine Wangen rannen. Sein Herz klopfte bereits vom schweren Aufstieg wie verrückt. Jetzt aber schien sich auch noch eine eiserne Klammer um seine Brust zu legen. Er kämpfte mit sich, wollte nicht schwach werden. Aber die Bilder von damals raubten ihm die letzte Kraft. Aufschluchzend und mit schweren Schritten wankte er immer höher. Er spürte kaum, wie die harten Hände der beiden Seeleute ihn weiterzogen.

»Miriam!«, keuchte er, während sich alles um ihn drehte. »Meine geliebte Miriam!«

Sie hörten bereits den Flügelschlag des Todesengels. Alle, die gekommen waren, stimmten leise das Gebet *Jigdal* nach der Melodie der Hohen Feiertage an. Sie mussten sich beeilen und zu den lang gedehnten Tönen des *Sch'mah Israel* übergehen, damit die Seele der nun dreifachen Mutter auf den Flügeln dieses Bekenntnisses zu Gott dem Einzigen in die Ewigkeit getragen wurde.

Miriam starb, ohne ihren Sohn gesehen zu haben. Bleich, leblos und wunderschön lag sie auf den straff gespannten Linnen ihres Bettes. Selbst alles Geld und Können des alten Rabbi Eliah und die besten christlichen Ärzte aus Avignon und von der Universität Montpellier hatten ihr Leben nicht retten können. Der alte Rabbi Eliah hatte sich ebenfalls nicht mehr erholt. Er starb wenige Wochen nach seiner Enkeltochter. Die kleinen, unmündigen Kinder wurden bei Verwandten der Mutter und einer provenzalischen Amme in Carpentras untergebracht.

Danach wollte auch Miriams Bruder Seder Ben Ariel nicht mehr in der Rue Jacob wohnen. Er schloss sich einer jüdischen

Händlergruppe auf dem Weg nach Spanien an. Er hatte schon immer von den paradiesischen Möglichkeiten in Toledo und Córdoba geschwärmt. Jetzt endlich wollte er dort sein Glück machen.

Auf diese Weise sorgte das Schicksal oder auch göttliches Walten dafür, dass Bertrand de Comminges seit mehr als zehn Jahren allein in einem großen Haus mitten im Judenviertel von Avignon lebte. Er hätte ebenso gut in den oberen Räumen seines Handelshofes in der Nähe der Kirche des Stadtheiligen St. Agricol wohnen können. Doch verband ihn mehr mit dem Haus im jüdischen Carrière als mit dem Fondaco.

Bertrand zwang sich, all die schweren Erinnerungen abzuschütteln. Sie kamen oft wie eine dunkle Wolke zu ihm zurück, wenn er sich in Gefahr befand oder vor schweren Entscheidungen stand. Er stolperte und hatte das Gefühl, neben sein totes Weib zu fallen. Dann aber brachten ihn die harten Griffe der beiden Männer neben sich wieder zur Besinnung. Sie ließen ihn auf einem Felsvorsprung ein wenig ausruhen. Bertrand spürte, wie er am ganzen Körper zitterte. Sein Mund war völlig ausgetrocknet.

»Wie lange noch?«, fragte er mühsam.

»Trink einen Schluck«, antwortete der Bootsmann und hielt ihm einen kleinen Krug mit beißend scharfem Wasser an die Lippen. »Du kannst mir glauben – wer dieses Lebenswasser trinkt, kommt sich wie frisch getauft vor.«

Nach einer halben Stunde Rast führten der Bootsmann und sein Maat Bertrand das letzte Stück nach oben. Sie brachten ihn in einen kleinen Saal, in dem nur ein Kaminfeuer brannte, und schlossen die Tür wieder hinter sich. Bertrand fühlte sich noch etwas schwach, aber der lange Aufstieg und das Feuer in seinem Inneren kamen ihm vor wie ein Turnier, das er siegreich überstanden hatte.

Außer ein paar schweren Truhen unter den Gobelins an den Seitenwänden des Saals und einem Tisch mit zwei Stühlen an den Schmalseiten war der hohe Raum vollkommen leer. Der Tisch selbst war mit Damasttüchern, silbernen Fruchtschalen, Tellern und glänzendem Besteck und Weinpokalen für zwei Personen gedeckt.

»Nimm Platz, Bertrand«, sagte eine Stimme hinter ihm.

Der Kaufmann aus Avignon zuckte unwillkürlich zusammen. All seine Alarmglocken schlugen gleichzeitig in ihm an. Er drehte sich abrupt um und starrte auf eine schlanke, völlig schwarz gekleidete junge Frau an der Schmalseite des Tisches. Alles an ihrer Haltung deutete darauf hin, dass sie die Herrin der Felsenfestung und die Gastgeberin war. Auf ihrem schwarzen, streng in der Mitte gescheitelten Haar, das bis über die schönen freien Schultern fiel, trug sie keine Haube, die sie als verheiratet ausgewiesen hätte, sondern nur ein feines, in Rauten geflochtenes und mit Perlen verziertes Netz aus Goldfäden. Eine besonders große Perle an einer schmalen goldenen Schleifenkette schimmerte über dem Ansatz ihrer Brüste und schien im flackernden Widerschein des Feuers im Kamin zu leben.

Sie hatte ihre schmalen Hände wie zum Gebet auf dem Tisch zusammengelegt und sah ihn mit einem Blick aus ihren dunklen Augen an, den Bertrand nicht zu deuten wusste. Er hätte sowohl gnadenlos als auch voller mühsam verhaltener Lebenslust sein können.

Bertrand blieb aufrecht stehen. Die junge Frau ging mit keinem Wort darauf ein.

Langsam stieg Empörung in ihm auf, und nur mühsam konnte er seinen Ärger über ihr unhöfliches Schweigen unterdrücken. Er betrachtete die madonnenhafte Schöne mit einem Blick, aus dem eher Abweisung als Dank für seine Rettung sprach. Auch sie bewegte sich nicht, während sie sich gegenseitig taxierten.

Bertrand kannte das Geheimnis des Schweigens und wusste, dass jeder gute Handel nicht damit begann, nach einem Preis zu fragen oder die Waren wie auf dem Markt auszuloben. Viel wichtiger waren die ersten Blicke und Gesten, mit denen der andere sein Begehren zu verbergen dachte.

Sie hatte bereits genau diesen Fehler gemacht, als sie ihn mit seinem Vornamen ansprach und damit verriet, dass sie von ihm gehört hatte oder vielleicht sogar ganz genau wusste, wer er war.

Er senkte ein wenig seinen Kopf und blitzte sie verwegen an. Dann erst schob er sich den zweiten Stuhl zurecht und setzte sich ihr gegenüber an den Tisch. Er benahm sich ganz so, als sei sie die Vertreterin eines gleichwertigen Handelshauses, mit der ein nützliches Gespräch oder ein Geschäftsabschluss im beiderseitigen Interesse lag.

Erst jetzt löste sich die Anspannung der jungen Frau auf der anderen Seite ein wenig. Im Schein des Kaminfeuers hatte er sie auf etwa dreißig Jahre geschätzt. Jetzt, aus der Nähe, sah er, dass sie Mitte zwanzig oder noch jünger sein musste.

Sie griff nach einer Karaffe und goss heißen, nach Zimt und Nelken duftenden Würzwein in zwei silberne Becher vor sich. Bertrand wusste nicht, wie viel vom scharfen Wasser er geschluckt hatte, aber jetzt machte ihn der Weinduft so benommen, dass er fürchtete, erneut ohnmächtig zu werden. Sie stand auf und bot ihm einen der Becher an. Er wollte ihn nehmen, doch auch ihre Hand zitterte so unerwartet, dass etwas Wein auf den Boden schwappte.

Bertrands Finger streiften die ihren wie heiße Glut aus dem Kamin. Für einen flüchtigen Moment roch er ihren Duft, der ihn an Rosen und eine Spur von schwerem Moschus erinnerte. Dann drehte sie sich um, ging zu ihrem Platz zurück und setzte sich.

Sie atmete tief. Die Perle über ihrer Brust rollte von einer Seite auf die andere. Als sie dann beide ihre Weinbecher hoben und ohne ein Lächeln vom heißen Wein nippten, sah er, dass sie an ihm vorbei zur Tür blickte. Gleich darauf sah sie ihn direkt an.

»Wir wollen essen«, sagte sie. »Du hast zwei Tage und zwei Nächte wie tot geschlafen und musst hungrig sein.«

»Was ist mit den anderen?«, fragte er. »Mit dem Admiral?«

Sie sah ihn lange an, dann zuckten ihre Mundwinkel ein wenig. »Der Admiral lebt. Und ich bin, genau wie er, eine Gefangene, auch wenn es auf dich nicht so wirkt. Aber ich kann dir versichern, dass man mich hier gegen meinen Willen festhält.«

Sie sah auf den halb geleerten Weinbecher. »Ich weiß nicht, was die Spinolas vorhaben. Aber der neue Herr meiner Burg möchte, dass wir uns bei einem gemeinsamen Mahl näher kennenlernen.«

»Nur wir beide?« Für einen kurzen Augenblick schoss ihm ein wahnwitziger Gedanke durch den Kopf. Er lachte und griff nach dem Weinbecher.

»Ja, nur wir beide«, sagte sie und sah ihm direkt in die Augen. »Ich sah bisher keinen Grund, Spinolas Anweisung auszuschlagen, auch wenn sie eigentlich nur die Bedingung dafür ist, dass ich mehr über das Schicksal meines Vaters erfahre.«

Jetzt trank auch Bertrand einen zweiten Schluck. Er wurde ruhiger, sah sie belustigt an, und sie begann ihm zu gefallen. Er atmete tief ein, dann schob er lächelnd die Lippen vor. »Ja, ich bin hungrig«, sagte er. »Und ich danke dir für deine freundliche Einladung.«

Sie schnippte mit den Fingern. Sofort öffnete sich eine Doppeltür hinter Bertrands Rücken. Er wandte sich nicht um, sondern wartete. Wenn ihn nicht alles täuschte, würde er erst wieder nach dem Gastmahl eine Antwort von ihr bekommen, die ihn weiterbrachte. Also entschloss er sich, zunächst das Angenehme dem Nützlichen vorzuziehen.

Die geheimnisvolle Schöne hatte ein *potagium* aus erstaunlich frischen Gemüsen als ersten Gang vorbereiten lassen, danach Bratenstücke von jungen Bergzicklein mit dunklem *panis brunis* und dann ein wenig Lachs, wie er in Toulon gehandelt wurde. Als dann auch noch Mandelgebäck und kandierter Ingwer als Nachtisch so aufgetragen wurde, wie Bertrand es vom Hof des Papstes in Avignon kannte, gab es für ihn nicht den geringsten Zweifel mehr: Die Begegnung mit der schwarzen Schönen war sorgsam geplant.

Aber mit welcher Absicht? Und zu welchem Ziel sollte sie führen?

»Du zeigst sehr viel Beherrschung und Geduld, Kaufmann aus Avignon«, sagte sie, nachdem sie sich ein drittes Stück kandierten Ingwer genommen hatte.

Zum ersten Mal lächelte Bertrand ohne Verstellung. »Ich gebe zu, dass alles, was ich hier genossen habe, vollendet meinem eigenen Geschmack entsprach.«

»Nun gut«, sagte sie, »dann ist es an der Zeit, dir mitzuteilen, was ich weiß.«

Der Ehekontrakt

Bertrand sah Catherine offen in die Augen. Sie wich nicht aus, sondern erwiderte seinen Blick. Zum ersten Mal seit vielen Jahren hatte er wieder das Gefühl, nicht in ein fremdes Gesicht zu sehen, sondern in eine Art Spiegel seiner Seele. So ähnlich war es ihm auch bei Miriam gegangen.

Die Augen der schönen jungen Frau waren ganz anders als seine – viel größer, dunkler und geheimnisvoller. Aber er sah in ihnen auch eine heimliche Vertrautheit, ein Echo auf die Fragen, die er noch nicht gestellt hatte, und eine kaum wahrnehmbare Erregung, wie er sie in den letzten Jahren nur beim Kaufen und Verkaufen körperlich empfunden hatte. Es war die Mischung aus Risiko und sicherem Vorauswissen, aus Spiel und Kampf, die ihn inzwischen mehr als alles andere reizte.

»Ich war neun Jahre alt, als meine Mutter mit mir von Cagnes-sur-Mer quer durch die Provence nach Avignon gereist ist«, berichtete sie. »Mein Vater war krank geworden, und wir wollten dort für sein Seelenheil beten. Zugleich erhofften wir vom damaligen Papst Clemens V., deinem Vater, die Einlösung eines alten Versprechens. Es hatte etwas mit den Templern zu tun.«

Bertrand war plötzlich hellwach.

»Ich war zu Ostern anno 1314, also vor fast vierzehn Jahren, in Avignon«, fuhr Catherine Grimaldi fort. »Wir haben den ersten Papst dort nicht mehr gesehen. Und wie du weißt, kam im selben Jahr auch König Philipp der Schöne als Zweiter der von Jacques de Molay Verfluchten bei einem Reitunfall zu Tode. Mein Vater fürchtete lange, dass er der Dritte sein würde.«

Bertrand de Comminges sah sie aufmerksam an. Er spürte, dass der heiße Wein ihm guttat, und nahm noch einen großen Schluck. »Ich wusste bisher nur von zwei Personen, die vom Großmeister der Templer verflucht wurden«, sagte er schließlich. »Ich hätte vielleicht noch etwas ändern können an den Geschehnissen von damals, wenn ich gewisse Hinweise rechtzeitig erkannt hätte.«

»Auch das ist mir später bekannt geworden«, sagte sie und

lächelte erneut. »Du warst dem Geheimnis der verschlüsselten Templerzeichen in drei Steinen auf der Spur: dem Kreuz im Herzen in einem Amethyst, einem Rubin und an einem Granitstück über dem Hofeingang der alten Templerkomturei in Avignon, deinem heutigen Handelshaus.«

Er starrte sie völlig entgeistert an. Er wollte einfach nicht glauben, was er gerade gehört hatte. Wie konnte diese schöne Unbekannte, von der er nie zuvor gehört hatte, seine innersten Geheimnisse kennen und ohne jede Scheu einfach ausplaudern?

Nachdem er tief Luft geholt hatte, drehte er den Spieß einfach um. Er fragte nicht, woher ihr Wissen stammte, sondern griff dort an, wo er ihre eigene schwache Stelle erkannt hatte. Sie hing ebenso wie bei ihm mit dem Vater zusammen. »Darf ich fragen, welches Privileg ihr von Clemens V. erbitten wolltet?«

Zu seinem Erstaunen antwortete sie, ohne zu zögern. »Es ging um das Privileg, auf seinem Totenbett von einem selbst gewählten Beichtvater die vollständige Absolution von seinen Sünden zu empfangen.«

Bertrand schüttelte den Kopf. »Ein derartiges Vorrecht ist zuletzt vor einem Jahr dem Erzbischof von Köln für seine außerordentlichen Verdienste im Kampf gegen die vielen Ketzer und Bayernfreunde in seiner Stadt gewährt worden«, meinte er verwundert. »Wofür hätte dein Vater eine derartige Auszeichnung erhalten sollen?«

Sie presste ihre Lippen zusammen, dann sagte sie: »Dein Vater hatte mit meinem Vater kurz vor dem Untergang der Templer eine Vereinbarung getroffen. Als die Bedingungen dafür erfüllt wurden, war mein Vater nicht mehr Admiral von Frankreich, sondern ein Pirat.«

»... mit dem ein Papst sich nicht mehr einlassen wollte«, ergänzte Bertrand. Allmählich ahnte er, um was es damals wirklich gegangen sein konnte.

»Als wir dann hörten, dass dein Vater im Sterben lag, hat mein Vater meine Mutter und mich als Bittstellerinnen nach Avignon geschickt.«

»Und?«, fragte er nach. »Du weichst mir immer noch aus.«

Sie seufzte tief, dann senkte sie ihre Stimme und sagte fast unhörbar: »Ich weiß nicht, was du über den Schatz der Templer gehört hast, aber das Silber aus dem Turm in Paris …«

Bertrand riss unwillkürlich beide Hände hoch, um sie zu unterbrechen. Schnell blickte er sich nach allen Seiten um. Obwohl sie allein am Tisch saßen, war er ganz sicher, dass sie belauscht wurden. Nur dazu konnte die ganze Inszenierung in der Felsenburg der Grimaldis dienen.

Sie sahen sich eine Weile in die Augen, ohne ein Wort zu sagen. Trotzdem wussten sie beide, dass sie nach allen Seiten auf Geräusche lauschten. Nicht einmal die Holzscheite im Kamin knackten. Nur von draußen kam ein fernes Meeresrausches bis zu ihnen.

»Wie kommt es, dass ich nie von einer Tochter des Admirals Rainier Grimaldi gehört habe?«, fragte er in die lange Stille hinein. Sie lächelte wie erlöst, reckte sich etwas, und ihre Augen blitzten.

»Es mag dich überraschen«, sagte sie spöttisch, »aber ich bin ebenso unehelich wie du.«

Als er sah, wie fröhlich sie das sagte, musste er ebenfalls lachen.

»Du nennst dich wie deine Mutter de Comminges und nicht de Goth wie dein Vater, der Papst. Ich nenne mich Grimaldi nach dem Vornamen unseres Stammvaters Grimaldo Canella aus Genua.«

Er schüttelte den Kopf und lachte leise. »Uneheliche Nachkommen mögen für Seeräuber und Admirale ja noch angehen. Und niemand bestreitet, dass manche unserer Purpurträger auch im Zölibat recht fruchtbar sind, doch dort, woher ich komme, gelten strengere Regeln. Vergiss nicht, dass an den nördlichen Hängen der Pyrenäen und zwischen den zwei Meeren die Katharer einen verzweifelten Kampf um die reine Lehre gegen die Dekadenz und die Wollust der römischen Kirche gekämpft und schließlich doch verloren haben. Ich durfte nicht wie mein Vater heißen.«

»Es ist dieselbe Gegend, in der vor ein, zwei Generationen der Zauber der Liebe wiederentdeckt wurde«, sagte sie leise und lächelte versonnen. »Die Melodien der Troubadoure und die Magie des Minnegesangs.«

»Minnelieder und den Gesang der Troubadoure gibt es in

Avignon kaum noch«, sagte Bertrand. »Ich kenne dort nur noch einen jungen Dichter, aber der eignet sich mit seinen übertriebenen Sonetten eher für eine Gauklertruppe.«

Er sah sie lange und sehr nachdenklich an. Etwas an ihr erinnerte ihn an Miriam. Sie war das einzige weibliche Wesen, mit dem er von Anfang an in engster Vertrautheit gelebt hatte.

»Ich habe bereits wenige Monate nach dem Tod meines Vaters geheiratet. Es war eine schlimme Zeit. Im Durcheinander ohne die Autorität eines Papstes und eines Königs in Paris hat eine riesige Armee aus fünfzehntausend Fußkriegern und tausendfünfhundert Rittern den Giovipass nördlich von Genua überquert und in die Kämpfe zwischen den noch immer papsttreuen Guelfen und den kaisertreuen Ghibellinen als Anhänger der weltlichen Herrschaft eingegriffen. Zur gleichen Zeit war es auch in Avignon zu Tumulten zwischen Franzosen, Deutschen, Italienern und Gascognern gekommen. Ich selbst musste damals im Fondaco meines Dienstherrn bleiben, doch meine Ehefrau Miriam konnte mit den Zwillingen nach Carpentras zu ihren jüdischen Verwandten fliehen. Sie kamen erst nach Avignon zurück, als der bereits hochbetagte Kardinal rhôneaufwärts und unter französischem Schutz im Dominikanerkloster von Lyon zum neuen Papst gewählt worden war.«

»Ja, gleich nachdem sich König Ludwig der Bayer in Mailand die Eisenkrone der Langobarden aufsetzte.«

»Und eure Männer? Ihr Grimaldis seid doch eine überall und bis in die Provence verzweigte mächtige Familie. Wenn mich nicht alles täuscht, stehen bei euch rund hundert Edle mit starken Armen in der direkten Blutsverwandtschaft. Wenn alle zusammengehen, hätten die Spinolas keine Chance gegen euch.«

Sie lachte bitter. »Unsere Familie nennt sich zwar ›*Albergo*, die Herberge‹, aber sie ist kein gemeinsames Haus, kein starker Baum, denn jeder Zweig kämpft gegen jeden und auf eigene Faust.«

»Langsam verstehe ich«, sagte Bertrand und nickte. Trotzdem warnte ihn seine in all den Jahren und an vielen Handelsplätzen erworbene Vorsicht. »Du jedenfalls warst und bist eine großartige Gastgeberin. Vielleicht kannst du mir jetzt eröffnen, was mit dem Admiral geschehen ist und was Spinola vorhat.«

»Mein Vater lebt und ist nur leicht verletzt. Ich hatte die Gelegenheit, mit ihm zu sprechen.«

»Darf ich dir eine ganz direkte Frage stellen?«

Sie lächelten sich ganz gegen ihren Willen an. Jetzt aber entzündete sich eine Flamme in ihm, die er seit Jahren für endgültig erloschen gehalten hatte. Auch sie schien viel verwirrter zu sein, als sie zugeben wollte.

»Welche Gefahr steht als Lauscherin hinter der Wand?«, fragte er mit gedämpfter Stimme. »Und was wird eigentlich gespielt mit dir und mir?«

»Du willst die Wahrheit wissen?«, fragte sie. »Dann höre: Man will mich zwingen, dass ich als Partnerin in dein Handelshaus in Avignon eintrete.«

»Und du willst nicht, nehme ich an«, meinte er lächelnd.

»Ich denke nicht daran!«, stieß sie empört hervor. »Was glaubst du eigentlich, wer ich bin? Doch keine … keine …«

»Krämerin«, sagte er schmunzelnd.

»Du sagst es, Bertrand von Comminges! Ich bin die Tochter eines Admirals von Frankreich, und du … du bist nur …«

»Leiblicher Sohn des höchsten Kirchenfürsten und Stellvertreters Jesu Christi hier auf Erden!«

Sie blickte ihn halb herausfordernd und halb belustigt an. Er hob die Brauen und lächelte ebenfalls. Jetzt war ihm alles klar. »Wenn ich die unerwartete Begegnung mit dir, dein Gastmahl und den ganzen Abend recht verstehe, dann geht es hier um einen Handel. Um einen großen Handel sogar. Du warst bisher Spinolas Geisel, für die er Lösegeld erwarten durfte. Jetzt aber hat er auch noch deinen Vater. Aber was soll er, wenn du mir diese Überlegung nachsiehst, mit der Tochter und dem Vater? Wer zahlt für beide? Und wer kann euch auslösen? Oder auch nur einen von euch beiden?«

»Du kennst bereits die Antwort.«

»Und warum sollte ich das tun?«

»Weil du den freien Abzug brauchst. Du willst nach Avignon zurück, deshalb musst du jedem Handel zustimmen. Ich aber soll dich auf Spinolas ganz speziellen Wunsch begleiten. Damit ich lieb und fügsam bin, bleibt mein Vater als Geisel in der eigenen Burg.«

»Du willst nicht Krämerin sein«, sagte er. »Aber du siehst nichts Schändliches darin, ein halbes Handelshaus als Tauschobjekt für dich selbst einzusetzen.«

»Als Morgengabe, Bertrand«, verbesserte sie ihn fast schon vergnügt, »ganz wie sie einem Eheweib in unseren Kreisen zusteht. Man kann empört sein oder das Ganze wie ein Turnier ansehen, in dem es Sieger und Besiegte geben wird. Und ich bin fest entschlossen, zum Schluss den Kranz davonzutragen.«

»Spinola will also, dass wir beide heiraten«, fasste er nüchtern zusammen. »Ich nehme an, ohne priesterlichen Segen. Nun gut, das wäre möglich und auch nichts Ungewöhnliches. Aber selbst wenn du und ich eine Konsensehe ohne Aufgebot und Hochzeitsmesse schließen wollten, könnte ich frei entscheiden. Du aber brauchst das Einverständnis deines Familienvorstandes.«

»In Wahrheit soll ich wohl eine Strohpuppe der Spinolas und der Ghibellinen werden.«

»Eine Strohpuppe? Wofür?«

»Für alles, was in Avignon nach der Kaiserkrönung des Bayern und dem Ende des Papstes dort zu holen sein wird.«

Erneut verzog er seine Mundwinkel zu einem feinen Lächeln. Ihre Erklärung war so klar und einfach, dass er nicht einmal überrascht oder empört sein konnte. Gleichzeitig fiel ihm auf, dass er seit Monaten, wenn nicht seit Jahren nicht mehr so viel gelächelt hatte. »Was, außer meinem Leben, das man mir bei einem derartigen Handel schon lassen müsste, wäre mein Nutzen dabei?«

»Es geht um alles, was dich und deinen guten Namen ausmacht«, sagte sie. »Und es geht ganz direkt um die kostbarste Ware, die du jemals erworben hast. Nur wenn du zustimmst, darfst du aus deiner Fracht einen alten Ballen mit spanischer Merinowolle nach Avignon mitnehmen.«

Ein heißer Schauder fuhr durch seinen Körper. Der Ballen mit dem Silberkasten! Er war nicht versunken, nicht zerfetzt von Felsenklippen in der Brandung!

»Man hat dich all die Wochen beobachtet«, fuhr sie fort. »Seit du Avignon verlassen hast, wird hier nur noch über Ludwigs Zug nach Rom, das Alter des angeblich schon närrisch gewordenen

Papstes und über irgendwelche Schätze und Geheimnisse der Templer geredet, mit denen du zu tun hast.«

»Wer behauptet Derartiges von mir?«

»Spinola, Franziskaner, Bayern, einfach alle, die in den letzten Monaten hier eingekehrt sind. Du kannst nicht ahnen, wie viele hochrangige Herren und Gesandtschaften sich insgeheim hier schon getroffen haben.«

»Und was führt man gegen mich im Schilde?«

Sie sah an ihm vorbei. Bertrand hörte ein leises Geräusch und wandte sich ruckartig um. Im selben Augenblick öffnete sich hinter seinem Stuhl erneut die große, bisher geschlossene Doppeltür.

Ketzer und Büßer

Johannes XXII. hatte einen anstrengenden Tag hinter sich, als er seinen neuen Vertrauten Jean-Raymond de Comminges bat, ihn in seiner Sänfte auf den Rocher des Domes tragen zu lassen.

»Aber ohne große Begleitung«, sagte der Papst. »Wir wollen keine Prozession für die Gläubigen und nicht wie ein alter Reliquienknochen in einer Monstranz getragen werden. Man soll uns als Bischof von Avignon kleiden, das wäre mehr als genug.«

»Unmöglich, Eure Heiligkeit«, stöhnte der Erzbischof von Toulouse. »Wie soll der Stellvertreter Christi auf Erden seinen Rang und Auftrag mit Füßen treten und als einfacher Bischof auftauchen?«

Johannes XXII. ging durch das Zimmer im ersten Stock im beengten alten Bischofspalast, der sein Schlafgemach und sein privater Aufenthaltsraum zugleich war.

»Unser lieber Sohn«, sagte der Papst und trat ans Fenster. »Du bist noch neu als Kardinal. Aber du wirst dich daran gewöhnen müssen, dass auch ein Papst nur ein armseliger Mensch ist mit allen Sorgen und Nöten und Schmerzen in den Gelenken. Außerdem sind wir als Papst noch immer Bischof von Rom, und das solltest du nicht vergessen. Also verschwende keine Zeit. Wir wollen von oben auf die Dächer der Stadt sehen und beobachten, wie der Fluss der Zeit zum großen Meer hinströmt.«

»Kann es sein, dass Ihr ungeduldig werdet?«

»Wir sind seit vielen Jahren rastlos«, sagte Johannes XXII. »Selbst als wir endlich Bischof von Fréjus geworden waren, hat uns die Sünde der Ungeduld dazu getrieben, auch noch das Hofkanzleramt für Robert von Anjou zu übernehmen. Genau das war unsere ganz persönliche Brücke, über die wir dem König von Neapel bei der Abfassung seiner mutigen Denkschrift über die Schädlichkeit und Überlebtheit des Imperiums helfen konnten.«

»Ich kenne diese Schrift«, sagte Kardinal de Comminges, »und habe stets geglaubt, dass sie von England oder von Paris gegen die deutschen Kaiser angezettelt wurde.«

Die beiden Männer sahen sich an. Mit scharfen Argumenten und brennenden Worten hatten der italienische König und sein heimlicher Formulierer nachgewiesen, dass es das Heilige Römische Reich eigentlich längst nicht mehr gab und dass ein deutscher Kaiser weder in Rom noch in Oberitalien oder gar in der Provence auf der Ostseite der Rhône als Grenzfluss zu Frankreich noch Rechte hatte.

»Wir haben niemals im Interesse Frankreichs oder Englands um den Vorrang des Heiligen Stuhls gekämpft«, stieß der Papst mit einem tiefen Seufzer aus. »Wenn wir doch nur vor Jahren schon diesen Marsilius von Padua und den verstockten Meister Eckhart in eine peinliche Befragung durch die Dominikaner gezwungen hätten! Ich wünschte, sie wären hier in Avignon ebenso unsere Gefangenen wie diese höchst gefährlichen Ketzer Wilhelm von Ockham, Bonagratia von Bergamo und Michael von Cesena! Wir müssen diese neunmalklugen Geschwüre unserer heiligen Kirche austrocknen, isolieren, am Stamm verdorren lassen!« Er machte eine lange Pause und schien viele Jahre zurückzudenken. Sein altes, zerfurchtes Gesicht wirkte wie hölzern.

»Wir wussten schon bei der als Ketzerin verbrannten Madame Porète, wie gefährlich all diese aufsässigen Gedanken sind«, sagte er schließlich mit fast versöhnlicher Stimme. »Unser Vorgänger Bonifatius VIII. hat schon vor einer Generation mit seiner Bulle *Unam sanctam* davor gewarnt, die geistliche und die weltliche Macht in verschiedene Hände zu legen. Er ist ermordet worden wie seine beiden Nachfolger ebenfalls.«

»Habt Ihr nicht selbst ebenso unnachgiebig gehandelt, als Ihr den großen Denker Marsilius von Padua und seine Schrift ›Defensor pacis‹ für häretisch erklärt habt?«

»Gotteslästerliche Thesen, die den gefährlichen Gedanken der Volkssouveränität über alles andere stellen«, erwiderte der Papst. »Diese Wirrköpfe haben nichts verstanden! Unsere Vorgänger in den Schuhen des Fischers mussten sich hauptsächlich gegen die Machtansprüche von Königen zur Wehr setzen. Jetzt aber verwandeln sich auch jene verwirrten Brüder in Nattern, die wir an unserer eigenen Brust genährt haben. Wo wären Meister Eckhart, Bonagratia von Bergamo oder dieser Wilhelm von

Ockham, wenn sie nicht Latein gelernt, Theologie studiert und zu denken gelernt hätten, wie es die heilige katholische Kirche seit Jahrhunderten lehrt?«

Johannes XXII. blickte auf seine Lavendeldragees, von denen nur noch drei Stück vorhanden waren. Er überlegte, ob er alle anderen tatsächlich im Lauf eines einzigen Tages gegessen haben konnte, doch dann sah er das hilflos wirkende Gesicht seines jüngsten Kardinals.

»Du warst noch nicht dabei, als unsere lieben Söhne sich fast die Köpfe um die Frage einschlugen, ob Staat und Kirche eins sein müssen oder ob der Papst und der Heilige Stuhl auf jeden Prunk und jedes sichtbare Zeichen der Macht verzichten und arm wie Jesus und seine Jünger sein sollten. Schon damals hat Bonagratia versucht, den Konflikt mit unterschiedlichen Formen des Besitzes zu erklären. Das waren sehr gefährliche Gedanken! Doppelte Wahrheit wie bei den arabischen Philosophen.«

»Ich kenne all diese endlosen Dispute«, sagte der Erzbischof von Toulouse. »Bonagratia von Bergamo sagte, Jesus und seine Jünger hätten gemeinsam Eigentum gehabt, ohne sich irgendetwas aneignen zu wollen. Das Kardinalskollegium war in der Antwort auf die Frage gespalten und –«

»… und beschloss als schrecklichen und sündhaften Kompromiss, dass unsere Kirche auf das Eigentum des Ordens der Franziskaner verzichten soll!«, unterbrach ihn der Heilige Vater scharf. Jegliche Milde und Nachsicht des Alters fielen von ihm ab. »Habt ihr denn allesamt den Verstand verloren? Wo kommen wir hin, wenn unsere Söhne die Stirn haben, auf Vermögen der heiligen Kirche zu verzichten? Sollen wir uns etwa selbst barfuß, in stinkender Gewandung und mit einer Holzschale beim Almosenamt um eine Schale heißen Brei anstellen? Sollen wir Könige und Fürsten beleidigen, indem wir ein paar Dutzend Hermelinfelle und ähnlich kostbare Geschenke an Aussätzige, Waschweiber oder Stallknechte weitergeben? Womit sollen wir repräsentieren, Kirchen und Kathedralen bauen, Reliquien kaufen, Weihrauch, Brokat, Seide und Gold für Monstranzen, unsere Festgewänder und Altardecken erwerben? Womit Gäste bewirten und Geschenke machen? Womit die nächste Goldene Rose bezahlen?«

Er brach mit seinen alten, aber starken Fingern ein Lavendeldragee durch. »Armut macht Sklaven«, sagte er. »Doch wir sind die Hüter und Hirten über die Herde der Gläubigen. Schon deshalb ist dieses ganze Geschwätz verderbliche Ketzerei.« Mit einer kurzen Handbewegung warf er die beiden Hälften des zerbrochenen Dragees in seinen Mund.

Zwei Bedienstete der Felsenburg in schon fast königlicher Livree traten mit großen Leuchtern ein, in denen jeweils ein Dutzend gelbe Wachskerzen brannten. Zwei Schritte zurück und genau zwischen ihnen betrat leicht nach vorn geneigt ein eher kleiner, aber hart und sehnig aussehender Mann den Saal. Bertrand wusste sofort, dass der etwa vierzig Jahre alte, in dunkelroten Samt gekleidete Mann mit dem dunklen Kinnbart der gegenwärtige Besitzer der Burg sein musste. Sein Wams war mit goldenen Spangen bestückt, und seine Hände steckten in weinrot gefärbten Handschuhen aus weichem Ziegenleder. Darüber trug er mehrere große Ringe, und außerdem hatte er sich mit einem edelsteinbesetzten Dolch am kostbar verzierten Gürtel geschmückt.

Die Diener stellten die Leuchter auf dem Tisch ab und trugen einen neuen Stuhl von der Wand näher heran.

»Spinola, wenn du erlaubst«, stellte sich der kleine Mann vor. »Gherardo Spinola aus Genua, Signore der Felsenfestung und des Hafens von Monaco, leider noch kein Herzog und ohne eigene Bank oder ein ehrenwertes Handelshaus in Avignon.« Er lächelte, indem er seine Augen in einem Dutzend kleiner Falten fast verschwinden ließ und seine Lippen wie zu einem Kuss formte. Merkwürdigerweise hatte er keine dunklen, sondern wässrig blaue Augen, aus denen trotz des weichen Mundes scharfe Blicke schossen. »Ich bitte um Vergebung für die Unannehmlichkeiten bei deiner Ankunft in meinem kleinen Reich und hoffe, dass die ehrenwerte Signora Grimaldi, die ebenfalls mein Gast ist, dich angenehm unterhalten konnte.«

Bertrand blickte den Signore prüfend an. Seit er in Avignon lebte, hatte sich dort noch kein Kaufmann der papstfeindlichen Ghibellinen niedergelassen. Doch das allein konnte noch nicht der wahre Grund für Spinolas Interesse an ihm sein. Er spürte dessen überlegene Zufriedenheit und suchte nach der Falle, die bereits aufgestellt war.

»Ich freue mich, einen der angesehensten Kaufleute aus Avignon in dieser Burg zu sehen«, meinte Spinola süffisant. »Es wäre eine große Ehre für mich, wenn unsere Häuser in Avignon und Genua miteinander ins Geschäft kämen.«

»Nicht unter Zwang«, sagte Bertrand sofort. »Und meine Handelspartner kann ich mir Gott sei Dank noch immer selbst aussuchen.«

»Ich will dir nicht zu nahe treten«, sagte Spinola immer noch lächelnd. »Aber ich denke, dass du nicht viel auf deine Seite der Waage legen kannst. Ich sehe ein, dass du keine Verbindung mit dem Haus Spinola eingehen willst. Sämtliche Kaufleute aus meiner schönen Stadt werden in Avignon und von der Kurie dort geächtet.«

»Genauso ist es«, bestätigte Bertrand.

»Doch nicht nur, weil wir Anhänger des zukünftigen Kaisers sind«, sagte der Signore mit einem frommen Augenaufschlag, »sondern weil jeder Kaufmann aus Genua sofort seine Waren verlieren würde, sobald er durch ein Tor in Avignon einzieht.«

»Jeder aus einer Stadt bürgt für jeden anderen aus derselben Stadt«, sagte Bertrand und entspannte sich. »So sind nun einmal die Gesetze ehrbaren Handels.«

»Es ist schon eine Schande und ein schweres Los«, bestätigte der Ghibelline mit einem süffisanten Lächeln. »Wir mögen kaisertreu unter dem Schutz des Adlers sein und uns den Teufel darum scheren, ob uns der greise Johannes XXII. exkommuniziert und als Ketzer beschimpft – aber wie du schon gesagt hast: Gegen die ehernen Gesetze der Kaufleute und Gilden kommen wir nicht an.« Er blickte zu Catherine Grimaldi. Sein süffisantes Lächeln verschwand und machte einem kalten, prüfenden Gesichtsausdruck Platz.

»Und wie sieht dein wahrer Plan aus?«, fragte Bertrand spöttisch. »Du kannst zur Sache kommen, ohne uns zu schrecken!«

»Wir wollen stille Teilhaber sein«, sagte Spinola. »Wir planen klug und langfristig. Uns geht es nicht um Kriege oder Siege, sondern wie auch dir um den Profit. Und der fällt oftmals höher aus, wenn ein Schiff oder ein Handelszug mit seiner Warenladung nicht zerstört, sondern stattdessen umsorgt, gerettet und erneut meistbietend angeboten wird.«

»Ich werde keinerlei Geschäfte mit euch machen!«

»Oh doch, Bertrand de Comminges«, sagte der Signore und lächelte genüsslich. »Wer mit dem Papst auf einen Handel eingeht, wird sich wohl oder übel auch mit dem befassen müssen, was aus der Sicht der Kirche verderblich und des Teufels ist.«

Bertrand war kein aufbrausender Mann. Trotzdem wäre er in diesem Augenblick am liebsten aufgesprungen, um dem maliziösen Genueser seine Faust mitten ins Gesicht zu schlagen.

»Wenn wir uns einig sind, können wir schnell zu einem Abschluss kommen«, sagte Signore Spinola. Er steckte sich eine der Weinbeeren zwischen die Lippen und biss zu. Dann tupfte er die Saftreste mit einem kleinen Spitzentuch aus den Mundwinkeln und machte eine lange Pause, in der er nachzudenken schien. Bertrand kannte die alte Kaufmannslist.

»Ich biete dir als Zeichen meines guten Willens hundert große silberne Tournosen«, sagte der Signore schließlich. »Man wird dir diese Münzen übergeben, sobald du wieder in Avignon bist. Dazu erhältst du hier einige Geldkatzen für allfällige Zahlungen.«

»Dein guter Wille? Oder eine Entschädigung für den Verlust einer Ladung, die kaum etwas wert war?«

»Reden wir lieber über die wertvollste Fracht deiner Galeere«, antwortete Spinola. »Ich meine den alten Ballen mit Merinowolle. Wir haben auf dem Felsenvorsprung aufgefunden, was du auch halb ertrunken nicht aus den Händen lassen wolltest. Deshalb könnten wir diesen Teil der Fracht als verdientes Strandgut behalten oder später von dir auslösen lassen.«

»Es war kein Strandgut, wie du selbst sagst, sondern in meiner Hand.«

»Du selbst bist Strandgut, das allein und ohne fremde Hilfe wie andere von den Klippen ins Meer zurückgestürzt wäre.« Er machte eine Pause, dann hob er seine Schultern. »Wir halten nicht sehr viel von diesen Büchern aus Spanien oder der großen Bibliothek des Königs von Neapel«, sagte er dann und zuzelte mit scharfen Schnalzlauten einen Weinbeerenkern aus einem Zahnspalt. »Zu viele Andeutungen über Geheimlehren, magische Kräfte der Uralten, Zauber und falsche Philosophie.

Derartige Übersetzungen aus dem Arabischen können zurzeit weder in Genua noch in Florenz oder Rom mit einem anständigen Gewinn vergoldet oder auch nur versilbert werden. Es nützt mir also nichts, wenn ich dir irgendein großes Geheimnis wegnehme. Ganz anders sieht die Sache aus, wenn ich dich mit deinem Silberkasten nach Avignon entlasse.«

Bertrand lehnte sich zurück, wartete, dass das Pochen seines Herzens ruhiger wurde, und beschloss, Spinola zuzustimmen. Er hatte keine andere Wahl.

»Wir reden morgen noch einmal darüber«, sagte Gherardo Spinola. »Ich habe dir ein ordentliches Gemach für deine nächste Nacht bei uns vorbereiten lassen. Es liegt gleich neben dem unserer schönen Catherine Grimaldi.«

Sofort kreuzten sich ihre Blicke. Sie hob ein wenig die Schultern und schüttelte so eindeutig den Kopf, dass er verstand: Es hatte keinen Sinn, sich gegen den Willen dieses Spinola aufzulehnen. Sie hätten beide protestieren, auf ihre Ehre pochen oder sogar versuchen können, gewalttätig zu werden. Die beste aller Möglichkeiten war jedoch von der Vernunft und Lebensklugheit vorgegeben: Weder er noch sie widersprachen.

»Du hast die ganze Nacht, um für dich zu überdenken, was ich dir wie unter guten Geschäftsfreunden anbiete. Solltest du zu dem Schluss kommen, dein Leben in den Felsenkellern dieser Festung beenden zu wollen, dann werde ich auch ohne deine Mitarbeit alle Anteile an deinem Handelshaus in Avignon auf Catherine Grimaldi überschreiben lassen. Ein angesehener Notar aus Avignon hat mir bereits bestätigt, dass er einen entsprechenden Vertrag jederzeit beurkundet.«

»Wer soll das sein?«, fragte Bertrand empört. »Ich könnte mich nach einer derartigen Erpressung sofort an die Gilden in Avignon und an die Apostolische Kammer wenden und den Schandvertrag annullieren lassen.«

»Du könntest gar nichts als mein Gefangener hier! Und deshalb gilt in diesem Fall allein das Wort eines Notars und Rechtsgelehrten.« Er lachte überlegen und genoss seinen Triumph. »Du kennst Guillelmus Gisberti bereits. Er stand im Dienst von Kardinal Pierre Godin, dem langjährigen Meister des Palastes. Und nun entschuldige mich bitte.«

Der Herr der Felsenfestung erhob sich, verneigte sich vor Catherine Grimaldi und ging, gefolgt von seinen Dienern, bis zur großen Tür des Kaminsaals. Dort wandte er sich noch einmal um. »Was deinen Ballen mit alter Merinowolle anbelangt«, sagte er beiläufig. »Du kannst ihn mitnehmen, mit allem, was an Werten in ihm versteckt ist. Wenn ihr euch fügt, soll das mein Hochzeitsgeschenk für euch sein.«

Das Aufgebot

Bertrand starrte dem Signore nach, bis sich die hohe Doppeltür wieder hinter ihm geschlossen hatte. Ohne die Diener mit den Bienenwachskerzen wurde der kleine Saal nur noch durch die glühenden Reste des Kaminfeuers erleuchtet. Erst jetzt entdeckte Bertrand, dass auch Catherine Grimaldi den Raum durch eine andere Tür verlassen hatte. Er ging zum Kamin, griff nach einem langen, am Griff mit einem goldenen Knauf verzierten Feuerhaken und stieß ihn in die Glut. Die Scheite knisterten, und ein paar Funken flogen auf.

Bertrand stand sehr lange bewegungslos vor dem Kamin und beobachtete, wie die Flammen die letzten Holzstückchen verzehrten.

Was würden seine Leute sagen, wenn er mit einem Eheweib zurückkehrte, das die illegitime Tochter eines der schlimmsten Seeräuber der gesamten Riviera war? Würden die Gilden ihn deswegen ächten, andere Kaufleute die Zusammenarbeit versagen und seine Banken ihm Kredit verweigern?

Das war die eine Seite der Medaille, mit der sich sein Verstand auseinandersetzen musste. Vielleicht war es nicht einmal von Nachteil, wenn er mit einem prächtigen und klugen jungen Weib nach Avignon zurückkehrte, das ihm zudem auch noch gefiel.

Die andere Seite lag viel tiefer in ihm selbst verborgen und betraf seine innersten Gefühle und seinen Schmerz über den Tod von Miriam. Zum ersten Mal nach vielen Jahren dachte er daran, wie es wohl wäre, wenn wieder eine liebende Frau an seiner Seite in der Rue Jacob und im Fondaco lebte. Seltsamerweise erschreckte ihn der Gedanke nicht. Dann aber machte er sich klar, dass Catherine Grimaldi nichts für ihn empfinden konnte, denn alles, was sie sagte oder unter Zwang auch tat, galt nur der Rettung ihres Vaters.

Bertrand sehnte sich plötzlich nach seinem Fondaco in Avignon. Fünf Jahre waren vergangen, seit Ambrogio bei den Aufständen in Flandern von den Allerärmsten in Brügge das

Bett in seiner noblen Herberge unter dem Hintern angezündet worden war. Er war fast zwei Jahre lang in Montpellier in ärztlicher Behandlung gewesen. In dieser Zeit hatte Bertrand mehrfach mit ihm wegen der Ausweitung seines Geschäftsanteils bis zur vollen Übernahme des Fondaco verhandelt. Antonio Brazzi wollte nicht mehr als seine zehn Prozent behalten, und Elena von Pisa war bereit gewesen, Bertrand auch ihren Anteil von zehn Prozent gegen eine jährliche Leibrente abzutreten.

Nein, weder Elena von Pisa noch Antonio Brazzi hätten ihn an den Admiral verraten. So blieb in Bertrands Überlegungen nur noch Marco Ambrogio. Der ehemalige Besitzer des Fondaco lebte als kranker, kindisch gewordener alter Mann in seinem Elternhaus in Pisa. Bertrand wusste genau, dass er zu ihm kein Wort von verbotenen oder verleugneten Übersetzungen und Büchern, die pures Gold wert waren, gesagt hatte.

Nein, niemand aus diesen schon fast familiären Verbindungen kam für Verrat in Frage. Wer aber dann? War da nicht noch ein Name gewesen, den Spinola erwähnt hatte?

Antonio Brazzi war kein Mann übereilter Handlungen. Wenn ihm etwas durch den Kopf ging, dann brauchten auch einfache Gedanken gewisse Zeit, bis er sie zurechtgeschmiedet hatte. Doch manchmal half es, wenn er dem Eisen etwas mehr Glut machte. Dann verließ er die alte Templerkomturei und ging mit schweren Schritten in eine Spelunke am Hafen vor der Stadtmauer oder in eine Taverne in der inneren Stadt.

Aufgrund des großen Eisens, das er diesmal zu schmieden hatte, ging er wie sonst sehr selten in das beste Restaurant Avignons. Das Hôtel La Mirande war laut und bis auf den letzten Platz gefüllt. Trotzdem bekam Antonio Brazzi noch eine Ecke neben dem unruhig wirkenden Notar, der inzwischen mit einem Rest von Bediensteten im Palast von Kardinal Godin wohnte. Er hatte in den letzten Jahren Hunderte von Kaufverträgen und Abrechnungen für Lieferungen aller Art zwischen dem Handelshaus und der Kurie bestätigt und besiegelt.

Nach einer kurzen, respektvollen Begrüßung blieben die beiden Männer sehr wortkarg. Während sie ihr Wildschweinfleisch mit Senfkörnern aus Ägypten auf Holzbrettern schnitten, dazu frisches Brot brachen und in pfeffrigen Rotwein tunkten, dachte Brazzi an Bertrand de Comminges. Der letzte Brief stammte noch aus dem vergangenen Jahr. Darin hatte Bertrand von guten Geschäften und Gottes Segen für ihr Handelshaus berichtet. Der Brief war in Pisa geschrieben, im nämlichen Haus, in dem ihr ehemaliger Herr Marco Ambrogio seine schrecklichen Gebresten pflegen ließ.

Antonio Brazzi mochte nicht daran denken, aber mit jedem weiteren Tag, jeder Nacht verdichtete sich die Befürchtung in ihm, dass Bertrand trotz aller Vorsicht und Planung doch noch unter die Räuber gefallen sein könnte. Wenn das aber zutraf, musste es Männer geben, die davon gehört hatten – entweder in der Verwaltung der Grafschaft Venaissin oder im Rathaus von Avignon, in einem der vielen italienischen Bankhäuser, bei anderen Fernhändlern oder den Geldwechslern. Und wie stand es um jenes Wissen, das landauf, landab in den Beichtstühlen gesammelt wurde? Gab es auch hier keinen Hinweis, keinen Verdacht, keine heimliche Denunziation?

Der ehemalige Waffenhändler glaubte einfach nicht daran, dass sich ein ganzes Handelsschiff mit einem Mann wie Bertrand de Comminges einfach in Luft auflösen konnte. Obwohl er sie nicht sonderlich leiden konnte, beschloss Brazzi, bei den Mönchen und Ordensbrüdern nachzufragen. Die Dominikaner waren nicht mehr so abweisend, seit sie mit Kardinal Godin ihren stärksten Ränkeschmied verloren hatten. Aber vielleicht waren die Franziskaner zugänglicher. Brazzi wusste, dass einige ihrer besten Köpfe als Ketzer verurteilt und bei ihren eigenen Ordensbrüdern im neuen Kloster vor der Porte St. Imbert unter Arrest gestellt worden waren. Er wusste auch, dass der Justizmarschall des Heiligen Stuhls ebendiese Männer wieder in die Stadt holen wollte, weil im Palais von Kardinal Godin festere Zellen, tiefere Folterkeller und eine geübte Wachmannschaft zur Verfügung standen. Bisher war die Verlegung der Ketzer nur daran gescheitert, dass niemand für ihre Versorgung aufkommen wollte. Die Mönche des Franziskanerklosters lehnten es ab, Godins Palast zu beliefern, denn der war Dominikaner gewesen.

Es waren diese Verwicklungen, die Antonio Brazzi auf den Gedanken brachten, dem gegenwärtigen Verwalter des verwaisten Kardinalspalastes einen nicht ganz koscheren Handel anzubieten. Der Mann hatte sehr große Ohren, die weit über die Stadt und sogar über die Provence hinaus bis nach Italien hören konnten.

Antonio Brazzi hob den Hammer zum Schlag auf das glühende Eisen. »Das Handelshaus de Comminges bietet an, sämtliche Unterhaltskosten für die Gefangenen und dazu für Godins Palast zu übernehmen. Dann könnte der Vizegraf und Bruder des Heiligen Vaters in eine der besten Hütten der Stadt umziehen, die Apostolische Kammer entlasten und zugleich auf die Ketzer aufpassen.« Er schnaubte ein wenig und trank einen großen Schluck Wein.

»Ist das dein Ernst?«, fragte Gisberti aufgeregt.

»Mein voller Ernst«, sagte Brazzi und nickte. Er stach das letzte Bratenstück mit seinem spitzen Messer auf und schob es in seinen Mund. »Aber nur, wenn du mir sagst, wo die neunzig Prozent zu meinen zehn verblieben sind.« Er sprach sehr undeutlich mit vollem Mund. Trotzdem hatte der Notar ihn verstanden.

»Bertrand?«

Brazzi nickte und kaute weiter. Gisberti beugte sich vor. »Monaco«, formte sein Mund tonlos.

Der Priester aus Schottland sah nur die weibliche Silhouette im Gegenlicht der beiden Altarkerzen. Für einen Augenblick zögerte er und wurde unsicher. Vielleicht war die Gestalt doch kein weibliches Wesen, sondern ein Erzengel, der von Gott dem Allmächtigen auf ihn angesetzt worden war. Doch dann lachte Mel Comyn fast schon vergnügt. In Zeiten wie diesen hatte der Weltenschöpfer sicherlich anderes zu tun, als sich um einen versoffenen schottischen Priester zu kümmern.

»Kommst du zur Beichte?«, fragte er deshalb. Er konnte das Gesicht der Gestalt noch immer nicht erkennen.

»Ich muss mit dir reden.«

Die Stimme erkannte er sofort. »Catherine Grimaldi?«, fragte er dennoch.

»Du weißt sehr gut, dass ich es bin.«

»Ja«, sagte Comyn und fühlte sich nicht besonders aufgeweckt dabei. Sie drehte sich um und trat einige Schritte in den Chor zurück. Das warme Licht der beiden fast hinuntergebrannten Wachskerzen ließ ihr seidig glänzendes schwarzes Haar wie den Strahlenring um eine Heilige aufleuchten.

»Kannst du unbewacht die Festung verlassen?«, fragte sie ihn, nachdem sie sich einige Augenblicke lang suchend umgesehen hatte. Der Priester lachte trocken und schüttelte den Kopf.

»Niemand kann das«, antwortete er. »Jedenfalls niemand, der bereits vor Gherardo Spinola in der Burg gewohnt hat. Wir sind allesamt Gefangene des Felsens, das weißt du ebenso gut wie ich.«

Sie trat einen Schritt auf ihn zu. Auch er bewegte sich. Sie sahen sich in die Augen.

»Du hast gelauscht«, sagte sie leise. »Du hast Tag für Tag alles belauscht, was drüben im großen Haus besprochen wurde. Und du hast mehr als einmal Mittel und Wege gefunden, den Männern, die dir regelmäßig dein berauschendes Wasser beschafft haben, Nachrichten für Avignon mitzugeben.«

»Du musst von Sinnen sein!«, protestierte Comyn, und das Blut schoss ihm schamrot ins Gesicht.

»Wann kommt deine nächste Sendung?«, fragte sie, ohne auf seine Qual Rücksicht zu nehmen. »Und wann übergibst du deinen nächsten schriftlichen Bericht an Boten nach Avignon?«

»Auf welcher Seite stehst du, Catherine Grimaldi? Bist du noch Guelfin und papstgetreu, oder hast du dich bereits an diesen gotteslästerlichen Ghibellinen Spinola verkauft?«

»Wenn du kein Priester wärst, würde ich dich auf der Stelle für diese unverschämte Frechheit fordern«, sagte sie erzürnt. »Du würdest kosten, was meine Ehre wert ist!«

»Entschuldige«, sagte er zerknirscht. »Ich nehme meine Worte augenblicklich zurück. Es ist sehr schwer, in diesen Zeiten zwischen guten Christen und Abtrünnigen jeglicher Art zu unterscheiden.«

»Also, was ist? Wann kommt das Boot, und was hast du zu berichten?«

»Ich weiß es nicht.« Comyn hob ehrlich geknickt die Schultern.

»Du wirst nichts mehr erhalten und auch nichts abschicken«, sagte Catherine entschieden.

»So willst du mich also verraten und brennen lassen.«

»Ich will, dass du selbst nach Avignon gehst! Und zwar mit mir und dem Schiffbrüchigen, den du ja auch kennst, viel besser als ich sogar. Du wirst auf einem Esel reiten und eine Reihe von Maultieren begleiten. Wir werden zehn bewaffnete Stallknechte und Mulifführer bei uns haben, dazu zwei Bogenschützen aus dem Piemont, zwei Mailänder mit Hellebarden sowie sechs Männer aus Genua mit Eisenhauben, langen Messern und Schwertern von den Bayern.«

»Ich ziehe ungern derartig gerüstet als Kriegsknechtpriester mit.«

»Es sieht sehr übel auf den Straßen aus«, sagte sie. »Ich bin nicht einmal sicher, dass Männer und Bewaffnung ausreichen. Deshalb werde ich selbst auch eine leichte Rüstung und Waffen tragen.«

»Du verwirrst mich immer mehr. Soll ich etwa die Bibel und mein Brevier hierlassen und bei Gefahr mit Feuertöpfen nach Straßenräubern werfen?«

»Wir werden sehen«, sagte sie und lächelte. »Auf jeden Fall sollst du nicht als Priester gekleidet sein, sondern wie ein Stallbursche der Spinolas.«

»Aber ich verstehe nicht … ich kann doch nicht ohne Soutane … außerdem würde man mich sofort erkennen …« Er strich sich mit der flachen Hand durch seine Haare.

»Reib dir dein Rothaar mit Essig und Zitrone ein, setz dich für den Rest des Tages in die Sonne und färbe meinetwegen alles mit blauem Waid.«

»Das reicht bei mir nicht«, wandte er ein. »Schottische Haare bleiben immer rot.«

»Du sollst nichts anderes tun, als einen Ballen mit billiger Merinowolle im Auge behalten. Irgendwann auf dem Weg nach Avignon wird dieser Wollballen ausgeweidet werden. Und das, was in ihm verborgen und geschützt ist, wird gestohlen werden.«

»Wenn du das alles schon im Voraus weißt …«

Sie ging nicht darauf ein, sondern wandte sich zur Seite. »Hast du dein Schreibzeug in der Sakristei?«, fragte sie. Er nickte, und sie ging voraus. Auf dem Weg zur kleinen Seitentür neben dem Altar nahm sie eine der fast hinuntergebrannten Kerzen mit.

»Ich kann dir noch nicht sagen, wer das Geheimnis der großen Reise von Bertrand de Comminges in seine Hände bringen wird. Es können Männer im Auftrag von Spinola sein, dann könnten Straßenräuber auftauchen, Spione der Königshöfe von England oder Frankreich. Nicht ausgeschlossen sind auch Abgesandte und Angehörige der Sforzas und der Este in Mailand und Ferrara, die sich mit einer ganz besonderen Beute beim Bayernkönig auf dem Weg zur Kaiserkrönung noch vor dem Eintreffen in Rom mehr Macht und Einfluss sichern wollen.«

Der Priester schnappte unwillkürlich nach Luft. »Das alles ist dir schon bekannt, obwohl ich selbst –«

»Es geht nicht mehr um irgendwelche Hahnenkämpfe zwischen zwei Mächtigen«, unterbrach sie ihn. »Der alte Papst und mit ihm die gesamte Kirche befinden sich in einer tödlichen Gefahr. Wenn niemand handelt, ist Avignon noch vor dem Pfingstfest nicht mehr die Arche Noah, sondern das Golgatha für die gesamte Kurie. Dann können die Prälaten sich gleich ein letztes Plätzchen in den Katakomben im Rocher des Domes aussuchen.«

»Du weißt … woher willst du von Katakomben im Kalkfelsen Avignons wissen?«

»Grimaldis leben schon sehr lange in der Provence«, sagte sie stolz. »Sie sind zwar Seeräuber, aber sie waren einst die absoluten Herren von Genua, Nizza und Cannes bis zu den Sümpfen der Rhônemündung in der Camargue.«

»Werden die so gelobten Grimaldis auch Johannes XXII. schützen, falls der Bayer nach seiner Kaiserkrönung in Rom im Triumph nach Avignon ziehen sollte?«

Catherine Grimaldi lachte abfällig. »Wer zahlt, gewinnt«, sagte sie nur. »Und Avignon hat nichts zu bieten außer den Ablasspfennigen. Jeder Floren, der in die Kassen der Apostolischen Kammer fließt, wird sofort aufgeteilt und verschwindet in den Taschen der Berater und Verwandten seiner Heiligkeit.«

»Ein notwendiges Schutzsystem für die gesamte Kirche.«

»Du bist ein Engel, Monsignore«, sagte sie und schickte ihm einen angedeuteten Kuss. »Und genau deshalb sollst du den Mann beschützen, den uns der Himmel vielleicht nur deshalb durch Sturm und Meereswogen geschickt hat, damit er seinerseits als Erzengel Michael gegen den Drachen aus der Hölle und die Verderbnis dieser Welt anreitet.«

»Ochay«, sagte der Schotte. »Du hast mich besiegt. Aber musst du mich dabei zum Pferdeknecht hinunterstufen?«

»Nein, gleich zum Eselstreiber«, sagte sie und lachte. »Du sollst die Männer bei den Mulis davon überzeugen, dass du nicht besonders hell bist. Nur so bekommst du einen Freibrief für die Nacht, in der alles ganz allein von dir abhängt.«

»Und wenn ich deinen Auftrag nicht erfüllen kann?«, sagte er und schüttelte den Kopf. »Die Straßen sind nicht frei nach dem letzten Mistral. Überall lungern Obdachlose, verstörte Pilger und Deserteure herum. Dazu die Straßenräuber deiner Familie, die sich vor vielen Stadtmauern an Kreuzungen und Brücken festgesetzt haben.«

»Es handelt sich um einen Ballen schlichter Wolle, Mel! Das traust du dir wohl zu, oder? Du weißt doch längst, worum es wirklich geht.«

»Ochay, vielleicht ahne ich etwas«, gab er widerstrebend nach.

Sie traten in die Sakristei. Catherine sah sich kurz um, dann entdeckte sie das Pult mit den Schreibutensilien des Priesters. »Ich brauche noch ein schriftliches Aufgebot für eine Eheschließung zwischen mir und Bertrand de Comminges. Wichtig ist dabei, dass diese Ankündigung mindestens drei Wochen alt sein muss. Schreib also ein Datum weit vor Beginn der Fastenzeit. Nur dann kann ich dem Kaufmann aus Avignon schnell genug die Hand zu einem Bund fürs Leben reichen.«

Der Priester sah sie wie die Erscheinung aus einer anderen Welt an. Er hatte bereits viel gehört in seinen Beichtstühlen. Das aber übertraf jeden anderen Betrug. War dieses Weib etwa die Schlange, die Verführerin in tausendfacher Gestalt?

Aufbruch nach Avignon

Bereits am frühen Abend kamen sie im armseligen und halb zerstörten Cannes an. Hier hatte der Mistral besonders hart gewütet. Bertrand und Catherine hatten sehr genau darauf geachtet, dass sie nicht zu nah zusammen ritten. Sie wussten beide, dass alles, was sie taten oder beredeten, an Spinola in Genua oder an noch ganz andere weitergetragen würde.

Die beiden Seemänner, die sich inzwischen als fähige Begleiter des Zuges bewährt hatten und auf ihren Mulis ein Stück vorausgeritten waren, kamen mit keiner guten Nachricht zurück.

»Kein Platz mehr aufzutreiben in irgendeiner Herberge«, meldete der Bootsmann. Er drückte den Daumen gegen seinen Nasenflügel und schnäuzte im hohen Bogen zwischen Bertrand und Catherine hindurch bis an den Straßenrand.

»Alles belegt von Menschen, die ihr Haus im Sturm verloren haben, und Pilgern, die nicht weiterkamen«, fügte der Bootsmann hinzu.

»Dann schlafen wir in dieser Nacht eben unter freiem Himmel«, sagte Catherine Grimaldi entschlossen. »Das werden zwar ein paar unangenehme Nachtstunden, aber hier in Cannes wird es nie sehr kalt.«

»Wir haben gegen blanke Münze aus den Schatullen von Signore Spinola einen Lagerplatz für Holz westlich des alten Hafens beschafft«, sagte der Bootsmann. »Mit einem Zaun, damit uns niemand stehlen kann.«

»Und auch nicht aus Versehen weglaufen«, fügte der Matrose hinzu und grinste, während er Bertrand und Catherine ansah. Sein Blick war derart unverschämt, dass es schon fast wie Neid aussah.

Die Nacht und auch der zweite Reisetag an der Küste entlang verliefen ohne Zwischenfälle. Sie hatten sogar Glück und konnten einige Fischer überreden, ihnen etwas von ihrem ärmlich ausgefallenen Fang zu verkaufen.

Diesmal erreichten sie ihr Ziel bereits am Nachmittag. Wieder ritten die beiden Seeleute voraus. Catherine bestand darauf, mit ihnen zu reiten. Bertrand hob nur die Schultern. Er machte keinen Versuch, sie davon abzuhalten.

Es war nicht das erste Mal, dass sich Bertrand über Eigentümlichkeiten wunderte. Noch immer konnte er nicht sagen, welche Aufgabe und welche Befugnisse die beiden Seemänner hatten. Erst als sie und Catherine weit genug entfernt waren, näherte sich Bertrand dem einsamen Reiter mit dem schwarzen Turban.

»Glaubst du, dass ich dich immer noch nicht erkannt habe?«, fragte er halblaut, als sie dicht nebeneinander waren. Die übrigen Bewaffneten und die Stallknechte kümmerten sich nicht um sie.

»Ja, es ist lange her, seit wir uns zum ersten Mal auf der Brücke von Avignon gesehen haben«, meinte der ehemalige Kaplan.

»Fast vierzehn Jahre.«

»Genauso ist es«, sagte Comyn und lachte. »In dieser Zeit bist du ein reicher Mann und geheimer Kaufmann Seiner Heiligkeit geworden und ich nur ein versoffener Prälat.«

»Du hast die Kirche in der Felsenfestung der Grimaldis bekommen?«

Der Schotte lachte rau. »Eine sehr schöne Kirche, in der Tat! Und wenn ich darin bin, bleibe ich tagelang allein. Kannst du dir überhaupt vorstellen – eine so wunderschöne kleine Kirche am Rande eines Festungsfelsens hoch über diesem wunderbaren grünlich blauen Meer … und dann kein Mensch, kein Gläubiger, nicht einmal ein Kind, das sich verlaufen hat.«

»So schlimm?«

»Noch schlimmer, Bertrand! Bis auf Catherine Grimaldi kam in der ganzen Zeit kaum jemand zu mir.«

»Keine Bediensteten? Stallburschen? Mägde? Waffenknechte?«

»Wer einem Ghibellinen dient, neigt seinen Kopf nicht mehr vor einer Dornenkrone. Hat sie dir nichts erzählt?«

Bertrand schüttelte den Kopf. »Ich hatte bisher keine Gelegenheit, mit ihr darüber zu sprechen. Aber was tust du hier in diesem Zug? Willst du nach Avignon?«

»Ich begleite euch.«

»In wessen Auftrag?«

»Das ist bei Gott eine sehr gute Frage«, seufzte Comyn. »Und ich weiß nicht einmal, ob ich sie auch beantworten kann.«

»Mach mir nichts vor«, sagte Bertrand fast verärgert. »Du musst doch wissen, welchem Herrn du dienst! Bist du im Auftrag des Heiligen Vaters hinter mir her, oder hältst du bei den Spinolas die Hand auf? Berichtest du an den kaiserlichen Hof, an die Dominikaner oder an die Franziskaner?«

»Es ist sehr schwer mit dir, lieber Bertrand de Comminges. Kannst du dir nicht vorstellen, dass mich allein die Sorge um die Sünden dieser verderbten Welt antreibt? Für wen, bei allen Heiligen, bete ich denn? Für Papst Johannes XXII.? Für unsere Kardinäle und die Bischöfe, die Äbte und die Priester überall? Für das Überleben und Wohlergehen unserer Mutter Kirche oder für den Sieg des Bayern, damit er sich in Rom zum Kaiser krönen lassen kann?«

»Alles zusammen wird wohl schwer möglich sein«, sagte Bertrand sarkastisch.

»Siehst du, und ebendies ist mein Problem! Könntest denn du mir antworten, wenn ich dich frage, was du eigentlich tust? Wozu du eine große Reise über viele Monate unternommen und dabei gute Begleiter und auch noch deine kostbarste Fracht verloren hast?«

Die beiden ungleichen Männer sahen sich lange prüfend an. Sie hatten sich zwar vor langer Zeit einmal kennengelernt, wussten aber eigentlich nicht viel voneinander.

»Ich denke, dass ich mit vielen Dingen im Namen des Allmächtigen und meines eigenen Profits ehrenwerten Handel treibe«, sagte Bertrand vorsichtig. Es sollte keine Beichte sein, sondern ein Vorschuss an Vertrauen – wie eine Hand, die er dem ehemaligen Kaplan hinstreckte.

»Und ich bin ein geweihter Priester, der bei aller Gottesfurcht niemals vergessen hat, wie unvollkommen und auf Hilfe angewiesen wir Kreaturen des großen Schöpfers sind.«

Auch das war eindeutig ein Angebot zwischen den Zeilen.

»Jedermann führt heutzutage Gott als seinen Zeugen an«, sagte Comyn mit einem verschwörerischen Grinsen.

»Wen sonst in einer Welt, in der auf niemand mehr Verlass ist? Weder auf Bischöfe und Kardinäle noch auf die Könige und Fürsten.«

»Weder auf einen Kaiser noch auf den Papst?«

»Was willst du hören?«, meinte Bertrand ausweichend. »Du kannst mir sagen, in wessen Dienst außer für Gott und Christus du stehst. Ich sage dir dafür, was ich in Spanien für den Papst erworben habe.«

»Wieder ein Buch, nehme ich an«, sagte der Schotte ohne weitere Umschweife. »Vermutlich sogar ein sehr wertvolles und teures.«

Bertrand beschloss, den anderen ein wenig auf die Probe zu stellen. Vorsichtig sah er sich nach allen Seiten um. »Ja, du hast recht«, gestand er mit verschwörerischer Miene. »Ich hatte mir bei meinem Schwager Seder Ben Ariel, den du ja auch kennst, ein ganz besonderes Buch bestellt.« Er beugte sich noch weiter zu ihm hin. »Es soll der letzte echte Talmud aus dem Jahr fünfhundert sein.«

»Und diese Auslegung der Thora bringst du auf Umwegen zu unserem Papst nach Avignon?«, fragte Comyn misstrauisch. »Wie soll der Bär denn heißen, den du mir mit dieser frechen Lüge aufbinden willst?«

Der Zug aus Maultieren, Stallburschen und Waffenknechten befand sich kurz vor einer alten Hafenstadt, die auf den ersten Blick noch so aussah wie zur Zeit der Römer. Erst als sie näher kamen, wurde deutlich, dass die meisten der Gebäude nur noch verfallene Ruinen waren, in denen höchstens Wegelagerer und Straßenräuber hausten.

»Die jüdische Gemeinde und die Synagoge von Carpentras haben längst ein besonderes Geschenk von mir verdient«, meinte Bertrand. »Dort leben nämlich meine Zwillinge Rebecca und Magdalena und mein Sohn Jeremia.« Er fand seine nur teilweise erfundene Geschichte so gut, dass er daran dachte, sie bei seinem nächsten Besuch in Spanien in die Tat umzusetzen.

»Und das ist wichtig für den Heiligen Vater?«, fragte Comyn.

»Nein«, antwortete Bertrand. »Das geht uns Christen nicht das Geringste an. Es stimmt nicht, dass ich diesen Talmud mitgebracht habe. Wenn es für dich jedoch glaubhaft klang, weißt du tatsächlich nicht, was ich geholt habe.«

»Du wolltest mich nur prüfen«, sagte Comyn mit einem kleinen Seufzer. »Als wenn ich es mir nicht gleich gedacht hätte!«

Er lachte hinter seinem Kopftuch. Bertrand kam nicht mehr

dazu, ihm zu antworten. Catherine Grimaldi und die beiden Seemänner kamen ihnen sichtlich froh entgegen. Sie winkten mit den Händen und zeigten, dass sie eine Herberge zur Nacht gefunden hatten.

»Bei diesem Zug passt jeder auf jeden auf«, sagte Comyn noch, dann ließ er sich auf seinem Esel etwas zurückfallen.

Die kleine, enge Herberge lag im Schatten jener Kirche mit ihrem alten Baptisterium, in der Papst Johannes XXII. vor vielen Jahren als Bischof seine Messen gefeiert hatte.

Obwohl es früh und sehr schnell dunkel wurde, ging Bertrand kurz vor dem Aufblinken der ersten Sterne am verfallenen Amphitheater vorbei noch einmal bis zum kleinen versandeten Hafen. Es kam, wie er es fast geschworen hätte: Catherine Grimaldi folgte ihm mit nur wenigen Schritten Abstand. Hinter ihr ging mit gebührendem Abstand und einem halb in das Gesicht gezogenen Tuch ein anderer. Und diesem wiederum folgte eine dritte Gestalt, die sich in den länger werdenden Schatten der Häuser und der Lagerschuppen am Hafen verborgen hielt. Nur bei den Öllampen der Kaschemmen und Tavernen musste sich die Gestalt für kurze Augenblicke zeigen.

»Fürchtest du, dass ich dem frischen Ehejoch mit einem Fischerboot entkommen will?«, fragte Bertrand, als er die Hafenmole erreicht hatte.

»Du weißt, dass wir nicht fliehen können«, sagte sie nüchtern. »Selbst wenn wir schnelle Galeeren zur Verfügung hätten, könnten wir keine von ihnen für die Flucht besteigen.«

»Auch dann nicht, wenn uns der eine oder andere unbekannte Dritte hilft?«, fragte er im letzten Schein der untergehenden Sonne.

»Du hast Comyn also erkannt«, stellte sie fest.

»Warum tust du das alles?«, fragte er zurück, ohne auf ihre Frage nach dem verkleideten Priester einzugehen. »Ich denke, dass man uns hier nicht so gut wie bisher belauschen kann. Lass uns deshalb wie erwachsene Menschen sprechen.«

»Genau deshalb bin ich dir nachgegangen«, sagte sie lächelnd. »Ich kannte dich bisher ja kaum. Deshalb wusste ich auch nicht, wie schwer es mir werden würde, dich mit jedem meiner Worte, jedem Augenaufschlag und jeder meiner weiblichen Bewegungen schmählich zu betrügen.«

»War das die Vereinbarung mit Gherardo Spinola?«

»Hast du schon einmal ein ganzes Jahr als Gefangene, als Geisel unter Männern gelebt, die deine gesamte Familie aus ihren Mauern vertrieben haben, die ihnen bis zum Überfall als sicherer Fels gegolten haben?«

»Warum hat man dich festgehalten?«

»Vielleicht als einen goldenen Apfel, den ich als Venus irgendeinem Jüngling seiner Wahl überreichen sollte.«

»Ich bin kein Jüngling mehr.«

»Oh«, hauchte sie, und ihre Augen blitzten. »Das war mir bereits klar, als ich den ersten Blick auf dich geworfen hatte.«

Er spürte erneut jenes eigentümliche Gefühl, das ihm zugleich schmeichelte und ihn verlegen machte. Seit dem Tod seines über alles geliebten Eheweibes hatte er keine Frau mehr getroffen, die sich so wenig zierte und dabei so viel Adel hatte. Es kam ihm vor, als würden sie sich schon seit ihren Kindertagen kennen – als Gefährten, die sich auf gleicher Ebene begegnen konnten.

»Ich gebe zu, dass mich das alles mehr beschäftigt, als ich gedacht hätte«, sagte er. »Du bist für mich bisher nur die Tochter eines italienischen Admirals, der für König Philipp den Schönen aufrechte Kaufleute in Flandern besiegt hat. Das allein sollte jede Regung zu deinen Gunsten in mir bereits ersticken. Hinzu kommt noch, dass ich gezwungen bin, dich wie ein Kuckucksei ohne jede Kenntnis von kaufmännischen Dingen in mein Handelshaus aufzunehmen.«

»Das alles mag ja zutreffen«, sagte sie ernst. »Du musst mich auch nicht mögen, aber du kannst mich weder für die Taten meines Vaters noch für die Erpressung haftbar machen, die wir alle durch Spinola erfahren.«

Er schob die Unterlippe vor und sah sie halb bewundernd und halb verächtlich an. Obwohl sie völlig anders war als seine geliebte Miriam, entdeckte er winzige Wesensarten in Catherine Grimaldi, die vielleicht vergleichbar erschienen. Sie hatte bisher noch kein einziges Mal gejammert oder ihr Schicksal laut beklagt.

Die kurze Dämmerung wich einer sanften, fast schon warmen

Nacht. Selten zuvor hatte er die Juwelen des Sternenhimmels auf dunkelblauem Grund so rein und hell gesehen.

»Ich möchte in die Kirche gehen«, sagte sie aus dem Dunkel heraus. »Vielleicht hilft ein Gebet uns mehr als ein Fluchtversuch.«

»Und worum willst du beten?«

»Ich weiß es nicht«, antwortete sie leise. »Ich fühle mich im Augenblick wie eine Rose, die gerade erst aufblühen will und plötzlich einen Regen aus Eis und Kälte über sich ergehen lassen muss. Wir sind Gefangene, Bertrand, alle beide. Und weder du noch ich können so sein, wie wir vielleicht gern wollen.«

Bertrand de Comminges versuchte, ihr Gesicht im Licht der Sterne zu erkennen. Etwas in ihm drängte mit aller Kraft danach, einfach die Arme auszustrecken, sie zu umschlingen und ihren Kopf an seine Brust zu legen. »Ich glaube, es wird Zeit für die Nachtmesse«, sagte er. »Wenn mich nicht alles täuscht, warten inzwischen viele Augenpaare darauf, dass wir zurückkehren.«

»Spinolas Männer, dann die beiden Seemänner und schließlich auch noch der Schotte«, sagte sie und nickte. »Ich danke dir daher, dass du mich begleiten willst.« Sie sah ihn an und dachte an Comyn und seinen Beichtstuhl in der Kapelle von St. Nicolas auf dem Burgfelsen von Monaco.

»Vielleicht ist ja die Kirche der einzige Platz, an dem wir heute Nacht von niemandem beobachtet und überwacht werden«, sagte Bertrand und räusperte sich.

»Du weißt es?«, fragte sie. »Kannst du Gedanken lesen?«

»Nur meine eigenen«, antwortete er lächelnd.

»Und? Sind die so anders als meine?«

»Komm«, sagte er nur.

DER DIEB IM SCHLAF

Obwohl sie schon sehr früh aufbrachen, schafften sie die Strecke bis nach Aix nicht bis zum Abend. Nach einer lauten und unbequemen Nacht hinter einem halb erfrorenen Orangenhain bei den Packtieren, den Stallburschen und ihren bewaffneten Begleitern ließ sich Bertrand von Mel Comyn und Catherine überreden, die neue Kirche von St. Maximin zu besuchen. Er wunderte sich inzwischen nicht mehr über die Wünsche von Catherine Grimaldi. Sie benahm sich wie eine neugierige und gläubige Pilgerin, die an keinem Gotteshaus vorbeiziehen konnte, ohne an einer Messe teilzunehmen, eine teure Bienenwachskerze zu spenden oder ein Ave-Maria zu beten. Wie bereits üblich, bestanden auch die beiden Seeleute darauf, sie zu begleiten, während Spinolas Leute die Maultiere und Pferde bewachten.

Nach ihrer Rückkehr zum Zug verzichteten Catherine und Bertrand auf ihre Fuchspelze. Im Inneren der Provence war es nur noch in den Tälern mit Flüssen oder Bächen aus den Bergen kühl. Hier sahen sie noch reifbedeckten Boden unter erfrorenen Weinstöcken mit herabhängenden Blättern vom letzten Sommer und Haselnussgebüsch. Dagegen war die Luft auf den Hügeln immer angenehmer, je näher sie der Hauptstadt der Provence auf dem alten Bergplateau kamen.

Auch in Aix besuchten sie das wichtigste Gotteshaus. Bertrand, Catherine, Comyn und die beiden Seemänner schritten gemeinsam wie Pilger mit einem heimlichen Gelübde auf einer Wallfahrt in die romanische Kirche, die einem Heiligen namens Sauveur geweiht war. Bertrand hielt sich mit Comyn etwas seitwärts.

»Was soll das alles?«, fragte er schnell, als sie hinter einer Säule vor den Blicken Catherines und der Seeleute geschützt waren. »Warum müssen wir Kirchen besichtigen, und wer bewacht wen bei dieser absurden Reise?«

»Du wirst noch erkennen, was du im Augenblick noch nicht zu wissen brauchst«, flüsterte Comyn verschwörerisch. »Ich weiß nicht, was die Männer des Admirals beabsichtigen, doch du kannst dich auf mich verlassen – selbst wenn es in den nächsten Tagen nicht immer so aussehen mag.«

»Hast du auch mehr als vage Andeutungen für mich?«, fragte Bertrand skeptisch.

Comyn schüttelte den Kopf. »Komm hinter der Säule hervor, ehe sie misstrauisch werden.«

»Wer ist hier nicht misstrauisch?«, fragte Bertrand und lachte trocken. »Ich jedenfalls habe noch nie an einem Zug teilgenommen, bei dem nicht einmal zwei der Teilnehmer sich aufeinander verlassen konnten.«

»Das ist inzwischen der Zustand der Welt«, sagte Comyn mit einem tiefen Seufzer. »Jeder vermutet in jedem den Antichrist. Selbst Schwüre, Verträge und Versprechen werden nur noch gemacht, um sie mit Hohngelächter zu brechen.«

»Ich will unversehrt nach Avignon kommen und sonst gar nichts!«

Die Händlergruppe mit den acht Maultieren blieb einen ganzen Tag in Aix, nachdem sie von Reisenden gehört hatte, dass im Nordwesten eine der Brücken über die Durance während des letzten Mistrals schwer beschädigt worden war.

»Die Menschen lagern an beiden Ufern zwischen den überfluteten, schlammigen Feldern«, berichteten einige, die gerade erst angekommen waren.

»Sie schlagen sich um Mehl und Öl und rauben Packtiere und Wagen aus«, bestätigten andere.

»Und wer sich wehrt, fliegt gleich zu den Kadavern, die den Fluss hinabtreiben.«

»Es sind wie überall diese verdammten Grimaldis, die an notdürftig errichteten Hilfsbrücken einen Wegezoll verlangen und nur diejenigen in das Comtat Venaissin hinüberlassen, die mit barer Münze oder einem Zehnt von ihren Waren zahlen.«

»Inzwischen prügeln sich der Pöbel der Zurückgewiesenen, die Armen und die Hungernden längst miteinander«, behauptete ein junger, in Schwarz und Gold gekleideter Bursche verächtlich. Er ritt auf einem teuren Pferd, trug einen polierten Helm mit Adlerzier, Harnisch, Arm- und Beinschienen und ein blank geputztes Schwertgehänge. Selbst die fünf Waffenknechte und Stallburschen des kaum dem Milchbart entwachsenen Edlen sahen blitzsauber aus. Sie waren unschwer einer Gesandtschaft des deutschen Königs zuzuordnen.

»Warst du in Avignon?«, fragte Bertrand den jungen Mann. Der stutzte, zog die Nase hoch und musterte mit einem Blick, der überlegen und abfällig wirken sollte, den blonden, gut zehn Jahre älteren Kaufmann vor sich. Offensichtlich war Bertrand kein interessanter Gegner für ihn, mit dem er sich auf einen Raufhandel einlassen konnte.

»Wir waren drei Gesandte«, antwortete er mit empörter Stimme. »Und ich, der jüngste … ich bin der Poldi, der sich von keinem watschen lässt. Von keinem, weißt du? Und von den Welschen hier gar nie nicht. Mein Vater, der ist nämlich der viel gelobte Ratsherr Wernher Chrug, damit du's auch mal weißt. Und in dem Turm bei uns'rem Haus in München hat König Ludwig schon seit dem großen Sieg von Mühldorf die neuen Armbrüste einlagern lassen, dazu die Spannbänke, buntes Gezelt und allerfeinste Schleudermaschinen, sag ich dir.«

Bertrand merkte, dass der stolze Knabe noch ziemlich unerfahren war. »Ich hatte dich gefragt, ob du selbst schon einmal bis nach Avignon gekommen bist.«

Der junge Bayer hob die Rechte und ballte sie bereits zur Faust, als ihm bewusst wurde, dass der respektlose Kaufmann waffenstark begleitet wurde. Er ließ die Hand wieder sinken, dann sagte er noch immer trotzig: »Zwei Bischöfe waren dabei, exkommunizierte zwar, aber noch immer fähig zum rechten Umgang mit dem Klerus in der neuen Papststadt. Wir haben an diesen gottverdammten alten Dickschädel von Papst unsere Botschaft vom Wittelsbacher voller Genugtuung überbracht. Dieser zweiundzwanzigste Johannes soll endlich einsehen, dass sich unser bayerischer und gewählter deutscher König auch ohne seinen Segen im Vatikan von Rom die Kaiserkrone auf sein Haupt setzen wird.«

»Wie soll das gehen?«, fragte Catherine Grimaldi.

»Unser geliebter König Ludwig hat das Heer von König Robert von Neapel nördlich von Rom geschlagen und lässt sich bereits von der römischen Bevölkerung als neuer Kaiser feiern«, berichtete der Jüngling.

»Hast du nicht Lust, noch eine Botschaft für unseren neuen Kaiser mitzunehmen?«, fragte Bertrand unvermittelt. »Du weißt, dass Avignon und die ganze Gegend hier eigentlich zum Imperium und noch nicht zum Königreich der Franzosen gehören.«

»Wer weiß das nicht?«

»Das alles könnte aber leicht französisch werden, wenn der Heilige Vater nahezu jedermann im Umkreis von eurem neuen Kaiser Ludwig exkommuniziert und damit rechtlos macht.«

»Das macht er schon seit vielen Jahren.«

»Ja, du hast recht«, bestätigte Bertrand. »Sie streiten und verdammen sich nur gegenseitig. Aber wir alle leiden hier unter dem Kriegszustand zwischen Kaiser und Papst, Guelfen und Ghibellinen. Ich würde daher gern dem gekrönten und gesalbten Kaiser ein Zeichen der Verehrung zukommen lassen, einfach damit er sieht, dass in Avignon und der Provence auch noch aufrechte Männer leben, die dem Kaiser geben, was des Kaisers ist.«

»Das klingt nicht schlecht«, sagte der junge Kurier. Seine Augen leuchteten bereits begehrlich. Bertrand musste sich Mühe geben, nicht zu sehr zu lächeln, um ihn nicht misstrauisch zu machen.

»Und was könntet ihr anbieten?«, fragte der Sohn des Münchner Ratsherrn.

»Silber«, antwortete Bertrand de Comminges. »Viel Silber und vielleicht auch Gold. In Rom kann euer Ludwig ja nicht plündern. Aber der Krieg frisst nun mal Korn und Vieh ebenso wie Menschen. Auch eine Kaiserkrönung verschlingt sie – aber der Frieden, sage ich, der Frieden nach dem Sieg ist fast niemals zu bezahlen.«

»Viel Silber, sagst du? Und wo soll das sein?«

Bertrand setzte sein freundlichstes Gesicht auf. »Sag deinem Kaiser, dass es in Avignon vielleicht noch sehr viel Silber aus dem Schatz der Templer gibt. Er kann es haben – aber nur, wenn er die Finger von Johannes XXII. lässt!«

Catherine stöhnte entsetzt auf. Sie schüttelte verständnislos den Kopf. Die beiden Seeleute bekamen große Ohren. Es war, als hätten sie die ganze Zeit darauf gewartet, etwas derart Verräterisches zu hören. Nur Monsignore Comyn bekreuzigte sich.

»Bist du von Sinnen?«, stieß er hervor. »Du lockst die Kaiserlichen damit doch erst recht nach Avignon!«

Bertrand hob eine Hand und versuchte, die anderen zu beschwichtigen. »Solange derart große Beute in Aussicht ist, wird auch ein Kaiser des Heiligen Römischen Reiches kein Schwert gegen Avignon erheben.« Er wandte sich wieder an den jungen Bayern. »Lass dir in der Taverne den Krug mit bestem Roten auf meine Rechnung geben. Und trink auch zwei davon, wenn es dir bekommt. Doch morgen früh, gleich nach der Prim, sollst du zu mir kommen und mir mitteilen, ob du mit meiner Botschaft zu deinem Kaiser reiten willst.«

»Ich habe auch Durst«, warf Mel Comyn ein. Er schlang erneut sein schwarzes Sarazenentuch um den Kopf und ging dicht an Bertrand vorbei direkt auf die geöffnete Tavernentür zu. Bertrand folgte ihm.

»Was hast du vor?«

»Sie wollen dich betrügen!« Comyn lachte laut, rülpste und schlug mit der flachen Hand so heftig auf die Holzplatte des Schanktisches am Eingang, dass ein Dutzend Krüge und Holzschalen mit kross gebackenen Pizzestückchen tanzten.

»Wer?«, fragte Bertrand knapp.

»Die Seemänner haben irgendetwas vor. Ich weiß nicht, ob allein oder zusammen mit der Signorina Grimaldi. Sie aber hat bereits in der vergangenen Nacht mit Burschen aus dem Stall getuschelt, die wiederum mit anderen bei den Reittieren Verbindung halten.«

Der Lärm am Schanktisch nahm bedrohlich zu. Einer der Fuhrleute aus einem anderen Zug schlug ebenfalls mit seiner Faust auf den mit Wein und Speiseresten verschmierten Bohlentisch. Sofort sprangen andere Männer auf, als hätten sie nur darauf gewartet, ihrem geballten Zorn auf alle möglichen Unbilden der Natur, auf Sturm und Kälte, Behinderungen auf den Straßen, räuberisches Gesindel und bettelnde Pilgerhaufen Luft zu machen. Die ersten Fäuste krachten in gerötete, schwitzende Gesichter. Krüge und Stuhlbeine, Köpfe und Arme wirbelten durcheinander. Wein, Blut und Erbrochenes schwappten in einem stinkenden Regen über die Prügelnden. Einige brüllten vor Schmerz, andere lachten nur.

»Wer trinkt noch mit, und wer wirft endlich eine nächste Runde? Ihr für die Guelfen und den alten Papst in Avignon etwa?«

»Nehmt es auf mich!«, rief Bertrand sofort, um keinerlei Disput aufkommen zu lassen. Besser als jedes Widerwort auf diesen Straßen war allemal ein schneller Waffenstillstand der liquiden Art. Und alle sprachen dem roten Wein aus der Provence noch fröhlicher zu.

Die Zecher fielen nacheinander um. Manchem schlug einfach der Schädel auf die Tischbohlen. Andere rutschten glatt wie leere Mehlsäcke zwischen der Sitzbank und der Wand zu Boden. Zu diesem Zeitpunkt hatten Bertrand und die beiden Seeleute den Schankraum schon verlassen. Während der Bootsmann und der Matrose unter dem Himmelszelt Schlaf suchen wollten, hatte sich Bertrand eine Kammer über dem Schankraum ausbedungen.

Einige der letzten Verbliebenen des großartigen Gelages beobachteten mit müden Blicken die riskanten Abstürze. Manche wollten noch irgendetwas sagen, aber den meisten kam nichts Verständliches mehr über die Lippen. Außerdem hörte ohnehin keiner dem anderen zu.

Wie seit Jahrhunderten in allen Straßenherbergen und Klosterschlafsälen begann von einem Augenblick zum anderen eine trügerische, von spitzem Schnarchen, glucksendem Traumgelächter, krachenden Darmwinden und allerlei anderem Gestöhn begleitete Ruhe. Es klang, als würde sich ein ganzes Heer verfressener Dämonen schmatzend wie Igel und Wildschweine durch einen dunklen Wald mit vielen Engerlingen und roten Eicheln wühlen.

Und dann, als auch der letzte Docht in den Öllampen erloschen war und von der Küche kein Feuerschein mehr kam, kam auch kein Sternenlicht mehr durch die mit Fischblasen abgedichteten Fenster. Nicht der geringste Schatten verriet den Mann, der sich jetzt aufrichtete und lauschte. Erst als die vielfältigen Geräusche gleichmäßig zu klingen schienen, stand er ganz auf und ging mit ausgestreckten Händen Schritt für Schritt auf die Treppen neben dem Küchendurchgang zu.

Ohne dass sie sich gegenseitig bemerkten, stand noch ein Zweiter zwischen den Betrunkenen in der Dunkelheit auf. Es knarrte auf den hölzernen Treppenstufen. Dann riss etwas wie bei einem Schnitt mit einem scharfen Messer durch alten, trockenen Damast.

Am nächsten Morgen bei Sonnenaufgang war der schottische Priester verschwunden. Bertrand de Comminges wusste es in dem Augenblick, in dem er wie auf einem vom Wolf gerissenen und ausgeweideten Schaf erwachte. Noch mit geschlossenen Augen schlug er mit beiden Händen in weiche Wolle.

Sein großer, abgenutzter und ausgefranster Sack mit Merinowolle, auf dem er so viele unbequeme Nächte verbracht hatte, war leer!

Bertrand wusste sofort, dass man ihm das Wertvollste im Schlaf genommen hatte, das er seit Monaten wie sein eigenes Leben gehütet hatte. Weder der Mistral noch die Wogen des Meeres, die räuberischen Spinolas, die argwöhnischen Seemänner oder Catherine Grimaldi hatten ihm seinen Schatz entreißen können. Das war der Priester gewesen, ein Gesandter des Papstes und ein Mann, dem er nie etwas Böses getan und stets vertraut hatte! Aber warum? Und in wessen Auftrag?

Wenn sein Schatz nicht im Fondaco ankam, würde er nichts unterschreiben. Dann wiederum würde die Tochter des Grimaldi-Admirals nicht mehr als Geisel und Strohpuppe für die Hälfte seines Handelshauses taugen. Hatte dieser verdammte versoffene Schotte genau das beabsichtigt?

Er fuhr mit beiden Händen bis zu den Ellenbogen in den Wollsack. Klumpige, vor Monaten ausgekämmte Merinowolle quoll nach allen Seiten auf den Brettern seines Nachtlagers auseinander. Die Wolle roch noch immer nach Schaf, wilden Kräutern und der Sonne Spaniens.

Warum war er nicht aufgewacht? Hatte nicht einmal im Halbschlaf etwas von tastenden Händen und einem Schnitt an seinem Schlafsack gespürt? Wie hatte es Mel Comyn, diesem gottverdammten Dieb, gelingen können, ihm die verlötete Schatulle unter dem Leib hinwegzustehlen?

Bertrand spürte einen scharfen Schmerz über seinen Brauen. Sein Mund brannte so heiß, als hätte er die Nacht mit einem glühenden Kienspan im Rachen verbracht. Er richtete sich schlagartig auf und fiel im selben Augenblick mit einem dumpfen Aufstöhnen zurück. Alles um ihn herum drehte sich. Im ersten Augenblick glaubte er, zu viel oder zu schlechten Wein getrunken zu haben, doch dann kam die richtige Antwort in ihm hoch. Sie erschlug ihn beinahe mit ihrem edel klingenden Namen.

»Aqua vitae! Du gottverdammter schottischer Teufel!«, stieß Bertrand nach einer langen Pause hervor. Mit großer Anstrengung kroch er über den Fußboden bis zum Wasserkrug, den er direkt neben dem Nachtgeschirr aus schwarzem Ton fand. Der Nachttopf stank schlimmer als die Jaucherinne in den Jahren, als Eliah von Carpentras noch seine Hühner hinten im Hof gehalten hatte.

Er wälzte sich auf den Rücken, wartete, bis die krummen schwarzen Holzbalken an der Decke nicht mehr wie die Spanten einer Galeere schwankten, und goss sich zitternd etwas Wasser aus dem schweren Krug über das Gesicht. Für einen Augenblick hatte er Angst, darin noch zu ersaufen. Dann aber zwang er sich zu trinken. Er hörte erst schwer atmend auf, als ihm der Krug aus den Händen rutschte.

»Das zahlst du mir, Schotte!«, keuchte er schließlich. Er ließ sämtliche Foltern, die er von den »Hunden des Herrn« gehört hatte, an sich vorbeiziehen. Rädern und Vierteilen, Strecken und Brennen waren noch die geringsten Strafen, die er für den hinterhältigen Priester vom Papst verlangen wollte. Bertrand brauchte sehr lange, bis er sich schließlich aufraffen, notdürftig ankleiden und nach unten begeben konnte.

Im Schankraum war niemand mehr zu sehen. Zwischen den verwüsteten Möbeln sah es schlimm aus. Auf dem festgestampften Boden sah er klebrige Reste des Morgenmahls. Noch nicht einmal Hunde und Katzen, die üblicherweise in solchen Wirtshäusern zwischen den Stühlen nach Fressbarem suchten, waren zu sehen. Sollten es wirklich gebratene Wachteln in Kräutersoße gewesen sein, die ihnen am vergangenen Abend aufgetischt worden waren? Sein Magen war nicht zimperlich mit dem, was er in den vergangenen Jahren auf seinen Reisen schon gegessen hatte. Dennoch musste er würgen.

Er spie alles, was in seinem Leib noch nicht von Comyns

Aqua vitae zerfressen worden war, neben der Tür zum Hof aus. Er stützte sich am Türbalken ab und atmete wie ein Fisch, der aufs Trockene geworfen worden war.

»Kann ich dir helfen? Soll ich die Hand auf die Stirn legen, bis es dir besser geht?«

Bertrand verzog das Gesicht. Er schätzte es nicht, wenn Schankmägde oder Köchinnen Schwächen bei einem ehrbaren Kaufmann ansprachen.

»Lass mich in Ruhe«, keuchte er mit geschlossenen Augen. »Oder kannst du nähen?«

»Ist dir das Wams über dem Bauch gerissen, weil du zu viel gefressen und gesoffen hast?«

»Was ficht dich an, vorlaute Dirne!«

»Ob vorlaut oder nicht – was soll ich nähen für dich?«

»Näh meinen Wollsack wieder zu«, sagte er barsch. »Er liegt auf meinem Lager oben in der Kammer.«

»Gern, Bertrand«, sagte sie mit einer anderen Stimme. »Es ist tatsächlich besser, wenn wir den Wollsack als Versteck für die Rose weiter mit uns führen.«

Er riss die Augen auf, so weit es eben ging. Alles um ihr Gesicht drehte sich. Sie aber strahlte ihn frisch wie der Morgen an.

»Denkst du, die Tochter eines Seeräubers und Admirals sei sich zu schade, auch einmal ein Netz zu flicken? Oder einem harschen Handelsherrn den Beutel wieder zuzunähen, der ihm als viel zu große Geldkatze just in der Nacht den Dienst versagt hat, in der es vielleicht auch noch andere Schätze gegeben haben könnte?«

Er sah sie an, und in den Tiefen seiner Erinnerung schien etwas zu erwachen. Er wischte es mit einer ärgerlichen Handbewegung fort. Nein, Catherine Grimaldi, dachte er, du bist zwar offiziell mein Weib, aber nicht glatt genug für eine Schlange.

Wege des Herrn

Nur wenig später befragte Catherine das Gesinde und die Bediensteten der noch verbliebenen Herbergsgäste. Bertrand fiel auf, wie eifrig sie alles daransetzte, die Spur des verschwundenen Comyn zu finden. Aber dann sagte ihm sein langsam wieder erwachender Kaufmannsinstinkt, dass sie zu viel des Guten unternahm. Sie kümmerte sich etwas zu auffällig um den Verbleib des priesterlichen Diebes.

Und dann merkte Bertrand, dass auch der junge Bayernknabe abgereist war. Als hätte er nichts anderes zu tun, aber in Wahrheit, um von Catherines viel zu auffälligem Interesse abzulenken, nahm Bertrand sofort jede Spur auf, die über den etwas einfältigen jungen Bayern bis nach Rom zum neuen Herrscher des Heiligen Römischen Reiches führen konnte.

»Ich muss ihm nach«, rief er dem Anführer seiner Eskorte zu. »Dieser verdammte Bayer hat mein ganzes Geld gestohlen, das mir der Signore Spinola für mich und euch mitgegeben hat.«

Er log, aber darauf kam es nicht an. Falls irgendeiner der anderen doch etwas von Comyn bemerkt haben und bisher geschwiegen haben sollte, dann galt jetzt Bertrands Angebot, sich an die Nacht zu erinnern und zu offenbaren.

»Ein Bote des kommenden Kaisers bestiehlt keinen Kaufmann«, meinte der Bootsmann abfällig. »Wer weiß, ob es nicht der rote Teufel war, der dir an den Sack gefasst hat.«

Sie wussten doch etwas!

»Ich habe fest und sicher mit meiner Geldkatze auf meinem Wollsack geschlafen.«

»Er sagt die Wahrheit, das kann ich beschwören«, bestätigte der Matrose. »Ich habe wie schon in den vergangenen Nächten jede Stunde in seine Kammer gesehen. Und er schlief stets allein bei seinem Wollsack.«

Die Männer blickten abwechselnd von de Comminges zur Signorina. Die Tochter des Admirals saß wieder hoch aufgerichtet im Sattel und hatte schon die Zügel fest im Griff. Jedermann wusste, dass sie nicht in der Herberge, sondern mit zwei Bewachern vor ihrem Schlafgemach in einem Haus, das Angehörigen ihrer weit verstreuten Familie gehörte, übernachtet hatte.

»Finden wir uns damit ab, dass der Monsignore von St. Nicolas seinen eigenen Weg nach Avignon oder zu Gott finden wird«, sagte sie. »Genau genommen gehört er auch nicht zu unserem Zug. Er hatte sich nur mit der Erlaubnis des Herrn Gherardo Spinola uns angeschlossen.«

Es war ein Kreuz, das er sich aufgeladen hatte, ein gottverdammtes, elendig schweres Kreuz in Form eines in der Mitte geteilten Sacks, vorn ein wenig leichter mit ein paar Habseligkeiten und Verpflegung für einen langen Weg, auf dem Rücken dafür umso schwerer.

Mel Comyn war kein Weichling und auch nicht immer so versoffen gewesen wie in den letzten Jahren. In seiner Jugend hatte er Dutzende Berge in seiner schottischen Heimat erklommen. Er war durch die Highlands marschiert und hatte an den Felsenufern Konterbande an den Engländern vorbeigeschmuggelt. Er wusste, was es hieß, auf einem langen Weg in eiskaltem Regen und mit vor Anstrengung erhitztem Blut nicht aufzugeben. Jetzt aber spürte er schon früh am Morgen die Hitze des heraufziehenden Tages und das Gewicht der Silberkiste, deren Inhalt er noch nicht gesehen hatte.

Die Fastenzeit hatte bereits begonnen, aber es waren noch viele Tage bis zum Karfreitag, an dem der Herr selbst sein Kreuz getragen hatte. Hatte er nach den ersten Schritten auf der *Via dolorosa* ebensolche Schmerzen gehabt wie sein rothaariger schottischer Priester, der jetzt mit Diebesgut allein durch die Provence wanderte?

Hatte er nun Bertrand bestohlen oder sogar den Heiligen Vater selbst?

Der ehemalige Kaplan beruhigte seine Schuldgefühle mit den verschiedensten Begründungen, doch alle klangen für ihn wie schlechte Ausflüchte.

Als Einziger von allen Männern verstand Bertrand sofort. Catherine wusste offensichtlich, wann und warum Comyn verschwunden war.

»Die Wege des Herrn sind wunderbar«, sagte er vieldeutig. Die beiden Seeleute guckten dumm. Offensichtlich wussten sie nicht, was sie von der frommen Äußerung des Kaufmanns halten sollten. Auch andere aus dem Gefolge verstanden nichts von dem, was sich Bertrand und Catherine mitteilten. Es war, als redeten sie in einer geheimen Sprache miteinander.

Sie brachen bereits auf, als plötzlich der junge Bayer wieder im Hof der Herberge erschien. Er sah übernächtigt und wie zerschlagen aus. Nur mühsam und mit schweren Bewegungen fand er den Weg zu den ersten Mulis und den Reitern an der Spitze.

»Berge von Silber«, stieß der junge Bote aus dem Lager von Ludwig dem Bayern hervor.

»Ja«, sagte der Kaufmann aus Avignon, »sag unserem geliebten Kaiser, dass es in Avignon nicht nur einen Papst und zwei Dutzend rote Kardinäle gibt, sondern auch das Handelshaus von Bertrand de Comminges. Sag ihm, dass dieser Bertrand de Comminges beste Verbindungen nach Spanien, Córdoba und Toledo hat. Und dass er weiß, wo das Templersilber ist, das bisher noch nie einer gefunden hat.«

»Was willst du ihm damit sagen?«, fragte der Bayer.

»Man könnte einen Handel machen«, meinte Bertrand kulant. Der andere starrte ihn ungläubig an. »Mach den Mund wieder zu«, sagte Bertrand und lachte. »Es reicht, wenn du dem gewählten König der Deutschen genau das zuträgst, was ich dir gesagt habe.«

Sie brauchten einen langen Tag bis in die Nähe der Durance. Das letzte Stück des Weges legten sie bei Dunkelheit und mit Öllampen zurück. Ihr Ziel hieß Orgon auf der Südseite des Flusses. Schon bei der Ankunft bei den ersten Häusern hörten sie, dass die Brücke nach Cavaillon auf der anderen Seite weggeschwemmt worden war. Catherine ließ auf einer schrägen Wiese lagern. Die beiden Seemänner gingen zur Erkundung weiter.

»Wir sitzen fest«, sagte der Bootsmann, nachdem er mit dem Matrosen zurückgekommen war. »Flussauf gibt es bis zu den Alpen keine einzige Brücke mehr über die Durance. Alles weggerissen und vom Hochwasser fortgespült.«

»Und flussabwärts?«, fragte Bertrand.

»Nur eine Behelfsbrücke bei Noves. Aber die ist fest in der Hand von Straßenräubern.«

»Sind Männer der Grimaldis unter ihnen?«, fragte Catherine.

»Das habe ich gefragt, doch niemand konnte mir dazu Auskunft geben«, antwortete der Bootsmann.

»Dann werden wir es herausfinden«, sagte Catherine entschlossen. »Ich schlage vor, wir machen nur drei oder vier Stunden Pause und brechen dann noch bei Dunkelheit auf. Auf diese Weise können wir den Ort nachts durchqueren und haben einen Vorsprung vor allen, die morgen früh ebenfalls am Fluss entlang in Richtung Rhône ziehen werden.«

»Es wäre vielleicht angebracht, dass der Bootsmann und ich besser bewaffnet wären. Wir haben gute Fäuste, aber ein scharf geschmiedetes Spanierschwert könnte mehr von diesen Straßenräubern abhalten.«

Bertrand und Catherine sahen sich an.

»Es sind deine Schwerter und Messer«, sagte Catherine.

»Geschenke für den Papst«, sagte er.

»Er hat nichts mehr davon, wenn sie im Fluss versinken.«

»Ich wundere mich ohnehin, warum mir nur die Silberkiste aus dem Wollsack gestohlen wurde und nicht gleich diese prächtigen und wunderbaren Schmiedewaren.«

»Ja, das ist allerdings sehr seltsam«, stimmte sie zu. Sie hob die Brauen, sah ihn verschmitzt an und lächelte. In diesem Augenblick hätte er sie umarmen und zugleich küssen können.

Die Waffenknechte und Stallburschen schafften es, den Maultierzug durch eine wütende Menschenmenge rechts und links der Straße bis an die südliche Brückenauffahrt beim kleinen Ort Noves zu bringen. Im Nordwesten waren bereits die Dächer von Avignon, die Kathedrale Notre-Dame am Rocher des Domes und die französischen Berge jenseits der Rhône zu sehen.

Überall lagerten Gruppen von Flüchtlingen und Pilgern, gestrandete, bereits ausgeraubte Wagen von Handelszügen und Volk aus aller Welt. Catherine ließ ihre Blicke schweifen.

»Ich sehe keine Grimaldis unter diesen schrecklichen Männern«, seufzte sie enttäuscht.

Je näher ihr Zug den Männern, ihren Harnischen, Arm- und Beinschienen und ihrem schlecht gepflegten Lederzeug über schmutzigen Waffenröcken kam, umso schäbiger sahen die Straßenräuber aus. Bertrand entdeckte verrostete Scharniere und schlecht eingeschlagene Nieten an den fleckigen Rüstungen. Nicht einmal altes Blut hatten einige der verwahrlosten Männer abgewischt.

»Kein Wort von irgendeinem!«, befahl Catherine ihren Begleitern im Dialekt der Genueser. »Wenn auch nur einer von euch spricht, landet ihr alle dort unten in den Fluten.«

Furchtlos ritt sie auf die finsteren Gesellen an der Brücke zu. Dann riss sie ihren Fuchspelz auf und nestelte aus dem Halsausschnitt ihres Unterkleides eine Kette aus schmalen Silberringen. Ein Amulett in Kreuzform mit einem Wappen in der Mitte blitzte in der Wintersonne. Einige der Männer johlten, andere pfiffen lüstern durch die Zähne.

»Weiter, weiter!«, riefen sie.

»Und was ist das hier?«, schrie Catherine einen der Männer an, der den wilden Haufen anzuführen schien und sich direkt vor ihnen aufbaute. Sie hielt ihr Amulett hoch.

Bertrand bewunderte ihren Mut, aber er war zu sehr Kaufmann, um sich von flammenden Worten mitreißen zu lassen. Catherine hatte offensichtlich gehofft, dass der Respekt vor einer Grimaldi auch hier ausreichte, um sie und den Maultierzug passieren zu lassen. Doch dem war nicht so.

Die wilden Wegelagerer und die Bewaffneten aus Monaco musterten sich noch immer abschätzend. Weder die einen noch die anderen wichen auch nur einen Fußbreit zurück. Bertrand sah, dass sich sein Bootsmann direkt neben dem Maultier aufhielt, das die Waffengeschenke für den Papst trug. Die beiden Seemänner hatten bereits alle wichtigen Schnallen und Schnüre gelockert.

Fast wäre alles friedlich abgelaufen, doch dann stellte einer der wildesten Gesellen dem jüngsten Stallburschen der Felsenfestung ein Bein. Der Junge strauchelte, hielt sich noch einen Augenblick am Schwanz seines Mulis fest und konnte nichts dagegen tun, dass sein sonst so friedfertiges Tragtier erschrak und nach hinten auskeilte. Der Schlag des Hufes traf den Matrosen. Er flog zur

Seite und fiel mit beiden Armen dem Anführer der wilden Straßenwache um den Hals. Sie gingen beide unsanft und unter Aufschreien zu Boden. Der Bootsmann wusste, was geschehen würde. Er sah schnell zu Catherine und Bertrand. Auch sie erkannten, dass nichts mehr zu bereden war, und nickten. Mit einem Ruck riss der Bootsmann die letzte Lederschlaufe um die Schwerterhüllen auf. Es klirrte laut und edel, als die feinsten aller Klingen auf den verschlammten Boden fielen.

Bertrand und Catherine ließen ihre Pferde steigen. Sie war schneller als er. Der Kaufmann besaß die größere Erfahrung für lange, schwere Ritte. Sie aber hatte gelernt, wie man schnell vorpreschen, sich aus dem Sattel beugen, etwas vom Boden aufheben und zugleich weiterpreschen konnte. Genau das tat sie jetzt.

Catherine Grimaldi riss das erste der Schwerter hoch und warf es Bertrand zu. Er fing die Waffe, drehte sie und galoppierte auf die Straßenräuber zu. Hinter ihm versorgte Catherine weitere Männer mit den besten aller Schwerter. Einige rammten bereits ihre Hellebarden in die Leiber der völlig überraschten Straßenräuber. Andere brüllten die Wegelagerer einfach so laut an, dass diese wie vom Sturm geschlagen zurückwichen und in den Schlamm der Gräben stürzten.

Jetzt wurden auch noch weitere Wegelagerer wach. Sie kamen angerannt, als würde es nach langen Hungertagen heiße Suppe mit viel Fleisch geben. Im Zug der Mulis gingen die Tiere durch. Die Pferde stiegen auf die Hinterhufe, Freund und Feind, Wachen und Begleiter verkeilten sich auf der schmalen Auffahrt zur Brücke wie in einem Hohlweg aus glitschigem Morast. Ehe auch nur ein einziger der Männer zur Vernunft kam, wälzten sie sich wild aufeinander einschlagend durch den Schlick. Kleidung, Hände und Gesichter färbten sich rot. Von ihren eigenen Fähigkeiten völlig überrascht, schlugen der Bootsmann und sein Matrose mit den Papstgeschenken Arme und Hände ab, trennten mit einem Hieb Köpfe vom Rumpf und spalteten manch einem wüsten Räuber die Brust bis auf das ungläubige Herz.

Plötzlich sah Bertrand, wie Catherine direkt in eine Falle ritt. Vier der Wegelagerer hatten sich hinter einem Gebüsch versteckt, ein anderer lockte sie mit lautem Geschrei zu sich heran.

»Zum Brückenkopf!«, schrie Bertrand in der Sprache Maiorcas. »Hinauf zum Brückenkopf!«

Der Bootsmann verstand ihn sofort. Mit einem einzigen Schwerthieb schaffte er den Nachdrängenden Bahn. Neben ihm stürzte der Matrose in einem Schwall von Blut zu Boden. Bertrand setzte mit seinem Pferd über den braven Seemann hinweg. Er konnte ihm nicht mehr helfen.

Schon sprangen die Straßenräuber vor. Sie griffen nach den Zügeln von Catherines Pferd. Bertrand konnte nichts anderes tun – er musste Catherine gewaltsam aus dem Sattel reißen. Ihre Augen blitzten, dann lachte sie und schlang ihre Arme so fest um ihn, dass er kaum noch sein Schwert schwingen konnte.

Einzug der Mulis

Mit viel Geschrei und noch mehr Glück gelangten die teils übel zugerichteten Männer mit den Maultieren und Pferden nach und nach bis zum nördlichen Brückenkopf. Zum Schluss tauchte sogar noch der in rotem Schlamm gebadete Bootsmann auf. Vergeblich hatte er versucht, den jungen Matrosen zu bergen.

Und dann ging nichts mehr weiter. Während hinter ihnen die Hölle los war, gerieten die Überlebenden vom Regen in die Traufe. Ein Dutzend gut Bewaffnete, die wie geschmückte Söldner auf ihren Pferden saßen, bildete einen weiteren Sperrriegel am Beginn der eigentlichen Brücke. Sie ließen keinen der Durchgekommenen passieren. Sie hatten wie bei einem fürstlichen Turnier mit weißem Kalkpulver Linien auf die Straßensteine der Brücke streuen lassen, die niemand übertreten durfte.

»Sämtliche Barschaft her und Namen von drei Bürgen für noch mehr Lösegeld!«, rief einer der Anführer ihnen zu.

Bertrand verstand sofort. Diese Wegelagerer konnten schon eher zu den Grimaldis gehören. Sie wussten besser als die anderen, was sie erbeuten konnten.

Bertrand hatte endgültig genug von all den Widrigkeiten und Felsen, die ihm auf dieser Reise in den Weg gerollt wurden. Er wollte zahlen – ganz gleich, welche Einwände Catherine noch vorbrachte. Sie saß hinter ihm auf dem Pferd und hielt ihn fest umschlungen.

»Ich verlange, dass nach drei Bürgen für mich geschickt wird!«, rief er erbost. »Zum Ersten nenne ich meinen Partner und Faktor Antonio Brazzi, zum Zweiten die Signora Elena von Pisa, Eheweib meines früheren Herrn Marco Ambrogio, und als dritten Bürgen hätte ich noch meinen Onkel Jean-Raymond de Comminges, Erzbischof von Toulouse und, wie ich unterwegs erfahren habe, seit Dezember auch Kardinal beim Heiligen Stuhl.«

Auch Catherine hatte zwei Boten ausgeschickt – einen nach Avignon zum Notar Gisberti, den anderen nach Pernes, der früheren Hauptstadt der Grafschaft Venaissin. »Ich hoffe, dass der Vizegraf gerade dort ist, wo er hingehört, und zugleich so viel Verstand hat, dass er einen Freibrief für uns ausstellt.«

Stunde um Stunde verging. Auch andere Reisende, die weiter nach Avignon wollten, versammelten sich vor dem Brückenkopf. Wer zu sehr aufmuckte oder gar lauthals protestierte, wurde von den Straßenräubern kurzerhand weggedrängt und samt seinen Knechten in den Fluss gestoßen.

Immer neue Bürgen, Boten mit Freibriefen oder Gruppen von Bewaffneten trafen auf der anderen Seite des wilden Flusses ein. Sie mussten wie die Gaukler auf den Märkten zu Fuß über den gefährlichen Steg auf die Südseite kommen. Die meisten brachten gut gefüllte Geldkatzen mit, einige aber auch eingerollte Schreiben von Adligen der Gegend. Das mit Kreide markierte Feld am Brückenkopf leerte sich mehr und mehr. Während immer neue Opfer über den Fluss geholt wurden, wartete schließlich nur noch der Zug aus der Felsenfestung von Monaco am Südufer der Durance.

Die Sonne stand bereits tief über dem zur Rhône hin strömenden Fluss, als noch ein Trupp Berittener aus Richtung Avignon auftauchte. Die Ankömmlinge stiegen am anderen Ufer vom Pferd und besprachen sich mit einigen Wegelagerern. Schließlich kamen drei der Reiter zu Fuß über die notdürftig geflickte Brücke. Erst als der erste der schlicht gekleideten Männer die Flussmitte erreicht hatte, erkannte ihn Bertrand de Comminges.

»Sieh an, der edle Ritter Utz von Falkenhenn«, rief er ihm zu. »Was macht der Fürst der päpstlichen Palastwache hier bei den Straßenräubern vom Stamme der Grimaldis?«

»Er holt dich aus der Scheiße, in die du dich wahrlich nicht zum ersten Mal begibst, du Bastard!«

»Das sagt ein Sohn der Hafenhuren, der seine Ehre oft genug für Fliegendreck verkauft hat?«

Sie spuckten beide in den Fluss, jeder nach einer Seite. Unter anderen Umständen hätten sie wie schon mehrmals so lange miteinander gestritten und sich gegenseitig beleidigt, bis einer von ihnen die Lust daran verlor.

»Und nun?«, rief Bertrand abfällig. »An wen habe ich zu

zahlen? Direkt an dich oder an irgendeinen von den neuen Kardinälen?«

Die beiden ungleichen Männer blieben zwei Schritt voreinander stehen. Ritter von Falkenhenn trug weder Harnisch noch Helm oder Wehrgehänge – nur ein gefüttertes Wams über einer Art Tunika, die fast bis zu seinen Stiefelschäften reichte, dazu einen halblangen Mantel aus blau gefärbtem Wollstoff, darunter ein kurzes Schwert und einen schmalen Dolch an einem breiten Gürtel, der schräg um seinen im Lauf der Jahre stattlich gewordenen Leib hing. Er war zehn Jahre älter als Bertrand und wirkte mit seiner roten großporigen Nase wie ein versoffener und bei den Fässern alt gewordener Weinbauer.

»Was die Männer und die schöne Jungfrau dort untereinander ausmachen, soll mich nicht weiter interessieren«, sagte er mit einem Blick auf die Tochter des Admirals. »Mag sie nun eine Grimaldi mit dem Wappen dieser Familie sein oder nicht. Aber ich hörte, dass du außer ihr einige Traglasten auf den Mulis dort über den Fluss bringen willst. Ich denke daher, wir könnten ein Geschäft machen.«

»Und das wäre?«

»Ich sorge dafür, dass ihr ohne Abgaben in die Stadt kommt, und du zeigst mir, was in diesem alten Wollsack verborgen ist.«

Bertrand rechnete schnell und präzise sämtliche Möglichkeiten durch, die er bei einem Handel mit dem Ritter hatte. Der Wollsack war leer, sein früherer Inhalt an einem anderen Ort.

»Hast du keine Münze mehr für ein neues Bett?«, spottete Bertrand. »Wozu braucht ein Ritter und Herr über alle Schweizer Krieger in der Stadt des Papstes einen Ballen ungewaschener Wolle – noch dazu billige Merinoware aus dem ungläubigen Spanien?«

»Und wozu braucht ein vermögender Kaufmann aus Avignon diese minderwertige Ware?«

Das war ein Pfeil, der gut gezielt ins Fleisch fuhr. Utz von Falkenhenn war doch nicht ganz so dumm, wie er ihn in Erinnerung hatte. »Ich könnte dir ein Muli mit Safran, Siegellack und Weihrauch für den Heiligen Stuhl in Verwahrung geben«, bot er an. »Diese Geschenke sollten ohnehin gleich nach meiner Ankunft in die rechten Hände übergehen.«

»Ich will zuerst den Wollballen«, sagte Falkenhenn. »Und über die anderen Geschenke lasse ich mit mir reden.«

»Und falls ich an einem derartigen Handel nicht interessiert bin?«

»Dann müsste deine Begleiterin mitsamt den Söldnern und den Knechten aus Monaco leider auf dieser Seite des Flusses bleiben – bis zur weiteren Entscheidung durch den Vizegrafen.«

»Sie kommen mit mir«, widersprach Bertrand kurz entschlossen, »und zwar alle!«

Falkenhenn lachte und nickte mehrmals. »Du bist ein kluger Kaufmann, Bertrand de Comminges«, sagte er. »Du weißt sofort, wann ein langer Handel sich nicht lohnt und wann du abschließen musst, ehe es den anderen reuen mag.«

»Ich habe nur noch eine kleine Bedingung«, sagte Bertrand.

»Höre ich richtig? Ein Bastard stellt Bedingungen?«

»Nur eine einzige, mein Falkenhühnchen. Du kannst den ganzen Weihrauch, den Siegellack und die Safranschachteln haben, sobald alle acht Maultiere in meinem Fondaco in Avignon angekommen sind. Doch ich verlange, dass die Ankunft des gesamten Zuges und aller Waren durch den Notar vom Meister des Palastes schriftlich bestätigt wird.«

»Du meinst doch nicht Guillelmus Gisberti, oder?«

»Genau den meine ich«, sagte Bertrand.

Falkenhenn wurde für einen Augenblick misstrauisch, doch dann lachte er und schüttelte den Kopf. »Wenn du sonst keine weiteren Bedingungen hast, bin ich einverstanden.«

»Dann lass uns ziehen.«

Ritter von Falkenhenn ballte die Rechte zur Faust, schlug sie gegen die Brust, deutete eine Verbeugung an und trat dann einen Schritt zur Seite. »Der Weg ist frei für dich, Bastard von Papst Clemens V.«

Falkenhenn und seine beiden schweigsamen Begleiter ließen die acht Mulis vorangehen. Erst als er sah, dass der Übergang zum Nordufer des Flusses gelungen war, kam er noch einmal zu Bertrand und Catherine. »Wir sehen uns in der Stadt«, sagte er. »Ich sorge dafür, dass unser Notar wie vereinbart an der alten Komturei wartet, wenn ihr eintrefft.«

Bertrand nickte nur. Für einen Augenblick kam ihm der

Verdacht, dass nicht nur Gisberti, sondern auch der oberste Ritter der päpstlichen Palastwache insgeheim für diejenigen Kräfte im Heiligen Römischen Reich arbeitete, die am liebsten einen neuen Papst eingesetzt hätten – und den wieder in Rom und im Vatikan …

Der Zug der acht Maultiere und ihrer Begleiter erreichte die ersten Verschläge der Handwerker in der Straße der Färber noch außerhalb der Stadt. Sie kamen von Südosten, aber auch hier hatte der letzte Mistral Dächer von den Häusern abgedeckt und die Verschläge über gemauerten Farbbottichen im Boden eingerissen. Die meisten der Männer, Frauen und Kinder arbeiteten trotz der Kälte barfuß und in hochgebundenen Kitteln zwischen den Farbbottichen. Mit langen Stangen holten sie wie üblich die gefärbte Ware aus den tiefen Trögen im Bauch der Erde. Diesmal jedoch glich die gesamte Rue des Teintures vor der Porte de Imbert einem Schlachtfeld aus rotem und blauem, gelbem und grünem Blut. Viele der Farben in den Bottichen waren im Sturm über die Ränder geschwappt und auf Tage und Wochen hinaus unbrauchbar geworden. Bertrand kannte viele der Färber. Und viele erkannten ihn, als er mit seinem seltsamen Mulizug an ihnen vorbeikam. Einige grüßten, indem sie mit nassen Fingern die Mützen von den Köpfen rissen, andere richteten sich nur auf und starrten ihn und seine Begleitung mit offenen Mäulern an.

Der Zug der Maultiere kam unangefochten bis zu der Stelle, an der die Sorgue einen Bogen machte und um die Stadtmauer nach West weiterfloss, bis sie am Dominikanerkloster in die große Rhône mündete.

»Die neuen Gebäude dort drüben sollten eigentlich ein Franziskanerkloster werden«, sagte Bertrand und deutete auf ein erst kürzlich errichtetes Geviert aus Feldsteinen mit einem flach geneigten roten Dach und weiß leuchtenden Schornsteinen. »Leider dient der Komplex seit vier Jahren als ganz besonderes Gefängnis. Als ich Avignon verlassen habe, wurde dieses niemals eingeweihte Kloster noch scharf bewacht. Nur ein paar mindere Brüder der Franziskaner versorgten hier einige von ihren Oberen, die von der Kurie wegen Ketzerei angeklagt, verurteilt und unter strengen Arrest gestellt wurden.«

»Michael von Cesena«, sagte die Tochter von Admiral Grimaldi. »Ordensgeneral der Franziskaner. Dann noch Bonagratia von Bergamo, ihr Prokurator.«

»Du bist sehr gut darüber informiert, was in Avignon geschieht«, sagte Bertrand anerkennend.

Sie lächelte und nahm die Zügel ihres Pferdes ein wenig straffer. »Es mag dich wundern, aber die Frauen der Grimaldis sind viel handfester als andere erzogen und wissen ziemlich gut, was in der Welt geschieht.«

Strassen von Avignon

Die Stadtwachen an der Porte de Imbert trugen keine Eisenhelme, sondern bunte Wollmützen bis zum Hals mit Sichtöffnungen und nur leichte Rüstungen aus Lederplatten unter dem halblangen Waffenrock mit dem Stadtwappen. Als sie Bertrand de Comminges erkannten, grüßten sie ihn mit begehrlicher Unterwürfigkeit. Wie üblich warf er dem Wachhabenden einen kleinen Beutel mit Denaren zu. Was sonst sofort die Straße frei gemacht hätte, blieb diesmal wirkungslos.

»Es tut mir leid, aber wir haben strengen Befehl, sämtliche Lasten von euch und jede Person bis auf die Wäsche zu untersuchen«, teilte der junge Wachhabende mit.

»Seid ihr des Teufels?«, schnauzte Bertrand den Vizehauptmann der Stadtwachen an. Es war ihm peinlich, dass er im Beisein Catherines derartig behandelt wurde. »Kerl, Aristide! Erkennst du mich denn nicht? Ich bin es – dein großzügiger Gönner Bertrand de Comminges!«

»Ich habe den Befehl bekommen«, sagte der Wachhabende und hob ein halb ausgerolltes Pergament mit vielen bunten Bändern und schweren Siegeln hoch. »Oberster Befehl vom Rat, unterzeichnet vom edlen Herrn Henri de Sade – und von Vizegraf Petrus de Ozia.«

»Ihr müsst wirklich des Teufels sein!«, stieß Bertrand wütend hervor. »Was sucht ihr überhaupt? Was wollt ihr finden?«

»Nichts weniger als eine silberne Kiste von der Größe eines schweinsledern gebundenen Evangeliums – oder ein paar Pfund Gold in Form einer Rose … mit Blättern und Stiel so groß wie ein Ziegenkopf.«

Die Blicke von Bertrand und Catherine trafen sich. Sie sahen sich lange und wortlos in die Augen. Der Wachhabende führte Bertrands Pferd ein wenig zur Seite und hielt sich an seinem Sattelgurt fest.

»Eine silberne Kiste«, wiederholte Bertrand. »Oder Gold in Form einer Rose. Habt ihr nichts Besseres zu tun? Müsst ihr die Ketzer der Franziskaner nicht mehr bewachen?«

»Die Verurteilten sind gerade erst in den Palast von Kardinal Godin gebracht worden«, antwortete Aristide bereitwillig.

Der hübsche blonde Vizehauptmann mit klassisch schmaler Nase war kaum älter als fünfundzwanzig Jahre. Er stammte aus Lucca in der Toskana und war angeblich ein Neffe von Elena von Pisa. Bertrand wusste, dass die inzwischen vierzigjährige Elena den jungen Mann regelmäßig zu sich einlud. Sobald das der Fall war, erfuhr er bereits am nächsten Tag davon. Nicht sie, sondern er hatte Aristide den Posten bei den Wächtern der Stadt beschafft. Und er bezahlte ihn, um täglich zu erfahren, wer alles kam und ging und was an Waren durch die verschiedenen Tore in die Stadt gelangte.

Der Vizehauptmann sah sich kurz nach allen Seiten um. Er lehnte sich so an den Kaufmann auf dem Pferd, als würde er etwas überprüfen wollen. »Ich habe keine Ahnung, was Seine Heiligkeit und der Vizegraf mit den Oberen der Franziskaner vorhaben«, stieß er halblaut hervor.

»In den Palast von Godin, sagst du?«, fragte Bertrand nach.

»Dort gibt es bessere Zellen im Keller als bei den Mönchen drüben im Kloster«, sagte der Vizehauptmann. »Aber die *doctores* leben nicht darin, sondern gut bewacht in den oberen Räumen.«

»Nicht als Gefangene?«, fragte Bertrand erstaunt. Der andere konnte nicht weitersprechen. Catherine Grimaldi kam neben sie geritten und wollte wissen, warum es nicht weiterging. Bertrand blickte sie nachdenklich an. So also war das inzwischen in der Stadt. Falkenhenn und Gisberti hatten Macht und Einfluss des verstorbenen Kardinals Pierre Godin übernommen, und der greise Papst Johannes XXII. ließ sie offenbar gewähren. Zum zweiten Mal innerhalb kürzester Zeit fragte sich Bertrand, auf welcher Seite Falkenhenn und Gisberti wirklich standen. Offiziell waren sie Vertraute des Papstes. Aber sie waren weder zu Bischöfen geweiht noch zu Kardinälen ernannt, die sich als Söhne des Heiligen Vaters notfalls auch mit ihrem eigenen Leben opfern mussten.

Bertrand begann zu ahnen, wie eng das Netzwerk aus Intrigen und heimlichen Verbindungen während seiner Abwesenheit geworden war. Schon als er abgereist war, hatte sich die Papststadt an der Biegung des Flusses wie ein neues Babylon gebärdet. Die

Familiaren der Kardinäle und die Bediensteten des Heiligen Stuhls beherrschten die Stadt wie eine prächtig gewandete Besatzungsarmee. Der Klerus hatte Hunderte von Händlern, Banken und Gesandten aus ganz Europa angezogen. Fast fünfzig Wechsler und einige Dutzend Bankhäuser kümmerten sich inzwischen um die gewaltigen Geldmengen, die in Avignon Tag für Tag gehandelt und getauscht wurden.

Aber die eigentlichen Spinnen im Netz waren von der Kirche Ausgestoßene, als Häretiker und Ketzer Verurteilte, die trotz allem immer noch die braune Armutskutte und den weißen Strick mit den drei Knoten für Keuschheit, Armut und Gehorsam um ihren Leib trugen. Wollten die Franziskaner etwa die Stadt der Päpste übernehmen? Etwa in heimlicher Zusammenarbeit mit dem exkommunizierten deutschen König Ludwig IV.? Oder mit den Grimaldis … Catherine … dem Admiral?

Wohin er auch sah, erkannte Bertrand nur noch Lüge und Betrug.

»Siehst du einen Kasten an uns beiden oder an den Pferden?«, fragte Bertrand den Wächter.

»Nein, aber selbst wenn du mich bis in alle Zeiten strafen und verachten wirst, müsst ihr dennoch ins Franziskanerkloster. Es gibt keinen Weg in die Stadt ohne Visitation des Gepäcks und des Leibes.«

»Komm«, sagte Catherine Grimaldi. »Ich habe ohnehin damit gerechnet.«

Es dauerte gut eine Stunde, bis die peinliche Überprüfung im unbenutzten Kloster der Franziskaner beendet war. Bertrand fühlte sich noch immer beschämt. Auch Catherine gelang es nicht, ihn wieder aufzuheitern.

Die Rue de la Carreterie führte südlich des Judenviertels Carrière entlang. Langsam füllten sich die Straßen wieder. Die Karawane der Maultiere kam jetzt nur noch mühsam durch das zunehmende Gedränge voran. Es ging leicht bergauf, und der Siel am Rand der Straße war nahezu trocken. Dennoch stank es zwischen den Häusern hervor, als hätten eben erst sämtliche Anwohner ihre Nachtgeschirre entleert.

»Dann lieber alten Fisch und die Gerüche des Hafens«, rief Catherine Grimaldi empört und hielt sich einen Zipfel ihres

Fuchsmantels vor das Gesicht. Bertrand lachte trocken. Auch ihm kam der Gestank in der Stadt noch unangenehmer vor als die fauligen Gerüche in der Straße der Färber. Sie bogen nach der Rue Rouge in zwei kurzen Abzweigungen ganz nach Westen ab. Als er den immer noch neu wirkenden Stadtpalast des verstorbenen Kardinals Godin sah, wusste Bertrand, dass er nach einer langen, abenteuerlichen Fahrt endlich heimgekehrt war. Noch fehlten einige Schritte bis zu seinem Handelshaus, aber der Palast Godins erschien ihm wie ein Mahnzeichen aus der Vergangenheit.

Genau genommen stand der prächtige Palast im Inneren der Stadt seit Godins Tod leer. Obwohl inzwischen in der ganzen Stadt Wohnungsmangel herrschte und ein großer Bedarf an repräsentativen Villen, Häusern und Palais bestand, hatte keiner von den zwei Dutzend Kardinälen Godins prächtiges Haus nach dessen Tod für sich beansprucht. Es wurde nur noch von einigen alten Bediensteten sowie vom Notar Gisberti bewohnt. Er lebte dort als Nachlassverwalter ungezählter Verbrechen im Namen des Vaters, des Sohnes und des Heiligen Geistes.

»Wach auf, Bertrand!«

Er schrak zusammen, lächelte Catherine zu und sah sich um. Sofort flog ein fröhliches Leuchten über sein Gesicht. »Dort vorn ist schon die Kirche von St. Agricol, unserem Stadtheiligen«, rief er ihr zu. »Und gegenüber zur linken Hand erwartet uns mein Fondaco.«

Sie versuchte ebenfalls ein Lächeln. Die Hufe sämtlicher Pferde und Maultiere schienen plötzlich etwas schneller auf die Straße zu schlagen. Und dann ritten sie unter einem großen Steinbogen durch das geöffnete Doppeltor des Handelshauses. Bertrand wischte die Erinnerungen fort, die ihn jedes Mal überkamen, sobald er den Torbogen durchquerte. Zu den Erinnerungen gehörte auch das warnende Gefühl, dass er nach all den Jahren in Avignon noch immer wie von unsichtbaren Feinden eingekreist war. Einer von ihnen war Kardinal Godin gewesen, einen anderen hatte er längst in Utz von Falkenhenn ausgemacht. Aber auch der Notar Gisberti gehörte zu den Menschen, um die er am liebsten einen großen Bogen gemacht hätte.

»Er ist unversehrt wieder eingetroffen«, sagte der Herr über alle Bewaffneten des Heiligen Stuhls. Ritter Utz von Falkenhenn hielt den Kopf etwas nach vorn geneigt und blickte mit heuchlerischer Demut über den greisen Papst hinweg gen Himmel.

»Hast du ihn an der Rhône abgeholt?«, wollte Kardinal de Comminges wissen und reckte sich, um größer als der Papst und der Kapitän der Schweizergarde zu wirken. »Kam er per Schiff, allein oder mit anderen Händlern?«

»Er kam weder allein noch mit anderen Händlern«, berichtete Utz von Falkenhenn korrekt und süffisant zugleich. In all den Jahren im Dienst der Soutanen hatte er gelernt, so zu antworten, dass er seine Ehre bewahrte und nicht gerügt werden konnte. Nicht von diesem neuen Kardinal aus Toulouse jedenfalls. »Ich habe ihn auch nicht an der Rhône, sondern an der überschwemmten Durance abgeholt. Mit einer wunderschönen Demoiselle in seiner Begleitung und ein paar Maultieren samt gottlosen Bewaffneten und Knechten im Gefolge.«

»Diese Demoiselle«, mischte sich der Heilige Vater ein, »ist sie denn nicht verheiratet und trägt eine Haube?«

»Ich konnte keine Haube erkennen«, antwortete von Falkenhenn sofort und beugte sich ein wenig mehr nach vorn. »Sie hatte ein dunkelblaues Barett ohne Feder auf dem Kopf.«

»Du wirst weiterhin berichten, Tag für Tag, verstehst du«, sagte der Papst. »Sieh zu, dass deine Leute die Ohren waschen und die Augen aufsperren! Wir wollen jeden Morgen gleich nach der Prim erfahren, was der Kaufmann am Tag zuvor und in der Dunkelheit gemacht hat.«

Bertrand führte sein Pferd bis in die Mitte des Hofes. Hier war es ruhiger als in den Straßen und auf den Plätzen der Stadt. Ein Dutzend Männer und einige Frauen in langen graubraunen Kitteln hatten sich zum Empfang ihres Dienstherrn eingefunden. Sie verneigten sich wie vor einem Fürsten.

Nur zwei der Männer im Hof dachten nicht daran, den Kopf auch nur einen Fingerbreit zu senken. Der eine war Antonio Brazzi. Bertrands Faktor stand wie eine alte Eiche auf der dritten Stufe der großzügig geschnitzten Außentreppe neben den Ställen, die bis in die Kontor- und Wohnräume des vorderen

Gebäudetraktes hinaufführte. Sein breites, gutmütiges Gesicht war um die dunklen Augen herum noch faltiger geworden, und während Bertrands Abwesenheit hatte er sich einen dichten grauen Krausbart wachsen lassen.

Bertrand grüßte seinen schweigenden älteren Gesellschafter mit einem angedeuteten Nicken. Mehr war bei Antonio Brazzi nicht nötig. Der stämmige, inzwischen etwas in sich hineingewachsene ehemalige Waffenhändler spuckte kurz zur Seite, doch das war kein Zeichen der Missachtung, sondern eine Art Ergebenheit in das Schicksal, das Bertrand de Comminges und damit auch ihn getroffen hatte. Offenbar wusste er längst, was im Sturm an der Riviera und auch danach geschehen war.

Guillelmus Gisberti hatte sich so aufgestellt, dass die Karawane der Maultiere und ihrer Begleiter nicht vor dem Faktor des Fondacos, sondern direkt vor ihm zum Stillstand kommen musste.

»Willkommen daheim«, rief Antonio Brazzi über die Köpfe der anderen hinweg. Die bisher schweigenden Bediensteten aus den Ställen, den Warenlagern und den Kontoren murmelten beifällig ihren Gruß. Bertrand empfand plötzlich eine lange entbehrte Vertrautheit. Es war schon Monate her, seit er die kratzige, tiefe Stimme des ehemaligen Waffenschmiedes und Bankrotteurs gehört hatte.

»Gott der Allmächtige segne euch alle«, rief er über den Hof. »Ich weiß, ihr habt bereits gehört, wie schwer das Schicksal mich und unser ehrbares Handelshaus geschlagen hat. Aber ich sage euch dazu nur, dass weder Gottvater noch sein Sohn oder der Heilige Geist meine Galeere am Felsen von Monaco zerschlagen und viele gute Männer in den feuchten Tod gerissen hat. Nein, es waren mein eigener Hochmut und meine Fahrlässigkeit, die mich einem Mann vertrauen ließen, von dem ich wusste, dass er als ›König der Meere‹ zwar einen großen Titel trug, aber dennoch als Seeräuber bekannt war.«

Er blickte zu Catherine, die ebenso wie er noch immer auf dem Pferd saß. Alle anderen waren bereits abgestiegen. Zum ersten Mal seit sie sich begegnet waren, sprach Bertrand de Comminges aus, was ihn Tag und Nacht bewegt hatte. Er hatte sie mit einem Handschlag wie auf einem Markt geheiratet – die

Vor- und Nachteile wie ein erfahrener Kaufmann abwägend, ohne jedoch an ihre eigene Lage zu denken, an ihre innersten Gefühle. Erst hier und jetzt kam ihm sein Handeln unwürdig und schäbig vor. Zugleich empfand er eine neue, seltsame Verantwortung für sie.

Ihre Blicke streiften sich. Vollkommen unerwartet spürte er eine Welle von Zuneigung in sich. Es war, als wären alle Anstrengungen, alle Schicksalsschläge und Fehler der letzten Zeit vergessen und vergeben. Nur der Verlust der Goldenen Rose ärgerte Bertrand immer noch. Aber von einem Augenblick zum anderen wusste er, dass er eine viel wertvollere und viel schönere Rose in die Stadt der Päpste mitgebracht hatte. Es nahm ihm fast den Atem, wie sie ihn ansah und dabei lächelte. Aber hier, vor allen Leuten, wollte und konnte er seine Gefühle nicht offen zeigen.

Er stieg vom Pferd und überließ es seinen eigenen Stallburschen. Dann ging er zu ihr und half ihr ebenfalls hinunter. Für einen kurzen, unglaublich glücklichen Moment streifte er ihre Wange. Als er sie wieder losließ, sah er, wie sich der Notar zum Eingang des Templerrefektoriums bewegte. Bertrand wandte sich um und ging mit großen Schritten zu Brazzi. Dieser kam die Treppe hinunter. Mit beiden Händen ergriff Bertrand die muskelstarken Oberarme seines verlässlichen Teilhabers und Faktors.

»Wir reden später über alles«, sagte er.

Brazzi spuckte zur Seite. »Ist es so schlimm?«

Bertrand de Comminges nickte. »Noch viel schlimmer, als du ahnst.« Er drehte sich um und ging an den Bediensteten, den Pferden und den Maultieren vorbei bis zu dem Notar, der mit spöttisch herabgezogenen Mundwinkeln alles beobachtete. Bertrand blieb drei Schritte vor ihm stehen. Antonio Brazzi stellte sich wie zu seinem Schutz hinter ihm auf.

»Gott sei mit dir, mein Sohn«, sagte der Notar des verstorbenen Kardinals.

Bertrand lachte nur abfällig. »Versündige dich nicht«, sagte er so leise, dass ihn die anderen im Hof nicht hören konnten. »Du bist als Notar hier und nicht als Gottesmann. Walte also deines Amtes und schreib auf, was ich mitgebracht habe. Sobald ich das

Dokument gegengezeichnet habe, kannst du es zu den Spinolas, den Franziskanern oder sonst wohin verschicken.«

»Wir sollten jeden Streit vermeiden«, sagte Gisberti mit einer Mischung aus Widerwillen und Beschwichtigung. »Außerdem beschmutze ich meine Finger schon lange nicht mehr mit Tinte.«

»Dann werde ich einen von meinen Schreibern dafür einteilen.«

»Das wird nicht nötig sein«, sagte in diesem Augenblick eine junge und theatralisch klingende Männerstimme. Bertrand blickte ins Halbdunkel des ehemaligen Speisesaals der Tempelritter.

»Traue ich meinen Augen?«, stieß er hervor. »Wie kommst du, Francesco Petrarca, in diese Verschwörung gegen mich?«

»Verzeih mir, Freund und Gönner«, stieß der andere schon fast klagend hervor. »Ich schwöre, es zerreißt mir Tag und Nacht das Herz, aber ich konnte nicht anders! Denn alles, was du mit deinem geheimen Handel mit den Juden und den Sarazenen tust, ist ein viel größeres Verbrechen als die lässlichen Vergehen, die du manch einem vorwerfen könntest! Du verrätst mit deinem Tun die Kirche und die gesamte Kultur des christlichen Abendlandes!«

Antonio Brazzi stampfte einen Schritt vor. »Das hat der Bayer schon in Rom vollbracht.«

Bertrand und Catherine blickten ihn fragend an. Brazzi sah von einem zum anderen, dann meinte er ebenso verwundert: »Wisst ihr denn nicht, was inzwischen in Rom geschehen ist?«

»Wie sollten sie?«, warf der Notar mit einem hässlichen Kichern ein. »Als Gefangener hört man so manches, aber auch nicht alles.«

»Ludwig der Bayer hat sich schon Anfang Januar in Rom von dem Laien Sciarra Colonna zum Kaiser und seine Gemahlin Margarete zur Kaiserin krönen lassen. Angeblich alles im Namen des römischen Volkes.«

»Genauso ist es«, grinste Gisberti. »Alles gemäß den von Papst Johannes XXII. verdammten Thesen von Marsilius von Padua über die Volkssouveränität.«

»Es heißt, er hat sich selbst die Kaiserkrone auf sein Haupt gesetzt und dann von zwei gebannten Bischöfen salben lassen.«

»Natürlich nur in Ermangelung eines Papstes in Rom«, stellte der Notar fest. »Der daraufhin sofort zum Kreuzzug gegen unseren neuen Kaiser aufgerufen hat.«

Bertrand hätte ihm am liebsten mit der Faust sein Lästermaul gestopft, so wütend und enttäuscht war er in diesem Augenblick. »Umsonst! Alles umsonst!«, murmelte er.

Im Fondaco

Etwa zur selben Zeit traf Monsignore Mel Comyn in Carpentras nordöstlich von Avignon ein. Er hatte den großen, eckigen Turm in der Stadtmauer bereits seit vielen Stunden gesehen. Er stand wie ein Leuchtturm fast in der Mitte der Grafschaft Venaissin, und alle Wege führten zu ihm, wie es auch von der Stadt Rom behauptet wurde. Anders als dort schien es in Carpentras bei Tag keine Stadtwachen und keinen Wegzoll zu geben. Nur ein paar Alte mit langen Kitteln und spitzen Hüten standen leise vor sich hin murmelnd im Schatten der Zypressen neben der Straße.

Vor den Stadtmauern ging es laut und geschäftig zu. Es war ein anderer Lärm und ein anderes Treiben als an der Durance. Hier schien jeder jeden zu kennen. Überall spielten Kinder oder halfen bei den Arbeiten der Erwachsenen. Es wurde gelacht und an einigen Stellen sogar gesungen. Comyn sah auch hier Spuren des großen Sturms, aber zumindest vor den Mauern der Stadt ging das Leben inzwischen weiter. Comyn hatte nichts außer dem schweren Sack auf dem Rücken, dessen Enden er zu einer Schlaufe für beide Hände vor der Brust gebunden hatte. Und dann geschah etwas, womit er nicht gerechnet hatte: Er wusste, dass wandernde Händler wie er in Carpentras nicht gern gesehen wurden. Dass aber eine ganze Stadt sich weigerte, ihn überhaupt wahrzunehmen, kam ihm zuerst befremdlich, dann absurd und schließlich schlimmer als das Fegefeuer vor.

»Comminges«, sagte er zu einzelnen Bewohnern der Stadt und dann zu ganzen Gruppen auf der Straße. »Ich suche die drei Kinder von Bertrand de Comminges.«

Sie sahen ihn nicht an, grüßten nicht, wichen ihm aus und gingen mit freundlich lächelnden Gesichtern an ihm vorbei.

»Rebecca? Magdalena? Jeremia? Kinder von Miriam … Urenkel des verstorbenen Eliah von Carpentras …«

Er wankte durch die Gassen der ganzen Stadt bis zu den Erlen am Ufer des Auzon und dann zurück zum Turm mit der Porte d’Orange. Mit Catherine Grimaldi hatte er heimlich die Vereinbarung getroffen, die Kiste mit der Goldenen

Rose bei der Familie in Sicherheit zu bringen, die Bertrands Kinder aufzog. Der kleine Schatz konnte dann einige Tage vor Rosensonntag mit einem Händler unbemerkt von einem Judenviertel ins andere gebracht werden. Sie waren sich einig gewesen, dass Bertrand selbst einem derartigen Schachzug nie zugestimmt hätte. Sein Missmut über die erzwungene Heirat, die Enttäuschung über die schwache Ausbeute seiner Reise und sein Stolz hätten nicht zugelassen, dass andere für ihn dachten und planten. Obwohl ihm Arme und Beine ebenso wehtaten wie Kopf und Rücken, raffte sich Mel Comyn auf und wankte mit seinem Sack weiter. »Die Kinder von Bertrand de Comminges und Miriam?«, fragte er weiterhin jeden Menschen, den er traf. Er erhielt keine Antwort.

Jetzt blieb ihm nur noch die Synagoge. Vielleicht nutzte es etwas, wenn er dem Rebbe einfach sagte, dass die Silberkiste heiliges Gerät enthielt, das so bald wie möglich in die Rue Jacob im Judenviertel von Avignon mitgenommen werden sollte. Die Juden in Carpentras kannten bessere Möglichkeiten, Totschlägern und Dieben auszuweichen, als er selbst.

Johannes XXII. sah griesgrämig aus. Nicht einmal seine Lavendeldragees schmeckten ihm noch. Es lag an dem unverschämten Bayern und an dem hochnäsigen, aber ziemlich einfältigen Hauptmann seiner Palastwache. Falkenhenn war ihm schon seit Jahren ein steter Quell der Unzufriedenheit. Andererseits gab es keinen anderen, der schlicht und zuverlässig genug war, um ihm auch seinen heiligen Schlaf anzuvertrauen. Bei von Falkenhenn wusste er immerhin, dass er log und betrog, seinen Untergebenen von ihrem Tagegeld zu wenig ausbezahlte und eigene Geschäfte machte. Zu allem Übel berichtete er dem Notar Gisberti und dem päpstlichen Bruder Petrus de Ozia regelmäßig über Vorgänge im alten Bischofspalast, was diese wiederum ganz nach Bedarf wahr oder verfälscht an die Könige von Frankreich und England, den Erzbischof von Köln, gewisse Herren in Italien und sogar an Ludwigs Habsburger Mitregenten Friedrich den Schönen weiterleiten ließen. Manche von diesen Nachrichten stießen wie Bälle gegen Wände, prallten ab, änderten die Richtung und kehrten oft in völlig umgekehrter Form über Bischöfe,

Magister von den Universitäten oder fromme Pilger bis zum Heiligen Stuhl zurück.

Johannes XXII. sah den Ritter seiner Schweizergarde wie ein Habicht an. Sollte sich Falkenhenn ebenso wie viele andere unter die Flügel des bayerischen Adlers flüchten und den Heiligen Stuhl in Avignon verraten wollen, würde er vorher zuschlagen.

»Die Wege des Herrn sind unergründlich«, sagte er wie zum Gebet. »Wir müssen sie nur finden!«

Es gelang Bertrand gerade noch, Brazzi aufzuhalten. Der ehemalige Waffenschmied war drauf und dran, Gisberti mit einem einzigen Schlag niederzustrecken. Bertrand schickte ihn und die auf dem Hof Versammelten fort. Brazzi grinste, drehte sich um und ging zu Catherine Grimaldi. Bei ihr angekommen, verneigte er sich ein wenig und sprach sie an. Bertrand war dankbar dafür, dass sich sein Faktor sofort um die neue Partnerin und Herrin kümmerte.

Er wandte sich wieder dem Notar und dessen Begleiter zu. Der junge Mann neben Gisberti trug enge, vorn spitz auslaufende Stiefelchen, zwei unterschiedlich gefärbte Strümpfe an den Beinen, einen kurzen, plissierten und etwas ausgestellten Brokatrock, dazu einen roten wollenen Übermantel, der bis zur Unterkante seines kurzen Rocks reichte. Wie es zurzeit gerade Mode in Avignon war, hatte er einen oben schmal zulaufenden roten Topfhut aus gefärbtem Pelz aufgesetzt. An der rechten Seite trug der junge Mann einen wie übermäßig verlängerten Dolch, ein sehr spitzes Kurzschwert, in einer goldverzierten Lederscheide.

Er wirkte in all seiner bunten und geckenhaften Aufmachung nicht wie ein junger Mann von dreiundzwanzig Jahren, sondern wie ein schwärmerischer Jüngling, ein Troubadour, verträumter Minnesänger und Dichter.

Genau das war Francesco Petrarca auch. Er hatte zunächst Rechtswissenschaften in Bologna und Montpellier studiert. Später waren ihm die Gesetze doch zu prosaisch vorgekommen, und er hatte sich lieber mit römischen Dichtern und der Kunst der Troubadoure im Süden Frankreichs befasst. Erst als sein Vater vor zwei Jahren starb, war er nach Avignon zurückgekehrt.

Eigentlich hatte Petrarca in Bertrands Augen noch nie irgendetwas Handfestes geleistet. Nicht dass er selbst bis zu seinem neunzehnten Lebensjahr und seiner Ankunft in Avignon sonderlich anders gewesen wäre – er kannte den genüsslich zelebrierten Weltschmerz in vielen Klöstern und Universitäten. Sein eigener Eintritt in die wahren Stürme des Lebens war durch den Tod des Vaters und die alles verzaubernde Begegnung mit der jungen Jüdin Miriam erfolgt. Beide Ereignisse hatten ihn in kürzerer Zeit erwachsener werden lassen als all die Jahre voller Belehrung und Kontemplation bei den erhabensten Geistern und Gelehrten.

Auch Francesco Petrarca hatte den Tod des Vaters und seine große Liebe beinahe gleichzeitig erlebt. Doch anders als bei Bertrand war sein Sehnen unerfüllt geblieben. Das Vermögen des Vaters hatte nicht ausgereicht, um ihm ein angenehmes Leben zu ermöglichen. Innerhalb weniger Monate hatte er zusammen mit früheren Kommilitonen in den Kaschemmen und Tavernen Avignons alles versoffen und verspielt, was ihm vom Verkauf seines ererbten und mit Hypotheken belasteten Hauses geblieben war.

Bei ebendiesen Verkaufsverhandlungen hatte Bertrand den jungen Mann kennengelernt. Weil er ihm gefallen hatte, war er von Zeit zu Zeit für seinen Unterhalt und angemessene Kleidung aufgekommen. Dennoch war es ihm nicht gelungen, ihn als Schreiber oder auch Rechtsberater in sein Handelshaus zu holen. Nur als Kurier war Francesco Petrarca einige Male für ihn nach Pisa, Prato und Florenz gereist – so lange jedenfalls, bis er in seinem Liebeskummer auch dafür nicht mehr zu gebrauchen war.

Sie hatten zusammen die Kirche gleich über die Straße hinweg besucht. Die Feier des Abendmahls war gerade vorbei, als seine Blicke die der blutjungen und wunderschönen Laura trafen. Nichts wäre gegen eine Verbindung dieser beiden Herzen einzuwenden gewesen, wenn nicht die nämliche Laura eben erst Gattin des angesehenen provenzalischen Adligen Henri de Sade geworden wäre.

Ihr Gemahl besaß große Ländereien, Fischereirechte und Weinberge am östlichen Ufer der Rhône entlang bis nach Orange. Darüber hinaus war de Sade einer der einflussreichsten alten Ratsherren von Avignon, die ihre Stadt bei aller Frömmigkeit mit Klauen und Zähnen gegen den Häuserhunger des Klerus verteidigten. Zumeist lag es an ihm, wenn dem Heiligen Stuhl oder einem der Prälaten der Kauf eines Grundstücks in der Stadt verweigert wurde. Es hieß sogar, dass Herr de Sade einmal beim Wein zu guten Freunden gesagt haben sollte, dass ihm die Priester, Bischöfe und Kardinäle wie ein ansteckender Aussatz vorkämen, gegen den nicht einmal Jesus Christus Heilung gewusst hätte.

Laura de Sade und Francesco Petrarca hatten kein einziges Wort gewechselt – an diesem Sonntag in der Kirche von St. Agricol nicht und auch nicht später. Dennoch war von diesem ersten Blick an kaum noch ein vernünftiges Wort mit Francesco Petrarca zu reden gewesen. Jedes Mal wenn Bertrand ihm begegnete, hatte er nur von Laura geschwärmt und von seinen ungezählten italienischen Sonetten und Canzonen, die er in einsamen Nächten für sie geschrieben hatte.

Und nun stand dieser junge Mann als Schreiber des Notars vor ihm. Bertrand wusste, dass der junge Petrarca ein großer Verehrer von Homer, Seneca und Cicero war und alle Dichtungen des Orients und überhaupt alles in arabischer Sprache verachtete. Aber war die hitzige Einstellung eines Verliebten bereits Grund genug, seinem Gönner zu schaden, nur weil der mit verbotenen Büchern und ketzerischen Übersetzungen aus Spanien handelte? Sollte dieser schwärmerische Troubadour, der bisher nichts vom Leben verstanden hatte, gemeinsame Sache mit dem verstorbenen Kardinal Godin, seinem Notar Gisberti, irgendwelchen Prälaten des Heiligen Stuhls oder missgünstigen Bankiers in der Stadt gemacht haben? Oder gab es sogar weitere Verbindungen bis zur Felsenfestung von Monaco und zu den Ghibellinen nach Genua?

Von der hölzernen Treppe wurden schwere Schritte laut. Antonio Brazzi kam in den Hof zurück. Er nickte Bertrand zu und hob den Daumen seiner rechten Hand. Er hatte Catherine Grimaldi in jene Gemächer hinter dem Kontor des Fondaco geleitet, die sie als Wohnräume für wichtige Geschäftspartner bereithielten. Es waren fürstlich ausgestattete Zimmer mit Teppichen aus Flandern auf dem Dielenboden und an den Wänden.

Hier war stets alles vorhanden und durch Bedienstete aufs Beste vorbereitet, was nach einer langen und beschwerlichen Reise benötigt wurde – vom Ofen für gewärmtes Wasser bis zum Erfrischungstrunk und einem Lager mit sauberen Tüchern, Kissen und noch nie benutzten Decken.

Die Waren von den Packtieren lagen inzwischen vor der Mauer, die den Handelshof von der alten Templerkapelle trennte.

»Wir sprechen uns noch«, sagte Bertrand. Er ließ den Notar und seinen aufgeplusterten Poeten einfach stehen. »Komm«, sagte er zu Brazzi. »Bevor du mir berichtest, was in der Zwischenzeit hier geschah, musst du erfahren, was mir alles widerfahren ist.«

Mit einem Blick, dem nicht die geringste Kleinigkeit entging, musterte er das Treiben auf dem Hof. An den üblichen Tagen waren weniger Leute und auch weniger Tiere im Geviert der alten Templerkomturei versammelt.

»Ich will die Männer möglichst schnell zurückschicken«, sagte er. »Sie sollen heute Nacht hier schlafen, bei Sonnenaufgang noch einmal gut essen und dann die Stadt wieder verlassen.«

»Lass mich nachzählen, was ihr mitgebracht habt«, bat Antonio Brazzi. »Ich traue diesem Advokaten nicht.«

Bertrand hob die Brauen, dann nickte er zustimmend. »Und du, Francesco, schreibst auf, was Antonio dir zuruft«, wies der Kaufmann den jungen Dichter an. Er wandte sich an Gisberti, lachte ein wenig abfällig und sagte dann: »Bestätige zuallererst, dass die ehrenwerte Signora Grimaldi unversehrt in Avignon eingetroffen ist, ebenso wie die acht Maultiere und ihre Fracht. Zwei davon dürfen gleich weitertraben bis zum Haus von Ritter von Falkenhenn am alten Bischofspalast.«

Erst jetzt bequemte sich der Notar, ein paar Schritte zu gehen. Er strich dicht an Bertrand vorbei. Dabei flüsterte er: »Es geschieht, wie du es verlangst. Aber zwei Maultiere und ihre Last für diesen dummen Schweizer wären wahrlich nicht nötig gewesen. Außerdem verlasse ich den Hof nicht, bis du und Catherine Grimaldi die Urkunden unterschrieben habt, die ich sorgfältig aufgesetzt und bereits gesiegelt habe.«

Bertrand presste die Lippen zusammen. »Wo sind sie?«, fragte er dann ebenso leise zurück.

»Oben in deinem Kontor. Zwischen den Hauptbüchern, die Antonio Brazzi bereits für mich ausgelegt hatte.«

»Meine eigenen Hauptbücher?«

»Nein, die des Fondaco.«

Für einen Augenblick starrten sich die beiden ungleichen Männer wie Jagdfalken ohne Schutzkappe über den Augen an – jederzeit bereit, aufeinander vorzustoßen.

Gisberti log.

Vermutlich kannte er inzwischen alle Geschäftsvorgänge der vergangenen Jahre. Wenn der Signor Spinola es tatsächlich darauf angelegt hatte, ihn und seine Handelstätigkeit lückenlos zu erforschen, hätte er nicht bei ihm beginnen müssen, sondern in den leicht zugänglichen Einkaufslisten des Heiligen Stuhls. Es waren Dutzende, denn jedes Amt führte seine Einkäufe selbst durch. Mit allen hatte das Handelshaus von Bertrand de Comminges in den vergangenen Jahren gute Geschäfte gemacht. Und all das war jederzeit bis auf den letzten Obolus nachprüfbar. Nur eine einzige Art von großen Posten und gewaltigen Zahlungen zwischen den Beteiligten tauchte in keinem der Bücher und in keiner Bilanz auf – weder in der Finanzverwaltung der Apostolischen Kammer noch im Handelshaus an der Rue St. Agricol.

Und dennoch mussten einige der Intriganten herausgefunden haben, hinter welchen unbezahlbaren Schätzen der Heilige Vater, Bertrand de Comminges und der Jude Seder Ben Ariel in Córdoba tatsächlich her waren.

Es dauerte lange, bis unten im Hof alles sehr sorgfältig gezählt und aufgeschrieben war. Weder Antonio Brazzi noch Francesco Petrarca hatten sich irgendeine Blöße bei der Arbeit gegeben. Von Anfang an hatte zwischen dem ehemaligen Waffenschmied und dem liebeskranken Dichter ein seltsames Verhältnis bestanden. Selbst Bertrand war aufgefallen, wie vorsichtig und respektvoll sich die beiden behandelten. Vielleicht lag es daran, dass Brazzi niemals einen Sohn gehabt hatte.

Inzwischen war auch Catherine wiederaufgetaucht, sichtlich erfrischt und mit kämpferisch blitzenden Augen. Er führte sie in die Nähe des großen Herdes am Ende des ehemaligen Speisesaals der Tempelritter. Hier flackerte inzwischen ein Holzfeuer unter den Haken und Ketten für die Suppenkessel. Zwei Mägde und ein Küchenjunge bereiteten die Abendmahlzeit für die Begleiter des langen Zuges vor. Sie trafen nach und nach aus den Ställen und vom Hof im Refektorium ein.

Bertrand, Gisberti und Catherine aßen etwas italienisch gebackenes Weizenbrot mit hauchdünnen Scheiben von englischem Stockfisch, ein wenig Knoblauch und Olivenöl. Dazu tranken sie einen Krug vom Wein, den der Papst für sich und seine höchsten Gäste anbauen ließ.

»Das also ist der berühmte Châteauneuf-du-Pape«, sagte Catherine anerkennend nach dem ersten Schluck. »Nur gut, dass die Ghibellinen in Italien noch nicht auf den vorzüglichen Geschmack des Papstweins gekommen sind. Sie würden ihre besten Räuberbanden einsetzen, um einige Fuder davon zu stehlen.«

»Das ist nicht nötig«, prahlte der Notar. »Signor Spinola hat genug davon in Monaco und in seinem Palazzo in Genua.«

Bertrand bemerkte sofort den verräterischen Fehler Gisbertis. Einem so ausgefuchsten Rechtsgelehrten hätte ein derartiger Lapsus nicht passieren dürfen. Er ließ mit keiner Miene erkennen, dass er den Notar ertappt hatte. Zumindest dieses Konto konnte er jetzt mit einem Strich darunter vorläufig abschließen:

Der Notar des verstorbenen Kardinals stand nicht nur mit Signor Spinola in Kontakt – er kannte auch die Felsenfestung von Monaco und die Weinkeller des Kaiserlichen in Genua. Damit war klar, dass es mindestens eine direkte Querverbindung von der Kurie zu den Feinden des Papstes und den Parteigängern von Ludwig IV. in Italien gab.

Bertrand wusste, dass niemand am päpstlichen Hof auch nur einen Finger rühren würde, wenn es darum ging, ihn und seine verborgenen Geschäfte für den Heiligen Stuhl zu verteidigen. Im Gegenteil: Sie würden ihn anprangern und verteufeln, verfluchen und den Exorzisten überstellen. Bereits die Tatsache, dass er mit Erlaubnis des ersten Papstes in Avignon eine Jüdin geheiratet hatte, würde bei einer Anklage sofort dafür sorgen, dass alle Welt über ihn herfiel.

Doch noch war es nicht so weit. Wenn er mitspielte, konnte er noch viel mehr erfahren. Er war sich sicher, dass Gisberti nicht der Kopf der vielschichtigen Verschwörung sein konnte. Aber wer dann? Irgendeiner der alten oder neuen Kardinäle? Hebräer in Avignon oder Carpentras, die bei der letzten großen Vertreibung aus dem Königreich der Franken und dem Languedoc ins Comtat Venaissin geflohen waren?

Überall wurde noch immer von der eigenartigen Verhaftungswelle vor drei Jahrzehnten erzählt, bei der auf geheimen Befehl von König Philipp dem Schönen in einer einzigen Novembernacht die Tempelritter im gesamten Gebiet der ehemaligen römischen Provinz Gallien verhaftet worden waren. Zur selben Zeit waren zweihunderttausend Juden in Frankreich ausgeraubt und vertrieben worden. Dieses Verbrechen war nie zum Streitpunkt an den Fürstenhöfen, den Kirchen und den Klöstern geworden. Bestenfalls hatten sich einige Feudalherren und Ratsversammlungen in den Städten darüber beschwert, dass ihnen mit der Vertreibung der Juden eine der wichtigsten Einnahmequellen abgedreht worden war. Denn jeder Zins und jeder Wucher, für den ganz selbstverständlich die Raffgier der Juden verantwortlich gemacht wurde, flossen seit Urzeiten zu einem großen Anteil in die Taschen derer, die sich lauthals darüber aufregten und dagegen hetzten.

Bertrand wusste sehr genau, was sein Vater als Papst Clemens V.

wirklich getan hatte. In den ersten Jahren seines Pontifikats war er mit der Kurie von einem Platz zum anderen gezogen, weil ihm Rom mit seinen intriganten Familien der Colonnas und Orsinis wie das Inferno des großen Dante vorgekommen war. Dass er schließlich die kleine Stadt Avignon zu seinem neuen Sitz erklärte, hatte nur wenig mit dem Einfluss aus Paris und Fontainebleau zu tun gehabt. Wichtiger waren vielleicht die vielen Andersgläubigen, denen er als Juifs du pape auf der Ostseite der Rhône eine neue Heimat in diesem Teil des Kirchenstaates und damit auch im Heiligen Römischen Reich geboten hatte.

Nein, von den Juden in Avignon, Carpentras und der gesamten Grafschaft konnte keiner ein Interesse daran haben, dass der Heilige Vater der Christen wieder nach Rom zurückkehrte. Ebenso wenig konnten sie wollen, dass die Bayern den Heiligen Stuhl besetzten. Zu bitter waren noch die Pogrome der letzten Jahre nördlich der Alpen in Erinnerung.

Blieben als Drahtzieher für den großen Plan zur Vernichtung des Papstes nur noch die abtrünnigen Franziskaner und ihre gefangen gesetzten Oberen im Palais des verstorbenen Kardinals Godin. Nach aller Logik schien der Kreis sich hier zu schließen – bis hin zu den Ghibellinen und den Vikaren, die Ludwig IV. überall eingesetzt hatte, wo er mit seinem Heer hindurchgezogen war.

Bertrand begriff plötzlich, welcher Gefahr er durch Zufall oder auch göttliche Fügung entgangen war. Wenn er das Buch der Porète zusammen mit der Goldenen Rose bis nach Pisa gebracht hätte, wäre bereits ein kleiner Trupp Bewaffneter aus dem nach Süden ziehenden Heer des Bayern ausreichend gewesen, um ihn gefangen zu nehmen: den Kaufmann des Papstes samt dem Beweis für die päpstliche Ketzerei. Bertrand wusste, was unter Folter aus einem Menschen herauszuholen war. Er selbst hätte nicht leugnen können, dass er heimlich und mit Ablassgeldern aus ganz Europa verbotene Ketzerschriften und kostbarste Bücher des heidnischen Islam für das Geheimarchiv des Papstes beschafft hatte. Ein Fragezeichen blieb das Verhalten Spinolas. Als der Sturm weitergezogen war, hatte er nicht nur eine wertvolle Geisel der Grimaldis in der Festung, sondern zwei. Bertrand war überzeugt, dass die Spinolas längst ihre Ansprüche am Ostufer der Rhône abgesteckt hatten. Sie mussten nur warten, bis der Nachfolger von Clemens V. durch den neuen deutschen Kaiser zu Fall gekommen war, um das gewaltige Vermögen des Heiligen Stuhls wie mit Blutegeln abzusaugen und verschwinden zu lassen.

Doch auch ein anderer konnte ebenso am Reichtum der Kirche und dem Erbe der Tempelritter interessiert sein. Was hatte Rainier Grimaldi mit Clemens V. vereinbart? Wofür war ihm das besondere Privileg und vielleicht noch viel mehr versprochen worden?

Bertrand schrak zusammen, als Brazzi und Petrarca plötzlich laut auflachten. Er konnte nicht verstehen, was sie belustigte, denn gleichzeitig erhob sich der Notar und nickte ihm zu.

»Es wird Zeit, zur Tat zu schreiten«, rief er. »Ich möchte heute Abend mit den gefangenen Oberen der Franziskaner im Palast von Godin beten.«

Bertrand blickte nach oben, aber keiner der Balken im alten Refektorium bog sich unter der dreisten Lüge Gisbertis. Sie verließen den Raum und gingen auf der anderen Seite des Hofes bis zu den Zimmern im ersten Stock hinauf.

Bertrands Kontor war viel geräumiger, als von außen zu erwarten gewesen wäre. Viele der Räume und Kammern in der ehemaligen Komturei waren nicht größer als Mönchszellen, andere dagegen, die früher als Gemeinschaftsräume gedient hatten, eigneten sich sehr gut als Ställe und Lager.

Es missfiel Bertrand, dass Fremde sich in seinem Allerheiligsten aufhielten. Noch ärgerlicher war er über die Frechheit, mit der Gisberti überall herumgeschnüffelt hatte. Er schlug mit bereitliegendem Eisen und Feuerstein Funken in einem Stück Baumpilz, zündete Öldochte in flachen Schalen an, dann nahm er sich die beiden Pergamente auf seinem Pult vor, die zwischen zwei hölzerne, mit glattem rot gefärbten Ziegenleder bezogene Schutzdeckel eingelegt waren. Noch während er die beiden Deckel aufschlug, erzürnten ihn die vielen Wappen.

Gisberti hatte an alles gedacht – an die Siegel der Stadt Avignon, sein eigenes Zeichen, die Bestätigungen der vier Gilden, in denen Bertrand de Comminges Mitglied war, das Spitzoval der Kirche von St. Agricol, zu deren Stadtgemeinde das Gebäude der ehemaligen Templerkomturei gehörte, und sogar an die Kanzleivermerke der Grafschaften Venaissin und Provence. Nur noch das Siegel des Kaufmanns aus Avignon fehlte.

Auf der zweiten, viel kürzeren Urkunde waren nur die Siegel der Spinolas und der Stadt Genua zu sehen, dazu sein eigenes, das Wappen der Grimaldis und Gisbertis Notariatsmarke. Verwundert sah Bertrand, dass Catherine die Abtretung ihres Anteils am Handelshaus de Comminges an Gisberti bereits unterzeichnet hatte. Nur seine eigene Unterschrift fehlte noch.

Bertrand tauchte eine neu zugeschnittene Gänsefeder in den Napf mit Tinte, zog einen Prüfstrich auf einem Schmierblatt und unterschrieb auf beiden Urkunden. Damit hatte er die Hälfte der Handelsfirma de Comminges an seine Ehefrau Catherine Grimaldi übereignet. Mit der zweiten Urkunde trat Catherine ebendiese Morgengabe an den gewissen Signor Spinola zu Genua und Monaco ab. Damit hatte er seinen Teil der Abmachung erfüllt. Bertrand legte die Gänsefeder ab. Mit zusammengepressten Lippen zündete er eine Wachskerze an und hielt ein Stück Siegellack in die gelbe Flamme. Gleichzeitig überflog er noch einmal den Text der beiden Urkunden.

»Verdammtes Teufelswerk«, sagte er schließlich und ließ geschmolzenen Siegellack auf die frei gelassenen Stellen an den unteren Urkundenrändern tropfen. Er wartete, bis der Lack etwas andickte. Dann zog er die Kopie des ehemaligen Bischofsrings seines Vaters vom Ringfinger. Das Original befand sich seit dem Tod seines Vaters in einer gut verschlossenen Truhe bei Johannes XXII. Er drückte seinen Ring sanft in den Siegellack der beiden Urkunden, drehte ihn und drückte dann noch zweimal zu. Das Siegel sah wie eine Rose aus, doch es bedeutete etwas ganz anderes. Nur Eingeweihte wussten, dass die Kreuze, Herzen und Linien aus dem ersten, zweiten und dem dritten Stein zusammen eine kunstvoll verschlungene Formel in arabischer Schrift ergaben: *Baphomet!*

Es hatte viele Jahre gedauert, bis Bertrand de Comminges über seinen Schwager in Spanien erfuhr, was jenes geheimnisumwobene »Abbild« wirklich war, das mit zum Untergang der Templer beigetragen hatte. Die Dominikaner der Inquisition und die weltlichen Ankläger der Tempelritter hatten das Signet des Baphomet als ketzerischen Abgott verdammt, weil sie nicht lesen konnten und nichts verstanden. In ihrer Blindheit und Furcht vor dem Fremden sahen sie in den Schriftzeichen das Gesicht eines sprechenden Götzen.

»Das Wort Baphomet stammt von *abu fihamat*«, hatte ihm Seder bereits bei seinem ersten Besuch in Spanien erklärt. »Bei uns im maurisch-spanischen Sprachraum wird es *bufihimat* ausgesprochen und ist ein Code für *Vater*, *Haupt* oder *Quelle der Erkenntnis*. Wer die Schriftzeichen des Baphomet deuten kann, erlangt damit den Zugang zu bisher unverständlichen und daher geheimen Schriften. Er besitzt den Schlüssel zu ihnen … zum symbolisch gedeuteten *sprechenden Kopf*, wie ihn schon Vergil, mehrere eingeweihte Päpste, der Alchemist Roger Bacon und der *doctor* Albert Magnus verwendet haben.«

Bertrand lächelte leise, als er besiegelt hatte, was ihm die Räuber der Ghibellinen und zugleich der Guelfen in seine Firma brachten. Er streute Sand über die Tinte seiner sorgfältig gezeichneten Unterschriften, blies den Sand in den Raum, legte die Urkunden zwischen die beiden starren Deckel und klappte sie zu. Dann lachte er kurz und schon fast vergnügt.

»Ich bin dir noch ein köstliches Abendessen schuldig«, sagte er zur Tochter des Admirals. »Was hältst du von einer Einladung in das Hôtel La Mirande?«

»Für heute wäre es mir schon zu spät. Ich würde mich stattdessen gern in die Gästeräume zurückziehen.«

»Von heute an stehen sie dir als neuer Teilhaberin vollständig zur Verfügung.«

Sie sahen sich in die Augen. Und beide wussten sie, welche unausgesprochene Frage er damit wirklich beantwortet hatte.

»Dann würde ich sehr gern früh schlafen gehen, wenn die Herren nichts dagegen haben«, sagte Catherine zu Bertrand.

Sie sahen sich mit einem Blitzen in den Augen an. Draußen begannen die ersten Glöckchen von St. Agricol zu bimmeln.

»Diese hier ist für euch«, sagte der Notar und zeigte auf die rechte der beiden Urkunden. Er wickelte ein schwarzes Tuch um die andere. »Ich werde dafür sorgen, dass die Dominikaner Abschriften von der Aufnahme einer neuen Teilhaberin in das Handelshaus de Comminges für das Stadtarchiv und die Ämter anfertigen lassen.«

»Warum nicht gleich bei den Franziskanern?«, fragte Bertrand spöttisch. »Diese Armutsapostel könnten die Kopien sicherlich günstiger anfertigen.«

Guillelmus Gisberti schien nicht zu verstehen. Trotzdem grinste er schräg wie über einen guten Scherz.

»Und die andere Urkunde?«, fragte Catherine. »Was geschieht mit meinem erpressten Verzicht?«

»Den bringe ich eigenhändig zum ehrenwerten Signor Spinola nach Genua.«

»Verräter!«, stieß Bertrand scharf hervor. »Ein Notar des Papstes und zugleich der Kaiserlichen. Wenn du zurückkommst, werde ich dich –«

»Wer sagt, dass ich zurückkomme?«, fragte Gisberti. »Was ich in Avignon zu tun hatte, gilt hiermit als erledigt. Ich werde nicht zurückkommen, und ihr könnt mich nicht aufhalten.« Er klemmte sich die wertvollen Pakete unter die Arme und verließ mit ungeschickten Schritten die Kontorräume.

Rue Jacob

Nachdem der Notar mit seiner betrügerischen Urkunde verschwunden war, setzte sich Bertrand nochmals mit Antonio Brazzi zusammen. Der alte, schweigsame Faktor zeigte deutlich, dass er sich mit der Entwicklung ganz und gar nicht anfreunden konnte.

»Man hätte mir zuvor etwas sagen sollen«, knurrte er. »Ich habe zwar nur zehn Prozent, aber die Hälfte vom Rest bei irgendwelchen anderen, das schmeckt mir ganz und gar nicht.«

»Du hast noch nicht gefragt, was wir dafür erworben haben.«

»Ich will es gar nicht wissen.«

»Es könnte furchtbar, aber auch ein Segen werden, Antonio! Oder hast du etwas gegen eine neue Herrin in der Firma?«

Der ehemalige Waffenhändler hob nur die Schultern. Sie kannten sich schon viele Jahre und vertrauten einander.

»Ich habe Wachen aufstellen lassen«, sagte Brazzi. »Nur die zuverlässigsten von unseren Männern.«

»Wie ist der gegenwärtige Stand der Gerüchte in der Stadt?«, fragte Bertrand schließlich. »Was weiß man und was glaubt man über mich und meine Reise?«

»Zuerst habe ich verbreiten lassen, dass du rhôneaufwärts in Richtung Köln zu deinem alten Lehrer Meister Eckhart reisen wolltest. Er ist mittlerweile erneut in schwere Ungnade gefallen. Sowohl der Heilige Vater als auch der Erzbischof von Köln wollen den aufsässigen alten Dickschädel, der trotz Verbot weiter in deutscher Sprache predigt, endlich als Ketzer mundtot machen.«

»Das war im letzten Jahr bereits vorauszusehen«, sagte Bertrand und nickte.

»Aber der Alte kam nicht nach Avignon, um sich vor dem höchsten kirchlichen Gericht zu verantworten«, fuhr Brazzi fort. »Und du bist nicht nach Köln, sondern in Richtung Spanien gereist. Das ließ sich einfach nicht verheimlichen, weil sowohl Gisberti als auch der Vizegraf Männer aus deiner Begleitung bestochen hatten.«

»Ich hätte damit rechnen müssen!«

»Ja«, sagte Brazzi trocken.

Bertrand de Comminges und Antonio Brazzi schwiegen sich an. Die beiden ungleichen Männer besaßen die bemerkenswerte Eigenschaft, miteinander zu reden, ohne dass sie auch nur ein Wort sagen mussten. Es reichte, wenn sie sich gegenübersaßen und jeder seinen eigenen Gedanken nachhing.

»Sie ist sehr schön«, sagte Antonio Brazzi plötzlich und anscheinend ohne jeden Zusammenhang. Bertrand fuhr unwillkürlich zusammen. Er hatte zuerst an seinen Schwager in Spanien, dann an dessen Schwester Miriam und gleich darauf an Catherine gedacht. »Hast du nicht auch gesagt, dass dein Vater ihren Vater kannte?«

»Wie kommst du jetzt ausgerechnet auf derartige Gedanken?«

»Weil ich nicht glauben kann, dass alles mit dir Zufall war. Mich stört an allem, was ich bisher weiß, weder Gisberti noch Spinola oder dein schönes, starkes Eheweib, sondern in erster Linie dieser alte Seeräuber Grimaldi. Der Mann ist doch nicht dumm! Warum sollte er einen achtbaren Kaufmann mit einer kleinen Fracht auf die Galeere nehmen, mit der er angeblich und erst nach vielen Geiselmonaten seine Tochter befreien will.«

»Du meinst, er hätte sie schon eher freikaufen oder holen können?«

»Eher oder später. Zumindest nicht bei Sturm und schlechtem Wetter. Das stört mich mehr als alles andere.«

Bertrand hörte es kaum noch. Manchmal konnte er in eine andere Welt zurücktreten, wie ein Seemann in irgendeine Ferne am Horizont blicken und sich kaum noch bewegen. Sein Schwager Seder hatte ihm gezeigt, wie er die Glieder schwer machen und die Luft anhalten musste, wenn nur noch seine eigenen Gedanken in ihm leben sollten und kaum ein Muskel oder irgendetwas anderes in seinem Leib. Es war der Weg, den Ketzer aller Zeiten gingen, wenn sie die Schmerzen und die Wirklichkeit nicht mehr erreichen sollten.

Antonio Brazzi hingegen schniefte, leckte sich über seine vollen Lippen und mahlte wie in schweren Träumen mit den Zähnen. Es war deutlich zu erkennen, wie er schwere Gedanken und große Fragen beharrlich im Kopf bearbeitete. Sie wussten beide, was den anderen gerade erstarren ließ oder bewegte.

Bertrand erinnerte sich gern an die wunderbaren Eindrücke aus jener völlig anderen Welt der Mauren, Juden und der Christen in Córdoba und Toledo. Gegen die mächtigen Stadtmauern und die prächtig geschmückten Häuser und Paläste mit ihren schattigen Innenhöfen waren Paris und Mailand und erst recht Avignon bescheidene Provinzstädte. Auch sein inzwischen sechsunddreißig Jahre alter und noch immer unverheirateter Schwager Seder Ben Ariel bewohnte eines der orientalischen Gebäude in der Innenstadt von Córdoba.

Wenn die Sonne Andalusiens über dem Guadalquivir unterging, waren oft andere Juden, aber auch islamische Gelehrte und manchmal sogar Mönche in den Innenhof von Seders Haus gekommen, um bei Tee und Wein, Datteln und frischen Feigen über die Dichtungen Arabiens und das wiederentdeckte Erbe der Antike und der Griechen zu debattieren. In vielen Dingen hatte sich das Leben in der ehemaligen Hauptstadt des Kalifats Al-Andalus kaum verändert. Auch hundert Jahre nach dem Beginn der Reconquista ging in der früheren Millionenstadt das Leben nahezu unverändert weiter.

Nördlich der Pyrenäen und in Italien ebenso wie in Konstantinopel blickte man von Anfang an mit heimlicher Bewunderung und ebenso viel Misstrauen auf das paradiesische Andalusien. Auch nach der Rückeroberung durch die Christen konnte niemand erklären, was das Geheimnis hinter dem Glanz des arabischen Spanien war. Von Meister Eckhart hatte Bertrand noch an der Universität von Paris gelernt, dass alle islamische Kultur auf der Klarheit der arabischen Sprache beruhe. Sie war so eindeutig, dass keine einzige Äußerung verdreht und anders ausgelegt werden konnte, wie es die Inquisition längst zur höchsten Kunst erhoben hatte.

In den vergangenen Jahrhunderten seit Mohammed hatten sie sogar ihre eigene Sprache neu geschaffen und neue Worte konstruiert, um die Gedanken und Ideen für sich zu erobern, die in der griechischen Philosophie und Wissenschaft enthalten waren. Die Eroberung des schon fast verschollenen antiken Wissens hatte bereits mit den Abbasiden begonnen. In Bagdad gab der Kalif Harun al-Raschid den Kriegsruf aus: »Suche das Wissen, und wäre es in China«, schickte Boten nach Byzanz und in andere Teile der Welt, ließ die letzten der alten Manuskripte kaufen und zahlte höchste Summen für jede Übersetzung. Aber im Abendland bemerkte kaum jemand etwas von der größten Rettungsaktion, die je einem versinkenden Schatz zuteilgeworden war.

Es war schon dunkel, als sich die beiden Männer verabschiedeten. Fast eine Stunde lang hatten sie, schweigend und nur mit ihren eigenen Gedanken beschäftigt, im ehemaligen Speisesaal des Templerordens gesessen.

»Ich habe keine Furcht an dir bemerkt«, sagte Antonio Brazzi zum Abschied. Er begleitete den Jüngeren bis zum Hoftor, öffnete es noch einmal und trat mit Bertrand auf die dunkle Straße. Nur an der Kirche, am nahen Stadttor im Westen und über den Ruinen der alten Römermauer zum Rocher hin brannten die Nachtlichter.

»Ich habe das Haus in der Rue Jacob während deiner Abwesenheit jeden zweiten Tag besucht«, sagte Antonio Brazzi. »Und regelmäßig habe ich alles säubern lassen.«

»Ich denke, alles wird so sein, dass ich zufrieden bin.«

Brazzi nickte im schwachen Gegenlicht der Fackeln vor der Kirche von St. Agricol. Bertrand de Comminges sah sich nach allen Seiten um. Noch waren die Straßen laut und belebt. Stadteinwärts drängten Dutzende von Männern und Frauen durcheinander. Einige beteten, andere sangen und wieder andere lachten laut und ordinär. Die Stadt wurde von Monat zu Monat voller.

»Man merkt erst richtig, was hier geschieht, wenn man einige Wochen fort war«, stellte Bertrand fest.

»Fünfhundert Menschen allein in der Kurie«, stimmte Brazzi zu. »Dazu nochmals fünfhundert edle Herren als Delegierte und Gesandtschaften von allen Höfen Europas und rund um das Mittelmeer samt ihren Beratern und Lakaien, den Eheweibern, Dienern, Knechten.«

»Von ihren Liebchen ganz zu schweigen«, lachte Bertrand sarkastisch. »Und Tausende von Nutznießern, die sich als Künstler, Handwerker, Händler und Heilkundige, Söldner oder Geldwechsler ausgeben. Und dann dieser Kaiser aus München! Sobald er Rom verlassen hat, wird er gegen den Papst in Avignon zu Felde ziehen. Hier ist für ihn mehr zu holen als irgendwo sonst. Beraten von ketzerischen Franziskanern und unterstützt von seinen Vasallen bei den Ghibellinen, steht ihm in Avignon ein alter und fast schutzloser Pontifex gegenüber, dem bestenfalls noch die neuen Könige in Paris oder London beistehen könnten.«

»Was ist mit Córdoba, Toledo, dem König von Neapel?«

Bertrand schüttelte den Kopf. »Es ist bereits sehr einsam um den Heiligen Vater. Viele nehmen ihm übel, dass er sein Versprechen nicht eingehalten hat, wieder nach Rom zurückzukehren. Andere werfen ihm Ketzerei vor für seine Ansicht, dass Heilige nach ihrem Tod Gott den Allmächtigen erst beim Jüngsten Gericht zu Gesicht bekommen und dass sie sich bis dahin mit Jesus Christus begnügen müssen. Die Franziskaner streiten sich mit ihm, ob die Kirche arm sein oder ihre Stärke durch Kraft und Prächtigkeit zeigen soll. Und der Bayer denkt weniger denn je daran, die Autorität dieses Papstes anzuerkennen.«

»Und zu allem Übel haben wir uns jetzt auch noch ein Weib im fremden Auftrag in die Firma geholt«, schnaubte Antonio Brazzi verächtlich. Damit war ausgesprochen, was er die ganze Zeit wirklich gedacht hatte.

Bertrand lächelte kaum merklich. Er schlug seinem Faktor leicht auf die Schulter. »Es könnte sein«, sagte er halblaut, »es könnte sein, dass in den nächsten Tagen ein rothaariger Schotte hier im Fondaco auftaucht. Du wirst ihn wiedererkennen, obwohl er mittlerweile ein wenig aufgedunsen aussieht und mit ›Monsignore‹ angeredet wird.«

»Mel Comyn?«, stieß Antonio Brazzi erstaunt hervor. Es kam nicht oft vor, dass ihn irgendetwas erschütterte. »Was hat unser früherer Kaplan von der Brückenkirche mit all den Vorfällen zu tun?«

»Er hat etwas, was du bereits vermisst hast«, meinte Bertrand de Comminges noch immer mit gewisser Hoffnung. »Und pass mir gut auf unsere neue Geschäftspartnerin auf.«

Der ehemalige Waffenhändler konnte das Gesicht seines Dienstherrn und Freundes in der Dunkelheit kaum noch erkennen.

»Ach«, sagte Bertrand. »Da wäre noch etwas …«

Brazzi ahnte bereits, um was der andere bitten wollte. Er nickte, noch ehe irgendein Wort darüber gesprochen wurde.

»Schick nach den Kindern«, sagte Bertrand dennoch. »Ich möchte sie in meine Arme schließen, nachdem ich lange fort war.«

»Ich werde einen Wagen schicken, um deine Zwillinge und den jungen Jeremia aus Carpentras zu holen«, sagte Brazzi und lächelte wie ein gutmütiger Honigbär. »Wann möchtest du sie sehen?«

»Am liebsten wäre mir, wenn ich mit ihnen über unsere Brücke zur Insel Barthelasse wandern könnte. Bei gutem Wetter müsste es auch Naschwerk und Belustigungen geben.«

»Ich werde mich um alles kümmern. Wenn es dir recht ist, könntest du deine Kinder bereits am nächsten Sonntag hier begrüßen.«

Bertrand hob die Hand und drehte sich um. Er lächelte, als er schwungvoll zu Eliahs Haus im Judenviertel ging. Dort angekommen, kleidete er sich noch in der Küche aus und stieg nur mit Seifenkraut, einer Öllampe und einem großen Handtuch in den kalten Keller hinab. Obwohl es keine Menschen jüdischen Glaubens mehr im Haus gab, diente ihm die frühere Mikwe in einer Kellerecke noch immer als ein Reinigungsbecken, mit dem er sich zu jeder Jahreszeit abhärtete. Bisher war ihm das Bad im klaren Felsquell eine Art Andacht und Erinnerung an das Ereignis gewesen, das sein Leben mehr als alle anderen bestimmt hatte.

Jedes Mal wenn er ganz eintauchte, hatte er an die schmutzigen Fluten der Rhône gedacht, in denen er auf der Flucht vor den »Hunden des Herrn« vor vierzehn Jahren sicherlich ertrunken wäre, wenn es die Brücke von Avignon mit Seder und seiner Schwester Miriam darauf nicht gegeben hätte. Diesmal kam noch die frische Erinnerung an ein anderes Erlebnis in stürmischem Wasser hinzu. Er fror bis ins Mark der Knochen, als er eintauchte und dabei an den Untergang der Galeere dachte. Er zwang sich, wie in einem büßerischen Ritual, mehrmals im kalten Wasser einzutauchen. Dabei überlegte er, ob er noch in derselben Nacht in die Katakomben unter dem Kalkberg Avignons vordringen sollte oder nicht. Nur er selbst, Seder und Brazzi wussten, was dort verborgen war.

Nach seinem kalten Bad und der belebenden Säuberung wickelte er sich in das Handtuch, nahm die Öllampe und betrachtete den großen, als jüdischer Leuchter getarnten Verschluss, der in das Labyrinth der alten Gänge führte. Dann aber entschloss er sich, noch eine Weile zu warten. Er war fast sicher, dass jeder seiner Schritte beobachtet wurde. Niemand konnte ihn in dem inzwischen schon fast festungsartig ausgebauten Haus von Eliah von Carpentras sehen. Andererseits hatte er selbst in den Katakomben im Berg Lauschöffnungen und durch den Stein getriebene Horchröhren entdeckt. Ähnliches konnte er auch im Keller und den Wänden seines Hauses nicht ausschließen.

Er nahm seine verschmutzten Kleidungsstücke mit und ging, in sein großes Handtuch gehüllt, wieder nach oben. Der Raum, in dem er sich üblicherweise aufhielt, wenn er in der Rue Jacob war, glich längst einer Bibliothek. Seit sein Schwager in Córdoba lebte, befasste er sich ebenfalls mit den Geheimnissen der arabischen Sprache. Auch in dieser Nacht seiner Rückkehr zu den Erinnerungen an die Vergangenheit setzte er sich noch eine Weile in einen bequemen Lehnstuhl. Er wickelte sich in ein großes, mit einem Dutzend Heiligenfiguren bestickten Wolltuch, das er als Gegengeschenk nach einer großzügigen Spende für den Gildenaltar der Arte della lana, der Gilde der Tuch- und Pelzhändler, in Florenz erhalten hatte.

Und dann genoss er, wie ganz langsam die Kälte des alten Kellerbades aus seinen Gliedern wich. Fast wieder zufrieden mit sich und seiner Lage, dachte er daran, dass er das Haus in der Rue Jacob inzwischen schon ein Jahrzehnt allein bewohnte, während überall sonst in der Stadt qualvolle Enge herrschte.

Bertrand las noch ein wenig in einer Schrift, in der sich Gelehrte aus Venedig mit dem großen Philosophen Averroes von Córdoba auseinandersetzten. Er erinnerte sich gern an all das, was er an der Sorbonne gelernt hatte. Und manchmal träumte er davon.

Bertrand merkte nicht, wie sein Kopf tiefer sank. Erst als die Lampe verlosch, stand er auf, tappte zu seinem Bett und ließ sich auf die Laken fallen. Er lächelte wie ein zufriedenes Kind, als er sich in die Laken wickelte und weiter an seine Jugendjahre in Paris dachte. Auch an der Sorbonne hatte es glühende Bewunderer der arabischen Kultur und der Philosophie von Averroes gegeben. Sein alter Lehrer Meister Eckhart hatte ebenso dazugehört wie die Begine Marguerite Porète. Als die Dominikaner der Inquisition fragten, ob sie eine Nonne sei, hatte sie vollkommen richtig und zugleich selbstmörderisch geantwortet: »Nein, ich bin keine Nonne, denn eine Begine lebt ohne öffentliches Gelübde und ohne Ehering vom göttlichen Bräutigam freiwillig in klösterlicher Zucht. Was könnte eine Ehe mir denn bieten, wo ich doch den Himmel selbst zum Geliebten habe? Ich tanze auf dem Wind und erlebe tagtäglich das Paradies.«

Bertrand träumte davon, wie die arabische Sprache und Dichtung wie eine himmelwärts strebende Rose der Erkenntnis wuchs und dabei mehr und mehr Verehrung genoss, während im christlichen Abendland das alte Wissen in Schweigen versank und starres, fast schon totes Latein als Sprache der Eingeweihten immer elitärer wurde und das gemeine Volk immer weniger verstand. Seine einzige Waffe war nicht das Schwert, sondern hatte die Form einer Rose. Und die Namen der Rose waren *Wissen* und *Erkenntnis*.

Im Halbschlaf träumte er von den geheimnisvollen Blütenebenen der Rose. Sie war für die arabische Dichtung das Paradies und für Dante eine Himmelsleiter. Auch bei den Päpsten klang noch etwas von dieser mystischen Bedeutung mit. Aber sie hatten längst ihre eigene Auslegung in ihre Goldene Rose gezwungen: die Dreifaltigkeit von Vater, Sohn und Heiligem Geist.

Bertrand stand früh auf. Er aß, wie es sich zur Fastenzeit gehörte, nur drei Bissen trockenes Brot und trank dazu drei Schluck

Wasser. Anschließend schritt er durch die Innenstadt zur Messe in der Kirche von St. Agricol. Viele der Bürger Avignons, die ihn seit Monaten nicht mehr gesehen hatten, tuschelten leise. Einige wollten noch in der Kirche mit ihm sprechen. Er lächelte freundlich, wehrte wortlos ab und ging hinüber in sein Handelshaus. Hier wartete Antonio Brazzi bereits auf ihn.

»Wie geht es ihr?«, fragte er sofort. »Hast du sie schon gesehen?«

»Ja, aber …« Brazzi hob seine Schultern. Sein schwerer Kopf schien dadurch noch etwas tiefer zu sinken. »Sie ist vor Sonnenaufgang aufgestanden und hat mit ihrem Pferd ohne Besuch der Messe und ohne jede Mahlzeit den Fondaco verlassen.«

»Hast du sie angesprochen, versucht sie aufzuhalten?«

»Weder das eine noch das andere – und zwar aus diesem Grund nicht.« Er reichte Bertrand ein kleines Schriftstück, nicht größer als ein Lesezeichen. »Es lag im Kontor oben neben unserem Hauptbuch.«

»Papier aus der gerade erst errichteten Mühle von Ambert«, sagte Bertrand sofort. »Sehr gute Qualität und nach arabischem Rezept geschöpft. Aber nur Juden in Carpentras verwenden es bisher.«

»Es geht wohl kaum um das Papier«, sagte Antonio Brazzi. »Lies lieber, was auf ihm geschrieben ist – ich bin zu dumm dafür.«

»Kein Latein, Französisch, Italienisch oder Deutsch?«

»Nein, Provenzalisch«, sagte Brazzi nachsichtig. »Oder genauer Judeoprovenzalisch. Ich kenne viele Juden und verstehe trotzdem nicht, was auf dem Zettel steht.«

»Aber mein Sohn Jeremia und meine Zwillinge verstehen es«, sagte Bertrand lachend, nachdem er sich die kleinen, krakeligen Buchstaben in unterschiedlichen Schriften genauer angesehen hatte. Er schluckte unwillkürlich und empfand trotz der Morgenkühle ein wärmendes Gefühl in sich. »Die Botschaft kann nur von Comyn stammen. Vielleicht hat er sie von den Kindern in ihrer Sprache schreiben lassen, damit kein Unbefugter außer mir oder Catherine sie entschlüsselt.«

»Wie kann man nur so gottesfürchtig und zugleich gebildet sein«, lästerte der alte Waffenschmied kopfschüttelnd. »Hoffentlich weißt du, was du dir eingebrockt hast. So, wie du mir deine Reise bisher geschildert hast, verlierst du ständig Handelswaren und Leute. Und als die Krönung macht sich auch noch dein unfreiwillig angetrautes Weib vom Hof.«

»Und holt die Rose«, sagte Bertrand nur.

»Bist du so sicher?«

»Die Nachricht auf dem Zettel kann nichts anderes bedeuten«, sagte Bertrand. Er holte sehr tief Luft, dann lachte er befreit wie schon seit Wochen nicht mehr.

»Und wie zum Teufel ist diese Krakelei auf dem Papier hierhergelangt?«, wollte Antonio Brazzi wissen.

»Zu Fuß durch einen Bettelmönch«, antwortete Bertrand fröhlich. »Vermutlich unter der Kapuze eines Pénitent gris. Da fallen die geschorenen Haare eines Schotten nicht einmal den Stadtwachen auf.«

»Schön, schön«, brummte Brazzi. »Aber wenn dieser eigenartige Schotte bis hierher gekommen ist – warum hat er dann nicht selbst deine Kiste mit der Goldenen Rose mitgebracht?«

»Weil es in Avignon nichts Unauffälligeres gibt als kahl geschorene Mönche, die große Kisten schleppen«, seufzte Bertrand. »Aber im Ernst – ich nehme an, dass Comyn zuerst prüfen wollte, wie sich dieses sündige Babylon in seiner Abwesenheit entwickelt hat.«

»Und das steht auf dem Zettel?«, fragte Brazzi begriffsstutzig.

»Natürlich nicht, aber von Kinderhand in ihrer Sprache geschrieben ein Vers aus Dantes ›Göttlicher Komödie‹, als Erkennungszeichen sozusagen.«

»Dann lies schon – aber so, dass es ein Schmied verstehen kann!«

Bertrand hielt das kleine Papierstück ins Sonnenlicht und las:

»Doch häufig sah ich erst in Wintertagen
Den Dornenbusch hart und stachlig steh'n
Und auf dem Gipfel dann die Rose tragen.
Und manches Schiff hab ich im Meer geseh'n,
Schnell geradeaus auf seinen Wegen,
Und doch zuletzt am Hafen untergeh'n.«

»Und was bedeutet das?«, fragte Brazzi ohne jede Ehrfurcht vor den Worten des berühmten Dichters.

»Das hätten sich ebenso wie du alle gefragt, denen dieses kleine Stück Papier unbefugt in die Hände gefallen wäre«, sagte Bertrand mit eigenartigem, fast schon leuchtendem Gesichtsausdruck. »Catherine wusste, dass damit das Unglück der Galeere gemeint ist. Ich weiß es ebenfalls.«

Bertrand legte einen Arm um Brazzis Schulter. Er führte seinen Faktor zu den Lagerräumen der alten Komturei. Als sei nicht das Geringste vorgefallen, sprach er mit ihm über Warenlieferungen und seine letzten Einkäufe. Sie kannten sich und wussten, wann ein Thema zunächst beendet war.

Die Flucht aus dem Fondaco war für Catherine leichter gewesen, als sie befürchtet hatte. Einige schläfrige Stallknechte hatten ihr ohne Widerworte beim Satteln des besten Pferdes in den Ställen geholfen. Es war ein kräftiges, robustes Reittier mit milchweiß glänzendem Fell, einer kleinen schwarzen Blesse und einem schwarzen linken Fuß. Die Knechte sagten, dass Brazzi ihn zum Osterturnier für den Bruder Seiner Heiligkeit und Vizegrafen de Ozia beschafft hatte. Sie nahm nichts weiter mit und ließ auch ihre verpackte weiße Rüstung zurück. Stattdessen hatte sie sich, ohne groß zu fragen, die Bekleidung eines niederen Königsboten aus Paris aus dem Fundus des Fondaco geliehen. Die Lilien im kurzen Waffenrock schienen ihr im Comtat Venaissin und in der Provence angebrachter als der kaiserliche Adler des Imperiums. Sie wollte zunächst durch das nahe Tor von St. Agricol, aber dann erinnerte sie sich an den jungen Vizehauptmann vom St.-Imbert-Tor. Sie ritt am Judenviertel vorbei. Es war noch früh am Morgen, aber auf den Gassen tummelten sich bereits Frühaufsteher und viele Pilger, die nur eine harte oder viel zu kalte Lagerstatt zur Nacht gefunden hatten.

Aristide erinnerte sich an ihr Gesicht. »Völlig allein?«, fragte er verwirrt. »Und dann auch noch mit einem Lilienrock, wie ihn Kuriere der Franzosen tragen?«

»Nur zum eigenen Schutz vor Wegelagerern und Strauchdieben«, erwiderte sie lachend. »Ich reite kurz zum Vergnügen aus … am Dominikanerkloster zur Durance und dann über die unbestellten Felder bis zu den Franziskanern. Ich will doch wissen, in welch schöne Gegend ich geheiratet habe.«

Der junge Vizehauptmann nickte zustimmend. »Im Frühling, wenn hier alles blüht, wird es noch viel schöner. Und dann erst der Lavendel ... wenn bloß nicht derart viele Pilger und Banden der Grimaldis in der Provence herumstrichen.«

»Du hast ganz recht«, antwortete sie lächelnd. »Es ist schon eine Pest mit den Grimaldis! Ich weiß das, denn ich bin auch eine davon.«

Sie ließ den fassungslosen Vizehauptmann der Stadtwachen einfach stehen und gab dem Schimmel leicht die Sporen.

»Du musst dich überprüfen lassen, wenn du wieder in die Stadt zurückkommst«, rief er ihr nach.

Erst als sie sicher war, dass ihr niemand mehr nachsah, bog sie nach Nordosten in Richtung auf die Stadt der Juden ab.

Catherine kehrte noch am selben Abend zurück. Ohne irgendein Wort zu Bertrand oder Brazzi verschwand sie sofort in ihren Gemächern. Sie hatte kein Gepäck oder irgendetwas anderes von ihrem langen Ritt mitgebracht. Die Männer hörten, dass sie sich heißes Wasser bringen ließ. Das Licht aus ihren Räumen schimmerte noch bis tief in die Nacht, doch nichts, kein Wort und kein Geräusch drangen nach außen.

Bertrand ließ ihr Zeit bis nach dem Abendgebet. Dann, als auch im Fondaco Nachtruhe eingekehrt war, ging er über den kurzen Verbindungsflur und klopfte an die Tür zu ihren Gemächern.

»Catherine?«, rief er leise. »Warum zeigst du dich nicht?«

Er hörte Schritte auf der anderen Seite, aber die schwere Holztür blieb geschlossen. Für einen Augenblick glaubte er sogar, ihr Seufzen zu hören, doch das konnte genauso gut Einbildung und sein eigener Wunsch sein.

Dann erklang ihre Stimme: »Ich möchte mehr als den Vertrag erfüllen, den andere für uns aufgesetzt haben.«

Seine eigenen Worte! War das nun Strafe, Ironie oder Verlockung? Er reckte sich, wollte bereits die Tür gewaltsam aufstoßen, sie in seine Arme reißen und sie endlos küssen.

»Tu es nicht, Bertrand«, hörte er ihre Stimme. »Wir wissen beide, dass die Zeit für uns noch nicht gekommen ist.«

Er blieb schwer atmend vor der Tür stehen. Seine Hand suchte nach der Klinke, aber dann beugte er sich ihrem Wunsch. Er würde sie nur mit Geduld erobern. Und auf einmal freute er sich auf das, was vor ihm lag. In den nächsten drei Tagen ließ Catherine sich nicht sehen. Als Bertrand einige der Mägde fragte, verrieten sie angstvoll, dass die neue Herrin ihnen bei Strafe verboten hatte, irgendetwas über ihr Tun zu erzählen. Am vierten Tag kam einer der jungen Männer, die jeden Morgen vor der Synagoge am Place Jérusalem auf einen lohnenden Tagesdienst warteten und sich dabei über Neuigkeiten unterhielten, in den Hof des Handelshauses.

»Es wird von Tag zu Tag schlimmer an den Küsten«, berichtete er den Stallknechten. »In vielen Gegenden der Provence und an wichtigen Flussübergängen haben Männer der Grimaldis die Straßen gesperrt. Aber jetzt kommen auch noch deutsche Kriegsknechte ins Land, die keinen Sold mehr vom neuen Kaiser bekommen haben. Bei Cannes und Nizza haben bereits die ersten Haufen Boote von Fischern zerschlagen und Häuser abgebrannt. Gnade uns Gott, wenn erst das bezahlte Heer des deutschen Kaisers in unsere Grafschaften einfällt.«

»Wer erzählt derartige Gräuelmärchen?«, wollte Bertrand wissen.

»Ich habe es von einem Fischhändler unten am Hafen«, antwortete der junge Mann sofort. »Der wiederum will es von den grauen Bettelmönchen gehört haben, die überall herumkommen.«

»Nicht etwa von Franziskanern?«, fragte Bertrand misstrauisch.

»Ach, eigentlich reden inzwischen alle davon.«

»Ich muss nach Carpentras«, wandte sich Bertrand hastig an Brazzi. »Laetare rückt immer näher. Es macht mich wahnsinnig, wenn ich nicht weiß, was mit der Rose ist.«

»Du solltest Avignon im Augenblick lieber nicht verlassen«, antwortete sein Faktor. »Wer weiß, was vor den Mauern wirklich los ist!«

»Und was sage ich, wenn der Papst mich ruft?«

»Versuch es mit der Wahrheit.«

Kurz vor der Vesperzeit stolperte auch noch Francesco Petrarca über den Hof. »Ich beneide dich darum, dass du am Sonntag zum Heiligen Vater gehen darfst. Sein Gastmahl eine Woche vor der Verleihung der Goldenen Rose muss ein großartiges Erlebnis sein.«

Bertrand spürte, wie aus seinem Ärger dunkler Zorn wurde. Wie kam ein Nichtsnutz wie Petrarca dazu, mehr zu wissen als er selbst?

»Ich weiß, was du jetzt denkst«, schmollte der Dichter. »Eigentlich sollte der Notar Gisberti die Einladungen überbringen, doch der ist abgereist mit Sack und Pack, und niemand weiß, wohin.« Er reichte Bertrand das große, offizielle Schreiben in einer Rolle mit dem päpstlichen Siegel. Antonio Brazzi tauchte auf.

»Ich soll zum Papst zum Essen kommen«, teilte ihm Bertrand nüchtern mit und reichte ihm die Einladung. »Ausgerechnet am Sonntag, wenn die Kinder hier sind. Ich denke nicht daran, auf die Stunden mit den Zwillingen und meinem Sohn zu verzichten. Ich habe sie länger als ein halbes Jahr nicht mehr gesehen.«

»Was hindert dich daran, sie jederzeit zu sehen?«, fragte Petrarca vorlaut. »Es sind doch deine Kinder … dein eigen Fleisch und Blut!«

Bertrand schnaubte nur. »Was wisst ihr schon, wie kompliziert es war, mit Miriams jüdischer Familie und dem Rabbi von Carpentras die Bedingungen auszuhandeln, nach denen meine Kinder aufwachsen.«

Jetzt mischte sich auch Brazzi ein: »Dann fahre ich eben am Sonnabend mit unserem kleinen Reisewagen nach Carpentras, übernachte dort und breche mit ihnen beim ersten Licht der Sonne auf. Du kannst sie dann gleich nach der Frühmesse am Sonntagmorgen in die Arme schließen.«

»Soll der Papst etwa ohne mich essen?«

»Das wird er schon nicht tun. Man speist beim Heiligen Stuhl drei Stunden nach dem höchsten Stand der Mittagssonne«, meinte Brazzi schmunzelnd, »bis dahin werden deine Kleinen genug mit dir getobt haben, und ich kann sie so zurückbringen, dass sie zur Nacht wieder bei ihren Pflegeeltern sind.«

»Wer spricht von Kleinen?«, protestierte Bertrand. »Die Zwillinge sind bereits zwölf Jahre alt und dürften erste Blicke von jungen Herren auf sich ziehen. Und was Jeremia angeht – der blonde Recke war schon einen ganzen Kopf größer als seine Schwestern, als ich im letzten Jahr zu meiner Reise aufbrach.«

Er legte seinem vertrauten Faktor die Hand auf die Schulter. Petrarca stand neben ihnen wie ein unschlüssiges Hähnchen, das nicht mehr wusste, ob es krähen sollte oder nicht.

Insel im Fluss

Der dritte Sonntag der Fastenzeit anno 1328 begann als schönster Tag des bisher unbeständigen Jahres. Bereits bei Sonnenaufgang erhob sich Bertrand de Comminges von seinem Bett. Er stieg zum Morgenbad ins kalte Wasser der ehemaligen Mikwe hinab. Obwohl der Sonntag von den Fastenregeln ausgenommen war, ging er ohne Käse und Brot zum Frühstück wieder nach oben. Er stellte sich so, dass er die beiden Gemäldereihen mit den Porträts der Kinder sehen konnte. Sowohl Jeremia als auch die Zwillinge waren in seinem Auftrag Jahr für Jahr von begabten Künstlern gemalt worden.

Wie schnell doch das vergangene Jahrzehnt die Gesichter seiner Nachkommen verändert hatte. Und er selbst? Hatte er mit seinen dreiunddreißig Jahren und drei unmündigen Kindern ein Recht darauf, sein Herz noch einmal zu verlieren? Er hatte sich schon vor vielen Jahren entschieden, niemals in seinem Leben ein Weib zu kaufen oder sich selbst durch geldwerte Verlockung ködern zu lassen. Wenn es geschah, dann sollten weder Stand noch Herkunft, weder die Mitgift noch irgendwelche Dritte Einfluss auf seine innersten Gefühle nehmen. Er schüttelte den Kopf und lächelte gleichzeitig. War jetzt nicht all das zusammengekommen, was er nie gewollt hatte?

Er griff nach einem Rotweinkrug von den Weinbergen des Papstes, öffnete ihn und goss sich einen halben Becher ein. Dann ging er zu einem der Fenster zur Rue Jacob hin, öffnete es, nahm einen Schluck, spülte den Mund mit dem Wein aus und spuckte ihn hinunter in die stille, vollkommen leere Straße. Hier im Carrière musste so früh noch niemand zum Gebet gehen. Außerdem war Sonntag und nicht Sabbat.

Er stellte den Weinkrug ab und kleidete sich für einen frühen Sonntagsausflug an. Dazu brauchte er weder Knechte noch Diener, die ihm das Wams zuknöpften. Wer so viel unterwegs war wie er, konnte sich selbst helfen.

Die Kinder waren noch nicht eingetroffen, als er nach einem zügigen Gang durch die verrufene Hafengegend zwischen der

Stadtmauer und dem Fluss die Brücke erreichte. Auch am Brückentor im Nordwesten kannten ihn die Wachen und begrüßten ihn ebenso wie der Vizehauptmann Aristide am St.-Imbert-Tor. Wie üblich zeigte Bertrand sich freigebig und freundlich.

Überall in den Kirchen waren die Frühmessen beendet. Es schien, als würde die halbe Stadt durch die Straßen und engen Gassen zum Fluss hinausquellen. Die Sonne wärmte, und überall lag ein milder Frühlingsduft über den bunt herausgeputzten Menschen. Die Menge drängte dicht an dicht laut lachend und mit frohen Rufen über die Brücke bis zu den Treppenstufen, über die es bis zur großen Insel mitten im Fluss hinabging.

Die Menschen zogen fröhlich über den ersten Arm der Rhône und hatten dann zur anderen Seite hin nochmals denselben Fluss als Schutz vor Frankreichs Zöllnern und anderen Neugierigen. Zusammen mit Dutzenden anderen, die fröhlich lachten, kicherten und sich versprachen, unten gemeinsam den schönen Tag zu feiern, gelangte Bertrand auf die bereits grünende Insel. Und dann entdeckte er die Kinder.

Die Mädchen und sein Stammhalter mussten ihn schon auf der Brücke gesehen haben. Sie kamen ernsthaft und gemessen wie junge Erwachsene bei ihrem Gang in die Synagoge auf ihn zu, stellten sich nebeneinander auf und verneigten sich, wie sie es gelernt hatten.

Wie schon zuvor hatte Bertrand einige Schwierigkeiten, Rebecca und Magdalena auseinanderzuhalten. Beide trugen bis zu den Füßen reichende, mit Waid kornblumenblau gefärbte Kleider, deren lange Ärmel an den Unterarmen weit ausgeschnitten und mit teuren, bis zu den Handrücken sichtbaren Spitzen unterfüttert waren. Ihre schön glänzenden dunklen Haare waren geflochten und mit kleinen Hornkämmen zusammengesteckt. Beide Mädchen trugen über die Stirn fallende, zierliche Perlenschnüre über den großen fast arabisch dunklen Augen. Um den Hals hatte jede ein Band aus bunter, siebenfacher Brettchenweberei mit rosa-weißer Kamee. Die kleinen Schmuckstücke zeigten das Profil der früh verstorbenen Mutter.

Bertrand lächelte, als er sah, wie gut sich ihr auf dem Sterbebett ausgesprochener Wunsch auch noch bei den heranwachsenden Zwillingen bewährte.

»Lass zwei Kameen als Erinnerung an mich anfertigen«, hatte Miriam gesagt, als er sie in ihrer letzten Stunde noch einmal umarmte und seine Tränen auf ihr Gesicht fielen. »Das eine Bild von mir soll auf weißem Grund rosa ausgearbeitet werden, das andere genau umgekehrt. Dann könnt ihr euch mein rosafarbenes Porträt für Rebecca merken und das weiße für Magdalena.«

Er strich über die Wangen der Zwillinge und sah dann seinen Sohn an, der aufrecht stehend wie ein Ritter vor seinem ersten Lanzengang bis zu der Stadt am anderen Ufer zu blicken schien.

»Ich freue mich, euch alle drei zu sehen«, sagte Bertrand de Comminges. »Euch wunderschöne junge Damen ebenso wie dich, mein Sohn Jeremia.«

Bertrand legte seine Rechte auf Jeremias Schulter und zog ihn etwas zu sich heran. Aber sofort spürte er Widerstand. Jeremia wollte nicht umarmt werden, und auch die Zwillinge empfanden offensichtlich jede weitere Zärtlichkeit vor Zuschauern und Zeugen als unschicklich.

»Geht es euch gut? Habt ihr besondere Wünsche?«

»Es geht uns gut, und wir haben keine besonderen Wünsche«, sagten sie alle drei im Chor und wie einstudiert. Bertrand lachte, weil er vergessen hatte, dass die Erziehung in der Synagoge oftmals viel strenger war als bei den meisten adligen Familien, in denen Mädchen abgeschirmt aufwuchsen und junge Burschen erst als Knappen in der Welt der Erwachsenen wahrgenommen wurden.

»Wollen wir am Ufer entlanggehen? Dabei könnt ihr mir etwas erzählen.«

»Wir haben extra für dich etwas aus der Geschichte von Avignon und der Grafschaft Venaissin gelernt. Wir dachten, dass wir dir eine Freude damit machen«, sagte Magdalena. Bertrand hob die Brauen und lächelte.

»Oh ja, das ist eine sehr große Freude für mich«, sagte er. »Und die Legende von der Brücke war für mich schon immer so schön wie die Vita unserer Heiligen.«

»Eurer Heiligen«, sagte Rebecca ernsthaft.

Bertrand stutzte, dann nickte er zustimmend. »Entschuldige«, sagte er, »aber du hast völlig recht.«

»Es war dennoch ein Wunder!«, warf Jeremia fast schon trotzig ein. »Ein Wunder nach dem Willen Gottes!«

Sie gingen langsam über einen noch etwas wild und ungepflegt wirkenden Weg an der Avignonseite der Insel. Vor ihnen begann ein kleines Wäldchen, aus dem bereits Musik und Gesang erklangen. Von der Brücke her drängten immer weitere Menschen nach.

»Sieht das nicht großartig aus?«, fragte Bertrand und wies auf die Brückenbogen, die nach Avignon wie zu einem himmlischen Jerusalem führten. Von der Insel aus sah der Kreideberg am Fluss mit der befestigten Mauer der Kathedrale und dem Bischofspalast tatsächlich so aus wie auf den kleinen, von Mönchen gezeichneten bunten Miniaturen, wie sie jetzt überall in Mode kamen.

»Willst du nun die Legende von dem Hirten hören, der diese Brücke gebaut hat?«, fragte Jeremia.

»Er hat sie auswendig gelernt«, verriet Rebecca augenblicklich.

»Damit du nur ihm zuhörst und ihn dann mehr als uns bewunderst«, petzte auch Magdalena.

Bertrand beugte sich nach vorn und umschloss seine drei Kinder mit beiden Armen. Sie wehrten sich, prusteten und benahmen sich, als wolle er sie allesamt in die braunen Fluten der Rhône werfen. Noch nie zuvor hatte er so viel Energie und Widerstand bei seinen Töchtern und seinem Sohn gespürt. Er ließ sie los, richtete sich wieder auf und sagte dann: »Ich sehe schon, die Damen und der junge Herr wollen nicht mehr Vaters geliebte Kinder sein.«

»Geliebt schon, aber keine Kinder mehr«, antwortete Jeremia schlagfertig.

»Gut«, sagte Bertrand mit gespieltem Ernst. »Dann will ich jetzt doch hören, was du über die große Brücke von Avignon gelernt hast.«

Die Zwillinge stießen sofort jammernde Laute wie unter großen Qualen aus.

»Kennt ihr diese Geschichte etwa besser?«

»Natürlich kennen wir sie viel besser«, behauptete Magdalena.

»Aber das dürfen wir erst sagen, wenn Jeremia fertig ist«, fügte Rebecca hinzu.

»Nun gut, Jeremia«, sagte Bertrand sanft. »Ich würde sehr gern hören, was du über das Geheimnis dieser Brücke weißt.«

»Es war einmal vor langer, langer Zeit«, begann Jeremia, nachdem er dreimal sehr tief Luft geholt hatte.

»Gar nicht wahr«, unterbrach Rebecca schnippisch.

»Es war genau vor hundertfünfzig Jahren und sechs Monaten im Jahr des Herrn 1177«, ergänzte ihre Schwester. Jeremia presste kurz die Lippen zusammen, ließ sich aber nicht verwirren und erzählte seinem Vater die Geschichte von der ersten steinernen Brücke zwischen Lyon und dem Mittelmeer.

»An einem schönen Tag, an dem die Sonne schon hinter dem Horizont verschwand, hütete ein Junge aus dem Gebiet der Ardèche in den Bergen des Zentralmassivs die Schafe seiner Mutter auf der Weide. Der Junge wurde Bénézet gerufen, und das heißt –«

»Das weiß unser Herr Vater doch«, unterbrach Rebecca erneut. »Es heißt Benedict.«

»Lasst ihn doch weitersprechen!«, ermahnte Bertrand die beiden Mädchen, dann nickte er Jeremia aufmunternd zu.

Die Brücke von Avignon

Also, an diesem Spätnachmittag trat Jesus Christus auf den Hirtenjungen zu. Er sprach ihn dreimal an. Bénézet sah sich immer wieder um, konnte aber niemanden in der Nähe sehen.

»Wer bist du, Herr, der mit mir spricht?«, fragte er. »Ich höre deine Stimme, aber ich sehe nichts von dir.«

»Hab keine Angst, Bénézet«, sagte die Stimme in der Luft. »Ich bin Jesus Christus, dessen Vater nur durch sein Wort den Himmel, die Erde und das Meer und alles, was in ihm und den Flüssen schwimmt, geschaffen hat.«

»Herr, und was willst du von mir, das ich tun soll?«

»Ich will, dass du die Schafe freilässt und sie nicht mehr hütest, denn du, Bénézet, sollst eine Brücke über den Fluss Rhône errichten.«

»Aber ich kann die Schafe nicht unbewacht zurücklassen«, sagte der Junge. »Ich kann auch keine Brücke bauen.«

»Hat man dich nicht gelehrt zu glauben?«, fragte die unsichtbare Stimme.

»Doch, aber wie kann ich etwas glauben, was ich nicht sehe?«

»Du musst Vertrauen haben und den Mut, mir zu folgen. Ich werde deine Schafe bewachen und dich zugleich bis zur Rhône begleiten.«

»Ich habe aber kein Geld, Herr, wie soll ich da eine Brücke über den großen Fluss bauen?«

»Folge mir, und ich werde es dir zeigen.«

Bénézet gehorchte der Stimme von Jesus Christus. Und indem er in Richtung Rhône ging, begegnete er einem Engel, der wie ein Pilger aussah.

»Sei ohne Furcht«, sagte der Engel. »Ich werde dich bis zu dem Platz am Fluss führen, an dem du die Brücke bauen sollst.«

Nach einer Weile kamen sie am Ufer an. Bénézet sah den breiten Fluss und wurde von einer großen Angst ergriffen. Auch als sie flussabwärts weiterwanderten, beruhigte er sich nicht.

»Ich kann es nicht!«, rief er schließlich voller Verzweiflung. »Niemand kann an diesem gewaltigen Fluss eine Brücke bauen!«

Aber der Engel antwortete ihm: »Sei unbesorgt, denn der Heilige Geist ist bereits in dir. Er wird dir den Weg zum Bischof und seinem Volk weisen.« Nachdem er das gesagt hatte, verschwand der Engel aus dem Blick des Hirtenjungen.

Bénézet passierte eine Pforte im Tor und sah das Bischofspalais am Rand des Kreidefelsens mitten in der Stadt. Zu dieser Stunde drängte bereits einiges Volk heran, das den Segen von seinem Bischof erhalten wollte. Der kleine Hirtenjunge konnte sogar bis zu ihm vordringen. Als er ihn sah, rief er mit seiner hohen Stimme: »Hört mich an und lasst Euch umarmen, denn Jesus Christus hat mich zu Euch geschickt, damit ich eine Brücke auf der Rhône errichte.«

Als der Bischof von Avignon das hörte, glaubte er, dass Bénézet von bösen Dämonen besessen sei. »Er soll ergriffen und den Henkersknechten übergeben werden, damit sie ihn in Eisen legen und ihm die Füße und Hände ausreißen, weil er ein schlechter Mensch war.«

Bénézet hörte es und rief nochmals: »Jesus Christus selbst hat mich in diese Stadt geschickt, damit ich eine Brücke über die Rhône baue.«

»Du bist nur ein schwächliches Kerlchen, das nichts kann und nichts besitzt«, warf der Bischof ein. »Und du unverschämter Knabe behauptest, dass du eine Brücke errichten wirst, wo weder Gott noch irgendein anderer ein derartiges Werk bisher erbaut hat?«

»Ich gestehe: Es wäre wunderbar, wenn hier vor Avignon eine Brücke entstünde«, sagte der Stadtvogt. »Ich weiß, dass eine gute Brücke für diesen Fluss von Stein und nicht aus Holz gemacht werden müsste.«

»Nun gut«, meinte der Bischof gnädig zu Bénézet, »ich will dir gern einen großen Stein aus meinem Palast geben. Wenn du den Stein tragen kannst, dann könnte ich vielleicht glauben, dass du die Brücke bauen kannst.«

Bénézet neigte seinen Kopf demütig vor dem Bischof, dann sagte er: »Es wird mir leichtfallen, mit Gottes und der Engel Hilfe die Brücke mit zweiundzwanzig Bogen über den ganzen Fluss mit der Insel Barthelasse in der Mitte zu bauen.«

»Dann also los!«, befahl der Bischof. »Ich will das wunderbare Werk sehen, das du uns versprochen hast.«

Bénézet sah in die höhnischen und ungläubigen Gesichter der Menge um sich herum. Der Bischof deutete auf den größten Stein an der Strebmauer seines Palastes. Der Hirtenjunge bekreuzigte sich, dann ging er zu dem Stein, den dreißig Männer nicht verschieben könnten. Er umfasste ihn und hob ihn ganz allein wie einen leichten Kiesel an. Dann trug er ihn durch das Tor und setzte ihn direkt davor an den Platz, an dem die Brücke heute an der Stadt beginnt.

»Ein Wunder! Seht nur, es ist ein Wunder geschehen!«, riefen die Zuschauer. »Gelobt seien Jesus Christus, Maria und der Allmächtige!«

Der Stadtvogt war der Erste, der Bénézet weitere Hilfe anbot. »Wie viele Hände willst du haben? Die ersten dreihundert kannst du durch meine Männer und Knechte bekommen. Und die gesamte Stadt wird dir nochmals fünftausend geben.«

»Dazu Gold und Silber, das wir durch neue Steuern und Zölle, Ablass und Strafen eintreiben werden«, fiel der Bischof ein. Und jedermann, der es hörte, pries Gott und den Hirtenjungen für das Wunder. So viele Menschen spendeten für den Bau der Brücke, dass schon bald eine Brüderschaft der Brückenbauer entstand und die Brücke wirklich gebaut werden konnte.

Jeremia beendete seine Erzählung, sah seinen Vater fragend an und prustete die Luft aus. Bertrand lachte und hob das Kind mit ausgestreckten Armen hoch. »Das war sehr, sehr gut, mein Sohn«, sagte er.

»Schon hundert Mal hat er uns das in Carpentras erzählt«, beschwerte sich Rebecca abfällig. Magdalena hob geringschätzig die Schultern.

»Könnte es sein, dass meine beiden Grazien ein wenig eifersüchtig sind?«, fragte der Vater.

»Pah!«, stießen beide wie im Chor aus.

Die Sonne war inzwischen bis über den Fluss aufgestiegen. Bertrand hatte nicht mehr sehr viel Zeit, wenn er noch einmal in die Rue Jacob zurückkehren, sich umkleiden und dann zum alten Bischofspalais gehen wollte.

»Denkt nur daran, dass wir unseren Jüngsten vom nächsten Jahr an für eine Weile nicht mehr sehen werden«, ermahnte er die

Mädchen. »Mit eurem Onkel Seder Ben Ariel habe ich nämlich vereinbart, dass Jeremia in Spanien ausgebildet werden soll.«

Augenblicklich verzogen die beiden Mädchen ihre Gesichter. Tränen schossen aus ihren Augen, und ihre Lippen bebten.

»Warum nur er?«, stieß Magdalena hervor.

»Lass uns doch bitte auch nach Spanien«, bettelte Rebecca. »Dort sind die Menschen nicht so hässlich zu Kindern.«

Die Zwillinge vergaßen alles, was sie über den Umgang mit älteren Personen gelernt hatten, und auch, dass sie schon als Erwachsene gelten wollten. Sie drängten sich an Bertrand, schmiegten sich an ihn und klammerten sich an seinen Armen fest.

»Niemand würde uns scheel ansehen, wenn wir am Sabbat ruhen und an den anderen Tagen nicht zur Messe gehen«, sagte Rebecca.

»Sag es doch selbst, dass in der wunderbaren Stadt Córdoba auch für uns Frauen viel mehr erlaubt ist als in Avignon oder in Carpentras«, fiel Magdalena ein.

»Nun gut«, räumte Bertrand schon fast überredet ein. »Ich werde mir die ganze Angelegenheit noch einmal gut überlegen. Aber bis dahin müsst ihr euch so verhalten, dass mir nicht die geringsten Klagen kommen. Ist das ein Angebot, dem ihr bei einem Kaufmann wie mir zustimmen könntet?«

»Warum nur mündlich?«, fragte Jeremia altklug. Die Mädchen pressten ungehalten ihre Lippen zusammen. Darauf hätten sie eher kommen sollen als der kleine Bruder!

»Ja, wenn ihr wollt, auch schriftlich«, lachte Bertrand. Er war zutiefst erleichtert, dass er den Kindern eine Hoffnung und viele schöne Träume zurücklassen konnte, wenn er sich jetzt wieder von ihnen trennen musste. »Kommt«, sagte er. »Es wird bald Zeit für mich, wenn ich rechtzeitig beim Papst zum Mittagessen sein will.«

Bertrand und seine Kinder ließen sich vom Strom der Heimkehrenden einfangen und bis zum Brückenkopf an der Stadtmauer zurücktragen. Jeremia erreichte das Haus des Vaters als Erster. Er schlug mit seinen kleinen Fäusten an die Pforte im Tor und wartete. Erst als die anderen heran waren, öffnete sich die Pforte, und Antonio Brazzi steckte seinen Kopf in die Rue Jacob.

»Höchste Zeit!«, stieß er sichtlich erleichtert hervor. Er machte sofort Platz und ließ sie ein.

»Sind meine Sachen bereit?«, fragte Bertrand. Noch im Gehen zog er bereits an den Bändern und Schleifen, die sein Wams über der Brust zusammenhielten. Zwei Diener aus dem Fondaco nahmen ihm seine Kleider ab und reichten ihm Seifenkraut und Handtücher.

Diesmal war ein hölzerner Zuber mit heißem Wasser vorbereitet. Einer der Diener kümmerte sich im großen Raum im Erdgeschoss um die Kinder, während der andere und Brazzi Bertrand zur Hand gingen. Es dauerte nicht lange, bis sie ihn gesäubert, abgetrocknet und neu eingekleidet hatten.

»Wenn du schnell ausschreitest, kannst du es gerade noch schaffen«, sagte Brazzi. »Los jetzt, ich kümmere mich um die Kleinen.«

Die Kinder protestierten. Bertrand nahm jedes noch einmal in die Arme, herzte und küsste es, dann eilte er davon. Vor der Tür rief er noch: »Wir sehen uns zum Pessachfest in Carpentras, dann fahren wir nur zum Vergnügen mit dem Schiff auf der Rhône entlang.«

Brazzi folgte ihm ein paar Schritte.

»Hast du etwas von Catherine … von der Signora gehört?«

»Nicht das Geringste«, antwortete Brazzi. »Dein neues Weib verschließt sich ziemlich auffällig – als würde sie nur darauf warten, dass sie von schwarzen Luftdämonen zu ihrem Vater in die Felsenfestung zurückgebracht wird.«

Bertrand blieb wie vom Schlag getroffen stehen. Doch dann schüttelte er das Böse ab, das nach ihm und seiner Seele greifen wollte. Er eilte durch die Gassen des Judenviertels und erreichte den Platz vor dem Rathaus. Als er an der Kathedrale von Avignon vorbeilief, wies der einzige Zeiger an der neuen mechanischen Uhr des Kathedralenturms bereits waagerecht nach rechts. Drei Stunden nach Mittag – die Zeit, zu der im Palais des Papstes das erste Tischgebet gesprochen werden sollte. Er würde zu spät kommen. Aber die Würde seiner Stellung als ehrbarer Kaufmann verbot ihm jegliche Hast an einem Sonntag. Gemessenen, aber forschen Schritts setzte er seinen Weg fort.

Seder und er hatten darüber gesprochen, ob sich das Vergangene mit dem Zukünftigen verbinden ließ, ob Seher, Propheten und Kräuterfrauen tatsächlich die Gabe besaßen, Ereignisse zu erahnen, die noch nicht stattgefunden hatten, und ob es Dinge zwischen Himmel und Erde gab, die nur Eingeweihten vorbehalten blieben. Er dachte eindringlich an diese Gespräche mit seinem Schwager und Eingeweihten der arabischen Dichtung. Einige von ihnen hatten bei einer dieser eigenartigen, vom Rauch der Wasserpfeifen und aromatischem Tee begleiteten Zusammenkünfte behauptet, dass es sehr wohl möglich sei, die Zeit anzuhalten, sie zu strecken oder schrumpfen zu lassen – ebenso wie es möglich war, in der Vollkommenheit der Rosenblüte das Paradies zu erkennen.

Bertrand betete darum, dass sich nur ein einziger der schönen Gedanken aus Spanien verwirklichte und die Zeit sich genügend ausdehnte, um ihn rechtzeitig eintreffen zu lassen. Er ging an den bunt gekleideten Wachen vor dem Portal des alten Bischofspalastes vorbei. Sie kannten und grüßten ihn. Mehrere Lakaien, Diener und Prälaten nahmen ihn mit geröteten Gesichtern in Empfang. Niemand musste ein Wort sagen, denn die Peinlichkeit seiner Verspätung schien über allem zu schweben.

Er schritt so schnell und gemessen wie irgend möglich über die breite, geschwungene Freitreppe im Inneren der Empfangshalle. Überall schwebten Priester, Bischöfe und Würdenträger des Heiligen Stuhls wie Engel über die Emporen und durch die Gänge. Einige kamen aus Räumen mit offen stehenden Türen. Sobald sie ihn sahen, verharrten sie kurz, ehe sie schnell zurücktraten, die Türen schlossen und dann mit geneigten Köpfen an ihm vorbeihuschten.

Bertrand hatte plötzlich das eigenartige Gefühl, als würden sie sich vor ihm kleinmachen oder verstecken wollen. Keiner, der ihm auswich, sah ihm in die Augen. Er wusste nicht, ob das Verhalten der Männer Misstrauen oder vielleicht schon die Vorstufe der Ächtung als Ketzer war.

SPITZFINDIGKEITEN

Bertrand kam weder zu früh noch zu spät. Trotzdem hätte er schwören können, dass auf dem Weg durch den Papstpalast die Zeit zu seinen Gunsten gestreckt worden war. Als er kurz vor dem Eintritt in den kleineren Speisesaal noch einmal die Uhr der Kathedrale durch ein Fenster sah, war der Stundenzeiger bereits etwas nach unten gerückt. Bei seinem letzten Blick direkt aus dem päpstlichen Speisesaal stand der Zeiger wieder waagerecht gegen die dritte Stunde nach Mittag.

Es roch so verführerisch und zugleich verboten nach Gebratenem und Gesottenem, nach Kräutern und Gewürzen, dass Bertrand fast übel wurde. War denn nicht Fastenzeit? Galt nicht auch für die Kurie, was aller Welt zur Buße auferlegt war? Die vierzig Tage der Reue, Einkehr und Besinnung waren noch nicht einmal halb verstrichen.

Bertrand war nie ein angstvoller, in seinem Tun und Handeln von den Gedanken an den nahen Untergang der Welt gelähmter Christ gewesen. Aber dieses Festmahl mitten in der Fastenzeit erschien ihm wie Gotteslästerung und eine hinterhältige Versuchung durch den Satan.

Längst kamen ihm die vergangenen Tage und auch die Art, wie er in Avignon behandelt wurde, wie ein schlechter Traum vor. Es war, als würden überall klebrige Dämonen wie mannshohe schwarze Fledermäuse auf Giebeln und Mauern hocken, Schnäbel und Krallen langsam hin- und herbewegen und nur darauf warten, dass er sich schwach und hilflos zeigte. Erst als der Papst ohne ein Wort des Grußes und noch stehend ein kurzes Gebet anstimmte, verschwanden die Traumbilder vor Bertrands Augen.

Nachdem der geistliche Teil beendet war, wandten sich alle Anwesenden den weltlichen Genüssen zu. Bertrand sah, dass der Pontifex insgesamt sechs Gäste geladen hatte.

»Ihr sollt nicht streiten an unserem Tisch, an dem jederzeit auch Jesus Christus zu Gast sein kann, aber ihr müsst eure ehrliche Ansicht vor uns nicht verbergen. Sprecht aus, was euch bewegt, und lasst uns teilhaben an euren Gedanken.«

Der Papst saß an der Stirnseite des Tisches wie auf einem Thron mit so verkürzten Beinen, dass er bequem essen und trinken konnte. Bertrand war der Platz zu seiner Linken zugewiesen worden. Seine Gedanken drehten sich noch um seine Kinder. Er konnte kaum fassen, dass er weder sie noch Brazzi nach der Rose gefragt hatte. Ihm gegenüber saß sein Onkel Jean-Raymond de Comminges. Bertrand hatte ihn vor fünf Jahren zum letzten Mal gesehen. Damals war seine Mutter in Toulouse gestorben, doch nicht einmal der Erzbischof von Toulouse hatte es für nötig gehalten, den Spross aus der schändlichen Liaison seiner Schwester mit Bertrand de Goth zu benachrichtigen. Bertrand kannte den »Fuchs von Cahors« viel zu gut, um keine Absicht hinter ihrem Zusammentreffen zu erkennen. Johannes XXII. hatte sie sicherlich nicht grundlos an seinen Tisch gebeten.

Als dritter Gast war Fridericus Cibo, der Bischof von Savona an der italienischen Riviera zwischen Monaco und Genua, eingeladen worden. Bertrand kannte den Mann neben sich nicht persönlich, aber es hieß, dass sich dieser Bischof so geschickt zwischen den feindlichen Fronten der Guelfen und Ghibellinen bewegen konnte wie eine Dorade zwischen Haien. Männer wie er hatten überall ihre Augen und Ohren und Vertraute, die es verstanden, ihrem bischöflichen Aufseher unauffällig eine Brieftaube zufliegen zu lassen. Er war es auch, der über Fréjus die Verbindung zu Comyn auf dem Felsen von Monaco gehalten hatte.

Bertrand musterte unauffällig den vierten Gast. Er saß neben seinem Onkel und war als Markgraf Hesso von Baden vorgestellt worden. Der kräftige, doch etwas klein geratene blonde Deutsche saß auf der rechten Seite des Tisches. Bertrand schätzte sein Alter auf etwa dreißig Jahre. Er hätte ebenso gut Kaufmann wie er selbst oder ein Söldnerführer sein können. Wenn jedoch zutraf, was Bertrand bisher über ihn gehört hatte, war der Markgraf einer der wichtigsten *Condottiere* im Dienst des Heiligen Stuhls.

Ihm gegenüber auf der linken Seite des Tisches hatte ein sehr skeptisch wirkender Mann Platz gefunden. Es war Henri de Sade, der mehr Macht und Einfluss in der Stadt besaß als alle anderen Ratsherren.

Der sechste Gast an diesem Sonntag war eine weitere Überraschung für Bertrand. Es war Petrus de Ozia, der Bruder des Papstes und Vizegraf vom Comtat Venaissin.

Die Gäste des Papstes am Sonntag *Okuli* waren Auserwählte, auch wenn sie selbst bei dem gemeinsamen Mahl noch nicht erfuhren, wer von ihnen am Sonntag Laetare tatsächlich die Goldene Rose erhalten würde.

Bertrand wurde zunehmend unruhiger, aber er beherrschte sich. Während der köstlich duftenden und noch besser schmeckenden Einzelgänge wartete er die ganze Zeit darauf, dass ihn der Papst direkt ansprach – entweder auf den Verlauf seiner langen Reise oder aber auf seinen unglücklichen Schiffbruch und seinen Aufenthalt in der Felsenfestung von Monaco.

Doch nichts dergleichen geschah. Nur ab und zu blinzelte der »Fuchs von Cahors« ihm über seine linke Schulter hinweg kurz zu – ganz so, als ob er ihn auf ein besonders leckeres Stückchen Geflügel, eine ihm fortkullernde Erbse auf dem Damasttischtuch oder eine besonders interessante Bemerkung seiner anderen Gäste aufmerksam machen wollte.

Wie in der kleinen Küche im Turm am alten Bischofspalais üblich ließen die Gäste dort zubereiten, womit sie anschließend den Papst und die anderen Gäste erfreuten. Sie hatten bereits irischen, in Kräuter eingelegten Lachs vom Bruder des Papstes, blanchiertes Gemüse mit Safranfäden auf Muskatsahnesoße vom Ratsherr de Sade, gebratene Bällchen aus fein gehackten Schweinsfüßchen ohne Knochen mit jungen Brennnesseln und Bärlauchpaste des Markgrafen von Baden und ein paar kross gebratene Wachteln mit weißen Trüffeln zu sich genommen. Letztere hatte Bertrand mitgebracht. Nun folgte eine spezielle *Finanziera* aus den Bergen von Ligurien. Sie war die Gabe des Bischofs von Savona und sollte der Höhepunkt für ihre Gaumen sein.

Die ganze Zeit sprachen sie über Avignon, Macht und Ohnmacht der Gilden, murrende Ratsherren, die nicht schnell genug neuen Häusern und Ausbauten zustimmten, und über die vielen Mönche, Nonnen und zugereisten Handwerker, die in und um Avignon noch keine Wurzeln geschlagen hatten und dennoch Klöster und Hospitäler, neue Kirchen, Herbergen und Suppenküchen errichten wollten. Beinahe unmerklich richtete sich das erstaunlich offene Gespräch auch auf die Oberen der Franziskaner, die inzwischen als Ketzer verurteilt und in der Stadt gefangen gehalten wurden. Zum ersten Mal seit langer Zeit hörte Bertrand wieder, wie es um die Rädelsführer der Papstfeinde stand.

»Wir kannten Wilhelm von Ockham bereits, als er vor fast vier Jahren von John Lutterell, seinem ehemaligen Kanzler der Universität Oxford, bei uns angeschwärzt wurde«, sagte Johannes XXII. und schlürfte ein wenig von der Suppe. »Wir waren großherzig und sehr geduldig, aber wir mussten ihn schließlich anklagen und verurteilen.«

»Ich habe nie verstanden, was diesen Engländer eigentlich so gefährlich macht«, gab Bertrand zu.

»Ockham und die anderen Ketzer spalten Haare, genau wie vor ihnen Meister Eckhart, Madame Porète und die vielen in manchen Augen sogar aufrichtigen Gläubigen, die inzwischen durch das Richtschwert gestorben oder auf dem Scheiterhaufen verbrannt sind.« Der Papst schlürfte einen Löffel Suppe und tupfte sich anschließend mit einem Stofftüchlein aus seinem linken Ärmel die schmal gewordenen Lippen ab. »Ganz gleich, ob nun die Franziskaner und ihre Abtrennungen der Fraticelli und Spiritualen gegen den Heiligen Stuhl wettern, ob Ludwig IV. in München oder Rom darüber lacht, dass er von uns exkommuniziert wird, oder die klugen Magister und *doctores* in England und Paris am Dogma unserer Kirche zweifeln – wir müssen gegen jede Aufweichung kämpfen.«

Erst jetzt sah der Papst dem Sohn seines Vorgängers direkt in die Augen. Es war, als wolle er durch einen langen prüfenden Blick erfahren, was Bertrand in Spanien und danach erreicht hatte. Keiner der anderen Tischgäste bemerkte die versteckte Sorge im Gesicht des Heiligen Vaters. Nur Bertrand verstand plötzlich, dass alles noch viel bedrohlicher war, als er bisher geahnt hatte: Der Papst konnte sich vor seinen eigenen engsten Vertrauten nicht mehr offen äußern. War das der wahre Grund dafür gewesen, dass Johannes XXII. erst im vergangenen Dezember gleich zehn von vierundzwanzig Kardinälen neu ernannt hatte? Und dann das lange Schweigen am Heiligen Stuhl – das völlig unerwartete Desinteresse an ihm, der unter größtem finanziellen und persönlichen Einsatz lebend aus Spanien zurückgekehrt war. Wusste der Papst etwa, dass sein Kaufmann weder das Buch der Ketzerin noch die neue Goldene Rose mitgebracht hatte?

»Denkt an die großartige Bulle *Unam sanctam*!«, rief der Papst wie bei einer Predigt. »Mit diesem Sendschreiben hat Bonifatius VIII. vor einem Vierteljahrhundert noch einmal versucht, die geistliche und weltliche Macht in einer Hand zu behalten. Er wurde dafür von seinen weltlichen und geistlichen Feinden ermordet. Und in all meiner Demut vor den Wegen des Herrn behaupten wir, dass heute Männer wie Bonagratia, Marsilius und dieser Ockham die großen Fragen nur deshalb so fein aufspalten, damit sie in ihrer Schärfe bestenfalls auf der Schneide eines Rasiermessers Platz haben und alles andere überflüssig erscheint.«

»Kann man das auch ein wenig einfacher sagen und mir Laien erklären?«, fragte Bertrand ehrlich interessiert. Der Erzbischof von Toulouse schnappte entsetzt nach Luft. Einen derartig respektlosen Ton hätte er in seinem Palast niemals zugelassen. Er schämte sich für seinen jungen Verwandten.

»Manchmal sind Fragen klüger als jede denkbare Antwort«, meinte der Papst und nickte. »So hat der große Philosoph Averroes in Spanien ganz richtig gesagt, dass es mindestens zwei Wahrheiten geben muss, die man nicht vermischen kann.«

»Er hat auch gesagt, dass man für das Verständnis des Himmels und der Erde den Glauben und das Wissen trennen müsse«, ergänzte Bertrand. »Und dass selbst die größte Vernunft und der klügste Geist niemals etwas Übersinnliches erkennen und beweisen können.«

»Bist du von Sinnen?«, stöhnte Jean-Raymond de Comminges. »Wie kannst du wagen, hier am Tisch des Heiligen Vaters –«

»Wir hatten dazu aufgefordert«, unterbrach Johannes XXII. seinen neuen, in letzten Feinheiten päpstlicher Tischgespräche noch ungeübten Kardinal.

Bertrand lachte befreit. Jetzt endlich wusste er, dass er sich immer noch auf den »Fuchs von Cahors« verlassen konnte.

»Wissen kann bewiesen und immer wiederholt werden«, sagte der Papst. »Aber den Glauben können wir nur mit der Autorität der Kirche stärken. Ockham behauptet nun, dass unsere Entscheidungen viel zu oft nicht begründbar und willkürlich wären.

Auch wenn es uns selbst tief im Herzen schmerzt, müssen wir zugeben, dass Unfehlbarkeit auch als Willkür angesehen werden kann.«

»Das sagt aber noch nicht, warum dieser Wilhelm von Ockham nun wirklich angeklagt und eingesperrt ist«, meinte der Markgraf.

»Er sagt, dass sich jede Religion, ebenso Gott und die kirchlichen Dogmen, jeder logischen Überprüfung entziehen, weil eben theologische Urteile nicht durch die Erfahrung oder andere Beweise belegbar seien.«

»Das ist in der Tat selbstmörderisch«, stellte Petrus de Ozia fest. »Hat er das wirklich behauptet?«

»Schlimmer noch«, sagte der Bischof von Savona. »Ockham vertritt leider die Ansicht, dass die Macht der Kirche viel zu groß sei und dass nicht einmal ein Papst als Stellvertreter Jesu Christi befugt sein dürfe, irgendein menschliches Wesen seiner natürlichen Rechte zu berauben.«

»Genug!«, stieß Kardinal Jean-Raymond de Comminges erregt hervor. »Du zwingst mich geradezu, dich den Dominikanern und der Inquisition zu überstellen!«

»Wir wollen nicht, dass Wilhelm von Ockham und die anderen Verurteilten brennen wie ordinäre Ketzer«, beendete Johannes XXII. den Ausbruch seines neuen Kardinals und schlürfte einen letzten Löffel der köstlich mundenden Suppe. »Sie sind scharfzüngige Geister, aber auch starrsinnig in ihrer Meinung, die sie für allein selig machend halten. Aber wir wollen nicht noch weitere von ihnen zu Märtyrern erheben.«

Der Bischof von Savona ließ seinen Silberlöffel fallen, mit dem er gerade sein letztes Stück gekochten und geschnetzelten Stierhoden in Kräutersuppe an seine Lippen führen wollte. »Sie sollten vogelfrei sein!«, schnaubte Fridericus Cibo. Bertrand hüstelte. Er hatte plötzlich eine sehr praktische Idee, hell wie eine kaufmännische Erleuchtung. Sie war so doppelsinnig, dass sie auch von Schwager Seder oder von Averroes hätte sein können. »Warum muss sich der Heilige Stuhl überhaupt mit Männern befassen, die alles zerreden und ausdiskutieren wollen?«, sagte er klar und deutlich. »Mit ihrer unnachsichtigen Schärfe schaden sie jedem, der sie auch nur berührt.«

»Was willst du damit andeuten?«, fragte der Heilige Vater.

»Ich meine, dass Prozesse und Urteile eigentlich nur den Ketzern nützen. Man könnte sie doch einfach laufen lassen, damit sie durch das Gift ihrer Lehren anderen schaden.«

Sowohl der Heilige Vater als auch Henri de Sade und Bischof Cibo verstanden sofort, was Bertrand sagen wollte. Die anderen Gäste des Heiligen Vaters brauchten eine Weile, bis ihnen klar wurde, was Bertrand vorschlug.

»Wir werden darüber nachdenken, Bertrand«, sagte Johannes XXII. Dann zwinkerte er ihm mit einem Auge zu und war wieder ganz der »Fuchs von Cahors«. Er klopfte mit dem großen Ring des Fischers gegen den Rand seines leer gegessenen Suppentellers. Sofort eilten Diener vom Rand des Saals herbei, beugten sich über ihn und trugen die Teller ab.

»Wir sind entzückt, Bischof von Savona«, sagte der Heilige Vater. Er lehnte sich zurück, ließ sich mit einem angewärmten und mit Rosenduft betropften Tuch Stirn, Hals und Hände abtupfen. Dann rülpste er ganz leise und ließ ein fiependes, kaum hörbares Damenfürzchen fahren. »Man soll von deinem Rezept eine Abschrift in der Küche lassen.«

»Oh, das Rezept ist einfach«, sagte Fridericus Cibo geschmeichelt. »Es kommt nur auf die Stiere an. Sie dürfen nicht zu jung und natürlich nicht zu alt sein, und sie sollen nicht zu viele steile Bergwiesen gesehen haben. Das nämlich würde die Testikelbällchen ihrer Paradieswürze berauben.«

»Alles, was schmeckt oder verboten ist, lebt von Legenden«, sagte der Heilige Vater. Er hob die linke Hand und gab das Zeichen für die geübten Bediensteten. Sofort wurden neue, kleinere Tücher auf das bereits fleckige große Damasttuch gelegt. Kleine goldene Teller flogen fast wie Spielkarten über den Tisch und blieben wie abgezirkelt vor dem Papst und seinen Gästen liegen. Ebenso geschickt landeten verschiedenfarbiges Konfekt und Backwerk in Form von Vögeln, kleinen Rehen, Igeln und Hermelinen mit schwarzen Schwanzspitzen auf den Tellerchen. Gleich darauf regnete es Rosenblätter über alles.

»Wie damals, als der Heilige Stuhl noch in Rom zu Hause war«, stieß Kardinal de Comminges entzückt hervor, »als die Päpste am Sonntag von Himmelfahrt Rosenblätter von der Kuppel des Pantheons regnen ließen und dazu über die wunderbare Wirkung des Heiligen Geistes predigten.«

»Das klingt sehr pessimistisch«, sagte der Deutsche besorgt.

»Nein, keineswegs! Wir können dir an einem kleinen Beispiel gern erläutern, was wir meinen.« Der Papst lachte kurz wie ein Junge, der sich an einen nicht gelungenen Streich erinnerte. »Vor ein paar Jahren haben wir in Verkennung unserer eigenen Bedeutung das Urteil über die Exkommunikation des deutschen Königs nur an der Kirchentür von Notre-Dame hier in Avignon annageln lassen.«

»Das ist in allen Kirchen und Kathedralen üblich«, sagte der Erzbischof von Toulouse eifrig. »Überall wird angeschlagen, was die Gemeinde interessiert, wer getauft wurde oder starb, wer geheiratet hat und wann Veranstaltungen vorgesehen sind.«

»Du verstehst uns nicht«, sagte der Heilige Vater nachsichtig. »Wir haben einen von den sieben deutschen Kurfürsten gewählten König, der mit dem so erworbenen Rang eines römischen Königs durch eine Romfahrt auch ihr Kaiser werden wollte, mit einem Stück Papier um seine heilige *Majestas* bringen wollen.«

»Recht dazu bestand«, sagte der Bischof von Savona, aber Johannes schüttelte den Kopf.

»Was nutzt das Recht, wenn der Bestrafte nichts davon erfährt?«, meinte der Papst. »Wir waren hochmütig, zu sehr von unserer Wirkung eingenommen. Und unser Wille reichte nur bis zur eigenen Kirchentür! Aber die Zeiten haben sich geändert. Unsere Worte müssen nicht nur gesagt werden, sondern auch bei den Gemeinten ankommen.«

»Was sollen wir mit Ockham und den anderen tun?«, fragte Kardinal de Comminges naiv. Alle anderen hielten die Luft an, doch der Heilige Vater lächelte nur.

»Wir werden niemanden vor Notre-Dame in Avignon verbrennen lassen«, sagte er, nachdem er sich ein kleines weißes Taubenkonfekt aus Honigteig mit einem Tupfen aus Lavendelpaste als Auge zwischen seine Lippen gesteckt hatte. »Aber wir werden auch nicht länger dulden, dass man Ketzern, Narren und Gotteslästerern zuerst den Markt und dann auch noch den Lektor und die Kanzel in den Kirchen freigibt. Wir werden deshalb dafür sorgen, dass sich die angeblich so frommen Eiferer gegenseitig widerlegen. Zu diesem Zweck haben wir unseren lieben Sohn, den Erzbischof von Köln, schon im vergangenen Herbst beauftragt, uns jenen Mann zu schicken, der noch uneinsichtiger als dieser Wilhelm von Ockham ist.«

»Ihr meint doch nicht etwa ...« Bertrand de Comminges wich zurück, und Johannes XXII. sah ihn von der Seite her an.

»Doch, lieber Bertrand, wir haben Meister Eckhart aus Köln nach Avignon beordert. Zu unserem Leidwesen hat unser lieber aufsässiger Sohn die lange Reise in den kalten Wochen nicht überstanden. Trotz aller Fürsorge durch den Markgrafen, der ihm mit seinen Männern als Eskorte zugeteilt war. Er wollte weder reiten noch sich auf einen Wagen setzen lassen.«

»Wo?«, fragte Bertrand tonlos. »Wo ist es geschehen?«

»Nicht weit von meiner Heimatstadt entfernt«, antwortete der Papst. »Im Wald von Cahors.«

Als Bertrand bei Dunkelheit wieder in die Rue Jacob zurückkehrte und das Hoftor aufschloss, waren die Kinder schon nach Carpentras unterwegs. Erst jetzt spürte er, wie sehr er sie vermisste. Er nahm sich vor, sie möglichst schon vor dem versprochenen Osterbesuch wiederzutreffen. Und er musste unbedingt mit ihnen über Catherine reden.

Bertrand schlief wenig in dieser Nacht. Er trauerte um Meister Eckhart. Gleichzeitig beschäftigte ihn die Frage, warum niemand beim Gastmahl des Papstes über die Goldene Rose gesprochen hatte.

Am nächsten Morgen ging Bertrand als einer der ersten Gläubigen zur Messe. Aber er brach mit seinen Gewohnheiten und besuchte statt seiner üblichen Kirche von St. Agricol die Kathedrale von Avignon am Rocher des Domes. An diesem Montagmorgen nach Okuli hielt sich Bertrand lange in der Kirche auf. Prälaten und Priester, Ratsherren und Notare, Geldwechsler und Gildenmeister gingen zumeist ohne Hast und freundlich murmelnd an ihm vorbei. Manche starrten ihn neugierig an, wiederum andere wichen ihm wie dem Henker aus, mit dem sie aus Furcht vor dem unehrlichen Beruf keinerlei Berührung wagen und dem sie nicht einmal einen Gruß gönnen wollten.

Bertrand bemerkte sie alle. Er registrierte jeden Blick, jede Geste und jedes Abweichen wie in einem für die Ewigkeit geschriebenen inneren Kontobuch.

Die großen Kerzen aus teurem Bienenwachs rechts und links vom violett eingedeckten Altar verbreiteten einen milden Lichtschein rund um den Ort der heiligen Handlung, während blauweiße Schwaden von Weihrauch bis in die Dunkelheit unter der hölzernen Kassettendecke zogen. Es gab weder Stühle noch Bänke im hohen Kirchenschiff. Dennoch hatten die meisten Besucher der Messe ihre angestammten Plätze, zu denen sie gingen und sich eine Weile dort aufhielten, um dann die Kathedrale auf etwas anderen Wegen wieder zu verlassen. Auf diese Weise konnten sich bei den Rundgängen wie zufällig immer neue Gruppen für kurze, halblaute Gespräche bilden. Selbst Angebote, Vereinbarungen und der Austausch neuer Nachrichten waren viel unauffälliger möglich als auf den Straßen und Märkten, in den Tavernen oder bei Spaziergängen am Fluss oder zur Kuppe des Rocher des Domes.

»Sei gegrüßt, mein Freund Bertrand«, murmelte eine nicht mehr ganz junge und halb verschleierte Dame vor einem der Beichtstühle. »Du machst dich rar in letzter Zeit. Und man hört neuerdings, du hättest den Ertrag aus einem großen Handel im Ausland und vielleicht noch viel mehr verloren.«

»Es war nicht meine Galeere«, antwortete Bertrand verhalten, während vorn am Altar das Gloria ertönte. Sie kannten sich ebenso lange, wie er schon in Avignon war. Trotzdem hatte er sich auch nach dem Tod seiner Ehefrau niemals mit der stets liebesbedürftigen Elena von Pisa eingelassen.

»Und wie geht es meinem geliebten Gatten?«, fragte sie eher spöttisch. »Du hast meinen unglücklichen Pflegefall doch besucht, nehme ich an.«

»Er leidet sehr bei Tag und Nacht«, antwortete Bertrand, »und ich bin nach wie vor der Meinung, dass du besser bei ihm als hier aufgehoben wärst.«

Elena lachte nur. »Spar dir deine Moralpredigten«, sagte sie eine Spur zu laut. »Lass mich lieber wissen, was wirklich vor Monaco geschehen ist.«

»Ich hatte nur eine kleine Beiladung«, sagte er beruhigend.

»Heißt das, wir haben Verlust gemacht und du wirst mir meine Ansprüche auf den Verdienst des vergangenen Jahres nicht mit Geld, sondern durch verträumte Nächte mit dir auszahlen?«

»Hast du denn nicht genug mit dem jungen Aristide im Bett?«, flüsterte Bertrand. »Und hat er dir nicht ebenso viel berichtet wie mir?« Er merkte, dass bereits andere lange Ohren bekamen, während im Altarraum das Kyrie erklang.

»Nichts könnte jemals mein Verlangen nach dir stillen«, gurrte sie. »Ich weiß, was du in Córdoba gesucht hast, und wenn sie gut waren, haben auch ein paar andere davon erfahren. Wir können gern an einem anderen Ort darüber sprechen.«

»Vorbei«, sagte er bestimmt. »Ich will es nicht mehr wissen. Außerdem bin ich wieder verheiratet.«

»Auch das ist mir bereits bekannt.« Sie lachte leise, aber schnippisch. »Hüte dich vor Töchtern von Piraten!«, zischte sie scharf. »Sie haben das Herz einer Krake.«

Sie ging weiter, als auch schon der nächste Besucher der Messe Bertrand ansprach. Petrus de Ozia blieb direkt vor ihm stehen. Er sah Bertrand von oben bis unten an, verzog sein Gesicht wie in großem Kummer, hob beide Hände und fragte mitleidig: »Trifft wirklich zu, dass du dein ganzes Vermögen und die Hälfte all deiner Anteile an deinem Handelshaus verloren hast?«

Noch ehe Bertrand antworten konnte, griff der Vizegraf mit beiden Händen nach seinen Schultern und hielt sie fest. »Nein, sag jetzt nichts! Ich kann nur ahnen, wie dir zumute sein muss.« Er brach ab und ließ Bertrand los. Vier italienische Bankiers gingen respektvoll grüßend an ihnen vorbei, gefolgt von einem halben Dutzend Geldwechsler, die vorgebeugt auf jedes Wort und jede Geste der Noblen achteten. Niemand im hinteren Teil des Kirchenschiffs kümmerte sich noch um die Messe.

Ozia fuhr fort: »Du solltest mich besuchen, wenn du ein wenig Hilfe und Fürsprache für den einen oder anderen Handel benötigst. Nach dem, was dir widerfahren ist, wirst du mein Angebot brauchen können.«

»Ich denke, dass ich zunächst eine Aufgabe beenden muss, die mir dein Bruder vor vielen Monaten aufgetragen hat.«

»Ich weiß, ich weiß«, flüsterte der Vizegraf. »Aber in Zeiten wie diesen sollten auch ehrbare Bürgen auf Schutz vor erfundenen Anschuldigungen bedacht sein. Wie schnell kann aus einem unwahren Gerücht, einer schändlichen Verleumdung ein Todesstoß werden, von dem auch Gott der Allmächtige nicht rechtzeitig erfährt.«

Bertrand verstand die Drohung sofort. »Was soll ich tun … nach deiner Meinung?«

»Du sollst nichts tun, sondern etwas unterlassen.«

»Und das wäre?«

»Schick die Signorina wieder fort. Du sollst sie ja bereits geheiratet haben, aber eine unter Zwang geschlossene Ehe lässt sich leicht annullieren …«

Bertrand antwortete nicht. Neben ihnen tuschelten zwei Dominikanermönche. Er und Petrus de Ozia mussten warten, bis sie weitergegangen waren. Der Vizegraf leckte sich über die Lippen, dann sagte er: »Du weißt, dass die Hofordnung den Aufenthalt von Frauen an der Kurie ausdrücklich verbietet. Es mag hier und da Ausnahmen geben, aber Seine Heiligkeit würde niemals deine neue Geschäftspartnerin empfangen wollen.« Er sah sich vorsichtig nach allen Seiten um. »Besucht mich daher beide in meinem Stadthaus und bringt euren Faktor Brazzi mit. Ich denke, wir sollten einige Vereinbarungen über den Fortbestand des Fondaco de Comminges und die zukünftige Zusammenarbeit im Comtat Venaissin und mit dem Heiligen Stuhl treffen.«

Bertrand schob seine Unterlippe vor und blickte dem Vizegrafen furchtlos in die Augen. Dann fragte er direkt: »Soll das ein Handel oder eine Befragung werden – vielleicht in der Art, die von den Dominikanern Inquisition genannt wird?«

»Bei allen Heiligen, wo denkst du hin, Bertrand!«, stieß der Bruder des Papstes aus. »Ich will nur einige Dinge regeln, die der Heilige Vater nicht selbst mit dir besprechen kann.« Er beugte sich noch näher zu Bertrand. »Es geht um das Silber«, flüsterte er. »Du weißt schon … der Schatz der Templer oder der Teil davon, an den du mit deinen Zeichen im Stein herankommen könntest. Der Heilige Vater braucht ihn, um den Antichrist aus Bayern und zugleich den designierten Franzosenkönig Philipp von Avignon fernzuhalten.«

Also doch! Obwohl erst im Dezember zehn neue Kardinäle ernannt worden waren, schien keiner so viel Vertrauen beim »Fuchs von Cahors« zu genießen wie der eigene Bruder. Die große Unsicherheit darüber, wer unter dem Papst der für alles verantwortliche Steuermann der Galeere des Heiligen Stuhls in Avignon sein sollte, war damit beendet. So erklärte sich auch, warum Johannes XXII. nach und nach und fast wie zufällig Verwandte, die nicht zu Priestern geweiht waren, außerhalb von Avignon platziert hatte. Sie hielten inzwischen in Sorgues, Bédarrides und Châteauneuf-du-Pape ebenso wie andere weltliche Ritter mit ihren Frauen, Töchtern und Geliebten, Turnieren, Festmählern und großen Jagdgesellschaften Hof. Auf diese Weise konnte in Avignon zumindest öffentlich die strenge Kirchenzucht eingehalten werden, während dort, wo der Papst selbst nicht erschien, die Kunst des feinen Umgangs mit den Damen, mit Minneliedern und edler Waffenkunst gefeiert werden konnte.

Denn eines hatte Bertrand de Comminges niemals aus den

Augen verloren: Auch Johannes XXII. führte Krieg und brauchte dafür einen kriegerischen Rückhalt aus verbündeten Königen und Fürsten, ihren Rittern, Kriegsknechten und Angehörigen seiner eigenen Verwandtschaft, die er, sooft es ging, mit Adligen aus dem Süden Frankreichs ehelich verband. Er brauchte sie nach den Ereignissen der letzten Tage und Wochen mehr denn je. Und niemand wusste das besser als Bertrand de Comminges. Wie nah die Bedrohung des Heiligen Stuhls und seiner Vertrauten bereits gekommen war, hatte er schließlich am eigenen Leib und seinem Hab und Gut erfahren.

»Wann willst du uns empfangen?«, fragte er, während vorn im Altarraum das Schlussgebet gesprochen wurde.

»Kommt morgen vor der Dämmerung. Achte auf Falkenhenn, de Sade und seinen Schwager, den Markgrafen von Baden. Ich kann dich nur so lange halten, wie dir nichts Gotteslästerliches nachgesagt wird.«

»Gott schütze dich und deinen Bruder.«

Ehrungen

Bertrand verließ die Kirche mit einigen Kaufleuten, die in den letzten Jahren gute Profite mit dem Heiligen Stuhl gemacht hatten und reich geworden waren. Sie schätzten und betrogen sich, so gut es eben ging, jedoch nur in dem Maße, dass sie sich noch auf fremden Märkten außerhalb der Stadt gegenseitig unterstützen konnten. Die Männer trugen allesamt bis über die Schenkel fallende, mit Pelz besetzte Umhänge aus feinem Wollstoff, dazu eng anliegende Beinlinge, sehr spitze Schuhe, deren Oberleder bis über die Knöchel reichte, und farbige, topfartige Hüte, die oben etwas breiter wurden und zumeist in einem rund gepolsterten Wulstring endeten.

»Geht es dir nun gut, oder hat dich bei deiner letzten Reise arg das Pech verfolgt?«, fragte einer der angesehenen Tuchhändler, als sie vor dem Kathedralenportal standen. Bertrand hatte gelegentlich in Flandern und in der Toskana mit ihm zusammengearbeitet. »Man hört so vieles, wenn der Tag lang ist.«

»Danke für deine Nachfrage«, meinte Bertrand so deutlich, dass auch die anderen in der Nähe ihn gut hören konnten.

»Da soll irgendetwas mit einer Regressandrohung sein. Hast du etwa in Pisa oder Maiorca Waren nicht bezahlt und bist auf die schwarzen Listen gekommen?«

»Bist du von Sinnen? Bei meiner Ehre … nein!«

»Du sollst dich unterwegs ein wenig umgesehen haben bei der Weiblichkeit.«

»Ja, das ist richtig«, bestätigte Bertrand. »Ich habe mehr als zehn Jahre nach dem Tod meines geliebten Weibes Miriam von Carpentras erneut geheiratet, und zwar die Tochter von Admiral Rainier Grimaldi.« Er machte eine kleine Pause und hob den Kopf, damit ihn alle sehen konnten. »Das ist natürlich mit einer Morgengabe verbunden. Catherine Grimaldi kann daher ab sofort auch in meinem Namen Geschäfte abschließen und Verträge unterzeichnen. Ihr gehört die Hälfte dessen, was ich mir hier in Avignon erworben habe.«

Ein Raunen ging durch die um Bertrand Versammelten. Nach

und nach näherten sich auch andere Bürger der Stadt. Sie alle wollten hören, was er zu berichten hatte.

»Eine Grimaldi!«, jaulte in diesem Augenblick eine ordinäre Stimme aus den hinteren Reihen. »Eine Seeräuberbraut in der Stadt des Heiligen Vaters!«

Elena von Pisa! Dieses verdammte, bösartige Weib!, dachte Bertrand und biss die Zähne zusammen. Rächt sich sofort, wenn sie verschmäht wird.

»Schämen muss man sich … einfach schämen …«

Bertrand fand, dass die Zeit für klare Worte gekommen war. »Meine Verbindung mit der Tochter des Admirals schützt uns Kaufleute von Avignon und Marseille bis nach Monaco hin besser als hundert Kriegsknechte in hohem Sold!«, rief er über die Köpfe der Versammelten hinweg. Er wartete noch einen Augenblick, dann drehte er sich um. »Ich rate keinem von euch zu irgendeinem Handel mit den Ghibellinen, den Sforzas oder gar den Spinolas. Was dort geschieht, kann nicht den Segen des Allmächtigen gewinnen! Aber auf jeden Fall sollten eure Schiffe, wenn sie von Westen kommen, nicht zu dicht an der Riviera entlangfahren. Die ganze Küste bis in die Toskana ist in der Hand der Kaiserlichen.«

»Sollen wir etwa auf jeden Handel mit Genua, Pisa oder Rom verzichten, nur weil der Bayer sich die Kaiserkrone aufgesetzt hat?«

Dicht vor dem Kirchenportal lachte wieder das Weib. »Und er macht heimliche Geschäfte mit Juden und mit Ungläubigen!«, lästerte Elena von Pisa. »Sogar die Goldene Rose dieses Jahres hat er in Spanien schmieden lassen und dann klammheimlich in unser christliches Avignon gebracht.«

Für einen Augenblick hatte Bertrand de Comminges Mordgelüste. Er hätte Elena mit bloßen Händen erwürgen können.

»Das hat er nicht getan!«, rief eine andere Frauenstimme vom Portal der Kathedrale her. »Wir waren es … der Monsignore Mel Comyn und ich, Catherine Grimaldi, Tochter von Rainier Grimaldi, des großen Admirals von Frankreich!«

Die Blicke sämtlicher Zuhörer folgten der Stimme. Auch Bertrand starrte die junge Frau an, die plötzlich auf einem weißen Camargue-Pferd über die Stufen ritt.

Catherine!

Sie trug einen matt glänzenden Brustharnisch und hatte einen ebenfalls weißen Waffenrock mit goldenen Lilien über die Schultern gelegt. An ihrem Gürtel hing ein kurzes, schmales Schwert, wie es Kuriere der Könige und die Anführer von Piraten bevorzugten. Neben ihr ging Monsignore Mel Comyn. Er hielt ihr die Zügel, während sie sich hoch im Sattel aufrichtete. Sie blickte über die Köpfe der Kirchgänger, dann hob sie die Rechte und streckte die schwere Goldene Rose in den Frühlingshimmel über der Provence.

»Bei Gott, ist das ein Weib!« Petrus de Ozia konnte sich vor Begeisterung kaum fassen. Auch der fast vierundachtzig Jahre alte Papst wandte den Blick nicht ab. »Ist dieses wunderschöne Kunstwerk der Goldenen Rose nun entweiht, weil es der Pöbel nackt und ohne Monstranz in den Händen eines Weibes sah, das noch dazu auf einem Schimmel ritt, der eigentlich auch für mich bestimmt war?«

Johannes XXII. blickte seinen Bruder an und schüttelte den Kopf. »Die Rose ist doch keine Reliquie, sondern nur ein Juwel aus Gold und Edelsteinen.«

Der Vizegraf geleitete den Papst über einen kleinen Flur zum Kaminzimmer mit dem Sessel zwischen den Fenstern zum Fluss.

»Und die Rose, die unsere Tochter so triumphierend dem Volk gezeigt hat, ist noch nicht durch unsere segnenden Hände gegangen«, fügte der Papst hinzu. »Sie ist daher und bis zu diesem Augenblick in unserem Sinne völlig wertlos – ebenso wertlos wie das Silber der Tempelherren, solange es keiner Bedeutung zugeführt wird.«

Petrus de Ozia schob seinem greisen Bruder ein paar mit Hermelin verzierte Seidenkissen in die Seiten. »Ich weiß noch immer nicht, wen du am Sonntag mit der Rose ehren willst«, sagte er. »Ich selbst verzichte ja freiwillig.«

Der Papst lächelte mit geschlossenen Augen.

»Dem Kaufmann würde ich an deiner Stelle die Rose auch nicht geben«, fuhr Petrus de Ozia fort. »Er war nicht unsichtbar genug bei diesem Auftrag. Das gilt im Übrigen auch für diesen Markgrafen, der nicht mal in der Lage war, den alten Ketzer

Eckhart lebend aus Köln hierherzubringen. Es bleibt also nur Bischof Cibo als unser zuverlässiger Verbindungsmann nach Monaco, Genua und in die großen Städte in der Lombardei. Oder der noch immer wegen der Teilung seines Bistums greinende Kardinal de Comminges.«

»Der hat schon eine Rose«, sagte Johannes mit geschlossenen Augen. »Nun gut, man könnte in Ermangelung von ansehnlichen Kandidaten auch zweimal eine Rose an denselben Mann vergeben. Das aber hat dieser Dummkopf nicht verdient.«

»Also Cibo, unser Bischof zwischen Genua und Monaco.«

»Es sei denn, Bertrand de Comminges schafft es, aus Laetare wirklich einen Freudensonntag zu machen.«

»Ich ahne, was du meinst, aber das kannst du niemals wirklich wollen!«

»Allein an Silber ist der Schatz der Templer noch immer groß genug für einen neuen Kreuzzug«, sagte der alte Papst. »Aber nicht gegen Sarazenen in Palästina und Jerusalem, sondern gegen diesen Kaiser, der ohne meinen Segen herrschen will.«

»Willst du ihn tatsächlich bekriegen?«

Johannes XXII. öffnete die Augen. »Nein, Petrus, ich will ihn besiegen! Und ihm seine gottlose Gefräßigkeit verleiden … so viel vom Templersilber in sein Maul stopfen, dass er daran erstickt!«

»Das schöne Silber«, seufzte der Vizegraf.

»Das gute Silber«, verbesserte sein Bruder. »Es wird zum guten Silber, weil wir es verschenken werden und dadurch ganz im Sinne der Franziskaner ärmer werden.«

Der Vizegraf blickte ungläubig auf. »Das ist die Kreuzigung für dich, das Papsttum und die heilige römische Kirche!«

»Oder die Auferstehung.«

Bertrand hob die Hände und bahnte sich rasch den Weg zu Catherine und Comyn. Sie sahen ihn, lächelten und winkten ihm fröhlich zu. Doch statt zu ihm zu kommen, entfernten sie sich in Richtung des Rathauses und des Palastes von Kardinal Godin. Bertrand wollte ihnen nach, doch die Kirchenbesucher ließen ihm keinen Raum. Er wurde immer ärgerlicher. Wie kam er eigentlich dazu, seinem störrischen Weib auf einem

Schimmel und einem als ihrem Pferdeknecht verkleideten Priester zu folgen?

»Ich denke nicht daran«, murmelte er. Gleichzeitig spürte er, wie sein Blut beim Anblick Catherines in Wallung geraten war. Ihre stolze Haltung, ihre blitzenden Augen ... Als er endlich auf dem Weg zum Fondaco am Palast von Godin vorbeikam, war weder von Comyn noch von Catherine oder dem Schimmel etwas zu sehen. Er war schon fast am großen, verlassen wirkenden Godin-Palast vorüber, als sich eine Seitenpforte öffnete und Francesco Petrarca ihm direkt in den Weg lief.

»Was gibt es?«, fragte Bertrand unwirsch. Petrarca errötete und versuchte auszuweichen. Er blickte zur Seite, und sein Blick fiel auf eine andere Tür des Palastes. Bertrand schob die Lippen vor, dann fragte er ganz direkt: »Sind sie dort drin? Der Priester, mein Weib?«

»... und die Franziskaner«, bestätigte Petrarca eilig.

Der Dichter machte den Eindruck eines geprügelten Hundes. Bertrand schnaubte herablassend.

»Komm mit!«, sagte er entschlossen. »Dabei erzählst du mir ganz schnell, wo sich Wilhelm von Ockham, Bonagratia von Bergamo und Michael von Cesena aufhalten, wo Wachen und Bedienstete im Palast verteilt sind und was du über die Pläne der Franziskaner weißt.«

Catherine band das Pferd nur lose im Innenhof von Kardinal Godins Palast an. Ein paar kichernde Küchenmädchen und ein halbes Dutzend Schweizer mit erhitzten Gesichtern aus der Wachmannschaft des Papstes wussten nicht recht, ob sie ihr den Weg verstellen oder ihr behilflich sein sollten.

»Wo sind die Franziskaner?«, rief Catherine ihnen zu.

»Sie ... sie wollten sich die alten Kellerräume von Kardinal Godin ansehen. Und eine Heckenrose.«

»›*Sub rosa dictum*‹, hat der ehrenwerte Doktor von Ockham noch gesagt, ehe sie nach unten gingen.«

»Keine Ahnung, was das bedeuten sollte«, sagte ein anderer und stopfte sich das aufgebauschte bunte Hemd wieder in die Hose.

»Ist jemand mit ihnen gegangen?«

»Das war nicht nötig. Wir passen sehr gut bei den Treppen auf.«

In diesem Moment öffnete sich eine Tür, und der Vizehauptmann der Torwachen trat in den Hof. Er sah nicht so aus, als wäre er in der letzten Stunde seiner Gönnerin Elena von Pisa besonders treu gewesen. Für einen Augenblick wollte er nach seinen an der Mauer abgelegten Waffen greifen, doch dann erkannte er sie.

Noch ehe Catherine weiterfragen konnte, stürmte Bertrand mit dem jungen Dichter in den Hof.

»Hat einer von denen dich angefasst?«, schrie er erregt. »Und was soll das alles? Diese Verkleidung, die Rose, du auf dem weißen Pferd vor der Kathedrale?«

»Sie werden kommen«, antwortete sie unbeeindruckt. »Einer nach dem anderen wird kommen, alle, die bis heute etwas über die Rose und die Geheimnisse deiner drei Zeichen im Stein gehört haben. Ich habe ihnen allen nur das entsprechende Signal gegeben.«

»Das ist absurd«, stieß Bertrand noch immer aufgebracht hervor. »Du kannst doch nicht wollen, dass sich sämtliche wilden Tiere in diesem Folterpalast wie in einer Falle fangen lassen.«

»Genau das habe ich mit Monsignore Comyn vereinbart«, sagte sie und kam lächelnd auf ihn zu. »Wir beide haben deine Rose in ihrer Silberkiste gut bewacht durch alle Räubernester und Verbrecherherbergen nach Avignon gebracht.« Sie hielt die wunderschöne, allerliebst geschmiedete Goldene Rose zwischen sich und ihn. Nur der Stiel war unten breit und kräftig, wie schräg angeschnitten. »Du allein hättest es selbst mit deinen edlen Geschenkschwertern für den Papst keine zehn Meilen geschafft. Und dass du mein Gemahl geworden bist, gehörte auch zum Plan, den ich mit Monsignore Mel Comyn für uns alle in seinem Beichtstuhl ausgeheckt habe. Er wusste viel von dir und deinem Auftrag über Bischof Cibo. Natürlich wurde ich ebenso wie du von Spinola erpresst. Aber ebenso sehr wollte ich meinen Vater retten. Dazu mussten wir und die Rose bis hierher gelangen.«

»Und der Diebstahl in der Nacht?«

»An der Durance mit ihrem Hochwasser wäre um ein Haar

noch alles schiefgegangen. Ich erkenne meine räuberischen Verwandten überall. Die waren alle scharf auf deine Silberkiste.«

»Der Monsignore hätte sie mir bringen können, nachdem wir wieder hier waren.«

»Das wollten wir auch, aber der kluge Rabbi von Carpentras hatte wohl gedacht, dass er die Kiste in den Wagen packen könnte, mit dem die Kinder abgeholt wurden. Er hatte leider ganz vergessen, ihnen das zu sagen.«

Bertrand holte tief Luft. »Und nun? Warten wir jetzt auf alle hundert Straßenräuber aus deiner Verwandtschaft?«

»Wir warten nur darauf, dass du dich beruhigst«, sagte sie. »Dann nämlich könnten wir den Franziskanern folgen, die bereits nach dem Symbol der Heckenrose in den Kellern und Katakomben im Rocher des Domes suchen.«

Die Bewaffneten des Papstes und der Stadtwache erhielten den Auftrag von Monsignore Comyn, den Palast Godins von innen wie von außen zu bewachen. Obwohl er eigentlich nicht wollte, ließ Bertrand zu, dass sich Francesco Petrarca ihm, Catherine und Comyn anschloss.

Bereits an der Treppe sahen sie einen entzündeten Kienspan in einer Wandhalterung. Sie gingen tiefer, bis sie in einen Raum kamen, von dem mehrere Türen abgingen. Bertrand kannte den Raum und versuchte sich zu erinnern, welches die Zugänge zu jenen Folterkellern waren, in denen Miriam und ihr Bruder Seder von den Grauen von Kardinal Godin damals gequält worden waren. Die beiden ersten Türen standen halb offen. Sie führten nur in dunkle Gänge. Die dritte Tür war mit schweren Schlössern verhängt. Die vierte war ebenfalls geschlossen, aber die Spuren am Fußboden zeigten, dass sie gerade erst geöffnet worden war.

Zusammen mit Comyn zog Bertrand die schwere Tür erneut auf. Sie hielten ihre Lampen hoch. Nur langsam erkannten sie die wahre Größe des unterirdischen Gewölbes. Der Raum war fast so groß wie Bertrands Hof in der Rue Jacob. Er hatte keine Fenster, aber an jeder Seite eine weitere Tür mit großen Schlössern und schweren eisernen Beschlägen. Eine kreuzförmige Gewölbedecke ruhte auf insgesamt zwölf Säulen in den Ecken.

Weder das Streckbett noch die Ketten mit Handschellen darüber oder das Podest mit einem leeren Schemel verrieten ihnen etwas.

»Ich weiß nicht, wo die anderen suchen«, sagte Bertrand. »Aber ich hoffe, dass sie nicht den Ausgang zum Rhôneufer finden.«

»Du kennst das alles hier?«, fragte Catherine erstaunt.

»Ja, viel zu gut«, antwortete er. Er rüttelte an den verschlossenen Türen, dann fand er eine, die sich bewegen ließ. Dahinter begann ein gewundener, nicht sehr langer Gang. Und dann beleuchtete seine Lampe einen Raum, den er ebenfalls schon kannte. Beim letzten Mal war er als eine Art Sakristei im Berg genutzt worden. Auch diesmal lagen Kleider auf einem Stuhl neben einem in die Wand gehauenen Altarkreuz. Erst jetzt fiel Bertrand auf, dass dieses Kreuz nicht glatt war, sondern das Blütensymbol einer Rose in seiner Mitte trug.

»Sub rosa dictum«, sagte Catherine ehrfürchtig. Comyn nickte ihr zu, doch Bertrand hob die Brauen.

»Noch immer gilt für alles, was im Zeichen der Rose gesagt wird, das Siegel der Verschwiegenheit, und es muss geheim bleiben«, erklärte Comyn. »Es verpflichtet alle Beteiligten wie ein heiliger Eid zur absoluten Vertraulichkeit. Genau das war es, was Wilhelm von Ockham gesagt hat, ehe er mit den anderen in die Kellerräume stieg.«

»Ist das Wort Rose nicht einfach gleichbedeutend mit Blume?«, fragte Catherine.

»Das mag schon stimmen«, antwortete Bertrand. »Aber es gibt noch viele andere Bedeutungen. Manche sagen, bei der Goldenen Rose ist das Gold das Göttliche, Moschus das Fleischliche und Balsam der Heilige Geist, durch den beides verbunden wird. Und in Córdoba hörte ich, dass im Islam die Rose nicht nur für das Paradies steht, sondern auch für die Schweißtropfen Mohammeds. Schon deshalb wäre es für Muslime undenkbar, was bei uns im christlichen Abendland als eine besondere Ehre gilt: Kein Heide, der dem Glauben an Allah treu ist, würde es wagen, über Rosen zu gehen und ihre Blütenblätter zu zertreten.«

»Da fällt mir etwas ein«, sagte Catherine. »Als Kinder haben wir manchmal die Blätter der verschiedenen Rosenformen gezählt. Bei einer Rose war mir das immer sehr unheimlich.«

»Du meinst die Heckenrose, die eigentlich gar keine Rose ist?«

»Ja, wir haben sie die Teufelsrose genannt, denn wenn man die Spitzen der Heckenrose mit den jeweils übernächsten Kelchblättern verbindet, ergibt sich das geheime Zeichen des Drudenfußes.«

»Das Pentagramm!«, stieß Bertrand hervor.

»Ein uraltes Zauberzeichen«, mischte sich jetzt auch der Poet ein. »Eines der geheimen Symbole, das schon bei den Hohepriestern, den Propheten und bei König Salomon das Verständnis vom harmonischen Gefüge des Menschen und des Weltalls hütete.«

»Das klingt mir als Kaufmann viel zu mystisch«, sagte Bertrand und lachte trocken.

»Und wenn doch etwas daran ist?«, fragte Comyn. »Sogar wir Christen zieren inzwischen unsere Beichtstühle mit Rosen, und an den Rathäusern werden Rosen an die Tür gehängt, damit nichts zum Volk gelangt, was verschwiegen werden soll.«

»Rose, Rose, Rose«, murmelte Bertrand. »Rose, Kreuz im Herzen und Pentagramm.« Er hob die Hand, an der er die Nachbildung des Ringes, den er von seinem Vater geerbt hatte, trug. Langsam, wie im Traum berührte er die goldenen Blütenblätter. Der Amethyst verhakte sich zwischen den beiden geschlossenen Knospen, in denen die winzigen Kissen mit Moschus und Öl vom Balsamstrauch verborgen waren. Und plötzlich bewegten sich die goldenen Rosenblätter.

Bertrand spürte, wie ihm fast das Herz stehen blieb. Er starrte auf eine eigenartige, beinahe hypnotisch wirkende Figur, die sich aus den Blätterkanten gebildet hatte.

»Baphomet!«

Er schluckte, leckte über seine Lippen und kratzte mit dem Stiel der Goldenen Rose etwas Kalk aus dem Zeichen in der Wand.

»Was machst du da?«, fragte der Monsignore entsetzt.

»Sei still, diese Rose ist noch nicht geweiht!«, presste Bertrand hervor. Er schabte weiter an dem in die Wand gehauenen Altarkreuz, zog eine gerade Linie, dann die zweite quer über das Blütenbild, wieder eine, dann die nächste.

»Die Heckenrose«, rief Catherine.

»Ein Pentagramm«, flüsterte Francesco Petrarca ergriffen.

»Viel einfacher«, sagte Bertrand und lachte. »Es wird ein Rad … ein Rad, an dem man drehen kann … mit einer Spindel zu irgendeinem Riegel.«

»Willst du ihn öffnen?«, fragte Catherine. Bertrand drehte sich um, lächelte ihr zu und schüttelte den Kopf.

»Nein«, sagte er und strich mit einem Wisch Kalk über alle Linien, die er soeben bloßgelegt hatte. »Selbst wenn der ganze Berg mit dem Schatz der Templer angefüllt sein sollte, darf nur der Papst allein entscheiden, was damit geschieht.«

Rosensonntag

Diesmal musste der Stundenzeiger der Uhr am Kathedralenturm kein Einsehen mit Bertrand de Comminges haben. Er hatte Catherine von seinem eiligen Gang zum Papstessen erzählt. Sie blickten beide verstohlen zum Turm hinüber und lachten leise, als sie sich danach ansahen und merkten, dass sie das Gleiche gedacht hatten.

Doch etwas anderes, gänzlich Ungewöhnliches geschah in dieser Mittagsstunde des Rosensonntags in Avignon. Als Bertrand und Catherine festlich gekleidet die breiten Treppen in der Eingangshalle des Bischofspalastes hinaufgingen, wurden sie von mindestens zwei Dutzend abweisenden, kritischen und sogar feindlich blickenden Augenpaaren beobachtet. Beide wussten, dass sie gegen das Gesetz des Heiligen Stuhls verstießen. Die Anwesenheit der Piratentochter im Palast der Kurie war ein Sakrileg, wenn nicht sogar Sünde.

Dennoch hatten sich der greise »Fuchs von Cahors« und sein Bruder in diesem ganz besonderen Fall nicht um die ehernen Regeln am Hof der Päpste gekümmert. Das junge Paar wurde von unfreundlichen Prälaten und von zwei der älteren Kardinäle ins obere Stockwerk begleitet und weitergeführt. Einer von ihnen war Bertrands Onkel, der Erzbischof von Toulouse.

Am Sonntag Laetare anno 1328 waren kaum drei Dutzend Kleriker und hochgestellte Personen aus Avignon und den umliegenden Grafschaften sowie die wichtigsten Gesandten verschiedener Fürsten am Heiligen Stuhl anwesend. Sie alle standen, und nur die sechs Nominierten hatten das Recht erhalten, auf vergoldeten Stühlen mit roten Samtpolstern zu sitzen. Die Sensation bestand an diesem Tag darin, dass eine schöne und elegante junge Dame die sechs Kandidaten für die Auszeichnung des Papstes begleitete.

Johannes XXII. wurde in einer Sänfte in den großen Audienzsaal getragen. Sämtliche Gäste neigten den Kopf zum Zeichen der Verehrung vor dem sehr schwach wirkenden Pontifex maximus. Auch die Nominierten standen zum stillen Gebet auf.

Die folgende Messe war mit Rücksicht auf den Zustand des Heiligen Vaters schon fast sträflich kurz. Bertrand und Catherine sahen, wie er zwischendurch immer wieder die Augen schloss. Gelegentlich zuckte er ein wenig zusammen, dann reichte ihm Jean-Raymond de Comminges in einem weißen Seidentüchlein versteckt ein belebendes Lavendeldragee.

Der Papst verzichtete auf eine Predigt. »Ursprünglich wollten wir die Goldene Rose dieses Jahres an unseren Kaufmann übergeben, der sie so wunderbar in Spanien schmieden ließ«, sagte er, als sie ihm auf einem weißen Seidenkissen mit Hermelinbesatz von Monsignore Mel Comyn quer durch den großen Raum gebracht wurde. »Dann aber traten Ereignisse ein, die uns an seiner Würdigkeit zweifeln ließen. Wir schwankten zwischen dem Herrn de Sade und unserem tapferen Bischof Cibo. Auch unser Erzbischof von Toulouse konnte sich erneut Hoffnung machen. Alle Verdienste gegeneinander abwägend, kamen wir zum Schluss, dass es wohl unser Markgraf Hesso von Baden sein müsse, dem unser apostolischer Jahresdank gebührt.«

Der kleine Deutsche reckte sich und blies sich wie ein Hahn auf. Bertrand lächelte verhalten. Er hatte längst nicht mehr mit der Rose gerechnet. Auch die Versammelten blickten wohlwollend und zustimmend zu dem Gelobten. Sich räuspernd und mit den Füßen scharrend wollten die Ersten bereits applaudieren, aber der Heilige Vater war noch nicht am Ende seiner Laudatio.

»Doch dummerweise ist es dem Markgrafen nicht gelungen, unseren tapferen Meister Eckhart hierherzubringen. Wir hätten ihn mehr als jeden anderen gebraucht, um ihn mit seinem Wissen als Lektor der Dominikaner gegen die abtrünnigen Franziskaner einzusetzen.«

Jetzt erst verstand Bertrand, warum der bereits verurteilte und geschmähte Eckhart nochmals nach Avignon befohlen worden war.

»Wir haben deshalb nochmals alles überdacht, gebetet und um himmlischen Rat gefleht«, sagte der Papst. »Dass ein wichtiges Werk nicht gefunden wurde, mag Fügung und Walten des Allmächtigen sein. Dass eine Goldene Rose zum Kalkkratzen benutzt wurde, soll vergeben werden, weil sie noch nicht geweiht war, aber genau diese kämpferische Leistung, über der auch weiterhin das Schweigen unter der Rose liegen soll, wollen wir belohnen.«

Er nahm die Rose von ihrem Kissen. »Komm zu uns, Bertrand de Comminges.«

Bertrand fuhr zusammen. »Verzeiht, Heiliger Vater, aber … ich kann diese Goldene Rose nicht annehmen.«

»Wir dachten uns bereits, dass du undankbar sein würdest«, sagte der Papst. Für einen Augenblick blitzte wieder die Listigkeit des »Fuchses von Cahors« aus seinen Augen. »Doch wem gebührt sie nach deiner Meinung mehr als dir selbst?«

»Nur Catherine Grimaldi! Ohne diese Dame wäre der Heilige Stuhl noch immer in allerhöchster Gefahr.«

»Es ehrt dich sehr, Bertrand, aber zu unserem Leidwesen sind die Zeiten noch nicht so, dass wir die Goldene Rose als Tugendrose an die Weiblichkeit verleihen können. Vielleicht kommt einst auch dieser Tag … wenn es unsere Kirche noch ein wenig länger gibt.«

Auch Catherine schüttelte den Kopf. »Verzeiht mir ebenfalls, Eure Heiligkeit, aber auch ich würde die Rose niemals annehmen. Ich habe mit dem Sakrament der Ehe Schindluder getrieben und auch anderwärts gesündigt.«

»Wer soll sie dann haben, wenn ihr schon ablehnt?«

»Hesso von Baden«, sagte Bertrand. »Avignon braucht feste Pfeiler jenseits der Alpen im Kampf gegen den Kaiser. Außerdem hätte Meister Eckhart, so wie ich ihn kenne, wohl schwerlich seine Stimme gegen Brüder eines anderen Ordens erhoben.«

»Wenn dem so ist, wollen wir uns ausnahmsweise auch einmal von zwei Laien beraten lassen«, meinte Johannes XXII. »Solange unsere heilige Kirche durch Ketzer und den Antichrist bedroht ist, werden wir auch weiterhin jeden mit reinem Herzen gegebenen Rat wohlwollend prüfen.«

Bertrand und Catherine spürten sehr wohl, dass der Heilige Vater mit diesen Worten nur zu ihnen und nicht zu den anderen sprach.

»Vergesst die Liebe nicht, wenn ihr den unsichtbaren Zauber und den Zugang zu geheimen Schätzen und Wundern unseres Lebens sucht.«

Als Bertrand und Catherine an diesem Abend in die ehemalige Templerkomturei zurückkehrten, spürten sie beide, dass sich etwas geändert hatte. Es war, als hätten sie durch die Verleihung der Rose durch den Papst zum zweiten Mal geheiratet – und diesmal richtig.

Bertrand wohnte im Gästetrakt des Fondaco, gleich neben Catherine. Die bescheidenen Räume waren das genaue Gegenteil jener prächtigen Säle in der Felsenfestung von Monaco, die ihnen als Gefängnis gedient hatten. Doch beiden kamen ebendiese Räume des Fondaco auf einmal wie ein Paradies vor. Es war, als hätte sich der geheime Zauber der Goldenen Rose in ihre Herzen gesenkt.

In dieser Nacht konnten sie sich gegenseitig alles geben, alles voneinander verlangen und sich füreinander öffnen. Ganz. Sie küssten und umarmten sich, heftig und wie Verdurstende zunächst, dann immer freier, offener, vertrauter. Ganz ohne jedes Nachtgewand erkundeten sie mit den Händen ihre Körper, streichelten sich voller Zärtlichkeit, aber auch voller Begehren und lachten dabei. Es war, als würden sie sich schon seit Ewigkeiten kennen, lange verloren haben und nun nach einer schweren Reise wieder zueinander zurückkehren.

»Ich liebe dich, meine Piratenbraut«, flüsterte er.

»Ich liebe dich noch sehr viel mehr, du harter Kaufmann.«

Sie lachten beide, als sie mit der Hand ihre eigene Behauptung überprüfte und bestätigt fand.

»Gibst du dich freiwillig geschlagen, damit ich jetzt dein stolzes Schiff entern kann?«

»Du willst den Kampf? Worauf wartest du noch? Soll ich dir etwa Seile und Enterhaken zuwerfen?«

Er schlang die Arme um sie, und beide Körper rangen wie stolze Schiffe im Sturm um die Oberhand. Schließlich waren sie beide erobert und besiegt und liefen fest umschlungen in die Seligkeit ihrer Träume ein. Sie erlebten staunend, wie schön die Tage miteinander waren. Anders, als es bei zwei so unterschiedlichen Temperamenten zu erwarten gewesen wäre, mochten sie kaum mehr ohne den anderen sein. Wo Bertrand war, war auch Catherine, und umgekehrt.

Palmarum verging, dann kam schon die Karwoche. Zwischen dem christlichen Osterfest und Pessach der Juden lagen üblicherweise einige Tage, weil die Daten unterschiedlich berechnet wurden. In diesem Jahr fielen die beiden Feste so günstig, dass Bertrand wie versprochen nach Carpentras fahren konnte.

Für andere Menschen war der Frühsommertag nichts Besonderes, aber Bertrand freute sich schon seit einiger Zeit auf die Begegnung mit seinen Kindern. Er wusste inzwischen, dass sie keineswegs so brav und höflich waren, wie er sie auf der Insel im Fluss erlebt hatte. Besonders die Zwillinge kamen bereits in ein Alter, in dem sie trotz allerbester Erziehung und einer sehr guten Beurteilung in der Synagoge zum Widersprechen und einer gewissen Aufsässigkeit neigten. Dabei entwickelte sich Rebecca zu einer lebenslustigen jungen Dame, während Magdalena mit dem Gedanken spielte, zum Christentum zu konvertieren und Nonne in der Hospitaliter-Kommende dicht bei der Synagoge in Avignon zu werden.

Bertrand übergab den Zieheltern seiner Kinder kostbare Geschenke und einige Ellen teuren Tuchs, das er bei seinen Reisen nach Flandern erworben hatte. Sie aßen und tranken gemeinsam bis spät in die Nacht. Am nächsten Tag fuhr er mit den Kindern nach Sorgues. Hier zeigte er ihnen die Stelle, an der er vor vielen Jahren mit seinem Pferd in die Rhône gestürzt war. Sie ließen den Wagen durch einen befreundeten Fuhrmann nach Avignon zurückbringen und nahmen ein Boot für die versprochene Fahrt auf dem Fluss. Jeremia versuchte mehrmals vergeblich, das Boot so zu schaukeln, dass wenigstens eine seiner Schwestern ins Wasser fiel.

Am Abend legten sie direkt hinter der Brücke von Avignon an. Die Kinder waren glücklich und so erschöpft, dass sie noch vor Sonnenuntergang in der Rue Jacob zu Bett gehen wollten. Die Zwillinge und Jeremia hatten von sich aus großzügig erlaubt, dass ihr Vater weiterhin bei seinem Weib im Fondaco in der Rue St. Agricol schlafen durfte.

Am selben Abend gingen der Sohn des ersten Papstes in Avignon und die Tochter des Seeräuber-Admirals über den schmalen Fußweg bis zur Spitze des Kalkberges, um den die Rhône einen Bogen machte. Einige andere Paare genossen ebenfalls die warme Nachtluft. Sobald sie sich unbeobachtet fühlten, blieben Bertrand und Catherine zwischen den blühenden und duftenden Büschen am Wegesrand stehen, umschlangen sich und küssten sich vergnügt. An einem dieser Abende sprachen sie aus, was sie beide schon sehr lange fühlten.

»Ich möchte jeden Abend mit dir zusammen von hier oben die Sterne über dem Fluss bewundern«, begann er.

»Und ich möchte an deiner Seite auf weißen Pferden durch die Camargue preschen«, erwiderte Catherine wie zuvor.

»Und was hindert dich daran?«

»Vielleicht sind es die allerletzten Geheimnisse der Templer, die uns noch nicht loslassen.«

Er erwiderte ihre fordernden Küsse. »Und was meinst du damit?«, fragte er dann.

»Du hast doch selbst gesagt, dass man mit den drei Zeichen im Stein vielleicht die verborgenen Mitteilungen im ketzerischen Buch der Porète entschlüsseln kann.«

»Das glaube ich noch immer. Aber ich weiß nicht, wo das Buch ist.«

»Einer könnte es wissen«, sagte sie und schmiegte sich eng an ihn. Sie ließen sich von den letzten Strahlen der untergehenden Sonne über dem Fluss wärmen. Er wartete darauf, was sie ihm sagen würde. Es dauerte sehr lange, und als sie weitersprach, klang sie eher vorsichtig fragend als bestimmt: »Der Goldschmied, der die Rose in Córdoba für dich geschaffen hat, kannte doch Seder und wusste daher bestimmt alles über dich.«

»Das kann gut sein«, sagte Bertrand zustimmend. »Und?«

»War er ein Jude, Moslem oder Christ?«

»Ein Moslem … warum fragst du?«

»Dann kannte er vielleicht nicht das gesuchte Buch der Begine Porète, aber sicher bestimmte Teile seines Inhalts aus anderen Quellen.«

»Die Rose!«, stieß Bertrand überrascht hervor. »Natürlich! Oh, ich Narr! Ich wusste es die ganze Zeit! Das Paradies ist für die Anhänger von Mohammed eine Rose.«

»Genau das meine ich.«

»Selbst wenn wir dieses Buch von Madame Porète finden

sollten und seinen Inhalt mit den Symbolen vom Kreuz im Herzen in den drei Steinen entschlüsseln, haben wir wahrscheinlich nur einen Teil von dem, was die Templer mit ihrem Baphomet ausdrückten und was selbst Dante schon gewusst hat, als er die ›Göttliche Komödie‹ schrieb. Und was in Córdoba in jeder Bibliothek zu finden ist. Wir könnten zusammen an der Küste entlangreisen, durch die Enge von Gibraltar, den Guadalquivir stromauf bis Sevilla und dann …«

»Nein!«, sagte sie.

»Und warum nicht?«

»Es gibt noch größere Schätze und Wunder als die Geheimnisse der Tempelritter.«

Sie lächelte noch immer, nahm seine rechte Hand und legte sie auf ihren Leib. »Du kannst es noch nicht spüren«, sagte sie. »Aber ich weiß bereits, dass sie da sind.«

»Die Lage spitzt sich immer mehr zu«, rief Bertrand einige Wochen später, als er nach einem Gang zum alten Bischofspalast wieder im Fondaco ankam und sofort die Treppe hinaufstürmte. »Der Bayer hat am zwölften Mai tatsächlich Johannes XXII. abgesetzt, weil dieser nach einem eben erst verkündeten Gesetz zu lange ohne Unterbrechung von Rom abwesend sei.«

Der Schreiber und Brazzi im vorderen Kontor sahen nur, wie Bertrand vorübereilte. Catherine kam ihm aus ihren Gemächern entgegen. Sie trafen sich in seinem Kontor. Die Türen blieben offen.

»Was ist geschehen? Was erregt dich so?«

»Der Bayer hat sich einen eigenen Papst eingesetzt! Er hat einen schon einmal verheirateten Franziskaner ohne einen einzigen Kardinal von dreizehn Priestern in Rom zum Gegenpapst Nikolaus V. wählen lassen!«

»Dann muss geschehen, was bereits geplant ist«, sagte Catherine ernst. »Mit allen Folgen, die sich daraus ergeben können.«

Am 26. Mai anno 1328, drei Tage bevor in Reims Philipp VI. zum neuen König Frankreichs gekrönt werden sollte, verließ im Frühnebel über der Rhône ein kleines Schiff mit einem Dreieckssegel und schmalen Ruderbänken die überhängenden

Weidenbäume oberhalb der Brücke, unmittelbar vor der steilsten Stelle vom Rocher des Domes.

An Bord befanden sich außer dem erfahrenen Kapitän aus Sorgues und sechs Ruderern Bertrand de Comminges und Catherine Grimaldi. Der Heilige Vater hatte ihnen auch noch Monsignore Mel Comyn zur Seite gestellt. Gemeinsam begleiteten sie die drei schon fast geläutert auf ihren Bänken hockenden Passagiere, die vier Jahre lang im Kloster vor der östlichen Stadtmauer und im Palast von Kardinal Godin gefangen gewesen waren.

An diesem nach Lavendel und Rosen duftenden Maimorgen genossen Michael von Cesena, Bonagratia von Bergamo und Wilhelm von Ockham die ersten Stunden unter freiem Himmel.

»Wir danken Gott dem Herrn ebenso wie euch für alles, was ihr für uns getan habt«, sagte Michael von Cesena.

»Ihr wisst, dass wir dennoch exkommuniziert werden?«, sagte Comyn zu Cesena. »Denn diese Fahrt, so leicht und angenehm sie sein mag, muss offiziell als eine Flucht aus dem päpstlichen Gewahrsam in Avignon dargestellt werden.«

»Nur so könnt ihr ebenso wie der Heilige Vater das Gesicht wahren«, ergänzte Bertrand. Sie wussten alle, dass Johannes XXII. ihnen nicht vergeben konnte, aber sie freuten sich auf die Fahrt nach Arles bis zu einer Galeere mit Zusatzsegeln am alten römischen Kai. Offiziell hatte sie Tuchballen aus Flandern und Trüffel für Pisa geladen. Dort sollten sie dem Kaiser als Ehrengeschenk der Kaufleute von Avignon übergeben werden, sobald er auf seinem Rückweg nach München durch die Toskana zog. In Wahrheit waren die Geschenke nur Tarnung für eine Ladung Silber, für die sämtliche Könige und Fürsten des Abendlandes einen Krieg riskiert oder auch abgesagt hätten.

Doch das war nur der erste Teil des Preises, den der Papst genauso zahlte, wie es ihm sein Kaufmann Bertrand de Comminges vorgerechnet hatte. Denn zu dem Silber ließ der Papst auch noch drei Ketzer heimlich frei, die keinen Nutzen brachten, wenn sie noch länger seine Gefangenen waren. Ihr Wert konnte sich aber zusammen mit dem Silber vervielfachen – dann nämlich, wenn sie dem Bayern genauso unerbittlich Gegenworte gaben, wie sie es beim »Fuchs von Cahors« versucht hatten.

In der Zwischenzeit sollte die Galeere mit Bertrand und Catherine Kurs auf Monaco nehmen, um den »König der Meere« aus der Geiselhaft zu befreien. Die Sache stand nicht schlecht, wie Bischof Cibo aus Savona mittlerweile berichtet hatte. Als Preis für die Freigabe des Admirals und dessen Felsenfestung verlangte Gherardo Spinola nur noch den Titel eines Herzogs von Lucca in der Toskana.

Sedisvakanz

Während der selbst gekrönte Kaiser den Papst in Avignon weiterhin als »Priester Johan von Cahors« schmähte, fand im Juli 1328 eine geheime Versammlung der deutschen Kurfürsten im Reichsgebiet statt. Dabei forderte Johannes XXII. die Neuwahl eines römischen Königs. Selbst Philipp von Valois, der gerade erst gekrönte König von Frankreich, erschien vielen Beteiligten inzwischen annehmbarer als der exkommunizierte, rechtlose Bayer. Doch so weit kam es nicht.

Die Bürger Roms und der italienischen Städte murrten über die ständigen Geldforderungen des Wittelsbachers. Als auch noch der König von Neapel mit überlegenen Streitkräften erneut zum Angriff gegen ihn blies, verließ Ludwig im August 1328 Rom und zog sich fast wie auf der Flucht nach Oberitalien zurück. In Pisa saugte er die höchst geheime Zahlung seines schärfsten Widersachers wie ein Verdurstender in seine leeren Geldkisten.

Ludwig konnte sich noch bis 1330 in Oberitalien halten. Noch einmal überlegte er, ob er in die Provence einmarschieren und Avignon mitsamt dem Papst überrennen sollte. Doch dann rieten ihm die abtrünnigen und ebenso wie er exkommunizierten Mönche seines Hofstaats mit ihrem scharfen Verstand entschieden von diesem gotteslästerlichen Schritt ab. Sie überzeugten ihn voller Beredsamkeit davon, dass er mit dieser Tat zu viele der Gläubigen und auch der deutschen Fürsten vor den Kopf gestoßen hätte. So kehrte der falsche Kaiser direkt nach München zurück. Dabei nahm er auch die überklugen Ketzer aus dem Armutsorden der Franziskaner in seinem Hofstaat mit. All das verursachte ein stilles Schmunzeln bei dem alten Mann, den sie »Fuchs von Cahors« nannten.

Im folgenden Frühling wurde Dantes »De Monarchia« wegen antikirchlicher Haltung in Rom öffentlich verbrannt. Kardinal Jean-Raymond de Comminges musste endgültig nach Toulouse zurückkehren. Zu groß war sein Unverständnis für das Denken und Handeln jener Geweihten, die sich um das Wort Gottes in einer sündigen Welt kümmern sollten.

Gleichzeitig verurteilte Johannes XXII. in seiner Bulle *In agro dominico* siebenundzwanzig Sätze von Meister Eckhart als ketzerisch. Eckhart wurde niemals rehabilitiert. Wer seine Schriften liest, macht sich als Katholik heute noch strafbar und könnte theoretisch der Inquisition überantwortet werden.

In den letzten Jahren seines Pontifikats wurde Johannes XXII. versöhnlicher. Er suchte sogar nach einem Ausgleich mit dem deutschen Kaiser. Als sich der Gegenpapst Nikolaus V. am 25. August 1330 ihm unterwarf, behandelte ihn der »Fuchs von Cahors« in der Weisheit seines Alters ungewohnt nachsichtig. Er hielt den unglücklichen Sünder im Palast von Kardinal Godin in milder Haft, bis dieser am 16. Oktober 1333 starb.

Im Jahr darauf schloss auch Johannes XXII. seine Augen für immer. Er starb am 4. Dezember und wurde in seiner Bischofsstadt Avignon in Notre-Dame beigesetzt.

Bertrand de Comminges und Catherine Grimaldi führten eine sehr glückliche Ehe. Sie bekamen zwei kräftige Söhne namens Rainier und Jacques. Der erste wurde noch auf der Felsenfestung von Monaco geboren und nach dem mittlerweile verstorbenen »König der Meere« Rainier Grimaldi benannt, der zweite auf den bürgerlichen Vornamen von Papst Johannes XXII. getauft.

Der alte Papst bedauerte nicht einen Augenblick, dass er die Hälfte jenes Schatzes, den der letzte Großmeister der Tempelritter für einen neuen Kreuzzug gegen die Ungläubigen angehäuft hatte, dem selbst gekrönten Kaiser des Imperiums gegeben hatte.

Für die andere Hälfte vom weltlichen Vermächtnis der Templer gab es schon bald darauf einen großen Plan. Wenn Avignon nicht zwischen die Mahlsteine der irdischen Reiche geraten sollte, brauchte die Kirche anstelle des verlorenen Jerusalem und des noch nicht wieder nutzbaren Vatikans eine neue prächtige Trutzburg.

Catherine und Bertrand gingen auch noch nach der Geburt der Kinder gern vor Sonnenuntergang zur Kuppe vom Rocher des Domes hinauf. Und wenn sie dann ihre Blicke vom Fluss, der großen Insel und der Brücke abwandten und nach Osten über die abendliche Stadt blickten, konnten sie sehen, wie Baumeister, Maurer und Gesellen, Steinmetze und Zimmerleute den großen Bau am Rocher des Domes allmählich höher wachsen ließen.

Denn mit dem Rest des Silbers aus dem Schatz des vernichteten Ordens der Tempelritter nahm tatsächlich noch einmal ein neues, großartiges Werk Gestalt an: der Palast von Avignon.

1342

Schon sah ich Reiter aus dem Lager zieh'n,
Die Must'rung machen, in die Feinde brechen.
Sah Festturnier und große Lanzenstechen;
Drommeten hört' ich, Trommeln, Glockenton,
Sah Rauch und Feuer auch als Kriegeszeichen,
Und fremd' und heimische Signale schon.
Mit zehen Teufeln ging ich, voll Verdruss,
Doch wusst' ich, dass man Säufer in den Schenken
Und Beter in den Kirchen suchen muss,
Auch war aufs Pech gerichtet all mein Denken,
Um ganz des Orts Bewandtnis zu erspäh'n.
Und welche Leut' in diese Glut versänken.

Dante Alighieri, Göttliche Komödie
22. Gesang, Die Hölle

Gebet und Feuer

Es war die Hölle! Nein, nicht einmal Dante, der große Meister der italienischen Dichtkunst, konnte eine Vision von einem derartigen Inferno gehabt haben. Nicht von dieser Hölle, diesem Feuer! Aber er hatte es beschrieben – ganz genau so, wie Bertrand de Comminges es urplötzlich vor sich sah. Doch – war es Wirklichkeit? Oder eine Vision?

Die Flammen schossen wie aus einem speienden Vulkan aus dem Innersten der Erde nach oben. Sie loderten an der glänzenden, mit Blattgold ausgekleideten Nordwand seines mit Büchern angefüllten Studierzimmers in der Rue Jacob aufwärts, verdrehten sich wie austrocknende Rosenblätter und verpufften noch im Aufstieben an den vergoldeten Deckenbalken.

Das Schlimmste aber … das Schlimmste war der Spieß mit dem Schwein, der sich langsam unter einem hohen, nach oben spitz zulaufenden und erst halb fertigen Kamin an seinen Ketten drehte. Die Schwarte glänzte bereits, und an den abgehackten Beinen brutzelte braun gegrilltes Fleisch. Das Maul des Schweins war mit goldenem Drahtgeflecht über Zweigen aus verbranntem Rosmarin und einer bitteren Orange so zugebunden, dass es im Feuerschein hämisch zu grinsen schien.

Bertrand wollte nicht sehen, was er sah. Er wehrte sich gegen das grauenhafte Bild inmitten einer Feuerwand, die nicht wahr sein durfte. Aber er konnte sich nicht abwenden, nicht fliehen und nicht schreien. Alles in ihm war Ohnmacht und kribbelnde Erstarrung. Und dann erkannte er voller Entsetzen Kopf und Gesicht des Grillschweins.

Das Schwein im Flammenbild hieß Fisch.

Pierre Fisch – oder auch Poisson – aus Mirepoix in der Nähe der alten Festungsstadt Carcassonne. Angekleidet und nicht in Flammen schmorend, war er Herr über achthundert Maurer und Steinmetze, Schmiede und Zimmerleute, Handlanger und Fuhrknechte am großen neuen Papstpalast mitten in Avignon. Und in den vergangenen sieben Jahren oberster Baumeister und Geheimnisbewahrer des frommen Heiligen Vaters Benedikt XII.

Bertrand konnte den Kopf mit seinem immer noch dichten blonden Haarschopf nicht wenden, doch zu beiden Seiten der Flammen entdeckte er wie auf einem halb aufgeklappten Altarbild schemenhafte Gestalten. Rechts und links vom gegrillten Schwein tauchten zwei andere Männer aus dem Papstpalast wie Skizzen aus braunem Eisenpulver im frischen, noch feuchten Mörtel einer Freskenwand auf.

Die beiden Gesichter wurden immer deutlicher erkennbar. Das eine gehörte dem Dichterkönig Francesco Petrarca, dem erst im vergangenen Jahr vor dem Senat in Rom der Lorbeer aufs Haupt gesetzt worden war. Das andere Gesicht blieb vage, verwaschen. Es zeigte den Künstler, den Benedikt XII. aus Viterbo nach Avignon geholt hatte und der seit 1336 als päpstlicher Hofmaler für die Ausstattung des neuen Palastes zuständig war.

Francesco Petrarca aus Arezzo und Matteo Giovannetti aus Viterbo – zwei ungewöhnliche Italiener in Avignon. Dazu der Baumeister des Palastes und er selbst, der Kaufmann, der schon den drei vorangegangenen Päpsten zuverlässig und verschwiegen gedient hatte.

Bertrand verstand nicht, was die Schrecken vor ihm bedeuteten. Verbrannte er innerlich? War diese schreckliche Flammenwand eine Spiegelung … eine Art Fata Morgana?

Und noch eine andere Gestalt stieg schemenhaft im lodernden Feuer auf. Bertrand erinnerte sich, dass Gott selbst in vielen Berichten der Bibel aus Feuer und Licht zu den Menschen gesprochen hatte. Doch diese Gestalt war nicht Gott, kein Erzengel und keiner der vielen grauen, schwarzen und weißen Büßermönche in Avignon. Die Kapuze der Gestalt hinter den Flammen hatte keine Augenschlitze wie bei den Pénitents.

Schon glaubte Bertrand, seinen alten Freund, Lebensretter und Beichtvater Mel Comyn zu erkennen. Doch dann erkannte er das schwarz-weiße Habit eines Dominikaners. Und sein Gesicht sah aus wie der Tod.

Nur ein, zwei Steinwürfe entfernt klang wunderschöner Männergesang aus einem tempelartigen Rundbau. Es war noch hell, als die Mitglieder der jüdischen Gemeinde von Avignon nach dem Ende der Freitagsarbeiten in ihrer Synagoge zusammengekommen waren. Der Kantor wollte gerade seinen Gesang über die Sabbatbraut am Vorabend des wöchentlichen Feiertages beenden, und alle standen auf.

»Kommt, meine Freunde, der schönen Braut entgegen«, sang der Kantor, »wir wollen den Schabbat empfangen mit Fröhlichkeit als wahrhaft Gläubige, die Gott zu seinem Volk erwählt hat.«

Im selben Augenblick sprangen hoch über ihnen zwei der bunten Fensterflügel auf. Es wurde dunkler. Stinkender Rauch quoll durch die Fenster am oberen Rand der Synagoge. Unsicher sang der Kantor noch ein paar Töne weiter, dann brach er ab und hustete. Die Schwaden wallten wie böse Vorzeichen eines Pogroms über die Köpfe der Gläubigen hinweg. Viele der Älteren hatten plötzlich wieder die unheilvolle Mischung aus Leid und Unterwürfigkeit in ihren Gesichtern. Sie wussten, dass sie niemals sicher sein konnten – nicht in Avignon oder Carpentras, der ein paar Meilen östlich gelegenen Hauptstadt des Comtat Venaissin, in dem sie offiziell unter dem Schutz des Papstes standen.

Die kleine Grafschaft hatte schon vor der Übersiedlung der Kurie von Rom nach Avignon zum Kirchenstaat, zur Provence, zum Königreich Neapel und damit auch zum Heiligen Römischen Reich gehört. Seit hundert Jahren trugen auch die Juden von Avignon und Carpentras den Ring aus gelbem Filz auf ihrer Kleidung, wie er bereits beim Laterankonzil von 1215 päpstliche Vorschrift geworden war. Dennoch hatten sie hier sicherer leben können als westlich der Rhône. Dort waren Juden ebenso wie Leprakranke ohne Kirchenschutz.

»Gott, der Herr, wird uns vergeben«, rief der Rabbiner. Er eilte zu den Thorarollen, um sie vor der hereinbrechenden Gefahr zu bergen. »Nicht durch das Tor der Sabbatbraut!«, rief der Rabbi dann mit bebender Stimme. »Verlasst die Synagoge durch den Keller mit unserem alten Backofen für das ungesäuerte Brot ... aber verschließt Augen, Verstand und Herzen vor allem, was ihr nicht versteht und nicht deuten könnt.«

Noch während seiner Beschwörung blickte er zum überall bekannten Fernhändler Seder Ben Ariel und dessen unter der Kippa blond gelockten Neffen Jeremia. Es war, als wünschte der Rabbi, dass diese beiden Männer niemals aus Andalusien in die heimatliche Provence zurückgekommen wären. Daran änderte auch der Umstand nichts, dass er schon viele Jahre mit Rebecca, der Nichte Seders und Schwester von Jeremia sehr glücklich in Carpentras lebte.

Bertrand blickte regungslos auf die Figuren und Gesichter in der Flammenwand. Wo auf seinen weiten Handelsreisen hatte er schon einmal ähnliche Missgeburten und Alpträume in Stein gehauen an den Friesen von Kathedralen gesehen? In Metz, Châlons oder Troyes etwa? Irgendwo dort war ein Schwein zu sehen, das auf einer Fiedel musizierte ... ein Symbol für den heiligen Antonius, der die hermetischen Geheimnisse Ägyptens kannte und der als Schutzpatron der Antonitermönche galt.

Ein schrecklicher Gedanke überfiel ihn. War er vielleicht vergiftet? Hatte er irgendetwas gegessen oder getrunken, das ihn durch das Antoniusfeuer unter Schmerzen und lähmenden Visionen vom Leben in den Tod beförderte? Für welches der vielen kleinen Vergehen in seinem reichen, nicht immer christlichen Leben bekam er jetzt die Abrechnung im Kontobuch des Allmächtigen? Wer war hinter ihm her? Erboste Händler oder Beauftragte von irgendeinem Fürsten, die er, weiß Gott wann, über den Tisch gezogen hatte? Geldgierige Mörder, gedungen von streitenden römischen Adelsfamilien, Engländern, Franzosen oder dem exkommunizierten Kaiser des Heiligen Römischen Reiches in München? Erbitterte Gegner im Klerus? Franziskaner oder die Dominikaner, diese in überzeugtem Glauben zu jeder Folter und Gemeinheit fähigen »Hunde des Herrn«?

Mit rauer Zunge leckte er sich über seine ausgedörrten Lippen. Und plötzlich erkannte er in all der Qual den schmalbrüstigen Inquisitor. Orlando di Anagni war ein begnadeter Meister seines Fachs. Er wurde »Scintilla« genannt, weil er es schaffte, noch aus den kleinsten Fünkchen eines Zweifels lodernde Anklagen der Ketzerei zu entfachen.

»Nein!«, schrie Bertrand tonlos zurück. »Ich werde nichts verraten! Selbst wenn ich brenne oder die Haut von meinem Leib gezogen wird ... wie bei den Templern, die lieber starben, als zu reden!«

Jeremia de Comminges und sein Onkel Seder standen mitten unter den anderen Männern, die zur Kellertreppe der Synagoge drängten. Die beiden sahen sich kurz an. Sie konnten sich nach all den gemeinsam verbrachten Jahren in Spanien auch ohne große Worte verständigen.

»Riechst du, was ich rieche?«, fragte Jeremia dennoch. Seine Stimme klang hart und hell.

»Wir hätten in Carpentras zum Gebet gehen sollen«, knurrte der gut fünfzigjährige Jude zustimmend. »Oder gar nicht erst aus Spanien zurückkehren …«

»Das beklagst du schon seit einem Jahr«, antwortete sein jüngerer, auffällig blondhaariger Begleiter. Er trug keinen Spitzhut, sondern ebenso wie der Ältere eine bestickte braune Kappe, wie sie im Getto von Córdoba üblich war. »Wir müssen raus … komm schnell, es wird zu eng an der Kellertreppe. Lass uns die große Pforte nehmen!«

Ohne zu zögern, wandte der Blonde sich ab und lief zum Haupteingang der Synagoge. Sein Onkel wollte ihn aufhalten, konnte ihn aber nicht mehr erreichen. Mit einem Ruck riss der Jüngere das große Portal auf. Die beiden unvorsichtigen Männer taumelten nach draußen, hinein in den Pulk kreischender Menschen, der schon seit Tagen die ganze Stadt verstopfte. Die große, bereits seit dreißig Tagen andauernde Feier zum Abschied des frommen und aufrichtigen Papstes Benedikt XII. und zur Inthronisation des neuen Heiligen Vaters mit dem Namen Clemens VI. hatte die gesamte Stadt in einen nicht mehr endenden Strudel gestürzt. Sie fraßen, soffen, prügelten und stahlen.

Brandschatzten sie jetzt auch noch?

Der Rauch kam aus der Synagoge, aber auch aus der Rue Jacob.

Zur selben Zeit hob ein breitschultriger und stolz wie ein König wirkender Mann den Kopf und schnupperte angewidert.

»Avignon stinkt«, stieß er abfällig hervor. »Stinkt einfach gotteslästerlich nach Lügnern, Heuchlern, Heidenpack und Juden!«

Er stand am halb geöffneten Fenster des päpstlichen Arbeitszimmers in dem erst kürzlich fertiggestellten Studierturm des riesigen Papstpalastes und beugte sich, so weit es ging, nach vorn. Direkt unter ihm lag der Garten, den sein frommer Vorgänger noch kurz vor seinem Ableben angelegt hatte. Dahinter sah er die flachen roten Dächer der Häuser, die nicht für den gewaltigen Bau gekauft und abgerissen worden waren. Der Papstturm mit seinem kleineren Anhang des Studierturms ragte wie der Rammbock eines steinernen und überirdisch großen Schiffes vom Rocher des Domes herab bis fast über die Mitte der Altstadt.

Clemens VI. blickte bis zum breiten Band der Rhône hinab, die einen weiten Bogen um den zum Fluss hin steil abfallenden Kreidefelsen und die Stadt an seiner Südflanke machte. Zum ersten Mal, seit Pierre Roger de Fécamp vor siebzehn Tagen zum Papst gewählt worden war, konnte er unbeobachtet von Kardinälen und Bischöfen, Prälaten und Kammerdienern durchatmen. Er hielt weder von den einen noch von den anderen besonders viel.

Er wusste, dass er dankbar und bescheiden sein sollte, denn eigentlich stammte er aus nicht sonderlich begütertem südfranzösischen Adel und hatte mehr erreicht, als selbst dem größten Kanzelredner zukam. Der gerade Einundfünfzigjährige war auf der Burg Maumont in Corrèze geboren und schon in jungen Jahren als Novize bei den Benediktinern eingetreten. Sein Studium in Paris hatte er als Doktor der Theologie abgeschlossen. Zielstrebig und ohne Umwege war er Prior, Abt, Bischof von Arras, Erzbischof von Sens und dann von Rouen geworden.

Er war Kanzler des französischen Königs gewesen und stand noch immer in besten Beziehungen zum französischen Hof. Wie zur Bestätigung war der französische Kronprinz Johann mit einem Haufen von mehr als hundert Rittern und Edlen samt Gefolge direkt von den Kämpfen im Erbkrieg gegen die Engländer aus der Normandie nach Avignon gekommen. So viel Bestätigung setzte ein Zeichen für alle anderen Fürstenhöfe des Abendlandes, war aber gleichzeitig eine Bedrohung, die Clemens VI. keinesfalls dulden durfte.

Er wusste genau, was er tat, als er in diesem Augenblick gleich drei einsame Entschlüsse fasste. Zum einen wollte er ablehnen, zum großen Ehrenfestmahl zu gehen, das Kronprinz Johann am Sonntag außerhalb des Palastes veranstalten wollte. Zum anderen blieb er bei dem Verbot jeglicher Turniere in und um Avignon. Und zum Dritten beschloss er, seinem Meister der Inquisition noch mehr Vollmachten zur Erforschung der Wahrheit über seinen neuen Palast zu geben.

Gott war ihm bisher gnädig gewesen trotz all seiner Intrigen und schwerwiegenden Verfehlungen. Und doch war ihm die Wahl zum Hohepriester der heiligen römischen Kirche einen Lidschlag am Auge Gottes zu schnell gekommen. Sie hatten ihn gewählt, obwohl gerade erst vier Jahre vergangen waren, seit ihn Benedikt XII. zum Kardinal und Kardinalpriester der Titularkirche der beiden Eunuchen und Märtyrer Nereus und Achilleus in Rom erhoben hatte. Nicht umsonst hatte er sich sofort seinen eigenen Kardinalspalast auf der westlichen, der französischen Seite des Flusses erbauen lassen. In Villeneuve roch es noch nicht so sehr nach Urin, Schweiß und Überfüllung wie in Avignon. In gewisser Weise bedauerte er den Wechsel vom beschaulichen Luxus als Kardinal an die Spitze der heiligen römischen Kirche.

Das Konklave nach Benedikts Tod, an dem nur siebzehn der neunzehn Kardinäle teilgenommen hatten, war schon nach zwei Tagen beendet worden, und nach der kurzen Sedisvakanz von vierundzwanzig Tagen bis zur Krönung trug er als bereits vierter Papst in Avignon die Tiara. Er hatte eigentlich damit gerechnet, dass zwischen Benedikt und ihm ein Kardinal mit einer größeren Hausmacht in Paris oder auch Rom gewählt würde. Vielleicht sogar der alte Mordbube und Drahtzieher Stefano Colonna, um damit zugleich auch die streitenden Familien in der Ewigen Stadt zu besänftigen.

Seine Wahl zum Pontifex maximus kam Clemens noch immer unwirklich vor. Darüber hinaus war dadurch ein anderes Vorhaben, an dem er schon seit vielen Jahren arbeitete, wesentlich schwieriger geworden. Zu viele Augen und Ohren achteten jetzt ganz genau darauf, was er unternahm.

Er stöhnte leise, als er daran dachte, wie dicht er dem größten aller Geheimnisse seiner Vorgänger auf der Spur gewesen war. Gut sieben Jahre lang hatte er jeden Bauplan und jede noch so nachlässig hingeworfene Skizze des Baumeisters heimlich kopieren lassen. Viel hätte ihm nicht mehr gefehlt, um zu erkennen, welchen Plan Baumeister Pierre Fisch wirklich verfolgte. Denn dieser Mann war einfach nicht genial genug, um selbst die neue Festung der Christenheit zu ersinnen. Er und sein Auftraggeber Benedikt XII. mussten von Anfang an über ganz andere Quellen verfügt haben. Und über ein geheimes Wissen, das nur die Templer besessen haben konnten!

Clemens VI. konnte nur hoffen, dass er mit seiner Wahl zum Papst einen gewaltigen Schritt näher an das Erbe der Armen Ritter vom Tempel Salomons zu Jerusalem gekommen war. Jetzt ging es darum, die wilden Jubeltage anlässlich seiner Krönung klug zu nutzen.

»Maximal zehn Tage Zeit«, stieß er hervor, und seine Augen blitzten entschlossen. »Aber vielleicht auch nur noch drei bis vier, nach denen sich entscheiden wird, ob wir zu den klugen oder den törichten Jungfrauen gehören.«

Er dachte an den Mann, den er als Wächter für die Tage seines Triumphs nach Avignon bestellt hatte. »Zeig deine Kunst, Scintilla! Sei Funke für das reinigende Öl der Inquisition! Wir wollen, dass unsere Lampen mit dem Wissen der Eingeweihten gefüllt werden, auf dass endlich ein großer Papst über alle Könige und Fürsten dieser Welt leuchten und regieren kann.«

Im Zeichen der Walnuss

Keine zwei alten Männer hätten unterschiedlicher aussehen können als die beiden Vogelscheuchen am Rand des ehemaligen Klerikerfriedhofs vor der alten Stadtmauer. Wer sie zum ersten Mal sah, hätte den knapp siebzigjährigen, noch immer schwarzbärtigen Antonio Brazzi für jünger gehalten als den rothaarigen Priester Mel Comyn. In Wahrheit war er zehn Jahre älter. Brazzis bärtiges Gesicht verfügte über ebenso viele winzige Falten und Narben von glühenden Funken wie seine uralte glänzende Lederschürze, aber sowohl seine fleischige Nase als auch seine Lippen wirkten gesund.

Der andere dagegen sah wie ein halb verhungerter Eremit aus. Sein Gesicht unter den zerzausten roten Haaren wirkte straff, aber vollkommen eingetrocknet. Seine Nase war schmal, und seine durstigen Lippen schrien ständig nach einigen Tropfen aus seinem kleinen hölzernen Pilgerfässchen am Gürtel, um sie zu befeuchten.

Wie schon bei ungezählten Zusammentreffen in den vergangenen Jahren hockten sie mit gebührendem Abstand auf einer langen Steinbank zwischen den beiden Friedhofshälften. Vor ihnen plätscherte Wasser in die moosbedeckte Steinschale eines kleinen Vogelbrunnens.

Die beiden alten Männer kümmerten sich nicht darum, was Tag und Nacht hinter den Friedhofshecken geschah. Nur an den Freitagen vor dem letzten Sonntag im Monat fühlten sie sich verantwortlich für die winzigen Schiffchen, die sie selbst ins Wasser des Vogelbrunnens gesetzt hatten. Sie waren Nachrichten, von denen nur sehr wenige Eingeweihte wussten.

»Drei leere Walnussschalen diesmal«, sagte Mel Comyn mit einem Blick auf das plätschernde Nass.

»Und mit dem Rillenmuster, das es nur von einem einzigen Baum in der ganzen Provence gibt ...«

»Das Kreuz im Herzen«, flüsterte der Schottenpriester andächtig. »Vom Walnussbaum im Hof der Templerkomturei.«

»Vor vielen Jahren mitgebracht und immer weiter gezüchtet durch die Ritter vom Tempel Salomons«, bestätigte der Schmied.

»Ohne die echte Schale mit den einmalig gewachsenen Einkerbungen vom Baum im Fondaco vorzuzeigen, darf mittlerweile niemand mehr an einer *Cour d'Amours* teilnehmen.«

»Ich würde, geradeaus gesagt, zu gern wissen, was hinter all dem steckt.«

»Das wünsche ich mir schon lange«, seufzte der Schotte. »Es muss doch außer dieser Lust an dekadenter Rosenminne noch irgendeinen anderen Grund geben, warum gewisse Damen und Kardinäle schärfer als jeder Inquisitor hinter Walnüssen und der Liturgie für die heimlichen Liebesgerichte her sind.«

Es roch nach Rauch, beißendem Rauch, der nicht von Herden, Spießbraten oder gar Scheiterhaufen stammte.

Die meisten der Weibsleute, die sie bisher unter den Zypressen und Hibiskushecken an den Grabplatten verstorbener Priester, Mönche und Ordensbrüder beobachtet hatten, waren den Liebeslohn nicht wert, um den sie herkamen. Brazzi war ein Gegner des freien Liebesackers. Er hätte lieber das Monopol für alle festen Häuser mit ähnlichen Bestimmungen innerhalb der Stadt gehabt.

Eine stolze, in schwarze Spitzenschleier gehüllte Dame tauchte auf. Elena von Pisa hätte mit ihren fünfundfünfzig Jahren längst als eine alternde Matrone gelten können, doch dieses Bild traf keineswegs auf sie zu. Im Gegenteil – seit sie von ihrem inzwischen verstorbenen Ehemann Marco Ambrogio ausgezahlt worden war, war sie aufgeblüht wie die letzte Rose in einem langen Herbst.

Sie schlüpfte durch die schmiedeeiserne Doppelpforte, die den Friedhof südlich der Stadt eher symbolisch schützte. Nur zwei, drei Schritte dahinter blieb sie an einem der mit großen Flügelengeln geschmückten Torpfosten stehen.

Für eine kleine Weile geschah nichts, während immer neue Gruppen lauter Pilger vor dem Friedhof in Richtung Stadt eilten. Dann näherte sich eine junge blonde Frau, die wie eine Jüdin aus Carpentras gekleidet war. Es war Rebecca de Comminges. Elena sprach durch das Tor mit ihr. Sie nahm ihr einen kleinen

Flechtkorb mit Trüffeln ab und gab ihr dafür zwei halbe Walnussschalen.

»Sieh weg, sie kommt«, sagte der stattlichere der beiden alten Männer auf der Bank und drehte sich zur Seite. Auch der andere wandte seinen Blick ab und sah zu den Häusern der Stadt. Unmittelbar vor dem gewaltigen Block des Papstpalastes entdeckte er schwarze Rauchwolken über den Dächern. Sie zogen nach Westen zum Fluss hin, deshalb beschloss er, für den Augenblick nichts zu sagen, was das oft geübte Zeremoniell auf dem Klerikerfriedhof stören konnte. Nur wenige wussten, dass Elena von Pisa den Brunnen vor dem leeren Grab des Kardinals wie eine Briefschatulle für geheime Nachrichten benutzte.

»Wozu denn immer wieder dieses Theater?«, maulte der ehemalige Waffenschmied. »Sie weiß doch, dass wir hier sind. Und wir wissen, was sie tut.«

»Aber die Mönche mit den Schlitzen in den Kapuzen hinter dem Hibiskus nicht, die uns die ganze Zeit beobachten. Die würden doch am liebsten bei einer Cour d'Amours dabei sein.«

»Das ist nichts mehr für mich«, seufzte der alte Schmied. »Doch wenn ich jünger wäre, würde ich gern einmal die lüsternen Gesänge hören, die im Wettbewerb beim Liebesgerichtshof vorgetragen werden.«

Mel Comyn kicherte. »Selbst dann könntest du nicht mehr bei Elena, selbst wenn du wolltest.«

»Und du dürftest nicht, selbst wenn du könntest, Monsignore!«

Der neue Papst lachte trocken. Da stand er nun und hatte mehr erreicht als alle seine Neider. Hinter sich und nur durch einen schmalen schrägen Gang mit dem kleinen Studierzimmer verbunden, wusste er den gewaltigen quadratischen Papstturm mit seinen fünf Stockwerken, durch den Benedikt XII. sich ein fast schon gotteslästerliches Denkmal gesetzt hatte. Auch die gewaltigen Gebäuderiegel, die den Turm mit dem alten Kloster und den Neubauten über dem ehemaligen Bischofspalast bis zur Kathedrale von Notre-Dame verbanden, waren das Werk seiner Vorgänger Benedikt XII. und Johannes XXII.

Clemens VI. beobachtete, wie die Abendsonne die lang gestreckte Insel zwischen den beiden Flussarmen der Rhône in sanft glühendes Licht tauchte. Für einen Augenblick kam es ihm vor, als brenne die Insel, ja selbst das Wasser im Fluss. Dabei kam der stinkende Rauch nicht von dort, sondern eindeutig aus dem Judenviertel. Mürrisch wischte er den Gedanken beiseite.

Er hatte befohlen, jene Männer in den Palast zu holen, die nicht zu den Klerikern der Kurie und doch zu den Geheimnisträgern der vorangegangenen Päpste gehört hatten. Er wollte sie befragen lassen – einen nach dem anderen. Genau deshalb hatte er den besten und gnadenlosesten aller Inquisitoren herangeholt. Er hätte auch direkt die Dominikaner mit der Suche nach den richtigen Antworten beauftragen können. Aber er befürchtete, dass die »Hunde des Herrn« in wenigen Tagen Folter und Inquisition statt der Wahrheit über die Geheimnisse der Templer und des Palastes nur das Leben aus den vermutlich mehr oder weniger Eingeweihten herauspressen würden.

Orlando di Anagni war von ganz anderer Qualität. Seine Fragen und Geistesblitze konnten Gerechtigkeit bewirken oder das Tor zur Hölle öffnen. Das Palais von Kardinal Pierre Godin hatte Papst Benedikt XII. abreißen lassen, als er seinen eigenen Palast zu bauen begann. Angeblich brauchte er den Platz ebenso wie den von vielen anderen Häusern an der flachen Südflanke des Rocher des Domes. Clemens VI. war aufgefallen, wie weit entfernt Godins Palast vom eigentlichen Bauplatz gestanden hatte. Selbst mit einem doppelt so großen Festungsbauwerk hätte das abgerissene Palais stehen bleiben können. Auch das gehörte zum bisher unerklärbaren Erbe seiner Vorgänger, das ihn von Anfang an beunruhigt hatte.

Der neue Papst war fest entschlossen, so schnell wie möglich Licht in das geheimnisvolle Dunkel der letzten drei Jahrzehnte in Avignon zu bringen. Er lächelte mit zusammengepressten Lippen. Vielleicht war es ja ein gutes Omen für ihn, dass sein neuer Inquisitor Orlando di Anagni den gefürchteten Beinamen Scintilla oder auch »Funke« trug.

Der Sohn des ersten Papstes in Avignon bezweifelte nicht, dass er nunmehr den Tod erleiden und danach wie die Mehrheit aller Menschen auf ewig schmoren musste. Doch warum sah er Feuer, das sich wie aufsteigendes Wasser bewegte?

Viele Jahre lang hatte Bertrand hingenommen, dass er von seiner zweiten Ehefrau Catherine verlassen worden war. Doch dann war er auf den Gedanken gekommen, dass unter den Schätzen der Ritter vom Tempel Salomons vielleicht auch Hinweise aus dem Hohelied zu finden waren, die bisher nur die Troubadoure zu kennen schienen. Immerhin sollte der legendäre König nicht nur die Weisheit Gottes, sondern auch magische Fähigkeiten sowie siebenhundert Hauptfrauen und dreihundert Nebenfrauen gehabt haben. Vielleicht entdeckte er ebenfalls das Geheimnis der Liebe und konnte dadurch Catherine zurückgewinnen.

Nur eine Handvoll Menschen außer ihm wussten, wo der Schatz und das Wissen der Templer und König Salomons verborgen waren. Monsignore Mel Comyn gehörte dazu, der alte Tonio Brazzi, Seder Ben Ariel und dann diese eigensinnige Tochter eines Seeräubers, die eines Nachts das gemeinsame Ehebett verlassen hatte und mit ihren beiden Söhnen auf ihre Felsenburg Monaco zurückgekehrt war.

Eigentlich hatten Bertrand und die anderen bereits vor Jahren beschlossen, nicht weiter in die Katakomben im Rocher des Domes vorzudringen. Doch dann war der kluge Papst Benedikt gestorben, der nicht nach ihrem Templerwissen gefragt hatte. Der neue Pontifex maximus hatte keine Stunde gezögert. Unmittelbar nach seiner Krönung war die Aufforderung an Bertrand de Comminges ergangen, sich vor der Inquisition zu verantworten, um sein gesamtes Wissen vor Gott zu offenbaren.

Bertrand stöhnte verzweifelt auf. War er bereits befragt, verhört und gefoltert worden? Hatten sie ihm krügeweise gallig brennenden Kräutersud zum Lösen der Zunge und seines Widerstandes eingetrichtert? Wo war er gewesen, ehe die Flammen auftauchten? Nein, nicht im Fondaco in der Rue St. Agricol, den inzwischen sein Sohn Jeremia führte. Auch nicht in Carpentras bei seiner Tochter Rebecca oder seinem Schwager Seder Ben Ariel.

Wo aber dann?

Er hatte plötzlich das Gefühl, als müsse er sofort und augenblicklich aufhören zu denken, wenn er nicht sterben wollte.

Qualmwolken fauchten wie vom Mistral getrieben aus der kleinen Gasse, die genau auf das jüdische Gotteshaus zuführte. In Windeseile füllte sich der Platz zwischen der Synagoge und der verrauchten Straße.

»Es brennt! Es brennt auch in der Rue Jacob! Beim Kaufmann de Comminges!«, schrien halbwüchsige Jungen mit kurzen Kitteln und schmutzigen, teilweise verschorften Beinen. Sie tanzten hin und her vor Schrecken und Vergnügen, ganz so, als warteten sie nur darauf, im schwarzen Löschwasser und noch heißen Trümmern mit bloßen Händen nach irgendetwas Nützlichem zu graben.

»Kannst du das Feuer sehen?«, rief Seder Ben Ariel. Jeremia schüttelte den Kopf.

»Komm!«, rief er und warf sich rücksichtslos nach vorn. Er schlug und drängte sich immer weiter. So, wie die Sache aussah, würde von keiner Seite rechtzeitig Hilfe, geschweige denn Löschwasser kommen.

Das rauchverhüllte Haus war kaum einen Pfeilschuss von der alten Synagoge entfernt. Trotzdem brauchten Jeremia und Seder viel zu lange, um sich durch die teils verängstigten und lauthals betenden, teils schadenfroh grölenden Zuschauermengen zu drängen.

»Schnell, stell dich mit dem Rücken ans Tor und hilf mir mit einer Räuberleiter«, rief Jeremia seinem Onkel zu.

Seder hustete im scharfen Rauch, dann ließ er seine noch immer starken und gesunden Zähne blitzen. Er faltete die Hände vor seinem Leib, stellte die Beine breit und ließ sich mit den Schultern gegen das Tor fallen. Jeremia fasste in den Nacken des Älteren, trat mit einem Fuß in dessen geschlossene Hände, schwang sich mit einem kräftigen Ruck nach oben und flog wie ein blond gelockter Erzengel über den Torbogen. Jetzt kam der schwierigste Teil. Er wusste nicht, ob sein Vater noch im Haus war, aber das Dach qualmte bereits. Jeremia atmete heftig, von Sorge und Angst ergriffen. Der Hof war leer.

Wie seit einem Jahr üblich, hatte Jeremia vor dem Freitagsgebet bei seinem Vater vorbeigeschaut und ihn als Gast zum Mahl am Vorabend des Sabbats im Fondaco gebeten. Anders als sonst war Bertrand ausgewichen und hatte abgelehnt. Angeblich wollte er mit Francesco Petrarca, dem illustren und inzwischen schamlos hochmütig gewordenen König der Dichter, besprechen, ob sie zum Festmahl des Franzosenprinzen Johann gehen sollten oder nicht. Es hieß nämlich, der Heilige Vater habe sich darüber geärgert, dass sich Graf Johann von Normandie über sein ausdrückliches Turnierverbot hinwegsetzen und am heiligen Sonntag ein ritterliches Lanzenbrechen auf der großen Rhôneinsel abhalten wollte.

Trotzdem hatte sich Jeremia über die Ablehnung seines Vaters gewundert, denn das Festmahl sollte erst in zwei Tagen stattfinden. Als sie dann gingen, hatten Seder und Jeremia im dichten Gedränge auf den Straßen nicht mehr sehen können, dass nicht Petrarca, sondern ein alter rothaariger Kleriker ans Hoftor in der Rue Jacob klopfte.

Die Zeit für die Gebete zum Vorabend des Sabbats drängte bereits, deshalb sahen Seder und Jeremia auch nicht, dass dem alten Schotten unbemerkt eine zweite, eher schmächtig wirkende Gestalt gefolgt war. Der Mönch trug die schwarz-weiße Kutte der Dominikaner und ihren schwarzen Mantel mit Kapuze. Schon vor achtundzwanzig Jahren waren die »Hunde des Herrn« hinter dem illegitimen Sohn von Papst Clemens V. her gewesen.

Sie gaben niemals auf.

Papst Clemens VI. verließ das kleine heimelige Studierzimmer im Türmchen, das im Nordwesten wie ein mehrstöckiges Nest an den großen Papstturm angefügt war. Hier kam der Lärm der Stadt auf der anderen Seite nur wie ein fernes Rumoren an. Wie stark die Mauern seiner neuen Residenz tatsächlich waren, wurde Clemens wieder bewusst, als er sechs Schritte benötigte, um durch den schmalen Durchbruch bis in sein Gemach innerhalb des großen Turms zu gelangen.

Dort warteten bereits zwei Würdenträger, die inzwischen für ihn besonders wichtig waren. Kardinal Jean-Raymond de Comminges war Erzbischof von Toulouse, Bruder jener adligen Dame, mit der der erste Papst in Avignon einen Sohn gezeugt hatte, und zweimaliger Träger der Goldenen Papstrose. Der strenge Kirchenmann und unnachsichtige Verfolger aller Ketzer in seiner Diözese war von Johannes XXII. zwar ausgezeichnet, aber zugleich aus Avignon verbannt worden. Dem neuen Papst erschien der nach unten harte und nach oben geschmeidige Kirchenfürst eine ideale Besetzung als »Meister des Palastes«.

Der zweite Kirchenmann im Papstgemach war das auffällige Gegenteil des Kardinals. Johannes de Coiardano, der leutselige Bischof von Avignon, kannte sein Land und seine Schäfchen. Er war auch für die Gelder des verstorbenen Papstes ein kluger und zugleich vorsichtiger Thesaurar gewesen. Clemens bemerkte sofort eine eigenartige Spannung zwischen den beiden. Ihm war, als wüssten sie, dass sie sich brauchten, aber einander nicht vertrauen konnten.

»Wir möchten jetzt allein zum Gebet am Grabmal und der vorgesehenen Gruft meiner beiden Vorgänger in die Kathedrale gehen.«

»Das … das wird nicht möglich sein«, wandte der Kardinal unbehaglich ein. »Als Heiliger Vater kann man nicht allein durch diesen riesigen Palast gehen.«

Clemens drehte sich ganz zum vorgesehenen Meister des Palastes um: »*Wir können*, Jean-Raymond de Comminges! Das ist das Erste, was du dir von deinem neuen Heiligen Vater merken musst! Und in der Zwischenzeit sollst du nach deinem Neffen schicken.«

Er ließ sich in den hölzernen Sessel fallen, den schon seine drei Vorgänger in Avignon benutzt hatten. Im Halbdunkel des alten Kirchenschiffs bemerkte er huschende Schatten, die sofort verschwanden, wenn er genauer hinsah. Er hörte wispernde Geräusche, knackendes Holz, dann wieder fernes Geschrei und Geläut von Feuerglocken. Hier in der Kathedrale roch es schwer nach Weihrauch und feuchter Kälte, nicht aber nach verbranntem Brot, Holz und Stroh oder nach frischer Farbe wie oben im Palast.

»Keine Rückkehr nach Rom«, murmelte er so bedächtig, wie es kaum jemand dem großen Kanzelprediger zugetraut hätte. »Kein Ablass für Ludwig IV. und seine ketzerischen Franziskaner in München. Und auch kein Festmahl mit dem rauflustigen Thronfolger von Frankreich.«

»Eine Bannbulle nach drei Seiten gleichzeitig also«, sagte eine leise schmeichelnde Stimme hinter ihm. »Ob das die richtigen Signale so kurz nach der Krönung sind?«

Der Papst drehte sich nicht um. Er hatte schon am Schritt erkannt, wer ihm entgegen seinem Wunsch gefolgt war.

Die Friedhofsbank

Das Feuer loderte, doch es verbrannte ihn nicht. Er sehnte sich nach einer einzigen im klaren Eis der Berge gekühlten Johannisbeere und kam sich zugleich unverletzbar vor wie Daniel im Feuerofen.

Alles in allem war das Leben Mühsal und Schrecken, aber auch schön gewesen – mit Miriam ebenso wie mit Catherine. Bertrand konnte nicht sagen, welche der beiden Ehefrauen er mehr geliebt hatte, aber geschätzt und geachtet hatte er beide, ganz anders als die flüchtigen Begegnungen auf seinen Reisen durch ganz Europa. Vielleicht waren einige dieser Erlebnisse wilder gewesen, taumelnd im Rausch der Sinne, gekrönt in der Gefahr, entdeckt zu werden, oder verwegen durch Unmengen von Wein.

Doch nicht deshalb hatten ihn die beiden Frauen, die wirklich zu ihm gehört hatten, auf eine Art verlassen, die ihn noch immer betroffen machte. Miriam war bei der Geburt seines dritten Kindes und ersten Sohns Jeremia gestorben. Mit einem zarten Lächeln in einem Gesicht, das noch im Augenblick des Todes wie die Blütenblätter von blassen Heckenrosen ausgesehen hatte. Keiner der teuren *doctores* von der Universität Montpellier hatte ihr helfen können. Auch der Rabbiner und die jüdischen Ärzte in Carpentras waren ratlos gewesen, denn jüdische Frauen starben viel seltener bei Geburten oder an ansteckenden Krankheiten wie Pest und Cholera als alle anderen.

Während die Flammen vor ihm unverändert weiterloderten, bemerkte Bertrand, dass irgendetwas mit dem Feuer nicht ganz stimmen konnte. Er spürte, dass er jegliches Gefühl für die Zeit verloren hatte. Alles in seiner Erinnerung und Vorstellung kam buchstäblich gleichzeitig vor, ohne Anfang und Ende, christliches Alpha und Omega … anders, als er es von Meister Eckhart in Paris gelernt hatte.

In all den Jahren seit Miriams Tod hatte er immer wieder an die eigenartigen Rituale der Juden denken müssen – an ihre koschere Zubereitung der Speisen, ihr ungesäuertes Brot, ihre Reinigung des Körpers und der Seele in der Mikwe. Von allen

Gläubigen der drei Buchreligionen kamen ihm die Juden als die reinlichsten vor, während die Christen das Wasser bis auf ihre Taufe wie Hölle und Verdammnis zu fürchten schienen.

Auch seine zweite Ehefrau war eine Königin des Wassers gewesen, eine sehr stürmische und verwegene sogar. Von Anfang an hatte Bertrand Catherine mehr Freiheiten gelassen, als es unter den Kaufherren und Bankiers von Avignon üblich war. Zu viele Freiheiten vielleicht – bis zu jener Nacht, in der sie ihm in einer beglückenden Stunde zärtlich und an ihn geschmiegt zugeflüstert hatte, dass sie ihn verlassen würde: »Es war sehr schön mit dir, Bertrand de Comminges, mein geliebter Gemahl.«

Er lächelte im Halbdunkel, in dem nur ein Schemen ihres Gesichtes im Licht der klaren Sterne zu sehen war. Er mochte es, wenn sie ihn neckte oder in voller Ernsthaftigkeit etwas behauptete, obwohl sie das Gegenteil meinte. Seit sie zusammenlebten, hatten sie zunehmend Gefallen an derartigem Wechselspiel gefunden. Mit großem Wohlbehagen streichelte er an den Innenseiten ihrer Schenkel entlang aufwärts – der Hitze entgegen, die wie stets in unstillbarem Verlangen auf ihn zu warten schien.

»Sie haben mich ausgewählt, um zusammen mit meinem Bruder Charles das Erbe des Admirals auf Burg und Felsen von Monaco einzunehmen.«

»Wer hat dich ausgewählt?«, fragte er mit schläfrigem Interesse.

»Meine Familie und König Robert von Neapel, der zugleich Graf der Provence ist.«

»Ich bin deine Familie«, sagte er schmunzelnd und in behaglichem Glück in die Dunkelheit. »Unsere Söhne Rainier und Jacques sind deine Familie.«

»Ja, du hast recht, mein Geliebter«, hauchte sie leise, »du bist und bleibst mein Gemahl … wenn du und die Kirche es so wollen. Aber ich kann mich nun einmal dem Ruf meines Blutes nicht entziehen.«

Er lachte leise. »Ist das nicht etwas zu dramatisch?«

»Die Signora kann tun und lassen, was ihr beliebt«, antwortete sie. »Erinnerst du dich nicht mehr an diesen Satz? Du hast ihn laut und vernehmlich vor allen gesagt, als wir vor fünf Jahren frisch verheiratet in den Hof des Fondaco hier in Avignon einzogen.«

Es dauerte eine Weile, bis er aufhörte, ihre Schenkel zu streicheln. Dann zog er seine Hand zurück und richtete sich auf. Er räusperte sich. »Was ist das jetzt? Ein böser Scherz? Eine Bestrafung für zu wenig Aufmerksamkeit oder Stürme und Aufregung für eine Grimaldi?«

»Ich nehme nur wahr, was wir von Anfang an vereinbart hatten. Du darfst mich jederzeit besuchen, aber mein Bett steht nicht mehr in Avignon, sondern auf dem Felsen von Monaco.«

»Und unsere Söhne?«, fragte er – nicht bereit, ernsthaft auf ihre Vorstellungen einzugehen. Nackt, wie er war, drehte er sich noch ein wenig näher zu ihr. Sie schmiegte sich an ihn. Er spürte mit seinen Lippen das Pochen des Blutes an ihrem Hals. Er war vernarrt in ihren Körper, ihre Haut, die manchmal weich und kühl wie eine Wiese am Ufer eines Bergbachs sein konnte, dann wieder heiß und flammend in wilden Umarmungen und Küssen.

»Ich nehme sie mit«, sagte Catherine. »Und wenn sie groß genug sind, schicke ich sie zum Studium an die Sorbonne in Paris. Dorthin, wo du ebenfalls studiert hast, mein großer, einziger Geliebter. Doch du kannst selbst entscheiden. Keinen Gedanken mehr an den Schatz der Templer und ihr großes Geheimnis! Sobald du mir das schwören kannst, komme ich vielleicht zurück.«

Im selben Augenblick verspürte er auf der gesamten Haut seines Körpers und darunter einen wahnsinnigen brennenden Schmerz. Er war wie Eis und Feuer gleichzeitig.

Das weitläufige Zimmer im oberen Geschoss des Hauses nahm mehr als die Hälfte der Wohnfläche ein. Außer dem großen Gemach gab es nur noch einen Schlafraum, den der alte Eliah von Carpentras für seinen Sohn und dessen Ehefrau eingerichtet hatte. Er war kaum benutzt worden, nachdem Ariel von Carpentras durch dieselbe umstürzende Mauer erschlagen worden war, die Papst Clemens V. bei seinem Krönungsumzug in Lyon vom Pferd geworfen hatte. Damals war dem neuen Papst ein Stein aus der Tiara gefallen – jener Rubin, den Ariel noch im Tod in seiner Hand gehalten hatte und der später an seinen Sohn Seder Ben Ariel übergegangen war. Den Rubin mit dem geheimnisvollen Templer-Zeichen vom Kreuz im Herzen mit Linien in unterschiedlichen Winkeln darüber.

Bertrand fing plötzlich an, das Wunder zu verstehen, das ihm vor den Flammen widerfuhr. Die Zeit blieb für ihn stehen, während Ereignisse aus seinem Leben wie Feuerwolken vor ihm aufwallten und sogleich wieder verschwanden. Zugleich sah er seinen weiteren Weg vor sich: keine Suche nach den Geheimnissen der Tempelritter mehr ... kein Stöbern in Schriften und Büchern von Mystikern, kabbalistischen Auslegungen von Apokryphen und Dichtungen arabischer Gelehrter. Und kein heimlicher Kontakt mehr nach Neapel, Rom oder Córdoba. Genau das war die Bedingung von Catherine Grimaldi für den weit gereisten und erfolgsverwöhnten Kaufmann Bertrand de Comminges für die Weiterführung ihrer Ehe gewesen.

Bertrand spürte, wie Zorn ihn überkam. Irgendwo musste es doch einen Ausweg, irgendeinen Lichtblick geben! Er wollte wieder der sein, der er wirklich war! Er wollte handeln, etwas tun, nicht nur gefangen und wehrlos vor den Flammen verharren.

Was konnte derart voller Weisheit sein, dass es mehr als das eigene Leben wert war? Auch mit Papst Johannes XXII., dem Nachfolger seines Vaters auf dem Heiligen Stuhl, war es ihm nicht gelungen, die drei Zeichen im Stein oder einen weiteren Hinweis zu entschlüsseln. Er wusste noch immer nicht, was aus dem verbotenen Buch mit dem Titel »Spiegel der einfachen, vernichteten Seelen, die nur im Wunsch und in der Sehnsucht nach Liebe verharren« geworden war.

Jeremia kletterte über die eisernen Beschläge auf der Innenseite des Hoftors nach unten. Auf der anderen Seite des Hofs schrien Esel und Mulis in ihren Ställen. Er wusste nicht einmal, ob sein Vater überhaupt noch in der Rue Jacob war. Nur ein Gefühl, ein schreckliches, das Herz umklammernde Gefühl ließ ihn die Riegel der schmalen Pforte aufstoßen.

Seder Ben Ariel stürzte an ihm vorbei.

»Willst du mich räuchern, *Mozo*?«, schnaubte der Ältere. Immer, wenn er erbost war, nannte er den Jüngeren auf andalusische Art abfällig »Laufbursche«. Jeremia sah es ihm nach.

Der Qualm in der Rue Jacob war noch dichter als im Hof. Um ein Haar hätten sich auch noch andere hereingedrängt.

Sofort drückten die beiden Männer die Pforte wieder zu. Jeremia schob die eisernen Riegel vor.

»Das war knapp!«

Sie sahen sich nur kurz an und liefen los. Der Rauch im Hof war schlimm für die Tiere. Es war daher besser, wenn die Stalltüren geschlossen blieben.

Seder Ben Ariel hatte es schon vor vielen Jahren vorgezogen, lieber im Judenviertel von Córdoba als im Schatten der christlichen Päpste am Kreidefelsen von Avignon zu leben. Im Reich der spanischen Reconquista konnten Christen, Juden und Mohammedaner seiner Ansicht nach noch immer besser miteinander auskommen als an den Ufern der Rhône, an denen Frankreich mit dem Heiligen Römischen Reich zusammentraf.

Mit Seders Abschied aus der Provence war das Eigentum seines bei einer früheren Papstkrönung in Lyon verunglückten Vaters Ariel und seines Großvaters, des ehemaligen Rabbiners Eliah von Carpentras, auf seine jüngere Schwester Miriam übergegangen. Jeremia hatte die Frau, die bei seiner Geburt gestorben war, niemals kennengelernt. Dennoch verehrte er ihr Andenken und ihr Haus wie das einer Heiligen.

Die Flammen hoch über ihm schmerzten ihn mehr als alles andere zuvor. Er ahnte, dass mit dem brennenden Haus auch seine Jugend endgültig vorbei war.

Vollkommen unabhängig davon, ob auch sein Vater mit diesem Haus verbrannte oder nicht – für ihn starben in diesen Augenblicken die Mutter und ihre Familie zum zweiten Mal.

»Los, *Mozo*! Worauf wartest du noch?«

Jeremia blickte erneut nach oben. Er konnte es nicht sehen, aber die Flammen mussten bereits den First des flachen provenzalischen Ziegeldaches erreicht haben.

»Gönnt ihr Ottern und Schlangengezücht eurem Heiligen Vater nicht einmal eine halbe Stunde stillen Gebets?«, schnaubte der Papst nur scheinbar ungehalten. Er hätte sich denken können, dass der Kardinal ihn nicht unbeobachtet ließ. Ohne sich weiter um ihn zu kümmern, ging Clemens an der prunkvollen Grabstelle von Johannes XXII. vorbei. Der alte »Fuchs von Cahors« hatte es achtzehn Jahre lang als Pontifex maximus ausgehalten. Das

Grabmal seines Nachfolgers Benedikt XII. war noch nicht einmal begonnen worden. Er war auch nur auf acht Jahre gekommen.

Die farbigen Glasfenster oben im Kirchenschiff der Kathedrale malten magisch bunte Blumenbouquets über die romanisch breiten Säulen der alten Kirche. Der Papst fröstelte. Er zog die Schultern zusammen, dann drehte er sich um. »Weißt du, worauf wir jetzt Appetit hätten?«, fragte er unvermittelt. Der Erzbischof von Toulouse schrak zusammen.

»Bei Gott dem Allmächtigen ... nicht schon wieder essen! Ich sehe die Hölle in meinen Träumen bereits als Sintflut aus Würsten, Gebratenem und Gesottenem. Ich will nur noch fasten, fasten, fasten.«

»Sei unbesorgt«, wehrte Clemens ab. »Wir werden nicht an diesem groß angekündigten Festmahl des Kronprinzen von Frankreich teilnehmen, selbst wenn das wieder zu den wildesten Gerüchten quer durch die Fürstenhöfe Europas führen sollte.«

»Aber sehr viele werden dort sein, besonders diejenigen, die eine engere Verbindung zwischen dem Heiligen Stuhl und dem Königreich Frankreich wollen. Man könnte sogar auf den Gedanken kommen, dass Ihr dem deutschen Kaiser in der nächsten Zeit Absolution erteilen wollt, demselben Bayern-Ludwig, der mit König Edward III. von England ein Bündnis gegen König Philipp VI. von Frankreich und gegen Papst Benedikt XII. geschlossen hat.«

»Wir wissen das«, meinte Clemens und lächelte nachsichtig. »Wir wissen auch, dass gerade über eine hohe Summe für eine Unterstützung Englands gegen Frankreich durch Armbrustschützen und ihre Waffen verhandelt wird.«

»Ja, dieser schreckliche Konflikt«, seufzte der Kardinal. »Dabei war alles wunderbar geregelt.«

»Das ist es nicht mehr«, widersprach der Papst. »Vergiss nicht, dass ich selbst Kanzler in Paris war und die Rechtslage anders beurteile als viele vorlaute Schwätzer. Nach unserer Ansicht darf der englische König Edward III. aus dem Hause Plantagenet den französischen Thron für sich als rechtmäßiges Erbe reklamieren. Er begründet schließlich seinen Anspruch über seine Mutter Isabella, die Schwester des französischen Königs Karl IV., der schon 1328 gestorben ist.«

»Gewiss«, sagte der Kardinal deutlich verwirrt. »Aber in Frankreich kann die Krone nicht in weiblicher Linie vererbt werden. Das war ja auch der Grund, warum Philipp VI., der Vetter Karls IV., zum König erklärt wurde.«

»Du irrst, Erzbischof! Denn es ist nur eine Farce, wenn das angebliche fränkisch-salische Gesetz für den Ausschluss einer Königstochter als Thronerbin herangezogen wird. Was war mit den Königinnen der Merowinger? Nein, nein … mit altem Frankenrecht hat all das nichts zu tun!«

Kardinal de Comminges stieß völlig überfordert die Luft aus seinen Lungen. Er war ein unnachsichtiger Erzbischof in Toulouse gewesen. Auf ein Wedeln der linken Hand hin waren letzte Anhänger der Katharer und der neu entstandenen *Rosenminne* als Ketzer auf dem Scheiterhaufen verbrannt worden und andere zur Erlangung besserer Einsicht in feuchte Kerker gestoßen worden. Er hielt sich selbst für einen aufrichtigen Oberhirten, doch was ihm Clemens jetzt andeutete, ging über seinen Horizont hinaus.

»Vielleicht ist es tatsächlich besser, wenn Avignon sich zunächst aus der Politik heraushält.«

»Das wird nicht lange möglich sein. Aber es bleibt im Augenblick dabei! Wir nehmen eine Woche nach unserer eigenen Inthronisation nicht an dem Gelage des französischen Thronfolgers im Hôtel La Mirande teil! Komm, lass uns wieder gehen. Die Luft in dieser Kathedrale ist mir zu kalt und modrig.«

Ohne zu warten, wandte er sich schwungvoll um und strebte zur großen Eingangstür zurück. Jetzt wagten sich auch jene herbei, die er zuvor fortgeschickt hatte. Hilfreiche Hände wollten ihm den Kragen der Soutane glätten. Er schüttelte sie ab. »Lasst das!«, sagte er. »Wir sind kein Greis wie unsere unfähigen Vorgänger!«

Für Mel Comyn stürzten die grau vermummten Gestalten nicht wie die gefürchteten »Hunde des Herrn« aus dem Gebüsch, sondern wie schlecht geschulte Hilfsdämonen des Teufels.

»Halt! Keinen Schritt! Auf die Knie!«

Comyn ließ sich sehr behutsam auf die Knie sinken und neigte demütig den Kopf. Obwohl er alles richtig machte, packten ihn brutal die Hände der Grauen Büßer. Der ehemalige Kaplan der kleinen Kirche auf der Brücke von Avignon hielt absolut nichts von den Pénitents gris und ihren Abarten. Für ihn waren sie nichts anderes als Straßenräuber und Betrüger.

Der Ordensbruder, der den Überfall mit etwas Abstand überwachte, schritt direkt auf den Brunnenstein zu. Ganz so, als würde er Teufelsdreck aus einem Becken mit geweihtem Wasser schöpfen, holte er eine Nussschale heraus, hielt sie mit Daumen und Zeigefinger ins Sonnenlicht, führte sie dann zur Vergrößerung bis an eine *Beryllos*-Linse und konnte doch nichts Besonderes daran entdecken.

Am liebsten hätte Mel Comyn seine ganze Pilgerflasche mit Aqua vitae auf einen Schluck geleert, so erfreut war er über die gelungene Aktion. Genau das alles hatte er zuvor mit Bertrand de Comminges vereinbart.

Tonio Brazzi folgte den Anweisungen der Mönche nicht. Er war kein Priester, und er konnte seine starken Arme nicht ruhig halten, als die Kapuzenmönche ihn wie Straßenköter anfielen.

Genau diese Verwirrung nutzte Monsignore Mel Comyn. Während die Kapuzenmönche mit Antonio Brazzi rangen, drückte er sich ins Dunkel und griff nach einem Kleiderbündel. Und dann befand sich plötzlich ein Priester weniger am Heckenrand des Klerikerfriedhofs, und ein Grauer Büßer mehr eilte unerkannt in die überfüllte Stadt zurück.

Festmahl des Prinzen

Clemens VI. leckte sich über die trockenen Lippen. »Wir würden jedem für ein Jahr Absolution erteilen, der uns jetzt ein Schälchen mit ein paar süßsauren, in Gletschereis aus den Felshöhlen gekühlten Johannisbeeren beschaffen könnte.«

»Johannisbeeren?«, fragte der Kardinal verständnislos. »Ich wusste nicht, dass Ihr so wild auf Johannisbeeren seid.«

»Wir auch nicht«, stellte der neue Papst fest.

Der Kardinal war kein besonders guter Menschenkenner, aber für einen Moment glaubte er, eine ungewohnte Unsicherheit im Verhalten des Mannes zu erkennen, den alle Welt bisher für stark, hart und rücksichtslos gehalten hatte. Jean-Raymund de Comminges dachte daran, dass ihm Jeremia, der jüdisch erzogene Sohn seines Neffen Bertrand, am gleichen Vormittag einen kleinen Weidenkorb mit Roten Johannisbeeren angeboten hatte. Es sollten die ersten dieses Jahres sein, die an der Riviera wuchsen und von denen noch nicht einmal die alles beherrschenden Einkäufer des Heiligen Stuhls etwas wussten.

»Riechst du den Rauch?«, fragte der Heilige Vater. Er neigte den Kopf zur Seite, als ob er lauschte. »Wir können den höllischen Gestank förmlich schmecken.«

»Und dagegen helfen Johannisbeeren?«, fragte der Kardinal verständnislos. Er fürchtete sich plötzlich vor dem Mann in der weißen Soutane. Und vor den eigenartigen Zeichen, die schon die ganze Stadt in einen Hexenkessel verwandelt hatten.

»Schon gut«, sagte der Papst. »Dann lass uns wenigstens den Westturm des Palastes besteigen. Ich war sehr lange in Kirchenschiffen und geschlossenen Gemächern. Jetzt möchte ich auch einmal über die Häuser der Stadt hinwegsehen.«

Kardinal de Comminges rief nach Personal. Dienern in Livree mit allerlei päpstlichen Kleidungsstücken folgten zwei schwarz gewandete Kaplane, der Thesaurar, dann drei Prälaten und schließlich polternde Männer der Garde mit ihren klirrenden Schwertern und unhandlichen Hellebarden.

Für einen Augenblick zeigte sich der neue Papst verärgert.

Er konnte sich noch immer nicht daran gewöhnen, dass er nicht einmal beim Gang in den Latrinenturm unbewacht war. »Wir wollten doch ausdrücklich … ach was! Tragt uns das Cape und eine leichte Kopfbedeckung nach.«

»Aber die Vorbereitungen für das Festmahl mit dem Kronprinzen am Sonntag –«

»Sollen ohne uns stattfinden!«, teilte der Papst ungeduldig mit. »Wir werden ohnehin nicht daran teilnehmen, solange dieser Jüngling aus der Normandie darauf besteht, vor unseren Augen zum Turnier zu blasen. Und für heute Abend ziehen wir vor, mit großer Sorge und aus klarer Höhe über den Fluss und diese sündige Stadt Avignon zu schauen.«

»Man könnte auch zur Insel Barthelasse im Fluss hinabsehen«, schlug der Kardinal vor. »Dabei ließe sich leicht feststellen, ob die Franzosen wirklich ein verbotenes Turnier vorbereiten.«

Jeremia führte das Handelshaus seines Vaters seit genau einem Jahr. Der hochgewachsene blonde Sohn einer jüdischen Mutter und Enkel des ersten Papstes in Avignon war im jüdischen Glauben und im sorgfältigen Abwägen von Chancen und Risiken bei jedem Geschäft und jeder Handlung erzogen worden. Er kannte die ungewöhnlichen und gefährlichen Geheimnisse seiner Familie ebenso gut wie sein Vater und sein Onkel.

Wenn er auch nur die kleinste Chance haben wollte, seinen Vater noch vor den Flammen zu erreichen, musste er, ohne den Rauch einzuatmen, bis in das obere Stockwerk gelangen. Jeremia holte tief Luft, dann atmete er wieder aus und rannte los. Schwarze Rauchwolken quollen ihm entgegen.

Wasser!, hämmerte es in seinem Kopf. Wenn ich nur Wasser hätte!

Und dann, als er bereits die Treppe nach oben nehmen wollte, fiel ihm ein, was er tun konnte.

Mit einem schnellen Griff riss er ein brennendes Stück Holz von den Stufen, drehte sich um und sprang die Kellerstufen zur Mikwe hinab.

»Fürchte dich nicht!«, donnerte eine Stimme. Sie klang wie der Zorn Jahwes und schien direkt aus dem Feuer zu kommen. »Greif zu!«

Jeremia taumelte zurück. Doch dann wurde ihm bewusst, dass er weder die Stimme Gottes noch die eines Erzengels oder Propheten gehört hatte, sondern die seines Onkels. Mit einem verzweifelten Sprung griff er nach dem Körper seines Vaters. Er hatte erwartet, dass er sich verbrennen würde. Aber der Stoff fühlte sich so glatt und kühl an wie die Schleier, die er schon einmal unter den rot-weiß gestreiften Säulenbögen in der *Mezquita* von Córdoba berührt hatte.

Er wusste nicht, ob er nach seinem Vater oder bereits nach dessen Leichnam griff. Ein weißes Lichtflackern ließ ihn zurückweichen. Sofort füllte sich der ganze Raum mit einer hellen Wolke.

Es roch plötzlich nach verbranntem Brot, Bienenwachs, Weihrauch und nach saurer Luft wie zwischen einer Gewitterwolke und der heißen Erde, bevor das unheimliche Eliasfeuer an Felsspitzen erscheint.

Jeremia stolperte zur Treppe. Er wusste, dass er es nicht mehr bis zum Hof und von dort aus weiter bis zu einem Hospital schaffen würde. Jetzt gab es nur noch einen Weg. Den Gang von der Mikwe bis in die Sakristei in der Kapelle der alten Templerkomturei – mit einer Abzweigung zum Backofen der Synagoge.

Der neue Papst und sein wichtigster Kardinal eilten durch die neue Kapelle, die sich Benedikt XII. anstelle des alten, abgerissenen Bischofspalastes erbaut hatte. An ihrer Westseite schlüpften sie durch einen engen, bogenförmigen Durchlass ins Treppenhaus des Campane-Turms.

»Und Ihr wollt wirklich hier hinaufsteigen?«

Der Papst erstürmte die ersten Stufen, drehte sich halb um und lachte beinahe jungenhaft. Kardinal de Comminges zog unwillkürlich den Kopf ein. Genauso faszinierend musste der Mann schräg über ihm von einer Kanzel herab auf die Gläubigen wirken.

»Zunächst sollten wir wissen, was im Judenviertel geschieht und ob das etwas mit deinem ketzerischen Neffen Bertrand zu tun hat. Uns scheint, dass dieser Bastard bisher viel zu viel Narrenfreiheit gehabt hat.«

»Gibt es denn neue Anklagen?«, fragte der Onkel von Bertrand de Comminges fast schon hoffnungsvoll. Seine Unterlippe zitterte plötzlich wie bei einem Hund in Erwartung eines Knochens. »Ich bitte um Vergebung, Eure Heiligkeit, doch ich muss zugeben, dass ich mich seit seiner Geburt stets in Gedanken an diesen Bastard versündigt habe.«

»Du hast gehofft, dass er verschwindet?«

»Ich hoffte, dass es ihn und das Leid für meine unglückliche Schwester niemals gegeben hätte.«

»Und du hast auch schon früher mitgeholfen, gegen ihn vorzugehen?«

»Sind nicht die Ausrottung der Feinde und Schutz des rechten Glaubens der Christen vor Ansteckung die beiden edelsten Absichten jeder Inquisition?«

»Ich kenne die Verdächtigungen, die du immer wieder gegen deinen Neffen vorgebracht hast. Wir aber wollen ein Verfahren, mit dem nichts als die Wahrheit erforscht wird. Ohne Kompromiss und Vorverurteilungen, wie es bei schwachen weltlichen Gerichten möglich ist, und ohne diese unsinnigen Gottesurteile.«

Sie erreichten das bisher oberste Stockwerk des Turms. Gerade noch rechtzeitig konnten sich einige vollkommen überraschte, in Kutten und Schleier gehüllte Paare hinter die leeren Mörteltröge, Stapel aus Holzbalken und die notdürftig abgedeckten Haufen aus gebranntem Kalk flüchten. Die Stadt war überfüllt, aber wer, in drei Teufels Namen, hätte mit einer Turmbesteigung des neuen Heiligen Vaters persönlich rechnen können?

»Es sieht sehr leer hier oben aus«, sagte Clemens, nachdem er sich kurz auf der Turmplattform umgesehen hatte. »Haben die Bauleute eigentlich alle Bohlen und Mörtelwannen mitgenommen?«

»Seit dem Tod von Benedikt ruhen die Bauarbeiten im Palast. Ich habe angeordnet, den Bau einzustellen, bis klar ist, wie es weitergehen soll.«

»Von einem Ende der Bauarbeiten war niemals die Rede. Wir werden nicht in einer halb fertigen Ruine wohnen! Im Gegenteil, es soll noch größer, weiter, schneller gebaut werden als bisher, so wahr wir Erzbischof von Sens und Rouen gewesen und jetzt auch Bischof von Rom geworden sind!«

Es roch nach verkokeltem Werg und Pech von den Fackeln an den Wänden, dazu nach Feuchtigkeit und fettem Rattenkot. Antonio Brazzi schimpfte verärgert, als sie ihm die Kapuze der Grauen Büßer vom Kopf rissen.

Noch vor den Stufen nach unten hatten sie ihm Wasser über den Kopf gekippt. Obwohl er auf dem Klerikerfriedhof durch einen unerwarteten Schlag aus dem Hinterhalt ohnmächtig geworden war, hatten sie ihn irgendwie durch das Gedränge in der Stadt gebracht. Viel mehr als seine Kopfschmerzen ärgerte ihn, dass er nicht mehr gesehen hatte, ob der Schotte mit den Geheimzeichen auf den Walnussschalen wie verabredet ins Gedränge hatte fliehen können.

Dass ganz bestimmte Leute seit dem Tod von Benedikt XII. verschärft von der Inquisition überwacht wurden, war ihm und Comyn schon seit Tagen klar. Nur wenige Eingeweihte kannten die Geheimnisse vom Rocher des Domes. Mel Comyn gehörte ebenso dazu wie Francesco Petrarca, Seder Ben Ariel und Bertrand de Comminges. Er selbst wusste nicht alles, Elena von Pisa auch nicht. Aber es gab noch eine fünfte Person, die äußerst wertvoll für die »Hunde des Herrn« sein konnte.

Zu allem Unglück hatte Elena von Pisa in diesem Monat sowohl Bertrand de Comminges als auch seine Gemahlin Catherine Grimaldi zu dem verbotenen Treffen in der Grafschaft Venaissin eingeladen. Durch den Wechsel auf dem Heiligen Stuhl war eine Zusammenkunft der Eingeweihten unbedingt erforderlich geworden. Allerdings sollte das Treffen nicht in der Papststadt an der Rhône, sondern einige Meilen außerhalb stattfinden.

Nach allem, was Comyn und Brazzi wussten, hatte Bertrands Gemahlin ihre Felsenfestung in Monaco bereits verlassen. Allen anderen waren wie stets die einzigartigen Walnussschalen im Wasserbecken als Zulassung übermittelt worden. Eigentlich hätten außer Comyn auch noch andere unabhängig voneinander die Vogeltränke auf dem Friedhof besuchen sollen. Stattdessen war der gefürchtete Scintilla mit den Pénitents gris erschienen …

Bertrand empfand das Feuer plötzlich wie eine Wunderquelle, in der er ohne Körper nur in Gedanken schwimmen konnte.

Er dachte daran, wie er Petrarca im vergangenen Jahr zu König Robert von Anjou in Neapel und zur Verleihung des Dichter-Lorbeers durch den Senat von Rom begleitet hatte. Und das, obwohl auch die Sorbonne Petrarca die gleiche Ehrung angeboten hatte. Spätestens seit diesem Vorgang waren die Universität von Paris und das französische Königshaus nicht besonders gut auf Petrarca und seine Freunde zu sprechen.

Dennoch waren der Dichterkönig und er als Sohn des ersten Papstes in Avignon zu einem ganz besonderen Festmahl im Hôtel La Mirande am Platz vor dem alten Bischofspalais eingeladen worden, das der Kronprinz von Frankreich mit seinen bereits kriegserprobten Rittern und normannischen Saufkumpanen veranstalten wollte.

Bertrand ahnte, was noch hinter der Einladung für Petrarca steckte: Die Franzosen wollten den Dichter und möglichst viele seiner Freunde von ihren Sympathien für eine Rückkehr der Päpste nach Rom abbringen. Ein Papst an der Rhône in Avignon war immer noch besser im Auge zu behalten als einer unter dem Einfluss der Colonna und Orsini am Tiber.

Solange der Papst das Festmahl mit seiner Anwesenheit beehrte, mochte das alles noch angehen. Wenn aber das Gerücht stimmte, dass Clemens VI. seine Teilnahme bereits abgesagt hatte, konnte Petrarcas Verhalten auch die Römer verärgern. Nur die Tatsache, dass die seit Tagen erwartete Gesandtschaft aus der Ewigen Stadt bisher noch nicht eingetroffen war, hatte Bertrand schließlich doch zustimmen lassen.

Dennoch verlangte es ihn gerade jetzt danach, noch einmal alle Einkäufe für die päpstlichen Festgelage im Kopf und in Gedanken nachzurechnen, die ihm der Schatzmeister und der Kämmerer des Heiligen Stuhls zugeschickt hatten. Nur er, die beiden Würdenträger und sein Onkel Jean-Raymond wussten, welche Unmengen an Lebensmitteln die Krönung des neuen Papstes bislang verschlungen hatte. Selbst wenn sie Mehl und Obst, Schmalz, Öl und Butter oder die teuren Gewürze von Anis bis Pfeffer und von Nelken bis Zimt nicht mitrechneten, kamen sie auf eine Liste, die selbst am Thron des Höchsten im Himmel für Aufsehen sorgen musste. Das alles konnte bestenfalls durch sehr viel Weihrauch, Bienenwachs für die Kirchenkerzen und

Unmengen von Wein für die Abendmahlskelche in den näheren Diözesen wieder ausgeglichen werden.

Bertrand erinnerte sich plötzlich daran, dass er nicht einmal Jeremia oder Seder von der gesamten Einkaufsliste der Apostolischen Kammer erzählt hatte. Er war und blieb nun einmal Kaufmann, der sein Wissen schützte – auch wenn seine Gedanken oftmals um andere Fragen kreisten. Jeremia hatte ihn danach gefragt, ehe er zur Synagoge weitergegangen war. Diesmal jedoch hatte der Thesaurar des Heiligen Stuhls unter allen Umständen vermeiden wollen, dass die Einkäufe für die zwei Festwochen bekannt wurden. Bertrand hatte viele Jahre lang in bestem Einvernehmen mit Bischof Johannes de Coiardano gehandelt. Doch das, was Clemens VI. für seine eigenen Gelage verlangte, war keinem Gläubigen und keinem Ablasssünder erklärbar.

Im Fondaco war alles bereits als gekauft und bezahlt, aber noch nicht komplett als geliefert aufgeschrieben, ebenfalls in den geheimen Küchen-Folianten des päpstlichen Hofes. Summa summarum ging es nach Bertrands Erinnerung um 118 Rinder, 1023 Hammel, 101 Kälber, 914 Zicklein, 60 Schweine, 69 Zentner Speck, 1500 Kapaune, 3043 Hühner, 7428 Hähnchen, 1195 Gänse, 6 Zentner Mandeln, 2 Zentner Zucker, 39980 Eier sowie das Weizenmehl für 95000 Brote und 50000 Torten.

Jeremia eilte nicht die Treppe hinauf, sondern flog fast durch die Kellertür. Dort, nur dort unten gab es Wasser! Das brennende Holzstück in seiner Hand erleuchtete den dunklen Kellerraum und das schwarz glänzende, mit einer kleinen Mauer eingefasste Quadrat in einer Ecke: die Mikwe.

Jeremia stürzte an alten Schemeln und Waschgerätschaften vorbei bis zu einer hölzernen Liege neben einem quadratischen dunklen Loch im Boden. Ein eisernes Geländer führte an einer Seite hinab. Er leuchtete in die Öffnung, bis Stufen im Stein und eine klare schwarze Wasserfläche sichtbar wurden – fließendes Wasser, das sauber aus einer kleinen Öffnung in der Wand kam.

Jeremia ließ das brennende Holz auf den Steinboden fallen und sprang so, wie er war, in das eisige Wasser des Beckens. Die unerwartete Kälte zerriss ihm fast die Brust. Bevor er wieder über die Stufen nach oben stolperte, riss er große Leinentücher von Haken an der Kellerwand, tauchte sie ein und schleppte sie keuchend nach oben. Es war ihm unwichtig, dass er wieder und wieder stolperte, mitsamt seinen nassen Tüchern fiel und durch das triefende Wasser in seinen Haaren kaum etwas sah. Er wollte nur hinauf.

Er schlang sich die nassen Tücher um Kopf und Oberkörper. Sein Weg wurde schwerer, zehn Stufen, zwölf, aber er schaffte es bis ganz nach oben.

Und dann die Flammenwand …

Die nassen Tücher aus der Mikwe waren bereits heiß, als Jeremia sie über den in rotes Flammenlicht gehüllten Körper seines Vaters warf.

Geheime Keller

Bertrand erinnerte sich so deutlich, als erlebte er es noch einmal, an die seltsame Begegnung kurz vor dem Aufflammen der Feuerwand. Sein Schwager und sein Sohn hatten das alte Haus in der Rue Jacob gerade verlassen. Er selbst war wieder ins Haus zurückgekehrt, als er in der nur für ihn bestimmten Tonfolge kleiner Glöckchen an vielen Häusern im Carrière erkannte, dass weitere Besucher für ihn kamen.

Normalerweise achtete er nicht auf das ständige melodische Klingen in den Straßen. So wie für andere das Zirpen der Zikaden in der Nacht gehörten die Signale unterschiedlicher Glöckchen an vielen Häusern einfach dazu. Bertrand war nicht erfreut über das Signal. »Es kommt jemand, den du kennst.« Für einen Augenblick wartete er sogar auf den klingelnden Zusatz »du kannst dich freuen« oder »nicht gut für dich«, aber die Glöckchen schwiegen sich in der Beurteilung des Besuchs aus. Wahrscheinlich liefen in diesen lauten Tagen zu viele Menschen mehr oder weniger zufällig auch durch die Gassen, die zum Judenviertel gehörten.

Kurz entschlossen hatte er sich die Treppe hinab bis zum Hoftor begeben. Als er die Riegel zurückschob und die Tür öffnete, sah er verwundert in ein ledriges Gesicht, das er seit seinen ersten Stunden in der Stadt kannte. Seltsamerweise trug Mel Comyn eine Kutte der Pénitents gris über seiner alten Soutane. Obwohl er schlecht aussah und sichtlich wankte, verzog er freudig sein Gesicht, als er Bertrand entgegenfiel.

Bertrand umfasste seinen Oberkörper, blickte schnell nach links und rechts. »Bist du betrunken oder unter die Räuber gefallen?«

»Ich danke dir, mein großer Freund«, lallte Comyn.

Bertrand zog ihn ganz in den Hof, schloss die Tür und verriegelte sie wieder. Obwohl er vorsichtig wie stets war, bemerkte er nicht, dass hinter ihm noch eine zweite Gestalt den gut gesicherten Durchlass passiert hatte. In seinem Arbeitsgemach angekommen, ließ er Comyn in einen maurischen Klappstuhl mit geschnitzten Lehnen sinken.

»Also? Was ist? Was treibt dich aus den Tavernen hierher?«

»Es gibt eine gute und eine schlechte Botschaft für dich. Die gute ist, dass du dir nicht den Magen verderben musst. Ich meine es ernst, Bertrand. Geh nicht zum Festmahl der verdammten Franzosen!«

Bertrand hatte plötzlich das Gefühl, als träte etwas ein, womit er seit dem Tod von Benedikt XII. nahezu stündlich gerechnet hatte. Dennoch wollte er die Wahrheit von Mel Comyn hören. »Wie kommst du zu einer derartigen Warnung?«, fragte er.

Der Trunkenbold in seinem spanischen Klappsessel rülpste.

»Die Zeit der dir wohlgesinnten Päpste ist vorbei. Jetzt herrscht ein Feind von dir oben im Palast! Und ... fast noch schlimmer ... dein Onkel, der die Schatten auf der Ehre seiner Schwester an dir rächen will.«

»Das versucht er schon seit vielen Jahren.«

»Jetzt aber hat er zwei Verbündete, gegen die weder du allein noch wir gemeinsam ankommen! Ein Kardinal de Comminges als Meister des Palastes, ein ehemaliger Kanzler des Königs von Frankreich als Papst und ein Dominikaner aus Anagni als Inquisitor sind zu viel auf einmal! Vor dieser Trinität müssten selbst Vater, Sohn und Heiliger Geist Respekt haben.«

»Wir sollen aufgeben?«, fragte Bertrand empört.

»Du weißt ebenso wie ich, dass der gesamte riesige Palast mitsamt dem mächtigen Papstturm in Wahrheit keine Festung, sondern eine grandiose Täuschung ist. Die Menschen sollen glauben, was sie sehen. Selbst die Bewohner und die Gäste des Palastes sollen vergessen, dass die Unmengen von angehäuften Steinen und Mauern nichts anderes sind als eine riesige Schutzburg über Geheimnissen der Tempelritter, die bis auf die Könige David und Salomo zurückgehen.«

Clemens VI. blickte zur Kuppe des Rocher des Domes hinter dem Turm der Kathedrale. Es war, als läge über allem bis hinüber zur Insel Barthelasse und dem französischen Ufer der Rhône eine riesige Glocke aus Rauch, Gestank und waberndem Gelärm. Sie waren so hoch oben, dass der Papst fast so laut wie von einer Kanzel zu dem Kardinal neben sich sprach.

»Wir brauchen keinen Nachweis für einen Pakt des Delinquenten mit dem Teufel, sondern Antworten, noch bevor sich die Gäste unserer Krönung wieder auf den Rückweg machen! Klare, eindeutige Antworten zum Schatz der Tempelritter und zu den geheimen Zugängen in diesem Berg, auf dem wir hier stehen.« Er drehte sich zu seinem Kardinal um. »Wann kommen eigentlich diese Römer?«

»Sie sind gestern an der Durance bei Cavaillon gesehen worden. Wenn sie früh im Morgengrauen aufstehen, können sie gegen Mittag hier sein. Die Gäste hier im neuen Westflügel müssen eben noch mehr als ohnehin zusammenrücken.«

»Bist du von Sinnen?«, fragte der Papst unwillig. »Willst du, dass die Spione der Colonnas und Orsinis mit ihren Kohlestiften überall herumlaufen und die Baupläne nachzeichnen? Nein, Rom bleibt draußen … solange wir hier Papst sind!«

»Aber –«

»Sie sollen den Palast zunächst nur von außen sehen. Sie sollen wissen, dass wir in Avignon ebenso starke Mauern wie sie mit ihrer Engelsburg am Tiber errichten können.«

»Wo, wenn nicht im Palast, sollen sie unterkommen?«

»Von mir aus bei Philippe de Cabassole, dem Rektor der Grafschaft Venaissin.«

»So weit entfernt? Das würde Rom mit Sicherheit beleidigen.«

»Wo dann? Die Stadt platzt längst aus allen Nähten. Wir müssen all das Volk und die Gesandten aus der ganzen Welt noch gut und gern zehn Tage hier bei Laune halten. Vierzehn Tage für unsere Krönungsfeierlichkeiten sind nun mal angesetzt. Und bisher haben wir erst vier davon in all dem Weihrauch und den anderen Gerüchen überstanden.«

»Wir könnten Zelte auf der großen Flussinsel aufbauen.«

»Die feingliedrigen Römer mit ihrem frechen Mundwerk bei den schwerfälligen Rittern Frankreichs und ihren kriegserprobten Söldnern? Das würde keine Nacht lang gut gehen!«

»Und Villeneuve-lès-Avignon? In Eurem eigenen, jetzt leer stehenden Kardinalspalais drüben am anderen Ufer?«

Clemens VI. drehte sich langsam zu Kardinal de Comminges um. »Unser Palais im Territorium Frankreichs steht keineswegs so leer, wie es nach außen scheint. Solange wir hier feiern und viele noble Herrschaften zu Gast haben, ist der Palast wohl nicht der rechte Ort für peinliche Befragungen.«

Erst jetzt verstand der Kardinal. »Baumeister Fisch …«

Clemens VI. nickte.

»Matteo Giovannetti …«

»Ja, auch der Maler wird gestehen müssen, welche der Wände in dieser Festung mit falschen Fenstern, Türen, Wandteppichen und anderem Lügenwerk bemalt wurden.«

»Er gilt als Meister und als Magier des perfekten Trompe-l'Œil.«

»Genau deshalb hat ihn mein Vorgänger auf dem Heiligen Stuhl hierhergeholt. Und wir sind fest entschlossen, sämtliche Tarnungen in diesem Bauwerk zu zerreißen! So lange und so gründlich, bis der wahre Zweck des Baus und das Geheimnis der Tempelherren freiliegt!«

»Ihr glaubt tatsächlich –«

»Nein, das hier hat nichts mit dem Glauben zu tun. Ich fürchte, es ist eine ungeheure Bedrohung für die gesamte Christenheit, die wir finden müssen! Es ist kein Eigennutz in unserem Handeln, sondern die große Aufgabe, an der seit dem Verlust Jerusalems und des Heiligen Landes ein halbes Dutzend unserer Vorgänger in Rom und Avignon zerbrochen ist.«

Antonio Brazzi war nie ein ängstlicher oder zurückhaltender Mann gewesen. Dennoch war ihm nicht wohl. Sein Schädel schmerzte, und in der Kutte der Pénitents gris kam er sich wie ein Sklave vor. An der Streckbank und an den Stufen der frisch gezimmerten Bohlentür standen zwei Wachen und drei Graue Büßer. Brazzi überlegte bereits, wie er das Verhör und alles, was an unangenehmen und manchmal sogar tödlichen Begleiterscheinungen dazugehörte, auf möglichst kraftsparende Weise beenden könnte.

»Ohne Geständnis kein Urteil«, sagte der Dominikaner vor ihm kühl. Er saß allein am Befragungstisch und hatte weder einen Beisitzer noch einen Vertreter des Ortsbischofs bei sich. »Also beginnen wir – was gibst du zu?«

»Dass ich auf dem Klerikerfriedhof auf einer Bank aus Stein gesessen und an das Paradies gedacht habe.«

»Das ist bereits bekannt«, sagte der andere vollkommen desinteressiert. »Ich bin Orlando di Anagni, und du bist der Kuppelei mit einer stadtbekannten Hurenmutter und der Mittäterschaft bei der Entehrung des Grabmals eines Kardinals überführt.«

»Halt, halt, nicht ganz so heftig!«, protestierte Brazzi. »Die Hibiskusbüsche gehören nicht zum eigentlichen Klerikerfriedhof, unter dem Grabstein liegt kein Kardinal mehr, und jene Dame, die du Hurenmutter nennst, ist eine begüterte und angesehene Dame am Liebeshof des Dichterfürsten Petrarca.«

Der Dominikaner hob seinen Vogelkopf wie ein Steinadler in den Alpen, der aus großer Höhe ein fettes Murmeltier erblickt hatte. »Womit du hier vollkommen ohne Folter, doch unter Zeugen zugegeben hast, dass sich Petrarca der verbotenen Rosenminne schuldig macht.«

»Was soll ich gesagt haben?« Brazzi begann zu schwitzen. In diesem Augenblick hätte er liebend gern den Schottenpriester an seiner Seite gehabt. Comyn verstand sich besser als er selbst auf die Tücken listiger Befragung.

»Du weißt, wer unter dem neuen Heiligen Vater Meister des Palastes werden soll?«

»Nein, davon weiß ich nichts.«

»Es ist der Erzbischof von Toulouse, der schon zweimal die Goldene Papstrose erhalten hat und der ein Onkel mütterlicherseits deines früheren Brotherrn Bertrand de Comminges ist.«

»Ich hatte schon die Ehre, den Kardinal kennenzulernen.«

»Dann weißt du auch, warum in seiner Diözese vor gar nicht langer Zeit ein halbes Dutzend Ketzer auf dem Scheiterhaufen brannte.«

»Weil sie heimlich zusammenkamen und der Rosenminne frönten?«

»Genauso ist es! Und du wirst uns mitteilen, wann und wo der nächste Liebesgerichtshof stattfindet.«

Antonio Brazzi schüttelte entschlossen seinen schweren Kopf. »Ich habe nie an derartiger Narretei teilgenommen. Ich bin ein Schmied, ein Waffenhändler. Ich kann wohl feinste Schwerter schmieden, aber ich habe keine Schellen an der Zunge.«

»Wann treffen sich die eitlen Damen und Herren erneut zu ihrer Cour d'Amours?«

Brazzi kaute auf seiner Unterlippe. Er wischte sich durch seinen dichten, immer noch feuchten Bart. Dann lachte er entschlossen. »Noch während unserer Krönungsfestlichkeiten in diesen Tagen«, sagte er. »Mehr weiß ich nicht darüber … auch nicht unter Folter.«

Der Inquisitor ließ sich in seinem hohen Lehnsessel ein wenig zurückfallen. »Du bietest freiwillig die Folter an?«

»Wie kann ich freiwillig noch etwas anbieten, was Ihr Euch ohnehin genommen hättet, weil es Euch nun mal zusteht?«

Scintilla lächelte, aber es war ein schiefes Lächeln.

»Es ist vorbei«, sagte Comyn. »Alles vorbei, Bertrand! Hast du in den letzten Tagen irgendwelche Hostien oder kleinen Brote gegessen?«

Bertrand strich sich über die Stirn und versuchte, sich zu erinnern. »Wie kommst du darauf? Ich habe nur ein paar …« Er brach ab und starrte den alten Priester an. »Hostien, sagst du? Oder vielleicht Sabbatbrot?«

»Sie sind perfide«, sagte Comyn. »Halten sich nicht an Rechte und Regeln. Benutzen selbst Zauber und Gift, um zum Ziel zu kommen. Genauso, wie sie schon den Baumeister und den Maler in die Zange genommen haben!«

»Was ist mit ihnen? Was hast du gehört?«

»Es heißt, dass der Heilige Vater nach all den Messen und dem letzten Festschmaus fasten möchte, damit er nicht durch das Antoniusfeuer hingerafft wird … wie der Baumeister Fisch und der –«

»Bist du von Sinnen? Wer sagt, dass Fisch erkrankt ist?«

»Hast du ihn seit der Krönung unseres neuen Papstes irgendwo gesehen? Nimm einfach an, dass Fisch von innen wie von außen verbrannt ist … Nennen wir als Ursache einfach das Antoniusfeuer. Niemand in der Stadt soll wissen, dass Fisch schon in der Nacht nach der Krönung des neuen Papstes oben im Palast gefoltert und einer Feuerprobe unterworfen wurde. Sie haben den Baumeister in tiefster Nacht im neuen Küchenturm auf einen Spieß gesteckt und ihn nicht einmal ausgenommen, ehe er über den Flammen gedreht und geröstet wurde.«

»Das ist barbarisch!«

»Aber wahr«, sagte Mel Comyn. »Und alles nur, weil sie erfahren wollen, woher die Pläne für diesen wahnwitzigen Palast stammen und wo der Schatz und das Geheimnis der Templer verborgen sind.«

»Weiß er … ich meine … weiß der neue Papst davon?«

Die beiden Männer sahen sich wortlos an. Dann nickte der Schotte, hob bedauernd die Schultern und sackte ein wenig in sich zusammen. »Das Antoniusfeuer ist eine arge Strafe«, murmelte er. »Es ist unheilbar … wenn kein Wunder geschieht!«

Die Nonne

In der gesamten Altstadt wurde nur noch gefeiert, gefressen und gesoffen. Selbst bei den vielen Messen verhinderte nur die Überfüllung der Kirchen, dass die schwankenden Gläubigen und Gäste der Stadt trunken und übermüdet umkippten. Die ganze Stadt taumelte längst zwischen wildem Festfieber und einer schon kriegerischen Jagd auf die wichtigsten Empfänge und Festmahle. Gruppen von angetrunkenen Huren mit ihren modisch bunt gekleideten Freiern platzten in fromme Singspiele von Mönchen und Nonnen. Priester, Prälaten und Äbte verirrten sich auf Plätze und Höfe mit gotteslästerlichen Vorführungen von Rittern und Gauklern. Kaum jemand konnte noch unterscheiden, ob ein Ereignis der Ehre Gottes, seines eingeborenen Sohnes und des neuen Papstes galt oder ob es nur aus Übermut, Angabe und Geldschneiderei stattfand.

Magdalena de Comminges war inzwischen die Priorin der Hospitaliter von Avignon geworden, aber genau genommen leitete sie kein Kloster, sondern ein Hospital im ehemaligen Gotteshaus der Tempelritter. Sie trug den Habit der Hospitaliterinnen mit schwarzer Haube und dem weißen Kreuz auf einem langen schwarzen Kittel. Mit ernstem, fast schon abweisendem Gesicht ging sie an den Reihen der stöhnenden Männer entlang. An die vierzig waren es, die allein an diesem Tag in der Kapelle auf der Rückseite der ehemaligen Komturei des Templerordens aufgebahrt worden waren.

Der wilde Wahnsinn in der Stadt forderte weitere Opfer. Kaum eine Stunde verging, in der nicht Verletzte mit Messerstichen oder Verbrennungen, gebrochenen Schlüsselbeinen, Splittern in den Augen oder taub gewordenen Ohren bei den Hospitalitern eingeliefert wurden. Das hohe Kirchenschiff war im letzten Abendlicht sehr kühl, doch mehr als etwas Sackleinen und grobes Linnen gab es in der überfüllten Stadt für Arme oder Kranke nicht. Das Stroh unter den Verletzten war alt und stammte noch von der Ernte des vergangenen Jahres.

Überall stöhnten, wimmerten und beteten Schwerverletzte

und Sterbende, während nur noch eine Handvoll Nonnen die Kraft hatte, gegen die Folgen der Maßlosigkeit in der Stadt anzukämpfen. Auch die jüdischen und muslimischen Mädchen, die inzwischen bei den Nonnen als Dienstmägde arbeiteten, waren erschöpft.

»Leert alle Nachtgeschirre, wässert den Fußboden mit Sud aus Essig, Myrrhe, Nelken und Lavendel … steckt Fackeln an, damit wir sehen können in der Nacht … ich will mich auf das Abendgebet vorbereiten.«

Magdalena zögerte, als sie die beiden Stufen zum Chorraum erreicht hatte. Der Altar sah roh und nackt aus. Er wurde schon seit Langem nicht mehr mit bunten Decken, Leuchtern und dem Buch der Bücher geschmückt. Erst jetzt erlaubte sie sich einen tiefen Seufzer. Sie taumelte und beschloss, in die Sakristei zu gehen. Dort hatten die Priester Kraft gesammelt, ehe sie vor die anderen Gläubigen traten. Kraft, Mut und Hoffnung – das war es, was sie in einem stillen, ganz bescheidenen Gebet von Jesus Christus dem Erlöser erbat.

Magdalena hatte die letzten der dicht an dicht liegenden Strohsäcke passiert. Vor ihr schleppten drei Pénitent gris eine Bahre mit einem schweren Mann nach vorn. Noch einmal musste die Priorin eingreifen.

»Halt! Nicht in den Chorraum!« Sie war erbost über die Frechheit der Grauen Büßer. Die seltsamen, furchterweckenden Mönche ließen die Bahre direkt an den Stufen zum Chor auf die Steine fallen. Das schmutzige, blutverkrustete Linnen über dem neuen Verletzten rutschte zur Seite.

Entsetzt erkannte Magdalena den alten bärtigen Mann. »Tonio«, stieß sie hervor. »Was ist passiert? Wo habt ihr unseren getreuen Faktor Antonio Brazzi her?«

Die Kapuzenmänner antworteten nicht. Langsam zogen sie sich wieder zurück. Schwester Magdalena beugte sich über den schwer geschunden aussehenden Schmied. Vorsichtig wickelte sie seinen halb nackten Körper aus lose übergelegten Stoffbahnen. Nur seine Augen, Nase und Mund schienen unverletzt.

Verzweifelt sah sie sich nach Wasser, Kräutersud und sauberen Tüchern um. Doch nichts davon war in ihrer Nähe. Mit einem

Ruck nahm sie Haube und Schleier vom Kopf. Sie zerriss den Stoff, knüllte ihn zu zwei Päckchen zusammen und stopfte sie unter die beiden Fußenden der Tragelatten von Brazzis Bahre. Jetzt war es leicht, den schweren und halb toten Mann unauffällig und ohne Hilfe am Altar vorbei bis in die Sakristei zu ziehen.

Hinter ihr blieben das Geschrei und das schreckliche Jammern der vielen Opfer der großen Krönungsfeierlichkeiten in der ehemaligen Kapelle der Tempelritter zurück. Sie schloss die kleine Tür, lehnte sich für einen Augenblick mit dem Rücken dagegen und murmelte ein Bittgebet. Für mehr war keine Zeit.

»Weihwasser!«, stieß sie dann entschlossen und beherrscht hervor. »Weihwasser … Altardecken … Abendmahlswein … dann neuen Kräutersud aus der alten Templerküche am Refektorium und alles, was ihm jetzt noch helfen kann.«

»Cour d'Amours!«, schrie Brazzi plötzlich. »Komm, komm, komm, umschlinge mich, Geliebte … *hycra, hycra, nazaza … trillirivos!*«

Nicht seine Stimme, sondern die unglaublichen, lästerlichen Worte aus der Vagantenbeichte fuhren der Nonne Magdalena de Comminges glühend heiß durch Mark und Bein.

Die kleine Prozession stieg ohne weitere Begleiter eine steinerne Treppe hinab. Der Bischof von Avignon ging voran, ihm folgte der Papst. Den Abschluss bildete Kardinal de Comminges. Nur an der Wand sicherte ein Geländer den Abstieg über die aus der Wand ragenden glatten Stufen. Sie gelangten in einen Raum, der schon gleich nach seiner Fertigstellung die Bezeichnung Jesussaal erhalten hatte. Die Wände des Saals waren mit gelbem Putz verziert. Weit oben verlief um den gesamten Raum ein Fries mit dem Christusmonogramm IHS.

In einigen Ecken des Turms standen Wächter mit Helm, Brustharnisch und Hellebarde. Niemand hatte ihnen gesagt, wie sie sich verhalten sollten, wenn der Heilige Vater unerwartet in den unteren Etagen seines Turms auftauchte. Clemens überspielte diesen Organisationsfehler des Heiligen Stuhls, indem er alle, die vor ihm auf die Knie fielen, im Vorbeigehen segnete.

Über eine zweite Treppe nach unten erreichten sie schließlich ihr Ziel im Papstturm. Hier schlug das finanzielle Herz der Apostolischen Kammer und damit der gesamten Heiligen Kirche. Ohne Unterlass brachten besonders vertrauenswürdige Priester lederne Beutel und abgeschabte Taschen aus Sackleinen, in denen sie Steuern und Zehnten der gesamten Christenheit herbeischleppten.

Unter der Oberaufsicht des Kämmerers und den scharfen Blicken des Schatzmeisters verzeichneten Schreiber und Notare jeden Eingang und Ausgang mit Namen, Art und Betrag. Sie sortierten das Geld und ordneten sämtliche Akten und Belege ein. Anschließend schrieben sie die zugehörigen Geldbeträge in der jeweils gezahlten Währung an den Rand der Zeilen. Erst ganz unten auf jeder Seite wurde zusammengezählt und in Florentiner Goldgulden umgerechnet. Sie galten als die einzige Währung, bei der die Fürsten oder Landesherren nicht ständig am Gewicht und Feingehalt von Gold und Silber täuschten.

Als ehemaliger Kämmerer des Königs von Frankreich wusste Clemens VI. den Klang des Geldes ebenso hoch zu schätzen wie das Gefühl der Macht.

»Wie wertet ihr die Währungen?«, fragte er den Thesaurar. Der Bischof von Avignon rieb sich die Hände, denn diese Frage gehörte zu seinen liebsten Aufgaben.

»Sämtliche eingehenden Münzen aus ganz Europa werden von drei Dutzend Wechslern in der Stadt geprüft, gewogen und dann umgetauscht.«

»Sind nicht die meisten Banken hier italienisch?«, fragte Clemens besorgt. »Wir haben seinerzeit keine besonders guten Erfahrungen mit ihnen in Paris gemacht.«

»Das ist hier völlig anders«, sagte der Schatzmeister. »Es gab hier ähnliche Probleme in den letzten Jahren von Johannes XXII. Damals sind die Betrügereien unter den italienischen Bankiers in Avignon bedauerlicherweise immer unverschämter geworden. So lange, bis die Juden von Carpentras und Avignon zusammen mit wichtigen Fernhändlern wie Bertrand de Comminges und einigen anderen Einspruch erhoben haben.«

»Wie ist der Betrug abgestellt worden?«

»Ganz einfach«, sagte Bischof de Coiardano mit zufriedenem Lächeln. »Bei einer unversehens eingeleiteten Überprüfung der Geldwechsler durch drei päpstliche Notare, einige renommierte

Kaufleute und ein Dutzend Bewaffnete ergab sich, dass von dreiundvierzig Wechslern sechsunddreißig falsche Gewichte benutzt hatten.«

»Und wann war das?«, wollte der Papst wissen.

»Im November 1328«, antwortete der Kardinal anstelle des Bischofs. »Im selben Jahr, in dem mein Neffe im Einvernehmen mit Papst Johannes XXII. einen Teil des Silbers aus dem geheimen Templerschatz im Rocher des Domes die Rhône hinab und an der Küste entlang bis nach Pisa zum deutschen Kaiser Ludwig dem Bayern gebracht hat –«

Bischof Johannes de Coiardano unterbrach den Kardinal. »... damit dieser davon abließ, nach seinen Niederlagen in Rom mit einem Gegenpapst im Gefolge bis nach Avignon zu marschieren.«

»Wir wissen davon«, beendete der Papst den aufkommenden Streit zwischen den beiden Männern. »Wir werden noch während der Feierlichkeiten zu unserer Amtseinführung diesen Mann, von dem wir immer wieder hörten, über gewisse höchst eigenartige Gerüchte befragen lassen.«

Es gab noch keine Traditionen in der neu erbauten Festung, keine eingespielten Zeremonien und keine kleinen, lässlichen Übertretungen der Vorschriften, durch die allein eine große, schwerfällige Maschine wie der Heilige Stuhl mit seinen gut fünfhundert Priestern und Notaren, Mönchen und ausgewählten Bediensteten fernab seiner angestammten römischen Arena in Gang gehalten werden konnte.

Auf Wunsch des bereits vierten Papstes in Avignon waren die beiden Männer zurückgeblieben, die ihn in den vergangenen Tagen wie Bienen und manchmal auch wie Schmeißfliegen umschwirrt hatten. Nach Tagen anstrengender Messen und Hochämter, Umzüge und festlicher Gelage und der Beobachtung durch ungezählte gläubige und kritische Augenpaare hatten nicht einmal die Nachtstunden ihm allein gehört. Als Pontifex durfte er nicht mehr allein schlafen, sondern musste in seiner Nähe Kapläne und Kammerherren dulden.

Nur mit einer flüchtigen Handskizze des Bischofs über die Bauten seines Vorgängers in der Linken ging der Papst von der

Schatzkammer wieder nach oben. Es war noch Tag, trotzdem gab es schon mehr düstere Ecken und Nischen in den riesigen Räumen, als ihm angenehm erschien. Genau genommen fand er die Bauten seines frommen Vorgängers Benedikt XII. ebenso schrecklich wie die schäbige alte Bischofskirche von Notre-Dame, in die er jetzt am neuen Küchenturm und den Latrinen vorbei über Treppen und endlose Gänge geflohen war. Bisher kannte er vom neuen Palast seines Vorgängers nur drei große Säle – die Kapelle von Benedikt XII., das Konsistorium und den riesigen Speisesaal, der wegen seiner halbrund gewölbten Holzdecke aus Savoyer Lärchenholz nach dem lateinischen Wort für Tonne auch »Großer Tinel« genannt wurde.

Der Papst hob den Kopf und blinzelte. Die Skulpturen und das Mauerwerk aus dem weißen Kalkstein von Orgon strahlten fast schmerzhaft im Schein der Abendsonne. In diesem stillen Moment fielen ihm wieder der Baumeister und der Maler des Palastes ein. Sie hatten sich bereits nach seiner Wahl zum neuen Pontifex mehrmals um eine Privataudienz bemüht und sie schließlich auch bekommen. Angeblich hatten sie ihn in die Geheimnisse des Palastes einweihen wollen. Doch als er sich Zeit für sie nahm, hatten sie ihm nur höchst geschwätzig mitgeteilt, wie viele Steine aus Villeneuve, Caromb und den Steinbrüchen des Comtat Venaissin gebrochen worden waren, welche Farben aus Italien kamen und welche Künstler die Kacheln für die Wände und die Fußböden bemalt hatten. Dabei hatte er nicht das Geringste von verborgenen Gängen, geheimen Türen oder den wahren Gründen für die schrägen Winkel an den Wänden erfahren.

Er warf einen kurzen Blick in die kleine Johanneskapelle an der Ostseite des großen Speisesaals. Neben dem Studierzimmer war der kostbar ausgestaltete Betraum das erste Gemach innerhalb des abweisenden Palastes, das ihm wirklich gefiel. Zum ersten Mal bedauerte er, dass er den Baumeister und den Maler wegen ihrer auffälligen, aber zu offensichtlich lügnerischen Geschwätzigkeit in die Keller seines eigenen Kardinalspalastes in Villeneuve-lès-Avignon auf der anderen Seite der Rhône verbannt hatte. Dort konnte sie so leicht niemand vor ihm und Scintilla zur Offenbarung ihres geheimen Wissens bringen.

Am Küchenturm im Norden des Palastes wurde der Gestank fast unerträglich. Der Geruch von verbranntem Fett und Urin aus dem Latrinenturm vermischte sich mit dem Brandgeruch von draußen. Clemens schritt eilig durch die Kapelle Benedikts und dann über Stufen aus Holz und Stein bis zum Eingangsportal der alten Kathedrale. Dringender als alles andere wollte er herausfinden, welches Erbe es außer dem Schatz der Tempelherren noch gab, um gegen Frankreich und England, Deutschland, Byzanz und Rom gleichzeitig antreten zu können. Clemens verspürte plötzlich ein Geheimnis unter sich, das für ihn ebenso wertvoll werden konnte wie jene magische Anziehungskraft der großen Wallfahrtsorte Compostella, Jerusalem und vordem Rom.

Der Gral

Während die Nonne sich in der Küche mit allerlei Töpfen, Tiegeln, eigentümlichen Glasphiolen, Mörsern, Sieben und einem kleinen Feuer daranmachte, Medizin zu brauen, hockten Seder und ihr Bruder erschöpft an einem Bohlentisch vor einigen schlafenden Patienten. Jeremia nahm den goldenen Becher und ging zu einem Stapel Holzfässchen neben der Küche. Er füllte den Becher mit spanischem Wein und brachte ihn vorsichtig an den Tisch.

Magdalena ließ ihre brodelnden Töpfchen einen Moment allein und setzte sich zu ihnen. Sie wischte sich den Schweiß von der hohen Stirn. Schweigend nahmen alle ihre Becher und sahen sich im Flackern der Fackel an der Wand in die Augen. Seder wollte seine zum Christentum konvertierte Nichte nicht kränken oder beleidigen. Deshalb sprach er den jüdischen Segen der Heiligung nur sehr leise über die Weinbecher: »Gott hat die Welt in sechs Tagen erschaffen, am siebenten Tag hat er mit seiner Schöpfung aufgehört. Deshalb soll auch der Mensch am Sabbat nicht arbeiten.«

Gegen diese Art von *Kiddusch* konnte auch die Nonne nichts einwenden. Sie tranken alle drei sehr langsam und mit ehrfurchtsvoller Andacht. Erst jetzt entschloss sich Jeremia, seiner Schwester alles zu erzählen, was sie in der Synagoge und dann mit ihrem Vater erlebt hatten. Während sie abwechselnd berichteten, kam der Lärm der Nacht wie aus einer anderen Welt bis in die Küche.

Magdalena de Comminges konnte zunächst nicht glauben, was ihr der Onkel und der Bruder mit stockenden Worten von der Feuerwand und der Rettung des Vaters durch die Mikwe im Keller in der Rue Jacob berichteten.

»Das alles erinnert mich sehr an die Geschichte von den drei Männern im Feuerofen von König Nebukadnezar, wie sie im Buch Daniel geschrieben steht.«

»Sie schienen zu brennen, aber sie blieben unverletzt«, stieß Jeremia hervor.

»Das ist unmöglich!«, sagte Seder.

»Doch, doch … es war in Córdoba … in der alten Moschee … der Mezquita … als Rebecca und ihr Mann Moche uns besucht haben. Der neugierige Rabbi wollte unbedingt die erste christliche Kapelle sehen, die inmitten des Säulenwaldes der Moschee errichtet wurde.«

Seder verzog sein Gesicht. »Mit Juden im Feuerofen?«

»Ja, lach nur! Denn als Moche auf dem Hof mit dem Imam und den Christenpriestern beim Tee zusammenhockte, war ich neugierig und habe mir in der Zwischenzeit jene *Mihrab*-Nische in der Moschee angesehen, die nach Südosten in Richtung Mekka gebaut ist. Dabei erschreckte mich plötzlich eine Wolke aus grellem Licht aus aufwärts fließenden Flammen … wie im Haus des Vaters.«

»Hast du Rebecca oder Moche Amar davon erzählt?«

Jeremia hob fragend die Brauen. Und dann hüstelte jemand in einer Ecke der Küche.

»Entschuldigt, dass ich euch ungefragt gefolgt und dann vor Erschöpfung eingeschlafen bin«, krächzte ein hagerer rothaariger Mann, dessen Bekleidung sich nicht entscheiden konnte, ob sie zur Soutane eines Priesters oder zur Kutte eines Grauen Büßers gehören sollte. »Hat jemand etwas zu trinken für einen armen Sünder?«

Francesco Petrarca musste nicht einmal die Gebrechlichkeit von Henri de Sade nutzen, um eine Entschuldigung für seinen Aufbruch vom Gelage im Hôtel La Mirande zu haben. Er reichte einfach Laura de Sade die Hand und half ihr beim Aufstehen. Nach all den Jahren öffentlich vorgetragener Verehrung errötete die Ehefrau und mehrfache Mutter noch immer, wenn sich der Dichter näherte. Der alte de Sade hingegen empörte sich nicht, beklagte keinen Skandal und war nur froh, dass er das lärmende Gelage verlassen konnte. Auch vor dem Hôtel La Mirande konnten sie kaum ihr eigenes Wort verstehen. Petrarca übergab seine verehrte Geliebte und ihren Ehemann ihren eigenen Dienern.

Kaum hatten sich die bunten Vorhänge vor den Sänften des Paares geschlossen, als sich zwei Gestalten in grauen Kutten mit Augenschlitzen in den spitzen Kapuzen näherten. Mönche wie sie, in den unterschiedlichsten Verkleidungen, gehörten seit vielen Jahren zum Straßenbild. Dennoch ging von den Grauen Büßern ein ähnlicher Schrecken aus wie von den schwarz-weiß gekleideten Dominikanern. Die Pénitents gris folterten nicht und verhörten auch nicht im Auftrag der Inquisition. Doch niemand wusste, ob sie nicht Spione oder gar Werkzeuge verschiedenster Herren waren.

»Francesco Petrarca?«, fragte einer der beiden Vermummten. Das Licht der Fackeln vor dem Hôtel La Mirande bot plötzlich keinen Schutz mehr. Der sonst so vollmundig und überlegen auftretende Dichter kam sich auf einmal völlig verlassen und klein vor. Er blickte zwischen den Kapuzen der beiden grauen Mönche hindurch auf die riesengroß in den Nachthimmel ragenden Mauern des Papstpalastes.

»Ja, du vermutest richtig. Du wirst von einer sehr hochgestellten Persönlichkeit erwartet«, sagte der andere der Pénitent gris.

»Wann?«

»Sobald die Stunde nach der Prim gekommen ist.«

»Ich bin sehr müde und fühle mich nicht rein genug für einen Besuch beim Heiligen Stuhl«, wandte der Dichter ein. Er wusste nicht recht, ob er geschmeichelt sein oder sich fürchten sollte. Die beiden Büßermönche deuteten schweigend die Straße hinauf zum Palast.

»Du wirst noch heute Nacht in einem Bottich mit heißem, nach Rosen und Lavendel duftendem Wasser baden können. Danach wirst du im Gemach des Kämmerers im großen Papstturm ruhen.«

»Doch meine Kleider, meine Ausstattung … ich lebe nicht hier in der Stadt, sondern wohne nur für ein, zwei Tage als Gast im Haus des ehrenwerten Fernhändlers Bertrand de Comminges in der Rue Jacob.«

Die Mönche lachten unter ihren Kapuzen. »Und ebendieses Haus in der Rue Jacob ist am Abend, als du im Mirande mit dem gottlosen französischen Kriegsvolk und den unkeuschen Prälaten gefressen und gesoffen hast, bis auf die Grundmauern niedergebrannt.«

»Ihr lügt! Das kann nicht wahr sein!«

»Lass dich vom Heiligen Vater selbst überzeugen. Mag sein,

dass du in gewissen anderen Gemächern einige Zeit lang Gast sein wirst.«

Petrarca schüttelte erschreckt den Kopf. »Das ist nicht möglich, denn ich will spätestens morgen Avignon wieder verlassen.«

»Warum so schnell, großer Meister?«

»Weil übermorgen der vorletzte Sonntag dieses Monats ist.«

»Das mag wohl sein«, lachte der andere Mönch. »Doch was gedenkst du uns damit zu sagen?«

Erst jetzt begriff Petrarca, wie sehr er sich verplappert hatte. Wenn diese Grauen seine Unachtsamkeit weitertrugen, konnte viel mehr verbrennen als ein Haus im Carrière.

Comyn gehörte seit vielen Jahren zu den Freunden des Hauses de Comminges. Trotzdem zeigte sich die Priorin der Hospitaliter sehr ungehalten über den ehemaligen Kaplan der Kapelle auf der Brücke über die Rhône. Sie wusste alles über ihn – darüber, wie er, ihr Onkel Seder und ihre Mutter Miriam ihren Vater zu Ostern anno 1314 aus dem reißenden Strom gerettet hatten.

»Ich dachte nur, weil ich doch euren Faktor Brazzi gebracht habe.«

»Wieso sagst du, dass du Brazzi gebracht hast?«, fragte Seder verwundert.

»Brazzi ist nicht so schwer verletzt, wie es aussieht«, sagte Comyn nach einem tiefen Seufzer. »Sie haben ihn nur ein wenig angekokelt.«

»Verschwindet hier!«, befahl Magdalena. »Ich brauche keine Zuschauer.«

Seder blickte sie zweifelnd an. Mel Comyn schlurfte bis zu Bertrand de Comminges und beugte sich prüfend über ihn.

»Auch der lebt noch«, sagte er dann und zog zu Brazzi weiter. Er gähnte ausgiebig, dann setzte er sich neben den inzwischen halb nackt auf dem Tisch liegenden Schmied und Waffenhändler. Er ließ den Kopf nach vorn sinken und schlief sofort wieder ein.

Irgendwo gurrten Tauben, mindestens eine Meile entfernt bellte ein alter, heiserer Hund, und vom großen Strom her hörte er die Rufe der Fährleute, die sich mit ihren Nachen begegneten. Vorsichtig blinzelte Bertrand über die Zweige des Walnussbaums hinweg, von dem es auf der ganzen Welt keinen zweiten gab. Ganz oben schimmerte rötliches Gegenlicht auf den Blättern, aber der Stamm stand noch im Halbdunkel des jungen Morgens.

Bertrand bewegte sich nicht. Er wagte kaum zu atmen, strich vorsichtig an seinem Körper entlang, suchte nach irgendwelchen Schmerzen und Verletzungen. Misstrauisch und verwundert zugleich stellte er fest, dass ihm nichts zu fehlen schien. Irgendwie hatte er etwas ganz anderes erwartet. Auch seine Erinnerung kam ohne jede Panik oder Schrecken zurück. Doch dann fehlte ein Stück.

Er nahm an, dass er die Nacht nicht in der Rue Jacob oder in irgendeiner Kammer verbracht hatte, sondern auf dem hölzernen Balkon des Fondaco. Sie hatten ein Bett hinausgeschoben und eine blaue Markise mit abgerundeten, rot und weiß eingefassten Schabracken gegen die Sonne und zu viel Tageslicht am Dach angebracht.

Er strich über das frisch gebleichte Leinentuch, das ihm als Decke übergelegt worden war. Es roch nach Heu und dem Fluss jenseits der nahen Stadtmauer und dem Tor von St. Agricola. Im Inneren des Fondaco klapperten Töpfe. Bertrand reckte sich, zog die milde Luft tief durch seine Nase ein und fühlte sich so wohl wie schon lange nicht mehr. Vorsichtig bewegte er seine Zehen und Finger, dann Hände und Füße und schließlich auch Arme und Beine. Er streckte sich und bewegte den Kopf. Ein Gefühl tiefer Dankbarkeit überkam ihn. Er strich mit den Fingerkuppen über das Hemd, das sie ihm übergezogen hatten, über die Haare auf seiner Brust und dann über Hals und Gesicht. Nirgendwo Verbände oder Wunden!

»Wie fühlst du dich?«

Bertrand schmunzelte. »Soll ich ›wie neugeboren‹ sagen?«

»Dazu müsstest du wissen, wie sich ein Neugeborener fühlt«, meinte die streng wirkende Nonne vor seinem Bett, ehe sie ebenfalls lächelte.

»Magdalena! Wie lange haben wir uns nicht mehr gesehen?«

Francesco Petrarca hatte Angst, schreckliche Angst. Zum ersten Mal in seinem Leben zweifelte er daran, dass er sich durch wohlgeformte Wörter und gereimte Sonette aus einer Lage winden könnte, die das genaue Gegenteil eines Folterkellers war. Statt feuchter, bedrohlich enger Steinwände sah er kunstvoll mit Tieren und Pflanzen bemalte Bögen, statt schlammigem Fußboden glasierte Kacheln in Farben so frisch wie die Blüten der Provence im Frühlingslicht.

Keine Streckbank, keine mit eingetrocknetem Blut verschmierten Folterstühle. Stattdessen wertvolle eisenbeschlagene Truhen an den Wänden und Sessel mit geschnitzten Lehnen und Armstützen, gepolstert und bezogen mit golddurchwirktem Brokat, wie es nur in Florenz und Flandern gewebt werden konnte.

Francesco fühlte sich immer noch müde von der letzten Völlerei, doch sein Körper war gebadet, seine Haut und sein Atem rochen frisch. Er war gekämmt und in seidene Unterwäsche gekleidet, wie er sie nur im vergangenen Jahr am Hof des Königs von Neapel getragen hatte. Auch sein mit hellgrünen Weinranken besticktes dunkelgrünes Wams aus Samt, die weichen, eng anliegenden Beinkleider in zwei verschiedenen Farben, die spitzen Schuhe aus Ziegenleder und sein Barett mit einer auf die Schulter hängenden Adlerfeder waren neu und bisher noch nicht getragen.

Unter anderen Umständen und nicht hinter den dicken Mauern des Papstturms hätte er sich so wohlgefühlt, wie es ihm als dem besten Poeten des christlichen Abendlandes zukam. Er war inzwischen achtunddreißig Jahre alt und trug seit einem Jahr den Lorbeerkranz des Königs der Dichter, der ihm vom Kanzler der Sorbonne in Paris und zugleich vom Senat in Rom zusammen mit den römischen Bürgerrechten angeboten worden war.

Und dann kamen die, vor denen er sich fürchtete.

»Du kannst von Glück reden, dass du noch lebst, Vater!« Jeremia nahm einen Steinkrug aus dem Schatten neben einer Säule und reichte ihn seinem Vater. »Eine Aufmerksamkeit aus dem Palast des Papstes … von unserem Großonkel.«

»Von Kardinal Jean-Raymond?«

»Er bedauert ebenso wie der neue Heilige Vater, was mit dem Haus in der Rue Jacob geschehen ist. Sie versichern, dass der Brand auf keinen Fall etwas mit Judenfeindlichkeit zu tun hat und dass man alles dransetzen wird, um den oder die verbrecherischen Brandstifter zu finden und zu vierteilen. Gleichzeitig bitten sie darum, dass du das Fässchen mit Châteauneuf-du-Pape vom raren Jahrgang achtundzwanzig als kleinen Trost für deinen Verlust annimmst.«

»Tatsächlich Jahrgang achtundzwanzig?«, fragte Bertrand verwundert. »Damals wollte Johannes XXII., der diese herrlichen Weinberge anlegen ließ, mir die Goldene Rose verleihen, die ich für ihn aus Spanien mitgebracht hatte.«

»Und anno achtundzwanzig war es auch, dass du zum zweiten Mal den Bund der Ehe eingegangen bist«, sagte Magdalena. »Mit der Grimaldi, die dir zwei Söhne gebar und dich danach schmählich verlassen hat.«

»Darüber muss nicht mehr gesprochen werden«, sagte Bertrand mit fester Stimme. Vater und Tochter stritten jedes Mal wenn sie sich trafen, über das Verhalten von Catherine Grimaldi. Diesmal jedoch wollte er sich und Catherine nicht mehr entschuldigen. Bei aller Dankbarkeit für Magdalena fand er es an der Zeit, sein eigenes Leben ohne weitere Erklärungen an andere zu leben. Genau das hatte er auch seinem Onkel Jean-Raymond erklärt. Bertrand nahm den Krug und kostete. Nie zuvor hatte er einen besseren Wein auf Zunge und Gaumen genossen.

»Bei allen Heiligen … das belebt! Und ist viel besser als diese ekligen Hostien, die ich mit Fisch bekommen habe.«

Jeremia und Magdalena hoben verständnislos den Kopf.

»Hostien mit Fisch?«, fragte Magdalena.

»Wo hast du die bekommen?«, wollte Jeremia wissen. Bertrand sah sie mit großen Augen an. Er nahm noch einen kleinen Schluck vom schweren Rotwein, dann gab er den Krug zurück.

»Darüber muss ich selbst noch nachdenken«, sagte er schließlich.

Petrarca versuchte vergebens, am Schall der Schritte und an den verschiedenen Treppen und Fußböden zu erkennen, wo er und seine Begleiter sich gerade befanden. Sie hatten ihn wortlos Stufe um Stufe höher geleitet. Der lange Weg kam ihm noch endloser und beschwerlicher vor als die Besteigung des Mont Ventoux, die er vor sechs Jahren aus reiner Lust am Abenteuer zusammen mit seinem Bruder Gherardo und ein paar Hilfskräften unternommen hatte.

Mehrmals hörte er vorbeiziehende Stimmen. Sie kümmerten sich nicht um ihn und seine Begleiter. Schließlich hielten sie an. Jemand drückte ihn in einen hölzernen Sessel mit geschnitzten Armlehnen. Petrarcas Finger glitten über das Schnitzwerk und ertasteten Löwenköpfe. Einer der Begleiter entfernte sich, dann auch noch ein zweiter. Dafür kamen neue Schritte, gingen wieder fort und tauchten erneut auf.

»Petrarca?«, sagte schließlich eine feste Stimme vor ihm. »Erschrick nicht, ich lasse dich wieder sehen.«

Gleichzeitig wurde die Kapuze angehoben. Dann lösten kalte Finger die Augenbinde. Obwohl nur eine kleine Fackel und zwei Öllampen an der gegenüberliegenden Wand flackerten, empfand der Dichter das Licht als schmerzhaft und viel zu hell.

»Der Heilige Vater möchte dir ein paar Fragen hinsichtlich gewisser Baupläne für diesen Palast stellen«, sagte Kardinal Jean-Raymond de Comminges.

Petrarca schüttelte heftig den Kopf. »Darüber weiß ich kaum etwas … nur Gerüchte … nicht mehr, als man überall spricht.«

»Aber du hast zusammen mit dem Baumeister, dem Maler des päpstlichen Hofes und meinem Neffen Bertrand in den vergangenen Jahren häufig an einem Tisch im Hôtel La Mirande gesessen.«

»Das ist unbestritten«, sagte Petrarca schnell. »Ich will gern Auskunft geben, so weit es mir möglich ist.«

»Das allein wird nicht reichen«, sagte der Kardinal mit einem gefährlichen Lächeln. »Wir haben deshalb einen Mann hinzugebeten, der sich auf die Kunst der richtigen Fragen und Antworten versteht. Einen Dominikaner natürlich.«

Petrarca spürte, wie sein Mund trocken wurde. »Natürlich«, sagte er nur, aber er hatte nicht die geringste Ahnung, wie er urplötzlich zwischen die Mahlsteine der Inquisition geraten war. »Könnten nicht auch noch andere befragt werden? Ich meine die Männer, die sicherlich viel mehr über den Palast wissen … Ich war in den letzten Jahren kaum in Avignon und –«

Kardinal de Comminges blieb unter der kleinen Fackel an der Wand stehen. Der Schatten der Flamme flackerte über sein

Gesicht. Er schürzte die Lippen und blickte von oben auf den Dichter herab. Dann sagte er: »Zwei von euch wurden bereits befragt.«

Es war der kälteste Satz in irgendeiner Sprache, den Francesco Petrarca jemals gehört hatte.

Kardinal Jean-Raymond de Comminges persönlich brachte Francesco Petrarca ein Stockwerk höher zur Visite beim Heiligen Vater. Der neue Papst stand in der Nähe des bogenförmigen Fensters unter der Balkendecke. Sämtliche Wände des karg eingerichteten Raumes waren blau gestrichen und mit roten Blumen geschmückt. Noch auffälliger kamen Petrarca die grünen und hellbraunen, fein ausglasierten Fliesenreihen des Fußbodens vor. Dazwischen erkannte er hellere Plattenreihen mit Dekors, die Blätter, Vögel und Fische darstellten.

»Komm näher«, sagte der Papst mit kräftiger Stimme. Der Dichter wagte kaum, auf die Abbildungen des Fußbodens zu treten. Noch mehr verwirrten ihn die anderen Symbole zwischen den Tiermotiven. Er sah eigenartig verzerrte Schachbrettmuster, Rosetten, Spiralen und Flechtwerk, in dem er plötzlich ein Herz mit einem Kreuz in der Mitte erkannte.

Das Kreuz im Herzen!

Genau darüber hatte Bertrand gesprochen, wenn sie unter sich waren und über die Geheimnisse des zerstörten Templerordens nachgegrübelt hatten.

Und dann sah er inmitten all der geordnet wirkenden und doch ganz unterschiedlichen Fliesen des Fußbodens ein gemaltes Gesicht – nur ein einziges Gesicht innerhalb des gesamten Raumes. Ein Gesicht, das er besser kannte als viele andere. Es war kein richtiges Gemälde, eher ein schnell gezeichnetes Augenzwinkern von einem Künstler, der unbekannten und vielleicht noch ungeborenen Forschern etwas andeuten oder sogar verraten wollte. Petrarca wollte näher herangehen, doch da trat der Kardinal mit seinen fein gearbeiteten roten Lederschuhen auf die Fliese und verdeckte das Geheimnis des Studierzimmers vor fremden Blicken.

Trompe-l'Œil

Weder Seder noch Jeremia oder Magdalena konnten wissen, was Bertrand durch den Kopf ging, während er über seine Ehefrauen und Hostien nachdachte und dabei vom Geschrei der Straße abgelenkt wurde.

»Im Jesussaal. Ja, ich erinnere mich … es war heute Nachmittag im Jesussaal vor den eigentlichen Papstgemächern, in dem uns Onkel Jean-Raymond diese grauen Hostien gab und uns bat, sie in die Kapelle von St. Martial hinter dem großen Speisesaal zu bringen.«

»Hier täuscht dich deine Erinnerung, Vater!«, protestierte Magdalena. »Kein Kardinal wird einem Kaufmann und einem Baumeister bereits geweihte Hostien mitgeben.«

Bertrand richtete sich etwas auf. Der Widerspruch seiner Tochter beflügelte ihn. Er schlug die Decke zurück, schwang seine Beine zur Seite und stützte sich mit den Händen an seiner Bettstatt ab. »Ich weiß nicht, ob die kleinen Brote schon geweiht oder noch Oblaten waren. Ich wunderte mich nur, als Onkel Jean-Raymond die Schachtel öffnete …«

Er stockte und brach ab. Vielleicht war es nicht sinnvoll, einer Braut des himmlischen Erlösers Dinge zu erzählen, die sie nur verwirren mussten. Einige Augenblicke lang überprüfte er interessiert, ob seine Knie, die Füße und die Muskeln seiner Beine wieder so arbeiteten, wie er es gewohnt war.

»Was war, als unser Großonkel die Hostienschachtel öffnete?«

Bertrand hob den Kopf und blickte seiner Tochter in die Augen. Sie sah verständig und erwachsen aus – nicht wie ein kleines Mädchen oder eine junge Nonne, die noch nichts von der Welt und ihren Widersprüchen gesehen hatte.

»Die kleinen Brotscheiben für das Abendmahl waren aus ungesäuertem Teig gebacken … aus Roggenteig …«

»Während der vielen Festtage ist alles knapp geworden«, warf Jeremia ein. »Bereits nach einer Woche gab es weder bei uns noch in den Lagerschuppen unten am Hafen auch nur einen Sack Weizenmehl. Ich habe aber gedacht, dass wenigstens im ›Brotamt‹

oder drüben in Villeneuve-lès-Avignon noch genügend Mehl aufzufinden war.«

»Du hast nicht zugehört«, sagte Bertrand. Er setzte einen seiner nackten Füße auf den Holzfußboden des Balkons. Er fühlte sich sehr warm und angenehm an. Und dann den zweiten Fuß. »Ich sprach von ungesäuertem Brot, wie es im Carrière gebacken wird … das *Mazze*brot aus Roggenmehl …«

»Oh mein Gott!«, stöhnte Magdalena. »Das darf, bei allen Heiligen, niemals geschehen sein!«

»Was ich und Baumeister Pierre Fisch gesehen haben, waren ganz sicher Brotscheiben … mild und ohne harten Rand, gebacken in einem Mazzeofen …«

»Und das gab dir ein Kardinal, der unter unserem neuen Heiligen Vater Meister des Palastes werden soll! Oblaten für die Hostien aus einem Judenbackofen!«

»Was soll so fürchterlich daran sein?«, warf Seder ein.

»Habt ihr Juden nicht ebenso strenge Regeln für die Zubereitung koscherer Speisen?«

Die beiden mochten sich nicht. Bertrand wusste sehr wohl, dass Magdalena am liebsten ihre gesamte jüdische Verwandtschaft in Carpentras ebenso verleugnet hätte, wie es Petrus im Garten Gethsemane mit Jesus Christus getan hatte.

»Es ist ein Wunder, dass du das große Feuer ohne irgendwelche Verletzungen überlebt hast«, sagte Seder zu Bertrand. »Das alte Haus war voller Rauch, und aus dem Dach schlugen die Flammen.«

»Davon habe ich nichts bemerkt«, sagte Bertrand. »Ich erinnere mich nur noch, dass ich gelähmt vor einer Feuerwand oben im großen Zimmer stand.«

»Es kann nichts anderes als ein Wunder sein!«, sagte auch Magdalena.

»Komischerweise interessiert mich nicht einmal, ob es ein jüdisches oder christliches Wunder ist«, meinte ihr Vater.

»Wie wäre es mit einem salomonischen?«, fragte Seder grinsend. Die anderen stutzten, dann lachten sie befreit.

Comyn stemmte sich hoch, wankte ein wenig und lehnte sich an die Wand mit dem fast ausgeglühten Kienspan. Er zog ihn aus dem Eisenring und trug ihn wie eine Kerze vor sich her. Nur mühsam schleppte er sich bis zu jener Treppe auf der anderen Seite des Refektoriums, die zu den oberen, privat genutzten Räumen der alten Komturei führte. Der glimmende Span gab nur wenig Licht. Comyn schnaubte ein wenig und zitterte vor Durst und Anstrengung. Er fühlte sich so schwach wie schon lange nicht mehr. Mit großer Mühe gelang es ihm, die letzten der knarrenden Stufen bis zum oberen Absatz hinaufzusteigen. Doch dann hätte er am liebsten enttäuscht und verzweifelt aufgeschrien.

Die Tür, wie er sie früher am oberen Ende der Treppe gekannt hatte, existierte nicht mehr. Es gab auch keinen Rahmen aus behauenem Granit. Stattdessen war die gesamte Wand glatt vermauert. Erst jetzt erkannte er im schwachen Rot des Kienspans, was von unten kaum zu sehen war. Er blickte auf ein wertvoll wirkendes und wunderschönes Kirchenfenster.

Doch dieses Fenster war nur aufgemalt. Ein Trompe-l'Œil wie im Palast des Papstes.

»Tut mir leid, meine Tochter!«, sagte Bertrand. Er nahm den Krug mit Wasser in beide Hände. Dann trank er langsam einen Schluck nach dem anderen. Nicht der geringste Tropfen ging verloren. Es dauerte eine Weile, bis er weitersprach: »Ich weiß nicht, ob die Brotscheiben schon Hostien oder noch ungeweihte Oblaten waren. Auf jeden Fall haben Fisch und ich davon gegessen. Dabei hatte mich der alte Schotte von der Kapelle ausdrücklich gewarnt.«

»Gewarnt und dennoch Diebe?«

»Nein, eher dumm und Opfer!«, vermutete Seder. Bertrand nickte nachdrücklich.

»Mel Comyn … dieser schrullige rothaarige Vogel, dessen Familie um ein Haar Schottlands Königshaus gestellt hätte, wusste bereits als Kaplan der kleinen Kirche über dem zweiten Pfeiler auf der Brücke von Avignon mehr als alle Intriganten beim Heiligen Stuhl. Später saß er im Auftrag von Papst Johannes XXII. als Monsignore in der Felsenfestung von Monaco. Dort hat er nicht nur belauscht, was die papstfeindlichen Ghibellinen planten, sondern mir und Catherine Grimaldi aus der Gefangenschaft in der Burg zu unseren Eheringen und der Rückkehr nach Avignon verholfen.«

Sie alle kannten die Geschichte. Sie war mit jener Goldenen Rose verbunden, die Bertrand aus Spanien geholt und fast selbst vom Papst erhalten hätte. Trotzdem ließen sie ihn reden.

Erst als Bertrand plötzlich innehielt und die Augen schloss, griff Magdalena ein: »Weiterreden! Er soll weiterreden! Alles muss raus aus ihm, egal, ob seine Worte Nektar oder Galle sind …«

»Du sprachst von einer Warnung durch den alten Mel Comyn«, sagte Seder vorsichtig. »Aber als ich mit deinem Sohn Jeremia in der Rue Jacob vorbeisah, hast du uns gesagt, dass du mit dem Dichterkönig zum Festmahl des Franzosenprinzen gehen wolltest.«

Bertrand hielt seine Augen noch immer fest geschlossen. Er atmete jetzt tief und gleichmäßig.

»Bertrand! Ich rede mit dir!«

Mehrere Atemzüge lang geschah nichts. »Genauso war es auch«, murmelte er dann. »Der alte Schotte hat mir eine Warnung von meinem Onkel mütterlicherseits, dem Kardinal Jean-Raymond de Comminges, überbracht. Er sprach, wenn ich mich recht erinnere, von vergifteten Hostien, dem Antoniusfeuer. Und darüber, dass der Papst nicht mehr feiern, sondern zusammen mit dem Inquisitor und dem Bischof von Avignon fasten wolle. Aber wir können ihn erlösen, wenn wir alle zum Liebesmahl beim nächsten Cour d'Amours von Francesco Petrarca einladen …«

Magdalena atmete mit fest geschlossenen Lippen durch die Nase ein, sah die beiden anderen an und schüttelte den Kopf. »Er phantasiert«, flüsterte sie leise. Die beiden Männer nickten zunehmend besorgt. Bertrand sprach einfach weiter.

»Die schreckliche Hitze des Antoniusfeuers taucht in Wellen auf. Ebenso wie die Pest kann sie mit einem Schlag Tausende von Menschen dahinraffen. Deshalb habe ich den bösen Verdacht, dass die Krankheit vielleicht doch durch Roggenmehl entsteht – verschmutzt durch den violetten Teufelsdreck, wie ich ihn schon selbst an den Ähren gesehen habe.«

»Ich sah ihn ebenfalls«, stimmte Seder zu. »Man nennt ihn Mutterkorn, Brandkorn oder auch Wolfszahn. Es heißt, man hätte Ameisen unter der Haut, das Gedärm würde platzen und alle Glieder könnten absterben.«

Bertrand wischte sich mit dem Handrücken über den Mund. »Schon möglich, dass ich mich auf diese Weise vergiftet habe, aber das erklärt weder das echte Feuer in der Rue Jacob noch den schrecklichen Tod von Baumeister Fisch. Man stirbt nicht über Nacht durch schlechtes Mehl.«

»Was? Fisch ist tot?«, fragte Jeremia erstaunt. Sein Vater wandte ihm den Kopf zu und nickte ernst.

Alles Lüge! Mel Comyn berührte mit seinen Händen das kalte Gemälde, strich über Ritzen im Mauerwerk und fühlte den dicken Auftrag der Farben. Auch wenn er es irgendwie doch noch gehofft hatte – keiner der Steine gab nach. Er hasste plötzlich die Kunst jener Maler aus Siena, die so vollkommen mit ihren Bildern lügen konnten. Doch war er gerecht? Hatte er selbst nicht dazu beigetragen, dass überall im Palast der Päpste vollkommene Täuschungen des Auges an Säulen und Mauern, in Ecken und Nischen entstanden waren?

Er lachte heiser und sank erschöpft vor den Stufen der erlogenen Treppen an der Wand des Refektoriums zusammen. Unten zum Hof hin öffnete sich eine Tür. Im Gegenlicht des frühen Morgens konnte er wie durch einen Schleier Schwester Magdalena erkennen. Mühsam richtete er sich etwas auf. Er wollte ihr etwas zurufen, doch kaum mehr als ein trockenes Krächzen kam aus seinem Mund. Bertrands Tochter hörte ihn nicht. Ohne nach links oder nach oben zu blicken, eilte sie bis zur Küche.

Er war kein Zauberer oder Hexenmeister, verstand nichts von Aberglauben und Magie, aber er wusste, dass Weihrauch benommen machte, geschnitzte Löffel aus Eibenholz schon Mönche getötet hatten und Efeu, gefleckter Schierling und Mutterkorn einen innen und außen brennenden und zugleich lähmenden Extrakt ergaben, der nicht nur Sokrates den Tod gebracht hatte.

Alles Lüge, dachte Comyn erneut. Er dachte an das verlorene Heilige Land und an die ungezählten Opfer, die der Kampf um das niemals gefundene Grab Jesu Christi gekostet hatte. Sämtliche Orden und Ritter der Kreuzzüge waren belogen worden oder hatten sich selbst belogen. Es gab in Golgatha kein Grab mehr und keinen jüdischen Friedhof, nachdem Kaiser Hadrian rund hundert Jahre nach der Geburt des Herrn alles hatte abreißen, einebnen und das Forum Aelia Capitolina auf dem Gelände erbauen lassen. Selbst als der große Konstantin nochmals zweihundert Jahre später das Forum abreißen und nach den jüdischen Gräbern suchen ließ, um dann durch irgendwelche Orakelpriester den Bauplatz für die Basilika zu bestimmen, war nichts gefunden worden. Perser lösten Konstantins Byzantiner ab und zerhackten erneut alle Steine, Kalif Hakim übernahm 1009 den Rest. Als dann die ersten Kreuzfahrer am 15. Juli anno 1099 ihren Sieg auf den Trümmern in Jerusalem feierten, begann die Verehrung eines Traumes, aber nicht die eines Grabes.

Bisher war Mel Comyn alles klar und einfach erschienen: Bertrand de Comminges, sein Schwager Seder Ben Ariel, sein Eheweib Catherine Grimaldi und er waren die einzigen lebenden Menschen, die mit den Zeichen im Stein Beweise dafür gesehen hatten, dass sich die Tempelritter nicht um den Gekreuzigten und nicht um die Pilger zu seiner Grabeshöhle in Jerusalem, sondern um etwas ganz anderes gekümmert hatten.

»Wir hörten, dass du nicht nur zum *Poeta laureatus* und Bürger von Rom ernannt wurdest, sondern bereits in Carpentras, Montpellier und Bologna die Rechte studiert hast«, sagte der Inquisitor.

»Ohne die nötige Begeisterung«, bestätigte Petrarca. »Dagegen erscheint mir wichtiger, dass ich auch die niederen Weihen erhalten habe. Ich darf sagen, dass ich mich mit Johannes de Coiardano, dem Bischof von Avignon und Thesaurar des verstorbenen Heiligen Vaters, recht gut verstehe. Vor zwölf Jahren war ich sogar Kaplan und Tischgenosse im Dienst von Giovanni Colonna, dem Bischof von Lombez in der Gascogne. Ich hoffe daher, dass eines Tages auch noch mein größter Wunsch von Gott dem Allmächtigen erfüllt wird.«

»Und der wäre?«, fragte der Papst. Er hob die Hand, um den Inquisitor einen Moment innehalten zu lassen.

Petrarca wand sich wie ein ertappter Novize. »Natürlich

bewundere ich auch diese großartige neue Festung der heiligen katholischen Kirche, aber ich wäre ewig dankbar für Eure Rückkehr nach Rom.«

Der Papst sah ihn nur an. Wortlos und ohne sich in seinem Sessel zu bewegen. Noch nie zuvor hatte sich Francesco Petrarca derart unwohl gefühlt. Selbst damals, als er gleich nach seiner Dichterkrönung vor den Toren Roms überfallen worden war, hatte er wenigstens einen Mann an seiner Seite gehabt, den er viele Jahre als seinen Gönner und Beschützer betrachtet hatte. Er wusste nicht, warum er gerade jetzt an Bertrand de Comminges dachte, aber er wünschte nichts weniger als seinen erneuten Beistand. Urplötzlich ahnte er, was die anderen vermuteten und wonach er wirklich befragt werden sollte.

»Du wünschst etwas ganz anderes, als du dichtest und schreibst!«, sagte der Papst sehr leise. Scintilla nahm den Vorwurf des Papstes wie einen zugeworfenen Ball sofort auf und warf ihn an Petrarca weiter: »Könnte es sein, dass du die Sprache benutzt, um dein schreckliches Wissen, deine sündhaften Gedanken und die gotteslästerlichen Absichten bestimmter Männer zu verbergen?«

»Ich weiß nicht, ob mein Wunsch nach einer Rückkehr des Heiligen Stuhls in die Ewige Stadt wirklich so sündhaft ist«, antwortete Francesco Petrarca mutig, doch seine Stimme zitterte.

Clemens VI. sprang ohne Rücksicht auf sein hohes Amt so ruckartig auf, dass sein vergoldeter Sessel nach hinten kippte. Sofort stürzten zwei Lakaien und ein Kammerherr in den Raum.

»Und nun noch einen Schluck von meinem Wein, für den selbst Könige ein Vermögen zahlen würden«, sagte die Nonne.

»Was ist das?«, fragte Seder misstrauisch, als er den dicken schwarzen Sud in dem goldenen Abendmahlsbecher sah, den Magdalena aus der Sakristei mitgenommen hatte. Sie kam zu Bertrand, sah ihm in die Augen und nickte dann.

»Ich muss wieder in die Kapelle«, sagte sie. »Ich werde dort noch mehr gebraucht als hier.«

Sie schob den Kelch mit dem Wein ein wenig näher. »Wenn du das trinkst, musst du den Wein zunächst in deinem Mund anwärmen und nicht sofort runterschlucken. Der Sud könnte gefährlich sein, wenn du ihn mit zu großen Schlucken einnimmst.«

»Was ist das?«, wollte jetzt auch Bertrand wissen.

»Es wird dir helfen«, sagte sie und berührte lächelnd seine Hand mit der ihren. Sie drehte sich um und eilte durch die privaten Kammern und über den Balkon in Richtung Templerkapelle. Unten im Hof und auf der Straße wurde es laut.

Mit seinen Fingerkuppen strich Bertrand leicht über die goldenen Reliefs des Bechers. Plötzlich entdeckte er das schräg liegende Symbol des Kreuzes. Er schob den Weinkelch etwas zur Seite. Jetzt sah er, dass sich das Kreuz in einem Wimpel befand. Die Fahne wurde von einem Lamm getragen, das sie mit einem Bein umklammert hielt. Doch das war es nicht, was ihn alle Schmerzen vergessen ließ.

»Agnus Dei«, murmelte er, »das Lamm Gottes!«

Oder war das Lamm nur eine andere Darstellung von Aarons Sündenbock? Christus am Kreuz hatte ebenfalls die Sünden der Menschen auf sich geladen. Wo war dabei der Unterschied zum Alten Testament?

Jemand hatte sehr fein und nachträglich ein schlankes Herz um das Kreuz auf der Fahne des Lamms gezeichnet. Bertrand spürte, wie sein Herz immer heftiger pochte. Fast schien es ihm, als würde er in all dem bunten Sonnenlicht durch die Fenster des Kontors wieder Flammen sehen.

»Was ist mit dir?«, fragte Seder besorgt. Er stand aus seinem Sessel auf und wollte näher kommen. Doch Bertrand hob die linke Hand und wehrte ab.

»Warte! Ich glaube, dass ich endlich die Antwort auf viele Fragen habe, die mich seit fast dreißig Jahren nicht zur Ruhe kommen lassen.«

Seder holte tief Luft. »Das Kreuz im Herzen? Ich habe es bereits vorhin gesehen, als deine Tochter dir den Becher brachte.«

Bertrand hob den Kopf. Sie sahen sich sehr lange an.

»Du musst sehr gute Augen haben«, sagte er dann.

»Wenn du den Kelch ein wenig weiter drehst, kannst du erkennen, was ich außerdem noch sehe.«

»Ich nehme an, es handelt sich um eine Goldene Rose.«

»Das meine ich nicht. Ich sehe vielmehr zwei bekannte Inschriften … die eine ist arabisch und bedeutet, dass es nur einen Gott gibt.«

»Und was ist mit der anderen?«

»Ein Stern aus zwei ineinander verschlungenen Dreiecken«, sagte Seder. »Das Siegel unseres Königs David.«

»Wie kommt ein Abendmahlskelch zu christlichen, islamischen und zugleich alten jüdischen Symbolen?«, fragte Bertrand verwundert. Die Schmerzen in seinem Kopf wurden fast unerträglich.

»Hast du vergessen, wo wir sind?«, entgegnete Seder fast schon belustigt. »Diese Gebäude waren die Hauptverwaltung der Armen Ritter Christi vom Tempel Salomons zu Jerusalem in der Provence.«

»Und du meinst, sie hätten ausgerechnet hier den legendären Kelch … den Heiligen Gral … zurückgelassen? Oder vielleicht sogar …« Er brach ab. Seder lächelte spöttisch.

»Gibt es eine bessere Gegend nach dem Verlust Jerusalems und des Heiligen Landes für euch Christen? Sogar die Päpste sind inzwischen hier! Natürlich nur rein zufällig.«

Die Römer kommen

Schon früh am Tag näherte sich die feierliche Gesandtschaft von achtzehn Römern aus den drei Ständen der Stadt. Für das letzte Wegstück hatten die Herren auf ihr langsameres Gefolge und die Bewaffneten verzichtet.

Sie hatten bereits viel von der Stadt an einem Kalkberg in einer Biegung der großen Rhône gehört. Noch im vergangenen Jahr hatten die meisten von ihnen ungläubig gelacht, als ihnen Francesco Petrarca und jener Kaufmann, der ein illegitimer Sohn des ersten Papstes in Avignon sein sollte, vom neuen, festungsartigen Palast von Benedikt XII. berichteten. Nun, da bereits der vierte Pontifex an der Nahtstelle zwischen Frankreich und dem Heiligen Römischen Reich gekrönt worden war, glaubten die römischen Delegierten, direkt gen Jerusalem zu reiten.

Der riesige Palast aus hellem Stein leuchtete golden im Licht der Morgensonne. Hinter den kantigen, zinnengekrönten Türmen und einer Mauerwand, die wie vom Berg Moria zu stammen schien, war auch der Turm der alten Bischofskirche zu sehen. Dahinter erhob sich noch ein kleines Stück Buschwerk auf dem Kreidefelsen vor dem Bergpanorama jenseits der Rhône, das bereits zu Frankreich gehörte. Einige der Römer ritten mit einem unguten Gefühl auf die eigenartige Fata Morgana im Schein der Morgensonne zu. Je näher sie der Stadt kamen, umso häufiger mussten sie an Zelten und Feuerstellen vorbei, die rechts und links der schmalen Straße auf Lichtungen und Wiesenhängen errichtet worden waren. Noch regte sich kaum Leben in den wilden Lagern. Wer hier draußen übernachtete und seinen Rausch ausschlief, hatte offenbar keinen Zugang zu Herbergen und Hotels in der viel zu kleinen Stadt gefunden.

Ein sanfter Morgenwind löste die Stille des Sonnenaufgangs ab. Er brachte von der Stadt her den Geruch von Kot, saurem Wein, Küchenabfällen und den Erdtöpfen mit den bitteren Soßen der Färber an der Rue des Teintures.

Obwohl nicht so vorgesehen, hatte inzwischen ein junger Römer die Führung der Delegation übernommen, von dem jeder wusste, dass er nur der Sohn eines Gastwirts namens Lorenzo und einer Wäscherin und Brotverkäuferin namens Magdalena war. Nicola di Rienzo, genannt Cola, war bei Verwandten in Anagni aufgewachsen und sogar Notar in Rom geworden. Dennoch wäre er niemals in die Delegation zum neuen Papst in Avignon aufgenommen worden, wenn zu seiner Verwandtschaft nicht ebenfalls jener Orlando di Anagni gehört hätte, der unter dem Namen Scintilla zu den schärfsten Inquisitoren der heiligen katholischen Kirche zählte.

Zwar wusste niemand, wo sich der Inquisitor gerade befand, doch die Erfahrungen der großen römischen Familien mit dem Heiligen Stuhl ließen die Annahme zu, dass er sich nicht weit vom neuen Pontifex aufhielt. Genau diese Überlegung machte den jungen Notar ohne jeglichen Adelstitel zu einem wichtigen Mitglied der Delegation zum Papst. Er selbst hatte höchst geschickt den Senatoren Roms eingeredet, dass seine familiäre Beziehung zu Scintilla sehr nützlich für die Absichten Roms sein konnte. Dass er zudem auch noch behauptet hatte, mit dem hochgepriesenen Dichterfürsten Petrarca befreundet zu sein, machte ihn sogar für Kardinal Colonna und seine geistlichen Neffen interessant.

Zur selben frühen Zeit am Samstag saßen Bertrand und Seder bereits allein oben im Kontor, in dem Bertrand immer dann viele Stunden bis in die späte Nacht verbracht hatte, wenn er eine Fernreise vorbereitete oder von einer Messe zurückkam. Inzwischen waren die niedrigen Räume mit den schwarz gewordenen Holzbalken das Reich seines Sohnes Jeremia. Außer Jeremia lebten noch knapp zwanzig Männer und Frauen im Fondaco, jedoch auf der anderen Seite zur ehemaligen Templerkapelle hin über den Lagern und Stallungen.

Jeremia hatte nicht sehr viel an der Einrichtung verändert. Nur die Kreuze an den Wänden fehlten. Dort, wo sie Spuren hinterlassen hätten, hingen goldbestickte Samtteppiche, die Seder und sein Neffe aus dem Judenviertel von Córdoba in Spanien mitgebracht hatten. Seltsamerweise entdeckte Bertrand auch noch eine kleine grüne Fahne des Propheten Mohammed. Sie trug in schön verschlungenen arabischen Schriftzeichen das Bekenntnis zu dem einen Gott des Islam. Doch was wäre, wenn die Templer die jüdischen, christlichen und islamischen Symbole einfach gemischt hätten?

Bis auf die dramatische Begegnung am Vortag hatten sich die beiden Männer seit mehreren Monaten nicht mehr gesehen. Nach all den Jahren, in denen Seder und Jeremia in Spanien gelebt hatten, wäre jetzt Zeit für Gespräche und Erinnerungen gewesen. Trotzdem empfanden sie beide eine seltsame Vorsicht. Bertrand fühlte sich ausgeweidet wie ein erlegtes Wildbret. Obwohl er sich schon viel besser fühlte, war er noch immer von den Ereignissen des Vorabends und den Qualen der Nacht angeschlagen. Auch Seder konnte nicht viel tun, denn es war Sabbat, der Tag des Friedens ohne Arbeit und Anstrengung für Menschen jüdischen Glaubens.

»Wie macht sich unser junger Kaufmann Jeremia?«, fragte Seder nach einer Weile. Er war einmal durch alle Räume in der oberen Etage gegangen und dann ins Kontor zurückgekommen. Er hatte Jeremia unten im Hof gesehen. Bertrand trug noch immer eine bestickte Decke gegen die erste Morgenkühle um die Schultern. Er wusste nicht, ob es Magdalenas Absicht oder nur eine Nachlässigkeit gewesen war, ihm ausgerechnet die grüne Decke zu geben, die am zweiten Sonntag nach Pfingsten den Altar in der Templerkapelle schmücken sollte. Er schüttelte die besorgten Gedanken ab und beschloss, so schnell wie möglich wieder aus dem Bann des schmerzhaft verzehrenden Fegefeuers und der Gestalten herauszutreten, die ihn für eine endlos lange Nacht verfolgt hatten.

»Du hast meinem Sohn sehr viel beigebracht in all den spanischen Jahren.«

»Es ist nicht schwer, zu lernen, wenn man dem Gott und dem Glauben seiner Mutter gehorcht.«

»Das sagt ein freier, wilder Geist wie du?«

»Ich lebe kinderlos«, sagte Seder. »Ich kann es nicht verantworten, in diesen Zeiten Nachkommen zu zeugen, die zu Gejagten und Verachteten gehören und wegen ihres Glaubens nie Gerechtigkeit erfahren würden.« Er setzte sich Bertrand gegenüber an einen der Holztische mit schweren, kunstvoll geschnitzten Beinen und seufzte leise. »Trotz aller wilden Nächte und schönen Abenteuer. Zumindest weiß ich nichts von einer Tochter, einem Sohn zwischen Spanien, Flandern und Italien.«

»Neidest du mir meine fünf Kinder?«

Seder Ben Ariel hob abwehrend die Hände. »Ich stelle es mir nur ein wenig schwierig vor, sie ausgewogen und gerecht vor Gott zu behandeln. Jeremia ist wie ich und Rebecca noch jüdisch von der Mutter her. Du und Magdalena, ihr seid Christen, ebenso wie dein zweites Weib, Catherine Grimaldi, und eure beiden Söhne Rainier und Jacques.«

Draußen wurde es immer turbulenter. Bertrand zog die Brauen zusammen. »Was ist das?«, fragte er. »Will man jetzt auch noch unseren Handelshof anzünden, weil mein Sohn jüdisch ist?«

»Ich werde nachsehen, was geschieht«, sagte Seder und stand auf. »Die Stadt ist ohnehin ein Narrenhaus in diesen Tagen. Ein Festmahl jagt das andere, und manche fliehen nur noch deshalb nicht aufs Land, weil sie ihr Haus nicht ausgeraubt wissen wollen.«

»Oder gleich angezündet«, presste Bertrand hervor.

Seder schüttelte langsam den Kopf. »Ich wundere mich ohnehin, wie wenig Lärm es in den Straßen und beim Palast gegeben hat, als unser Haus brannte. Als ich noch hier wohnte, war die halbe Stadt in Aufruhr, sobald die ersten Flammen aus einem Fenster schlugen.«

»Vielleicht sind die Menschen einfach nur müde und abgestumpft«, meinte Bertrand. »Seit dem Tod von Benedikt XII. ist doch kein Tag und keine Nacht ohne schwere Zwischenfälle vergangen. Ich wundere mich nur, dass unser Haus das erste war, das auch noch abgebrannt ist.«

Die beiden Männer sahen sich in die Augen.

»Nein, Bertrand!«, sagte Seder. »Ich war es wirklich nicht! Außerdem hat der Wechsel auf dem Heiligen Stuhl uns allen ein Vermögen eingebracht.«

Bertrand nickte und beugte sich vor. Mit beiden Händen umfasste er den Kelch, den seine Tochter ihm mit heilsamem Sud zurückgelassen hatte. Er blickte auf den Davidstern und hatte plötzlich das Bedürfnis, sich bei seinem Schwager zu entschuldigen. »Es schmerzt mich, dass ich unachtsam gewesen bin und das Haus deines Großvaters verloren habe, in dem du und Miriam aufgewachsen seid.«

Antonio Brazzi wachte davon auf, dass er schrecklichen Durst hatte und zugleich ein leises Weinen hörte. Er wusste nicht, wo er war, aber er fürchtete sich nicht. Im Gegenteil. Alles, was er empfand, roch und unter seinen Handflächen fühlte, kam ihm seltsam bekannt und angenehm vor. Aber warum lag er nicht auf einem Strohsack oder in einem Bett, sondern auf hartem Holz?

Nach einigen Fingerübungen reckte er sich, stellte fest, dass er lebte und nichts an seinen schweren Gliedern gebrochen oder ernsthaft verletzt war. Nur das Wimmern störte ihn noch mehr als die erträglichen Schmerzen an einigen Muskeln. Er lachte rau, als er verstand, was mit ihm geschehen war. Er lauschte noch einmal dem Wimmern, dann richtete er sich auf. Ein bisschen brannten die Schürfwunden an seiner Haut noch. Sie waren unwichtig, nur zugefügt, damit er wie ein Schwein blutete.

Er rutschte vom Bohlentisch vor der Küche der alten Templerkomturei. Seine Augen gewöhnten sich zunehmend an die Dämmerung. Er fand einen hölzernen Humpen, löste Knebel und Tropflappen aus einem Spundloch und ließ den besten von allen Weinen des Handelshofs in das Gefäß gluckern. Sorgfältig, wie es sich für einen ehemaligen Faktor bei Bertrand de Comminges gehörte, schloss er das Fass wieder, ehe er den vollen Humpen anhob und einen tiefen Schluck nahm. Er vergaß auch nicht, die Sicherung am Balken wiederherzustellen.

Nachdem er sich derart innerlich und äußerlich gestärkt hatte, war ihm klar, wer im Refektorium wimmerte.

»Mel Comyn!«, rief er mit seiner tiefen, rauchigen Stimme. »Wo steckst du versoffener Priester? Gib Laut, damit ich dir nachfüllen kann! Es ist längst Zeit für die Morgenmesse.«

Der Papst scheuchte die Bediensteten mit einer knappen Handbewegung zurück. Einer von ihnen flüsterte Kardinal de Comminges noch schnell etwas zu, ehe er mit geneigtem Kopf und rückwärts gehend wieder verschwand. Der Inquisitor hatte es auch gehört. Er nickte dem Papst zu und entfernte sich ebenfalls.

»Die Römer kommen«, meldete der Erzbischof von Toulouse weiter. »Sie sind von der Tageswache auf dem Rocher des Domes gesichtet worden.«

Zur Verwunderung Petrarcas und des Kardinals nickte der Heilige Vater nur, dann bückte er sich kurz, stellte den Sessel selbst wieder auf und wandte sich erneut an Petrarca.

»Auch wenn du den Lorbeer des Dichterkönigs im Mantel des Königs von Neapel erhalten hast, solltest du niemals den Bogen überspannen! Du magst Rom und die Römer so salbungsvoll loben, wie es dir gefällt – aber dein großer Gönner in Rom, der ältere Stefano Colonna, dürfte einer der Drahtzieher bei der Ermordung unserer Vorgänger von Bonifatius VIII. bis zu Clemens V. sein.«

Er trat so dicht an Petrarca heran, dass der zu zittern begann. »Uns ehrt, dass die Römer und ihre Senatoren uns bitten, zurückzukehren«, fuhr Clemens VI. fort, »aber wir lehnen es ab, mit den Mördern der Stellvertreter Christi auf Erden zu leben. Dann lieber gleich bei den Juden hier in Avignon und im Comtat Venaissin.«

»Die römischen Gesandten kommen mit der Bitte um Vergebung und Rettung vor schädlicher Armut und dem drohenden Untergang der Ewigen Stadt«, erklärte Petrarca. »Sie bieten der heiligen katholischen Kirche ganz Rom als Geschenk und Euch persönlich die lebenslängliche Gewalt über die Stadt an. Zusätzlich zur Rückkehr des Heiligen Stuhls an den Tiber bitten sie zugunsten der verarmten Stadt darum, die Abstände des heiligen Jahres von jedem hundertsten auf das fünfzigste Jahr herabzusetzen.«

Der Papst stutzte und hob die Brauen. Er sah zu Kardinal de Comminges. Der Erzbischof von Toulouse hob unentschlossen die Schultern.

»Woher weißt du das eigentlich?«, fragte Clemens VI. unvermittelt. »Stimmt das Gerücht vielleicht, dass die Delegation aus Rom absichtlich mit Verspätung hier eintrifft? Dass diese stolzen Herren nicht dabei sein wollten, wenn erneut ein Papst außerhalb ihrer Stadt gekrönt wird?«

»Ich … ich kann dazu nichts sagen«, druckste Petrarca. Er schwitzte, als wäre es kein früher Morgen, sondern bereits ein gleißender Sommermittag. Clemens VI. ließ sich in seinen wieder aufgerichteten Lehnstuhl sinken.

»Manche Leute scheinen noch immer zu glauben, dass man uns ebenso leicht hintergehen kann wie unseren Vorgänger Benedikt XII. Aber wir warnen euch alle, die ihr wie bisher im Trüben fischen wollt!« Er schürzte die Lippen, dann schlug er mit der Rechten ein Kreuz in die Luft. »Einverstanden!«, sagte er kurz entschlossen. »Wir sind mit deinen Vorstellungen zu günstigen Gnadenerweisen für die Ewige Stadt einverstanden!«

Ihm fiel selbst auf, dass er damit die erste Amtshandlung seines Pontifikats beging. »Ein heiliges Jahr alle fünfzig statt hundert Jahre kostet uns nichts, schmeichelt den Bürgern Roms und beschert ihnen wieder mehr Pilger. Uns selbst winken dabei ebenfalls zusätzliche Einnahmen. Erlaubt und beschlossen also, noch ehe deine Verehrer aus Rom endlich eingetroffen sind.«

Er stand erneut auf, ging einige Schritte hin und her, nahm ein paar Johannisbeeren aus einer Glasschale auf einem Tischchen unter den Fenstern und bot dem Dichter ebenfalls davon an. Petrarca blieb ungewohnt bescheiden und wählte die kleinsten, noch nicht ganz reifen Beeren.

»Bin ich gestern irgendwann verhört worden?«, fragte Bertrand unvermittelt. »Möglicherweise peinlich befragt?«

Seder Ben Ariel lachte. »Natürlich haben wir dir die Seele aus dem Leib gefragt. Wir wollten doch wissen, was mit dir geschehen ist.«

»Ich bin seit Wochen nicht aus der Stadt gekommen«, stellte Bertrand de Comminges klaren Verstandes fest. »Ich war hier, seit Papst Benedikt XII. von uns ging. Ich habe Jeremia geholfen und einige Verhandlungen mit dem Thesaurar übernommen. Für ihn allein wäre das bei all den Einkäufen und der Beschaffung von Lebensmitteln für diese dauernden, wahrhaft orgiastischen Feierlichkeiten zu viel gewesen. Du warst doch ebenso beteiligt wie die schnellsten und besten christlichen, jüdischen und islamischen Händler von Marseille bis nach Carpentras!«

Bertrand stand auf. Er fühlte sich bereits erstaunlich gut. Nur seine Knie waren noch etwas weich. Vorsichtig ging er durch den Kontorraum zu den Fenstern an der Straßenseite.

»Wohl wahr, wohl wahr«, gab Seder grinsend und erleichtert zu. »Wir haben die Kaufleute der Franzosen wie auch die Italiener und Spanier perfekt ausgebootet. Dennoch fehlt dir ganz offensichtlich ein wichtiges Kapitel im Buch deiner Erinnerungen.«

»Habe ich irgendetwas angedeutet, wovon ich nichts weiß?«, fragte Bertrand ungeduldig.

»Du hast von Mel Comyn gefaselt, von Benedikt XII., einem fastenden Papst und deinem Onkel, dem Kardinal.«

»Auch von … Petrarca?«

»Ja, auch von Petrarca«, sagte Seder. »Und davon, dass du heute mit ihm nach Vaucluse reiten wolltest.« Er lachte kurz. »Zu euren geliebten Frauen Laura und Catherine.«

Bertrand schüttelte den Kopf und lachte ebenfalls. »Was sollte Catherine an der Quelle von Vaucluse? Ich habe sie seit meiner Rückkehr aus Rom vor einem Jahr nicht mehr gesehen.«

»Aber ich«, meinte Seder trocken.

»Du? Wann und wo?«

»Vergangene Woche auf dem Weg von Cavaillon an der Durance in Richtung Carpentras. Sie gab sich mir gegenüber ziemlich zugeknöpft.«

»Du hast Catherine gesehen? Mit ihr gesprochen und mir kein Wort davon gesagt?«

»Sie hatte mich darum gebeten.«

»Sie hatte dich darum gebeten! Wie schön, dass ich das beiläufig erfahre.«

»Und du selbst, Francesco Petrarca?«, fragte Clemens VI. »Brauchst du einen Ablass oder irgendetwas anderes als Belohnung für deinen nützlichen Vortrag über das heilige Jahr?«

»Ich würde mich glücklich schätzen über eine Rückkehr des Heiligen Stuhls nach Rom.«

Diesmal schmunzelte der Heilige Vater. Sogar der Inquisitor hob verzeihend die Schultern.

»Rom ist kein Platz mehr für uns«, sagte der Papst. »Würde es vielleicht ein angenehmes Schmerzensgeld für dich sein, wenn du zu deinem Unterhalt noch ein kleines Kanonikat bekämst?«

Petrarca hielt die Luft an. Er sah von einem zum anderen. Obwohl er höllisch aufpasste, konnte er keinen Fallstrick erkennen. »In der Provence?«, fragte der Dichter vorsichtig. »Vielleicht beim Grab von Maria Magdalena in St. Maximin. Oder an was könnte ich dabei denken?«

Der Papst fuhr sich mit der Spitze der Zunge über die Lippen. »Jetzt wirst du unverschämt! Die Basilika mit den Gebeinen von Maria Magdalena gehört den Dominikanern, dort ist kein Platz für einen bunten italienischen Vogel wie dich! Du musst dir schon etwas anderes dort aussuchen ... aber nicht gerade in Mailand, Florenz oder gar Rom.«

»Dann wären mein Geburtsort Arezzo oder vielleicht Pisa wunderbar. Dort leben Leute, die mich nicht überfallen würden.«

»Also gut – Migliarino bei Pisa.« Clemens VI. trat dicht vor Petrarca.

Er fasste mit beiden Händen dessen Oberarme und drückte zu. Für einen langen, schmerzhaften Augenblick dachte der Poet an eiserne Klammern von Folterbänken der Inquisition. Aber sie befanden sich in keinem düsteren Keller, sondern in den intimen Privaträumen des neuen Papstes Clemens VI.

»Du solltest jetzt sehr gut zuhören, Francesco Petrarca«, sagte der Inquisitor sanft, während er langsam ein großes Pergament auf dem Tisch ausrollte. »Wir wollen gottgefällige Menschen wie dich nicht foltern. Ich werde dir jetzt einen der ersten Pläne des Palastes von Baumeister Fisch zeigen. Zugleich frage ich dich: Was würde es kosten, damit du zum Judas am Geheimnis und dem eigentlichen Erbe der Tempelritter wirst?«

»Ich weiß nicht … ich will alles tun, aber –«

»Nur die Stelle, Francesco! Die Stelle auf dem Grundriss, unter dem das Silber im Rocher des Domes lag, das ihr vor vierzehn Jahren für Johannes XXII. herausgeholt und bis zum deutschen Kaiser gebracht habt. Von diesem Schatz existiert doch noch viel mehr, oder?«

Petrarca dachte an die magische Quelle im verschlossenen Tal von Vaucluse. Vielleicht wäre jenes bodenlose, mit grün schimmerndem Wasser gefüllte Loch in der Felswand am Ende des Tals ein besseres Versteck gewesen als die Katakomben unterhalb des Palastes. Selbst einen Sprung in die donnernden Wogen bei Ausbruch der Quelle, wie es zur Mutprobe der Leute dort gehörte, hätte er jetzt gewagt.

Aber er musste antworten. Doch dann sagte Papst Clemens VI.: »Es geht schon längst nicht mehr um Silber, Gold und Geld. Davon können wir jederzeit genug bekommen.«

Die Römer hatten die Bischofspforte im Südwesten kaum passiert, als sie völlig unerwartet in ein Gedränge zwischen den Häusern gerieten. Die Menschen in Avignon schienen noch während der letzten Schatten der Nacht von ihren Lagern geflüchtet zu sein. Es stank nach Rauch, Schweiß und Unmengen von Knoblauch und Weihwasser. Halb bekleidete Mädchen und Frauen kippten den Tag begrüßend irdene Nachtgeschirre aus den Fenstern. Der Unrat spritzte zwischen Menschen und Tieren, verschmutzte Wagenräder und sogar einige verfrühte Sänften von Prälaten auf ihrem Weg zur Morgenmesse in einer der vielen Kirchen.

Die Römer blickten sich entsetzt an. Sie waren an große Plätze und breite Straßen gewöhnt. Das hier war schlimmer als die verrottende *Suburbia* oder *Trastevere* am Tiber. Überall roch es penetrant nach verbranntem Gerümpel. Die Männer legten Hand an ihre Waffen. Dennoch machten Pilger und Bettler, Ritter und Pferdeknechte keinen Platz.

Und dann tauchten plötzlich Pénitents in der Menge auf. Wie unbeabsichtigt stießen zwei von ihnen den Tisch eines frühen Gemüsehändlers um. Sein Geschrei wäre im allgemeinen Lärm untergegangen, wenn sich die Italiener etwas respektvoller vor ihren eigenen Bankhäusern verhalten hätten. Der gerade erst aufgestellte Geldtisch eines Wechslers kippte. Sofort stürzten sich Mönche, Marktweiber und Pilger auf die überall herumkullernden Münzen.

In diesem Augenblick der Unruhe drängte sich Stefano Colonna der Jüngere zu den höher gestellten Gesandten vor. Er richtete sich auf seinem Pferd auf und zeigte erregt die Straße hinauf in Richtung Rocher des Domes.

»*Porco diavolo!*«, schrie er mit überschlagender Stimme. »*Che palazzo del papa!* Habt ihr schon jemals einen derartigen Palast für einen Papst gesehen?«

Die ersten Pferde strauchelten. Einige der nicht sehr geübten Abgeordneten konnten sich nicht mehr halten. Sie glitten aus dem Sattel, wurden von geschickten Händen aufgefangen und sogleich um Schnallen und Schmuck, Waffen und sogar Umhänge und Beinkleider erleichtert. Nahezu nackt rutschten sie auf die Straße. Plötzlich wurde überall Blut sichtbar. Das war kein Zufall mehr. Schließlich hielten sich nur noch die Stärksten der vornehmen Gesandtschaft und zwei der jungen Männer im Sattel.

Verwirrt über das Durcheinander suchten die Anführer der Gesandten nach Stadtwachen, die sie vor dem Pöbel retten konnten. Die meisten Besucher der Frühmesse wichen erschrocken vor den sich prügelnden Leuten zurück. Nur einer von ihnen stürzte sich direkt in den Tumult.

Der Bär von einem Mann griff in die Zügel von zwei Pferden gleichzeitig. Ein paar Schritte weiter stützte sich sein hagerer Begleiter in einer Soutane an einer Hauswand ab. Der schwarzbärtige Alte trug ein speckiges Barett und eine von Funkenlöchern übersäte Lederschürze. Er zog das verwirrt tänzelnde Reittier von Cola di Rienzo in die Rue St. Agricol und nahm auch noch das reiterlose Pferd von Lellus di Cosecchis mit. Völlig verängstigt folgten die anderen Tiere den beiden ersten. Ein Tor an der Südseite der Straße, genau gegenüber der Kirche des Stadtheiligen, öffnete sich. Unter dem Geschrei des Pöbels und einem Hagel von Steinen retteten sich die römischen Delegierten in den Hof des Handelshauses von Bertrand und Jeremia de Comminges.

Bertrand war wütend über seinen Schwager. »Du musst verrückt sein! Völlig von Sinnen! Wie konntest du vor mir verschweigen, dass mein Weib zu diesem Liebesgerichtshof kommt, zu dem Petrarca mich ebenfalls überreden wollte?«

»Wir sollten die Entscheidung darüber, wer von uns beiden den Verstand verloren hat, noch eine Weile offenhalten«, meinte Seder beschwichtigend. »Du bist es doch, der nicht mit Catherine spricht.«

»Das ist nicht wahr! Sie war es, die mir ein Ultimatum gestellt und mich danach verlassen hat …« Er stockte und lauschte zur Straße hin. Im selben Moment durchschlug ein Stein die Scheiben. Bertrand warf sich zur Seite. Durch das Loch im bunten Glas sah er einen Pulk aufgeregter Pferde mit total verängstigten Reitern.

»Ich habe gehört, dass dieser Bischof de Coiardano Catherine beraten hat, als sie mich verließ. Und jetzt sorgt er zusammen mit diesem Inquisitor wieder für Unruhe.«

Seder blickte ebenfalls durch das Loch im Fenster. »Weiß er, was mit den meisten Eingängen zu den Katakomben im Rocher des Domes geschehen ist?«

Bertrand senkte die Stimme. »Du meinst beim abgerissenen Palast von Kardinal Godin und beim Grabmal von Johannes XXII. in der Kathedrale?«

Seder nickte. Mit zusammengepressten Lippen richtete er sich wieder auf. »Ebenso wie bei den Uferhöhlen am Fluss und beim Brotofen im Keller unserer Synagoge. Seit vierzehn Jahren hast du doch nichts anderes im Sinn, als alle Spuren zu verwischen.«

»Was soll das?«, schnaubte Bertrand. »Spielst du jetzt ebenfalls Inquisition? Ja, du hast recht! Es gibt noch immer Zugänge in den Berg. Einen vom Fluss oberhalb der Brücke, der nur bei Flachwasser im Sommer benutzbar wäre, die beiden anderen durch die Sakristei und die Synagoge.«

»Vielleicht hat in den vergangenen Jahren irgendjemand sonst etwas davon entdeckt.«

Bertrand sah seinen Schwager nachdenklich an. »Die Wahl von Clemens VI. kam für mich viel zu schnell. Nur ein paar Wochen länger Streit unter den Kardinälen im Konklave, und kein einziger der geheimen Zugänge in den Rocher des Domes würde noch existieren … Baumeister Fisch hätte alle Geheimnisse im Berg endgültig verschlossen.«

»Massel tov«, meinte Seder. »Du hast trotz allem sehr viel unverdientes Glück gehabt.«

»Ich weiß«, sagte Bertrand sarkastisch. »Ohne das Wasser der alten Mikwe hättet ihr mich nicht aus den Flammen retten können.«

Seder ging zu seinem Weinbecher und nahm ihn auf. »Und ohne die alten Verbindungsgänge zur Kapelle und zu den Katakomben im Rocher des Domes ebenfalls nicht.« Er trank einen kräftigen Schluck. »Ich frage mich nur, warum schon Johannes XXII. den Abriss von Kardinal Godins Palast geplant hat.«

»Nicht Papst Johannes«, sagte Bertrand. »Ich war es, der diesen Zugang in den Rocher für besonders gefährlich hielt. Zu viele Kleriker haben damals, vor vierzehn Jahren, mitbekommen, dass wir über die Folterkeller in Kardinal Godins Palast geflohen sind. Er fiel wie andere Häuser der neuen Baustelle zum Opfer. Obwohl er eigentlich viel zu weit entfernt war. Und bis ins Judenviertel hinein konnte der Palast nicht reichen. Deshalb blieb unser Haus bis zum Schluss ein Risiko.«

Seder Ben Ariel lachte leise. Er trank den Wein aus seinem Becher mit einem Schluck aus und füllte sich noch einmal nach. »Jetzt sag nur noch, dass du das Haus in der Rue Jacob selbst angesteckt hast! Als letzte Möglichkeit und Schutz vor der drohenden Inquisition.«

Bertrand de Comminges presste die Lippen zusammen und sog durch die Nase scharf die Luft ein. »Ich weiß es nicht«, stieß er dann angestrengt hervor. »Ich weiß nur, dass irgendeine läppische Kleinigkeit all meine Pläne und die Arbeit der letzten vierzehn Jahre schlagartig durchkreuzt hat. Es kann die schnelle Krönung von Clemens VI. gewesen sein, die Berufung meines hasserfüllten Onkels an den Heiligen Stuhl, meine Verbindung zu Petrarca, den Römern und zu dir … alles kann Ursache für einen Fehler sein, den ich bisher noch nicht erkenne.«

Seder Ben Ariel sah Bertrand lange an. »Und ich dachte, *ich* wäre ein Spitzbube«, sagte er dann. »Du aber hast mich bei Weitem übertroffen, Schwager! Ich weiß nicht, wie es dir gelang, Baumeister Fisch über Jahre zu bestechen.«

»Es hat mich mein gesamtes Vermögen gekostet«, gab Bertrand nach kurzem Zögern zu. »Einiges konnte ich über den Schatzmeister ohne Eintrag in die Kontobücher abrechnen, aber mit allem, was ich mit meinen Lieferungen für den Palast an Profit erzielte, habe ich die Zugänge im Rocher des Domes immer weiter versteckt.«

»Und dann begann der Bau nicht einmal oben im Kloster«, meinte Seder kopfschüttelnd, »sondern hangabwärts fast hundert Schritt von den alten Klostermauern entfernt … einfach so und ohne Grund. Wie habt ihr diesen völlig unsinnigen Bauplatz für den mächtigen Papstturm beinahe mitten in der Stadt den Menschen hier erklärt? Sie müssen gesehen haben, was geschah!«

Diesmal war es Bertrand, der leise lachte. »Zur gleichen Zeit wurden viele Häuser verkauft oder gleich abgerissen für die Palais von wichtigen Kardinälen. Die ganze Stadt ist doch noch immer eine Baustelle.«

»Das erklärt aber noch nicht, warum die Rue Jacob gebrannt hat«, sagte Seder Ben Ariel. »Und warum du dennoch keinerlei Verletzungen davongetragen hast.«

Erst jetzt nahm Bertrand de Comminges einen großen Schluck des schweren, fast schwarzen Weintrunks aus dem Abendmahlskelch. Er ließ den guten Rotwein, vermischt mit Kräutersud aus Magdalenas geheimsten Fläschchen, langsam in seinem Mund hin- und herwallen. Der Heiltrunk schmeckte irgendwie nach Johannisbeeren. Und nach Rezepten, die er eigentlich von Magdalenas Zwillingsschwester Rebecca und Moche Amar kannte.

Bertrand wusste genau, dass die Nonne Magdalena trotz aller Gläubigkeit an Jesus Christus stets einen roten Faden von ihrer jüdischen Schwester bei sich trug. Das geheime Zeichen ihrer Verbundenheit und Liebe zueinander glich jenem Faden, der im dritten Buch Mose erwähnt wurde. Den hatte Aaron dem mit allen Sünden Israels beladenen Ziegenbock um die Hörner gebunden, ehe er ihn vom Felsen stieß. In Avignon und der

Provence galt ein roter Faden inzwischen als Erkennungszeichen der Hexen.

Bertrand verwarf seine Zweifel an Magdalena wieder und schluckte den Weinsud hinunter. Im selben Augenblick glaubte er, wieder vor der Flammenwand zu stehen. In seiner Brust, seinem Kopf flogen versiegelte Tontöpfe mit Schwarzpulver auseinander. Ein weißer Blitz zerriss sein Bewusstsein.

Der Lärm in der Rue St. Agricol hatte sich inzwischen in den Hof des Fondaco verlagert.

»Es gibt noch Wunder«, sagte Bertrand.

»Bei euch Christen vielleicht, doch bei uns eher weniger.«

»Und was ist mit dem größten Wunder dieser Stadt? Hast du vergessen, dass ein einfacher Hirtenjunge allein mit Gottes Hilfe die große Brücke von Avignon gebaut hat?«

»Gebaut haben soll«, verbesserte Seder. »Ich habe nichts gegen schöne fromme Legenden, aber bei Wundern bin ich verdammt vorsichtig. Und du weißt ebenso wie ich, dass man sogenannte Wunder auch als geniale Täuschungen für die Gläubigen einsetzen kann! Was hast du denn getan mit dem Palast? Nichts anderes als die Tempelritter, als sie die Kavernen und Katakomben im Rocher des Domes entdeckten! Die Brücke war das erste Blendwerk, um von den Zugängen im Berg abzulenken. Der Palast mit seinen Lügenbildern auf den Wänden das zweite, aber es gibt noch ein drittes, und das betrifft einen gewissen Kaufmann Bertrand de Comminges.«

»Was willst du damit andeuten?«

»Du belügst dich selbst, seit Catherine dich verlassen hat«, sagte Seder trocken. »Du denkst, dass du in Avignon eine Lebensaufgabe erfüllst, indem du alle Zugänge zum Schatz und zu den Geheimnissen der Templer einreißt, zuschüttest und mit einem riesigen Palastgebirge übermauerst. Und erst wenn das für dich erledigt ist, hast du die Absicht, deinem Weib zu folgen. Dann aber, Bertrand, dann wird es zu spät sein!«

»Und was willst du mir raten?«

Seder Ben Ariel lachte so weise und zugleich verschmitzt, wie es nur Juden können. »Begegne ihr bei Petrarcas nächster Cour d'Amours mit dem Versprechen, dass du aufhörst … dass du nichts mehr mit Templern, deiner eigenen Herkunft, den

Päpsten und mit Avignon zu tun hast. Dass all das durch ein inneres und äußeres Feuer gereinigt und gelöscht ist.«

»Ich soll … Katharer werden? Ein Ketzer und ein Reiner?«

»Unsinn! Ich denke nur, dass du sie in die Arme nehmen sollst und ihr dann schwörst, dass du *sie* liebst und nicht mehr all die goldenen Schatten dieser Tempelritter.«

»Weißt du, was ich jetzt denke?«, fragte Bertrand und lächelte. Seder hob nur die Brauen. »Dass ein gewisser Seder Ben Ariel aus Carpentras schon immer überall ein wenig seine Finger drinhatte. Man könnte meinen, dass er sogar Feuer legen würde, wenn es der guten Absicht dient.«

»Du schweigst«, sagte der Papst. »Obwohl du weißt, dass wir dich und alle Teilnehmer an diesen Minnemessen ohne große Verhandlungen sofort auf den Scheiterhaufen bringen könnten?«

Petrarca stöhnte auf. Selbst Kardinal de Comminges hüstelte erschrocken.

»Wir wollen es dennoch! Wir wünschen, dass du deine nächste Cour d'Amours genauso durchführst wie insgeheim und verboten geplant! Auch dein Freund und Gönner, der Kaufmann Bertrand de Comminges, soll – trotz des bedauerlichen Unglücks mit seinem Haus – daran teilnehmen.«

»Das wird nicht möglich sein! Dieser Ehrenmann lebt zwar getrennt von seinem Weib, aber er hat gerade jetzt wohl keinen Sinn für Liebesdinge!«

»Du lügst!« Scintilla stieß seine Beschuldigung derartig laut und scharf aus, dass sogar der Papst zusammenzuckte. »Du hast mit Bertrand de Comminges gestern noch gesprochen! Später war auch Monsignore Comyn bei ihm.«

»Aber es ging nur um das Gastmahl, das Johann von Normandie anlässlich der Krönung für den Heiligen Vater und ausgesuchte Gäste im Hôtel La Mirande geben will. Gestern war eine Art Generalprobe, an der ich teilgenommen habe, weil ich heute wieder in mein Haus in Fontaine-de-Vaucluse zurückmöchte.«

»Wolltest du allein reiten?«

Petrarca schluckte, schüttelte den Kopf, dann nickte er. »Es stimmt, ich hatte Bertrand de Comminges gebeten, mich zu begleiten.«

»Hatte er zugesagt?«

»Nein. Er wollte sich zuvor mit Monsignore Comyn, seinem Beichtvater, beraten.«

Scintilla seufzte mit einem Blick nach oben. »Ein wahrhaft schwieriger Sohn der Kirche. War er nicht kürzlich erst mit einer Einladung von dir und ohne Wissen ihres Gemahls bei Catherine Grimaldi in Monaco?«

»Du hast ihn gefoltert?«, fragte der Papst verärgert.

»Wie käme ich dazu? Ich habe nur einen seiner alten Kumpane ein wenig ausgequetscht und auf die Art zurichten lassen, die das Volk sehen will. Keine schweren Verletzungen ... nur etwas Blut als Augenfutter für neugierige Gaffer.«

»Und wozu hast du ...« Kardinal de Comminges brach ab. Scintilla verzog die Mundwinkel zu einem abfälligen Lächeln. Er blickte den Erzbischof von Toulouse mit einem langen Seufzer an, dann sagte er: »Wollen wir irgendwelche Geständnisse, um strafen und brennen zu können, Eminenz, oder so schnell wie möglich den richtigen Zipfel der Wahrheit?«

»Man nennt das Tabula rasa, wie du weißt«, sagte der Papst zufrieden, »auf einen Streich reinen Tisch mit den Ketzern machen!«

»Oh Madonna, welch eine Schande!«, jammerte Lellus di Cosecchis, der fettleibige Syndikus der Stadt Rom. »In einen Fondaco sind wir geraten ... zwischen die Warenlager und alten Pferdeställe. Wo uns Petrarca doch wahrhaft königliche Gemächer im Palast des Papstes zugesichert hatte. Es ist *terribile*, so eine Schande!«

Wenn es nicht ausgerechnet die noblen Römer gewesen wären, hätte Magdalena de Comminges sämtliche Kranken und Verwundeten in der Templerkapelle eine weitere Handbreit zusammenrücken lassen, um die Opfer des brutalen Überfalls mitten in der Stadt auch noch aufzunehmen. So aber füllten die Gesandten aus der Ewigen Stadt den alten Handelshof mit ihren Dienern, Waffenknechten und Stallburschen, die schon am Tiber viel zu laut und selten zuverlässig gewesen waren. Von den Anführern der Gesandtschaft waren nur Notar di Rienzo und der jüngere Stefano Colonna unverletzt geblieben.

Nicht einmal Kardinal Jean-Raymond de Comminges hatte sich vor den Privatgemächern des Papstes nachsichtig gezeigt. »Rom soll sich gefälligst selbst schützen. Erst wenn die Gesandten im Palast eintreffen, behandeln wir sie wie alle anderen noblen Ehrengäste.«

In diesem Augenblick hatte Francesco Petrarca endgültig erkannt, dass auch dieser Papst nicht an die Rückkehr in die

Ewige Stadt dachte. Mochten die Kardinäle und Prälaten auch offiziell stets davon sprechen – wer an der Grenze zwischen Frankreich und dem Heiligen Römischen Reich den einen Palast weiterbaute und über einen zweiten nachdachte, dem war nichts mehr am Lateranpalast und der Engelsburg im fernen Rom gelegen.

Als der verstörte Dichterkönig im Fondaco auftauchte, überfielen ihn die Römer fast wie einen Feldherrn, der die Legionen an aufständische Gallier verraten und verkauft hatte. Sie umringten ihn, löcherten ihn mit ihren Anschuldigungen und Fragen und drängten ihn bis unter den Walnussbaum in der Mitte des Hofes.

»Ich konnte doch nicht mit einem Papstwechsel rechnen!«, rief er immer wieder. »Und niemand wusste, wie lange ihr von Rom bis hierher brauchen würdet.«

Erst jetzt erhob sich langsam Antonio Brazzi aus dem Schatten unter der Treppe. Die schmächtigen Römer machten dem stattlichen alten Mann, der sie gerettet hatte, Platz. Schritt um Schritt näherte er sich Petrarca. Die beiden ungleichen Männer kannten sich schon seit Jahren, und schon genauso lange mochten sie sich nicht.

»Was ist mit Bertrand passiert?«

Petrarca riss die Augen auf. »Wie könnte ich das wissen?«, fragte er beleidigt zurück. »Ich hatte eine lange, nützliche Privataudienz bei Papst Clemens VI. und bin gerade erst gekommen.«

Rienzo näherte sich dem Poeten, den er in Rom zweimal gesehen hatte – das erste Mal vor fünf Jahren, als er selbst noch ein unbedeutender Student und Zuschauer in der jubelnden Menge des Volkes gewesen war, das zweite Mal vor gut einem Jahr, diesmal bereits als Notar. Er wünschte nichts sehnlicher, als dass ihn das Volk von Rom eines Tages ebenso lieben würde wie Petrarca.

Tonio Brazzi fasste sich an seinen stattlichen schwarzen Bart. Er entschloss sich, Petrarca nicht weiter zu befragen. Aber er hörte genau zu, was die beiden sagten.

»Weiß man denn oben im Palast, wie erniedrigend Gesandte Roms auf Audienz und anständige Unterkunft warten müssen?«, beschwerte sich di Rienzo.

»So wichtig ist Rom auch nicht mehr!«, sagte Petrarca herablassend. Der junge, energische Notar war ihm, dem Ehrenbürger Roms, viel zu direkt.

Die Römer sahen, dass ihr Protest bei Petrarca nichts bewirkte, und beruhigten sich langsam wieder. Der Dichterfürst ließ sich alle achtzehn Mitglieder der römischen Gesandtschaft vorstellen und begann, Hof zu halten wie ein echter König. Dabei dachte er die ganze Zeit daran, womit er die Gunst des Papstes gewinnen sollte. Er war kein Judas, doch Clemens und Scintilla wollten, dass er einer wurde …

Laut jammernd und in gesetzten Versen wie bei einem seiner Sonette flehte Petrarca nur wenig später Jeremia de Comminges im Fondaco an, den Römern Schutz und Gastfreundschaft zu gewähren.

»Sie haben längst erhalten, was nötig und auch üblich ist«, gab Jeremia zurück. Er hatte keinen Respekt vor dem Poeten.

»Ach, wenn ihr hier in Avignon wüsstet, wie unglücklich unser geliebtes Rom ist«, seufzte di Rienzo, als er zusammen mit dem jungen jüdischen Kaufmann und der Gesandtschaft im Hof des Fondaco saß. Hier waren inzwischen die schweren Bohlentische und Bänke unter dem hoch und schattig gewachsenen Walnussbaum aufgestellt worden, um im ehemaligen Refektorium Platz für Liegen und weitere Strohsäcke zu schaffen. Während der Dichterkönig sich von einigen schlichten Mitgliedern der Gesandtschaft bewundern und huldigen ließ, erklärte Jeremia dem jungen Notar, wie sein Handelshof entstanden war. Die beiden jungen Männer verstanden sich auf Anhieb, obwohl di Rienzo weder Französisch noch Spanisch und Jeremia nur das übliche Italienisch der Fernhändler sprach. Trotzdem mochten und vertrauten sie sich. Was der eine als Kaufmann erklärte, war dem anderen als Notar schnell zugänglich. Wenn es zu schwierig wurde, sprang der alte Brazzi ein.

»Es heißt in Rom, dass der Baumeister Pierre Fisch bereits an der Westfassade der Kathedrale von Rouen und am neuen Portal von Notre-Dame in Paris mitgewirkt hat«, meinte di Rienzo nach einer Weile.

»Das mag ja sein«, meinte Jeremia unbefangen. »Doch was er hier gebaut hat, geht auf keine Kuhhaut!«

Er merkte nicht, das Brazzi unwillkürlich nach Luft schnappte.

»Kein ordentliches Winkelmaß, keine Symmetrie oder gar Harmonie wie in Spanien. Sein Credo und wohl größter Fehler bestand darin, dass er die Steinmetze, Zimmerleute und Gesellen nie unbeschäftigt lassen wollte. ›Ein Tag ohne Schlag mit dem Hammer macht die Muskeln träge‹, soll er gepredigt haben. ›Zwei Tage verderben das faule Fleisch, und drei Tage lassen es unchristlich werden.‹«

»Hast du das selbst gehört?«, fragte Cola di Rienzo.

»Ich sagte doch, ich war in Spanien«, antwortete Jeremia lachend. »Auf jeden Fall müssen in den vergangenen sieben Jahren Unmengen von liederlich geschlagenen Säulen, schiefen und halb fertigen Stufen und ohne Nachbearbeitung unbrauchbarer Gewerke entstanden sein.«

»Und die hast du hier verbauen lassen?«

»Nein, nicht ich, sondern mein Vater Bertrand. Ich selbst bin mit meinem Onkel Seder Ben Ariel erst im vergangenen Jahr aus Spanien zurückgekehrt. Wir waren in Córdoba eine Art Faktorei für den Handelshof meines Vaters und für einige jüdische Fernhändler in Carpentras. Neben den üblichen Handelswaren für unsere Kunden haben wir für die beiden vorigen Päpste gelegentlich seltene Bücher und Übersetzungen aus dem Arabischen beschafft.«

»Im Tausch gegen missratene Säulen und schief geschlagene Kapitelle?«, fragte di Rienzo und lachte. Jeremia grinste ebenfalls.

»So ungefähr! In den ersten Jahren hat mein Vater den Ausschuss übernommen, ein wenig weihen lassen und dann als eine Art niedere Reliquie für Votivsäulen nach Bayern, Italien und Spanien verkauft. Ich habe mit diesem Handelszweig Schluss gemacht.«

»Gab es nicht mehr genügend schlechte Steinmetzarbeiten?«

»Das schon, aber es widerspricht meiner Ehre als jüdischer Händler, aus missratener, wenn auch christlich geweihter Handwerkskunst Profit zu schlagen.«

Während sich einige der Römer noch immer ihre Verletzungen in der ehemaligen Komturei der Tempelritter behandeln ließen, sprachen die übrigen Herren edlem und unverdünntem Roten von den Weinbergen zu, die Johannes XXII. vor Avignon angelegt hatte.

»Wie, sagst du, heißt der Tropfen?«, fragte der Syndikus, als er genug gejammert hatte.

»Châteauneuf-du-Pape«, antworteten Jeremia und Francesco Petrarca gleichzeitig.

»Na ja, recht trinkbar«, murrte Cola di Rienzo. »Obwohl … in der Schenke meines verehrten Vaters –«

»… wurde ein Wein wie dieser nie gesehen«, unterbrach Stefano Colonna und nahm einen großen Schluck.

»Gibt es in dieser Faktorei eigentlich keinen Padrone?«, fragte Lellus di Cosecchis. »Wir warten jetzt schon seit Stunden hier, aber außer dir, Francesco, hat sich noch niemand außer Dienstboten und Knechten blicken lassen.«

»Ihr müsst entschuldigen«, sagte Petrarca unbehaglich, »aber dem Handelshaus de Comminges ist gerade ein Anwesen in der Stadtmitte abgebrannt. Vermutlich wollen alle retten, was aus den Trümmern noch zu retten ist.«

Er stand zusammen mit Stefano Colonna und Cola di Rienzo auf. Sie ließen die immer lauter und vollmundiger redenden Mitglieder der römischen Gesandtschaft hinter sich zurück und gingen über den Hof. Auch der Syndicus der Stadt Rom watschelte bis zur Treppe, die nach oben führte.

»Was ist hier wirklich geschehen?«, fragte Lellus di Cosecchis. Er drehte den Kopf in seinem feisten Nacken und blickte an den hölzernen Balkonverzierungen entlang. »Was soll das heißen, edler Petrarca?«, stieß er mit seiner kieksenden Stimme hervor. »Dort oben steht er doch, der Kaufmann, der ein Bastard des ersten Papstes hier in Avignon sein soll. Er war doch im vergangenen Jahr mit dir in Rom, oder?«

Petrarca blickte zu Bertrand hinauf und verstand die Welt nicht mehr. Ähnlich erging es Cola di Rienzo. Er sah zu Jeremia. Doch der wusste ebenfalls nicht, ob er an eine Erscheinung oder ein Wunder glauben sollte.

Als er den Vater zuletzt gesehen hatte, schien der kaum dem Tode entronnen zu sein. Nicht einmal eine halbe Messe später stand er wie eh und je über den Dingen und wollte

Anweisungen geben. Für einen Moment streiften die Gedanken des Sohnes die älteren Schwestern. Die Zwillinge hatten sich immer gut verstanden. So lange jedenfalls, bis Magdalena konvertiert war. Danach hatte es Jahre des Schweigens zwischen ihnen gegeben. Erst nach der Rückkehr von ihm und Onkel Seder aus Spanien war die alte Verbundenheit zwischen den Frauen wieder zurückgekehrt. Jeremia war sicher, dass sie inzwischen auch die Geheimnisse ausgetauscht hatten, in die jede von ihnen auf unterschiedliche Weise initiiert worden war. Während Rebecca sich mit den uralten Weisheiten König Salomons und den Talmud-Auslegungen auskannte, war ihre Zwillingsschwester in jenen Kreis von Geweihten aufgenommen worden, die mit dem Übersinnlichen und den überirdischen Mächten des Christentums in Verbindung standen. Vielleicht hatte sich aus der Verdopplung derartiger Fähigkeiten eine Brücke ergeben, über die der Vater noch einmal ins Leben zurückgekehrt war …

Jetzt trat auch Seder Ben Ariel neben Bertrand de Comminges. Bertrand ging ein Stück den überdachten Balkon entlang und stieg dann die Treppe hinab. Seder folgte ihm mit einigen Schritten Abstand. Auf der dritten Stufe von unten blieb Bertrand stehen.

»Ich biete euch Asyl und Schutz hier in Avignon, wenn die *Nobilissimi* und Gesandten nichts dagegen haben.« Dann lächelte er und wies auf Petrarca. »Seid willkommen, solange ihr nicht den Dichterkönig hier zum Papst ausruft.«

Verwirrtes Schweigen breitete sich unter den Römern aus. Nur Cola di Rienzo sah zu Francesco Petrarca, dann wieder zu Bertrand und lachte plötzlich derart schallend los, dass selbst die Stallburschen herbeistürzten, um zu sehen, was im Hof des Fondaco passierte.

Papst Clemens VI. war noch in seinem kleinen Studierzimmer durch ein Stück Pergament seines Kämmerers über die Ankunft der Römer und den misslichen Vorfall an der Rue St. Agricol unterrichtet worden. Gleichzeitig erfuhr er, wie viele Menschen in der vergangenen Nacht die Letzte Ölung erhalten hatten. Es waren mehr als in manchen Geplänkeln zwischen den Franzosen und den Engländern in der Normandie. Zusätzlich brachte der Kämmerer eine erste Aufstellung des Schatzmeisters über Schäden an den Palisadenwänden vor den Kardinalshäusern.

»Die Zäune wurden größtenteils von betrunkenen Franzosen eingerissen und zum Teil in Brand gesteckt.«

»Hat man die Täter dingfest gemacht?«

»Das war nicht möglich, weil die Stadtwache von Avignon an der Brücke eine Katastrophe zu vermeiden suchte. Frankreichs Kronprinz Johann wollte noch in der Nacht mit seinen Rittern und den Fußkriegern die Insel Barthelasse zwischen den zwei Flussarmen der Rhône zum eroberten Gebiet erklären.«

»War er betrunken?«

»Mehr als das. Er war gemeingefährlich und so wütend, dass er fast noch den Palast gestürmt hätte.«

»Warum haben wir in unserem Turm nichts davon erfahren?«

»Weil es Ritter Petrus de Ozia, dem Vizegrafen vom Comtat Venaissin, gerade noch gelungen ist, mit ein paar tapferen Handwerkern aus der Stadt, den bisher von Franzosen unbezahlten Schmieden, Färbern aus der Rue des Teintures, Schneidern, Bäckern vom Brotamt und ein paar Dutzend grauer, weißer und schwarzer Büßermönche die Brücke wiederzuerobern.«

»Seit wann ist der Vizegraf auch für Avignon zuständig?«, fragte der Papst. »Und warum haben wir hier nichts davon gehört?«

»Weil feste Mauern auch Geschrei abwehren.«

»Dann kommt es jetzt ganz darauf an, wie der Kronprinz der Franzosen sich verhalten wird, wenn er wieder nüchtern ist.«

»Auf jeden Fall haben heute Nacht einige von den Franzosen die Stadt, die Brücke und die Insel flussabwärts verlassen …«

»Etwa mit Booten?«

»Nein, mit dem Maul nach unten!«

Es war noch früher Vormittag, aber die Sonne strahlte inzwischen im Hof des Fondaco schon so heiß, dass sich die meisten der Menschen in den Schatten zurückgezogen hatten. Nur unter dem Walnussbaum war noch etwas Platz. Brazzi trat neben ihn und pflückte eine noch grün ummantelte Walnuss von einem Zweig. Er schälte sie mit seinem Daumennagel, doch bis auf erste Andeutungen war noch kein Kreuz im Herzen und kein Geheimzeichen der Templer zu erkennen.

Seder Ben Ariel stellte sich so, dass Jeremia die Hand auf den Dolch an seinem Gürtel legen konnte. An mehreren Stellen drängten sich Wachmannschaften und Pferdeknechte zwischen den Römern hindurch.

Der gesamte Handelshof erinnerte noch immer an das Innere eines Klosters. Von Gebäuden und Mauern umringt, konnte er aber auch als befestigtes Lager gelten. Genau das empfanden in dieser Stunde die Gesandten Roms und ihre Knechte. Wie auf ein geheimes Kommando hin kippte plötzlich die Stimmung. Was eben friedlich und schlimmstenfalls mürrisch geklungen hatte, wurde auf einmal feindlich.

Es war Francesco Petrarca, dem unvermittelt wieder einfiel, was ihn kurz zuvor erschreckt hatte. Es war keine Zeit mehr, sich von Römern feiern zu lassen. Er litt unter dem traurigen Verzicht, aber er musste so bald wie möglich den Handelshof verlassen, wenn er den Auftrag des Papstes und seines Inquisitors an der Quelle der Sorgue erfüllen wollte. Ohne Jubel und Beifall, ohne begeisterte Huldigungen und ohne ein Festmahl zur Feier seines Genies …

»Ich brauche ein Pferd von euch«, sagte er zum jungen Herrn des Handelshauses de Comminges. »Ein Pferd für mich und eins für deinen Vater …«

»Bist du von Sinnen?«, stieß Jeremia hervor. »Es ist Sabbat!«

Er spürte die harte Hand seines Onkels auf dem Arm und verzog sein Gesicht. Obwohl er inzwischen ein erwachsener Mann geworden war, empfand er den Bruder seiner Mutter noch immer als Lehrherrn, den er zu respektieren hatte. Nur von ihm und seinem leiblichen Vater nahm er Ratschläge und Anweisungen an.

Seder Ben Ariel schnalzte mit der Zunge. »Wir haben selbstverständlich Pferde für einen unserer besten Freunde und größten Dichter aller Zeiten.« Er lächelte ein wenig süffisant. »Ich nehme an, du möchtest am liebsten zu Madonna Laura, der viel besungenen Blume deines Herzens, fliegen.«

»Das kannst du uns nicht antun, Francesco!«, protestierte auch Cola di Rienzo. Die anderen murmelten zustimmend.

»Wir sind so lange unterwegs gewesen, um dich zu sehen«, fügte der Syndikus der Stadt Rom hinzu. Er drängte sich vor und zeigte wieder zum überdachten Balkon. »Wir brauchen deine Fürsprache beim neuen Pontifex! Und die des *Consigliere* de Comminges ebenfalls …« Er deutete auf Bertrand, der noch immer auf der Treppe stand.

»Er muss verschwinden«, flüstert Petrarca Jeremia zu. »Und ich jetzt ebenfalls. Gib uns zwei Kutten mit Kapuzen von den Pénitents, damit wir unerkannt die Stadt verlassen können. Und lass zwei Pferde draußen am Hafen auf uns warten …«

Fontaine-de-Vaucluse

Jeremia lauschte immer wieder zur Straße hin. Bisher hatte noch kein Lärm angezeigt, ob Petrarca und seinem Vater die Flucht gelungen war. Bei den Römern wurde der Unmut immer lauter.

»Ihr könnt in diesem Fondaco zwar nicht so edel wohnen wie im päpstlichen Palast«, rief Jeremia in den Lärm hinein. »Aber selbst dort ist kaum noch Platz für Gesandte. Euch hierher in Sicherheit zu bringen war daher ein Vergehen, für das ich mich sogar in Rom verantworten würde.«

»Wir wurden von trunkenen *Plebejern* angegriffen«, rief Cola di Rienzo kühn.

Jeremia wollte den prahlerischen jungen Römer unterbrechen, doch Seder kam schnell näher. Er legte seine Hand auf Jeremias Arm. »Still! Lass ihn reden!«

»Ganz wie in Anagni«, sagte Jeremia beharrlich. »Ich war selbst dabei, wie er sich damit brüstete, dass er zum hellsten Stern sämtlicher Notare werden wollte!«

Cola di Rienzo benahm sich, als würde er auf dem Kapitol zum Volk von Rom sprechen. Er taumelte und fiel von der Bank direkt in Seders Arme. Einige der Römer lachten, andere standen weiter mit finsteren Gesichtern im Kreis um den Walnussbaum herum. Dann war für einen Augenblick alles still im Hof des Fondaco.

Sie kamen bereits am frühen Nachmittag in Isles de Sorgue an. Der Fluss hatte sich hier mehrfach geteilt und kleine Inseln wie zwischen Venedigs Kanälen entstehen lassen. Allerdings roch es in der kleinen Ortschaft wesentlich angenehmer als in der Lagunenstadt oder in Avignon.

Gut eine Meile weiter nach Osten öffnete sich ein kleines Seitental. Bertrand kannte es. An seinem Ende befand sich das Schloss, in dem Henri de Sade und Petrarcas große Liebe Laura lebten, wenn sie sich nicht in ihrem Stadtpalais in Avignon aufhielten.

Schon bald stiegen rechts und links des Flusses bewaldete

Berge so steil an, dass über diese Hänge kaum noch Wege führen konnten. Am Ende des *Vallis clausa* oder auch *Valle chiusa*, wie das Tal von Fontaine-de-Vaucluse ebenfalls genannt wurde, befand sich die geheimnisvolle Quellhöhle in einer Felswand, die schon vor tausend Jahren die Römer fast magisch angezogen hatte. Bertrand kannte den Höhlenschlund, aus dem die Wasserwogen plötzlich herausbrechen konnten. Der Dichterkönig lebte nicht unten an dem halben Dutzend Häuser am Rand der Quellteiche, sondern auf halbem Weg zu einer auffälligen Burg, der Sommerresidenz des Bischofs von Cavaillon.

Schließlich erreichten sie den Platz, an dem das Tal sich etwas öffnete und der Fluss ein paar tiefere Strudeltöpfe aufwies. Sie ritten über eine Holzbrücke, um auf die Seite der Bischofsburg zu gelangen. Einige Bewohner der kleinen Hütten zwischen dem Fluss und dem ansteigenden Wald begrüßten Francesco Petrarca, indem sie sich die Mützen von den Köpfen rissen und sich tief verbeugten. Kinder sprangen näher. Ein paar ließen sich von den Ästen riesiger Platanen ins Wasser fallen. Die Übung galt als Vorbereitung auf die Mutprobe des Wassersturzes, sobald die Quelle überschäumte. Sowohl Petrarca als auch Bertrand hatten sich mehrmals an dem wahnwitzigen Leichtsinn beteiligt, bei dem es Jahr für Jahr Knochenbrüche und noch meilenweit entfernt zerschmetterte Körper am Ufer gab.

Nach einer Weile fragte Bertrand: »Glaubst du, die Juden selbst haben mein Haus in der Rue Jacob angesteckt? Oder diese fanatischen Büßermönche?«

»Nein, weder noch! Ich denke eher, dass dir irgendjemand eine ernste Warnung zukommen lassen wollte.«

»Aus dem Palast? Der Apostolischen Kammer? Oder aus dem Kloster der Dominikaner?«

»Ich weiß es nicht«, seufzte der Dichter etwas zu theatralisch.

Während sie den steilen Zugang zur Burg hinaufritten, wandte sich Petrarca seitlich zu Bertrand. »Der Bischof ist wegen der Ereignisse in Avignon in diesem Jahr noch nicht wieder in seine Burg eingezogen. Dort oben logieren schon seit Jahren ein paar Dutzend Schweizer Söldner als Schutz für meinen Freund, den Bischof, und als Entsatz für die päpstliche Wache in Avignon. Man kann in diesen Zeiten ja nie wissen, du verstehst!«

»Und das alles hier nennst du dann dein friedliches Liebesnest – nur für deine Angebetete Laura?«

»Nur für Laura habe ich nie gesagt!«

»Hast du sehr wohl! In vielen deiner Gedichte.«

»Aber du wirst mir doch zubilligen, dass einem Dichterkönig wie mir auch andere Damen der Gesellschaft zuhören! Die Gemahlinnen der Ratsherren und des Adels wollen doch allzu gern Musen für mich sein. Wie sollte ich denn alle abweisen, die an wunderschönen Tagen meine Sonette hören und mich als Troubadour bewundern wollen?«

»Alle in deinem Haus?«

»Das wäre viel zu klein«, wehrte Petrarca ab. »Aber mein Freund, der Bischof von Cavaillon, hat mir gestattet, dass ich auch Damen in den Gemächern seiner Burg empfangen darf.«

»Trotz der dort herumlungernden Krieger?« Bertrand blickte den Dichter ungläubig an.

»Sollte ich etwa zulassen, dass sämtliche Bauernmädchen vor dem Tal verführt werden oder schamlose Huren aus der Stadt der Päpste die Lieblichkeit des Vogelgesangs hier stören?«

»Du hast kein Liebesnest für dich und Laura, sondern ein Hurenhaus aus diesem wunderschönen Tal gemacht!«

»So ist der Lust und Liebe aller Beteiligten doch wunderbar entsprochen. Niemand trägt Schaden davon, und alle wahren gern das köstliche Geheimnis an der geheimnisvollen Quelle.«

»Du redest Wein, aber dein Fühlen schmeckt nach Essig.«

»Was weißt denn du mit deinen siebenundvierzig Jahren von Liebesleid und stetem Sehnen? Seit dich dein Weib, die stolze Catherine Grimaldi, schmählich verlassen hat, lebst du doch nur noch dafür, sämtliche Zeichen und Hinweise auf den Schatz der Templer im Rocher des Domes zu löschen. Das macht dich vielleicht enthaltsam, aber noch lange nicht zum Heiligen!«

Die beiden Männer ritten durch das Tor in das Refugium des Dichters ein. Bedienstete aus der *famiglia* des Bischofs kamen durch den Garten. Sie hatten bereits aus der Burg gesehen, dass Petrarca in Begleitung eintraf. Die Reisenden stiegen ab und überließen ihre Pferde den heraneilenden Knechten. Anders als die feineren Angestellten in Livree stammten die starken Burschen allesamt aus der Siedlung im Tal. Einigen von ihnen war es in den vergangenen Jahren gelungen, schwere Steine an hundert Schritt langen Seilen immer tiefer in die Quelle in der Felsenhöhle abzusenken. Bei jedem Niedrigwasser, zu dem der Wasserspiegel innerhalb der Öffnung um zehn, zwölf Schritte absank, versuchten es die Besten unter ihnen erneut. Keiner von ihnen hatte bisher den Grund erreicht.

»Hier wird mir klar, wie aus dem Herz ein Vogel wird, der immerfort nur singen und die Einsamkeit in der Natur bejubeln möchte.« Bertrand ging einige Schritte weiter und hielt urplötzlich inne. Es war, als hätte sich in seinem ganzen Denken und Empfinden eine Art Pfropfen wie aus einem Weinfass gelöst.

Sie verbrachten den Nachmittag und den Abend bei ein paar guten Krügen Wein, sprachen über Ovid, Vergil, bewunderten den Himmel bei Sonnenuntergang über der Burg des Bischofs von Cavaillon und kamen schließlich auch auf jenes Abenteuer zu sprechen, das genau genommen den Heiligen Stuhl in Avignon vor einer Eroberung durch Ludwig den Bayern gerettet hatte.

»Du weißt, ich bin kein Freund jener Männer, von denen überall gesagt wird, sie hätten sich in Avignon wie damals Israel in eine Babylonische Gefangenschaft begeben, weil es ihnen in Rom zu gefährlich wurde«, meinte Petrarca und blinzelte in die Sonne. Seit er auf dem Kapitolshügel unter dem Jubel des römischen Volkes die höchste Ehrung erhalten hatte, die einem Dichter zuteilwerden konnte, machte er aus seiner Abneigung gegen Kurie und Päpste in Avignon auch öffentlich kein Hehl mehr.

»Man kann gegen Wilhelm von Ockham sagen, was man will, aber in einigen Aussagen gefällt er mir immer noch gut«, meinte er und blickte über die kleine steinerne Brücke unter ihnen hinweg, die noch aus der Römerzeit stammte.

Bertrand hob fragend die Brauen. »Denkst du dabei an etwas Bestimmtes?«

»Aber gewiss doch! Ich denke zum Beispiel an sein ›Liber Secundus‹, Kapitel XX, denn dort heißt es: ›Die dem heiligen Petrus und damit auch den Päpsten als seinen Nachfolgern versprochene päpstliche Gewalt erstreckt sich auf alles, was nötig ist, um das christliche Volk zu regieren.‹«

»Also doch!«

Petrarca widersprach sofort: »Doch davon ausgenommen sind die Rechte und Freiheiten des Einzelnen …«

Sie sahen sich lange an.

»Das schreibt Wilhelm von Ockham?«

»So wahr mir Gott helfe!«

»Dann ist es kein Wunder, dass er als Ketzer verurteilt wurde«, meinte Bertrand. »Ich schlage deshalb vor, dass wir nun mit dem Gefühl großen Seelenfriedens schlafen gehen.«

Bertrand wachte erfrischt wie in seinen besten Tagen auf. So gute Luft hatte er in Avignon lange nicht mehr geatmet. Ihr Morgenmahl aus Brei, Früchten und Käse stand bereits auf einem Tisch vor ihrem Schlafraum.

»Nun ja, ich habe Besseres erwartet«, mäkelte Petrarca. Sie gingen zum Wasserbecken an der Hauswand. Von dort aus konnten sie bis ins steile Tal hinabsehen.

»Als ich dich kennenlernte, warst du noch mit ein paar Münzen monatlich von mir und bunten Kleidern zufrieden.«

»Erinnere mich nicht an jene Jahre, bevor ich Laura, meinen Seelenstern, kennenlernte.«

»Du hast auch nach den ersten Jahren deiner großen Liebe nicht gerade Nein gesagt zu dem, was man dir bot.«

»Das ist nicht nobel von dir, wenn du mich an die Schwäche unseres Fleischs erinnerst.«

»Ich sah an deinen Hosenstrümpfen viel öfter auffällige Stärke als Schwäche deines Leibes.«

Petrarca machte eine wegwischende Handbewegung. »Es zählt doch nur, was durch die Kraft des Geistes lebt!«

Tief unter ihnen breitete sich im stillen Fluss vor der Quelle im Berg ein riesiger Teppich aus hellgrünen Schwimmpflanzen aus.

»Dieser Anblick erfrischt mich«, sagte Bertrand. »Ich gehe noch einmal hinunter! Ein Gang zur Höhle mit der Quelle wird mir guttun.«

»Aber sie sprudelt im Moment nicht … vielleicht erst wieder in zwei, drei Tagen … aber ich begleite dich.«

Zur selben Zeit saßen in Avignon erneut einige Männer zusammen, wie sie unterschiedlicher nicht sein konnten. Sie waren schnell zur Frühmesse in der Kirche von St. Agricol auf der anderen Straßenseite gelaufen. Anschließend hatten sie sich im Schatten des Walnussbaums im Hof des Fondaco eingefunden. Einer von ihnen war Cola di Rienzo, der junge und tatendurstige Notar aus Rom.

»Ich gebe zu, es ist nicht auszuhalten in der Stadt. Doch warum müssen wir den ganzen Sonntag hier versteckt herumhocken, während dort draußen vor dem Tor und wahrscheinlich auch am Fluss das Vergnügen tobt?«

»Und es wird auch noch eine Woche lang so bleiben«, warf Antonio Brazzi ein. »Zumindest noch bis morgen nach dem Gelage der Franzosen. Wenn sie genug haben und sich auf die Insel im Fluss zurückziehen, wird auch euer Dichterkönig Petrarca zurückkehren. Dann ist noch immer Zeit für eine römische Audienz beim neuen Papst. Allerdings fürchte ich, dass wir einen schweren Mistral mit Sturm und Hochwasser bekommen. Und das kann furchtbar werden bei derart vielen Menschen.«

»Freiheit für Glaube und Gehorsam!«, widersprach eine Stimme aus dem Hintergrund. Sämtliche Köpfe ruckten zur Seite. Mit einem schiefen, fast schon ein wenig närrisch wirkenden Grinsen näherte sich der rothaarige Schottenpriester.

»Ist noch ein Plätzchen frei unter den Erlauchten, Gesandten und Geschickten?«

»Nur wenn mir endlich jemand sagt, wo ich Petrarca finde«, rief Cola di Rienzo ungestüm. »Ich hasse langweilige Sonntage, und er hat in Rom damit geprahlt, dass es in dieser Gegend heimliche Zusammenkünfte gibt, die an die Liebesfreuden unserer Vestalinnen erinnern.«

»Derartige Tempel heißen hier *Piselli*«, erklärte Jeremia und hob fast schon entschuldigend die Hände.

»Ich hörte eher von einer Cour d'Amours.«

»Das ist etwas ganz anderes«, knurrte Tonio Brazzi. »Da tragen sie sich nur irgendwelche Verse vor. Aber wenn du es nicht aushältst, könnte ich für handfeste Vergnügungen sorgen.«

Von seinem geheimnisvollen Austritt aus dem Höhlenloch in der weißen Steilwand brauchte der kleine Bergfluss nicht einmal ein Ave-Maria bis zum Sammelbecken unterhalb der Burgruine. Und doch erlaubte das klare Nass der Sorgue einen Paradiesgarten unter der Wasseroberfläche.

Bertrand empfand das Verlangen, näher an den Quellschlund im Berg zu kommen.

»Erinnerst du dich noch an den *Bocca della verità*«, fragte er unvermittelt, »den Mund der Wahrheit in Rom?«

»Nur eine schöne Legende«, wehrte Petrarca ab. »Ein Trick, um betrügerischen Kaufleuten im letzten Moment die Wahrheit zu entlocken.«

»Wer seine Hand in den *Bocca* steckt und dabei lügt, dem wird sie abgebissen«, meinte Bertrand nachdenklich.

»Nicht abgebissen«, korrigierte Petrarca. »Ich habe schon bei meinen Studien der Rechte in Bologna herausgefunden, dass hinter dem Stein mit dem Mundloch früher ein Henkersknecht mit einem Schwert gestanden hat. Und nur aus Angst vor dem Schwerthieb, der die Hand kosten konnte, war diese Art der Befragung oft ebenso abschreckend wie heute die Folterbänke der Inquisition.«

»Die ganze Zeit zermartere ich mir den Kopf«, sagte Bertrand. »Ich weiß nicht, was gestern Abend und heute Nacht in Avignon geschehen ist. Ich begreife es einfach nicht, aber ich kann nicht einmal die richtigen Fragen stellen.«

»Wünschst du dir deshalb einen Mund der Wahrheit?«

Bertrand nickte.

»Und wen willst du befragen … bei einer Lüge oder einem verräterischen Spiel ertappen?«

»Am liebsten alle! Dich, Seder Ben Ariel, meinen Sohn Jeremia und meine Tochter Magdalena. Dazu den Schotten Mel Comyn, meinen Onkel, den Kardinal Jean-Raymond de Comminges, und wenn es sein muss, auch noch den gerade erst gekrönten Papst!«

»Und du vermutest, dass du selbst befragt worden bist?«

»Genau das denke ich. Irgendjemand oben im neuen Papstpalast hat meine Hände in einen *Bocca* gesteckt … hat mich gequält, befragt, mit Gerüchen umnebelt, mit üblem Abendmahlswein betäubt oder mit falschen Hostien vergiftet.«

Petrarca schüttelte den Kopf. »Die Quellhöhle ist kein *Bocca della verità*, wenn du das erhoffen solltest.«

»Ich weiß, aber ich habe vor vielen Jahren einmal das Feigenbäumchen gesehen, das seit Urzeiten im Inneren der Quellenhöhle in einer Felsspalte wächst. Heißt es nicht, dass das Wasser erst dann gefährlich wird, wenn es wieder bis zu seinen Wurzeln steigt?«

»Das stimmt, die Leute hier sehen das kleine Bäumchen als eine Anzeige für die nahende Gefahr des Wasserausbruchs. Dann wissen sie, wann sie sich auf höhere Plätze in ihrem Tal zurückziehen müssen.«

»Die Quelle brodelt bereits«, sagte Bertrand. »Sieh nur, ich glaube, dass das Wasser wieder steigt.«

»Das muss noch nichts bedeuten.«

Der Dichterkönig blickte an der steilen weißen Felswand nach oben. Der Himmel war sehr hell, und plötzlich trug Petrarca Gereimtes vor, das ihm gerade erst einzufallen schien:

»Oh helle, frische Quelle!
Und ihr sanft murmelnden, umblümten Wasserfälle!
Da sanken einst die schönen Glieder
Von der, die mich allein bezaubern kann –
Mit Seufzen denke ich dran! –
Bei diesem schönen Bäumchen nieder.«

Bertrand wollte wie schon früher nachsichtig über das Liebesleid seines Poeten lächeln. Dann aber musste er daran denken, was Seder ihm von Catherine erzählt hatte. Konnte es wirklich zutreffen, dass sie ebenfalls an der heimlichen Zusammenkunft teilnahm?

Die beiden Männer verließen die große Höhle mit der unergründlichen Quelle.

»Hier haben schon vor tausend Jahren die Römer einen Damm gebaut, um das Wasser der Sorgue in einen Kanal umzuleiten«, sagte Petrarca so stolz, als wäre er dabei gewesen. »Manche behaupten sogar, dass dieser Kanal das klare Wasser bis nach Arles am Unterlauf der Rhône geleitet hat.«

»Und was ist davon noch zu sehen?«, fragte Bertrand amüsiert.

»Ruinen, nichts als Ruinen aus vergangener Zeit, von denen niemand mehr etwas wissen will.«

»Nur du offenbar.«

»Suchst du nicht selbst ein Leben lang nach Zeichen und Symbolen in den Steinen?«, fragte der Dichterkönig. »Ich kenne keinen anderen Menschen, der so vernarrt ist in die Signaturen von Bischofsringen und ketzerischen Schriften. Du siehst doch überall Zeichen und Geheimnisse. Hör auf damit, Bertrand! Du wirst sonst noch verrückt.«

»Vielleicht bin ich es bereits«, sagte Bertrand mit einem feinen Lächeln. »Aber ich kann nichts gegen meine Faszination für das wahre Erbe der Templer tun. Ich habe deshalb sogar Catherine verloren. Ich weiß auch, dass ich in all den Jahren nur Bruchstücke gefunden habe. Aber es gab sie immer – die geheimen Mitteilungen der Wissenden und die Tempelplätze aller Weisheit.«

»Ja, in Jerusalem vielleicht. Aber was willst du hier in der Provence noch finden? Wir haben beide keinen Zugang zum Übersinnlichen. Trotzdem willst du beweisen, was man nur glauben kann. Und daran wirst du eines Tages innerlich verbrennen.«

»Wer spricht von innerlich? Mein Haus ist in der letzten Nacht bis auf die Kellerdecke abgebrannt.« Fast hätte er gesagt: Aber nicht darunter und nicht unterhalb der Grundmauern.

»Lass uns wieder hinaufreiten«, sagte Petrarca. »Ich habe Poularden mit Rosmarin, Zitrone, Senf und reichlich ausgedrücktem Knoblauch zubereiten lassen.«

»Du kannst vom Essen reden?«, lachte Bertrand. Seltsamerweise fühlte er sich viel fröhlicher, als es den Ereignissen der letzten Stunden eigentlich geschuldet gewesen wäre.

Cour d'Amours

Bertrand blickte in die vergnügte, aufgeregt gackernde Runde. Die meisten der knapp zwanzig Personen waren Damen. Manche der Herren gaben sich stolz und abweisend, andere hüpften wie junge Hähnchen herum, stets mit geschwollenem Kamm und anderen Erhebungen.

Diesmal war der Vorsitz des Liebesgerichtshofs nicht Petrarca oder Elena von Pisa übertragen worden, sondern dem unverschämt jung und feurig wirkenden Bischof von Cavaillon. Der energische Mann saß auf einem gepolsterten Thron aus behauenen Steinen, die noch aus der Zeit des römischen Imperiums im Valle chiusa stammten. Manche behaupteten sogar, er hätte sie für seinen Freund Petrarca aus dem Amphitheater der nördlich gelegenen Stadt Orange stehlen lassen.

Wie üblich hatte er auf das Violett seines hohen Standes verzichtet und trug stattdessen eine sommerliche Bekleidung, wie sie auch zur Jagd geeignet war. Zu seiner Linken saß Elena von Pisa. Die Mittfünfzigerin sah noch immer aufreizend und verführerisch aus, auch wenn sie sich im Lauf der Jahre zu matronenhafter Breite ausgedehnt hatte. Der Platz zur Rechten von Philippe de Cabassole war noch leer.

Die übrigen Anwesenden saßen im Halbkreis oberhalb der Quelle in der Felswand.

Unter den Teilnehmerinnen befand sich auch die stille, ein wenig leidend wirkende Laura de Noves, die sich nach ihrem Ehemann auch Laura de Sade nannte. Seit Jahren wurde sie von anderen Damen der Gesellschaft mit der Hoffnung getröstet, dass ihr duldsamer Ehemann Henri de Sade sicherlich bald zu Gott gerufen würde. Inzwischen schrieb der unglückliche Petrarca schon seit fünfzehn Jahren Sonette über seine Liebe zu Laura, die in dieser Zeit fast ein Dutzend Kinder von Henri de Sade geboren hatte.

Bertrand setzte sich neben Petrarca auf einen im Vorjahr gefällten und im Frühjahr erneut glatt gehobelten Baumstamm. Zusammen mit einigen anderen Stämmen bildete er einen stufenförmigen Halbkreis mit einer wunderbaren Sicht auf die Quellhöhle und die hellgrünen Wasserbecken des Flusses.

Es dauerte an diesem Nachmittag ziemlich lange, bis die Versammelten ihr Getuschel einstellten. Die Letzten waren gerade noch rechtzeitig aus Avignon eingetroffen. Sie hatten sich den ganzen Samstag über von ihrer Teilnahme am ersten Gelage des französischen Thronfolgers erholen müssen. Sie alle wussten, dass sie bei Strafe kein Wort von dem weitersagen durften, was im geheimnisvollen Tal geschah.

Bertrands Tochter Rebecca und ihr Ehemann Moche Amar hatten sich entschuldigen lassen. Obwohl sie bisher auch nur inoffiziell an Petrarcas Cour d'Amours teilgenommen hatten, waren sie dem Bischof von Avignon und dem von Cavaillon zu wichtig, um sie zu übergehen. Sie wussten nur zu gut, wie herrschsüchtig und missbilligend ihr Kirchenbruder von Carpentras jeden Schritt der Juifs du pape in der Grafschaft Venaissin beobachten ließ. Und noch ein anderer tauchte nicht auf, obwohl er zu den Dauergästen gehörte.

»Kommt Petrus nicht?«, flüsterte Bertrand Petrarca zu. »Es heißt doch, dass der Vizegraf keine Versammlung auslässt, bei der es um die Troubadoure und Liebeshändel geht?«

»Das ist schon richtig«, gab Petrarca hinter vorgehaltener Hand zurück, »aber er muss sich absichern. Die Sterne stehen für Petrus de Ozia längst nicht mehr so günstig wie unter seinem Bruder Johannes XXII. oder dem harmlosen Benedikt XII. Clemens VI. und dein Onkel Jean-Raymond werden ihm schnell klarmachen, wem die Grafschaft wirklich gehört. Und das kann bitter für ihn werden bei dem Lustwandel, den er bisher gewohnt ist.«

»Ist er zurück in Carpentras?«, fragte Bertrand.

»Nein, ich habe vorhin noch gehört, er sei zusammen mit den Rittern der Franzosen auf der Insel Barthelasse. Er soll dort gegen den Wunsch des Papstes die Genehmigung für ein Turnier gegeben haben.«

»Die Rhône vor Avignon fließt außerhalb seiner Zuständigkeit.«

»Das ist zwar richtig, stört aber weder ihn noch die Franzosen. Sie alle wollen einfach zeigen, wo sie die Grenzen weltlicher Macht für die Kurie sehen.«

»Du musst jetzt eingreifen!«, ermahnte Bertrand den Poeten. »Die Damen plaudern viel zu viel!«

»Das ist der Sinn der Cour d'Amours«, gab Petrarca verschwörerisch zurück. »Was glaubst du wohl, woher ich so gut weiß, was Herzen seufzen lässt?«

Das also war es! Der Lump und Dichterkönig hängte den Federkiel so in den Seelenhauch, wie es die Damen liebten. Petrarca spitzte die Lippen.

»Ehe du den Stab über mich brichst, solltest du deinen Blick dorthin wenden, wo auch das Quellwasser hell leuchtet.«

Bertrand hob die Brauen. Einige der Damen und der jungen Herren blickten mit großen Augen an ihm vorbei. Er ahnte, wer von der Quelle zum Platz der Cour d'Amours aufsteigen würde. Und plötzlich lächelte er.

Fast eine Stunde lang versuchte Bertrand vergeblich, einen Blick seines wunderschönen Eheweibes einzufangen. Sie hatte ihm zugelächelt, dann aber neben dem Bischof Platz genommen und so getan, als würden sie sich nicht näher kennen. Einige der erst spät Eingetroffenen ritten noch unten am Fluss entlang und stiegen dann samt ihrer Begleitung aus bewaffneten Knechten zur Bischofsburg hinauf.

Bertrand nahm alles ohne sonderliches Interesse wahr. Er sah nur noch Catherine. Sie hatte ihr langes schwarzes Haar unter einer hellblauen spitzen Haube mit goldenen Paspelierungen hochgesteckt und mit einer girlandenförmig angebrachten Kette aus Perlen und winzigen goldgefassten Purpurschnecken verziert. Manchmal nickte sie ihm zu, sie antwortete auch, aber sie hob sofort abwehrend die Hand, wenn er Anstalten machte, sich ihr zu nähern.

Bertrand entging nicht, dass auch der Bischof sehr genau beobachtete, was zwischen ihnen stattfand.

Petrarca stand auf und hob die Hände. »Wir sind heute nur eine kleine Schar von Freunden. Ich möchte euch deshalb ohne lange Umwege drei Fragen stellen, bei denen wir gemeinsam nach einer Antwort suchen wollen.«

Er sah sich abwartend nach allen Seiten um. Die anderen

wussten bereits, womit jede Cour d'Amours bei Petrarca anfing. Er sah zum Bischof, dann zu Laura und zu Bertrand. Sie alle nickten ihm aufmunternd zu.

»Ich trage euch nun drei minnigliche Szenen vor, die ihr mit allem, was ihr fühlt, aufrichtig bewerten sollt.«

Petrarca sah zu seiner über alles geliebten Laura und blickte bis zu den bewaldeten Hängen und dem Kamm der Berge rechts und links des Flusstals hinauf. Die Sonne zog sich hinter ein paar schützende Wolkenschleier am Himmel zurück.

»Das leichte Kleid, oh Laub und Blüten ihr!«, deklamierte Petrarca.
»Den engelsgleichen Busen noch verbargt ihr mir!
Oh heilige, heitere Luft, in dir
Floss Amor – welch ein süßer Schmerz! –
Aus ihren Blicken in mein Herz!«

Er errötete und sah sich fragend, fast schon verlegen um. Natürlich wusste jeder, wen er mit seiner Anbetung gemeint hatte. Einige der Versammelten erröteten ebenfalls, andere lachten fröhlich.

»Und nun das zweite Beispiel«, rief der Bischof von Cavaillon, Philippe de Cabassole. »Hoffentlich wird es deutlicher, damit uns die Beurteilung nicht so schwerfällt.«

Die anderen klatschten in die Hände.

»Also hört zu«, rief Petrarca und stellte sich wieder in Positur:

»Ins Festhaus hat mein Liebster mich geführt;
Girlanden zeigen an, dass wir uns lieben.
Stärkt mich mit Äpfeln, mit Rosinenkuchen,
Denn Liebessehnsucht hat mich krank gemacht.
Ich halt ihn fest und lass ihn nicht mehr los;
Ich nehme ihn nach Hause in die Kammer,
Sein linker Arm liegt unter meinem Kopf,
Und mit dem rechten hält er mich umschlungen.
Ihr Mädchen von Jerusalem, lasst uns allein!
Wir lieben uns, schreckt uns nicht auf!«

Einige der Männer grinsten, andere gaben sich ablehnend. Auch bei den Damen war die Bewertung unterschiedlich.

»Das war zu einfach«, wandte der Bischof ein. Offensichtlich gefiel ihm seine Rolle als Richter bei Petrarcas Cour d'Amours. »Jeder hier kennt doch das Hohelied Salomons. Manchen missfällt die unverhüllte Körperlichkeit, und so deuten sie die Texte gern zu einem Gleichnis der Liebe Gottes zu seinem Volk.«

»Damit lässt sich die Huldigung an Lust und Leid der erotischen Liebe nicht leugnen«, warf Catherine ein. Sie hatte bisher geschwiegen. Während sie sprach, sah sie Bertrand an und lächelte. Er presste die Lippen zusammen. Alles, was hier geschah, gefiel ihm nicht . Dafür befanden sich Petrarca und die anderen in einem Zustand wohliger Zufriedenheit.

»Ich gebe zu, dass diese Verse eindeutiger über die Liebe sprechen als viele Werke unserer Troubadoure«, sagte der Bischof nach einigen Debatten. »Erfreue uns deshalb mit deinem dritten Beispiel. Lässt es noch mehr erwarten?«

Einige der älteren Damen klatschten erneut, während die jüngeren Mädchen verlegen kicherten.

»Aber ich warne euch«, sagte Petrarca. »Was ihr nun hören werdet, stammt aus einem Kloster jenseits der Alpen. Dort in Benediktbeuern wurden die Vagentenlieder der *Carmina Burana* gesammelt, die viel drastischer sind als unsere Minne. Sie stammen teilweise noch vom Archipoeta, dem Hofdichter des Kanzlers von Kaiser Barbarossa.«

»Spann uns nicht auf die Folter!«, rief Elena von Pisa. Bertrand und Catherine warfen sich einen kurzen Blick zu. Sie lächelte erneut, während ihm die ganze Situation zunehmend unangenehmer wurde. Er war kein Freund solcher höfischer Vergnügungen.

Petrarca hob beide Hände wie zum Gebet.

»Wenn Knabe und Mägdelein
Verweilen im Kämmerlein
Seliges Beisammensein!
Wächst die Liebe sacht heran
Und ist zwischen beiden alle Scham
Gleicherweise abgetan,

Beginnt ein unaussprechlich Spiel
Mit Gliedern, Armen, Lippen.
Komm, komm, komme!
Lass mich nicht sterben!
Hycra, hycra, nazaza,
Trillirivos!«

Diesmal schlugen mehrere Frauen die Hände vors Gesicht. Einige lachten begeistert. Andere erröteten und blickten gleich darauf beschämt zu Boden.

»Das ist sehr scharf an der Grenze«, grinste Philippe de Cabassole. »Wohl mehr geeignet für Wäscherinnen und bei den Vergnügungen in den Piselli als in unserer Runde.«

Im selben Augenblick rauschte es in der Höhle mit der Felsenquelle. Vollkommen ohne jede Vorwarnung erbrach der Berg einen schaumigen Schwall von Wasser, begleitet von dem Tosen der Sintflut, das die Idylle aus Smaragdgrün wenige Schritte unter ihnen in einen Hexenkessel aus Gischt und Lärm verwandelte.

Erschreckt, begeistert und zugleich gelähmt starrten die Teilnehmer der Cour d'Amours auf das großartige Schauspiel der Natur. Keiner von ihnen bemerkte, wie sie von Bewaffneten, Pénitents gris und Mönchen in der schwarz-weißen Gewandung der Dominikaner umstellt wurden.

Sie wurden nacheinander in die Burg des Bischofs von Cavaillon geführt und in kleinen Kammern eingeschlossen. Bertrand hörte durch ein kleines, unerreichbar hoch in die Mauer seiner Kammer eingelassenes Fenster noch bis in die Nacht Lärm vom Burghof. Mehrmals verließen kleine Gruppen auf Pferden den steilen Berg im Valle chiusa. Erst nach Mitternacht wurde es still.

Bertrand verbrachte eine schier endlose Nacht. Er machte sich weniger um sich selbst Gedanken als um Catherine. War sie noch in der Burg des Bischofs? Wieder und wieder wälzte er sich auf seinem Lager herum. Was war wirklich in der Rue Jacob geschehen? Was hatte er an seiner goldenen Zimmerwand gesehen? Waren es tatsächlich Flammen gewesen oder nur die Spiegelung eines Feuers hinter ihm? Wer aber hatte sein Haus angezündet und aus welchem Grund? Er schlief ein, ohne Antworten gefunden zu haben.

Als er wieder erwachte, war ihm, als hätte er überhaupt nicht geruht. Die alte Tür zu seiner Kemenate wurde von außen aufgeschlossen. Zwei junge Bewaffnete mit dem Wappen des Bischofs von Cavaillon auf dem Wams traten herein.

»Der Kaufmann Bertrand de Comminges aus Avignon wird gebeten, sich wieder anzukleiden und uns zu folgen.«

Ungewohnt zuvorkommend brachten ihn die beiden Burgwachen in das Refektorium des früheren Klosters. Hier saßen bereits mehr als drei Dutzend zumeist provenzalische Kriegsknechte vor Käse, Brot und Wein. Keiner der Kerle kümmerte sich um ihn. Verwundert stellte er fest, dass kein einziger Dominikaner oder Pénitent gris zu sehen war. Er sah auch niemanden aus der *famiglia* von Bischof de Coiardano oder Bischof de Cabassole.

Als er sich auf den zugewiesenen Platz neben der großen Ausgangstür setzte, kam einer der Anführer mit dem Wappen des Bischofs von Avignon an seinen Tisch.

»Ich kenne dich. Du bist Bertrand de Comminges.«

»Wenn du es sagst.«

Der andere lachte, schüttelte dann den Kopf und beugte sich weit über den Tisch. »Du hast Glück, dass du mit einer von uns verheiratet bist«, sagte er. »Die Kutten wollten dich schon gestern Abend wie diesen komischen Poeten und die anderen mitnehmen. Aber wir Grimaldis halten zusammen, oder?«

»Ich weiß nicht, was du da faselst.«

»Mann! Catherine ist doch dein Weib, oder?«

»Und du bist ein Grimaldi? Mit ihr verwandt?«

»Na gut, ich heiße Falkenhenn wie mein Vater ... über drei Ecken mütterlicherseits bin ich in der Tat mit Charles Grimaldi verwandt«, gab der Haudegen zu. »Und Grimaldis gibt es in der Provinz mehr als genug.«

»Dann kennst du Catherine Grimaldi überhaupt nicht?«

»Komm mit«, sagte der Söldner verschwörerisch. »Die meisten bleiben bis zum Ende der Feierlichkeiten in Avignon in dieser Burg arretiert. Nur die Bischöfe, Catherine Grimaldi und der Poet kommen nicht wegen Ketzerei vor die Inquisition.«

»Und was ist mit mir?«

»Dich sollen wir sofort nach Avignon bringen. Kurz vor der

Stadt wirst du in eine Kutte der Pénitents gris gesteckt, damit dich niemand auf dem Weg in den Papstpalast erkennt.«

»Und wozu das alles?«

»Ich habe zufällig gehört, wie Petrarca etwas zu Catherine Grimaldi gesagt hat. Demnach wollte der Inquisitor dich und alle anderen absichtlich in eine Falle laufen lassen.«

Inquisition

Sie waren scharf geritten und trafen noch am Vormittag vor der Stadtmauer von Avignon ein. Die ganze Zeit prasselte kalter Regen gegen sie. Bertrand wusste nicht mehr, ob er das Geheimnis weiterhin schützen konnte.

»Such nach Catherine!«, rief er Falkenhenn zu, als das Gedränge vor der überfüllten Stadt ihn aufnahm. »Oder nach meinem Sohn Jeremia.«

Im selben Augenblick packten schwere Hände seine Oberarme. Falkenhenns Schweizer. Also doch!

Sie brachten ihn nördlich um den Rocher des Domes und die Kathedrale herum bis in die Keller vom Trouillas-Turm des Palastes.

Der Inquisitor ließ ein Tuch zum Abtrocknen und eine neue Kutte mit offener Kapuze kommen.

»Wir ermitteln bisher noch, sammeln Beweise für gewisse Behauptungen, die aber noch keine Anklagen sind. Allerdings setzt meine Generalinquisition bereits den Grundsatz ›Ohne Kläger kein Richter‹ außer Kraft, denn ich bin Ermittler und Richter zugleich. Deshalb frage ich dich zunächst: Willst du alles bekennen, was ich dir unbestritten vorhalten kann?«

»Ich weiß, wie das Verfahren abläuft. Sofern ich zustimmen kann, werde ich bekennen.«

»Das heißt, du wirst auch bestreiten, was ich dir vorhalte?«

»Nicht, wenn es auch von mir unbestritten ist.«

Orlando die Anagni hob die Brauen und blickte Bertrand lange an. Bereits mit diesen knappen Worten wurde den beiden Männern klar, auf welcher Ebene sie streiten würden.

»Du hast in Paris an der Sorbonne studiert?«

»Ja ... zuletzt bei Meister Eckhart.«

»Willst du auch schwören bei Gott?«

»Ohne Einschränkungen, sofern sich daraus keine Häresie, Blasphemie oder sonstige Verfehlungen ableiten lassen.«

Der Inquisitor hob erneut die Brauen, doch dann lächelte er. Er wandte sich an seinen Beisitzer. »Dein Neffe scheint viel gelernt zu haben im Kloster von Comminges und später bei diesem Ketzer Eckhart in Paris.«

»Ich bin Kaufmann«, warf Bertrand ein, »und ich muss wissen, was ich sage, damit ein Handel brüderlich bleibt.«

»Und ich sehe mit Freude, dass du dich auf die Strenge und Rechtmäßigkeit gewisser Rituale verstehst. Das erleichtert uns die gesamte Verhandlung.«

Bertrand neigte den Kopf ein wenig, zeigte das nötige Maß an Respekt und biss die Zähne nur so weit zusammen, dass kein Muskelspiel ihn verriet. Scintilla blätterte in seinen Pergamenten.

»Beginnen wir also mit dem ersten und wichtigsten Punkt jedes Verhörs«, sagte er wie beiläufig. Er machte eine kleine Pause, dann blickte er auf. »Dir wird Häresie vorgeworfen. Stimmst du dem zu?«

»Nein.«

»Du stimmst nicht zu, dass ich dir etwas vorwerfe? Oder stimmst du dem Vorwurf nicht zu?«

Diesmal erlaubte sich Bertrand de Comminges ein Lächeln. »Ich kann mich nicht in gleichem Maß wie Ihr auf die Autorität der Kirche und den Auftrag zur Verteidigung des wahren Glaubens stützen. Dennoch bestehe ich darauf, dass man nicht versucht, mich mit Spitzfindigkeiten und zweideutigen Unterstellungen in eine Falle zu locken.«

»Du warst viele Jahre Fernhandelskaufmann und bist weit herumgekommen.«

»Ich habe mein Handelshaus in der Rue St. Agricol vor einem Jahr an meinen Ältesten Jeremia de Comminges übergeben. Nach wie vor besuche ich regelmäßig die vorgeschriebenen Messen, gebe Almosen und berate um Gotteslohn die Einkäufer der Apostolischen Kammer.«

»Glaubst du an Gott, den allmächtigen Vater, und den Sohn und den Heiligen Geist?«

»Ja«, sagte Bertrand, ohne zu zögern.

»Gut«, sagte Orlando di Anagni. »Dann sag uns doch, ob du glaubst, dass in dieser Trinität ein einziger weiser Gott ist, der Schöpfer des Himmels und der Erde, der Körper und der Seelen, der sichtbaren und unsichtbaren Dinge, aller nur denkbaren Geschöpfe und Wesenheiten.«

»Ja, soweit ich den Inhalt dieser Frage verstehen kann, glaube ich unbestritten an die Weisheit Gottes in der Dreieinigkeit.«

»Und es gibt keine andere Weisheit im Verborgenen oder gar des Satans?«

»Ich glaube, dass Gott der Allmächtige alles erschaffen oder auch bewirken könnte, was wir Menschen uns vorzustellen vermögen.«

Diesmal machte Scintilla ein Gesicht, als hätte er soeben etwas sehr Köstliches genossen. »Was weißt du darüber, wie dein Vater nach Avignon kam?«

Bertrand überlegte kurz, sah aber keinen Grund, sich gegen die Fragen zu sträuben. »Ich war damals erst zehn Jahre alt und sollte gerade ins Kloster von Comminges. Mein Vater Bertrand de Goth war dort Bischof, als er in Perugia zum neuen Oberhirten gewählt wurde. Er gilt heute als der erste Papst in Avignon, aber er besaß hier zu keinem Zeitpunkt einen eigenen Palast.«

»Wir wissen, dass er überwiegend in Carpentras und im Kloster der Dominikaner vor den Mauern der Stadt wohnte.«

»Ich selbst war in seinen ersten Jahren im Kloster von Comminges an der Nordseite der Pyrenäen und dann bis zu meinem neunzehnten Lebensjahr in Paris.«

»Dein Vater lebte erst in seinen letzten Jahren im alten Bischofspalast. Ist das so?«

»Ja, so ist es. Der Mann, der zuvor dort als Bischof gewohnt hat, befand sich damals bereits als Kardinal außerhalb der Stadt. Er kehrte erst 1316 als Papst Johannes XXII. nach Avignon zurück.«

»In seinen alten Bischofssitz.«

»Dieses Gebäude existiert nicht mehr«, sagte Bertrand. »Es musste dem Neubau des Palastes weichen.«

»Aber du kanntest es noch.«

»Ja.«

»Gab es dort Gänge oder unterirdische Verbindungen zur Kathedrale, zum Fluss oder zum Palais von Kardinal Godin, dem damaligen Inquisitor?«

»Nein. Ich kenne auch niemanden, der etwas Derartiges gesehen oder erfahren hätte.«

Es war, als würde Bertrands eindeutige Aussage dem Inquisitor Übelkeit bereiten.

Catherine Grimaldi war direkt zur Synagoge geritten, doch Moche Amar und seine Ehefrau Rebecca de Comminges hatten ihr nichts über Bertrands Verbleib sagen können. Auch Elena von Pisa konnte ihr nicht weiterhelfen.

Da wegen der Festlichkeiten kein Hotel und kein Platz in irgendeinem anderen Haus verfügbar war, hatte sich Catherine entschlossen, doch im Fondaco einzukehren. Zusammen mit Seder und Jeremia hatte Catherine die halbe Nacht zusammengehockt und beraten, wie sie Bertrand helfen konnten. In der Nacht war der Mistral noch kälter und stürmischer geworden. Als dann am Morgen die Fenster verhängt und mit Latten gesichert wurden, hatten sie auch noch Antonio Brazzi hinzugezogen. Der alte Waffenschmied und Faktor der Familie sollte sich auf seine Weise in der Stadt umhören.

Seder war bis in die Synagoge gelaufen, um Moche Amar zu treffen. Jeremia hatte sich mit Magdalena in Verbindung gesetzt. Trotzdem gab es zunächst nicht den geringsten Hinweis auf den Verbleib von Bertrand. Sie wussten nur, dass er durch keines der Tore in die Stadt gekommen war.

»Dann beantworte mir die eine Frage, ob du es für möglich hältst, dass für den Bau des Palastes nicht nur das alte Bischofspalais und die Klosterkirche, sondern auch noch das wertvolle neue Palais von Kardinal Godin abgerissen wurde.«

»Es war im Weg«, antwortete Bertrand schlicht. »Ebenso wie viele andere Häuser in der Stadt.«

»Aber es stimmt, dass man über die Keller von Godins Palais in die unterirdischen Katakomben vom Rocher des Domes gelangen konnte.«

»Das ist richtig.«

»Bist du selbst in den Kavernen und Katakomben gewesen?«

»Ja.«

»Auch in der Kathedrale?«

Diesmal antwortete Bertrand nicht sofort. Er holte tief Luft, denn sowohl der neue Papst als auch sein Onkel und damit auch der Inquisitor mussten ganz genau wissen, wie er von Godin verfolgt worden war, als es vor achtundzwanzig Jahren um das Zeichen vom Kreuz im Herzen in drei verschiedenen

Steinen ging: ein Zeichen der Tempelritter im Amethyst des Bischofsrings seines Vaters, ein zweites im Rubin der dreifachen Papstkrone und das dritte an der Wand über dem Toreingang zur alten Komturei von Avignon.

»Ich habe erfahren, dass Kardinal Godin schon damals ›Meister des Palastes‹ genannt wurde. Aber es gab zu seinen Lebzeiten noch keinen Palast und keine Baupläne für eine riesige neue Festung der Päpste in Avignon. Oder irre ich mich da?«

Er lächelte ein wenig maliziös und ließ das Gesagte wirken. Mit sehr langsamen Bewegungen zog er ein schweres Buch vor sich näher und blätterte einige Seiten um. Der Schreiber am Rand des Vernehmungstischs nutzte die Gelegenheit und schnitzte schnell einen neuen Gänsekiel spitz.

»Du willst nicht antworten? Nun gut, dann werde ich das für dich tun! Als Kardinal Godin starb, gab es noch nichts, Bertrand de Comminges! Keine Pläne, keine Verbindung vom alten Bischofspalais in den Berg hinein. Aber Eminenz Godin nannte sich damals bereits ›Meister des Palastes‹ … welches Palastes? Sag es uns, Bertrand! Du weißt doch mehr als wir alle hier!«

»Ich weiß nicht, wann und wo der Begriff ›Meister des Palastes‹ aufkam«, sagte Bertrand gelassen. »Er war einfach da.«

Der Inquisitor lachte verärgert. »Ich entnehme meinen Akten, dass du nicht nur meinen Vorgänger Godin, sondern auch jene haarspalterischen Ketzer kanntest, die als Fraticelli und Verfechter der Armutslehre der Franziskaner in Godins Palais eingekerkert waren. Und ebenso wie Ockham, Marsilius von Padua und die anderen, denen du vor vierzehn Jahren zur Flucht zu Kaiser Ludwig dem Bayern verholfen hast, beherrschst du offensichtlich die Frechheit, Fragen mit täuschenden Antworten oder mit Gegenfragen zu beantworten. Gibst du das zu?«

»Um etwas zuzugeben, muss man mich zunächst beschuldigen.«

»Ich habe dich nach dem Palast gefragt und nicht danach, wie der Begriff aufgekommen ist.«

»Dann will ich antworten, so wahrhaft und aufrichtig, wie ich kann«, sagte Bertrand beherrscht. »Ich bin Kaufmann, wie leidlich bekannt sein dürfte. Zur Tätigkeit des Handelns gehört seit Urzeiten, dass sich Käufer und Verkäufer aufeinander einstellen. Wer zuerst nachgibt, hat zumeist verloren. Aber nicht immer, denn es geht niemals um absolute Wahrheiten, sondern um das, was der eine möchte und der andere zu bieten hat.«

»Du beleidigst unsere Geduld!«

»Ich bin gefragt worden und antworte«, stellte Bertrand unbeirrt fest. »Da ist es verständlich, wenn unsereins auch von der Weisheit der heiligen Inquisition in der Gesprächsführung lernt ... vollkommen unzulänglich, verbohrt und lasterhaft vielleicht, aber doch stets guten Willens. Ihr müsstet mich daher schon richtig fragen, wenn Ihr die richtigen Antworten erhalten wollt.«

Für einen ungeheuer langen Augenblick schien es, als sei die Luft im Raum gefroren. Dann läutete jenseits der halb geöffneten Fenster eine Glocke. Eine zweite, hellere Glocke fiel ein. Zwei oder drei Hunde bellten in den Höfen. Aber es war kein Feueralarm, sondern eine Warnung vor dem stromaufwärts erkannten Mistral. Bertrand kannte die Töne, der neue Papst und Scintilla jedoch nicht.

»Wenn du nicht ein Bastard unseres verehrten Papstes Clemens V. wärst, würden wir auch dich noch lehren, was Absolution und die Nachsicht eines Papstes kosten können!«, zischte Scintilla gallig. Es machte sein Gesicht gelb, dass er nicht schärfer vorgehen konnte. »Unsere Geduld nimmt ab. Ich will deshalb wissen, wann die Pläne für den Palast entstanden.«

Bertrand hob die Schultern und lehnte sich etwas zurück. Sie brauchten ihn und sein Wissen. Und sie verstanden, dass sie ihn nicht so befragen durften wie andere Angeklagte und Verdächtige. Bei ihm ging es nicht um Ketzerei, Abfall vom wahren Glauben oder Gotteslästerung.

Noch nicht jedenfalls. Sie wollten vielmehr die Deutung von Zeichen und Symbolen. Und den Zugang zu einem der größten Rätsel aller Zeiten – zum Vermächtnis der Armen Ritter vom Tempel Salomons zu Jerusalem.

»Ich kann über all diese Dinge nur Vermutungen anstellen«, sagte Bertrand bestimmt. »Als ich vor achtundzwanzig Jahren in Avignon eintraf, war das Palais von Kardinal Godin gerade fertig geworden. Seitdem ist sehr viel gebaut worden in der Stadt, vor den Toren und auch drüben in Villeneuve. Das alles gilt besonders für die Angehörigen der Kurie, wie Ihr wisst.«

»Du sollst uns nicht erzählen, was wir wissen, sondern was wir wissen wollen.«

»Dann wollt Ihr wahrscheinlich auch nicht wissen, dass Papst Johannes XXII. sich achtzehn Jahre lang darum bemühte, seinen Bischofssitz in ein Palais umzuwandeln. Er kaufte Häuser, die ihm im Weg standen. Er ließ die ersten schon zur Erweiterung des Bischofspalais abreißen.«

»Wer bestimmte, dass der neue Palast auf dem Grund der vorhandenen Kirche Saint-Étienne errichtet werden sollte?«

»Das kann ich beim besten Willen nicht sagen. Johannes XXII. soll selbst seinen engsten Mitarbeitern nicht verraten haben, welche Pläne er insgeheim verfolgte.«

»Und woher weißt du das?«

Bertrand erkannte, dass er einen winzigen Moment lang nicht aufgepasst hatte. Scintilla stieß sofort wie ein Torero nach.

»Du, Bertrand de Comminges, sagst uns, dass Johannes XXII. und nach ihm Benedikt XII. geheime Pläne hatten! Pläne, von denen nicht einmal die engsten Kurialen etwas wussten.« Der Inquisitor bebte vor Ironie und Anklage. Er schüttelte beinahe bedauernd den Kopf. Dann hob er die Hände, blickte den Papst an und sagte: »Aber einer in Avignon … Kaufmann und Händler mit verbotenen Schriften … geboren als Bastard und mit einer Jüdin verheiratet gewesen … ein solch ungewöhnlicher Mann hat etwas gewusst! Mehr als unsere Bischöfe! Mehr als die Kardinäle, ja mehr noch als die Heiligen Väter selbst!«

Clemens VI. beugte sich interessiert vor. Bertrand hob die Schultern.

»Mein Handelshaus war in all den Jahren Hauptlieferant für

die Apostolische Kammer. Auch für die Baumaßnahmen habe ich zusammen mit einigen anderen Kaufleuten in Avignon und Carpentras Holz und Steine, Metalle, Glas und Lebensmittel beschafft. Dazu die Seilerwaren, Werkzeuge, Tuche und alles.«

»Einen Augenblick«, unterbrach der Inquisitor. »Mir ist berichtet worden, dass der Bischofspalast und das kleine Kloster auf dem unebenen Felsen südlich der Kathedrale Notre-Dame des Domes vorher umgestaltet wurden.«

»So werdet Ihr es auch in geheimen und nicht geheimen Akten der Kammer aufgeschrieben finden.«

»Verstehe ich dich richtig, dass neben der Bischofskathedrale von Avignon der Bischofspalast stand und dass dieser Palast von Papst Benedikt XII. gekauft werden musste, ehe er für den Heiligen Stuhl umgebaut werden durfte?«

»Ja.«

»Und verstehe ich dich weiterhin richtig, dass erst nach diesem Umbau ein gewaltiger, völlig frei stehender Turm errichtet wurde? Und zwar auf einem zuvor von allen anderen Häusern leer geräumten Platz am Osthang vom Rocher des Domes?«

»Auch das trifft zu.«

»Ein Festungsturm mit mindestens sechs Stockwerken und einer starken Zinne ohne jegliche Verbindung zu den anderen Gebäuden der Kurie und des Heiligen Stuhls?«

Diesmal nickte Bertrand nur. Scintilla beugte sich langsam zur Seite. Er flüsterte eine ganze Weile mit Kardinal de Comminges. Der nickte mehrmals, hob dann die Hand und gab den Wachen an der großen Holztür ein Zeichen. Nur einen Atemzug später drehte sich ein Schlüssel im Schloss. Die Tür wurde vorsichtig aufgezogen.

Gleich darauf streckte der Bischof von Avignon seinen Kopf in den Raum. Er kam mit seinem riesigen violetten Bischofshut kaum an den ungelenken Wachen vorbei. Bertrand atmete erleichtert auf, als er ihn sah. Der Thesaurar von Benedikt XII. war in den vergangenen Jahren sein wichtigster Verhandlungspartner gewesen. Der Bischof nickte dem Inquisitor zu, dann winkte er den Priestern in seiner Begleitung. Sie schleppten eine Stellwand aus Latten und Leinwand herein und stellten sie neben dem Verhörtisch auf. Zwei der eifrigen Priester befestigten große

Bogen aus Pergament mit langen Klammern an der Leinwand, ehe sie sich mit gesenkten Köpfen wieder entfernten.

Auf einigen der Bogen waren Grundrisse zu erkennen, auf anderen Zeichnungen von Treppen, Kammern und Sälen. Ohne das Einverständnis des Inquisitors abzuwarten, schob Bertrand seinen Stuhl geräuschvoll zurück. Die Wachen schraken auf und packten ihre Hellebarden fester.

»Ihr erlaubt, dass ich mich zu den Bauzeichnungen begebe.«

Scintilla wollte Zorn zeigen, ließ sich dann aber mit einem unerwarteten Anzeichen von Duldsamkeit wieder zurückfallen. Sofort übernahm Bertrand die Führung des Gesprächs.

»Der Papstturm war wohl zuerst als ein eigenständiges Gebäude gedacht, mit Innentreppen zwischen fünf Geschossen. Die Palastflügel mit den großen Versammlungssälen und weiteren Türmen an den Ecken haben erst nach und nach eine Verbindung zwischen dem Turm und der Kapelle Benedikts geschaffen.«

»Kannst du uns berichten, was du selbst vom Papstturm kennst?«

»Gern«, antwortete Bertrand mit einem freundlichen Lächeln. »Ich war in der ersten Zeit mehrmals auf dem Bauplatz, um zu sehen, wie die von mir beschafften Eichenbalken und die in Lothringen geschmiedeten Eisenklammern sich bewährten.«

Der Inquisitor gab sich sehr sachlich. »Dann berichte, damit auch wir lernen, wie der Turm erbaut wurde.«

»Über einem verborgenen Keller wurde die untere Schatzkammer mit starken Mauern nach allen Seiten gebaut. Direkt darüber entstand das Zimmer des Kämmerers, noch eine Etage höher das Gemach des Papstes. Dann folgte die obere Schatzkammer. Den Abschluss des Turms bildet das ›Châtelet‹, von dem aus man über die Dächer des gesamten Palastes bis über den Fluss blicken kann.«

»Der Turm ist also wie ein Bergfried gebaut«, stellte Scintilla fest. »Von dicken Strebepfeilern gestützt, um seine Höhe noch zu unterstreichen.«

»Genauso ist es«, warf der Bischof ein. »Erst als der Turm stand, errichtete Baumeister Fisch den großen östlichen Verbindungsflügel des heutigen Palastes.«

Der Inquisitor zog sein Gesicht und seinen Körper zusammen, ganz so, als hätte er in Bertrand und dem Bischof plötzlich ähnliches Ungeziefer erkannt.

»Nun gut, der Ostflügel«, sagte Scintilla zu Bertrand. »Obwohl ich Zweifel hege, dass schon alles über den großen Turm gesagt ist.«

»Vielleicht könnte ich das Kolloquium abkürzen, wenn man mir sagen würde, welches Ziel angestrebt ist.«

»Du willst also wissen, was wir von dir wissen möchten.«

»Schlicht geantwortet ... ja!«

»Siehst du, und genau das ist unser Problem. Ich weiß nicht, was ich von dir erfahren möchte.« Er brach ab und lächelte maliziös. »Ich weiß nur, dass du geheimes Wissen besitzt, an das in all den Jahren niemand herangekommen ist. Und ich weiß, dass es mit dem Palast der Päpste und den Templern zu tun hat. Vielleicht sogar mit der Weisheit Gottes.«

Bertrand de Comminges zeigte mit keinem Wimpernzucken, ob Scintilla ihn verblüffte oder erschreckte. »Wir sind hier nicht in Frankreich«, sagte er vollkommen ruhig. »Und auch nicht in Italien oder im Spanien der vielen Wahrheiten. Hier gilt keine Willkür, sondern das Recht und auch die Freiheit des Heiligen Römischen Reiches.«

»Draußen vielleicht«, presste Scintilla hochgradig verärgert hervor. »Draußen sind Ungehorsam, Ketzerei, Todsünden und Blasphemie wie die sieben Plagen Ägyptens über diese Hurenstadt gekommen. Zuerst ein schwacher Papst, der den Untergang des mächtigsten Ritterordens aller Zeiten verschuldete.«

»Das ist nicht wahr! Und Ihr dürft nicht in diesem Ton von meinem Vater sprechen!«

»Ich bin als Inquisitor im Auftrag Gottes und des neuen Heiligen Vaters über alle eingesetzt, die sich verdächtig gemacht haben.«

»Habe ich das?«

»Es ist bewiesen, dass du schon vor achtundzwanzig Jahren in den Katakomben unter dem Rocher des Domes warst.«

»Und? Ist das alles? Es waren immer wieder Menschen im Rocher des Domes. Schon seit Jahrhunderten!«

Scintilla winkte ab. »Es ist zudem bewiesen, dass du vor

vierzehn Jahren dem greisen und senilen Papst Johannes XXII. große Mengen Silber aus dem geheimen Schatz der Templer abgeschwatzt und an den exkommunizierten deutschen Kaiser nach Pisa überbracht hast.«

»Ganz richtig. Zusammen mit vier eingekerkerten Ketzern der Franziskaner, die wir in ihrer Aufsässigkeit und wegen ihrer Neigung zu ketzerischer Haarspalterei Ludwig dem Bayern untergeschoben haben. Als trojanische Pferde sozusagen, die den deutschen Kaiser in seiner Residenz in München Tag um Tag an den schrecklichen Papst in Avignon gemahnen und damit ruhigstellen sollten.«

»Und es ist weiterhin bewiesen, dass du mindestens dreimal das Zeichen vom Kreuz im Herzen verleugnet und als geheimes Templerzeichen angesehen hast.«

»Fünfmal«, korrigierte Bertrand. »Dreimal suchte ich in Steinen nach einem Kreuz im Herzen, und zweimal –«

In diesem Augenblick griff der Bischof von Avignon ein. »Mir ist nicht ganz klar, worum es eigentlich geht«, sagte er, »aber ich dachte, wir reden über den Palast.«

Orlando di Anagni blätterte aufreizend langsam in seinen dickleibigen Unterlagen. »Begann nicht alles mit dem Amethyst aus dem Bischofsring von Bertrand de Goth?«, fragte er dann, ohne aufzublicken. »Mit einem Rubin aus seiner Tiara und dem eingemeißelten Kreuz im Herzen über dem Hofeingang der alten Templerkomturei hier in Avignon?«

»In dreißig Jahren kann sehr viel geschehen«, antwortete Bertrand. »Ich behaupte nicht, dass ich stets alles richtig gemacht habe, aber ich wüsste nicht, welche Sünden meiner Kindheit ich heute noch gestehen könnte.«

Der Inquisitor machte eine lange Pause. Er betrachtete seine Fingernägel, trank einen Schluck verdünnten Rotwein, schnäuzte sich umständlich und schlug die Kapuze seines schwarzen Mantels zurück. Sein kleiner Vogelkopf mit dem spitzen Gesicht schien jetzt wie eine weiße Möwe auf einem schwarzen Fischleib zu sitzen.

»Irgendwann gesteht jeder Verstockte vor mir, auch wenn er selbst es nicht bemerkt«, sagte er schließlich. »Sehen wir uns daher die Pläne noch einmal genauer an. Vielleicht kann uns ja der vormalige Thesaurar von Benedikt XII. mehr darüber berichten. Darfst du uns sagen, was das Besondere der unteren Schatzkammer ist?««

Der Bischof von Avignon nickte arglos. Er wandte sich den Plänen auf dem Gestell zu und deutete auf einen Seitenriss des Ostflügels. »Die untere Schatzkammer durften bisher nur der Heilige Vater, der Kämmerer und ich selbst als Schatzmeister betreten. Der Grund dafür ist kein allzu großes Geheimnis. Hier befinden sich große ausgemauerte Steintruhen an den Wänden. Sie sind durch dicke Steinplatten verschlossen. Und sie enthalten in sorgfältig registrierten, mit Eisen beschlagenen Holztruhen Säcke mit Gold- und Silbermünzen. Dazu Eigentumsurkunden der Kirche und Unmengen an Bescheinigungen über Privilegien, Zuwendungen, Kanonikate und Benefizien. Daneben natürlich auch Akten und Urkunden über Schenkungen, Erbschaften, Strafzahlungen und große Ablässe.«

»Vielleicht sollten wir uns diese Schatzkammer einmal direkt ansehen«, sagte der Inquisitor. Er blickte zu Kardinal de Comminges und dann zum ehemaligen Schatzmeister des verstorbenen Papstes.

Der Bischof von Avignon nickte. Er hatte nichts zu verbergen. Doch dann hob er die Hand und überlegte kurz. »Vielleicht wäre es angebracht, auch Jeremia de Comminges hinzuzuziehen. Bis zum Tod von Benedikt XII. war er es und nicht sein hier befragter Vater, mit dem wir im Handelshaus de Comminges Geschäfte gemacht haben.«

Der Inquisitor wandte sich an Bertrand. »Du hast keine Geschäfte mehr mit der Apostolischen Kammer gemacht?«

»Zumindest in den vergangenen Monaten nicht mehr«, sagte Bertrand. Er konnte ein spöttisches Lächeln nicht unterdrücken. »Seit der Rückkehr von meiner Pilgerfahrt nach Rom.«

»Und warum erfahre ich das erst jetzt?«

Bertrand gab sich zerknirscht. »Ihr habt bisher nicht danach gefragt.«

Scintilla kaute auf seiner schmalen Unterlippe. »Pilgerfahrt!«, stieß er dann voller Abscheu hervor. »Eitles Geschwätz ist das! Mörder und Halsabschneider aus diesen verrotteten und dekadenten römischen Familien haben sich einen Narren zum

König gewählt … zu einem Dichterkönig! Und schicken sogar eine große Gesandtschaft, um sich bei unserem neuen Pontifex maximus einzuschleimen!«

Er wischte sich mit dem Handrücken über die Nase und schüttelte sich vor Abscheu. Weder der Bischof von Avignon noch Bertrand zeigten irgendeine Reaktion. Beide Männer sahen den Inquisitor aufmerksam, aber furchtlos an. Auch der Schreiber am Rand des Verhörtischs blieb unbeeindruckt. Nur Kardinal Jean-Raymond de Comminges bekreuzigte sich und ließ die Perlen seines Rosenkranzes schneller durch seine Finger gleiten.

»Soll ich nun nach dem jungen Jeremia schicken oder nicht?«, fragte der Bischof freundlich. »Er ist immerhin ein Enkel von Seiner Heiligkeit Clemens V.«

Scintilla zeigte die Zähne. »Dann holt diesen irregeleiteten Juden! Er soll direkt und augenblicklich hierher in den Papstturm kommen.«

»Innova signa et immuta mirabilia!«, rief Kardinal de Comminges wie bei einer Votivmesse für die Ausbreitung des Glaubens. »Erneuere die Zeichen und wiederhole die Wundertaten!«

»Der nächste Satz in dieser *Lectio* für uns Christen wäre wohl angebrachter«, rügte der Papst: »Vertilge den Widersacher und züchtige den Feind!«

Zur Schatzkammer

»Ihr seid verrückt«, stellte der alte Waffenschmied fest. »Niemand kommt ungesehen in die Festung hinein und niemand heraus! Genau dafür wurde der Palast schließlich gebaut.«

Draußen tobte der kalte Sturm wie schon lange nicht mehr. Inzwischen war auch der Bote Bertrands eingetroffen. Angeblich hatte er Umwege in der Stadt laufen müssen, weil viele Straßen und Gassen gesperrt oder durch umgestürzte Gerüste und herabgewehte Dachziegel unpassierbar geworden waren. Sie hatten den jungen Mann in die Gesindeküche geschickt. Dort gab es immer heiße Suppe und ein Stück Fleisch – auch an den christlichen Fastentagen. Seder war immer noch über den Namen Falkenhenn verwundert. Er hatte ebenso wie Bertrand den Vater noch gekannt.

Sie saßen bereits eine Stunde zusammen und sprachen alle Möglichkeiten durch, die ihnen in den Sinn kamen. Schließlich beschlossen Catherine, Jeremia und Seder, einen Versuch bei Rabbi Moche Amar zu machen.

»Wir laufen durch den Sturm zur Synagoge. Ich bin sicher, dass wir von dort aus noch immer in die Katakomben und das Labyrinth der Gänge kommen.«

»Und Vater?«, fragte Jeremia zweifelnd. »Wenn wir auf Comyns Berichte zurückgreifen, könnte er im Trouillas-Turm stecken.«

»Vielleicht gibt es noch irgendeinen Wink des Himmels«, seufzte der Monsignore. Er hatte sich die ganze Zeit still im Hintergrund gehalten. Jetzt kam er ächzend und mit knackenden Gelenken zu den flackernden Öllampen im vorderen Teil des düster wirkenden Kontors. Überall waren die Fenster mit Brettern und Wandteppichen verrammelt. Ein Mistral Ende Mai konnte fürchterlich wüten. »Ich passe hier auf, während ihr unterwegs seid. Wenn etwas passiert, werde ich Schwester Magdalena Bescheid sagen.«

Jeremia sah Catherine an. Sie nickte. Seder war ebenfalls einverstanden. Ohne noch länger abzuwarten, verließen sie die oberen Räume. Sie duckten sich und liefen über die überdachte Balustrade bis zur Treppe, von der aus sie ins Refektorium, die Küche der ehemaligen Komturei und durch den mächtigen Kamin bis in die Kapelle der Templer gelangen konnten. Von dort aus war der Weg zum Place Jérusalem und der Synagoge zwischen den Häusern hindurch kürzer als über die Straßen.

»Ich gehe in die Gesindeküche«, sagte der ehemalige Faktor zu Monsignore Comyn. »Mir ist nach einer warmen Suppe, die dir auch nicht schaden würde, Monsignore.«

Mel Comyn schüttelte wortlos den Kopf. Brazzi hob die Schultern und stampfte in den Sturm hinaus. Kurz darauf steckte einer der Bediensteten den Kopf ins Kontor.

»Ein Bote aus dem Palast«, meldete er. »Für Herrn Jeremia.«

»Priester oder bewaffnet?«, fragte Comyn sofort.

»Eher als Wächter.«

»Lasst mich das erledigen«, sagte der Schottenpriester. Er folgte dem Bediensteten. Sie mussten sich aneinander festhalten, als sie durch den scharfen Regen zum Hoftor des Fondaco schwankten. Die Äste des Walnussbaums wurden von Sturmwirbeln hochgerissen. Noch unreife Nüsse prasselten wie aus Steinschleudern über die Männer. Und dann stürzte der große Baum wie ein gefällter Goliath quer vor die Gesindeküche und das Refektorium.

Im letzten Moment konnten der Schotte und der Knecht den Boten bis zur Treppe schleppen. Der Mann blutete unter nassen Haaren aus einer tiefen Wunde. Erst als der Mann ins Trockene gelangt war, zog der Knecht das schwere Hoftor wieder zu. Ein halbes Dutzend durchnässter Pilger und Bettler von der Straße hatte sich bereits in den Schatten des Tores geflüchtet. Sie waren nicht mehr in die Kirche St. Agricol schräg gegenüber eingelassen worden. Wer jetzt kein Dach über dem Kopf hatte, dem half auch der Wille zum Beten und Beichten nicht mehr.

»Jeremia de Comminges soll kommen«, keuchte der verletzte Bote aus dem Papstpalast. »Zum Inquisitor … in den Papstturm … sofort!«

Comyn wollte augenblicklich die Treppe hinabstolpern. Doch da legte sich eine kleine, aber kräftige Hand auf seine Schulter.

»Nicht so schnell, Monsignore. Das will sehr gut bedacht sein, und *manus manum lavat*, sagt man in Rom … eine Hand wäscht die andere! Und wir beide sollten offen miteinander reden …«

»Ich habe längst damit gerechnet, dass ihr kommen würdet«, sagte Rabbi Moche Amar, als er Seder zusammen mit Catherine Grimaldi und Jeremia am Eingang seiner Synagoge sah. Alle drei hatten sich Reisemäntel der Fernhändler umgelegt, weiche dunkle Barette, mit Bändern festgezurrt. Der Rabbi sah nach allen Seiten über den Place Jérusalem und die leer gefegten Straßen, dann warf er einen vorwurfsvollen Blick zum fast schwarzen Himmel mit seinen zerfetzten Wolken hinauf und ließ seine Besucher ein.

»Lasst die Köpfe bedeckt«, rief er, als Catherine ihr durchnässtes Barett ausschütteln wollte. Im Inneren des großen Rundbaus brannten nur wenige flackernde Kerzen. Überall jaulte und pfiff es. Dennoch kam allen die Synagoge wie eine schützende Muschel in einem wilden, stürmischen Meer vor. Rabbi Amar wandte sich an Seder. Er kam sofort zur Sache.

»Dein Großvater Eliah von Carpentras … er muss etwas gewusst haben … vielleicht sogar noch von den Rabbinern, die vor ihm in dieser Synagoge und in Carpentras unsere Gläubigen betreut haben. Möglich ist auch, dass er von den letzten Templern etwas erfahren hat, was mit dem Kreuz im Herzen in den drei Steinen zu tun hat.«

»Damit sind wir wieder bei den Zugängen zu den Höhlen und Gängen im Rocher des Domes«, sagte Jeremia. Er sah zu Catherine, dann zum Rabbi. Langsam bewegte er sich auf das Podest zu, auf dem die Thorarollen aufbewahrt wurden.

»Zählen wir also zusammen«, sagte Seder. »Der Zugang im Palast von Kardinal Godin existiert nicht mehr. Ebenso wenig wie der in der Kathedrale, denn dort liegt Papst Johannes XXII.«

»Könnte man dort nicht –«

Catherine fauchte Jeremia erbost an. »Untersteht euch!«, stieß sie hervor. »Magdalena de Comminges würde schreiend durch die Stadt laufen, wenn auch nur einer aus dem jüdischen Zweig ihrer Familie versuchen würde, eine Grabplatte in der Kathedrale zu berühren!«

»Es war nur eine Idee«, sagte Jeremia entschuldigend. »Wenn

ich das alles richtig verstehe, bleibt also nur noch ein einziger möglicher Zugang … hier in der Synagoge.«

Moche Amar schüttelte energisch den Kopf. »Es gibt schon lange keine Verbindung mehr zwischen dem Synagogenkeller mit unserem Backofen und der Mikwe in der Rue Jacob und der Sakristei in der Templerkapelle. Nachdem Eliah von Carpentras gestorben war, hat niemand mehr die Verbindung unter der Erde bis in eure Mikwe benutzt. Ich denke, dass der alte Gang längst eingestürzt sein wird.«

Catherine und Seder nickten, doch dann sagte Jeremia plötzlich: »Es riecht sehr seltsam hier, wie nach verbranntem Brot.« Er machte eine Pause, als scheue er sich, vor seinem Schwager weiterzusprechen. Immerhin war Moche Rabbi in der großen Synagoge von Avignon. »Das Gleiche habe ich gerochen, als ich am Freitagnachmittag in der Rue Jacob war und unser Haus in Flammen aufging.«

Seder hob die Brauen und schob nachdenklich die Lippen vor. »Ich habe es schon vorher gerochen … beim Sabbatgebet hier in der Synagoge.«

Die geistlichen Würdenträger gingen hintereinander die Treppe hinab bis zum Jesussaal. »Halt!«, rief ein junger Burgunder mit lockigem schwarzen Haar, der zur Wachmannschaft gehörte. »Nur seine Exzellenz, der Bischof, darf als Thesaurar in die Schatzkammer.«

»Kennst du mich nicht?«, fragte der Kardinal scharf. Noch ehe der Wächter antworten konnte, schob Scintilla ihn zur Seite. »Inquisition!«, zischte er nur. Das Wort allein reichte bereits.

Erst über eine zweite Treppe nach unten erreichten sie schließlich ihr Ziel im Papstturm. Obwohl seit dem Tod Benedikts überall mehr gebetet und gefeiert als gearbeitet wurde, herrschte in diesem an den Fensteröffnungen mit zusätzlichen Balken verrammelten Teil des Palastes eine angespannte Geschäftigkeit.

Durch viele Ölflämmchen und Kerzen sah der gesamte Raum wie ein Sternenhimmel aus. Bertrand spürte sofort wieder die eigenartige Faszination der über alle Grenzen reichenden Geschäfte mit Gläubigen und Ungläubigen. Vieles von dem, was in dieser geschäftigen Schatzkammer geschah, war vom Orden der Tempelritter erfunden oder verbessert worden. Auch Bertrand wusste die geniale Idee der Rittermönche zu schätzen, Geld nicht mehr in Beuteln und Kästen, sondern als Zahl für die Angabe der Summe mit seiner eigenen Unterschrift sowie einigen Geheimzeichen und Siegeln auf einem gefalteten Blatt Papier oder einem Stück Pergament in einer Rolle zu verschicken. Doch ebenso wie in seinem Fondaco wurde auch im Papstturm noch immer mit Unmengen unterschiedlichster Münzen gearbeitet.

Mehr noch als jede heilige Messe und jede noch so große Baustelle ergriff ihn die Magie dieser geheimnisvollen Ordnung aus Einnahmen und Ausgaben. Bertrand lächelte dem Bischof von Avignon zu. Hier hatten sie beide manche Stunde so vertraut miteinander verbracht wie leibliche Brüder. Scintilla sah das verstohlene Einverständnis zwischen den beiden ungleichen Geschäftspartnern. Und ihm gefiel nicht, was er bemerkte.

Halbhohe Trennwände teilten den Saal der großen Schatzkammer in viele kleinere Arbeitsbereiche auf. In jeder Kemenate stand das gleiche Mobiliar: ein Schrank für die Akten und Pergamentrollen, ein Regal für die Briefkästen, eine Truhe für Beutel mit Geld. Dazu eine Bank für das Verhör der Boten, ein Tisch, ein Schreibpult mit Tinte, Löschsand und Ochsengalle, dazu Gänsefedern und kleine Spitzmesser sowie mehrere abschließbare Schalter.

Während die Männer auf der einen Seite der Schatzkammer den Reichtum der Kirche zu mehren versuchten, gaben ihn andere hinter halbhohen Trennwänden fast ebenso schnell wieder aus. Die wichtigsten Beamten der Kurie arbeiteten an großen Kathedern und Drehpulten, auf denen die Kontenbücher lagen.

Die Innenausstattung der gesamten Schatzkammer war durch grüne Teppiche verschönert, die zwischen den hellen Steinsäulen an den Wänden befestigt waren oder auf den Kontentischen lagen. Fast alle Teppiche trugen noch das päpstliche Wappen von Benedikt XII. Ihr auffälliger roter Rahmen um das weiße Schildfeld wirkte wie ein auf dem Kopf stehendes Fenster gotischer Kathedralen ohne Scheiben und Bildmotiv. Bertrand hatte das Wappen des verstorbenen Papstes auch in den vergangenen

Jahren immer als leer empfunden. Umso mehr stachen ihm die roten Rosen auf dem Wappenschild des neuen Papstes in die Augen.

Der Inquisitor ging bis zur Stirnseite der unteren Schatzkammer. Nur hier hing bereits ein kleiner Wandteppich über den anderen, auf dem der blaue Schrägstreifen und die sechs roten Rosenblüten als Wappen des neuen Heiligen Vaters zu sehen waren. Scintilla stellte sich genau darunter, streckte sein Kinn vor und sah sich fordernd nach beiden Seiten um. »Wie geht es hier weiter?«

»Eigentlich gar nicht«, sagte der Bischof von Avignon. »Unter uns befindet sich nur noch ein lichtloses Gemach im Turm. Eine Art Abstellkeller für den Maler und den Baumeister. Zumeist Gerümpel und misslungene Versuche.«

Der Inquisitor blickte vielsagend zum Heiligen Vater. Bertrand wunderte sich über das Papstwappen. Warum hatte Clemens mehr als eine Rose gewählt? Steckte darin vielleicht auch eine verborgene Absicht, die mit seinem eigenen Wissen zu tun hatte? Ein kalter Schauder lief über seinen Rücken. Catherine Grimaldi hatte recht: Er musste endlich damit aufhören, in jedem Zeichen und Symbol einen Hinweis auf Geheimnisse der Templer zu vermuten.

Er starrte auf die Rosen im Wappenteppich an der Wand. Sie erinnerten ihn daran, dass er selbst vor vierzehn Jahren die Auszeichnung der Goldenen Papstrose noch im letzten Augenblick abgelehnt hatte. Die Goldene Rose war von Johannes XXII. seinem Onkel Jean-Raymond de Comminges, dem Erzbischof von Toulouse, übergeben worden. Und ebendieser Kardinal war jetzt die rechte Hand vom Pontifex maximus, dem religiösen Haupt der Christenheit, geworden. Bertrand war inzwischen klar, dass nur sein Onkel hinter der plötzlichen Feindschaft des Heiligen Stuhls gegen ihn, seine Familie und seinen engsten Umgang stecken konnte.

Wenn überhaupt jemandem aus dem Palast, dann traute er dem Bruder seiner traurig gestorbenen Mutter die Beseitigung des Baumeisters und des Hofmalers, die Brandstiftung in der Rue Jacob, die Beleidigung der römischen Delegation und die Razzia gegen die Cour d'Amours zu. Sein Blick streifte den Kardinal und den Inquisitor. Es war ihm nicht mehr wichtig, wer wessen Werkzeug war. Er wollte einfach nichts mehr mit all den Dingen zu tun haben, die ihn für andere zu einem kostbaren, aber mit allen Mitteln zu jagenden Edelwild machten.

Und plötzlich lächelte er wieder, als er daran dachte, wie ihm ebenfalls durch eine finstere Intrige die Tochter des Admirals Grimaldi angetraut worden war. Sie lebte bereits viel zu lange von ihm getrennt. Seit ihrem unerwarteten Wiedersehen in Fontaine-de-Vaucluse war er entschlossen, die Trennung zu beenden. Eigentlich wollte Catherine nichts anderes von ihm als einen Abschied von den Geheimnissen, Mysterien und Legenden der Armen Ritter vom Tempel Salomons. Nach all den Jahren war Bertrand endlich einverstanden.

»Wir wollen in den Raum in diesem festen Turm hinabsteigen, von dem niemand spricht«, sagte Scintilla fast schon herablassend. »Oder höre ich Einspruch gegen eine Visitation des sogenannten verbotenen Kellers?«

Nur ein paar Steinwürfe entfernt trafen Catherine, Seder und Jeremia wieder im Fondaco ein. Sie liefen sofort zum umgestürzten Baum. Erleichtert stellten sie fest, dass er keine Personen erschlagen oder auch nur verletzt hatte. Obwohl noch eine wichtige Frage nicht ausgesprochen war, hatte Seder darauf bestanden, den Rabbi erst dann weiterzubefragen, wenn Bertrand wieder dabei sein konnte. Schließlich ging es um seine Angelegenheiten und nicht zuerst um ihre.

Als sie sich erneut im Refektorium einfanden, verlangte Catherine zuerst nach neuen Kleidern. Sie ließ die Männer allein und zog sich zurück. Seder und Jeremia begnügten sich mit neuen Unterhemden, engen Hosen, einem Wams, einem kurzen Schultermantel und hellbraunen Baretts aus weichem Leder, wie sie für Knechte und Schreiber im Kontor in der Kleiderkammer neben der Küche sortiert waren. Passendes Schuhwerk, wie es in Córdoba gefertigt wurde, gab es nicht, deshalb gaben sie sich mit kräftigen bunten Stiefelchen aus gefärbtem Ziegenleder, die bis zu den Waden reichten, zufrieden.

Noch während sie sich umzogen, hörten sie kichernde und dröhnende Stimmen. Gleich darauf stolperten prustend und das Wasser abschüttelnd drei völlig unterschiedliche Männer ins Refektorium. Brazzi polterte sofort bis zur Kleiderkammer weiter.

»Ich brauche nach dem vielen Fleisch unbedingt etwas zu trinken«, stöhnte der Schottenpriester. Er sah aus, als hätte man ihn eben erst aus dem Hochwasser der Rhône gezogen.

»Gib zu, dass es doch eine schmackhafte Idee war, in der Gesindeküche nach dem Rechten zu sehen«, prahlte der dritte Mann. Seder und Jeremia blickten sich fragend an. Wie kam der junge römische Notar Cola di Rienzo in die Gesellschaft der beiden alten Streithähne?

»Was ist passiert?«, fragte Jeremia. Erst jetzt schienen die anderen sie wahrzunehmen. Comyn wischte sich mit einem bunten Tuch, das wie der Rest einer Altardecke aussah, den Regen vom Kopf. »Wir wissen, wie wir Bertrand aus dem Papstpalast rausholen können!«, verkündete er laut. Sofort trat Catherine Grimaldi in den Raum.

»*Ich* weiß es, *nobilissima*!«, korrigierte der Notar. Er trat bis vor Catherine Grimaldi und richtete sich auf, als würde er einer Kaiserin sein Weltreich übergeben.

»Wer bist du eigentlich?«, fragte sie vollkommen ungerührt. »Bei uns stellt man sich einer Dame vor.«

Privataudienz

»Lasst noch mehr Fackeln bringen«, ordnete der Papst an. »Wir wollen sehen, welchen Sündenpfuhl wir hier in unserem eigenen Festungsturm verbergen.«

Der Bischof von Avignon gab den Wunsch des Heiligen Vaters sofort nach oben weiter.

»Das ist ja schrecklich«, stöhnte auch Kardinal Jean-Raymond de Comminges. »Schlimmer als die Beschreibungen Dantes von der Hölle.«

»Das ist ein Arbeitsraum«, protestierte Bertrand. »Eine Werkstatt von Baumeister Fisch und dem Maler, mehr nicht!«

Der Inquisitor hielt eine mitgebrachte Öllampe hoch. Die langen Schatten der Männer glitten über hohe Wände eines Raumes, in dem leicht ein ganzes Handwerkerhaus Platz gefunden hätte. Überall standen Regale und Podeste mit großen und kleinen steinernen Figuren herum. Sobald das Licht auf sie fiel, schienen die teuflischen Fratzen, monströsen Gesichter mit herausgestreckten Zungen und die nackt vorgezeigten Ärsche von Gnomen und Dämonen zum Leben zu erwachen.

»Sie kopulieren!«, entsetzte sich der Kardinal. »Im Stehen, von hinten und aufeinander sitzend.«

»Sie kreuzen die Finger zum falschen Schwur«, stimmte Scintilla ein, »und lästern Gott mit heidnischen Ketzerzeichen, mit falschen Kreuzen und Sternen, griechischen und hebräischen Lettern und verworrenen Gaunerzinken.«

»Alles gesammelt an Kathedralen in Frankreich«, stellte Bertrand voller Genugtuung fest. »Baumeister Pierre Fisch war viele Jahren in den besten Bauhütten.«

»Warst du schon hier unten?«, fragte Clemens VI. seinen Schatzmeister.

»Nicht mehr in den vergangenen Jahren«, antwortete Johannes de Coiardano. »Nur ganz am Anfang, als die Grundmauern für den Papstturm gesetzt wurden.«

»Und du?«, wollte der Papst von Bertrand wissen.

»Das gilt auch für mich. Kein Mensch konnte ohne kuriale

Aufsicht zu den Bauleuten vordringen ... jedenfalls nicht in den inneren Bereich.«

Der Papst nickte. Er winkte dem Kardinal und ließ sich die Wände heller leuchten. Schritt um Schritt ging er an den unglaublichsten Darstellungen der Hölle, des Fegefeuers und der himmlischen Sphären von der Bahn des Mondes bis zur Schale des siebenten Planeten entlang. Überall waren gemalte Türen zu sehen, dazwischen Gänge, die an Wolken mit Engeln endeten, Berge mit dem flammenden Kreuz, dazwischen Versuche von Maria mit einem, zwei oder noch mehr Kindern auf dem Arm.

»Das ist tatsächlich die Hölle, wie sie sich nur ein lügnerischer Maler aus der Schule von Viterbo auszudenken vermag«, stellte der Papst eher beeindruckt als mit Abscheu fest. »Wo aber geht es weiter?« Er wandte sich zu Bertrand de Comminges um und blickte ihn nachsichtig an. »Willst du uns nicht doch sagen, hinter welchem dieser schrecklichen und dennoch genialen Wandgemälde, welchem Trompe-l'Œil sich mehr verbirgt?«

Für einen Moment hielten alle anderen die Luft an.

»Gut«, sagte Bertrand. Er neigte den Kopf, um sein Lächeln zu verbergen. »Ich weiß, wo noch Silber der Templer im Rocher des Domes versteckt ist. Es gehört weder mir noch irgendeinem anderen. Daher kann es mit Gottes Segen dem Heiligen Stuhl zur Verfügung gestellt werden.«

Der Bischof von Avignon atmete erleichtert aus. Auch Kardinal de Comminges hob dankbar den Kopf und die Augen nach oben. Sogar der neue Papst reckte sich wohlgefällig. Er hatte mit mehr Widerstand und größeren Mühen gerechnet.

»Nein!«, stieß in diesem Augenblick Orlando di Anagni laut und peitschend wie bei einem Ketzergericht hervor. »Nein, keineswegs, Bertrand de Comminges! Du denkst wohl, die Beichte sei dem Menschen gegeben, um seine wahren Sünden zu verbergen! Ein leichtes Geständnis als Schutz für größeres Wissen! Das reicht nicht, Kaufmann von Avignon!«

»Genug!« Papst Clemens VI. hatte plötzlich eine scharfe Falte auf der Stirn. Es schien, als würde er doch nicht alles billigen, was sein Inquisitor veranstaltete.

»Dann frage ich dich beim Angedenken an deinen Vater Bertrand de Goth und deine Mutter: Gibt es versteckte Türen,

Durchgänge oder Möglichkeiten, aus diesem Raum in die Katakomben und Kavernen vom Rocher des Domes zu gelangen?« Der Inquisitor rieb sich genüsslich die Hände. Auch der Kardinal starrte Bertrand erwartungsvoll an. Nur der Schatzmeister von Benedikt XII. blinzelte etwas.

»Nein«, sagte Bertrand. »Ich würde schwören, dass es nichts davon hier gibt.«

»Und an anderer Stelle im Palast?«, fragte der Papst.

»Soweit ich weiß, auch dort nicht.«

Diesmal lächelte Clemens VI. beinahe verständnisvoll. »Dann habt ihr Spitzbuben so gearbeitet, dass du diese Fragen jederzeit mit reinem Herzen beantworten und sogar beschwören kannst.«

Jeder andere Inquisitor hätte an dieser Stelle nachgehakt, aber Scintilla fühlte sich offensichtlich wegen des Eingreifens des Papstes in seiner Ehre gekränkt. Er musste überbieten, wenn er nicht überflüssig werden wollte.

»Das haben Fisch und Giovannetti aber ganz anders gestanden!«

Bertrand starrte den Inquisitor an. Für einen Augenblick sah es so aus, als würde er sich auf Scintilla stürzen wollen. Der Bischof von Avignon versuchte ihn mit einer Handbewegung zu besänftigen.

»Was habt Ihr … mit ihnen gemacht?«

Es zuckte im Gesicht des Inquisitors, während die Lampen harte Schatten über ihn warfen. »Sie waren schwach und sündig!«, triumphierte Scintilla. »Schon das geringste Feuer hat sie bekennen lassen … in Gold gespiegeltes und echtes Feuer im großen Küchenturm! Dich hat mein güldenes Feuerverhör nur ein altes Haus im Judenviertel gekostet … sie aber hatten zu viel von meinem Brot der Wahrheit geschluckt und sind daran drei Tage später von innen her verbrannt.«

Zum zweiten Mal musste der Papst seinen übereifrigen Inquisitor zurechtweisen. »Genug! Wir gehen wieder hoch!«

Sofort schloss sich Kardinal de Comminges an. Der Bischof schob Bertrand so zur Treppe, dass er zwischen ihn und Scintilla kam. Sie stiegen mühsam die steile Steintreppe zur Schatzkammer hinauf.

Ohne sich nochmals umzudrehen, wollte der Papst gleich die

Treppe zum Jesussaal nehmen. Orlando di Anagni blickte nach oben und kicherte irre. Im selben Moment erschienen oben zwei der Wachen. Sie stießen Jeremia de Comminges über die Treppe hinab. Erst auf halber Treppe sahen sie, dass sie mit dem aufsteigenden Heiligen Vater kollidieren würden.

Scintilla hatte sich wieder gefangen. »Ist er das?«, fragte er und sah dabei den Bischof von Avignon an. Noch ehe Johannes de Coiardano antworten konnte, trat Bertrand einen Schritt vor.

»Ja, das ist mein ältester Sohn Jeremia«, sagte er und blickte an der Treppe nach oben. »Und um es gleich zu klären – er muss Euch, Orlando di Anagni, keinerlei Auskünfte geben.«

»Was du nicht sagst!«, höhnte der Inquisitor. »Und warum nicht?«

»Weil wir an einem Montag nach seinem dreizehnten Geburtstag die Bar-Mizwa mit ihm gefeiert haben und nicht die Firmung.«

Scintilla glühte vor heiliger Erregung. »Soll das etwa heißen, der Enkel des ersten Papstes hier in Avignon ist beschnitten und nicht getauft?«

»Ebenso wie viele Bewohner von Avignon und Carpentras, deren Familien aus Frankreich vertrieben wurden«, bestätigte der Bischof schon fast schadenfroh. Bertrand und sein langjähriger Vertrauter in der Apostolischen Kammer blinzelten sich zu.

Scintilla war schon zu lange Inquisitor, um eine heimliche Verständigung zwischen Verdächtigen nicht zu bemerken. Der ehemalige Thesaurar des verstorbenen Papstes interessierte ihn nicht. Noch nicht, denn diesen oder auch den anderen Bischof konnte er sich später immer noch auf einem silbernen Tablett servieren lassen. Sein gegenwärtiger Auftrag lautete, so schnell wie möglich ein über fast drei Jahrzehnte eingespieltes System von Nutznießern zwischen der Kurie in Avignon sowie den eingesessenen Kaufleuten und Lieferanten zu zerschlagen. Aber zuvor und nach dem unerwarteten Ausrutscher im Requisitenkeller des Baumeisters musste ihm sein eigenes Meisterstück gelingen.

Bertrand bemerkte, wie ihn sein Sohn von der Seite her verstohlen ansah. Er spürte die Not, die aus seinem Blick sprach. Genau unter ihnen befand sich die Stelle im Fels, an der sich früher die Querverbindung vom Folterkeller im abgerissenen Palais von Kardinal Pierre Godin zu den Katakomben befunden hatte. Und zu jener Felsentür im Rocher des Domes, die nach dem Ende der Tempelherren nur ein einziges Mal geöffnet worden war.

Unter dem Papstturm hatte sich die tiefe Grube für das Fundament befunden. Die Wiederherstellung einer natürlichen Wand aus Kalkfelsen war die erste Aufgabe für Baumeister Fisch und Matteo Giovannetti, den großen Maler der Illusion, gewesen. Genau dafür hatte Bertrand weiße Steinplatten von der Quelle der Sorgue im Tal von Vaucluse beschafft. Bereits im Steinbruch hatte Matteo Giovannetti, der große Meister aus Siena, jedes einzelne der vorgesehenen Fundamentstücke so mit Säuren, Pflanzensaft, Erdfarben und Sonnenlicht behandelt, dass sie wie naturbelassen aussahen. Verhüllt in Tücher und geschützt mit Polstern aus den getrockneten Wasserpflanzen der Sorgue, waren die einzelnen Steinbrocken nach Avignon gebracht und in der tiefen Baugrube wieder in den Fels gefügt worden.

Es gab keine Rechnungen über die Leistungen der damaligen Verschwörer, keine Eintragungen in die Kontenbücher und keine entsprechenden Vermerke in den Notizen der Apostolischen Kammer. Bertrand warf seinem Sohn einen beruhigenden Blick zu. Selbst wenn Scintilla eine Ahnung oder einen Verdacht von dem hatte, was in den Baugruben des Palastes geschehen war, würde er niemals beweisen können, welcher phantastische Plan hinter allem stand.

Der Papst ging eine Stufe höher. Damit war alles entschieden. Die Wachen mit Jeremia wichen ebenfalls eine Stufe zurück. Schritt für Schritt verließen alle nacheinander die große Schatzkammer. Das Geheimnis der Templer war für den Augenblick nicht in Gefahr.

Jetzt ging es nur noch um ihr Leben. Scintilla würde niemals aufgeben. Es kam nun darauf an, dass sie bei den Befragungen nicht das gleiche Schicksal erlitten wie der unglückliche Baumeister und der Künstler aus Viterbo.

Es kam nicht häufig vor, dass sich Monsignore Comyn mit geneigtem Kopf und dem Brevier in seinen vor der Brust gefalteten

Händen durch den Palast bewegte. Mit zwei Schritten Abstand folgten ihm der unvermutet aufgetauchte Francesco Petrarca und der römische Notar Cola di Rienzo. Den Abschluss der kleinen Prozession des Monsignore bildeten zwei Graue Büßer mit Augenschlitzen in ihren Kapuzen.

Comyn und seine Begleiter durchmaßen den gesamten Konklaveflügel auf der Südseite des Palastes, der gleich nach der Wahl von Clemens VI. ebenfalls zu mehreren Dutzend Wohnbereichen umgestaltet worden war. Am Ende des Konklaveflügels ging es nicht weiter. Wegen des Sturms waren die Zugänge zu den westlichen Privatgemächern des Papstes gerade noch rechtzeitig verbarrikadiert worden. Nach einem kleinen Umweg über den Großen Tinel gelangten sie bis zum Bekleidungs- und Schmuckgemach des Papstes.

»Wo ist der Heilige Vater hingegangen, nachdem er die Schatzkammer visitiert hat?«, fragte der Schottenpriester einen der jungen Wächter. Da der auffällige Monsignore Bescheid zu wissen schien, antwortete der Burgunder bereitwillig. Auch das halbe Dutzend weiterer Wärter mit Schwertern, Helmen und Hellebarden, das an Türen und Zugängen verteilt stand, kam nicht weiter heran, sondern zog sich wieder zurück.

»Er war noch eine Weile unten im Jesussaal, dann ist er mit Kardinal Comminges, dessen Neffen, dem Schatzmeister und dem Mönch hier durchgekommen und in sein Studierzimmer gegangen.«

Comyn hob die Hand und segnete den Wächter. Ohne weitere Fragen ging er bis an den Mauerdurchbruch zum Studierturm.

»Ich hätte nicht geglaubt, dass es so einfach ist«, flüsterte Catherine Grimaldi unter ihrer Kapuze hervor.

»Wenn man erst einmal drin ist, wird es überall einfach«, meinte die tiefe Stimme von Tonio Brazzi aus der zweiten Kutte.

»Ihr könnt die Kapuzen ablegen«, sagte Mel Comyn, dann holte er tief Luft und drang in den eigentlich streng geschützten Privatbereich des neuen Papstes vor. Sofort als er seinen Kopf in das kleine Studierzimmer steckte, wurde er von Kardinal de Comminges abgefangen.

»Zurück! Was soll das? Ohne Anmeldung.«

»Sie sind angemeldet«, sagte in diesem Augenblick Jeremia de Comminges, »und zwar bei mir!« Er zwinkerte seinem verblüfften Vater zu und strich sich die blonden Locken aus der Stirn. »Ich bitte um Vergebung, Heiliger Vater, doch hier kommt Francesco Petrarca, der etwas sagen möchte.«

»Hat er doch schon«, keifte der immer noch über sich selbst verärgerte Inquisitor. »Alles nur läppisch, aber immerhin.«

»Ich bitte um die Erlaubnis, einen Freund aus Rom vorstellen zu dürfen«, sagte Petrarca mit einem Anfall von Mut. Clemens VI. schüttelte unwillig den Kopf.

»Haben wir nichts Besseres zu tun?«, beschwerte er sich bei seinem Kardinal. »Was soll dieser unverschämte Aufmarsch in meinen privaten Gemächern?«

»Ich hatte … ich weiß auch nicht …«, stotterte der Kardinal. »Ich werde sofort Weisung erteilen.«

»Zu spät!«, winkte der Papst ab. Er wandte sich wieder an Jeremia. »Was führt ihr eigentlich im Schilde? Geht es um deinen Vater und sein ketzerisches Verschweigen von Wissen über den Schatz der Templer?«

»Nein«, antwortete Cola di Rienzo. »Es geht um den da … den Dominikaner Orlando.«

Scintilla presste die Lippen zusammen. Alle im Raum wunderten sich, warum der sonst so wortgewaltige und gnadenlose Inquisitor nichts entgegnete.

»Er soll uns helfen, die Wahrheit zu finden«, sagte der Papst.

»Das aber ist wohl kaum seine Absicht«, sagte di Rienzo. »Ich behaupte vielmehr, dass er selbst hinter dem Schatz der Templer her ist, dem restlichen Silber im Rocher des Domes von Avignon, das seinerzeit nicht an Ludwig IV. von Bayern ausgezahlt worden ist.«

»Untersteh dich!«, fauchte Scintilla. »Wer zahlt dir für deine Lügen? Und wer bist du eigentlich?«

»Wer ich bin, Orlando di Anagni?«, lachte Cola di Rienzo hart. »Das kannst du diese beiden Edlen fragen.« Er deutete auf Petrarca und Bertrand. »Sie haben mich in Rom kennengelernt, als du deinen Pakt mit den Colonnas geschlossen hast … den hinterhältigen Pakt, dich als Inquisitor einzusetzen, wo du in Wahrheit nichts anderes als ihr Spion bist!«

»Wachen!«, schrie Scintilla. »Schutz für den Heiligen Vater und seinen Inquisitor!«

»Ja, du bist im Auftrag der Papstmörder aus der Familie der Colonnas in Avignon!«, rief Cola unbeeindruckt. »Sie haben Bonifatius VIII. in Anagni umgebracht … in Anagni, begreifst du endlich? Ich bin Nicola di Rienzo … und ich hasse dich seit unseren Saufgelagen in Anagni.«

Er stürzte auf Scintilla zu und packte ihn. Bertrand ging dazwischen. »Keine Gewalt vor den Augen des Papstes! Solche Intrigen hat schon mein Vater nur durch Gottes Gnade überlebt.«

»Meiner nicht!«, stieß Cola di Rienzo hervor. »Und es war dieser hier, der ihm eigenhändig vergiftete Hostien gegeben hat, als er verraten wollte, dass auch der Nachfolger von Bonifatius im Auftrag der Colonnas auf die gleiche Art umgebracht werden sollte.«

»Du stellst furchtbare Behauptungen auf, Nicola«, sagte der Papst mit ernstem Gesicht. »Mord und Intrigen, vergiftete Hostien und Spione Roms in der Kurie. Weißt du etwa auch noch von einem Zugang zum Schatz der Templer?«

»Nein, aber der da hat in Anagni damit geprahlt.«

Mehrere Wachen zwängten sich durch den schmalen Gang ins überfüllte Studierzimmer. Kardinal de Comminges schickte sie mit einer Handbewegung wieder hinaus.

»Dann soll er sprechen!«, befahl der Papst.

Scintilla hatte sich wieder in der Gewalt. Mit einer verächtlichen Geste scheuchte er den Notar, Petrarca und alle anderen zur Seite. »Ich habe ihren Glauben erforscht, wie es mein Amt ist, und sie danach als Ketzer verurteilt.«

Er fiel auf die Knie, fasste die Hände des Papstes und küsste sie in aller Inbrunst. Bertrand blickte zu Catherine, dann zu Petrarca, Comyn, Brazzi und schließlich zu seinem Sohn Jeremia. Bis auf diesen waren die anderen mindestens einmal im Rocher des Domes gewesen. Sie hatten den Zugang zum Schatz der Templer gesehen und auch einen Teil des Silbers.

Wenn wirklich zutraf, was Cola di Rienzo behauptete und Scintilla bereits zugab, würde Clemens VI. den Inquisitor nicht einfach fallen lassen, gleichgültig, ob er ein Mörder oder ein

Spion der Colonnas war. Bertrands und Catherines Blicke fanden sich. Nach langen Jahren wurden sie wieder eins.

»Dann geht mit Gott«, sagte der Papst. »Aber wir ordnen an, dass ihr die Stadt bis auf Weiteres nicht verlassen dürft!«

Damit war auch die letzte Entscheidung gefallen.

»Ich bin zwar Jude«, sagte Jeremia, »aber ich respektiere den Wunsch Seiner Heiligkeit und werde mich von hier aus direkt in unsere Synagoge begeben, um mehr über die Weisheit König Salomons zu erfahren. Der Herr wird die Gebete seiner Diener entsprechend dem Segen Aarons über sein Volk erhören.«

»Er wird alle belohnen, die seine Weisheit verkünden, damit seine Propheten als wahr empfunden werden«, sagte Monsignore Comyn zustimmend. Damit stand für Bertrand fest, dass sie gemeinsam gehen würden.

Die schmale Treppe in den Kellerraum mit dem alten Backofen roch noch immer nach verbranntem Brot. Bertrands Schwiegersohn schob mit dem Fuß ein paar Holzscheite von den oberen Treppenstufen und stieg nach unten. Er löste eiserne Hebel und Haken am Ofen, dann holte er einen flachen Stein mit verkohlten Oblaten aus dem Ofenloch. Wehmütig betrachtete er die kleinen verbrannten Brotstückchen mit den unterschiedlichsten Zeichen und Symbolen.

»Es war ein gutes Geschäft in den vergangenen Wochen«, seufzte er. »So viele Pilger auf einem Fleck und jeden Tag mehr Messen, als unsereins mit einem so alten Ofen bewältigen kann!«

Bertrand schüttelte ungläubig den Kopf. »Soll das heißen, du hast ganz allein …«

»Nein, nein, nicht allein«, wehrte Moche sofort ab. »Alle haben gebacken, was sie nur konnten. Ich hatte mich von Anfang an in Richtung Hostien spezialisiert, aber das Mehl, versteht ihr, das Mehl war plötzlich wertvoll wie Gold. Und ich musste liefern.«

»Und da hast du anderes Mehl genommen! Roggenmehl!«

Moche Amar hob die Schultern. »Was blieb mir übrig?«

»Bist du denn wahnsinnig, verdammt noch mal!«, schrie Bertrand ihn an. »Ein Jude, der Brot für Christen bäckt! Hast du vergessen, mit welcher Anschuldigung Miriams Schwester Rachel auf der Straße nach Avignon von den Begleitern des Bischofs von Bremen vergewaltigt und dann umgebracht worden ist?« Er packte den Rabbi an den Schultern und schüttelte ihn. »›Hostienfrevel‹ haben sie zur Entschuldigung vorgebracht! Hostien soll sie durchstochen haben, um zu sehen, ob das Blut unseres Heilands herausfließt.«

Er stieß den Rabbi von sich. »Alles Verleumdung, aber in hundertvierzig fränkischen und schwäbischen Ortschaften sind fast zur selben Zeit Tausende von Juden mitsamt ihren Frauen und Kindern erschlagen, verbrannt und ertränkt worden, nur weil ein Ritter namens Rindfleisch ebenfalls behauptet hatte, die Juden würden Hostien schänden.«

»Bertrand hat recht«, mischte sich Seder ein. »Das Massaker des Jahres 5058 nach unserem Kalender entstand durch eine Lüge, ein böses Gerücht. Von dieser Lüge haben wir bis nach Spanien gehört. Erst vor sechs Jahren haben sich hungernde Bauern und allerlei Raubgesindel am oberen Rhein zu einem mörderischen Kreuzzug versammelt. Unter dem Anführer namens ›König Armleder‹ haben sich alle ein Lederband um den Arm geschlungen. Sie nannten sich selbst ›Judenschläger‹: Vom Elsass bis nach Schwaben und Österreich haben sie viele unserer jüdischen Gemeinden wild johlend abgefackelt. Nicht einmal der Bayernkönig Ludwig IV. konnte sein Schutzversprechen einhalten.«

Seder war so entsetzt, dass er nach Luft schnappen musste. Auch Bertrand starrte seinen geschäftstüchtigen Schwiegersohn ungläubig an.

»Und du Wahnsinniger tust tatsächlich, wofür die Juden in ganzen Landstrichen willkürlich ausgerottet wurden!«

»Ich habe Brot gebacken …«, wehrte sich Moche Amar. »Nur kleine Brotstückchen im Auftrag des Bischofs von Avignon, versteht ihr das nicht?«

Bertrand spuckte zur Seite vor Abscheu. Er wollte nicht mehr an die schrecklichen Visionen von einer Feuerwand denken, aber noch immer erstarrte er, sobald die flammenden Bilder vor seinem inneren Auge wieder auftauchten.

»Vergiftetes Roggenmehl mit Mutterkorn … dem Gift des

Antoniusfeuers. Und ich habe ebenfalls diese höllischen Hostien gegessen.«

»Nein, nicht doch! Ich habe die Oblaten nie zu Hostien weihen lassen. Das konnte und durfte ich überhaupt nicht. Nein, Bertrand, das war dein Onkel Jean-Raymond, der Erzbischof von Toulouse und Kardinal.«

»Moche!«, mischte sich Seder ein. »Wie kannst du den nächsten Meister des Palastes derart beschuldigen? Was verkaufst du kleines Brotgebäck an den Schatzmeister und behauptest dann, der Kardinal hätte es geweiht?«

»Nun, Nebbich, dummer Nichtsnutz!«, jammerte der Rabbi. »Hab ich dem Bischof nicht gesagt, was passiert war? Und hat er nicht geantwortet, ich soll den ganzen Mist zurücknehmen und ganz schnell verbrennen? Weil es sein könnte, dass jemand das schöne Brot ausgetauscht hat gegen anderes? Doch dann war alles aus der verschlossenen Kammer für die teuren Spezereien im Küchenturm verschwunden. Nur noch den kleinen Rest habe ich vor dem Sabbat in diesem alten Ofen verkohlt, damit er nicht auch noch gestohlen wird und Schaden anrichtet.«

Die Katakombe

»Es ist nicht zu fassen!«, stöhnte Bertrand empört. »Mein eigener frommer Schwiegersohn benimmt sich dümmer als ein Dorfpriester, der nicht einmal Latein schreiben und lesen kann!«

»Ich will euch gern meinen gesamten Profit abtreten, wenn ihr darauf besteht«, jammerte Moche. »Ja, ja, ich gebe zu, es war ein schlechtes Geschäft und auch noch leichtfertig dazu. Aber ich flehe euch an – verratet mich nicht bei meinem geliebten und strengen Weib Rebecca!«

»Jetzt halt den Mund und mach den Ofen auf«, schnaubte Bertrand. »Ich will in den Berg, ehe die Rhône wieder Hochwasser durch den Nordsturm hat.«

Seder hob erstaunt die Brauen. »Das hatte ich völlig vergessen«, sagte er. »Meinst du tatsächlich, der Fluss könnte …«

»Wir haben alles vermauert, versiegelt und Gänge mit Felsen verkeilt. Nur einer der Durchflüsse musste ein wenig offen bleiben. Schon für die Mikwe-Bäder im Carrière, die ja nach euren Ritualen fließendes Wasser benötigen.«

Seder schüttelte den Kopf. »Aber nicht aus der Rhône.«

»Egal. Wir müssen los«, drängte Bertrand.

»Ich würde … ich würde lieber hierbleiben«, sagte Moche Amar kleinlaut. »Ich könnte ja den Ofen wieder zurechtrücken und ihn von den verkohlten Resten säubern, solange ihr im Berg seid.«

»Dafür würden wir beide uns gern anschließen«, sagte eine etwas belegte, aber unverwechselbare Stimme im Halbdunkel des Kellers unter der Synagoge.

Bertrand und Seder fuhren herum. Nach langer Zeit trug Monsignore Mel Comyn wieder eine ordentliche Soutane und seinen breiten schwarzen Hut. Er war rasiert und roch nach Aqua vitae vom Feinsten.

»Von deinem Weib«, sagte der Schotte grinsend und deutete verschwörerisch auf Catherine Grimaldi. Sie stand hinter ihm und trat erst jetzt einen Schritt vor. »Sie hatte noch einen kleinen Vorrat aus meiner Zeit auf dem Felsen von Monaco.«

»Manchmal können ein Schmied und ein Priester recht nützlich sein«, meinte auch Tonio Brazzi. »Besonders dann nämlich, wenn sie das eigensinnigste Weib der Welt überreden können, ihren Angetrauten von einer riesigen Dummheit abzuhalten.«

Bertrand schüttelte den Kopf. Neben ihm wuchteten Seder, Jeremia und der Rabbiner den schweren Mazzeofen aus Eisen und Mauerwerk zur Seite. »Was soll das? Was hat sie euch gesagt?«

»Du sollst dich entscheiden«, sagte Catherine und trat hinter dem massigen Schmied hervor. »Und diesmal für immer!«

»Zu spät«, sagte Bertrand sofort. »Ich muss hinein, ehe die anderen den Zugang entdecken, den wir gemeinsam vor vierzehn Jahren gefunden haben.«

»Was willst du wirklich im Rocher des Domes?«, fragte sie mit einem Lächeln, das ihn sofort wieder gefangen nahm. Es war ein nachsichtiges, liebendes Lächeln, in dem bereits Bedauern und ein Hauch von Abschied mitschwangen.

»Ich will die innere Tür unbrauchbar machen«, sagte er leise. »Die Tür mit dem Zeichen der Rose und des Kreuzes, die wir gemeinsam entdeckt haben und hinter der die Templer mehr als eine Schiffsladung Silber versteckt haben.«

»Du willst das Silber?«

»Nein.«

»Warum bleibst du dann nicht draußen und lässt die Finger von all diesen Dingen?« Sie kam einen Schritt auf ihn zu und legte eine Hand auf seinen Arm. Bertrand erkannte, dass er sie immer noch mehr als alles andere liebte.

»Weil ich befürchten muss, dass der neue Papst und sein Inquisitor noch während der Krönungsfestlichkeiten in die Katakomben vordringen werden – ganz gleich, auf welchem Weg.«

»Kennen sie denn einen Weg?« Catherine hob die Hand und strich ihm leicht über die Wange. »Du siehst gut aus!«

»Du auch«, gab er zurück.

»Nur etwas verkniffen vielleicht«, schränkte sie ein. »Würdest du eventuell schwören, dass du mit mir kommst, wenn ich dir dieses eine und letzte Mal helfe?«

»Nach Monaco? Auf deine Felsenburg?«

»Avignon gefällt mir nicht mehr«, sagte sie. »Bis auf dich hat es mir niemals gefallen. Andererseits ist mir Monaco zu einsam.«

»Was dann?«, fragte er. Sie lächelte, nahm ihre Hand herunter und antwortete ausweichend.

»Ich weiß, wie wir den Zugang zum Schatz der Templer für immer verschließen können. Erinnerst du dich an das Hebewerk in einem der Gänge?«

Er winkte ab. »Das ist längst unbrauchbar.«

»Bist du da sicher?«, fragte sie. »Ich habe damals, als wir das Silber für Ludwig den Bayern aus dem Berg holten, noch eine Felsentür gesehen, die euch anderen nicht aufgefallen ist. Sie erinnerte mich gleich an Vorrichtungen in alten Bauwerken, wie ich sie aus Erzählungen meines Vaters über Hafentore und Verliese an den Küsten Afrikas und Ägyptens kenne. Auch die Araber in Andalusien sollen ähnliche Verschlüsse in ihre Festungen eingebaut haben. Die meisten stellten Fallen dar … wenn sie einmal in Gang gesetzt wurden, dann gab es kein Zurück mehr, und das geheime Kunstwerk zerstörte sich in einer Kettenreaktion.«

Bertrand blickte sie mit allergrößtem Respekt an. »Heißt das, du hast in all den Jahren mehr gewusst als ich?«

Sie zeigte ihm eine der Walnussschalen. »Glaubst du, derartig herzförmige, wie mit einem Kreuz gezeichnete Nüsse wachsen zufällig an einem einzigen Baum in der gesamten Provence?«

»Ich kenne diese Schalen«, sagte Bertrand. »Petrarca, Brazzi und Elena von Pisa benutzen sie inzwischen als Einladungen und Erkennungszeichen, wenn sie sich zu ihrer Cour d'Amours verkleidet oder mit Masken treffen.«

»Du hast in all den Jahren überall nach Büchern oder Zeichen gesucht, die mit den Geheimnissen der Templer zu tun haben. Dabei wuchs vor deinen Augen mitten im Hof der alten Komturei ein Baum, der dir Erkenntnis gebracht hätte. Eine geheime Züchtung der Templer!«

»Du wusstest davon?«

»Ach Bertrand«, seufzte sie. »Du hast mich nie gefragt, warum ich dich von jeder weiteren Suche abhalten wollte.«

»Und? Hättest du geantwortet?«

»Ich hätte dir gesagt, dass ich nicht bereit bin, einem starrsinnigen Kaufmann bis auf die Folterbänke der Inquisition zu folgen. Und alles nur, weil die Hunde des Herrn dem Sohn des ersten Papstes in Avignon zutrauen, dass er mehr weiß, als er in all den Jahren gesagt hat.«

»Und heute? Warum bist du gekommen?«

Sie sah ihn lange an. »Weil ich dich liebe«, sagte sie leise.

Die anderen waren so verdutzt, dass sie wortlos nach den Fackeln griffen. Ganz so, als wären Bertrand und Catherine nicht mehr da, folgten sie dem jahrelang nicht benutzten Gang bis zu einer schwachen Mauer. Dahinter deutete sich an der Decke ein Quergang an.

»Wahrscheinlich die Verbindung zwischen unserer Mikwe und der Komturei.«

»Dann müssten die Templer lange Zeit mit den Juden in Avignon in geheimer Verbindung gestanden haben«, sagte Jeremia.

»Vermutlich war es so«, meinte Seder zustimmend.

»Durchbrechen oder nicht?«, fragte der ehemalige Waffenschmied. Die anderen hatten nicht bemerkt, dass Brazzi sich einen eisernen Brotschieber aus dem Backraum der Synagoge mitgenommen hatte.

»Versuchen wir es«, sagte Bertrand.

Brazzi sprang wie ein schwerfälliger schwarzer Bär nach vorn, rammte den Brotschieber genau in einen Mauerspalt und zog ihn zugleich zur Seite. Die Sperrmauer brach wie unter dem Schlag eines Schmiedehammers in einer Staubwolke zusammen.

Es dauerte eine ganze Weile, bis sie nicht mehr husten mussten und im rötlichen Staubnebel etwas erkennen konnten. Und wieder zeigte sich, wie hilfreich das Wasserbecken im Kellerboden sein konnte.

Die Treppe nach oben war eingestürzt und völlig zugeschüttet. Damit gab es auch keinen Zugang in die Rue Jacob mehr. Bertrand nahm ein Bündel Kienspäne aus der Halterung neben der halb zugeschütteten Mikwe.

»Wir kommen nicht mehr an den Leuchter aus dem abgebrannten Haus«, sagte Bertrand.

»Dann müssen wir einen aus der Synagoge holen«, sagte Seder trocken. Sofort wollte Jeremia protestieren.

»Aber das –«

Seder sah ihn an und schnalzte mit der Zunge. Jeremia presste die Lippen zusammen, dann fügte er sich unter dem Blick seines langjährigen Lehrmeisters. Er drehte sich um und lief, so schnell es der Lichtschein aus dem Kienspan zuließ, in Richtung Synagoge zurück. Er sagte nicht, wie er den Ofen überwunden hatte, aber es dauerte nicht lange, bis er mit einem siebenarmigen Leuchter zurückkehrte.

»Und nun?«, wollte Catherine wissen. Der alte Schotte ging zu Jeremia und streckte beide Hände aus.

»Es ist ein Irrglaube, dass die Berührung heiliger Gerätschaften durch Andersgläubige die göttliche Kraft zerstört«, sagte er.

Jeremia zögerte noch immer. Erst als ihm Seder zunickte, gab er den Leuchter an den Christen-Priester.

Comyn steckte die Kerzenhalter des siebenarmigen Leuchters so in die Zeichen und Reliefs der alten Tür, dass sie sich drehen ließen. Sie öffneten die Tür zu den Katakomben und traten nacheinander in das geheimnisvolle System aus Gängen, Höhlen und Grabkammern in den Wänden.

Immer tiefer gingen sie in nordwestlicher Richtung, bis sie in einen Raum kamen, von dem mehrere Gänge in die Dunkelheit führten. Sie kannten ihn bereits. Bertrand erinnerte sich an die Abzweigung, an deren Ende die Folterkeller im ehemaligen Palast von Kardinal Godin lagen.

Und dann traten sie in den Raum, den sie ebenfalls kannten. Er war als eine Art Sakristei im Berg genutzt worden. Jetzt lagen keine Kleider mehr auf dem staubigen Stuhl neben einem in die Wand gehauenen Altarkreuz. Gemeinsam traten sie vor das Kreuz. Es trug noch immer einen verschmierten hellen Fleck in der Mitte.

»*Sub rosa dictum*«, sagte Catherine ehrfürchtig. »Die Rose als das Siegel der Verschwiegenheit für alles, was unter ihr gesagt wird.«

»Und diese Rose ergibt das geheime Zeichen des Drudenfußes, wenn man ihre Spitzen mit den jeweils übernächsten Kelchblättern verbindet.«

»Das Pentagramm«, sagte Bertrand und lächelte.

»Das Zauberzeichen für die Eingeweihten«, seufzte Catherine, »und für die Hohepriester, die schon bei König Salomon die

Weisheit vom harmonischen Gefüge des Menschen und des Weltalls hüteten.«

»Nur haben wir etwas Entscheidendes vergessen«, sagte Bertrand grimmig. Er hob die linke Hand mit der Nachbildung des Bischofsrings. »Der Ring hier könnte zusammen mit einer Goldenen Papstrose das Geheimschloss in der Wand öffnen. Doch dummerweise haben wir keine Goldene Rose.«

Die Männer blickten sich betroffen an.

»Wir brauchen keine Rose mehr«, sagte Catherine Grimaldi. »Dies hier ist ebenso gut – und besser als all die schon lange verdammten Baphomet-Siegel.« Sie lächelte Bertrand zu, dann hielt sie eine halbe Nussschale ins Licht der Fackeln. Verwundert sahen die Männer, dass sich die Tochter des verstorbenen Seeräubers zwei flach polierte, durchsichtige Beryllos-Kristalle in Silberspangen, wie sie neuerdings in Italien als Lesehilfe benutzt wurden, auf ihre Nase gesetzt hatte.

»Seit wann hast du das?«, fragte Bertrand.

»Seit ich festgestellt habe, dass auch unsere Söhne bei ihren Studien besser mit diesen beiden Beryllos-Linsen lesen.«

Bertrand begriff, dass er sehr wenig von seinen jüngsten Söhnen wusste. Obwohl er mit ganz anderen Gedanken in den Rocher des Domes eingedrungen war, stellte er sich unvermittelt vor, wie es wäre, wenn er wieder mit Catherine, Rainier und Jacques zusammenleben würde ... nicht in der abgeschirmten Felsenfestung von Monaco, aber in Paris vielleicht, in der Nähe der Sorbonne ... Er wischte die Gedanken fort und beobachtete, was Catherine tat.

»Das Kreuz im Herzen«, sagte sie, »und wenn man genau hinsieht, ein Plan der Gänge im Rocher des Domes ...« Sie wandte sich an Bertrand und lehnte sich wie zufällig an seine Schulter. »Die Linien kreuzen und überlagern sich wie die geheimen Wegmarken der Tempelritter, etwas gedreht wie das Kreuz im Herzen in einer Rosenblüte und noch weiter gedreht wie das Kreuz im Herzen in einem Davidstern.«

Catherine reichte die Silberfassung mit den zwei Beryllos-Linsen an Jeremia weiter. Er hielt sie vor die Augen und beugte sich über die Nussschale zwischen ihren Fingern.

»Zwei ineinander verschlungene Dreiecke«, sagte er dann.

Keiner von ihnen sprach. Nur die Fackeln schienen zu raunen und zu flüstern. Aus weiter Ferne näherten sich noch andere Geräusche. Es klang wie ein Wasserfall und von der anderen Seite wie eine Art Spechtschlag auf harter Baumborke.

»Die Rhône führt Hochwasser«, meinte Brazzi. »Wenn wir zur Flussseite hinauswollen, müssten wir uns jetzt sputen.«

»Ich fürchte, dass wir nicht mehr lange allein hier unten sein werden«, sagte Seder Ben Ariel.

Bertrand trat mit Catherine ganz nah an die Wand, die er schon einmal geöffnet hatte. Brazzi reichte ihm den Brotschieber. Bertrand kratzte etwas vom Kalkschlamm ab, den er selbst vor vierzehn Jahren über die Zeichen gestrichen hatte, die darunterlagen. Langsam wurden Linien im Stein sichtbar.

Comyn hob seine Fackel und leuchtete über die Zeichen in der Wand. »Das Kreuz im Herzen hat nichts mit dem Kreuz von Golgatha oder der Kreuzigung unseres Erlösers zu tun.«

»Damit bestätigst du mir nur, was ich schon lange wusste«, sagte Bertrand de Comminges. »Wir Christen haben uns immer Rituale und Symbole angeeignet, die uns nützlich waren. Sogar das Kreuz galt schon lange vor Christus als Symbol für alles Leid der Welt.«

»Deswegen vermeiden viele Kirchen die Darstellung von Christus am Kreuz«, bestätigte der Schottenpriester. »Er hat uns schließlich gezeigt, wie wir fröhlich sein und die Qualen des Lebens überwinden können.«

»Das verstehe, wer will!«, rief Catherine Grimaldi plötzlich. Sie hatte die eigenartig gezeichnete Nussschale in verschiedene der kleinen Löcher in der Wand gedrückt. Fast alle hatten die gleiche Größe. Doch dann zerbrach die Schale an einem kaum sichtbaren Dorn. Catherine schrie auf. Ein gleißender blauweißer Blitz zuckte durch alle Gänge, Höhlen und Kavernen. Catherine riss die Hand zurück und flog wie von einem Pferdehuf geschlagen in die Arme ihres Mannes. Bertrand musste sie mit aller Kraft festhalten.

»Was war das?«, keuchte Catherine und schüttelte ihren rechten Arm. »Ich kenne diesen fürchterlichen Schmerz nur von bestimmten Aalen. Wenn man sie anfasst, scheint dich ein Blitz zu treffen.«

Noch ehe einer der anderen antworten konnte, rauschte es in

den Tiefen der Gänge, und eine Felsentür hob sich drei Finger breit in ihren steinernen Seitenfugen.

»Eine Tür in der Tür!«, stieß Bertrand aus. »Sie öffnet sich ganz anders als damals, als wir das Templersilber fanden!«

Er wandte sich an Catherine und sah sie lächelnd an. »Ich war es nicht«, sagte er, und seine Augen blitzten. Die anderen schoben sich vorsichtig an ihnen vorbei und betraten den Raum, in dem in Dutzenden von Katakombennischen in den Wänden die Schätze lagen. Mel Comyn ging mit seiner Fackel noch weiter. Er stieg auf einen Steinhaufen, der wie unter zu großer Last aus dem Berg gebrochen aussah. Eigenartige Geräusche vermischten sich miteinander. Von einer Seite verstärkte sich das Wasserrauschen, von einer anderen wurden Stimmen und das Geklirr von Waffen laut. Aber das sonderbarste Geräusch kam aus der Brust des rothaarigen Schottenpriesters.

Es war ein Aufschrei, ein glückliches und zugleich verzweifelt klingendes Weinen wie von einer Katze oder einem kleinen Kind: »Jehowa! Salomon! Oh Herr im Himmel! Ja, es stimmt! Sie haben den Tempel Salomons tief im Rocher des Domes nachgebaut!«

Das Allerheiligste

Monsignore Comyn setzte einen Fuß vor den anderen und bewegte sich behutsam über den schrägen Aufstieg zum Brandopferaltar über ihren Köpfen. Alle vier Ecken der Altarmulde waren wie Hörner ausgebildet und mit goldenem Blech beschlagen. »An jenen Vorsprüngen dort wurden die Götterbilder befestigt, die dem Brandopfer zusehen sollten.«

»Götzenbilder!«, warf Jeremia ein. Er versuchte, ein Erschauern vor diesem unterirdischen Geheimnis zu verbergen.

»Und Opfertiere, die anstelle von Schuldigen und Sündern getötet wurden«, meinte Seder sachlich. »Wenn dann das Blut des Opferlamms an alle vier goldenen Hörner gestrichen und das Tier selbst verbrannt war, blieb keine Schuld mehr bei dem Menschen, der geopfert hatte.«

Brazzi betrachtete ein anderes seltsames Gebilde vor dem übermannshohen Tempelpodest. Voller Bewunderung ging er um eine gewaltige Wasserschale aus Bronze, die wie ein Trinkbecken für Riesenvögel aussah. Er zählte viermal drei Stiere auf dem felsigen Boden, die ebenfalls aus Bronze bestanden und das gewaltige, über seinen eigenen Kopf hinausragende Becken trugen.

»Ist dieser unglaubliche Metalltopf gefüllt oder leer?«, rief er dem Priester auf dem Brandopferaltar zu.

»Kein Wasser drin«, antwortete der Schotte. »Nur etwas Schutt in der Mitte.«

»Es könnte sich um das Original oder eine Nachbildung vom sogenannten *Ehernen Meer* handeln«, warf Seder Ben Ariel ein. »Beim Tempel in Jerusalem enthielt ein derartiges Becken mindestens fünfzehn Fässer Wasser und war zur Reinigung der Priester gedacht.«

»Das ist doch jetzt nicht wichtig!«, unterbrach Bertrand die beiden alten Männern. Er beobachtete, wie Catherine ungewohnt andächtig bis zu den Stufen des unglaublichen Tempels tief im Berg ging. Sie stellte sich mit ihrer Fackel genau in die Mitte vor den Eingang. Langsam hob sie die Flamme. Die Schatten bewegten sich völlig anders, als zu erwarten war. Gleichzeitig schien der Boden in der großen Höhle etwas zu beben.

»Es muss noch einen zweiten Altar geben«, meinte Seder Ben Ariel in diesem Augenblick, »den Rauchopferaltar im Inneren des Tempels.«

Der Priester bückte sich. Er strich mit den Fingern über den Rost des Brandopferaltars. Dann ließ er schwarzen Staub vor den anderen auf den Boden rieseln.

»Das ist echte Asche«, stellte er fest und richtete sich wieder auf. Er hob seine Fackel, als suche er ein Loch oder einen Abzug an der Höhlendecke. »Doch irgendetwas rauscht und strömt hier in der Nähe.«

»Sind wir nicht dicht am Fluss im Felsen?«, warf Catherine ein.

Die Männer sahen sie verwundert an. Dann nickten sie, einer nach dem anderen. Nur Monsignore Comyn schätzte die Ablenkung nicht. Er deutete zum Eingang des Tempels. »Unglaublich, aber die Maße scheinen zu stimmen, ebenso wie die Materialien. Natürlich stammt das alles hier nicht mehr vom ersten Tempel.«

»Warum eigentlich nicht?«, fragte Jeremia erregt. »Nach allem, was ich bisher gehört habe, verschwanden viele der heiligen Gerätschaften bei der Zerstörung des ersten Tempels.«

»Der erste feste Tempel unseres Volkes wurde vor dreiundzwanzig Jahrhunderten errichtet«, sagte Seder. »Er war ein steinernes Gebäude von sechzig Ellen Länge, zwanzig Ellen Breite und dreißig Ellen Höhe auf einem mannshohen Podest, später an drei Seiten mit dreistöckigen Seitenräumen umgeben, in denen Vorräte ebenso wie Schätze und Gerätschaften des Tempels aufbewahrt wurden.«

In Bertrand kam der Kaufmann wieder durch. »Ich würde nicht so sehr auf eine Genauigkeit dieser Zahlen bauen«, sagte er. »Wenn wir damit anfangen, müssten wir auch glauben, dass rund hundertachtzigtausend Männer sieben Jahre lang am Tempel Salomons gearbeitet haben. Das heißt doch nur, dass es sehr viele waren. Außerdem gab es schon immer sehr unterschiedliche Maße für eine Elle. Manche sind dreißig Finger breit, andere vier oder gar fünf Hände.«

»Wozu dienen diese kupfernen Schmuckmatten quer durch

die Eingangshalle bis an die goldenen Tempelwände?«, wollte Antonio Brazzi wissen. »Und was bedeuten diese wunderbaren Metallkugeln ganz oben?«

»*Jachin* und *Boas*, Kraft und Stärke«, antwortete Seder.

»Hinter der Eingangshalle kann sich nur das Heilige befinden«, sagte Jeremia aufgeregt. »Ein vierzig Ellen langer Vorraum. Im ersten Tempel Salomons enthielt er die goldenen Leuchter, den Schaubrottisch und den Räucheraltar. Nicht auszudenken, wenn sie ebenfalls –«

»Sehen wir doch einfach nach, Leute«, meinte Monsignore Comyn und marschierte los. Seder Ben Ariel schloss sich sofort an.

»Nein, nicht!«, rief Jeremia entsetzt. Anders als sein Onkel und Lehrherr und der leichtfertige Rabbi Amar war er noch nicht über seine strenge Glaubenserziehung hinweg. »Wenn dies tatsächlich ein Tempel Salomons ist, dürfen nur Priester in das Heilige ... oder Leviten. Und das Allerheiligste hinter dem Vorhang darf nur einmal im Jahr, an Jom Kippur, von Hohepriestern betreten werden.«

»So einen haben wir zurzeit nicht«, meinte Catherine und lachte. Bertrand blickte sie an. Ihre Augen blitzten. Er spürte, dass in ihr wieder das Blut des Vaters wach wurde. Schritt für Schritt stiegen sie die Stufen des Podestes hoch, auf dem der Tempel thronte.

Bertrand de Comminges hatte viele Kirchen und Kathedralen von außen und von innen gesehen. Er wusste, welche Kraft himmelwärts strebende Säulen und das Licht des Paradieses aus hohen bunten Fenstern hatten. Doch was er jetzt sah, glich einem Schritt über die Grenzen hinaus. Sie beleuchteten die beiden riesigen Kupfersäulen am Vorbau für den Eingang. Das Metall war im Lauf der Jahre stumpf geworden. Dafür glitzerte und gleißte es von den goldenen Außenwänden des geheimnisvollen Tempels umso mehr. Der Schottenpriester ging wie bei einer heiligen Prozession mit seiner Fackel voraus. Bertrand und Catherine zögerten, ehe sie durch die Vorhalle ins Heiligste eintraten.

Auch Seder und Jeremia empfanden die Tempelhalle wie das Innere eines heiligen Schatzes. Noch nie zuvor hatten sie einen derartig reich mit Goldmetall verkleideten Raum gesehen. Nur

Brazzi wirkte plötzlich, als fürchte er sich vor all der Pracht, dem Reichtum. Schritt um Schritt zog er sich zurück. Als er die beiden unheimlichen Kupfersäulen am Tempeleingang hinter sich hatte, drehte er sich mit einem schweren Schnaufen um und tappte mühsam bis zur Bruchstelle in der Felswand zurück. Erst dort verharrte er und wollte einen Blick zurückwerfen.

Doch was er sah, ließ ihm das Blut in seinen alten Adern gefrieren. Er merkte nicht mehr, wie sich eine Krallenhand auf seine Schulter legte. Auch die Bewaffneten, die neben ihm auf die Mauertrümmer kletterten, konnten ihm keinen Schreck mehr einjagen. Der alte Waffenschmied sah das fleckige Gesicht des Dichters hinter dem Inquisitor. Dann traf sein Blick den von Scintilla. Orlando di Anagni war alles andere als ein zweiter Nebukadnezar, aber in seinen Augen funkelte die gleiche gnadenlose Entschlossenheit wie einst beim König Babylons, als er den Tempel Salomons vernichtete.

Antonio Brazzi hob den langen Brotschieber. Noch während ihm das Herz fast stillstand, ließ er ihn wie sein letztes Schwert quer über das Gesicht des Inquisitors schneiden.

Er sah im flehentlich wirkenden Gesicht des Dichterkönigs, dass er es war, der sie doch noch verraten hatte. Nur er hatte wissen können, dass die Schwachstelle in Bertrands jahrelangen Bemühungen eine Papstgruft in der Kathedrale war – das neue, noch nicht mit einer schweren Steinplatte versiegelte Grab im Fels für Benedikt XII. So waren Scintilla und der Dichter in die geheimen Gänge gelangt.

Petrarca hob die Hände, als wolle er einen unsichtbaren Schmiedehammer abwehren. Doch dann bewies er Mut, der für viele andere tödlicher Leichtsinn gewesen wäre: Er trat zwei, drei Schritte zu der Seite, von der noch immer ein stetes Rauschen kam. Er stürzte sich in die Rhône, wie er es schon zuvor an der Fontaine-de-Vaucluse geübt hatte.

Brazzi hingegen stolperte einen Schritt zu weit vor. Mit seiner alten, löchrigen Schürze verfing er sich an einem Ast im Strudel. Das kalte Rhônewasser riss ihn ebenso wie Petrarca fort. Doch er blieb hängen und konnte nicht wie der Poet nach Luft schnappend wieder auftauchen und den Fluss hinabschwimmen.

Sämtliche Wände waren mit Schnitzwerk von Palmen, geöffneten Rosenblüten und Figuren von Cherubim geschmückt. Der gesamte Innenraum samt dem Fußboden war mit geläutertem Gold verkleidet.

Bertrand ging an mehr als einem Dutzend siebenarmiger Leuchter vorbei. Sie standen auf Podesten an den beiden Längsseiten des goldenen Raumes. Noch während er auf das Allerheiligste zuging, schien der Raum etwas heller zu werden. Bertrand achtete nicht darauf. Er trat bis an die goldenen Ketten. Selbst Seder, der sonst vor kaum etwas zurückschreckte, folgte Bertrand nur zögernd.

Draußen, zum Höhleneingang hin, kam ein Geschrei auf, und es donnerte wie beim Ausbruch der Quelle aus dem Berg im Valle chiusa.

»Dahinter muss der sogenannte Sprachort sein«, rief Seder. Zum ersten Mal, seit Bertrand seinen nicht sehr frommen Schwager kannte, spürte er ein großes gläubiges Staunen an ihm. Seder streckte eine Hand aus, um den schweren Vorhang dicht hinter den Ketten zu berühren. Bertrand und Seder erkannten, dass das Gewebe nicht aus Wolle bestand, sondern aus einem fein verwebten Goldvlies unter einer staubenden Kalkschicht. Vorsichtig zogen die beiden Männer den Schutz des Allerheiligsten zur Seite.

»Ich dachte, der Vorhang wäre beim Tode Jesu Christi zerrissen«, sagte Monsignore Comyn. »So jedenfalls steht es im Evangelium.«

Bis auf Brazzi standen jetzt alle vor den goldenen Ketten und dem quadratischen Hinterraum von zwanzig Ellen Länge. Ihre eigenen Gestalten spiegelten sich mehrfach an den goldenen Wänden und im Gold riesiger Standbilder.

Vor ihnen stand ein rechteckiger goldener Kasten mit Tragestangen an beiden Langseiten. Genauso war stets die Bundeslade mit den Steintafeln beschrieben worden, auf denen Moses die Zehn Gebote Gottes erhalten hatte. Hinter der Bundeslade standen zwei goldene Cherubim. Ihre ausgebreiteten Flügel berührten sich genau in der Mitte des Raumes. Zu den Seiten hin reichten sie bis an die Wände des Allerheiligsten.

Bertrand spürte plötzlich, wie sich eine Hand in seine schob.

Mit einem schnellen Blick zur Seite sah er das völlig überraschte Gesicht seines Weibes.

»Unglaublich!«, sagte Catherine Grimaldi in die Ergriffenheit der anderen hinein. »Das also ist das Geheimnis der Armen Ritter vom Tempel Salomons zu Jerusalem.«

»Sie haben gefunden, was unser ganzes Volk vergeblich bei seiner Rückkehr aus der Gefangenschaft gesucht hat«, stellte Jeremia aufgeregt fest. Er war vor Freude ganz fassungslos. »Dabei hieß es doch, König Nebukadnezars Soldaten hätten den Tempel bis auf die Grundmauern zerstört.«

»Bis auf die Grundmauern«, sagte Bertrand und nickte. Er lachte plötzlich. Auch Catherine und Jeremia verstanden, was er meinte.

»›*Bis* auf die Grundmauern‹ kann auch ›*außer* den Grundmauern‹ heißen«, verkündete Bertrand vergnügt, »also nicht weiter nach unten. Genau diese verblüffende Entdeckung könnten die ersten Templer gemacht haben, als sie anno 1122 in der später darüber erbauten und von den Kreuzrittern eroberten al-Aqsa-Moschee Unterschlupf gefunden hatten. Sie war übrigens ebenso lang wie der neue Papstpalast über uns.«

»Und das alles wusste dein Vater, der erste Papst in Avignon?«, fragte Catherine Grimaldi. Bertrand hob die Schultern, lächelte sein Weib an und schüttelte den Kopf.

»Ich weiß es nicht und kann es nur vermuten. Aber ich habe es oft gedacht, denn all das hier könnte der Grund dafür sein, dass die Templer eines Tages zu einer noch größeren Gefahr für die katholische Kirche wurden als die Katharer, Albigenser und Waldenser. Ein originalgetreuer Nachbau des Tempels von Israels großem König Salomon am Grenzfluss zwischen Frankreich und dem Heiligen Römischen Reich! Und in ihm die angeblich geraubten und in Babylon verschwundenen Schätze, die Leuchter, die legendäre Bundeslade und das Zeichen Baphomet für Salomons göttliche Weisheit … wo wären bei einem derartigen Heiligtum Rom, Byzanz und das göttliche Heiltum aller Könige geblieben?«

Weder Seder noch Bertrand oder Monsignore Comyn wagten, die Bundeslade zu berühren.

»Wenn dies ein Ort ist, an dem sich Gott selbst offenbart,

müssten wir irgendetwas vernehmen«, sagte Catherine plötzlich, »und wenn ihr mich erschlagt … ich höre etwas!«

Jeremia trat einen Schritt vor. »Wenn Moses in das Bundeszelt und später dann der Hohepriester ins Allerheiligste ging, um mit Ihm zu reden, vernahm er die Stimme des Herrn von der Stelle über der Sühneplatte, welche die Bundeslade bedeckt … also von dort zwischen den beiden Cherubim.«

»Was ich hörte, kommt nicht von dort, sondern von draußen.«

Catherine und die vier Männer drehten sich ruckartig um. Alles im Heiligen war in eine weiße schwebende Wolke aus Licht getaucht. Genauso wie es vom Tempel Salomons als Wohnung Gottes überliefert war, hörten sie eine Stimme. Sie wussten nicht, woher diese Stimme kam, aber sie sagte laut und klar: »Verlasst den Tempel!«

Bertrand und Catherine sahen sich fragend und von Ehrfurcht ergriffen an. Auch Seder und Jeremia waren sich nicht sicher, ob die Stimme nicht »Verlasst *meinen* Tempel« gesagt hatte.

»Es sind die Waffen«, jubelte der Schottenpriester plötzlich. »Schwerter und Rüstungen, Eisen und andere Metalle. Wenn sie in die Nähe der kupfernen Säulen und der goldenen Tempelräume kommen, geschieht das Wunder der Lichtwolke im Tempel Salomons. Dann spricht Gott mit Blitz und Donner, und die Feinde Jerusalems können in einem derartigen Licht nicht siegen!«

Bertrand starrte den rothaarigen Schottenpriester an. »Was ist das, Monsignore? Bist du ebenfalls Jude geworden?«

»Nein, Bertrand«, rief Comyn und lachte. »Aber ihr schuldet mir ein ganzes Fass Aqua vitae für meine Erleuchtung! Ich erinnere mich an das, was ich als Novize bei den letzten Templern in Avignon gehört und dann viele Jahre lang vergessen hatte.«

»Dann ist der Tempel echt?«, stieß Jeremia aufgeregt hervor.

»Nein, nicht der Tempel«, antwortete Comyn. Die Wolke aus Licht erfüllte inzwischen das Heilige ebenso wie das Allerheiligste mit der Bundeslade und den Cherubim und den Eingangsraum zwischen den beiden kupfernen Wächtern namens *Jachin*, die Kraft, und *Boas*, die Stärke.

Seder und Bertrand kniffen in all der Herrlichkeit des bläulich weißen Lichts um sie die Augen zusammen. Sie hörten Schreie und Waffengeklirr von draußen, dann brechendes Gestein und ein dumpfes Gurgeln wie von tobenden Wassermassen auf dem Weg durch den Berg.

»Dann konnte König Nebukadnezar Jerusalem nur erobern, weil die Israeliten nicht mehr an den Schutz ihrer Gotteswohnung geglaubt und die heiligen Gerätschaften samt den Leuchtern, der Bundeslade, den Cherubim und den kupfernen Säulen unter den Grundmauern des Tempels versteckt haben.«

»Ja«, rief Seder in den zunehmenden Lärm hinein. Vor ihnen zum Eingang hin blitzte es aus der leuchtenden Wolke. Bertrand zog Catherine zu sich heran. Sie wehrte sich nicht, sondern presste sich eng an ihn, umschloss ihn mit den Armen und küsste völlig unerwartet seine Wange.

»Viele Jahrhunderte galt der Tempel Salomons als Garant für die Uneinnehmbarkeit Jerusalems«, rief Seder den anderen zu. »Doch dann wurde der Glaube an den einen Gott selbst bei den Priestern schwächer. Aus Angst vor der Eroberung versteckten sie die heiligen Gerätschaften. Mein Volk musste in die Babylonische Verbannung. Dort eiferte König Nebukadnezar II. Salomons Größe nach. Mit unserem Wissen ließ er das große Tor für seine Göttin Ischtar und eine größenwahnsinnige Prozessionsstraße erbauen. Die vernichtete Wohnung unseres Gottes in Jerusalem wurde im Babylonischen Exil zum Zeichen unseres Elends. Denn für mein Volk ist diese Katastrophe noch immer schlimmer als alles, was wir zuvor und bis zum heutigen Tag durchlitten haben. Nur die Erinnerung blieb in der Babylonischen Verbannung und die Pläne.«

Bertrand hob beide Hände und unterbrach den Schwager. »Die Erinnerung und die Pläne – das blieb in den Köpfen eures Volkes.«

»Eher wohl in den Herzen … zusammen mit dem Elend … dem Kreuz, das wir so lange tragen mussten.«

Bertrand hatte auf einmal das Gefühl, als würde ihn selbst eine göttliche Wolke und eine Woge der Erkenntnis aufnehmen. »Das Kreuz im Herzen!«, stieß er hervor. »Genau das ist es, worauf mich Meister Eckhart bereits an der Sorbonne in Paris hinweisen wollte!«

»Wo ist Brazzi?«, rief Comyn durch das Gebrüll aus dem Inneren des Berges.

Bertrand blickte zu Catherine, dann zu Jeremia. Sein Sohn deutete auf den Schottenpriester. Das Wasser kam so schnell wie aus der Springquelle im Valle chiusa. Bertrand nickte. Jeremia schnappte sich Comyn und trug ihn bis auf den Brandopferaltar. Er legte ihn wie ein Opferlamm zwischen die metallenen Hörner an den vier Ecken des Altars. Jeremia sprang hinüber in die riesige Schüssel des Ehernen Meers. Es war ein Boot, eine Arche vielleicht, wenn das Wasser bis zur Höhlendecke anstieg.

Nur Seder stand betend vor dem Allerheiligsten. Bertrand hatte den Schwager nie für einen besonders gläubigen Mann gehalten. Jetzt aber verstand er, dass es ihm nicht auf die Rituale, Zeremonien und Äußerlichkeiten ankam, sondern auf das, was einmal der *Alte Bund* zwischen Gott und den Menschen gewesen sein musste.

Er wusste, dass sie keinen Augenblick Zeit mehr verlieren durften. Aber er brachte es nicht fertig, Seder am Sprachort von seinem Schöpfer zu trennen.

»Los!«, schrie Jeremia in das Brausen hinein. Im selben Augenblick schoss das Wasser der Rhône in den vorderen Schatzsaal. Bertrand riss Catherine Grimaldi an sich.

»Zu spät!«, rief er ihr zu. »Wir können nicht mehr zurück in die Gänge! Sie stürzen ein.« Er packte sie und schloss sie in die Arme. »Oh meine Catherine, eine so mörderische Flut muss selbst die Brücke einreißen!«

»Ich liebe dich!«

Er lachte befreit.

Seder hatte sich umgedreht. Hinter ihm zitterten die goldenen Cherubim im Allerheiligsten. Auch die Bundeslade schien sich zu bewegen. Noch immer schwebte eine weiße Wolke aus Licht im Inneren des Tempels. Bertrand und Catherine hielten sich eng umschlungen. Es war ein wunderbares Gefühl in all dem Tosen und Untergang.

Und dann klatschte der brausende Strom aus eiskaltem Wasser vor dem Tempel, dem Brandopferaltar und der riesigen Schale des Ehernen Meeres gegen eine unsichtbare Mauer. Es war, als würde die Flut ungeteilt von einer Wand aus Glas und einer göttlichen Kraft aufgehalten. Monsignore Mel Comyn hockte auf dem Brandopferaltar und betete. Seder, der Kaufmann aus Carpentras und Sevilla, betete ebenfalls. Vielleicht sprachen beide mit dem gleichen Gott, vielleicht auch nur mit ihrer Hoffnung und Furcht.

Palast des Glaubens

Es dauerte viele Stunden, bis das Wasser zurückwich. Auch das Licht aus dem Allerheiligsten vom Tempel Salomons wurde langsam schwächer.

»Es gibt keinen Weg mehr nach oben«, sagte Bertrand, nachdem er zusammen mit Catherine Grimaldi einige Löcher und Strudel in den Felswänden überprüft hatte.

»Von der vorderen Schatzkammer ist nichts mehr zu sehen«, sagte sie, während sie mit einer Fackel die Dunkelheit ausleuchtete. »Vor unserer Tempelhöhle stürzt der Fluss senkrecht nach unten, danach fließt er in einer Kurve ab.«

»Dann frage ich mich nur, wie wir hier jemals wieder rauskommen sollen«, meinte Jeremia.

»Moses hat es in einem Weidenkörbchen geschafft«, sagte Seder. »Und für uns fünf dürfte das Becken des Ehernen Meeres wohl ausreichen. Die Flussboote im alten Babylon sahen auch nicht viel anders aus.«

Jeremia stutzte, dann begann er damit, Geröll und Steine aus der großen Schale zu werfen. Unten machten sich Bertrand und Seder an die Arbeit. Catherine wollte ebenfalls helfen, wurde aber zu Comyn auf den Brandopferaltar geschickt.

»Dich brauchen wir erst wieder, wenn die Fähigkeiten einer Seeräubertochter im Wasser gefragt sind«, lachte Bertrand ihr zu. »An Land ist das unsere Aufgabe.«

Als sie das Becken des Ehernen Meeres schließlich zu Wasser gebracht hatten, mussten sie nicht einmal rudern oder ein Steuer bedienen. Der seltsame Nachen mit den fünf Geretteten tauchte bei Neumond und einem warmen Sternenhimmel direkt unter dem ersten Pfeiler der Brücke von Avignon auf.

Sie ließen sich treiben und schöpften mit beiden Händen das überschwappende Wasser zurück in den Fluss. Erst an der Einmündung der Durance konnten sie am östlichen Rhôneufer aussteigen, während das große Metallbecken in Richtung Marseille weitertrieb. Noch in der gleichen Nacht gingen sie zur ummauerten Stadt zurück. Die Tore waren verschlossen und bewacht, doch an vielen Stellen waren die alten Mauern zerbrochen. Als der Morgen graute, sahen sie abgedeckte Dächer und umgestürzte Bäume.

Die schlimmsten Wunden durch den Mistral hatte die Brücke davongetragen. Sämtliche Brückenbogen zwischen der großen Insel inmitten des Stroms bis hinüber zu den Wachtürmen Philipps des Schönen auf der französischen Uferseite waren vom Hochwasser fortgerissen. Nur noch einige Steinpfeiler ragten wie Reste von kleinen Kathedralen aus dem brodelnden Fluss.

»Irgendwie verstehe ich immer noch nicht, was hinter all diesen Zeichen und Geheimnissen steckt«, sagte Jeremia in die Morgenstille hinein.

»Nicht so laut!«, zischte Catherine. »Ich habe auch nur von drei Zeichen gehört, die Varianten von einem Kreuz im Herzen darstellen sollten.«

»Die Zeichen allein sind nicht mehr als die Perlen in einem Rosenkranz«, sagte Bertrand. »Wie alle Zeichen und Symbole, ja selbst wie Buchstaben und Wörter, ergeben sie nur für den einen Sinn –«

»… der sie zu lesen weiß«, unterbrach Catherine und öffnete die Augen. »Und jetzt muss endlich Schluss sein mit diesen Dingen, sonst springe ich von hier oben an der zerstörten Brücke vorbei in den Fluss!«

Bertrand sah seinen Sohn mit einem leicht spöttischen Lächeln an. »Das ist die eine Seite einer Münze«, sagte er. »Der Wert, die Zahl, das Zeichen. Damit allein wird aber jeder Laie scheitern, der nur lesen, aber nicht deuten und verstehen kann.«

Bertrand blickte lange über die gequälte Stadt hinweg. Es war für ihn wie ein Abschied von einem langen, arbeitsamen und aufregenden Leben. Er würde mit Catherine auf ihre Felsenfestung in Monaco gehen, ihre weiteren Pläne mit ihrem Bruder Charles besprechen und auf jegliche Anteile an Monaco verzichten.

»Ich möchte nicht wissen, womit sich Petrarca wieder herausredet«, sagte er. »Noch mehr interessiert mich, wie es dieser verdammte Scintilla geschafft hat, in wenigen Stunden durch einen unserer in jahrelanger Arbeit versiegelten Zugänge zu kommen.«

»Das ist ganz einfach«, meinte Catherine. »Er wird sich den Bischof geschnappt haben. Der Schatzmeister war stets deine schwächste Stelle, Bertrand. Er hat die Weihe erhalten, und das bedeutet viel mehr, als manche Leute denken.«

»Ich weiß«, sagte Bertrand. »Zugang zu den übersinnlichen Kräften.«

»Und zur Gruft von Päpsten, von denen eine noch nicht versiegelt ist ... direkt neben der anderen, mit der du dir so viel Mühe gegeben hast.«

»Benedikt XII.«, sagte Bertrand verdutzt. »Daran habe ich keinen Moment gedacht.« Er holte noch einmal tief Luft und blickte auf die restlichen Bogen der zerstörten Brücke von Avignon.

»Als Bischof dieser Diözese könnte Johannes schon vor deinem Vater als erstem Papst in Avignon gewusst haben, warum der Templerturm von Paris leer war, als ihn der König von Frankreich plündern wollte.«

»Ja«, sagte Bertrand, ohne sich umzudrehen. »So einfach ist das alles. Johannes wusste, was die Templer nach dem Verlust von Jerusalem und Akkon jahrelang heimlich nach Europa bringen ließen. Ihre Schiffe fuhren bis nach Aigues-Mortes, der ummauerten Hafenstadt, die eigens zur Verladung vieler Ritter, Pferde und Knechte erbaut worden ist.«

»Dort wurden Unmengen von Menschen für die Kreuzzüge verschifft«, bestätigte Seder, der dicht hinter Bertrand und Catherine den schmalen, gewundenen Weg hinabging. »Viele kamen in all den Jahren auf hoher See oder im Morgenland um – sehr viele sogar.«

Bertrand warf einen Blick zurück. »Doch einige kehrten mit Schiffen voller geheimer Schätze zurück«, sagte er. »Ein Teil davon wurde auf dem Landweg nach Paris gebracht, ein anderer auf Schiffe umgeladen, die bis nach La Rochelle an der Atlantikküste segelten. Aber die eigentlichen Schätze gelangten stets rhôneaufwärts hierher nach Avignon.«

Er blieb ruckartig stehen und trat mit dem Fuß auf. Sie befanden sich zwischen der Kathedrale und den Nordmauern des Palastes. »Das wirklich Wertvolle verschwand in diesem Berg, auf dem wir beide stehen. Hoch wie ein Kathedralenturm, stark wie der Fels, auf dem Petrus die Kirche bauen sollte. Doch was zum Schluss noch alles von der Kapelle in unserer alten Templerkomturei tief in die Katakomben unter uns gebracht wurde … das wusste auch der Mann nicht, der zu dieser Zeit bereits als Kardinal in Fréjus tätig war.«

»Aber ein einfacher Bischof …«, meinte Jeremia.

»Der ebenso wie dein Großvater Bertrand de Goth auch einmal Kanzler des Königs von Neapel und Sizilien war – im Gegensatz zu unserem neuen Pontifex, der dieses höchste Amt für den Franzosenkönig innehatte.«

»Also könnte mit uns im Augenblick genau das Gleiche geschehen wie damals mit den Tempelrittern.«

»Paris will Beute sehen, aber die Herrschaften sind klüger geworden, seit sie sich auch im Erbstreit mit den Engländern um die Krone Frankreichs immer wieder blutige Nasen holen.«

»Sie erschlagen keine Hühner mehr, die das Versteck der goldenen Eier kennen.«

»Es geht um mehr, Jeremia, so viel wissen wir. Viel mehr als Silberbarren oder goldene Eier.«

»Dann war der Papstpalast von Anfang an nichts anderes als eine riesige Ablenkung von seiner wirklichen Bedeutung«, stellte Jeremia fast schon bewundernd fest. »Keine Alhambra, kein Alcazar, nicht Pyramide und nicht Kathedrale. Stattdessen nur die scheinbar ohne Plan und Winkelmaß erbauten Festungsflügel.«

»Genau das war es, was der alte ›Fuchs von Cahors‹ in seinen letzten Lebensjahren noch für die Templer tun wollte. Ich habe dann zusammen mit Johannes von Coiardano, dem Bischof Avignons, den frommen Papst Benedikt XII. für den Plan gewonnen.«

»Und Bischof de Coiardano wurde mit dem Beginn der Bauten sogar zum Schatzmeister des Heiligen Vaters ernannt«, sagte Jeremia anerkennend. »Zu seinem Thesaurar, mit dem du selbst sämtliche Kosten abrechnen konntest.«

»Für den Palast ebenso wie für alle anderen notwendigen Maßnahmen«, bestätigte Bertrand. »Vielleicht verstehst du jetzt, warum ich dir bei manchen Forderungen deines jungen Kaufmannsblutes manchmal ein wenig zu bedächtig vorgekommen sein mag. Ich hätte nie gedacht, dass Petrarca eines Tages zum

Judas für mich würde. Andererseits hat sein junger römischer Verehrer Cola di Rienzo uns vor Orlando di Anagni gerettet. Ohne den einen wäre der andere nicht möglich gewesen. Die Wege Gottes und des Schicksals greifen manchmal ineinander wie die Dreiecke vom Siegel Salomons. Es geht im Leben oft um die verborgenen Dinge, die an der Oberfläche niemals sichtbar sind.«

»Wenn das nicht das Amen war, bekommt keiner von euch Absolution von mir«, sagte Catherine Grimaldi.

»Auch keinen Kuss?«, fragte Bertrand.

»Später, mein geliebter Gemahl«, sagte sie lächelnd.

»Aber bitte nicht erst auf eurem Seeräuberfelsen.«

»Nein, sofort hier, an der Brücke von Avignon.«

Epilog

Die vorliegende Geschichte ist kein Geschichtsbuch, sondern ein erfundener Roman. Viele Personen, Daten und Ereignisse sind korrekt und auch vor Ort recherchiert, andere sind R. P., das heißt *reine Phantasie*.

Auf jeden Fall wurde es nach der Abreise von Bertrand de Comminges und seiner Ehefrau Catherine Grimaldi zur Felsenfestung von Monaco wieder ruhiger im Fondaco an der Rue St. Agricol.

Im Jahr 1349 brach zusätzlich zu den kriegerischen Ereignissen überall in Europa die Pest aus. In Rom und Avignon wie in den meisten Städten starben zwei Drittel der Bevölkerung. Als dann auch noch der Mistral kälter als sonst durch das Rhônetal fegte, in Rom die Erde bebte, der Lateran zerstört wurde, die Basilika der zwölf Apostel sowie viele Geschlechtertürme zusammenstürzten und von Südosten die türkischen Osmanen in Europa einfielen, glaubten viele, der lange schon erwartete Untergang der Welt sei nunmehr gekommen.

Während der ganzen Jahre wurde in Avignon weiter am Papstpalast gebaut. Um einen klösterlichen Innenhof waren bei Benedikt XII. zunächst der mächtige Papstturm und eine gigantische Baustelle mit vier trapezförmig angeordneten Gebäudeflügeln entstanden. Schon in den ersten Skizzen war angedeutet, dass sich an dieses *Palais Vieux* unter späteren Päpsten ein weiterer, L-förmiger Gebäudekomplex mit turmhohen Mauern für die größte jemals erbaute Täuschung im christlichen Abendland anschließen sollte. Dennoch ließ Clemens VI. den »Alten Palast« aus schierer Prunksucht um den »Neuen Palast« ergänzen.

Fast siebzig Jahre währte die Regentschaft der Päpste in Avignon, dann kehrte Gregor XI. 1376 als erster Papst nach Rom zurück.

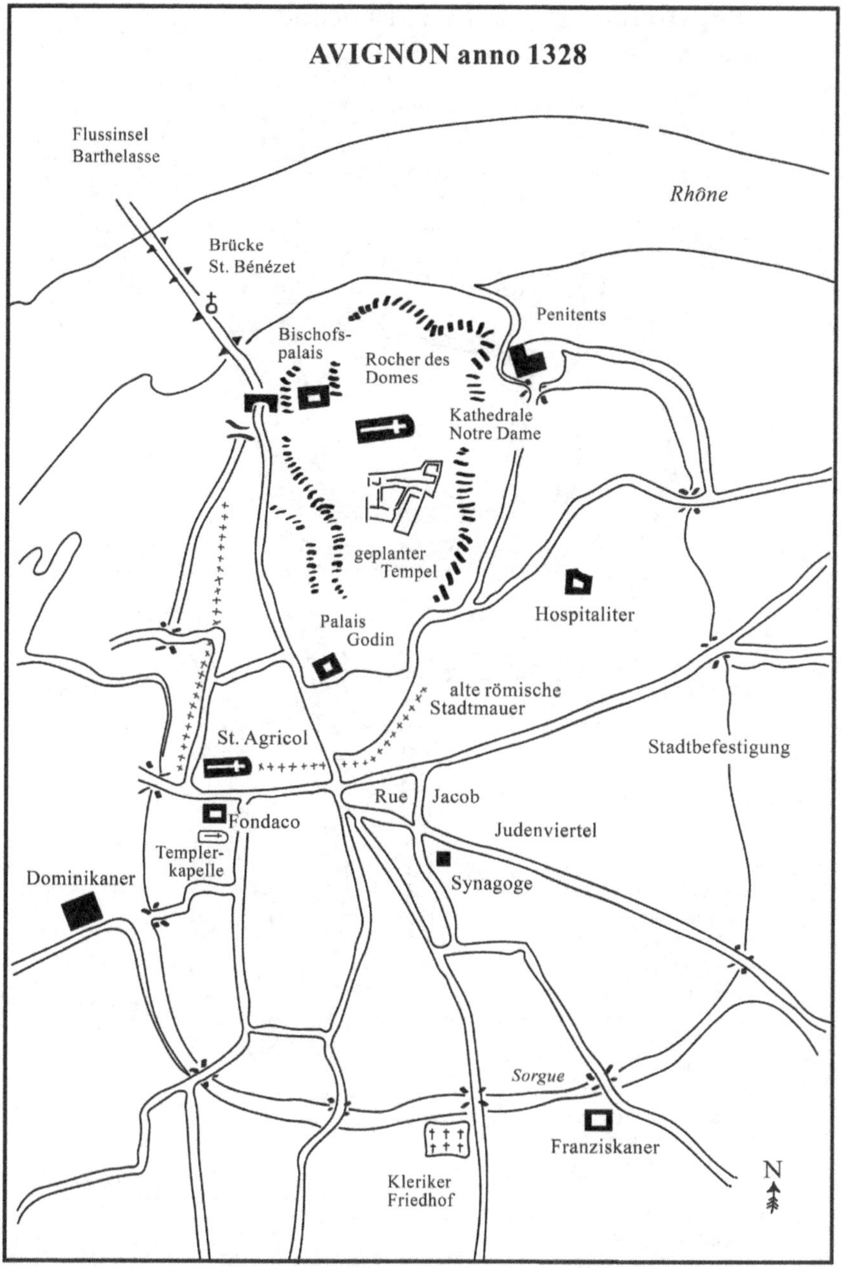
AVIGNON anno 1328
Flussinsel
Barthelasse
Rhône
Brücke
St. Bénézet
Penitents
Bischofs-
palais
Rocher des
Domes
Kathedrale
Notre Dame
geplanter
Tempel
Hospitaliter
Palais
Godin
alte römische
Stadtmauer
St. Agricol
Stadtbefestigung
Rue
Jacob
Fondaco
Judenviertel
Templer-
kapelle
Synagoge
Dominikaner
Sorgue
Franziskaner
Kleriker
Friedhof
N

Papstpalast zur Zeit von Benedikt XII.
(Obere Ebene anno 1342)

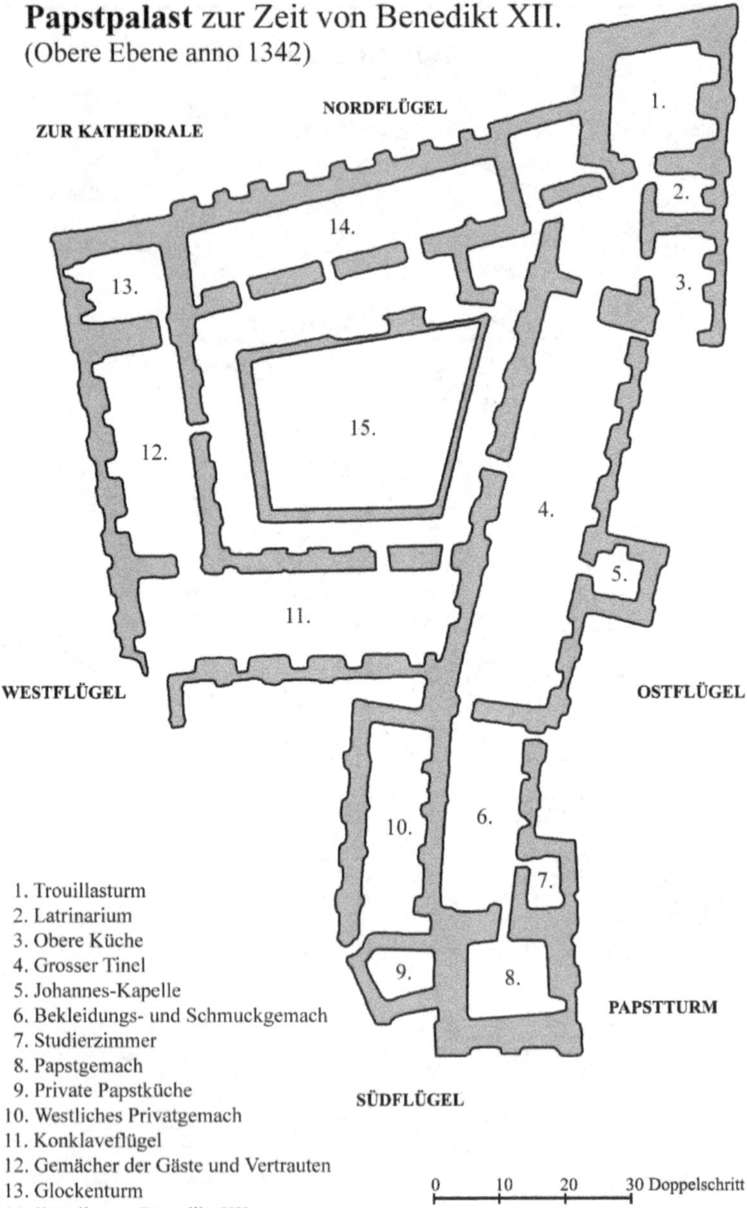

1. Trouillasturm
2. Latrinarium
3. Obere Küche
4. Grosser Tinel
5. Johannes-Kapelle
6. Bekleidungs- und Schmuckgemach
7. Studierzimmer
8. Papstgemach
9. Private Papstküche
10. Westliches Privatgemach
11. Konklaveflügel
12. Gemächer der Gäste und Vertrauten
13. Glockenturm
14. Kapelle von Benedikt XII.
15. Alter Klosterhof

Illustration: Marcus O. Mielke

Personenregister

Mit • gekennzeichnete Personen sind historisch belegt.

Antonio Brazzi – *1270, Waffenschmied, als Händler durch den Tod von Kaiser Heinrich VII. Konkurs, danach Faktor im italienischen Fondaco von Marco Ambrogio in Avignon

• *Arnaud d'Aux* – 1260/70–1320, Bischof von Poitiers, Gesandter in Paris und England, von Clemens V. zum Kardinal ernannt, päpstlicher Kämmerer, Vorsitzender im Templerprozess

• *Benedikt XI.* – Papst (1303–1304) vor Clemens V., residierte außerhalb Roms in Perugia, zuvor Dominikanergeneral, vergiftet oder an der Ruhr gestorben

• *Benedikt XII.* – um 1285–1342, als Jacques Fournier Sohn eines Müllers, Zisterzienser, 1327 Kardinal, Papst ab 1334, versucht den Ausgleich mit Kaiser Ludwig IV. von Bayern, beginnt mit dem Bau des »Alten Palastes«

• *Berengar von Landora* – 1262–1330, Generalmagister und Leiter des Dominikanerordens in Paris

• *Bertrand de Comminges* – *1295, unehelicher Sohn von Papst Clemens V. und Catharina de Comminges, Student, Kaufmann, Geheimnisträger und Templerforscher in Avignon

• *Bonagratia von Bergamo* – 1265–1340, Prokurator der Franziskaner, ketzerisch und entschiedener Gegner des Papstes und der Spiritualen

• *Bonifatius VIII.* – 1235–1303, Papst, überfallen in Anagni von Guillaume de Nogaret und Kardinal Sciarra Colonna und einen Monat später in Rom verstorben

Catharina de Comminges – Tarnname für die tatsächlich existiert habende Geliebte von Papst Clemens V., Mutter von Bertrand de Comminges

Catherine Grimaldi – Tochter von Rainier Grimaldi, dem Admiral von König Philipp IV., zweite Ehefrau von Bertrand

• *Clemens V.* – 1250/65–1314, Raymond Bertrand de Goth, durch Bonifatius VIII. Bischof von Comminges (1295) und Erzbischof von Bordeaux, 1305 in Lyon in Gegenwart Philipps IV. des Schönen zum Papst gekrönt, verliert bei einem Mordanschlag den Stein aus der Krone (Rubin der Tiara), wählt nach vier Wanderjahren

Avignon als Wohnsitz nahe beim pontifikalen Besitz des Comtat Venaissin

- *Clemens VI.* – 1290–1352, Pierre Roger de Fécamp, Benediktiner, 1338 Kardinal, Papst ab 1342, erweitert den Palast, kauft 1348 ein Jahr vor dem Ausbruch der großen Pest in Europa die Stadt Avignon

Elena von Pisa – Ehefrau von Marco Ambrogio, lebt recht locker in Avignon und besitzt gewisse Häuser namens *Piselli*

Eliah von Carpentras – *1251, ehemaliger Rabbi, Händler mit Waren und Nachrichten, Großvater von Seder und Miriam

- *Francesco Petrarca* – 1304–1374, Dichterfürst und Geliebter von Laura de Sade, verachtet arabische Literatur
- *Fridericus Cibo* – Bischof (1317–1342) von Savona an der Schnittstelle zwischen kaisertreuen Ghibellinen und papsttreuen Guelfen
- *Gherardo Spinola* – Genuese, kaisertreuer Ghibelline, nach Rainier Grimaldi Herr der Felsenfestung Monaco
- *Guillaume de Nogaret* – 1260–1313, Doktor der Rechte, Kanzler von König Philipp IV., organisiert die Ermordung von Papst Bonifatius VIII., die Vertreibung der Juden mit Konfiskation ihrer Güter und die Verhaftung der Templer
- *Guillelmus Gisberti* – Notar, Kleriker aus Cahors, dem Geburtsort von Papst Johannes XXII.
- *Heinrich von Virneburg* – um 1244–1330, Erzbischof von Köln, wählt und krönt deutsche Könige und verhandelt gleichzeitig mit Papst Clemens V. und König Philipp IV. von Frankreich
- *Heinrich VII.* – 1278/79–1313, Graf von Luxemburg, von 1308 bis 1313 römisch-deutscher König und seit dem 29. Juni 1312 römisch-deutscher Kaiser
- *Jacques de Molay* – um 1244–1314, Großmeister der Tempelritter, widersetzt sich der Vereinigung mit den Johannitern, am 18. März 1314 in Paris verbrannt
- *Jacques Duèse* – auch Jacques d'Euze (um 1245–1324), Bischof von Fréjus, Kanzler der neapolitanischen Könige Karl II. und Robert von Anjou, Bischof von Avignon, Kardinalbischof von Porto, ab 7. August 1316 Papst Johannes XXII.
- *Jean-Raymond de Comminges* – †1348, Onkel mütterlicherseits von Bertrand de Comminges, Erzbischof von Toulouse, Kardinal ab 1327, unter Clemens VI. Meister des Palastes

Jeremia – *1316, Sohn von Bertrand de Comminges und Miriam, Kaufmann in Avignon

• *Johann* – 1319–1364, Graf und Herzog von Normandie, zweiter Sohn von Philipp VI., Kronprinz von Frankreich, ab 1352 als »Johann der Gute« König

• *Johannes de Coiardano* – Bischof (1336–1349) von Avignon, Thesaurar von Benedikt XII.

• *Laura de Sade* – 1310–1348, geb. de Noves, Ehefrau von Henri de Sade, wird durch Petrarcas Liebesgedichte weltberühmt

• *Lellus di Cosecchis* – Syndikus der Stadt Rom, krönt Petrarca zum Dichterkönig, führt eine römische Delegation mit der Bitte um Rückkehr der Päpste nach Rom an

• *Ludwig IV. der Bayer* – um 1283–1347, Wittelsbacher, ab 1314 römisch-deutscher König, lässt sich 1328 in Rom von exkommunizierten Bischöfen zum Kaiser krönen und ernennt einen Gegenpapst (Nikolaus V.) zu Johannes XXII. in Avignon

Magdalena – *1315, Zwillingstochter von Bertrand de Comminges und Miriam, konvertiert und wird Nonne der Hospitaliter in Avignon

Marco Ambrogio – *1284, Kaufmann aus Pisa, Herr des italienischen Fondaco in der ehemaligen Komturei der Tempelritter in Avignon, Makler, Kurier des Papstes

• *Marguerite Porète* – um 1250–1310, Begine, nach einem Inquisitionsprozess wegen ihres Buches über die selbstlose Gottesliebe »Spiegel der einfachen, vernichteten Seelen, die nur im Wunsch und in der Sehnsucht nach Liebe verharren« in Paris auf dem Scheiterhaufen hingerichtet

• *Marsilius von Padua* – um 1275–1342, italienischer Staatstheoretiker, als Ketzer verurteilt

• *Matteo Giovannetti* – 1300–1369, Künstler aus Viterbo, von Benedikt XII. nach Avignon geholt, ab 1336 päpstlicher Hofmaler, später auch im Vatikan

• *Meister Eckhart von Hochheim* – *1260 in Thambach bei Gotha, Magister an der Sorbonne, Mystiker, Aufseher über die gefährliche weibliche Spiritualität in den süddeutschen Frauenklöstern und Beginen-Konventen, unter Papst Johannes XXII. als Ketzer verurteilt, † vermutlich 1328 auf dem Weg nach Avignon

Mel Comyn – Schotte, Kaplan von St. Nicolas auf der Brücke von Avignon, in Blutsfehde zu König Robert the Bruce, Entdecker vom Aqua vitae (schottischer Whisky)

• *Michael von Cesena* – 1270–1342, Theologe, franziskanischer Ordensgeneral

Miriam – *1297, Enkelin von Rabbi Eliah, Schwester von Seder, erste Ehefrau von Bertrand de Comminges

Moche Amar – Rabbi vom Rabbinat Avignon, Carpentras und des Comtat Venaissin

• *Niccolò da Prato* – 1250–1321, Bischof von Spoleto, Provinzialprior der Dominikaner in Rom, Kardinal, krönt stellvertretend für Papst Clemens V. Heinrich VII. zum römisch-deutschen Kaiser

• *Nicola di Rienzo* – 1313–1354, genannt Cola, Sohn eines Schankwirts, behauptet, ein Bastard des Kaisers Heinrich VII. zu sein, Volkstribun in Rom

Orlando di Anagni – Dominikaner, Inquisitor aus Anagni, genannt Scintilla, mit den Colonnas verbunden

• *Petrus de Ozia* – Bruder von Johannes XXII., Ritter, Vizegraf des Comtat Venaissin

• *Philipp IV. der Schöne* – *1268 in Fontainebleau, König (1285–1314) von Frankreich, † 29. November 1314 ebenda

• *Pierre Fisch (Poisson)* – Ehrenritter, Architekt und Baumeister aller Werke und Arbeiten am Palast von Johannes XXII. und Benedikt XII.

• *Pierre Godin* – 1260–1336, Dominikaner, Kardinal, Meister des Heiligen Stuhls, erbaute sein Palais mit Folterkellern neben dem der Kommune von Avignon

• *Rainier Grimaldi* – 1267–1314, vertriebener Genueser Adliger und papsttreuer Guelfe (Welfe), ehemaliger Admiral der französischen Flotte, Seeräuber, verliert die Festung Monaco an die ghibellinischen Spinolas

Rebecca – *1315, Zwillingstochter von Bertrand de Comminges und Miriam, verheiratet in Capentras mit Rabbi Moche Amar

• *Robert the Bruce* – König (1306–1329) von Schottland

• *Robert von Anjou* – König (1309–1343) von Sizilien, Sohn von Karl II., Graf der Provence, Gegner von Kaiser Heinrich VII.

Seder Ben Ariel – *1291, Enkel von Rabbi Eliah, Bruder von Miriam, sah, wie Papst Clemens V. bei der Krönungsprozession in Lyon ein Rubin-Edelstein aus der Krone fiel und eine Mauer seinen Vater erschlug

Utz von Falkenhenn – *1284, Schweizer, Ritter der päpstlichen Wache in Avignon

- *Wilhelm von Ockham* – um 1288–1347, englischer Theologe und Philosoph, in Avignon angeklagt wegen Häresie

Glossar

Agnus Dei (lat.) – mehrfacher Zuruf mit Bezug auf das Lamm Gottes, durch den die versammelte Gemeinde der Brotbrechung bei der Eucharistiefeier zustimmt

Albigenser – nach der südfranzösischen Stadt Albi benannte Gruppe der → Katharer (Ketzer), bis 1229 fast völlig ausgerottet

Alter Bund – Sammelbegriff für die im jüdischen Tanach und im christlichen Alten Testament beschriebenen Bündnisse Gottes mit Menschen, speziell für das Bündnis Gottes mit dem Volk Israel

Arme Ritter Christi vom Tempel Salomons zu Jerusalem – reicher geistlicher Ritterorden (auch Templer, Tempelritter genannt) von 1118 bis 1312

Arte della lana (it.) – Gilde der Tuch- und Pelzhändler

Babylonische Gefangenschaft – jüdische Exilepoche nach der Eroberung Jerusalems 597 v. Chr. durch den babylonischen König Nebukadnezar II. bis zur Eroberung Babylons 539 v. Chr. durch den Perserkönig Kyros II.

Babylonische Verbannung (der Kirche) – Epoche des Papsttums von 1309 bis 1377, in der sieben Päpste in Avignon statt in Rom residierten

Beginen – mittelalterliche Lebensgemeinschaften von Frauen, die unverheiratet blieben und nicht in ein Kloster wollten

Brandade de morue (franz.) – Püree aus Stockfisch und weiteren Zutaten, eine Spezialität aus Nîmes

Buch der Frommen (hebr.) – Das »Sefer Chasidim« vom deutsch-jüdischen Schriftgelehrten Jehuda ben Samuel he-Chasid gilt als eine der wichtigsten Quellen für das jüdische Leben und dessen christliche Umwelt im ausgehenden 12. und beginnenden 13. Jahrhundert.

Bulle (lat.) – Die Bezeichnung stammt von der Kapsel eines Siegels für päpstliche Urkunden.

Bulle Clericis laicos (lat.) – Papst Bonifatius VIII. verkündete am 25. Februar 1296, dass Laien Feinde des Klerus seien. Genau genommen handelte es sich um die Machtfrage zwischen und um eine Steuererhebung für den Klerus.

Bulle Rex gloriae (lat.) – Papst Clemens V. musste auf Befehl des franz. Königs Philipp IV. einen Prozess wegen Häresie eröffnen, woraufhin dieser die → Bulle Clericis laicos 1306 widerrief.

Bulle Unam sanctam (lat.) – »Eine heilige (Kirche)«, am 18. November 1302 mit dem Anspruch auf die geistliche und weltliche Macht für den Papst von Bonifatius VIII. erlassen, gilt als die berühmteste päpstliche Bulle des Mittelalters

Bulle Vox in excelso (lat.) – Mit diesem Erlass hob Papst Clemens V. am 22. März 1312 den Orden der Tempelritter auf und verbot jegliche Aktivitäten in Richtung Neugründung, der Nutzung des Habits und des Kreuzzeichens.

Comtat Venaissin – historische Grafschaft um Avignon, aber ohne die Stadt selbst, in der Provence, das Gebiet zwischen den Flüssen Rhône und Durance und dem Mont Ventoux

Condottiere – Söldnerführer (Kriegsherr, Warlord), wie ihn vorwiegend die italienischen Stadtstaaten im Mittelalter häufig einsetzten

Cour d'Amours – heimliche mittelalterliche Versammlungen, die wie in Gerichtsverhandlungen Fragen der Liebe und der wahren Minne verhandelten

Drommete (amhd.) – poetisch für Trompete

Ehernes Meer – Das aus Bronze gegossene runde Becken stand im Vorhof des Salomonischen Tempels in Jerusalem. Mit einem Durchmesser von knapp 5 Metern und einer Höhe von 2,50 Metern fasste es knapp 5.000 Liter. Es sollte den Ozean darstellen.

Famiglia – kirchliche Würdenträger und Beamte, die zur unmittelbaren Umgebung des Papstes gehören

Familia – kirchliche Würdenträger und Beamte, die sich in der unmittelbaren Umgebung eines Kardinals aufhalten

Finanziera – Eintopf mit verschiedenen Innereien, Hahnenkämmen, Kalbshirn, Kalbshoden und Wein

Floren (it.) – Der Begriff stammt von der ersten Goldmünze dieser Art, dem Florentiner *Fiorino d'oro*, lateinisch *florenus aureus.*

Goy (hebr.) – Schreibweise von Goi, ein Nichtjude

Inquisition (lat.) – Glaubenserforschung, ab 1232 eingeführte Form eines Wahrheitstribunals (durch die Dominikaner) zum Erkennen von Ketzern und der Bekämpfung von Irrlehren (→ Katharer, → Albigenser)

Juden von Masada – Beim Aufstand gegen die Römer 66 n. Chr. verschanzten sich jüdische Rebellen mehrere Jahre in der von Herodes erbauten Bergfestung. Als die Römer steile Rampen bauten, gingen alle in den Freitod.

Karmeliter – Orden der Brüder der seligen Jungfrau Maria vom Berg Karmel (Barfuß-Brüder, Bettlerorden)

Katharer (gr.) – die Reinen, Selbstbezeichnung asketischer und dualistischer Glaubensgruppen = Ketzer

Kiddusch (hebr.) – jüdischer Segensspruch, der den Sabbat einleitet

Kommende, Komturei (lat.) – Ursprünglich die Übertragung der Einkünfte eines Kirchen- oder Klostervermögens auf Dritte unter Befreiung von den Amtspflichten. In späterer Zeit wurden die Niederlassungen der Ritterorden als Kommende oder Komturei bezeichnet.

Laetare (lat.) – »Freue dich«, vierter Sonntag der Passionszeit

Majestas (lat.) – die Herrlichkeit (eines Herrschers), als »Majestas domini« auch die Herrlichkeit von Jesus auf dem Thron

Mare nostrum (lat.) – seit der Römerzeit das Mittelmeer

Massel (hebr.) – (unerwartetes) Glück

Materia – seit Aristoteles der philosophische Begriff für den Urstoff oder auch das Wesen aller Dinge wie »des Pudels Kern« oder »the reason for being«

Mazze (jidd.) – dünner Brotfladen aus ungesäuertem Teig

Mezquita – arabische Bezeichnung für die große Moschee in Córdoba

Mihrab (arab.) – Gebetsnische in Moscheen

Mi'raj-Episode (arab.) – Himmelfahrt Mohammeds

Mozzetta (lat.) – bis zum Ellenbogen reichender Umwurf in Purpur für Kardinäle, violett für Bischöfe

Mysteria celebranda (lat.) – christliche Versammlungen zur Feier der Mysterien und (Glaubens-)Geheimnisse

Ochay (engl.) – frühe mundartliche Zustimmung, verwendet wie Okay

Okuli (lat.) – Oculi, »Die Augen«, dritter Sonntag der Passionszeit

Pallium (lat.) – ringförmiger Umhang aus Wolle mit je einem Fortsatz auf der Brust und zwischen den Schultern als Standesabzeichen für Päpste und Erzbischöfe

Panis brunis (lat.) – dunkles Brot

Piselli (it.) – schamhafte Bezeichnung für Häuser mit Damen, die sich garantiert nicht nur auf Küchenkunst verstehen

Poeta laureatus (lat.) – mit einem immergrünen Lorbeerkranz gekrönter Dichter

Pontifex maximus (lat.) – Oberster Brückenbauer, Papst

Potagium (lat.) – italienisch-französischer Eintopf

Priorat (lat.) – kleinere (oft von einer Abtei abhängige), von einem Prior oder einer Priorin geleitete Klostergemeinschaft

Rocher des Domes – Kreideberg am Ostufer der Rhône und Erstbesiedelung von Avignon

Rochett (lat.) – weißes Chorhemd der höheren katholischen Geistlichen

Rosenminne – Versdichtung nach Art des von 1235 bis 1280 von zwei Autoren verfassten Rosenromans

Sch'mah (hebr.) – Teil der täglichen jüdischen Gebete

Suburbia (lat.) – die Vorstadt

Tateleben (jidd.) – Koseform von Tate (Vater)

Thorazeigestock – meist silberner Zeigestab zum Deuten der Textzeilen in der Thoralesung, an dessen vorderem Ende sich eine kleine Hand mit ausgestrecktem Zeigefinger befindet, um die heiligen Thorarollen nicht direkt zu berühren

Tolosanisches Königreich – westgotisches Königreich von 418 bis 507 im Süden Frankreichs mit Tolosa/Toulouse als Hauptstadt

Tournois – ab 1266 Münze als »dicker Denar der Stadt Tours« in Frankreich

Trastevere (lat.) – »jenseits des Tiber«, Stadtteil von Rom

Valle chiusa (lat.) – Das Vallis clausa am Ursprung des Flusses Sorgue wurde zum Namensgeber für die Region Vaucluse zwischen der Rhône und den Westalpen.

Via dolorosa (lat.) – Kreuzes-, Leidensweg Jesu in Jerusalem

Vicarius (lat.) – Stellvertreter

Waid – Färberwaid, Pflanze zum Blaufärben von Stoffen

Zingulum (lat.) – Gürtel für ein liturgisches Gewand